여자를
증오한
남자들

밀레니엄 1권

여자를
증오한
남자들

스티그 라르손 장편소설

임호경 옮김

문학동네

일러두기

1. 주석은 모두 옮긴이주이다.
2. 본문 중 고딕체는 원서에서 이탤릭체 등으로 강조한 부분이다.
3. 인명, 지명 등 외래어는 국립국어원의 외래어표기법을 따랐으나 일부는 관습표기를 존중했다.
4. 장편 문학작품과 기타 단행본은 『 』, 단편소설과 시는 「 」, 연속간행물과 곡명 등은 〈 〉로 구분했다.
5. 성서 인용은 대한성서공회 발행 공동번역성서 개정판을 따랐다.

등장인물

리스베트와 주변인물

리스베트 살란데르 실력자 해커. 자신의 능력을 숨기고 살아간다.

앙네타 살란데르 리스베트의 엄마.

카밀라 살란데르 리스베트의 여동생.

홀게르 팔름그렌 변호사. 리스베트의 전 후견인.

닐스 에리크 비우르만 변호사. 리스베트의 현 후견인.

드라간 아르만스키 보안회사 '밀톤 시큐리티' 대표.

미리암 우 리스베트와 가까운 친구.

플레이그 리스베트의 해커 동료.

미카엘과 사회고발 잡지 〈밀레니엄〉

미카엘 블롬크비스트 탐사기자. 〈밀레니엄〉 공동 사주 겸 발행인.

에리카 베리에르 〈밀레니엄〉 공동 사주 겸 편집장.

크리스테르 말름 〈밀레니엄〉 공동 사주 겸 디자이너.

말린 에릭손 편집부 차장.

모니카 닐손 편집부 기자.

헨리 코르테스 편집부 기자.

로티 카림 편집부 기자.

소니 망누손 광고 유치 담당자.

방에르 가문

헨리크 방에르 '방에르 그룹' 전임 회장.

마르틴 방에르 '방에르 그룹' 현 대표이사.

하리에트 방에르 마르틴의 동생. 16세 때 실종.

고트프리드 방에르 마르틴과 하리에트의 아빠.

이자벨라 방에르 마르틴과 하리에트의 엄마.

세실리아 방에르 하리에트의 고모.

아니타 방에르 하리에트의 고모.

디르크 프로데 '방에르 그룹' 전직 법률고문.

그 외 인물들

구스타프 모렐 하리에트 실종 사건 담당 수사관.

모니카 아브라함손 미카엘의 전부인.

페르닐라 아브라함손 미카엘과 모니카의 딸.

그레게르 베크만 조형예술가. 에리카의 남편.

한스에리크 벤네르스트룀 스웨덴 유명 경제인.

빌리암 보리 경제기자 출신 기업고문. 미카엘과 숙적관계.

11월 1일 금요일

이미 그것은 연례행사였다. 남자가 그 꽃을 받은 날은 자신의 여든 두번째 생일이었다. 그는 소포를 풀고 선물 포장지를 뜯었다. 그러고 는 수화기를 집어들어 번호를 눌렀다. 지금은 은퇴해 실리안호수 근 처 달라르나에 사는 전직 형사의 전화번호였다. 두 남자는 나이뿐 아 니라 생일까지 같았다. 이런 상황에서는 아이러니한 일이었다. 형사 는 우체부가 다녀가는 오전 11시 이후면 전화가 걸려오리라는 걸 알 고 있었다. 그래서 커피를 한잔 마시며 기다렸다. 그런데 올해에는 10시 반에 전화벨이 울렸다. 형사는 수화기를 들었다. 두 사람 모두 안부는 생략했다.

"도착했소."

"올해는 무슨 꽃이오?"

"전혀 모르겠소. 사람들에게 물어봐야겠소. 흰 꽃이오."

"물론 편지는 없고?"

"없소. 그저 꽃뿐이오. 액자는 작년 것과 같소. 집에서도 조립할 수 있는 싸구려 액자.”

“우체국 소인은?”

“스톡홀름.”

“글씨체는?”

“늘 그렇듯 대문자로 쓰여 있소. 반듯하면서도 정성 들인 필체요.”

이윽고 화제가 떨어진 두 사람은 침묵에 잠겼다. 그렇게 일 분 정도 수화기 양쪽에 정적이 감돌았다. 퇴직 형사는 앉아 있던 주방 의자 뒤로 몸을 젖히고 파이프 담배를 뻐끔거렸다. 그는 자신의 한계를 잘 알고 있었다. 번뜩이는 질문을 던져 이 일에 새로운 빛을 비춰줄 민완 형사가 더이상 아니었다. 그런 건 이미 오래전에 지나간 옛추억일 뿐이었다. 나이든 두 사내의 대화 역시 이제는 공허한 의식에 불과했다. 두 사람 말고는 이 세상 누구도 관심을 갖지 않는 수수께끼를 두고 벌이는 의식.

꽃의 학명은 ‘렙토스페르뭄 루비네테’였다. 평범한 관목 가지에 히스의 그것을 닮은 작은 잎사귀가 몇 개, 그 위에 꽃잎 다섯 장이 달린 지름 2센티미터 정도의 흰 꽃이 붙어 있는 식물. 전체 길이는 12센티미터 남짓했다.

주로 호주의 황무지나 고원지대에서 덤불로 무성하게 자라는 식물이다. 현지인들은 ‘사막의 눈▪’이라고 불렀다. 나중에 문의한 웁살라 식물원의 전문가에 따르면, 스웨덴에서는 좀처럼 재배하지 않는 희귀한 식물이라고 했다. 그 여성 식물학자는 보고서에서 이 식물이 차▪나무와 친척 간이며, 뉴질랜드에 지천으로 깔린 사촌 격 식물 ‘렙토스페르뭄 스코파리움’과 혼동되기도 한다고 설명했다. 차이가 있다면 루비네테 꽃잎 끝에 난 미세한 붉은 점들인데, 이 때문에 루비네테는 은은한 분홍빛으로 보인다.

일반적인 관점에서 말하자면 루비네테는 지극히 평범한 꽃이다.

상업적 가치도 의학적 효능도 없으며, 환각 성분을 포함하지도 않았다. 먹을 수도 없고, 향료나 염료로 쓸 수도 없다. 하지만 호주 원주민들에게는 중요한 의미를 지닌다고 했다. 하기야 세계의 중심이라 믿는 에어즈록 주변의 모든 땅과 식물에 신성한 의미를 부여하는 사람들이니까. 그들의 관점이 어떠하든 이 꽃의 유일한 목적은 그 변덕스러운 아름다움으로 주변 풍경을 꾸미는 것이리라.

움살라의 식물학자는 보고서에서 이 '사막의 눈'이 원산지 호주에서조차 그리 흔하지 않으며, 스칸디나비아반도에서는 거의 찾아보기 힘든 꽃이라고 덧붙였다. 개인적으로는 한 번도 본 적이 없고, 예테보리의 한 식물원에서 들여오려고 한 적이 있다는 말을 동료들로부터 들었다고 했다. 아마추어 정원사나 식물학 마니아 등이 소규모 온실에서 재배하고 있을 가능성은 거의 없다고 덧붙였다. 따뜻하고 건조한 기후를 요하는 식물이다보니 겨울철 내내 실내에 두어야 하는데, 그런 식물은 스웨덴에서 기르기 어려웠다. 스웨덴의 석회질 토양도 부적합했다. 뿌리로 직접 지하수를 빨아들여야만 한다는 것이다. 한마디로 '사막의 눈'은 까다롭기 그지없는 식물이었다.

스웨덴에서 희귀한 꽃인 만큼 이론적으로는 견본의 출처를 추적하는 일도 쉬워 보일 수 있었다. 하지만 실제로는 거의 불가능한 일이었다. 화초를 키우는 데 면허나 등록이 필요한 게 아니지 않은가. 이 까다로운 꽃을 키워보겠다고 스웨덴에 들여온 아마추어 정원사가 얼마나 될지 무슨 수로 알아낸단 말인가. 씨앗이나 묘목을 가진 식물학 마니아가 단 몇 명일 수도, 아니면 수백 명일 수도 있었다. 정원사라면 씨앗이나 묘목을 동료에게서 그냥 얻을 수도 있는 일이고, 서신을 통해서나 유럽의 어느 식물원에 가서 구해올 수도 있는 일이다. 이런 일에 영수증이나 다른 흔적이 남을 리 없다. 또 호주에 여행을 다녀오면서 스웨덴으로 들여올 수도 있는 일이다. 다시 말해 집안에 조그만 화분을 다만 몇 개라도 두고 있는 스웨덴 사람 수백만 중에서 그 재배자를 찾아내기란 애초부터 불가능한 일이다.

이 역시 해마다 도착하는 의문의 꽃 중 하나였다. 매년 11월 1일이면 솜으로 속을 채운 커다란 우편봉투 하나가 어김없이 날아들었고, 그 안에는 마치 누가 장난이라도 치는 것처럼 이렇게 꽃이 들어 있었다. 종류는 해마다 달랐지만 모두 아름다운 꽃들이었고, 비교적 희귀한 종이었다. 항상 그렇듯 이번에도 눌린 압화押花였고, 도화지 위에 정성껏 고정되어 29×16센티미터 규격의 액자 유리 속에 들어 있었다.

이 꽃들의 수수께끼는 한 번도 미디어를 통해 보도된 적이 없었으며, 한정된 그룹만 알고 있는 비밀이었다. 삼십여 년 전, 해마다 날아드는 이 꽃들은 분석 대상이었다. 스웨덴 국립과학수사연구소, 지문과 필적 감식 전문가들, 수사관들, 그리고 수취인의 측근과 친구들이 수수께끼를 밝혀내고자 노력했다. 하지만 이 드라마의 주역 중 남은 사람은 이제 단 세 명이었다. 생일을 맞은 늙은 주인공, 퇴직 형사, 그리고 여전히 선물을 보내오는 미지의 인물…… 이중 최소한 두 사람은 고령에 이르러 세상 누구도 피할 수 없는 그것, 죽음을 눈앞에 두고 있었다. 비밀을 간직한 최후의 몇 사람마저 곧 사라지려 하고 있었다.

퇴직 형사는 노련한 베테랑이었다. 그는 가장 처음 맡았던 사건을 잊지 못할 것이다. 만취해서 자신뿐 아니라 타인까지 해치려 날뛰던 변전소 기술자를 잡아넣은 일이었다. 그리고 많은 사람들을 감옥에 보냈다. 밀렵꾼들, 아내를 폭행한 남자들, 사기꾼들, 자동차 절도범들, 만취 운전자들…… 그 외에도 무수한 범죄자들과 맞서야 했다. 주거침입 강도, 좀도둑, 마약 밀매자, 강간범, 그리고 정신적으로 약간 문제가 있는 폭파범에 이르기까지. 그가 맡았던 살인 사건은 모두 아홉 건이었다. 그중 다섯 건은 범인의 자수로 끝났다. 직접 경찰에 전화를 걸고 잡혀온 범인들은 후회 가득한 얼굴로 자신이 아내 혹은 형제나 친지를 죽였다고 털어놓곤 했다. 세 건은 수사를 요하는 것들이었다. 그중 두 건은 며칠 만에 범인을 잡았으며, 한 건은 중앙범죄 수사본부의 지원을 받아 이 년 만에 종결되었다.

아홉번째 사건은 좀 달랐다. 형사는 누가 범인인지 뻔히 알고 있었지만 증거가 빈약해 검사가 수사 중단을 결정할 수밖에 없었다. 결국 공소시효가 만료되어 범인은 법의 심판을 피해 빠져나갔다. 형사로서 너무도 분통 터지는 일이었다. 하지만 돌이켜보면 어디에 내놔도 부끄럽지 않은 경력이라고 자부할 수 있었다. 자신이 완수한 일들이 만족스러울 만도 했다.

하지만 결코 기쁘지 않았다.

그에게 압화 사건은 살 속에 박힌 가시와도 같았다. 가장 많은 시간을 투자했지만 여전히 미제로 남은 사건.

한데 어처구니없는 건 그래서만이 아니었다. 수사를 하는 동안, 심지어는 집에서 쉬는 와중에도 수없이 생각하고 또 생각해보았지만, 이 사건에 과연 범죄 요소가 있는지조차 확신할 수 없었다.

액자에서도 유리에서도 지문은 발견되지 않았다. 아마 압화를 보낸 사람은 장갑을 끼고 작업했으리라. 발신인의 위치를 추적하는 것도 불가능했다. 액자는 전 세계 어느 사진용품점, 어느 문구점에서도 쉽게 찾을 수 있는 평범한 물건이었다. 한마디로 압화를 보낸 이는 자신을 추적할 만한 어떤 자취도 남기지 않았다. 우체국 소인 역시 매번 바뀌었다. 스톡홀름이 가장 많았고, 런던이 세 번, 파리가 두 번, 코펜하겐이 한 번, 마드리드가 한 번, 본이 한 번 등등. 그중 가장 흥미로웠던 것은 미국 펜서콜라였다. 다른 도시들이 대부분 유명한 수도였던 데 비해 이 펜서콜라란 데가 어디인지 감을 잡을 수 없었던 형사는 지도를 펼쳐봐야 했다.

이제 여든두 살이 된 남자는 수화기를 내려놓은 후 오랫동안 꼼짝 않고서 아직 이름조차 모르는, 아름답지만 특별할 것 없는 호주의 꽃을 들여다보았다. 그리고 책상 위쪽의 벽을 쳐다보았다. 거기엔 마흔세 개의 압화 액자가 걸려 있었다. 열 개씩 네 줄로 질서정연하게. 그 아래 마지막 한 줄은 아직 네 개만 채워져 있었다. 맨 위의 아홉번째 자리는 텅 비어 있었다. 그리고 '사막의 눈'은 마흔네번째 꽃이 될 터였다.

불현듯 처음으로 무언가가 치밀어오르면서 오랜 세월에 걸쳐 만들어져온 단단한 틀을 깨뜨렸다. 갑자기 남자는 자신도 모르게 흐느끼기 시작했다. 거의 사십 년이 지나 이제 와 느닷없이 치밀어오르는 감정의 격한 분출에 스스로도 당황스러웠다.

12 Dec

1 Jan

2 Feb

3 Mar

4 Apr

5 May

6 Jun

7 Jul

8 Aug

9 Sep

10 Oct

11 Nov

| 인센티브
12월 20일~1월 3일

스웨덴 여성의 18퍼센트는 살면서 한 번 이상
남성에게 위협을 당한 적이 있다.

1장
12월 20일 금요일

재판은 완전히 종결되었다. 법정에서 말할 수 있는 것은 남김없이 말한 셈이다. 사실 그는 지금껏 한순간도 의심해본 적이 없었다. 결국 유죄를 선고받으리라는 것을. 판결은 오전 10시에 내려졌다. 이제 법원 복도에서 자신을 기다리는 기자들이 요약기사를 완성해 송고하는 일만 남았을 것이다.

미카엘 블롬크비스트는 반쯤 열린 문틈으로 기자들의 모습이 보이자 잠시 걸음을 늦췄다. 저들은 이 판결에 대해 얘기를 나누고 싶겠지만 그로서는 전혀 내키지 않았다. 하지만 스스로가 누구보다 잘 알았다. 질문은 피할 수 없는 일이고, 자신은 답변해야 한다. 그는 속으로 중얼거렸다. 그래! 이게 바로 죄인의 운명 아니겠어? 악당이 되어 마이크 앞에 서는 것…… 결국 용기를 냈다. 몸을 쭉 펴고 약간은 거북한 걸음으로 걸어나가 기자들에게 애써 미소를 지어 보였다. 기자들 역시 그에게 미소를 보였고, 조금씩 난처해하며 목례를 보내주었다.

"자, 어디 봅시다! 〈아프톤블라데트〉〈엑스프레센〉, TT 통신, TV4 그리고…… 자넨 어디더라…… 아, 그래! 〈다겐스 인두스트리〉였지. 내가 오늘은 스타가 된 모양이네요!" 미카엘은 짐짓 넉살을 떨었다.

"칼레 블롬크비스트!* 한마디하시죠!" 한 석간신문 기자가 소리쳤다.

풀네임이 칼 미카엘 블롬크비스트인 그는 '칼레 블롬크비스트'라는 별명으로 불리자 늘 그렇듯 눈알을 굴리지 않으려고 애썼다. 이십년 전, 스물세 살의 풋내기 임시기자였던 그는 우연찮게 큰 공을 세운 적이 있다. 당시 이 년간 다섯 차례나 은행을 강탈해 세상을 떠들썩하게 한 무장강도단 검거에 도움을 준 것이다. 그들의 특기는 차를 몰고 소도시에 들이닥쳐 군사 작전을 방불케 할 정도로 치밀하게 은행을 터는 일이었다. 디즈니 캐릭터의 얼굴을 본뜬 고무 복면을 쓰고 나타난다고 해서 경찰은 '도널드 덕 갱단'이라는 별명을 붙였다. 반면 신문들은 '막가파'라는 보다 섬뜩한 별칭을 썼다. 사실 이쪽이 더 어울리는 이름이라 할 수 있었다. 무고한 사람들이 다치거나 말거나 경고탄을 마구 쏘아대고, 호기심에 몰려든 행인들에게까지 총구를 겨누며 위협했기 때문이다.

여섯번째 범행이 벌어진 것은 어느 여름날, 외스테르예틀란드의 한 은행에서였다. 강탈 현장이 된 은행에는 우연히 지역 라디오 방송국 리포터가 있었고, 이 리포터는 충실히 본분에 따라 행동했다. 강도들이 은행을 떠나자마자 근처 공중전화로 달려가 이 사건을 중계한 것이다.

그때 미카엘은 여자친구와 함께 카트리네홀름 부근에서 그녀 부모님 소유의 별장에 며칠간 머물고 있었다. 정확히 설명할 순 없었지만 라디오에서 이 뉴스를 듣는 순간 왠지 그의 머릿속에는 어떤 모

---

* 말괄량이 삐삐 시리즈로 유명한 스웨덴 작가 아스트리드 린드그렌(1907~2002)의 작품에 나오는 소년 탐정.

습이 떠올랐다. 바로 별장에서 몇백 미터 떨어지지 않은 방갈로에 머무는 네 사내의 모습이었다. 이틀 전 여자친구와 아이스크림을 사 먹으러 가던 길에 방갈로 정원에서 배드민턴을 치는 그들을 보았다. 마치 보디빌더 같은 웃통을 드러내고 반바지만 걸친 금발 청년들이었다. 하지만 배드민턴을 즐기는 그들의 모습에는 고개를 돌려 다시 한번 쳐다보게 하는 뭔가가 있었다. 아마 따가운 햇볕에도 아랑곳하지 않는 격렬한 에너지 때문이었는지 모른다. 게임이 아닌 마치 싸움을 하듯 배드민턴을 쳐댔는데 그 점이 미카엘의 눈길을 끌었다.

이 사내들과 은행 강도들 사이에는 아무런 합리적 연관성이 없었다. 하지만 라디오 속보를 듣고 난 미카엘은 사내들의 방갈로가 내려다보이는 언덕 위로 올라가 자리를 잡았다. 방갈로는 비어 있는 듯했다. 사십 분쯤 지났을까. 정원에 볼보 한 대가 미끄러져 들어왔다. 차문을 열고 네 사내가 급히 뛰어내리는데 모두 스포츠 가방을 하나씩 들고 있었다. 근처 바닷가에서 해수욕을 즐기고 온 건 아니란 뜻이었다. 그런데 그중 하나가 차로 돌아가더니 뭔가를 꺼내자마자 입고 있던 겉옷자락으로 급히 덮는 게 아닌가. 비록 멀리 떨어져 있었지만 미카엘은 그것을 알아볼 수 있었다. 군복무할 때 다뤘던 것과 같은 종류의 AK4 소총이었다. 그는 그길로 경찰에 전화를 걸어 자신이 본 것을 알렸다. 이렇게 하여 사흘간의 방갈로 잠복수사가 시작되었다. 미카엘은 일선에서 수사에 참여했으며, 한 석간신문으로부터 두둑한 수당을 받고 프리랜서 기자로도 활약했다. 그가 머물던 별장 정원에 세워진 캠핑카 안에 경찰의 임시 상황실이 차려졌다.

막가파 사건은 신출내기 기자 미카엘을 일약 전국 스타로 만들었다. 하지만 부작용도 있었다. 또다른 석간신문이 견제라도 하듯 '칼레 블룸크비스트, 막가파의 비밀을 파헤치다!'라는 제목의 기사를 대서특필한 것이다. 나이깨나 든 여성 칼럼니스트는 조롱기가 역력한 기사 곳곳에서 그를 아스트리드 린드그렌의 청소년소설에 등장하는 소년 탐정과 연결지었다. 기사에 첨부한 사진은 더욱 가관이었다. 흐릿한 사진 속에서 입을 반쯤 벌린 미카엘이 손가락으로 무언가를 가리키고 있었다. 그 앞에 서 있는 제복 차림의 경찰관에게 무언가 지시를 내리는 듯한 모습이었다. 사실은 정원 한쪽에 있는 화장실을 가리킨 것일 뿐이었다.

이때부터 미카엘은 기자들 사이에서 '칼레 블롬크비스트'로 통했다. '칼레'라는 수식어에 그다지 고약한 뜻은 없었지만, 그렇다고 썩 유쾌한 것도 아니었다. 아스트리드 린드그렌에게야 아무런 유감이 없었지만—오히려 이 위대한 작가의 작품과 소년 탐정이 주인공인 모험담을 몹시 좋아했다—이 별명만은 끔찍이 싫었다. 그후 세월이 흐르면서 그가 기자로서 보다 진지한 업적들을 쌓은 후에야 이 우스꽝스러운 별명은 차츰 잊히기 시작했다. 하지만 지금까지도 이 별명으로 불릴 때면 여전히 움찔하곤 했다.

지금도 그는 애써 침착한 미소를 지어 보이며 한마디하려던 석간신문 기자의 눈을 똑바로 쳐다보고 대답했다.

"알아서 그럴듯하게 기사를 꾸며내면 되잖아요? 당신이 늘상 하는 것처럼."

신랄한 말투는 아니었다. 사실 그 자리에 모인 기자들은 그와 어느 정도 안면이 있는 사이였다. 미카엘을 잡아먹고 싶어하는 최악의 적들은 아예 나타나지 않았다. 모인 이들 중 한 사람과는 같이 일한 적이 있고, TV4에서 나온 여자는 몇 년 전 파티에서 만나 유혹할 뻔한 상대였다.

"오늘 제대로 한 방 맞으셨습니다." 〈다겐스 인두스트리〉의 임시기자로 보이는 애송이가 말했다.

"그렇다고 할 수 있죠." 미카엘은 인정했다. 실은 달리 대답하기도 어려웠다.

"지금 기분이 어떠십니까?"

침중한 상황이었지만 미카엘도 다른 베테랑 기자들도 그 순진한 질문에 실소를 금할 수 없었다. 미카엘은 TV4의 기자와 눈빛을 교환하며 피식 웃었다. 지금 기분이 어떠십니까? 막 결승선을 통과해 숨도 제대로 쉬지 못하고 헐떡이는 육상선수에게 스포츠 기자들이 달려들어 마이크를 들이밀고 질문해대는 우스꽝스러운 모습 아닌가. 이윽고 미카엘은 다시 심각한 얼굴로 돌아왔다.

"나로서는 판사가 그런 판결을 내린 게 유감이긴 하죠." 그는 약간 딱딱하게 대답했다.

"징역 3개월에 배상금 15만 크로나, 좀 심하다고 생각하지 않나요?" TV4의 기자가 물었다.

"그렇다고 내가 죽기야 하겠어요?"

"벤네르스트룀에게 사과할 건가요? 그와 화해할 겁니까?"

"아마 그럴 일은 없을 겁니다. 그의 도덕성에 대한 내 생각은 거의 변하지 않았으니까."

"그럼 여전히 그가 사기꾼이라고 주장하시는 건가요?" 〈다겐스 인두스트리〉가 물었다.

큰 함정이 도사린 질문이었다. 입을 잘못 놀렸다가는 또다시 요란한 제목의 기사가 나올지도 모를 일이었다. 미카엘은 하마터면 그 위험한 바나나 껍질에 발을 디딜 뻔했다. 하지만 애송이 기자가 열성적으로 마이크를 들이대는 통에 오히려 정신이 번쩍 들었다. 그리고 잠시 생각했다.

판사는 미카엘 블롬크비스트가 금융인 한스에리크 벤네르스트룀의 명예를 훼손했다고 판결했다. 재판은 종결되었고 미카엘은 항소할 뜻이 없었다. 하지만 법정에서 나오자마자 경솔하게 자신의 주장을 또다시 반복한다면 어떤 일이 벌어지겠는가? 미카엘은 이제 입을 다물어야겠다고 결심했다.

"내가 가진 정보들을 잡지를 통해 발표할 만한 이유가 충분하다고 생각했습니다. 하지만 법정은 다르게 판결을 내렸고, 나는 그들의 결정을 존중해야 합니다. 이제 우리 편집부는 입장을 표명하기에 앞서 판결문을 정확하게 검토할 겁니다. 자, 이상이에요, 더이상 덧붙일 말은 없습니다."

"하지만 잊으신 게 있습니다. 기자로서 자신이 입 밖에 낸 주장을 정당화해야 하는 임무 말이에요." TV4 기자의 어조가 약간 신랄해졌다. 그곳에 모인 기자들은 그의 동료다. 하지만 지금 그들 가운데 일어나는 미묘한 변화를 부정할 수는 없었다. 기자의 표정은 여전히 차분했지만 눈빛에는 실망감이 어른거렸다.

이후 미카엘은 몇 가지 질문에 더 답변해야 했다. 불과 몇 분이었지만 그는 고통스러웠다. 그런데 기자들의 머릿속에는 다른 질문 하나가, 도저히 이해할 수 없는 일이라 아무도 입을 열지 못하는 질문이 맴돌고 있었다. 어떻게 미카엘 같은 사람이 증거 하나 없이 기사를 쓸 수 있었을까. 거기 모인 기자들은 〈다겐스 인두스트리〉의 애송이를 제외하고는 전부 언론계에서 잔뼈가 굵은 베테랑이었다. 자신들만큼이나 노련한 기자인 미카엘이 그런 황당한 실수를 저질렀다는 사실을 그들은 결코 이해할 수 없었다.

TV4 기자는 미카엘에게 법원 정문 앞에서 포즈를 취해달라고 한 다음 카메라 앞에서 질문을 몇 개 더 했다. 그녀의 태도는 상당히 호의적이었고, 미카엘 역시 최대한 성실하게 답변해 모든 기자들을 만족시키려 애썼다. 이제 어쩔 수 없는 일이었다. 이 사건은 그날 밤 혹은 다음날 아침에 나올 방송 뉴스와 신문의 헤드라인을 장식할 터였다. '그렇다고 이게 올해의 사건감은 아니잖아?' 그는 애써 자신을 위로해보려 했다. 원하는 것을 얻어낸 기자들은 저마다 편집국을 향해 총총히 걸음을 옮겼다.

미카엘은 걸어서 돌아갈 생각이었다. 하지만 12월의 거리는 바람이 매서웠고, 인터뷰를 한다고 바깥에 오래 서 있었더니 몸이 바짝 얼어버렸다. 어떻게 해야 좋을지 법원 정문 계단에 우두커니 서서 주위를 둘러보는데 차에서 내리는 빌리암 보리의 모습이 보였다. 기자들의 눈에 띄기 싫었는지 미카엘이 인터뷰하는 내내 차 안에서 기다린 모양이었다. 둘의 시선이 부딪쳤고 빌리암이 미소를 지었다.

"하하, 여기 들르길 잘했네! 자네가 그 서류를 받아든 꼴을 보게 됐으니 말이야!"

미카엘은 대꾸하지 않았다. 빌리암과는 십오 년 전부터 아는 사이였다. 한때는 한 조간신문에서 같이 일했다. 둘 다 경제기사를 쓰는 수습기자였다. 체질적으로 상극이라도 되는지 그때부터 둘 사이에 싹튼 적대감이 지금껏 이어져왔다. 미카엘의 눈에 그는 천박한 삼류기자에다 뒤끝 있는 편협하고 피곤한 인간이었다. 그의 입에서 나오는 말이라고는 한심한 농담 아니면 경험 많은 선배 기자들에 대한 험담뿐이었다. 특히 자기보다 나이 많은 여성 기자들을 혐오하는 듯했다. 두 사람은 한두 차례 격렬한 언쟁을 벌였다가 그후로는 서로에 대해 사적인 반감을 품어왔다.

여러 해에 걸쳐 미카엘과 빌리암은 정기적으로 마주쳤다. 하지만 사이가 완전히 틀어진 것은 1990년대 말이었다. 미카엘이 경제 저널리즘을 주제로 쓴 책에서 한심한 저널리즘의 예로 그의 기사를 자주 인용했기 때문이다. 미카엘은 쥐뿔도 모르는 주제에 잘난 체하다 결국 얼마 안 가 사라질 닷컴기업들을 하늘 높은 줄 모르고 띄우기만 하는 멍청한 기자로 그를 묘사했다. 물론 빌리암은 미카엘의 분석을 탐탁지 않게 여겼고, 급기야 쇠데르 거리의 어느 바에서 마주쳤을 땐 서로 멱살잡이를 할 뻔했다. 그 일을 계기로 보리는 기자를 그만뒀고, 지금은 상당한 연봉을 받으며 기업고문으로 일하고 있다. 원수는 외나무다리에서 만난다더니 하필 그가 몸담은 곳이 바로 한스에리크 벤네르스트룀의 세력에 속하는 기업이었다.

두 사람은 한동안 서로를 노려보았고, 결국 미카엘은 몸을 돌려 걷기 시작했다. 패소한 사람 면전에 대고 실컷 비웃어주려고 일부러 법원까지 차를 몰고 오는 것, 그건 오직 빌리암 같은 작자만이 할 수 있는 짓이었다.

마침 40번 버스가 와서 미카엘은 그냥 올라탔다. 어떻게든 이 장소를 빨리 벗어나고 싶었기 때문이다. 프리드헴스플란에서 내린 그는 잠시 멍하니 버스 정류장에 서 있었다. 손에는 여전히 판결문이 들려 있었다. 결국 파출소 지하 주차장 입구 옆에 나란히 붙은 카페에 들어가기로 하고 걸음을 옮겼다.

카페라테와 샌드위치를 주문한 지 채 일 분도 안 되었을 때, 라디오에서 정오뉴스가 흘러나왔다. 톱뉴스는 예루살렘에서 발생한 자살 폭탄 테러 사건이었고, 그다음에는 최근 의심되는 건설업계의 카르텔을 수사하기 위해 정부가 특별위원회를 꾸렸다는 소식이었다. 그리고 세번째가 바로 그에 대한 뉴스였다.

〈밀레니엄〉 기자 미카엘 블롬크비스트는 금요일 오늘 아침, 금융인 한스에리크 벤네르스트룀에 대한 명예훼손죄로 징역 3개월을 선고받았습니다. 블롬크비스트는 올 초 일반의 관심을 끈 이른바 '미노스 사건'에 관한 기사를 통해 폴란드 내 산업투자에 예정된 국가기금을 벤네르스트룀이 무기 밀매에 유용했다고 주장한 바 있습니다. 또한 블롬크비스트는 15만 크로나를 배상할 것을 선고받았습니다. 벤네르스트룀측 변호인 베르틸 캄네르마르케르는 자신의 피변호인이 이번 판결에 만족한다고 발표했습니다. 그리고 이번 경우는 특별히 심각한 명예훼손에 해당한다고 덧붙였습니다.

판결문은 전부 26쪽이었고, 한스에리크 벤네르스트룀에 대한 명예훼손 항목 15개의 유죄 성립 이유가 열거되어 있었다. 미카엘은 유죄가 확정된 고발 항목에 각각 배상금 1만 크로나와 징역 6일이 선고되었다는 사실을 확인했다. 법정 비용과 변호사 선임 비용은 별도였다. 이 모든 금액을 계산해볼 엄두조차 나지 않았다. 하지만 이보다 더 나쁜 결과가 나올 수도 있었다고 자위해보려 했다. 판사가 그래도 7개 항목만큼은 무죄를 선고하지 않았던가.

판결문을 읽고 있으려니 미카엘은 갈수록 가슴이 무겁고 답답해졌다. 스스로도 놀라운 일이었다. 재판이 시작될 때만 해도 기적이 일어나지 않는 한 유죄를 선고받으리라 예상하고 있었다. 이를 조금도 의심하지 않았기 때문에 결과를 순순히 받아들일 준비도 되어 있었다. 그래서 재판이 진행되는 이틀 동안 비교적 차분한 마음이었고, 이후 법정이 사건을 심의하고 지금 자신이 손에 들고 있는 판결문을 작성하는 11일 동안에도 특별한 감정 없이 담담하게 결과를 기다렸다. 그런데 재판이 끝나고 난 지금에야 비로소 어떤 불편함이 그를 엄습해왔다.

샌드위치를 한입 베어 물었지만 빵조각이 입속에서 퍽퍽하게 부풀어오를 뿐이었다. 도저히 삼킬 수가 없어 다시 뱉어버렸다.

미카엘은 생전 처음으로 유죄판결을 받았다. 어떤 혐의로 고소당한 일도 이번이 처음이다. 사실 판결 자체는 대수롭지 않았다. 권투로 치면 플라이급의 범죄라고나 할까. 무장절도, 살인, 강간 같은 범죄에 비하면 별것 아닌 셈이다. 그러나 경제적인 관점에서 볼 때, 이번 유죄판결은 그에게 심각한 결과를 가져올 터였다. 〈밀레니엄〉은 자금이 두둑한 미디어계의 거물은 아니었지만—그럭저럭 적자를 면하는 잡지사였다—이번 판결로 파산할 정도도 아니었다. 문제는 미카엘이 〈밀레니엄〉의 주주일 뿐 아니라 소속 기자이며 제작 총책임을 맡은 발행인이라는 사실이었다. 다시 말해 그 자신이 이번 사건을 책임져야 한다는 뜻이다. 그래서 그는 개인 돈으로 배상금 15만 크로나를 낼 생각이었다. 그러고 나면 은행 잔고는 거의 바닥날 게 뻔했다. 물론 잡지사가 소송 비용 정도는 메워줄 수 있고, 현명하게 예산을 짠다면 그럭저럭 헤쳐나갈 수 있을 것이다.

순간 집을 팔아버릴까 하는 생각이 스쳤다. 그러자 가슴이 꽉 막히는 듯했다. 세계적으로 경제 호황이던 1980년대, 안정된 직장에서 비교적 높은 봉급을 받던 그 시절에 미카엘은 자기집을 갖게 되었다. 집을 수십 군데 보러 다녔고 마침내 벨만스가탄가 초입에 있는 65제곱미터 남짓한 꼭대기층 아파트를 발견했다. 주인이 주거용으로 개조하기 시작했다가 해외의 닷컴기업에 취직해 출국하는 바람에 미카엘이 헐값으로 그 공간을 사들일 수 있었다.

미카엘은 애초의 개조 계획을 포기하고 자기 방식대로 공사를 마쳤다. 공사비는 주로 욕실과 주방에 쏟아부었고 나머지 부분은 크게 신경쓰지 않았다. 마룻바닥을 깔거나 칸막이벽을 세워 방을 두 칸으로 나누는 대신, 원래 있던 타일 바닥을 사포로 문질렀고 울퉁불퉁한 벽면에는 그대로 석회를 발랐으며 눈에 띄게 흉한 곳은 에마누엘 번스톤의 수채화 몇 점으로 가려버렸다. 그 결과, 넓고도 쾌적한 주거 공간이 탄생했다. 책장 뒤는 침실이었고, 아담한 미국식 주방 옆에는 거실과 식사 공간도 있었다. 창문 세 개 중에 두 개는 지붕창이고 하나는 박공창인데, 거기서 밖을 내다보면 다닥다닥 붙은 지붕들 너머로 스톡홀름 구시가인 감라스탄과 리다르피에르덴호수까지 한눈에 들어왔다. 심지어 슬루센 쪽의 강물과 시청 건물도 조금 보였다. 지금 이런 집을 그 당시의 가격으로 사는 것은 불가능하다. 무슨 일이 있더라도 이 집만은 지키고 싶은 심정이었다.

하지만 집을 잃을 수 있다는 시나리오는 그가 기자로서 입은 엄청난 타격에 비하면 아무것도 아니었다. 그 손실을 만회하려면 실로 많은 시간이 필요할 터였다. 과연 회복할 수 있을지조차 미지수였다.

이른바 '신뢰성'의 문제였다. 당분간 대부분의 신문과 잡지 매체에서 그의 글을 싣기를 주저할 게 분명하다. 그래도 기자 일을 하다보면 얼마든지 이런 고약한 상황에 떨어질 수 있고, 그 역시 운 나쁜 희생자에 불과하다는 사정을 이해해주는 동료들이 있을 터였다. 하지만 두 번 다시 같은 실수를 범해서는 안 된다는 무거운 부담감이 그를 짓누를 것이다.

무엇보다 고통스러운 것은 굴욕감이었다.

그는 게임에서 이길 수 있는 패를 모두 들고 있었다. 하지만 번드르르한 아르마니 양복을 차려입은 일종의 폭력배에게 당한 것이다. 그 비열한 주식 투기꾼에게, 재판 내내 이죽대던 유명 변호사를 부하로 둔 그 여피족 쓰레기에게.

어쩌다 일이 이 지경까지 되었지?

벤네르스트룀 사건은 일 년 반 전 하지제夏至祭* 전날, 노란색 요트 멜라르-30의 선실에서 꽤나 희망차게 출발했다. 시작은 모두 우연이었다. 미카엘의 동료 기자였다가 지금은 지방의회에서 홍보고문으로 일하는 자가 있었다. 그는 새로 사귄 여자친구 앞에서 폼을 잡아보고 싶은 마음에 앞뒤 가리지 않고 스캄피 요트 한 척을 대여했다. 며칠 동안 스톡홀름 군도를 순항하겠다는 즉흥적이고도 낭만적인 계획이었다. 학업 때문에 고향 할스타함마르를 떠나 스톡홀름에 온 지 얼마 안 된 여자친구는 몇 번을 거절하다 결국 제안을 받아들였다. 다만 한 가지 조건이 있었다. 자신의 여동생과 여동생의 남자친구도 같이 데려간다는 것. 문제는 이 세 사람 모두 요트를 처음 타보는데다 우리 홍보고문 선생 역시 배를 좋아하는 것과 달리 노련한 선원은 못 된다는 점이었다. 출발 사흘 전, 비로소 걱정이 되었는지 그는 전화

---

* 일 년 중 가장 해가 긴 하지를 기념하는 북유럽 축제일.

를 걸어 자기보다 뱃일에 능숙한 미카엘을 다섯번째 승무원으로 초대하는 데 성공했다.

처음엔 미카엘도 약간 꺼려했다. 하지만 며칠간 바다 위를 달리며 스트레스를 풀 수 있는 멋진 기회, 맛있는 음식과 유쾌한 친구들의 유혹을 뿌리치기가 쉽지 않았다. 하지만 그의 기대와는 영 딴판으로 일이 흘러갔고 항해는 이내 끔찍한 악몽으로 변했다. 배는 불란되를 출발해 10노트도 안 되는 속도로 푸루순드해협을 향해 항해했다. 목가적이긴 했지만 신나는 속도라고는 할 수 없었다. 그럼에도 고문 선생의 여자친구는 초장부터 뱃멀미를 시작했다. 설상가상 그녀의 여동생은 남자친구와 한바탕 싸웠고, 항해술에 흥미를 보이는 사람은 한 명도 없었다. 결국 배 전체를 움직이는 건 순전히 미카엘의 몫이었다. 나머지 인간들은 옆에서 쓸데없는 충고나 늘어놓을 뿐이었다. 결국 엥쇠만에 정박해 첫번째 밤을 보낸 미카엘은 푸루순드에 배를 대주고 자신은 버스를 타고서 집으로 돌아가버리고 싶은 심정이었다. 하지만 필사적으로 붙잡는 고문 선생 때문에 배에 남을 수밖에 없었다.

다음날 정오 무렵, 그들은 아르홀마섬 방문객용 선착장에 배를 댈 수 있었다. 그리고 점심을 차려서 갑판에 둘러앉아 식사를 마쳤다. 이때 미카엘의 눈에 노란색 멜라르-30 한 척이 주범主帆 하나만 펴고서 만으로 미끄러져 들어오는 모습이 들어왔다. 배는 천천히 돌고 있었는데, 선장이 배를 댈 자리를 찾고 있는 모양이었다. 주위를 둘러본 미카엘은 자신들의 스캄피 요트와 오른쪽에 있는 H-보트 사이에 자리가 하나 남은 것을 확인했다. 공간이 넓지는 않았지만 선체가 좁은 멜라르-30에는 충분해 보였다. 미카엘은 뱃고물에 서서 팔을 흔들어 알렸다. 멜라르-30의 선장은 고맙다는 표시로 손을 흔들고 곧장 부두다리 쪽을 향해 뱃머리를 돌렸다. 모터를 즐겨 쓰지 않는 고독한 뱃사람일지 모르겠다고 미카엘은 생각했다. 닻을 내리는지 절그렁하는 쇳소리가 들렸고 이어 돛 역시 내려졌다. 좁은 공간에 배를 넣으려고 키를 조종하랴, 뱃고물에서 정박용 밧줄을 준비하랴, 선장은 혼자서 이리 뛰고 저리 뛰고 정신이 없었다.

미카엘은 부두다리 위로 뛰어올라 밧줄을 받아줄 테니 던지라는 표시로 손을 내밀었다. 멜라르-30은 마지막으로 방향을 조정한 다음 마침내 스캄피 옆으로 미끄러지듯 들어왔다. 그리고 선장이 미카엘에게 밧줄을 던지는 순간, 갑자기 두 남자의 얼굴에 환한 미소가 번졌다. 그들은 아는 사이였다.

"여어! 잘 있었나, 로반!" 미카엘이 외쳤다. "왜 모터를 안 써? 그럼 항구의 배를 모조리 긁어버리는 참사는 면할 텐데 말이야."

"아니, 이게 누구야. 미케 아냐? 어쩐지 낯이 좀 익더라니! 하하, 왜 모터를 안 쓰냐고? 시동만 걸린다면야 왜 안 쓰겠어? 글쎄, 이 빌어먹을 녀석이 이틀 전 뢰들뢰가에서 운명해버렸거든."

두 사람은 난간을 사이에 두고 악수를 나누었다.

까마득한 옛날, 그러니까 1970년대, 쿵스홀멘의 고등학교에서 미카엘 블롬크비스트와 로베르트 린드베리는 친구, 그것도 아주 가까운 사이였다. 하지만 학교 친구란 것이 대개 그렇듯 그들의 우정은 대학입학시험 이후 끊겼다. 둘은 각자의 길을 걸으면서 지난 이십 년 동안 어쩌다 대여섯 번 마주쳤을 뿐이었다. 아르홀마 선착장에서 이렇게 우연히 만나기 전에 마지막으로 본 게 벌써 육칠 년 전이었다. 이제 두 사람은 호기심에 찬 눈으로 서로를 훑어보았다. 로베르트는 햇볕에 그을렸고 머리는 온통 뒤엉킨데다 한 보름은 면도를 안 했는지 수염이 덥수룩했다.

미카엘은 기분이 한결 나아졌다. 고문 선생과 멍청이 친구들이 섬 반대편 식료품 가게 앞에 세워진 하지제 기둥 근처로 댄스 파티를 즐기러 떠날 때 그는 동행하지 않았다. 멜라르-30의 조종실에 앉아 학창 시절의 친구와 함께 떠들고 싶어서였다. 전통식 청어 요리를 안

주 삼아 아콰비트*를 마시면서.

저녁 몇시쯤 되었을까. 벌써 아콰비트를 여러 잔 마신 두 친구는 악명 높은 아르홀마 모기와의 싸움을 포기하고 선실로 자리를 옮겼다. 그리고 그간 기업계의 도덕성에 대해서 티격태격 악의 없는 논쟁을 시작했다. 두 사람이 쌓아온 경력은 스웨덴 금융계와 다소 관련이 있었다. 로베르트는 고등학교를 졸업하고 스톡홀름 경제대학교에 들어가 공부를 마친 후 금융계에 투신했다. 미카엘은 신문방송학을 전공하고 경력의 대부분을 금융계와 기업계의 비리를 고발하는 데 바쳐왔다. 대화는 1990년대에 나타난 이른바 '황금 낙하산' 계약**의 비윤리성으로 옮겨갔다. 맨 처음 로베르트는 가장 유명했던 몇몇 사건들이 윤리적으로는 아무 문제 없었다고 용감하게 옹호했다. 하지만 결국 잔을 내려놓더니 솔직히 기업계에 쓰레기 같은 작자들이 존재하는 건 사실이라고 인정했다. 그러더니 갑자기 심각한 눈빛으로 변해 미카엘의 눈을 응시하면서 말했다.

"너는 경제계의 비리를 파헤치는 기자라면서 왜 한스에리크 벤네르스트룀에 대해서는 기사를 안 쓰는 거지?"

"뭐, 별로 쓸 게 없다고 생각하니까."

"뒤져봐, 좀 뒤져보라고! 'SIB 프로그램'에 대해 아는 거 없어?"

"흠, 구공산권 동유럽 국가들의 경제 부흥을 도우려고 1990년대에 시행한 원조 프로그램 아닌가? 몇 년 전에 없어진 걸로 아는데. 거기에 대해서는 기사를 써본 적이 없네. 크게 미심쩍은 점도 없고 해서."

"맞아! SIB는 '산업지원위원회'의 약자고, 정부의 후원을 받아 스웨덴 대기업 열 군데 정도가 진행하는 프로그램이었어. 기업들이 폴

* 감자를 주원료로 한 스웨덴 전통주.
** 고액 퇴직수당 지불보증. 퇴직하는 간부가 거액을 챙길 수 있도록 보장해주는 계약.

란드 및 발트 연안국 정부들과 합의하에 결정한 일련의 프로젝트에 대해 정부의 보증을 얻어낸 거지. 스웨덴 노총勞總도 참여했어. 동유럽의 노동운동이 스웨덴식 모델에 따라 강화될 수 있도록 지원하기 위해서라나? 이론적으로 이 프로그램은 '자립을 돕는 원조'라는 원칙을 기반으로 한 원조 프로그램이야. 동유럽 국가들의 경제 회복을 돕는 게 목적이지. 하지만 실상은 스웨덴 기업이 동유럽 기업과 파트너십을 맺어 현지에 정착할 수 있도록 정부 보조금을 주는 거였어. 당시 장관이던 기독민주당의 그 옛 같은 작자 기억해? SIB의 열렬한 지지자였지. 그자가 떠들어댄 게 뭐였어? 폴란드의 크라쿠프에 제지 공장을 세운다, 라트비아의 리가에 제철 산업을 부흥시킨다, 에스토니아의 탈린에 시멘트 공장을 세운다, 이딴 것들 아니었어? 그리고 기금은 금융계와 기업계의 '덩치'들로만 구성된 SIB 사무국에서 분배했지."

"결국 국민의 혈세로 잔치를 벌인 셈이군."

"기금의 약 절반이 국가 보조금이었고, 나머지는 은행과 기업에서 나왔어. 물론 은행과 기업이 자선사업을 하려는 의도는 아니었지. 짭짤한 수익을 기대했던 거야. 아니라면 그 늑대들이 기웃거릴 이유가 없잖아?"

"그자들이 해먹은 액수가 정확히 얼만데?"

"잠깐, 우리 너무 앞서가지 말자고! SIB와 관련된 회사는 주로 동유럽 시장에 진출하고 싶어하는 스웨덴 대기업들이었지. 다국적기업 ABB나 초대형 건설사 스칸스카 같은 굵직한 기업들 말이야. 몇 푼 챙기려고 날뛰는 투기회사들이 아니었단 말씀이지."

"스칸스카가 투기한 일이 없다고? 웃기고 있네! 거기서 일하는 어떤 작자가 5억 크로나를 단기주식에 투자했다가 날려먹어서 사장 모가지가 대신 잘린 일 잊었나? 그리고 런던이나 오슬로에서 부동산 투기에 광분해 매달리는 건 또 누군데?"

"물론이야! 이 세상 어느 기업에나 한심한 작자는 있게 마련이지. 하지만 지금 내가 말하려는 뜻을 너도 알 거야. 그래도 이 회사들은 어쨌든 무언가를 생산하는 기업들이야. 스웨덴 산업의 기둥이라 할 수 있다고."

"그럼 벤네르스트룀은? 스웨덴 산업에서 그자가 차지하는 위치는 뭔데?"

"벤네르스트룀은 조커야. 어디서 튀어나왔는지 알 수 없는 존재란 말이지. 이른바 '굴뚝 산업'에 몸담은 적이 한 번도 없고, 이 분야와도 아무 관계가 없는 인물이야. 하지만 증권 거래로 엄청난 돈을 긁어모아 안정된 기업들에 투자했지. 말하자면 뒷문으로 들어온 셈이야."

미카엘은 잔에 아콰비트를 따른 다음 몸을 뒤로 쭉 젖혔다. 그리고 벤네르스트룀이란 인물에 대해 자기가 알고 있는 바를 정리해보았다. 노를란드주 어딘가에서 출생한 그는 1970년대에 투자회사를 설립했다. 약간의 돈을 모아 스톡홀름으로 옮겨왔고 찬란했던 1980년대에 비약적인 발전을 이뤘다. '벤네르스트룀 그룹'을 창설해 런던과 뉴욕에 지사를 냈을 때, 그의 기업은 전자회사 베이에르와 같은 비중으로 신문에 언급되기 시작했다. 주식과 옵션을 거래하고 치고 빠지는 작전을 즐기면서 점점 더 재산을 불려나간 그는 마침내 스웨덴의 신흥 억만장자가 되어 유명인사를 다루는 잡지에까지 등장했다. 스톡홀름 중심가 스트란드베겐의 펜트하우스, 베름되의 초호화 여름 별장, 그리고 파산한 전 테니스 스타에게서 사들인 길이 23미터짜리 호화 크루즈를 소유하기도 했다. 그는 물론 약삭빠른 계산가였다. 하지만 워낙 1980년대 자체가 약삭빠른 계산가들과 부동산 투기꾼들의 시대였기에 그가 특별히 주목받았다고는 할 수 없었다. 오히려 그는 거물들의 그늘에 숨어 있었다. 스텐베크* 같은 화려한 언변도 없

---

* 얀 스텐베크(1942~2002). 스웨덴 대형 투자회사 AB 쉬네비크의 대표였다.

었고, 바르네비크*처럼 요란한 사생활로 타블로이드를 장식하는 일도 없었다. 부동산 쪽은 거들떠보지도 않았고, 대신 동유럽에 거액을 투자했다. 1990년대, 그러니까 벤처 거품이 걷히고 닷컴기업 사장들이 줄줄이 '황금 낙하산'을 펼쳐야 했을 때에도, 벤네르스트룀의 기업은 위기를 잘 헤쳐나올 수 있었다. 〈파이낸셜타임스〉의 표현을 빌리자면 가히 '스웨덴판 성공 스토리'라 할 만했다.

"1992년, 벤네르스트룀은 갑자기 SIB에 도움을 청했어." 로베르트가 말을 이었다. "금융 지원이 필요했던 거지. 그가 계획서를 하나 제출했는데 폴란드 사람들이 보면 솔깃할 만한, 겉보기에는 멋지게 꾸며진 것이었어. 바로 식품 산업용 포장재 제조 공장을 세운다는 계획이었지."

"깡통 만드는 공장인가?"

"정확히 말하면 다르지만, 뭐 비슷해. 그가 SIB 내부의 어떤 작자들하고 안면이 있었는지는 잘 모르겠어. 여하튼 거기서 아무 문제 없이 6천만 크로나를 타냈지."

"흐음, 이야기가 슬슬 재미있어지기 시작하는군! 자, 그다음 얘기는 내가 해볼까? '그리고 그 돈이 어떻게 되었는지 아무도 알지 못했다……' 뭐, 이런 스토리 아냐?"

"천만에!"

로베르트는 심오한 미소를 지어 보이고는 아콰비트를 몇 모금 들이켰다.

"그후 전개된 일들은 회계상 고전적인 스토리야. 벤네르스트룀은 실제로 폴란드, 정확히 우치에 포장재 공장을 세웠어. 회사명은 '미노스'. 1993년, SIB는 미노스로부터 모든 게 잘 되어가고 있다는 보고서를 받았어. 그런데 1994년에 미노스가 갑자기 파산한 거야."

---

* 페르시 바르네비크(1941~). 전자기기와 로봇공학에 주력하는 기업 ABB의 대표.

마치 미노스의 갑작스러운 붕괴를 암시하듯 로베르트는 빈 잔을 탁자 위에 탁 하고 내려놓았다.

"SIB의 문제는 프로그램이 차질 없이 진행되는지 아닌지를 보고하는 시스템을 제대로 갖추고 있지 않았다는 사실이야. 왜, 당시 세상 분위기가 어땠는지 기억나지 않나! 베를린 장벽이 무너졌을 때, 모두가 그저 기쁨에 도취해 순진한 낙관주의에 빠져들었지. 이제 동유럽에도 민주주의가 도입될 것이다, 더이상 핵전쟁은 없다, 공산주의자들이 하루아침에 진짜배기 자본주의자들로 변할 것이다 등등. 스웨덴 정부는 동유럽에 민주주의를 뿌리내리고 싶었고, 모든 자본가들은 새 유럽을 건설하는 데 기여하고 싶은 마음뿐이었어."

"흥! 자본가들이 선행에 관심이 있다는 말은 금시초문이군."

"여봐! 당시 자본가들에겐 엄청난 유혹이었어! 러시아와 동유럽은 미개척 시장에서 중국 다음으로 거대한 시장이야. 그러니 기업들이 앞다퉈 정부를 도우려 들지 않겠어? 게다가 자신들이 푼돈만 부담해도 된다면 더욱 그렇지. SIB는 총 300억 크로나가 넘는 국민 혈세를 집어삼켰어. 나중에 스웨덴 국민에게 더 큰 이익이 돌아온다고 떠들어댔지만…… 하여튼 서류상으로 보면 SIB의 주도권은 정부측에 있었어. 그러나 실제로는 참여한 재계의 영향력이 너무도 컸기 때문에 SIB 사무국은 독립적으로 움직였다고 해도 과언이 아니지."

"무슨 말인지 알겠어. 하지만 그게 기삿거리가 될 수 있을까?"

"계속 들어봐! 이 프로그램을 시작했을 당시에는 자금을 조달하는 데 아무 문제가 없었어. 스웨덴에 아직 금리 위기가 닥치지 않았을 때니까 돈이 넘쳐났지. 게다가 정부는 SIB 덕분에 국제사회에서 폼을 잡을 수 있어서 좋았고. 동유럽의 민주주의 발전에 스웨덴이 크게 기여한다는 식으로."

"그럼 이게 모두 우파 정부 때 일어난 일이군."

"여기에 정치를 결부시키지는 말자고! 이건 돈의 문제야. 사회민주당이나 중도파가 정권을 잡고 있었어도 마찬가지였을 거란 말이지. 그래서 SIB가 거침없이 내달린 거야. 그런데 환율 위기가 닥쳤어. 몇몇 멍청한 사회민주당 의원들이—기억나?—징징거리기 시작했지. SIB 활동에 투명성이 결여되었다고 말이야. 그중 하나는 SIB를 '스웨덴 국제개발협력기구ᴰ'와 혼동했어. 마치 탄자니아에서 진행되는 '인도주의적' 프로젝트 같은 거라고 생각했던 모양이야. 그리고 1994년 봄, SIB를 조사하기 위해 특별위원회가 결성되었지. 이때 SIB의 몇몇 프로젝트를 우려하는 목소리가 나왔고, 바로 미노스가 첫번째 조사 대상이 되었어."

"그리고 벤네르스트룀은 자신의 자금 사용을 정당화하지 못했겠군."

"천만에! 벤네르스트룀은 약 5400만 크로나가 미노스에 투자되었음을 증명하는 훌륭한 보고서를 제출했어. 그런데 이 보고서에는 다른 사실도 적혀 있었지. 폴란드 같은 낙후된 국가에는 구조적 문제들이 너무 많아서 현대적인 포장회사가 제대로 굴러갈 수 없었다, 더욱이 현지에서 독일이 유사한 프로젝트를 벌이는 바람에 경쟁 끝에 미노스 공장이 지고 말았다, 등등. 당시 독일은 동유럽 전체를 사들이는 중이었거든."

"그런데 벤네르스트룀은 6천만 크로나를 받았다고 했잖아?"

"맞아. SIB는 우선 무이자로 자금을 대출받았어. 물론 수년에 걸쳐 일부를 상환한다는 조건이었지. 하지만 미노스는 나자빠졌고, 이걸 두고 벤네르스트룀에게 왜 망했느냐고 따질 수는 없는 노릇이었어. 여기서 고맙게도 정부의 보증이 개입해 벤네르스트룀의 빚은 사라져버렸지. 파산한 미노스에 들어간 돈을 상환하지 않아도 된 거야.

---

* 개발도상국의 발전 사업과 인권 향상을 돕는 스웨덴 정부기구.

단지 그 자금을 사업 활동하는 데 지출했다는 사실만 보여주면 됐으니까."

"자, 내가 제대로 이해했는지 한번 보자고! 정부가 수조에 이르는 혈세를 퍼주었고, 거기다 보너스로 외교부를 동원해 동유럽의 문까지 열어주었다. 기업들은 돈을 받아 '현지합작 벤처회사' 따위를 만들어 엄청난 이익을 챙겼다…… 비즈니스 판에선 흔히 있는 일 아냐? 어떤 사람들이 죽어라 세금을 내면 다른 놈들이 그 돈으로 호주머니를 두둑이 불리는 것, 영원히 변치 않는 진리지!"

"하하, 참 냉소적이군! 그래도 대출금은 상환하기로 되어 있었잖아."

"무이자라며? 납세자들이 죽어라 돈을 갖다 바쳐도 땡전 한푼 돌아오는 게 없다는 뜻이잖아. 벤네르스트룀이 6천만 크로나를 받아 5400만을 날렸다고 했지? 그럼 나머지 600만은 어디 갔어?"

"SIB 프로젝트가 대대적으로 조사를 받는다는 사실이 확실해지자, 벤네르스트룀은 SIB에 600만 크로나짜리 수표를 보냈어. 이렇게 해서 법적으로는 아무런 하자가 없게 된 거지."

로베르트는 입을 다물고 미카엘을 쳐다보았다. 무언가를 간절히 원하는 눈빛이었다. 미카엘이 말했다.

"흠, 벤네르스트룀이 그렇게 SIB 돈을 좀 날려버렸군. 하지만 스칸스카에서 사라져버린 5억 크로나와, ABB 회장이 '황금 낙하산'으로 챙긴 10억 크로나에 비하면—당시 이 사건들 때문에 난리도 아니었잖아?—애들 장난 아냐? 솔직히 이런 사건이 기삿거리가 되긴 힘들어. 요즘 독자들은 주식으로 대박을 터뜨린 인간들 얘기라면 신물이 날 정도로 듣고 있거든. 국민 혈세를 빼돌려 번 돈이라 할지라도 말이야. 네 얘기에 다른 건 없는 거야?"

"지금까지 한 얘기는 시작에 불과해."

"그런데 벤네르스트룀이 폴란드에서 벌인 일을 어떻게 알게 됐어?"

"내가 1990년대에 상업은행에서 일했거든. 상업은행 대표 자격으로 SIB에서 이 사건을 조사한 게 바로 이 몸이야."

"흠, 이해가 되는군. 계속해봐!"

"그래서…… 자, 간략하게 설명할게. 우선 SIB는 벤네르스트룀에게서 보고서를 받았어. 증빙서류는 전부 갖춰졌고 차액도 반환되었지. 돌려보낸 600만 크로나는 참 약삭빠른 짓이었어. 생각해봐! 말도 안 했는데 누가 빌린 돈을 돌려주겠다고 싸들고 찾아오면 '이 친구, 참 믿을 만하구나'라고 생각할 것 아냐?"

"요점을 말해보라고!"

"이 사람아, 이게 바로 요점이야! SIB가 벤네르스트룀의 보고서에 만족했다는 것! 투자 내역은 정말 뒤죽박죽이었지만 크게 잘못된 점 역시 찾기 힘들었어. 송장(送狀)과 이체증서를 포함해서 증빙서류를 한 무더기나 뒤져봤는데 모든 것이 치밀하게 증명되어 있더군. 나는 믿었어. 우리 팀장도 믿었고. SIB도 믿었고 정부 역시 더는 할말이 없었지."

"그럼 대체 뭐가 문제라는 거야?"

"자, 이제부터 할 얘기는 좀 민감한 사안인데 말이야."

순간 로베르트의 얼굴이 놀라울 정도로 심각해졌다.

"미카엘, 네가 기자니까 하는 말인데 지금부터 내가 하는 이야기는 반드시 오프 더 레코드인 거야. 알겠지?"

"그게 무슨 말이야? 지금까지 나를 앉혀놓고 온갖 얘기를 떠들어대더니, 이제 와서 보도 제외 내용이라니? 어떻게 그럴 수 있어?"

"그래, 얘기 못할 게 뭐 있겠어! 이제껏 내가 말한 내용은 천하가 다 아는 사실인데. 원한다면 너도 관련된 보고서를 열람할 수 있어. 지금부터 내가 할 얘기도 실은 네가 기사로 써줬으면 하는 마음이야. 단, 나를 '익명의 제보자'로 남겨줬으면 좋겠어."

"그런 거라면 문제없지. 그런데 오프 더 레코드의 뜻이 뭔지는 아는 거야? 일반적으로는 어떤 사적인 이야기를 들었어도 그것을 공표할 권리가 없음을 의미해."

"그런 복잡한 용어 설명은 집어치우라고! 네가 쓰고 싶은 대로 써. 대신 나는 익명으로 남는 거야. 동의하는 거지?"

"물론이야." 미카엘이 대답했다. 나중에 깨달은 사실이지만 이렇게 대답한 것이 큰 실수였다.

"좋아, 지금부터 얘기하지! 미노스 사건은 십 년 전에 일어났어. 베를린 장벽이 무너지고 공산주의자들이 제법 그럴듯하게 자본주의자로 변모하고 있었지. 나는 벤네르스트룀 조사팀의 일원이었는데 시종 수상쩍은 느낌이 가시지 않는 거야."

"왜 그럼 그때 말하지 않았어?"

"물론 팀장하고 이야기해봤어. 문제는 우리에게 확실한 근거가 없다는 거였어. 모든 서류가 정상적으로 갖춰져 있었으니까. 결국 나는 보고서에 서명할 수밖에 없었지. 하지만 그후로 벤네르스트룀이라는 이름이 신문에 나올 때마다 내 머릿속에는 '미노스'란 세 글자만 떠올랐어."

"그랬겠군."

"그후 몇 년이 지난 1990년대 중엽에 우리 은행은 벤네르스트룀과 몇 차례 거래를 했어. 상당히 굵직한 거래들이었지. 그런데 문제가 많았어."

"그자가 은행을 상대로 사기라도 친 거야?"

"그건 아니야. 벤네르스트룀과 은행, 양쪽 모두 이익을 봤어. 그러니까 설명하기가 좀 난감한데…… 왜냐면 내가 일하는 은행을 부정적으로 언급하고 싶지는 않거든. 어쨌든 당시 내가 그에게 받은 인상은—소위 '전체적으로 오래 남는 인상' 말이야—그렇게 긍정적이지 않았어. 요즘은 매체들이 벤네르스트룀을 무슨 족집게 경제 예측가

나 되는 양 떠들어대고 있지. 그게 바로 이른바 신용자산이고, 그는 그걸 이용해 행세하는 셈이야."

"무슨 얘기인지 알겠어."

"그런데 내가 본 그는 간단히 말해서 순 엉터리였어. 금융에 특별한 재능이 없었거든. 게다가 어떤 분야에서는 믿을 수 없을 정도로 무식했지. 물론 영리한 '젊은 전사'들이 고문을 맡아 그를 둘러싸고 있었지만 인간 자체는 정말로 허접했어."

"그랬었군."

"일 년 전쯤, 다른 일로 폴란드에 갈 기회가 있었고, 우리 그룹은 우치의 몇몇 투자자들과 함께 저녁식사를 했어. 그곳에서 우치 시장과 동석하게 되었지. 우리는 폴란드 경제를 다시 일으켜세우는 일이 얼마나 어려운지 따위에 대해 토론했어. 그러다가 내가 미노스 프로젝트를 언급했지. 시장은 잠시 멍한 표정을 짓더니―마치 미노스라는 말을 처음 들어본다는 듯이―이윽고 아무짝에도 쓸모없었던 쪼그만 업체가 하나 있었다는 사실을 기억해냈어. 그리고 킬킬거리면서 뭐라고 했는지 알아? 만일 스웨덴 투자자들의 능력이 그 정도밖에 안 된다면, 스웨덴은 곧 파산해버릴 거라고 하더군. 무슨 말인지 알겠어?"

"적어도 우치 시장은 머리가 제대로 박힌 사람이었던 모양이군. 계속해봐."

"이후로 시장의 말이 뇌리를 떠나지 않았어. 다음날 오전에 미팅이 하나 있었고 오후는 자유 시간이었지. 시간이나 보내려는 생각으로 우치 근방의 작은 마을에 있는 폐쇄된 미노스 공장에 가봤어. 창고 안에는 선술집이 들어서 있고 마당에는 강아지들이 한가로이 뛰놀고 있더군. 커다란 공장 건물은 금방이라도 쓰러질 듯했고. 1950년대 공산군이 골함석*으로 지은 창고였거든. 나는 건물을 관리하는 수위를 만났어. 독일어를 몇 마디 할 줄 아는 사람이었는데 사촌 중에 미노스에서 일한 사람이 있다고 하더군. 근처에 산다고 해서 함께 찾아갔지. 수위가 통역을 해줬고. 그가 무슨 말을 했는지 알고 싶나?"

"그래, 알고 싶어 미치겠다!"

"미노스는 1992년 가을에 문을 열었어. 직원은 많아야 15명 정도였고 대부분 나이든 부인들이었지. 월급은 150크로나 남짓. 처음엔 기계도 없어서 직원들은 건물 청소나 하며 시간을 보냈대. 10월 초에 종이상자 만드는 기계가 세 대 들어왔지. 포르투갈제였는데 형편없이 낡아빠진 구식 모델. 그 고철을 무게로 달아 팔아도 전부 1천 크로나나 될까? 작동하긴 했지만 자주 고장이 났어. 물론 부품을 교환해줄 리 없었지. 그래서 매번 작업이 중단되곤 했대. 대부분 임시방편으로나마 직원들이 직접 기계를 수리하곤 했다더군."

"흠, 이제 좀 기삿거리가 되어가는군." 미카엘이 인정했다. "그럼 미노스 공장에서 실제로 생산한 건 뭐지?"

"1992년에서 1993년 상반기까지 세제상자며 달걀상자 따위를 만들어냈어. 종이봉투도 만들었지. 하지만 자꾸 원자재가 떨어져서 제대로 제품이 쌓인 적이 한 번도 없었다는군."

"거액을 투자한 회사에 어울리지 않는 일이네."

"셈을 해보니 이 년간 건물 임대료 총액이 1만 5천 크로나. 봉급으로 들어간 건 아무리 많이 잡아도 기껏 15만 크로나. 기계와 운송수단—운송수단이라고 해봐야 달걀상자를 배달하는 소형 트럭 한 대—구입 비용이…… 25만 크로나 정도. 여기에 사업자등록비와 교통비—스웨덴에서 여기까지 몇 차례 오간 사람이 있었다더군. 이 모든 걸 다 합해도 100만 크로나가 안 돼. 1993년 여름, 어느 날 공장장이 오더니 이제 공장 문을 닫는다고 하더래. 그리고 얼마 후 헝가리 트럭이 한 대 나타나 기계 쪼가리를 모두 싣고 떠나버린 거야. '굿바

---

* 물결 모양으로 골이 진 얇은 철판.

이, 미노스!'였던 거지."

　재판 기간 동안 미카엘은 이 하지제 전야의 대화에 대해 종종 생각해보곤 했다. 고등학교 시절처럼 단짝 친구와 허물없는 분위기 속에서 나눈 대화였다. 학창 시절 두 친구는 그 나이의 소년들이 흔히 할 만한 고민들을 함께 나누곤 했다. 하지만 어른이 된 지금은 완전히 다른 두 이방인이었다. 미카엘은 대화를 나누면서도 이따금 신기한 느낌이 들었다. 어떻게 친할 수 있었을까? 그가 기억하는 학창 시절의 로베르트는 조용하고 착실했으며 소녀들 앞에서는 믿을 수 없을 정도로 수줍은 소년이었다. 그리고 지금은 성공하려고 전력투구하는 유능한 은행인이었다. 미카엘 자신과는 정반대의 세계관을 지닌 인물인 것이다.

　미카엘이 취할 때까지 술을 마시는 경우는 별로 없었다. 하지만 망쳐버린 요트 여행이 우연한 만남 덕분에 유쾌한 저녁 파티로 변하자, 한껏 기분이 좋아져 자신도 모르게 아콰비트 한 병을 비워가고 있었다. 처음에 그는 로베르트의 이야기를 심각하게 듣지 않았다. 워낙 학창 시절에 주고받던 농담처럼 대화가 오갔던 탓이다. 하지만 끝내 미카엘의 기자 본능이 깨어났다. 순간적으로 로베르트의 이야기에 집중하기 시작했고, 이어서 논리적인 질문들이 튀어나왔다.

　"잠깐만! 내가 알기로 벤네르스트룀은 개미 투자자들의 우상이야. 게다가 억만장자고."

　"벤네르스트룀 그룹의 총자산은 2천억 크로나 정도지. 네가 무슨 질문을 하려는지 맞혀볼까? 왜 그런 억만장자가 용돈밖에 안 되는 5천만 크로나 때문에 사기를 치고 다녔느냐, 이거 아니야?"

　"음, 좀더 정확히 말하자면, 가진 것마저 위태로워질 수 있는데 왜 그렇게 뻔히 보이는 사기를 쳤느냐는 거지."

　"그 사기가 그렇게 명백한 것만은 아니었어. SIB 사무국 전체가 속아넘어갔으니. 그리고 각 은행 파견단, 정부, 국회 소속 회계사들 역시 벤네르스트룀이 제출한 회계 보고서를 받아들였지."

"좋아, 그건 그렇다 치자. 그렇다면 왜 그리 작은 액수에 목숨을 걸었을까?"

"잘 생각해봐! 벤네르스트룀 그룹은 부동산, 옵션, 유가증권, 외환 등등 단기수익을 가져다주는 거라면 뭐든 다루는 투자전문회사야. 그런데 그가 SIB를 접촉한 1992년에 무슨 일이 있었는지 생각해봐. 경기가 바닥을 쳤지. 1992년 가을, 생각나?"

"그때가 생각나느냐고? 말 마라! 아파트 사려고 변동 금리로 대출받았는데, 그해 10월 스웨덴 은행 금리가 다섯 배나 치솟았다고! 일 년간 꼼짝없이 이자를 19퍼센트나 물어야 했어."

"엄청나군!" 로베르트가 미소 지었다. "나도 그해에 엄청나게 손해를 봤다. 그리고 벤네르스트룀도—당시 모두가 그랬듯—똑같은 문제로 고생 좀 한 거야. 기업에 돈이 수십억 있으면 뭐하나? 죄다 종잇조각에 불과한 온갖 계약에 묶여서 현금은 한푼도 없는데. 그렇다고 어디 가서 돈을 빌려오기도 힘들지. 이럴 때 흔히 할 수 있는 일은 건물 몇 채 처분해서 일단 구멍을 메우는 건데, 이마저 부동산 경기가 얼어붙었으니 불가능했지."

"이른바 유동성 문제였다는 거군."

"바로 그거야. 당시 이런 문제에 직면한 건 벤네르스트룀만이 아니었어. 모든 사업가들이 마찬가지였지."

"사업가들이라니! 어떤 이름을 써도 상관없지만 진지하게 이 일에 종사하는 사람들을 생각해서라도 그 명칭은 함부로 사용하지 말자고!"

"…… 하하, 좋아! 그럼 표현을 바꿔서 당시 모든 '투기꾼'들이 '유동성 문제'에 직면했지. 한번 상상해보자고! 벤네르스트룀이 6천만 크로나를 얻었다. 그중 600만 크로나만 상환했는데, 그마저 삼 년이

지나서였다. 미노스에 들어간 돈은 100만 크로나를 넘지 않았다. 삼년간 6천만 크로나의 이자만 해도 엄청난 액수다. 특히 그가 돈을 투자하는 방식을 감안할 때 SIB의 돈을 두 배로, 아니 열 배로 불릴 수 있었을 것이다. 이 정도면 결코 우스운 금액은 아니지…… 자, 한잔 하자고!"

2장
12월 20일 금요일

크로아티아 출신의 드라간 아르만스키는 쉰여섯 살의 남자다. 부친은 벨라루스 출신의 아르메니아계 유태인이며, 모친은 그리스계의 보스니아 이슬람교도였다. 그의 문화적 교육을 담당한 이는 모친이었다. 그 결과, 성년이 되었을 때 그는 매체들이 '이슬람'이라고 통칭하는 매우 잡다한 성격의 거대 집단에 속했다. 그리고 처음 스웨덴 땅을 밟았을 때 이민국은 기이하게도 그를 세르비아인으로 등록했다. 현재 그의 여권은 그를 스웨덴 국민으로 명기하고 있지만 여권 사진이 보여주는 얼굴은 전형적인 스웨덴인이 아니었다. 검은 수염으로 덮인 각진 턱에 관자놀이게가 희끗한 다부지고도 이국적인 얼굴이었다. 사람들은 종종 그를 '아랍 사람'이라고 부르곤 했지만 그의 몸에 아랍인의 피는 단 한 방울도 섞이지 않았다. 하지만 인종우생학에 미친 작자들이 보았다면 주저 없이 '열등한 인간 재료'라고 분류해버렸을 유전자의 집합소라 할 수 있었다.

그의 얼굴은 미국 갱스터 영화에 나오는 중간 보스를 떠오르게 했다. 하지만 그는 마약 밀매업자도, 마피아 밑에서 일하는 킬러도 아니었다. 1970년대 보안회사 밀톤 시큐리티에서 말단 회계사원으로 일하기 시작해 삼십 년이 지난 지금은 CEO 자리에 오른 유능한 경제 전문가였다.

일을 할수록 보안 문제에 관한 그의 관심은 점점 커져갔고 결국에는 강한 열정으로 발전했다. 위험 상황을 파악해 타개 전략을 개발하고 산업스파이나 협박범, 사기꾼 등이 일을 터뜨리기 전에 선수를 치는 것…… 이 모든 일이 흥미진진한 전략 게임 같았다. 물론 여기에는 계기가 있었다. 입사 초기에 그는 기업 고객이 교묘한 회계 조작 사기에 휘말린 사실을 발견했는데, 그 회사의 사원 12명 중에서 범인을 찾아냈다. 문제의 회사가 보안상 극히 사소한 구멍 몇 개를 보완하는 일을 소홀히 한 탓에 이 모든 사기가 가능했다는 사실이 상당히 놀라웠다. 삼십여 년이 지난 지금까지도 생생하게 떠오를 만큼 큰 충격이었다. 이 일을 계기로 그는 말단 회계사원에서 밀톤 시큐리티의 발전을 이끄는 주역으로, 금융사기 분야의 전문가로 변신해갔다. 그로부터 오 년 후 그는 회사 경영진에 합류했고 다시 십 년 후에는 CEO가 되었다. 처음에는 직위를 상당히 부담스러워 했지만 이러한 부담감은 얼마 안 가 사라졌다. 그가 회사를 이끌게 된 후로 밀톤 시큐리티는 스웨덴에서 가장 유능하고 신뢰할 만한 보안회사로 거듭났기 때문이다.

밀톤 시큐리티에는 380명의 정직원과 맡은 업무에 따라 수당을 받는 믿을 만한 프리랜서가 300명 넘게 있다. 팔크나 스벤스크 베바크닝셴스트에 비하면 작은 회사라 할 수 있다. 드라간이 입사했을 당시에 회사 이름은 '요한 프레드리크 밀톤 종합보안회사'였으며, 고객은 근육질의 경비원들을 필요로 하는 대형 할인점이 대부분이었다. 하지만 드라간이 CEO가 된 후 회사명은 보다 국제적인 활동에 적합한 '밀톤 시큐리티'로 바뀌었으며, 업무 역시 첨단 기술을 주로 활용하는 방향으로 나아갔다. 인력도 교체됐다. 피로에 찌든 야간 경비원, 제복에 집착하는 페티시스트, 몇 푼 안 되는 용돈을 노리는 아르바이트 고교생을 확실한 능력의 전문 인력으로 대체한 것이다. 드라간은 연륜 있는 전직 경찰들을 팀장으로 스카우트했으며 국제 테러리즘, 산업스파이, 밀착 경호를 전공한 학위소지자, 그리고 IT 전문가와 통신기술자를 고용했다. 또한 사옥은 교외 지역인 솔나를 떠나 스톡홀름 중심부 슬루센의 멋진 건물로 이전했다.

1990년대 초, 밀톤 시큐리티는 제한적으로 선별한 고객들—엄청난 매출액을 자랑하는 중형기업, 지폐 다발에 깔린 로큰롤 스타, 돈벼락 맞은 주식 재벌, 벤처기업 사장 같은 부유한 개인들—에게 완전히 새로운 유형의 보안 시스템을 제공할 능력을 갖췄다. 주요 업무 중 하나는 외국, 특히 중동 지역에 나간 스웨덴 회사에 경호원과 보안 솔루션을 제공하는 일이며, 이 영역은 전체 매출의 약 70퍼센트를 차지했다. 4천만 크로나이던 연간 매출액은 드라간이 회사를 이끄는 동안 200억 크로나로 증가했다. 보안 시스템을 제공하는 일은 이제 엄청나게 돈이 되는 장사가 되었다.

사업은 크게 세 영역으로 나뉜다. 첫째는 보안 상담으로, 발생 가능한 혹은 상상 가능한 위험 요소를 확인해주는 일이다. 둘째는 예방 조치로 고가의 감시카메라, 도난 및 화재 경보기, 전자잠금 시스템, IT 장치 등을 설치해주는 일이다. 마지막으로는 현실적으로나 잠재적으로 위협의 대상이 될 만한 개인 혹은 기업을 밀착 경호하는 일이다. 지난 십 년 사이 사업 규모가 사십 배 이상 증가한 이 세번째 시장에 최근 새로운 유형의 고객이 출현했는데, 바로 부유한 여성들이었다. 그들은 헤어진 애인이나 전남편, 혹은 TV 방송에 출연한 모습을 보고서 그녀들의 타이트한 옷이나 립스틱 색깔에 집착하는 익명의 스토커들로부터 자신을 보호하고 싶어했다. 한편 다른 유럽 국가나 미국의 일급 보안업체와 파트너십을 맺고 스웨덴을 방문하는 저명인사를 경호하기도 한다. 촬영 때문에 트롤헤탄에 두 달간 체류하게 된 미국 유명 여배우의 경우에는, 자주는 아니지만 그녀가 호텔 주위를 산책할 땐 반드시 경호원을 붙여달라는 에이전트의 요구가 있기도 했다.

네번째 사업은 이따금 직원 몇 사람만 동원해도 충분할 정도로 매우 협소한 영역으로, PU라 불리는 대인 조사 활동이었다.

드라간은 이 영역에 크게 연연하지 않았다. 별로 돈이 되지도 않을 뿐더러 통신 기술이나 감시장치 설치에 관한 전문 지식보다는 직원의 개인적 능력과 판단력에 더 의존해야 하는 미묘한 분야였던 탓이다. 물론 대인 조사가 필요한 경우도 있었다. 개인의 상황능력 확인, 채용 대상자의 신원 확인, 회사기밀 유출, 혹은 기타 범죄 혐의가 있는 직원의 활동 감시 등등. 이런 경우에 실행 가능한 영역이 PU였다.

하지만 고객들은 끊임없이 불법적인 작업을 요하는 사적인 문제를 들고 오곤 했다. 딸애하고 데이트하는 그 깡패 녀석이 누구인지 알고 싶소…… 아내가 바람을 피우는 것 같아요…… 아들놈은 괜찮은 녀석인데 그애가 어울리는 친구놈들이란…… 지금 협박을 당하고 있습니다…… 드라간은 대부분 이러한 의뢰를 단호하게 거절했다. 딸이 성인이라면 그 어떤 형편없는 인간이라 하더라도 원하는 상대와 데이트할 권리가 있을 터였다. 외도는 부부간에 해결할 문제라는 것이 그의 지론이었다. 더욱이 이러한 의뢰 뒤에는 밀톤 시큐리티를 스캔들과 법적 곤경에 빠뜨릴 함정이 도사릴 가능성도 있었다. 따라서 드라간은 이러한 업무에 엄격한 통제를 가했다. 사실 이런 일을 통해 들어오는 돈이라고 해봤자 기업의 전체 매출액에 비하면 그야말로 푼돈에 지나지 않았다.

불행히도 이날 아침의 대화 주제가 바로 문제의 대인 조사였다. 드라간은 약간 초조한 기색으로 바지의 주름을 고르고는 몸을 뒤로 젖혀 안락의자에 등을 기댔다. 그리고 자신보다 서른두 살이나 어린 직원 리스베트 살란데르를 착잡한 눈으로 쳐다보았다. 볼 때마다 느끼는 바이지만 정말 그녀처럼 이 보안회사의 명성에 어울리지 않는 사람도 없을 거라는 생각이 들었다. 이러한 회의적인 시각에는 물론 충분한 이유가 있었지만 한편으로는 지극히 비합리적이기도 했다. 드라간이 이 업계에 몸담은 후로 만난 사람들 중 리스베트야말로 의심할 바 없이 가장 유능한 조사원이기 때문이다. 그를 위해 일한 지난 사 년간, 그녀는 한 번도 임무를 그르쳐본 적이 없었고 평범한 보고서를 써온 적도 없었다.

리스베트가 가져오는 결과물은 오히려 상상을 초월할 정도로 기막힌 것뿐이었다. 드라간은 그녀를 유일무이한 재능의 소유자라고 확신했다. 은행 정보를 빼오거나 사람을 미행하면서 감시하는 일 따위는 누구든 할 수 있다. 하지만 그녀는 상상력이 뛰어나 언제나 예상치 못한 뭔가를 찾아서 돌아왔다. 대체 무슨 수를 쓰는지 그로서는 알 수 없었다. 때로는 정보를 찾는 데 마술이라도 부리는 건가 하는 생각이 들 정도였다. 정부 부처 쪽 자료 조사는 아예 그녀의 전문 영역이었고 지극히 희귀한 정보들까지 찾아오곤 했다. 무엇보다도 그녀에게는 조사 대상의 내부를 파헤쳐 들여다보는 신비한 능력이 있었다. 밝혀내야 할 수상쩍은 게 있으면 그녀의 시선은 마치 컴퓨터로 조종하는 크루즈미사일처럼 대상 위에 아주 정밀하게 꽂혀내리곤 했다. 그녀가 천부적 재능을 지녔다는 사실에는 의심의 여지가 없었다.

리스베트의 레이더망에 걸려든 사람이 그녀의 보고서를 본다면 과연 어떤 표정을 지을까? 드라간에게는 지금도 생각만 하면 식은땀이 흘러내리는 일이 있다. 한번은 그녀에게 어느 제약회사 연구위원의 신원 조사를 맡긴 적이 있다. 기업을 인수하기 전에 통상적으로 하는 일이었다. 일주일 안에 끝내야 할 일이었지만 작업은 계속 연장

되었다. 수차례 경고를 했음에도 들은 척도 않던 그녀가 마침내 사주 만에 나타났는데, 손에 들려 있던 건 그 연구원이 소아성애자라는 충격적인 사실이 담긴 보고서였다. 그자는 탈린에서 열세 살짜리 미성년 성판매자와 적어도 두 차례 관계했으며, 심지어 동거녀의 딸에게까지 병적인 관심을 보인다고 했다.

리스베트의 능력은 이따금 사람을 절망에 빠뜨리기도 했다. 자신의 조사 대상이 소아성애자라는 엄청난 사실을 알아낸 그녀는 곧장 보스에게 전화하지도 않았고 사무실로 달려오지도 않았다. 아니, 정반대였다. 어느 저녁, 드라간이 퇴근하며 불을 끄려는 순간 불쑥 사무실로 들어온 것이다. 그러더니 아무 말 없이 핵폭탄과도 같은 보고서를 책상 위에 턱하니 올려놓고는 그대로 나가버렸다. 마찬가지로 대수롭지 않게 보고서를 집어들고 귀가한 그가 그걸 펼친 것은, 리딩 외에 있는 자신의 저택 거실에서였다. 아내와 함께 TV 앞에 앉아 느긋하게 와인이나 즐기려던 순간이었다.

보고서는 과학적이라 할 정도로 치밀했고 각 페이지 하단에는 각주와 인용문, 그리고 출처가 정확하게 명기되어 있었다. 앞부분에는 조사 대상의 과거, 학력, 경력, 경제 상황 등이 정리되어 있었고 폭탄과도 같은 내용이 나온 건 24쪽에 이르러서였다. 그가 탈린에서 벌인 엽색행각 말이다. 그런데 리스베트는 이 엄청난 내용을 담담하게 진술하고 있었다. 그자가 솔렌투나의 저택에 거주한다거나, 진청색 볼보를 몬다는 사실을 말할 때와 다름없이 객관적인 어조로. 그리고 자신의 주장을 뒷받침하기 위해 첨부한 두툼한 부록에는 그자와 함께 있는 어린 소녀의 사진이 잔뜩 실려 있었다. 탈린의 한 호텔 복도에서 촬영된 사진으로, 소녀의 스웨터 안에 손을 집어넣는 모습이 찍혔다. 게다가 대체 무슨 수를 썼는지 몰라도 리스베트는 소녀를 수소문해 상세한 증언까지 녹음해왔다!

그 보고서는 카오스와도 같은 상황을 불러올 수 있었다. 무슨 일이 있어도 드라간이 피하고 싶어했던. 그는 기절할 정도로 놀란 나머지 의사가 처방해준 위궤양 약 두 알을 허겁지겁 삼켜야 했다. 그리고 그후에 의뢰인을 불러 조사한 내용을 침울한 분위기 속에서 아주 간략하게 보고했다. 마지막으로는—의뢰인은 달가워하지 않았지만—데이터를 즉시 경찰에 넘기지 않을 수 없었다. 다시 말해 밀톤 시큐리티는 끝없는 고소와 역고소의 늪으로 빠져들 위험에 놓인 것이었다. 일이 삐끗해 그자가 석방이라도 된다면 회사는 명예훼손으로 소송에 휘말릴 수도 있는 일이었다. 세상에 그런 날벼락이 또 있을까!

그렇다. 리스베트는 놀라울 정도로 냉정해 보이는 여자였다. 하지만 드라간이 가장 탐탁지 않게 여기는 건 그 점이 아니었다. 사실 지금은 이미지가 모든 걸 좌우하는 시대 아닌가. 밀톤이 표방하는 이미지가 보수적 안정성이라면 리스베트의 차가운 이미지는 해양박람회에 전시된 동력삽만큼이나 신뢰감을 불어넣는다고 할 수 있었다.

그가 도저히 적응할 수 없었던 것은, 자신의 가장 유능한 조사원이 거식증 환자처럼 비쩍 마른데다 바짝 커트한 머리에 코와 눈썹에는 피어싱을 한 창백한 여자라는 사실이었다. 목에는 2센티미터쯤 되는 말벌 문신이 있었고 왼쪽 이두박근과 발목에는 끈 모양 문신을 두르듯 새겼다. 가끔 탱크톱을 입고 나타나면 어깨뼈 위에 새긴 큼직한 용 문신을 볼 수 있었다. 머리는 원래 적갈색이었는데 까마귀처럼 새카맣게 물들이고 다녔다. 하드로커 떼거리들과 한 일주일 신나게 어울려 다니다가 불쑥 나타난 듯한 모습이었다.

그녀에게 영양상 문제가 있는 것은 아니었다. 오히려 가리지 않고 아무거나 먹어치웠다. 타고난 체격이 말랐을 뿐이다. 뼈대가 마치 어린 소녀처럼 섬약했고 작은 손에 발목도 가늘었다. 가슴은 하도 작아 헐렁한 옷을 입으면 있는지도 모를 정도였다. 나이는 스물넷이었지만 어떤 이들은 열네 살로 보곤 했다.

입은 제법 컸고 코는 작은데 광대뼈가 솟아서 동양인처럼 보이기도 했다. 민첩한 몸동작은 마치 거미의 움직임을 닮았으며 컴퓨터로 일할 때면 손가락이 자판 위에서 춤을 추며 날아다녔다. 패션모델을 할 만한 몸매는 아니었지만 적당히 화장한 얼굴을 클로즈업해서 찍는다면 광고모델로 나서도 될 정도였다. 요컨대 화장과—이따금 눈살이 찌푸려지는 새까만 립스틱을 바르고 다녔다—문신과 피어싱 아래 숨은 그녀는…… 나름대로 매력적이었다. 그 매력이란 게 전혀 이해할 수 없는 종류인 게 문제이긴 했지만.

리스베트가 드라간 밑에서 일한다는 사실 자체가 놀라운 일이었다. 그가 일상적으로 마주하는 유형의 여자가 아니었으며 일자리를 제안할 만한 이미지는 더더욱 아니었다.

그녀를 채용한 것은 순전히 홀게르 팔름그렌 때문이었다. 과거 요한 프레드리크 밀톤의 개인적인 일들을 관리했었고 지금은 조기 은퇴한 변호사다. 그는 행동에는 약간 문제가 있지만 통찰력이 뛰어난 아가씨라고 리스베트를 소개했다. 그가 기회를 줘보라고 당부하는 터라 드라간은 내키지 않았지만 받아들였다. 거절할수록 끈질기게 달라붙는 사람임을 잘 알았기 때문이다. 또한 문제 청소년 같은 사회의 허섭스레기들을 돌보느라 쓸데없이 정력을 낭비하긴 하지만 판단력 하나만큼은 제대로인 사람이라는 것을 잘 알고 있었다.

하지만 그녀를 직접 본 순간, 곧바로 자신의 결정을 후회했다.

그녀의 문제는 단지 외모와 행동만이 아니었다. 중학교도 제대로 마치지 못했고 고등학교는 근처에도 안 갔으며, 어떤 종류의 고등교육도 받은 적이 없다고 했다.

처음 몇 달은 풀타임으로 근무했다. 더 정확히 말하면 '거의 풀타임'이라고 해야 하리라. 아무때나 불쑥 사무실에 나타나기 일쑤였다. 커피를 끓이고 우편물을 관리하고 서류를 복사하는 일을 맡겼는데, 그녀가 회사의 일반적인 근무 시간과 작업방식을 완전히 무시한다는 게 문제였다.

한편 직장 동료들의 신경을 긁는 데는 탁월한 능력이 있었다. 사람들은 그녀를 '이세포녀二細胞女'라고 불렀다. 호흡을 위한 세포 하나와 서 있는 데 필요한 세포 하나, 이렇게 두 세포만으로 이루어진 뇌를 지닌 여자란 뜻이었다. 그녀는 먼저 입을 여는 법이 없었다. 가끔 대화를 시도해보는 동료들이 있었지만 대답하는 경우가 거의 없었고, 결국 다들 말을 걸어보는 것조차 포기하게 되었다. 농담을 해보려는 시도 역시 언제나 실패로 돌아갔다. 그녀는 무표정한 시선으로 농담하는 사람을 빤히 바라보거나 노골적으로 짜증을 내는 걸로 응대했다.

얼마 안 가 '버럭 리스베트'라는 불명예한 별명까지 얻었다. 누군가에게 비웃음당했다고 느끼면 그대로 성질을 부렸기 때문이다. 이런 태도 때문에 그녀는 점점 외톨이가 되었고, 결국 길고양이 마주치듯 회사 복도에서 어쩌다 보게 되는 유령 같은 존재가 되고 말았다. 이제 사람들은 그녀를 구제불능으로 여겼다.

한 달 사이에 골치 아픈 문제가 끊이지 않자 급기야 드라간은 그녀를 해고할 생각에 사무실로 불렀다. 자신의 잘못을 낱낱이 지적당하는 동안 그녀는 조금도 반박하지 않았다. 눈썹 하나 까딱 않고 조용히 듣기만 했다. 드라간은 그런 태도를 용납할 수 없다는 말에 이어 그녀의 능력을 더 잘 발휘할 수 있는 일자리를 찾는 게 좋겠다고 하려던 참이었다. 그런데 입을 다물고 있던 그녀가 말을 딱 끊는 것이었다. 지금껏 흘리듯 몇 마디 내뱉을 뿐이던 그녀가 처음으로 조리 있게 말하기 시작했다.

"보세요! 사장님은 말 잘 듣는 하인을 원해요? 그렇다면 직업소개소에 가서 찾아보세요. 내가 어떤 사람인지 알아요? 난 원하는 건 무엇이든 누구든 찾아낼 수 있어요. 그런데 사장님은 나를 우편물이나 분류하게 하고 있죠. 아주 멍청하단 뜻이에요."

드라간은 아직도 생생하게 기억하고 있다. 그녀의 말을 듣고서 얼마나 놀라고 화가 났는지 모른다. 하지만 할말을 잊은 그를 거들떠보지도 않고 그녀는 계속 말했다.

"한 가지 말씀드릴까요? 지금 이 회사 안에 멍청이가 하나 있어요. 어느 닷컴기업이 CEO로 스카우트하려는 그 여피족에 대해 말도 안 되는 보고서를 쓰느라 무려 삼 주나 쏟아붓고 있죠. 지금 내가 누굴 얘기하는지 잘 알겠죠? 어제 저녁, 내가 그 개똥 같은 보고서를 복사했어요. 내가 틀리지 않았다면 원본은 아마 사장님 책상 위에 있는 저 보고서겠죠."

드라간의 시선이 그 위에 꽂혔고 그로서는 드물게 목소리를 높였다.

"자넨 기밀 문서를 볼 권리가 없을 텐데?"

"그렇겠죠. 하지만 이 회사의 보안 풍토가 그런 욕구를 느끼게 하더군요. 사장님 지시대로라면 그런 종류의 문서는 그 멍청이가 직접 복사해야 옳아요. 하지만 어제 그는 내게 보고서를 획 던져놓고는 레스토랑으로 날아버렸죠. 말 나온 김에 하나 더 말씀드리면, 그가 예전에 쓴 보고서는 몇 주 전에 구내식당에 굴러다니더군요."

"뭐? 굴러다녀?" 드라간은 경악해 소리쳤다.

"걱정 마요. 내가 그의 금고에 잘 모셔두었으니까요."

"그자가 개인 금고 비밀번호를 주었나?" 드라간은 거의 숨이 막힐 지경이었다.

"그렇다고는 할 수 없죠. 하지만 그 번호가 적힌 종이쪽이 책상 위에 굴러다녔어요. 참, 컴퓨터 비밀번호도요. 하지만 내 요점은 그게 아니에요. 그 한심한 사립 탐정님이 아무짝에도 쓸데없다는 게 문제죠. 자, 볼까요? 먼저 그 여피족에게 엄청난 도박 빚이 있다는 사실을 놓쳤어요. 게다가 그자는 코카인을 진공청소기처럼 지독하게도 빨아들이고 있어요. 여자친구는 매질을 견디다못해 가정폭력보호소로 피신했고요."

잠시 침묵이 흘렀다. 드라간은 몇 분간 아무 말도 하지 않고 문제의 보고서를 훑어보았다. 꽤 훌륭한 보고서라고 할 수 있었다. 문장은 명쾌했고 인용문과 정보의 출처, 그리고 친구와 지인의 증언까지 충실하게 채워져 있었다. 이윽고 그는 눈을 들어 그녀를 쳐다보면서 짧게 말했다.

"증명해봐."

"시간을 얼마나 줄 수 있죠?"

"사흘. 금요일 오전까지 자네 주장을 증명할 수 없으면 그때는 해고야."

사흘 후 리스베트는 정보의 출처를 명시한 보고서를 들고 나타났다. 호감 있는 젊은 여피를 한순간에 수상쩍은 쓰레기로 만들어버리는 보고서였다. 드라간은 주말 동안 몇 번이나 보고서를 읽었고, 월요일은 그녀의 주장 몇 가지를 확인해보는 일에 바쳤다. 어쩔 수 없이 확인 작업을 하긴 했지만 그녀의 정보가 정확하다는 건 벌써 알고 있었다.

그는 크게 놀란 한편, 그녀를 잘못 판단했던 자신에게 화가 났다. 그녀가 멍청하다고, 아니 좀 덜떨어진 사람 같다고 생각했었다. 수도 없이 수업을 빼먹어 중학교도 제대로 졸업하지 못한 여자가 이런 보고서를 써오리라고는 전혀 예상하지 못했다. 문법적으로 정확할 뿐 아니라 굉장히 예리한 의견과 의외의 정보를 담고 있었기에 도대체 어디서 이런 것들을 얻어올 수 있었는지 그로서는 궁금하기 짝이 없었다.

그가 아는 한 밀턴 시큐리티에는 가정폭력보호소에서 봉사하는 의사의 업무 기록을 빼내올 능력이 있는 사람이 존재하지 않았다. 끝내 호기심을 참지 못하고 도대체 어떻게 한 일인지 물어봤지만 돌아온 건 애매한 대답뿐이었다. "정보제공자를 노출하고 싶지 않아요." 결국 한 가지 사실만은 분명해졌다. 리스베트는 자신의 작업방식에 대해 그를 비롯해 누구와도 논하고 싶은 생각이 없다는 것. 이 때문에 그는 불안했지만, 한편 그녀를 시험하고 싶은 유혹을 이겨낼 수 없었다.

그는 며칠 이 문제를 숙고했다.

그는 홀게르 팔름그렌이 리스베트를 보낼 때 했던 말이 떠올랐다. 모든 사람은 기회를 얻을 권리가 있소. 그리고 이슬람 교육이 가르쳐준 것, 신에 대한 개인의 의무는 소외된 이들을 돕는 일이라는 교훈도. 비록 그는 신을 믿지 않았고 청소년기 이후로 이슬람 사원에 발을 디뎌본 적도 없었지만, 왠지 그녀에게는 어떤 견고한 도움과 후원이 필요할 것만 같다는 느낌이 자꾸 들었다. 스스로도 그 이유는 알 수 없었다. 지금껏 살면서 자신은 이런 종류의 행동과는 거리가 먼 사람이 아니었던가.

그녀를 해고하는 대신 다시 한번 개인 면담을 했다. 이 복잡한 아가씨의 정체를 좀더 정확하게 파악하고 싶었기 때문이다. 그녀에게 정서적으로 문제가 있다는 애초의 확신은 더욱 굳었지만, 이 지르퉁한 겉모습 뒤에 매우 총명한 인물이 숨어 있다는 사실을 발견할 수 있었다. 그의 눈에는 여전히 불안하고 골치 아픈 아가씨였지만, 한편으로 그녀가 — 스스로도 놀라웠다! — 좋아지고 있었다.

그후 몇 달간 드라간은 리스베트를 자신의 보호 아래 두었다. 좀더 솔직하게 말하면 작게나마 사회에 봉사한다는 기분으로 그녀를 떠맡았다. 그녀에게 간단한 조사 업무를 몇 가지 맡겼고 그때마다 어떻게 하면 일을 잘 수행할 수 있을지 설명하려 애썼다. 그녀는 참을성 있게 들었지만 일단 방을 나간 다음에는 완전히 자신의 방식으로 임무를 끝내고 돌아왔다. 한번은 밀톤의 기술책임자를 통해 그녀에게 기본적인 컴퓨터 교육을 시킨 적이 있다. 그날 오후 내내 그녀는 아무 말 없이 자리에 앉아 교육을 받았지만, 그후 드라간은 기술책임자에게 또 한번 뜻밖의 이야기를 들었다. 책임자가 머리를 절레절레 흔들며 들어오더니 그녀야말로 컴퓨터에 한해서는 밀톤의 그 어떤 직원보다도 뛰어나다고 하는 게 아닌가.

그는 곧 깨달았다. 리스베트는 밀톤의 관습적인 틀에 자신을 맞출 의사가 전혀 없음을. 앞으로 경력을 쌓기 위해 상담도 해보고 사내교육도 받아보라고 제안하면서 백방으로 그녀를 설득하려 애썼지만 헛수고였다. 그는 복잡한 딜레마에 빠졌다.

밀톤 직원들에게 그녀는 짜증을 유발하는 존재였다. 게다가 일정한 시간표도 없이 제멋대로 근무하는 동료였다. 보통때라면 드라간은 이를 결코 용납하지 않았을 테고 변화를 요구하는 최후통첩을 전했을 것이다. 하지만 그는 잘 알았다. 최후통첩이나 해고하겠다는 위협에도 그녀는 어깨만 으쓱할 뿐 아무런 반응도 보이지 않을 것이다. 그의 선택지는 단 두 가지였다. 그녀와 결별하거나, 보통 사람들과 다른 그녀만의 방식을 받아들이거나.

더 큰 문제가 있었다. 이 아가씨에 대한 종잡을 수 없는 드라간의 감정. 그녀는 불편한 가려움 같았다. 거부감이 들면서도 끌렸다. 성적인 끌림은 아니었다. 적어도 그의 취향이 아니었다. 그가 곁눈질하는 상대는 풍만한 몸매에 그의 상상력을 자극하는 관능적인 입술을 지닌 금발 미녀들이었다. 더욱이 리트바라는 핀란드 여자와 결혼한 지 벌써 이십 년째였으며, 비록 오십이 넘었지만 아내가 그의 욕구를 충분히 만족시켜주던 터였다. 그리고 그는 한 번도 아내를 배신한 적이 없었다. 아내가 알았다면 화를 냈을 법한 에피소드는 몇 번 있었지만. 대체적으로 결혼생활은 행복했고 리스베트 또래의 딸도 둘이나 있었다. 이 모든 것을 차치하더라도 가슴이 절벽인 여자는 그에게 호리호리한 소년이나 다를 바 없었다. 요컨대 그의 스타일이 아니었다.

그럼에도 그는 이따금 리스베트에 대해 적절치 못한 몽상을 하는 자신을, 그녀의 존재에 전적으로 무관심하지만은 않은 자신을 발견했다. 그러고는 합리화하려 애썼다. 리스베트에게 끌리는 건 그녀가 이국적인 존재 같기 때문이라고, 그리스신화의 님프 그림을 보고 사랑에 빠질 수 있듯이. 그에게 리스베트는 어떤 비현실적인 삶을 의미했다. 매혹적이지만 공유할 수 없는—공유하고 싶어도 그녀가 거절하겠지만—미지의 삶 말이다.

한번은 드라간이 감라스탄 대광장에 있는 카페 테라스에 앉아 있을 때였다. 그런데 우연하게도 리스베트가 들어오더니 테라스 저쪽 끝 테이블에 앉았다. 죄다 옷을 비슷하게 입은 여자 셋과 남자 하나가 함께였다. 그는 호기심에 차 그 모습을 관찰했다. 그녀는 사무실에서처럼 별로 말이 없었지만, 보라색으로 머리를 물들인 여자가 하는 말을 들으며 미소 짓고 있었다.

그 모습을 보면서 그는 문득 궁금해졌다. 만일 자신이 초록색으로 머리를 물들이고 낡아빠진 청바지에 징이 잔뜩 박힌 얼룩덜룩한 가죽점퍼를 입고 사무실에 나타난다면 과연 그녀는 어떻게 반응할까? 자신을 같은 무리로 받아들여줄까? 어쩌면 그럴 수도 있다. 항상 주위의 모든 일에 덤덤한 반응을 보여왔으니. 내 알 바 아니다 하는 심드렁한 표정을 지으면서. 하지만 그가 어떤 모습으로 나타나든 아예 눈길조차 주지 않을 확률이 가장 높았다.

그녀는 드라간을 등지고 앉아 있었고, 그가 거기 있다는 걸 전혀 눈치채지 못했는지 한 번도 그쪽으로 고개를 돌리지 않았다. 이런 상황이 너무도 불편했던 그는 결국 얼마 안 있다 조용히 자리를 뜨려고 몸을 일으켰다. 바로 그때, 그녀가 고개를 돌리더니 그를 빤히 쳐다보는 게 아닌가. 마치 그가 거기 있다는 사실을 처음부터 알았고,

시종 그를 주시하고 있었다는 듯한 동작과 눈빛이었다. 자신에게 시선이 너무도 갑자기 꽂히는 바람에 그는 마치 기습 공격을 당한 기분이었다. 하지만 그는 그녀를 못 본 체하고 재빨리 테라스를 벗어났다. 그녀가 그를 부르진 않았지만 멀어져가는 모습을 계속 주시하고 있었다. 모퉁이를 돌아설 때까지 그녀의 시선이 꽂힌 등이 불타는 것만 같았다.

그녀는 웃는 적이 거의 없었다. 하지만 드라간은 시간이 흐르면서 그녀의 태도가 부드러워졌다고 생각했다. 그녀의 유머는 건조했고 가끔씩 그런 유머를 내뱉을 때면 살짝 비틀린 미소가 입가에 희미하게 떠오르곤 했다.

때로 드라간은 아무런 감정을 드러내지 않는 리스베트가 너무도 괘씸했다. 그럴 때면 어떤 충동이 불끈 일었다. 그녀의 어깨를 잡고 세차게 흔들거나, 아니면 그 단단한 껍데기를 뚫고 들어가 일말의 우정 혹은 상대에 대한 최소한의 존경심이라도 얻어내고 싶은 심정이었다.

그녀가 일한 구 개월 동안, 이러한 감정에 대해 이야기할 기회가 딱 한 번 있었다. 12월 어느 날 밤, 밀턴 시큐리티에서 연 크리스마스 파티에서였다. 그날따라 드라간은 술을 진탕 마셨지만 불미스러운 일은 전혀 없었다. 단지 그녀를 한 인간으로서 얼마나 좋아하고 있는지 표현하려 애썼을 뿐. 무엇보다도 자신이 그녀에게 일종의 보호 본능을 느끼고 있으며, 만일 도움이 필요하면 언제든 자신을 믿고 찾아와도 된다고 설명했다. 그녀를 안아주려고도 했다. 물론 순수한 우정의 뜻이었다.

그런데 그녀는 서툰 포옹으로부터 몸을 빼더니 그대로 파티장을 떠나버렸다. 그후 더이상 출근하지 않았고 휴대전화도 받지 않았다. 드라간은 그녀의 부재가 마치 고문처럼 느껴졌다. 주위에는 이러한 감정에 대해 얘기를 나눌 만한 사람이 아무도 없었다. 그때 그의 머릿속에 너무도 명백한 진실 하나가 떠올랐다. 리스베트 살란데르가 자신에게 얼마나 파괴적인 힘을 행사하고 있는지.

삼 주 후 1월의 어느 저녁, 드라간이 늦게까지 남아서 연말결산 보고서를 보고 있을 때 리스베트가 유령처럼 소리 없이 사무실 문턱을 넘어섰다. 그는 문득 그녀가 어둠 속에 서서 자신을 응시하고 있는 걸 알아차렸다. 도대체 얼마나 거기 그렇게 서 있었는지 전혀 알 수 없었다.

"커피 한잔 할래요?" 그녀가 구내식당 에스프레소 기계에서 뽑아온 커피를 내밀면서 물었다. 그는 컵을 받아들었다. 그리고 그녀가 발끝으로 문을 닫은 다음 접객용 소파에 몸을 묻고 그의 눈을 빤히 쳐다보았을 때, 드라간은 안도감과 함께 알 수 없는 불안을 느꼈다. 곧바로 그녀의 입에서 질문 하나가 불쑥 튀어나왔다. 보통 사람이라면 묻기를 꺼릴 법한 질문. 그러나 느닷없고 단도직입적이어서 피하거나 농담으로 넘겨버리기 불가능한 질문.

"드라간, 나를 보면 흥분되나요?"

그의 몸이 순간적으로 마비되었고 머릿속은 대답할 말을 찾느라 미친듯이 바빠졌다. 처음에는 화난 표정을 지어 보이며 아니라고 대답하고 싶었다. 하지만 그녀의 눈빛을 본 그는 깨달았다. 그녀가 처음으로 자신에게 질문하고 있다는 사실을. 그녀는 진지했다. 만일 그가 농담이나 던져서 대충 넘어가려 한다면 개인적인 모욕으로 받아들일 수 있었다. 그녀는 지금 그와 대화하기를 원하고 있었으며, 이 질문을 하려고 아주 오랫동안 고민했을지도 모를 일이었다. 그는 천천히 만년필을 내려놓고 의자에 등을 기댔다. 그제야 긴장이 풀리는 듯했다.

"왜 그렇다고 생각하지?"

"나를 쳐다보는 방식. 그리고 내게서 시선을 돌리고 있는 모습. 게

다가 손을 뻗어 나를 만지려다 움찔해서 거둬들인 적도 여러 번 있었죠."

갑자기 그가 미소를 지어 보였다.

"손가락 하나라도 몸 위에 올렸다가는 당장이라도 물어버릴 표정이던데?"

그녀는 웃지 않았다. 다만 말없이 대답을 기다렸다.

"리스베트, 나는 자네 보스야. 설사 자네에게 끌린다 해도 아무 짓도 해서는 안 되지."

그녀는 여전히 기다리고 있었다.

"…… 좋아! 우리끼리니까 터놓고 얘기할게. 그래, 이따금 네게 끌릴 때가 있어. 왜 그런지 설명할 순 없지만 그래. 나는 이해할 수 없는 어떤 이유가 있겠지. 난 자네를 아주 좋아해. 하지만 흥분되지는 않아."

"다행이군요. 우리는 절대 아니거든요."

드라간은 너털웃음을 터뜨렸다. 지금 그녀가 한 말은 남자가 들을 수 있는 가장 부정적인 메시지였다. 하지만 리스베트는 나름대로 그에게 속내를 털어놓았다. 그는 이 상황에 가장 적합한 말을 생각했다.

"이해해, 리스베트. 오십 넘은 늙은이한테 관심 없는 게 당연하지."

"오십 넘은 늙은이라서만은 아니에요. 무엇보다 내 보스잖아요." 그가 무슨 말을 하려 하자 그녀가 손을 들어 막았다. "잠깐, 계속 말할게요. 당신은 점잖으신 사장님답게 뻣뻣하게 굴기도 하고 한껏 폼을 잡기도 하죠. 하지만 매력적인 남자이기도 해요. 그리고…… 나도 가끔은…… 하지만 당신은 내 보스이고 난 당신 부인까지 만났어요. 무엇보다 여기서 계속 일하고 싶어요. 그러니 내가 여기서 당신과 무슨 일이라도 벌인다면 그처럼 멍청한 일은 또 없겠죠."

드라간은 아무 말도 할 수 없었다. 숨조차 제대로 쉴 수 없었다.

"제게 해주신 일은 항상 잊지 않고 있어요. 그렇게 은혜를 모르는 인간도 아니고요. 편견을 깨고 제게 기회를 주셔서 진심으로 고맙게 생각해요. 하지만 사장님을 애인으로 삼고 싶지 않을뿐더러 혹여나 아버지 행세를 하려 든다면 더더욱 싫어요."

그녀가 말을 멈췄다. 잠시 후 드라간은 난감한 표정으로 한숨을 내쉬었다.

"그럼 뭘 원하지?"

"여기서 계속 일하고 싶어요. 사장님이 괜찮다면."

그는 고개를 끄덕였다. 그리고 아주 솔직하게 대답했다.

"자네가 여기서 일해준다면 정말 좋겠어. 그리고 조금이나마 내게 우정이나 신뢰감을 느껴줬으면 해."

그녀가 고개를 끄덕였다.

"말이 나왔으니 말인데, 자네가 그렇게 호감 가는 타입은 아니지." 그녀의 얼굴이 약간 굳어졌지만 그는 개의치 않고 계속 말했다. "자넨 다른 사람들이 삶에 끼어드는 꼴이라면 질색하더군. 그러니 나도 조심하도록 하지. 하지만 자네를 계속 좋아해도 괜찮을까?"

그녀는 잠시 생각했다. 그리고 몸을 일으키며 좋다고 대답했다. 그러고는 책상을 끼고 돌아 그의 곁으로 가서 가볍게 포옹을 했다. 드라간은 그야말로 허를 찔린 셈이었다. 그렇게 옴짝달싹 못하다가 그녀가 떠나려 하자 비로소 손을 잡았다.

"우리, 친구가 될 수 있겠지?"

그녀는 다시 한번 고개를 끄덕였다.

유일하게 그녀가 따뜻한 모습을 보인, 그리고 그를 감동시킨 순간이었다. 이 일을 떠올릴 때마다 그의 마음은 훈훈해졌다.

그후 사 년이 흘렀지만 리스베트는 자신의 사생활과 과거에 대해 거의 아무것도 드러내지 않았다. 한번은 드라간이 '대인 조사' 기술을 써서 그녀를 알아보려고 한 적이 있었다. 그리고 홀게르 팔름그렌을 찾아가—홀게르는 그가 찾아온 일이 크게 놀랍지 않은 듯했다—
긴 대화를 나누었다. 이런 과정에서 몇 가지 사실을 더 알게 되었지
만 여전히 그녀를 전적으로 신뢰할 수 없었다. 그는 자신의 이런 마
음을 한 번도 그녀에게 말하지 않았다. 아니 암시조차 하지 않았다.
그리고 그녀의 사생활을 조사했다는 사실 역시 조금도 내비치지 않
았다. 오히려 자신의 불안을 숨기고 경계의 끈을 놓지 않았다.

　기억에 길이 남을 그날 저녁, 리스베트와 드라간은 계약을 맺었다.
앞으로 그녀는 프리랜서로 일한다. 그녀가 임무를 수행하든 안 하든
회사는 매달 고정급을 지급하고, 임무를 수행하면 추가 보수를 지급
한다. 그녀가 원하는 방식으로 작업하되 밀톤 시큐리티를 난처하게
하거나 곤경에 빠뜨리는 일은 절대 하지 않는다.
　드라간과 회사, 그리고 리스베트 모두에게 득이 되는 계약이었다.
회사 입장에서 보면 골치 아픈 대인 조사 업무를 파트너 단 한 명에
게 맡겨버릴 수 있다는 이점이 있었다. 게다가 그 파트너는 이 일에
밝아서 믿을 수 있었다. 리스베트와 비슷한 프리랜서가 몇 사람 더
있었는데, 복잡하고 미묘한 성격의 임무는 모두 이 프리랜서들에게
돌아갔다. 이들은 서류상 개인사업자여서 만에 하나 일이 꼬여도 밀
톤 시큐리티는 책임을 면할 수 있었다. 드라간이 리스베트에게 자주
임무를 맡겼기 때문에 그녀의 수입은 상당했다. 더 벌 수도 있었지만
그녀는 마음이 내킬 때만 일했다. 하지만 그는 이런 태도를 불평하지
않았다. 언제든지 그녀를 해고할 권한이 있었으니까.
　이렇게 드라간이 리스베트를 있는 그대로 받아들였지만 그녀는
조건을 하나 달았다. 자신을 의뢰인과 직접 만나게 하지 않을 것. 이
규칙을 어긴 적은 극히 드물었는데, 불행히도 오늘이 바로 그날이
었다.

리스베트는 검은 티셔츠를 입고 있었다. 앞에는 야수 같은 송곳니를 드러낸 '이티'가 그려져 있었고, 그 밑에는 '조심해! 나도 에일리언이야!'라고 쓰여 있었다. 거기에 가장자리가 다 풀어진 검정 치마, 허리까지 오는 너덜너덜한 검정 가죽재킷, 징 박힌 벨트, 투박한 닥터마틴 구두, 무릎까지 올라오는 빨강과 초록 줄무늬 양말까지…… 화장한 얼굴을 보면 혹시 색맹이 아닌지 의심스러울 정도였다. 다시 말해 그날따라 꽤 차려입었다는 뜻이다.

드라간은 한숨을 푹 내쉬면서 방안에 있는 제3의 인물에게 눈길을 돌렸다. 두꺼운 안경을 쓴 점잖은 행색의 방문객은 예순여덟 살의 변호사 디르크 프로데였다. 그는 보고서를 작성한 직원에게 몇 가지 물어보고 싶다며 직접 만나게 해달라고 요청했다. 드라간은 갖가지 핑계를 대며 만남을 막아보려 애썼다. 직원이 독감에 걸렸다, 지금 출장중이다, 다른 업무로 정신이 없다…… 하지만 디르크는 상관없다는 듯 느긋하게 대꾸했다. "괜찮소. 급하지 않으니 며칠 더 기다릴 수 있소." 드라간은 속으로 욕을 내뱉었다. 어쩔 수 없는 노릇이었다. 결국 둘의 만남을 주선한 결과, 지금 이렇게 디르크 변호사가 너무도 신기하다는 표정으로 리스베트를 훑어보고 있다. 하지만 그녀는 노인을 표독하게 쏘아보면서 자신은 어떤 호의도 없음을 분명하게 표현했다.

드라간은 다시 한번 숨을 내쉬고는 그녀가 책상 위에 올려놓은 서류를 내려다보았다. 겉장에는 '칼 미카엘 블롬크비스트'라는 이름이 적혀 있었고, 아래에는 주민등록번호가 정갈한 글씨로 기입되어 있었다. 드라간이 이름을 큰 소리로 읽었다. 그제야 디르크가 정신을 차리고 그쪽으로 눈을 돌렸다.

"그래요. 미카엘 블롬크비스트에 대해 좀 알아보셨소?"

"이 보고서를 작성한 사람이 바로 여기 리스베트 살란데르입니다."

드라간은 잠시 머뭇거리다 사뭇 자신감 있어 보이려 했지만 변명의 뜻이 되어버린 어색한 미소를 지으면서 말을 이었다.

"젊다고 이 친구를 과소평가하면 안 됩니다. 우리 회사에서 가장 유능한 조사원입니다."

"물론 그렇겠죠." 디르크의 건조한 말투가 속뜻은 정반대임을 암시했다.

"이 친구가 찾아낸 걸 얘기해줄 수 있겠소?"

디르크 변호사는 여태껏 경험해보지 못한 유형의 인물인 리스베트에게 어떻게 행동해야 좋을지 전혀 감을 잡지 못하고 있었다. 하여 보다 확실한 상대인 드라간에게 질문을 했다. 마치 방안에 리스베트가 없다는 듯이. 그러자 마치 기다렸다는 듯 리스베트가 씹고 있던 껌을 불어 커다란 풍선을 만들었다. 그리고 드라간이 대답도 하기 전에 그에게 몸을 돌려 말했다. 마찬가지로 옆에 디르크가 존재조차 하지 않는다는 듯이.

"이 고객이 원하는 게 긴 설명인지 아니면 짧은 설명인지, 확인해줄래요?"

디르크는 즉시 자신이 실수했음을 깨달았다. 잠시 어색한 침묵이 흐른 후 그가 리스베트에게 몸을 돌렸다. 그리고 자신이 범한 실수를 만회하려 짐짓 자상하고도 부드러운 목소리로 말했다.

"당신이 조사한 내용을 직접 내게 요약해주면 감사하겠소."

리스베트는 잠시 디르크를 쏘아보았다. 먹잇감을 한입에 씹어먹으려고 눈을 부라리는 잔혹한 맹수처럼. 눈빛이 너무도 강렬하고 뜻밖의 증오로 가득차 있어서 디르크는 등골이 오싹해졌다. 하지만 순간적으로 사나워졌던 눈빛이 곧 사라지고 표정은 부드러워졌다. 마침내 입을 열기 시작한 그녀는 마치 브리핑하는 공무원 같았다.

"선생께서 적어놓으신 '조사 목표'가 매우 애매했다는 사실을 제외하면 이번 임무가 특별히 까다롭지는 않았습니다. 선생께서는 미카엘 블롬크비스트에 대해 뭐든 닥치는 대로 뒤져서 최대한 많은 내용을 알아오기를 원하셨을 뿐, 정확히 무얼 알고 싶으신지는 명시하지 않았습니다. 따라서 저는 그의 삶을 놓고 일종의 샘플링을 할 수밖에 없었습니다. 보고서는 총 193쪽입니다만 120쪽까지는 그가 쓴 기사, 또는 그를 언급한 기사를 복사한 것에 지나지 않습니다. 그는 공인입니다. 많은 게 노출되어 있어 이렇다 할 비밀이 없고 크게 감출 것도 없는 사람입니다."

"그렇기에 더욱 숨길 게 있지 않겠소?" 디르크가 물었다.

"누구에게나 비밀은 있습니다." 그녀의 표정은 조금도 변하지 않았다. "문제는 어떤 비밀을 발견하느냐죠."

"계속해보시오."

"미카엘 블롬크비스트는 1960년 1월 18일생입니다. 곧 마흔세 살이죠. 볼렝에서 태어났지만 살지는 않았습니다. 쿠르트와 아니타 블롬크비스트는 서른다섯 살에 그를 낳았고, 지금은 둘 다 작고했습니다. 기계설비사였던 부친은 직업상 자주 떠돌아다녀야 했습니다. 모친은 제가 아는 한 그렇게 착실한 가정주부는 아니었고요. 미카엘이 초등학교에 입학했을 때 스톡홀름으로 이사했습니다. 세 살 어린 여동생 안니카는 현재 변호사입니다. 삼촌과 사촌도 몇 명 있고요. 그 커피 좀 주실래요?"

마지막 말은 드라간에게 한 것이었고, 그는 이 회합을 위해 특별히 준비해둔 보온병을 재빨리 열었다. 그리고 계속하라고 손짓했다.

"스톡홀름으로 이주한 건 1966년입니다. 릴라에싱엔에 살았죠. 블롬크비스트는 브롬마에서 초등학교와 중학교를 다녔고, 고등학교는 쿵스홀멘에서 다녔습니다. 고등학교 졸업 점수는 평점 4.9로 꽤 훌륭했는데 좀더 알고 싶으시면 성적표 사본이 보고서에 포함되어 있으니 참고하세요. 고등학생 때는 음악을 좀 했습니다. '부트스트랩'이라는 록그룹에서 베이스 기타를 연주했는데, 그룹이 낸 싱글 음반이 1979년 여름에 라디오 전파까지 탔습니다. 고등학교를 마친 후에는 지하철역 검표원으로 일하며 외국여행 할 돈을 좀 모았습니다. 일 년 동안 아시아 여기저기를 돌아다닌 모양이에요. 인도, 태국, 그리고 호주도 한 바퀴 돈 것 같고요. 스물한 살에 스톡홀름에서 신문방송학을 공부하기 시작했지만 군복무 때문에 일 년 만에 중단합니다. 키루나에 있는 보병부대였는데 소위 마초 집단이라 할 수 있었죠. 거기서 10-9-9라는 상당히 뛰어난 평점으로 제대합니다. 군복무 후에는 신문방송학 공부를 마치고 계속 이 분야에서 일하고 있습니다. 그런데 선생께서는 이런 세부사항을 어디까지 알고 싶으신가요?"

"당신이 중요하다고 생각하는 건 다 얘기해주시오."

"알겠습니다. 그는 '수재형 인물'이라 할 수 있습니다. 지금까지 매우 재능 있는 기자였죠. 1980년대부터 이곳저곳에서 프리랜서 기자로 일했습니다. 처음에는 지방 신문에서, 나중에는 스톡홀름에서 일했죠. 그 리스트는 보고서에 있습니다. 이른바 막가파 사건 때부터 두각을 나타냈죠. 그가 무장강도단을 잡는 데 공을 세웠습니다."

"그래서 칼레 블롬크비스트라고들 하지."

"그는 이 별명을 아주 싫어하는데, 그런 심정은 이해할 만합니다. 누가 나를 '말괄량이 삐삐'라는 별명으로 신문에 대문짝만하게 싣는다면 나 역시 그자의 입술을 탱탱 붓도록 만들어버릴 테니까요."

그녀는 이렇게 말하면서 드라간에게 싸늘한 시선을 던졌고, 그는 침을 꿀꺽 삼켰다. 사실 리스베트가 말괄량이 삐삐를 닮았다고 생각해본 게 한두 번이 아니었다. 그녀에게 이 농담만은 하지 않은 게 정말 다행이다 싶어 드라간은 안도의 숨을 내쉬었다. 그러고는 집게손가락을 흔들어 계속하라는 신호를 보냈다.

"정보원에 의하면 그는 범죄 전문 기자가 될 생각이었다고 합니다. 한 석간신문에서 그쪽 분야 기자로 일한 적도 있죠. 하지만 그가 유명해진 건 정치와 경제 분야에 대해 쓴 기사들 덕분이었습니다. 주로 프리랜서로 일했고, 1980년대 말에 한 번 석간신문에서 정규직 자리를 얻은 적이 있습니다. 이곳도 1990년에 사직했는데, 월간지 〈밀레니엄〉 창간에 참여하기 위해서였죠. 영향력 있는 편집인 하나 없이 아웃사이더로 출발했지만 발행부수가 계속 증가해 현재 총 2만 1천 부에 달합니다. 사무실은 여기서 얼마 안 떨어진 예트가탄에 있죠."

"좌파지지."

"좌파를 어떻게 정의하느냐에 따라 달라지겠죠. 일반적으로 사람들은 〈밀레니엄〉이 사회 전반의 부조리를 공격한다고 생각합니다. 이유는 알 수 없지만 무정부주의자들은 이 잡지를 〈아레나〉랑 〈오르드프론트〉와 싸잡아 중산층을 대변하는 한심한 신문으로 여기는 듯합니다. 반면 '중도 학생 연합'은 〈밀레니엄〉 편집부가 볼셰비키주의자로 구성됐다고 믿는 것 같고요. 하지만 그가 정치 활동을 했다는 증거는 아무데도 없습니다. 심지어 좌파운동이 한창이었던 고등학생 시절에도 마찬가지였죠. 대학에 다닐 당시에는 노조운동을 했고 지금은 좌파 국회의원인 여성과 동거한 적은 있습니다. 그렇다면 왜 좌파라는 딱지가 붙었을까요? 아마 경제기자로서 재계의 부패와 수상쩍은 사건을 주로 파헤쳤기 때문일 겁니다. 기업 총수와 정치인 몇몇을 완전히 박살내버린 기사를 썼고―사실 그래도 싼 인물들이었죠―정재계 인사들의 사임과 형사소송도 꽤 이끌어냈죠. 가장 많이 알려진 건 아르보가 사건입니다. 보수 정치인이 강제 사임으로 물러났고, 시의회 재무관이 횡령 혐의로 징역 1년을 선고받았죠. 하지만 범죄 사실을 밝혀냈다고 해서 좌파라고 하는 건 좀 무리 아닐까요?"

"무슨 말인지 알겠소. 다른 건 없소?"

"그는 책을 두 권 썼습니다. 하나는 아르보가 사건에 관한 것이고, 다른 하나는 경제 저널리즘에 관한 것으로 삼 년 전에 출간된 『성당 기사단』입니다. 읽어보지 않았습니다만 비평가들 말로는 이 책이 상당한 물의를 일으켰고 언론계에도 적잖은 논쟁을 야기했다고 합니다."

"재정 상태는 어떻소?"

"부유하진 않지만 먹고살 정도는 되죠. 소득신고서도 첨부했습니다. 은행에 예치한 25만 크로나는 노후적금과 저축예금입니다. 10만 크로나 정도 있는 일반계좌에서 생활비나 여행비 따위를 인출해 씁니다. 벨만스가탄에 65제곱미터짜리 주택조합 소속 아파트가 한 채 있습니다. 할부금은 다 갚았고 현재 대출금이나 부채는 없고요."

리스베트가 손가락 하나를 세워들었다.

"재산이 하나 더 있군요. 산드함에 있는 부동산입니다. 30제곱미터 남짓한 산막을 방갈로로 개조했습니다. 산드함 마을의 가장 멋진 바닷가에 자리잡았으니 휴가를 보내기에는 괜찮겠죠. 원래는 삼촌 하나가 1940년대에 구입한 것입니다. 그 당시 인간들은 이런 걸 장만하는 재미를 즐겼죠. 후에 그가 유산으로 받았습니다. 여동생이 릴라 에싱엔에 있는 부모님 아파트를 물려받았고 그는 방갈로를 가진 셈이죠. 현재 매매가는 잘 모르겠습니다만 몇백만 크로나 정도겠죠. 어쨌든 팔 생각은 없어 보입니다. 거기서 상당히 자주 시간을 보내거든요."

"수입은 얼마나 되죠?"

"〈밀레니엄〉의 공동 사주이지만 본인 월급으로 떼놓은 건 1만 2천 크로나밖에 안 됩니다. 프리랜서 일로도 돈을 벌지만 액수는 가변적이고요. 가장 많이 벌었을 때가 삼 년 전, 각종 매체에 불려다니면서 약 45만 크로나를 벌어들였습니다. 작년 프리랜서 수입은 12만 크로나에 불과하고요."

"이번에 벌금 15만 크로나에 변호사 비용 따위를 추가로 지불해야 할 거요." 디르크가 끼어들었다. "다 하면 상당하겠지. 게다가 감옥에서 나오면 더는 수입도 없을 테고."

"빈털터리나 마찬가지죠." 리스베트가 말했다.

"사람은 어떻소? 정직하오?"

"정직성이야말로 그의 신용자산이라 할 수 있어요. 그는 이른바 '기업 윤리의 수호자'처럼 보이길 원하죠. 그런 자격으로 종종 방송에 출연해 정재계 사건들을 논평하기도 했고요."

"하지만 오늘 판결로 신용자산이 날아가버렸지." 디르크는 골똘히 생각에 잠긴 표정으로 대꾸했다.

"전 기자의 본분이니 의무니 그딴 것들은 잘 모릅니다. 하지만 하나는 분명히 알고 있죠. 칼레 블롬크비스트에게 훌륭한 언론인상은 물건너갔다는 사실. 상당히 멀리 갔죠." 리스베트의 냉철한 진단이었다. "하지만 제 개인적인 생각을 원하신다면……"

드라간이 눈을 크게 떴다. 몇 년을 함께 일했지만 대인 조사를 하면서 그녀가 개인 의견을 내놓은 적은 한 번도 없었다. 그녀에게 중요한 건 있는 그대로의 사실뿐이었다.

"벤네르스트룀 사건을 검토하는 일은 제 임무가 아니었지만 끝까지 소송을 지켜본 결과, 솔직히 말해 상당히 놀랐습니다. 사건 전체가 이상했을 뿐만 아니라 그렇게 엉뚱한 기사를 발표한 일 자체가 전혀…… 미카엘 블롬크비스트답지 않았죠."

리스베트는 잠시 목을 긁었다. 디르크는 조용히 기다렸다. 드라간은 그녀가 정말로 생각이 막혀서 그러는지 궁금했다. 그가 아는 한 결코 회의하거나 망설이는 법이 없는 여자였기 때문이다. 마침내 그녀가 의견을 밝혔다.

"이를테면…… 그 기사에는 죄다 비공식 내용뿐이었죠. 벤네르스트룀 사건을 깊이 캐보지는 않았지만 칼레 블롬크비스트…… 아니, 미카엘 블롬크비스트가 제대로 속아넘어간 게 틀림없습니다. 이 사건에는 판결문과 전혀 다른 내용이 숨어 있다고 생각합니다."

이번에는 디르크가 의자에서 벌떡 일어나 리스베트의 얼굴을 물끄러미 쳐다보았다. 드라간은 오늘 처음으로 의뢰인의 얼굴에 진정한 관심의 표정이 떠오르는 걸 보며 생각했다. 디르크 프로데…… 이 사건에 꿍꿍이라도 있는 모양이군. 아니, 조금 전까진 별 관심이 없었어. 그가 속았다고 하니 반응한 거야.

"좀더 정확히 설명해주겠소?" 디르크가 호기심 어린 목소리로 물었다.

"순전히 억측입니다만, 누군가 그를 계략에 빠뜨렸다고 확신하고 있습니다."

"왜 그렇게 생각하오?"

"그의 과거를 되돌아보면 매우 신중한 기자였다고 할 수 있습니다. 폭로기사를 써서 물의를 일으키긴 했어도 언제나 명백한 증거를 갖췄죠. 하지만 이번에는 달랐습니다. 재판을 방청하러 갔는데 그는 반론을 제기하지 않더군요. 싸워볼 생각도 안 하고 포기하는 듯했어요. 그의 성격에 어긋나는 일이죠. 검사가 주장하기를 그가 증거 하나 없이 벤네르스트룀에 대해 소설을 써서 마치 자살 테러식 기사를 발표했다는 겁니다. 전혀 그의 스타일이 아니죠."

"그가 왜 그랬다고 생각하오?"

"오직 추측만 할 수 있어요. 그는 자기가 쓴 기사가 옳았다고 믿었을 겁니다. 그런데 소송 도중에 무슨 일이 일어나서 그가 얻은 정보가 가짜였음이 밝혀졌겠죠. 다시 말해 정보제공자는 그가 신뢰하는 지인, 혹은 의도적으로 잘못된 정보를 제공한 사람이라는 뜻입니다. 제가 보기에 후자일 가능성은 별로 없습니다만. 아니면 그가 너무도 심각한 위협에 직면해서 죽느니 차라리 바보가 되자는 심정으로 패배를 인정했던 건지도 모릅니다. 하지만 추측일 뿐입니다."

리스베트가 보고를 계속하려고 했지만 디르크가 손짓으로 중단시켰다. 그는 손가락 끝으로 의자 팔걸이를 가볍게 두드릴 뿐 잠시 침묵을 지키다가 주저하는 표정으로 다시 그녀에게 몸을 돌렸다.

"만일 당신에게 벤네르스트룀 사건의 진상 조사를 의뢰한다면……

뭔가를 발견해낼 가능성이 있겠소?"

"대답하기 어렵습니다. 아무것도 발견하지 못할 수 있죠."

"시도는 할 수 있지 않겠소?"

그녀는 어깨를 으쓱했다. "결정권은 제게 없습니다. 저는 드라간 아르만스키 밑에서 일할 뿐 제가 맡을 일은 그가 결정합니다. 그리고 선생이 어떤 종류의 정보를 원하는지에 따라서도 문제는 달라지겠죠."

"어떻게 설명해야 될까…… 한데 여기서 오가는 대화는 비밀에 부쳐지겠죠?" 드라간이 고개를 끄덕이자 그가 다시 말을 이었다. "사실 나는 이 사건에 대해 아무것도 모르오. 하지만 벤네르스트룀이 다른 맥락에서 정직하지 못한 짓을 했다는 사실은 분명히 알고 있지. 그리고 이번 사건은 미카엘 블롬크비스트의 삶에 엄청난 충격을 주었소. 즉 그가 또하나의 불행한 피해자일 수도 있는 일이오. 그래서 당신 짐작대로 추적해본다면 뭔가 다른 결과가 나오지 않을까 생각하는 거요."

대화가 예상치 못한 방향으로 흘러가자 드라간은 즉시 경계를 취했다. 지금 디르크 프로데는 이미 판결이 난 범죄 사건을 다시 파헤쳐달라고 요청하고 있다. 미카엘이 모종의 협박을 받았을 수도 있는데다 밀톤 시큐리티 역시 잘못하면 벤네르스트룀의 변호인 군단과 충돌해야 할지도 모르는 폭탄 같은 사건을 말이다. 게다가 여기에 리스베트를 투입한다면 그녀를 통제 불능 미사일에 태워 날려보내는 꼴이나 다름없었다. 그로서는 전혀 내키지 않는 일이었다.

그의 불안은 오직 회사에 대한 염려 때문만이 아니었다. 이미 리스베트는 그에게 분명히 인지시켰다. 딸 걱정하듯 자신에게 양부 행세를 하려 들지 말라고. 그리고 서로 계약을 맺은 후엔 그 역시 그렇게 하려고 노력했다. 하지만 속으로는 그녀를 염려하는 마음이 끊이지 않았다. 심지어 리스베트를 종종 친딸들과 비교하는 자신을 발견하곤 했다. 그는 딸들의 사생활에 쓸데없이 간섭하지 않는 좋은 아빠를 자처하고 있었지만, 만약 리스베트처럼 행동하거나 살려고 한다면 결코 용납하지 않으리라는 점을 잘 알았다.

몸 깊이 흐르는 크로아티아인─혹은 보스니아인이나 아르메니아인─의 피 때문에 그는 결코 벗어날 수 없었다. 그녀의 삶이 어떤 파국을 향해 질주하리라는 자신의 확신으로부터. 그의 눈에 리스베트는 그녀를 해치려는 자들에게 이상적인 먹잇감일 뿐이었다. 어느 아침, 그녀가 누군가에게 해를 당했다는 소식이 불쑥 날아들지도 모를 일이었다.

"그런 조사에는 비용이 상당히 들 텐데요."

드라간은 그의 의사가 얼마나 진지한지 가늠해보려고 짐짓 신중하게 말했다.

"상한액만 정해놓으면 되지 않겠소?" 디르크가 냉철하게 대답했다. "당신 말대로 리스베트 씨가 충분히 유능해 보이니 적절한 비용 내에서 잘해내겠죠."

"리스베트, 괜찮겠나?" 드라간이 한쪽 눈썹을 치켜세우며 물었다.

"현재 진행중인 일은 없습니다."

"좋아! 세부사항은 나중에 삼자가 협의하기로 하고, 아까 하던 보고를 마쳐주게."

"세부적인 사생활만 몇 가지 남았습니다. 1986년 모니카 아브라함손과 결혼해 그해에 딸 페르닐라를 얻었습니다. 올해 열여섯이고요. 결혼은 오래가지 못했고, 둘은 1991년에 이혼했습니다. 아브라함손은 재혼했고 여전히 둘은 꽤나 사이가 좋아 보입니다. 딸은 엄마와 함께 살고 그와는 자주 보지 않습니다."

디르크가 다시 커피를 한잔 부탁한 다음, 리스베트에게 고개를 돌렸다.

"좀 전에 누구에게나 비밀이 있다고 했는데, 그에게서 뭐라도 찾아냈소?"

"결코 드러내고 싶지 않은 지극히 사적인 일들이 누구에게나 있기 마련이라는 뜻이었습니다. 드러난 것으로만 보면 그는 상당히 여자를 좋아합니다. 지금껏 많은 여성과 사귀었고 우발적 관계도 상당수였죠. 그런데 이중에 눈에 띄는 여자가 있습니다. 꽤 오랫동안 관계를 지속해왔을 뿐 아니라 상당히 유별난 구석도 있습니다."

"어떤 의미에서?"

"〈밀레니엄〉 대표이자 편집장인 에리카 베리에르는 그와 육체적인 관계를 맺고 있습니다. 스웨덴 여성과 스웨덴에 거주하는 벨기에 남성 사이에서 출생한 상류층 여성입니다. 대학에서 알게 된 후 둘은 지금까지 상당히 지속적으로 관계를 유지해왔습니다."

"요즘 세상에 특별날 일이겠소?" 디르크가 물었다.

"아니겠죠. 그런데 에리카 베리에르는 그레게르 베크만이라는 조각가와 결혼생활을 하고 있습니다. 공공장소에 너저분한 작품들이나 설치하는 그 분야에서는 꽤 유명한 인물이죠."

"남편을 속이고 있단 말이군."

"아닙니다. 그레게르는 두 사람 관계를 잘 알고 있어요. 삼자 합의하에 이루어지는 삼각관계인 셈이죠. 에리카가 어떤 때는 미카엘의 집에서 자고, 또 어떤 때는 남편과 잡니다. 어떻게 이런 관계가 가능하게 되었는지 잘 모르겠습니다만, 아마 그래서 모니카 아브라함손과의 결혼이 깨지지 않았나 싶습니다."

3장

12월 20일 금요일~12월 21일 토요일

에리카 베리에르가 눈썹을 치켜세웠다. 오후 늦게 미카엘이 추위에 바짝 얼어붙은 모습으로 편집부에 들어서는 걸 보고서 말이다. 〈밀레니엄〉 사무실은 예트가탄 언덕 중간의 그린피스 사무실 바로 위층을 다 사용하고 있었다. 잡지사 규모에 비하면 임대료가 좀 부담스러운 편이었다. 하지만 에리카, 미카엘, 크리스테르 모두 이 사무실을 유지해야 한다는 데에는 생각이 같았다.

미카엘이 손목시계를 들여다보았다. 오후 5시 10분. 스톡홀름에 어둠이 내린 지 오래였다. 에리카는 그가 좀더 일찍 들어올 줄 알고 같이 식사라도 하려고 기다리던 참이었다.

"미안해." 그녀가 입을 열기 전에 그가 인사를 대신해서 말했다. "혼자 생각 좀 하고 싶었어. 누구하고도 얘기하기 싫어서 혼자 좀 걸었어."

"라디오에서 판결 소식 들었어. TV4 기자가 전화했었고. 내 코멘트를 원한다나?"

"그래서 뭐라고 했어?"

"우리가 정해놓은 대로. 판결문을 자세히 검토한 후 입장을 밝히 겠다고 했어. 결국 아무 말도 안 한 셈이지. 그리고 내 의견은 지금도 같아. 이건 좋은 전략이 아니라고. 이렇게 대응하면 우리가 밀리고 있다는 인상을 주게 돼. 그럴수록 언론은 등을 돌리겠지. 아마 오늘 저녁 방송에 내 코멘트에 대한 논평이 나올 거야."

미카엘은 침울하게 고개를 끄덕였다.

"자기 기분은 어때?"

그는 어깨를 한 번 으쓱해 보이고는 평소에 즐겨 앉는 창가 안락 의자에 털썩 몸을 묻었다. 에리카는 사무실을 아주 검소하게 꾸몄다. 책상 하나, 다용도 책장 하나, 그리고 저렴한 사무용 가구…… 전부 가구 할인점 이케아에서 사왔다. 화려한 안락의자 두 개와 나지막한 사이드 테이블만 빼고. "내가 받은 교육도 있으니 이 정도는 이해해 줘." 그녀가 가끔 하는 농담이었다. 뭔가를 읽어야 하면 안락의자를 이용했고 피곤할 때면 테이블 위에 두 발을 올리고 휴식을 취했다. 미카엘은 창문 밖을 내다보았다. 예트가탄의 희미한 어둠 속에서 사 람들이 분주히 걷고 있었다. 막바지 크리스마스 쇼핑의 열기로 거리 는 난리통이었다.

"언젠가 이 모든 게 지나가겠지. 지금 내 기분? 크게 한 방 얻어맞 은 것 같아."

"맞아, 한 방 맞은 거야. 우리도 마찬가지고. 안네 달만은 오전에 일찌감치 나갔어."

"판결이 마음에 들지 않았던 모양이군."

"그렇게 긍정적인 인간은 아니지."

미카엘은 고개를 설레설레 흔들었다. 안네는 아홉 달 전부터 편집 부 차장으로 일하고 있다. 입사했을 당시 벤네르스트룀 사건이 터지 는 바람에 편집부가 난리 속이었다. 미카엘은 아직도 기억하고 있다.

얀네를 채용할지 결정하기 위해 에리카와 나눴던 의견들을. 그는 유능한 기자였다. TT 통신에서 일해서 그쪽 사람들과 친하고, 석간신문에 기사를 쓰거나 가끔 TV에도 얼굴을 비쳐 꽤나 알려진 인물이었다. 하지만 회사가 맞닥뜨린 폭풍을 함께 헤쳐나갈 생각은 없었던 모양이다. 지난해 미카엘이 그를 채용해놓고 후회한 게 한두 번이 아니다. 그는 모든 것을 극히 부정적으로만 보는 아주 짜증나는 경향이 있었다.

"크리스테르는 소식 있어?" 미카엘은 거리에서 눈을 떼지 않고 물었다.

〈밀레니엄〉 표지와 본문 디자인을 담당하는 크리스테르 말름은 에리카, 미카엘과 함께 잡지의 공동 사주다. 지금은 애인과 해외여행중이다.

"전화 왔었어. 안부 전해달래."

"이제 크리스테르가 나 대신 발행인을 맡아야 할 거야."

"미케, 그만해! 자긴 계속 발행인 자리에서 모든 일을 감당해야 해. 그게 자기가 할 일이라고!"

"알아. 하지만 내가 그 기사를 썼을 뿐 아니라 기사를 실은 잡지의 발행인이기도 해. 이렇게 되면 문제가 달라져. 이른바 '책임자의 판단 미스'라고."

에리카는 하루종일 자신을 따라다닌 막연한 불안감이 선명해지는 기분이었다. 지난 몇 주간 재판을 기다리는 미카엘은 언제나 우울한 기색이었다. 그리고 패배가 결정된 지금은 그 어느 때보다도 침울하고 체념한 모습이다. 그녀는 테이블을 돌아 그에게 갔다. 그리고 무릎에 걸터앉아 두 팔로 그의 목을 그러안았다.

"미카엘! 내 말을 들어봐. 이 모든 일이 어떻게 일어났는지 우리 둘 다 잘 알잖아. 나도 너만큼 책임이 있어. 이 태풍을 함께 헤쳐나가야 한다고."

"더이상 헤쳐나갈 태풍은 없어. 판결이 뭘 의미하겠어? 내 목덜미에 총알이 박혔고, 이 바닥에서 나는 끝났단 뜻이야. 더이상 〈밀레니엄〉 발행인으로 남아 있을 수 없어. 우리 잡지는 이제 신뢰성이 바닥날 위험에 처했어. 피해를 최소화해야 돼. 그건 너도 잘 알 거야."

"그럼 과오를 혼자 짊어지고 갈 생각이야? 나랑 이토록 오래 지냈으면서 내가 어떤 사람인지 아직 몰라?"

"리키! 난 널 무척 잘 알아. 맹목적일 정도로 동료들에게 의리 있는 사람. 할 수만 있다면 벤네르스트룀 변호인단에 맞서서 네 공신력마저 다 잃을 때까지 싸우겠지. 하지만 우리는 좀 약아져야 할 필요가 있어."

"지금 이 배를 떠나는 게 약은 행동이라고 생각해? 사람들 눈엔 내가 자기를 해고하는 꼴로 보일 거야."

"이 문제에 대해선 수없이 얘기했잖아. 이제 〈밀레니엄〉이 살아남는 일은 자기한테 달렸어. 크리스테르가 이미지나 레이아웃을 다루는 건 나무랄 데 없지. 하지만 억만장자들에 맞서 싸우는 일은 녀석의 장기가 아니야. 한동안 난 〈밀레니엄〉에서 사라져야 해. 발행인, 기자, 이사 자리 전부 내놓을 거야. 자기가 내 자리를 메워야 해. 벤네르스트룀은 내가 자신의 비리를 다 파악했다는 걸 알아. 그러니 내가 여기에 얼씬거리고 있으면 〈밀레니엄〉을 파괴하려 들 거야. 난 도저히 그 꼴을 용납할 수 없어."

"그럼 왜 사실을 밝히지 못해? 이기든 깨지든 한번 부딪쳐보지 않느냔 말이야?"

"아직 확실한 증거가 없으니까. 그리고 지금 난 공신력을 모두 잃었어. 이번 라운드는 벤네르스트룀이 이긴 셈이야. 다 끝났으니 내버려두자고."

"좋아. 소원대로 자기를 해고하겠어. 그럼 이제 뭘 할 거야?"

"그냥 좀 쉬고 싶어. 완전히 탈진 상태야. 한동안 몸 좀 추슬러야겠어. 할 일은 그다음에 생각하자고."

에리카는 그의 가슴에 머리를 묻으며 그를 꼭 안았다. 둘은 한동안 아무 말 없이 그렇게 있었다.

"오늘 저녁, 같이 있을래?" 그녀가 물었다.

미카엘이 고개를 끄덕였다.

"좋아. 미리 그레게르에게 말해뒀지. 오늘밤 자기 집에서 잔다고."

방안을 비추는 빛이라고는 창문으로 들어오는 거리의 불빛뿐이었다. 에리카는 새벽 2시 넘어 잠들었고, 아직 깨어 있는 미카엘은 그녀의 어슴푸레한 옆모습을 보고 있었다. 이불자락이 그녀의 허리께까지 올라와 있고 젖무덤은 느리게 오르락내리락했다. 미카엘은 이제 마음이 가라앉았다. 아까까지만 해도 묵직한 덩어리처럼 명치를 꽉 메웠던 불안감이 확 풀려버린 듯했다. 에리카와 함께 있으면 항상 이런 기분이 들었다. 그리고 자신도 그녀에게 동일한 안정감을 준다는 사실을 잘 알고 있었다.

'벌써 이십 년이군.' 그는 생각했다. 에리카와 관계를 이어온 것도 벌써 이십 년이었다. 앞으로도 이십 년—최소한 이십 년—은 이렇게 그녀와 사랑을 나누고 싶은 마음이었다. 사람들에게 딱히 이런 관계를 숨길 생각은 없었다. 비록 자신들 때문에 이따금 다른 사람들과 어색한 상황에 처하더라도. 그리고 사람들이 쑥덕거린다는 사실도 잘 알고 있었다. 가끔은 간접적으로 그들의 관계를 물어오기도 했는데, 그때마다 둘은 사람들 말 따위는 신경쓰지 않고 알쏭달쏭한 대답으로 넘어가곤 했다.

둘은 친구 집에서 열린 파티에서 만났다. 둘 다 신문방송학과 2학년이었고 사귀는 사람이 있었다. 그의 기억이 정확하다면 처음엔 장난삼아 서로를 유혹해보려고 했다. 그리고 이런 장난이 좀더 진지하게 발전해 결국 헤어질 때 전화번호를 교환했다. 둘은 곧 같이 자게 되리라는 걸 알고 있었다. 그리고 일주일 후 애인들 모르게 계획을 실행했다.

미카엘은 자신들을 사로잡은 감정이 사랑이 아님을 분명히 알고 있었다. 공동의 가정, 함께 짊어진 대출금, 크리스마스트리, 그리고 자녀 같은 것들에 이르는 전통적인 의미의 사랑 말이다. 1980년대, 애인이 없을 때마다 둘은 함께 살기로 생각해본 적도 몇 번 있었다. 미카엘은 그렇게 하고 싶었다. 하지만 에리카가 항상 마지막 순간에 가서 일을 틀어버리곤 했다. 그런 삶이 오래갈 리도 없고, 서로 사랑에 빠졌다가는 지금의 관계마저 깨져버릴 수 있다는 이유에서였다.

둘의 관계는 섹스에 기반을 두고 있었고 미카엘은 자신이 그녀에게 지독하게도 강렬한 성적 욕망을 느끼고 있음을 잘 알았다. 마치 마약과도 같은 관계였다.

하도 자주 만나서 이제는 커플이 된 듯한 기분이 들 때도 있었다. 반대로 어떨 땐 몇 주나 몇 달을 못 본 적도 있었다. 하지만 오래 금주한 알코올중독자가 자신도 모르게 독주 진열대로 이끌려가듯 둘은 항상 서로를 갈구하며 다시 찾곤 했다.

물론 문제가 없을 리 만무했다. 둘의 관계는 고통의 근원이 될 수밖에 없었다. 그렇게 살면서 본의 아니게 많은 이들을 실망시켰다. 미카엘이 파경을 맞은 이유도 그가 에리카에게서 떨어지지 않은 탓이었다. 그는 모니카에게 에리카와의 관계를 감추지 않았다. 하지만 결혼도 했고 아이도 생겼으니 모니카는 그 관계가 곧 끝나리라고 생각했다. 게다가 비슷한 시기에 에리카 역시 그레게르와 결혼했기 때문에 미카엘도 그녀와 끝내야겠다고 마음먹었고 실제로도 결혼하고 나서 처음 몇 년은 업무적으로만 만났다. 하지만 〈밀레니엄〉을 창간하고 나자 모든 것이 변했다. 창간한 지 일주일도 채 지나지 않은 어느 늦은 오후, 그들은 에리카의 책상 위에서 격렬하게 사랑을 나누었다. 그리고 고통스러운 나날이 뒤를 이었다. 미카엘은 가족과 함께 살면서 딸이 자라는 모습을 지켜보고 싶으면서도 동시에 어쩔 수 없이 에리카에게 끌리고 있었다. 더이상 자신의 행동을 통제할 수 없었고, 결국 의지의 문제이기도 했다. 결국 리스베트가 정확히 본 셈이다. 모니카가 파경을 결심한 건 그의 끊임없는 외도 때문이었다.

그런데 이상하게도 그레게르는 둘의 관계를 전적으로 받아들이는 태도를 보였다. 에리카 역시 미카엘과의 혼전 관계를 전혀 감추지 않았고, 그와 다시 만나게 됐을 때도 곧바로 남편에게 밝혔다. 예술가인 그레게르는 이 모든 관계를 감당해낼 수 있는 걸까? 아내가 다른 남자와 잠자리를 할 뿐만 아니라 휴가까지 쪼개 산드함에 있는 정부의 별장에서 일주일씩 지내다 와도 그레게르는 개의치 않았다. 자신의 창작 활동에, 혹은 그저 자기 자신에게 너무 열중했기 때문인지도 몰랐다. 미카엘은 그레게르를 특별히 좋아하지 않았다. 어떻게 에리카가 이런 남자에게 반했는지 이해할 수도 없었다. 하지만 남자 둘을 동시에 사랑하는 아내를 받아들여준다는 사실만큼은 항상 고맙게 생각했다.

때로는 그가 아내의 외도를 마치 결혼생활에 자극이 되는 양념으로 여기는 건 아닌지 의심이 들기도 했다. 하지만 미카엘은 절대로 그녀 앞에서 이 문제를 꺼내지 않았다.

미카엘은 잠을 이루지 못하다 결국 새벽 4시가 되어서야 잠들기를 포기했다. 그리고 주방 식탁에 가서 앉아 판결문을 처음부터 끝까지 한번 더 훑어보았다. 이렇게 다시 보니 아르홀마에서의 만남이 얼마나 운명적이었는지 새삼 느낄 수 있었다. 지금도 마찬가지로 무엇이 진실인지 알 수 없었다. 과연 로베르트 린드베리가 술김에 벤네르스트룀의 비리를 털어놓았을까? 아니면 세상에 알리려는 분명한 의도가 있었을까?

전자가 훨씬 자연스러웠지만 이렇게 가정해볼 수도 있었다. 지극히 개인적, 혹은 직업적 이유로 전부터 로베르트는 벤네르스트룀을 타격할 의도를 품고 있었다. 그러다 우연히 자신의 말을 경청할 준비가 된 기자를 만나게 되었고 그는 절호의 기회를 놓치지 않았다…… 그날 저녁, 로베르트는 술을 꽤 마셨을지도 모르지만 결정적인 순간이 오자 미카엘을 똑바로 보며 자신을 '익명의 제보자'로 남겨두겠다는 약속을 받아내지 않았던가. 미카엘을 통해 자신의 이야기를 세상에 알리는 동시에 정보제공자의 신분은 절대로 밝히지 못하도록 해놓은 셈이었다.

한 가지 사실만은 분명했다. 아르홀마에서의 밤이, 벤네르스트룀 사건에 미카엘의 관심을 끌어들이기 위해 로베르트가 의도적으로 꾸민 일이라면 그의 연기는 완벽했다. 물론 둘의 만남 자체는 전적으로 우연이었지만.

로베르트는 미카엘이 벤네르스트룀 같은 인간들을 얼마나 경멸하는지 몰랐지만, 이 바닥에 오래 몸담으며 관찰해온 미카엘은 은행장과 유명 기업가라면 하나같이 썩어빠진 작자들이라고 확신했다.

물론 미카엘은 리스베트가 자신에 대해 보고한 내용을 알 리 없었다. 그러나 보고서를 본다면 고개를 끄덕였을 게 한두 군데가 아니다. 특히 그가 재계의 늑대들을 혐오하는 이유가 급진적인 좌익사상 때문이 아니라고 말한 부분에서는 더욱 그랬을 것이다. 미카엘은 정치에 무관심한 사람은 아니었어도 정치적 '이즘'은 극도로 불신했다. 1982년 총선 때 그는 태어나서 처음이자 마지막으로 투표란 걸 했다. 사회민주당을 선택했는데 이유는 하나였다. 보수파 예스타 보만*이 재무부 장관에, 토르비에른 펠딘**이나 자유주의자 올라 울스텐***이 수

---

* Gösta Bohman(1911~1997). 스웨덴 보수당 대표와 재무부 장관을 지냈고 친기업 정책을 펼쳤다.
** Thorbjörn Fälldin(1926~2016). 스웨덴 중앙당 총수를 지냈고 역대 두번째로 당선된 비사회주의 총리였다.

상인 정권이 삼 년 더 연장되는 광경만큼 끔찍한 일이 없었기 때문이다. 하여 큰 열정 없이 올로프 팔메****를 찍었는데, 얼마 후 그를 기다리고 있던 건 팔메 수상 암살, 무기회사 보포르스 스캔들, 에베 칼손***** 스캔들 등 추악한 정치 현실뿐이었다.

그는 동료 기자들을 경멸했고, 그 경멸은 인간의 기본적 윤리만큼이나 명백한 진실들에 기반했다. 그가 보기에 등식은 간단했다. 터무니없는 투기로 수백만 크로나를 날린 은행 이사는 그 자리에 앉아 있으면 안 된다. 사욕을 채우려고 유령회사를 만든 CEO는 감옥에 가야 한다. 마당에 공용 화장실을 놓고 비좁은 원룸을 학생들에게 임대하면서 세금까지 떼먹으려고 월세 영수증을 발행해주지 않는 악덕 집주인은 죄인 공시대에 매달아놔야 한다.

미카엘이 생각하는 경제기자의 사명은 자명했다. 바로 소액 투자자들의 돈을 끌어들여 말도 안 되는 벤처회사에 투기해 금리 위기를 초래하는 재계의 늑대들을 조사하고 가면을 벗겨내는 일이었다. 그리고 경제기자의 진정한 책무는, 정치기자가 장관이나 국회의원의 비리를 가차없이 감시하는 열정과 똑같이 기업의 우두머리를 검사하는 일이다. 어느 정당 대표를 우상으로 만들려고 드는 정신 나간 정치기자는 없을 것이다. 그런데 이 나라의 수많은 경제기자들은 재계의 한심한 젊은 늑대들을 대중의 인기스타로 떠받드는 일에 광분하고 있다. 미카엘은 결코 이해할 수 없는 일이었다.

이런 고집스러운 태도 때문에 다른 기자들과 여러 차례 충돌했었

*** Ola Ullsten(1931~). 스웨덴 자유인민당 대표와 총리를 지냈고 자유주의 경제 원칙을 옹호했다.

**** Olof Palme(1927~1986). 스웨덴 사회민주당 총수였고 두 차례 총리에 당선됐다. 보편적 복지 정책을 발전시켰고 사회 평등 정책을 추진했다.

***** 스웨덴 언론인. 법무부 장관의 지원 아래 비밀리에 올로프 팔메 암살 사건을 조사했다. 스캔들이 터지면서 그는 처벌받았고 법무부 장관은 사임했다.

고 그중에서도 빌리암 보리와는 숙적관계였다. 미카엘은 동료들이 기자 본연의 임무를 저버리고 경제계 젊은 늑대들의 심부름꾼 노릇이나 하고 있다고 비난했다. 물론 이러한 사회비판적 성향 덕분에 언론계에서 나름대로 명성을 떨칠 수도 있었다. 어느 CEO가 수십억 크로나에 달하는 '황금 낙하산'을 챙겨 물러나는 일이라도 생기면 TV 방송은 미카엘을 초대해 의견을 듣기도 했다. 카메라 앞 소파에 앉아서도 여전히 껄끄러운 독설가였기 때문에 적들은 이를 갈지 않을 수 없었다.

그러니 오늘 같은 날 적들이 무얼 할지는 안 봐도 뻔했다. 언론사 사무실들에서 샴페인을 터뜨리는 모습이 미카엘의 눈에 선했다.

언론인의 역할에 대해서는 에리카 역시 생각이 같았다. 둘은 대학 시절부터 기자의 사명을 수행하는 이상적인 언론을 꿈꿔왔다.

에리카는 미카엘이 꿈꾸는 최고의 보스였다. 탁월한 조직가로서 열정과 신뢰로 동료들을 이끌었고 필요할 땐 단호하게 맞설 줄도 알았다. 특히 잡지에 실을 내용을 결정할 때는 날카로운 감각과 과감한 결단력을 보였다. 둘은 의견 충돌이 잦았고 격렬하게 토론할 때도 있었지만 근본적으로는 서로 깊이 신뢰했다. 즉, 완벽한 팀이었다. 미카엘이 현장에서 뛰면서 기삿거리를 찾아내면 에리카는 포장해 시장에 내놓는 일을 맡았다.

〈밀레니엄〉은 그들 공동의 창조물이었다. 하지만 재원을 찾아내는 그녀의 탁월한 재능이 없었다면 결코 세상에 태어나지 못했다. 둘은 이를테면 노동자의 아들과 부잣집 딸의 멋진 결합이라 할 수 있었다. 에리카는 상속받은 재산이 꽤 있었다. 〈밀레니엄〉을 창간하는 데 목돈을 집어넣고 부친과 친구들까지 설득해 투자하게 했다.

미카엘은 왜 에리카가 〈밀레니엄〉을 선택했을까 종종 생각해보곤 했다. 공동 사주—사실상 최대 주주—이자 대표이사로서 나름대로 명예를 취하고 원하는 기사를 마음껏 출간하는 자유를 만끽할 수 있는 건 사실이었다. 하지만 다른 곳에서도 충분히 성공할 수 있는 여자였다. 미카엘과는 달리 그녀는 대학을 졸업하고 TV 방송에 진출했다. 배짱이 있었고 카메라를 잘 받았으며 동료들과 경쟁에서도 두각을 나타냈다. 편성국 사람들과 관계도 원만했고. 거기서 일을 계속했다면 지금쯤 간부 자리에 올라 연봉도 훨씬 높았을 것이다. 하지만 이것들을 포기하고 변두리 미드솜마르크란센의 낡고 비좁은 지하실에서 시작한—지금은 꽤 성장해 스톡홀름 중심부에서 얼마 떨어지지 않은 예트가탄에 넓고 쾌적한 사무실로 이전했지만—〈밀레니엄〉에 전부를 걸었다.

에리카는 크리스테르까지 설득해 동업자로 끌어들였다. 동거하는 남자친구와 함께 이따금 '유명인사 가정탐방' 기사나 연예 섹션에 등장해 뽐내기 좋아하는 유명한 게이였다. 그가 본격적으로 미디어의 관심 대상이 된 건 아르놀드 망누손과 동거하기 시작하면서부터다. 일명 '아른'이라 불리는 이 배우는 스웨덴 왕립극단에서 활동하다 TV 시트콤에 출연하면서 스포트라이트를 받았다. 이후 둘의 일거수일투족은 미디어가 눈독들이는 기삿거리가 되었다.

전문 사진작가이자 인기 디자이너인 서른여섯 살의 크리스테르는 〈밀레니엄〉에 현대적이고도 매력적인 외관을 입혀주었다. 편집부와 같은 층에 개인사업체를 소유하고 있었고, 한 달에 일주일을 할애해 잡지 디자인 작업을 했다.

셋 이외에도 〈밀레니엄〉에는 풀타임 직원 두 명, 파트타임 직원 세 명, 그리고 수습기자 한 명이 있었다. 늘 재정적으로 절절맸지만 직원들이 긍지를 잃지 않고 일할 수 있는 고품격 잡지였다.

큰돈을 벌지는 못했지만 그럭저럭 수지를 맞출 정도는 됐고 발행 부수와 광고 수입도 꾸준히 증가했다. 이렇게 하여 월간지 〈밀레니엄〉은 논조가 약간 직설적이지만 신뢰할 수 있는 진실의 수호자라는 괜찮은 이미지를 유지해왔다.

하지만 이제 전부 변할 것이다. 미카엘이 노트북을 켜고 인터넷을 검색했다. 그날 오후 에리카와 함께 작성한 공식 발표문이 TT 통신 속보로 둔갑해 〈아프톤블라데트〉 웹사이트에 벌써 올라와 있었다.

유죄판결 받은 미카엘 블롬크비스트 기자,
〈밀레니엄〉을 사퇴하다

스톡홀름(TT). 미카엘 블롬크비스트 기자가 월간지 〈밀레니엄〉 발행인
직에서 사임했음을 동지의 편집장이자 대표이사인 에리카 베리에르가
발표했다.
미카엘 블롬크비스트의 사임은 본인의 뜻이었다고 알려졌다. 발행인직
을 승계한 에리카 베리에르에 따르면, 최근 몇 개월간 일어난 극적인 사
건들로 매우 지쳐 있어 휴식이 필요한 상태라고 한다.
미카엘 블롬크비스트는 1990년에 창간한 월간지 〈밀레니엄〉의 공동 창
업자. 한편 에리카 베리에르는 이른바 '벤네르스트림 사건'으로 동지
의 미래가 영향을 받을 일은 없을 것이라고 전망했다.
"잡지는 다음달 정상 발간될 예정"이라고 덧붙인 뒤 "미카엘 블롬크비스
트가 본지의 발전에 크게 기여했음은 사실이지만 이제 우리는 새로운 페
이지를 넘기려고 합니다. 벤네르스트림 사건은 일련의 불행한 상황들이
빚어낸 결과라고 생각하며, 한스에리크 벤네르스트림 씨에게 심려를 끼
친 점에 대해서는 유감의 뜻을 전합니다"라고 말했다.
현재 미카엘 블롬크비스트는 연락이 두절된 상태다.

"정말로 끔찍한 글이야!" 이메일로 발표문을 발송하고 난 에리
카가 이렇게 말했다. "사람들은 이렇게 단정하겠지. 자기는 형편없
는 멍청이에다 나는 동료 등에 비수를 꽂은 피도 눈물도 없는 여자
라고."

"꽤나 즐거워할 작자도 많겠지. 그렇잖아도 우리를 놓고 온갖 소문이 무성한데 씹을 거리까지 새로 생겼으니." 미카엘이 농담을 던져봐도 그녀는 웃지 않았다.

"별다른 대안이 없지만 아무래도 우리가 실수를 하는 것 같아."

"이게 유일한 해결책이야." 미카엘이 대꾸했다. "잡지가 무너지면 우리가 쌓아온 노력이 아무런 의미가 없어져. 이미 수입원을 꽤 잃었잖아. 그 컴퓨터회사하고는 어떻게 됐어?"

에리카는 한숨을 쉬었다.

"말도 마. 아침에 전화해서는 이번 1월호 광고를 취소하겠대."

"당연하지. 벤네르스트룀이 주식을 꽤 보유한 회사니까."

"그래도 다른 광고주를 찾아볼 수 있지 않겠어? 벤네르스트룀이 아무리 재계 거물이라고 해도 온 세상을 다 소유한 건 아니잖아. 우리도 아는 사람들이 있다고."

미카엘은 에리카를 꼭 끌어안았다.

"벤네르스트룀 이 자식을 반드시 잡아서 월스트리트를 깜짝 놀라게 해주겠어. 하지만 오늘은 아니야. 우선 〈밀레니엄〉이 지뢰밭을 벗어나야 해. 아직 우리를 신뢰하는 사람들이 있으니 그것마저 잃어서는 안 돼."

"알아. 그래도 우리 사이가 끝난 걸로 보이면 나는 못된 마녀로 남고 자긴 꽤 힘든 상황으로 빠져들 뿐이야."

"리키! 우리가 서로 신뢰하는 한 기회가 있어. 하나씩 차근차근 처리해나가자고. 지금은 내가 물러서야 할 때야."

이 우울한 결론이 논리적이라는 사실을 에리카는 인정하지 않을 수 없었다.

4장

12월 23일 월요일~12월 26일 목요일

에리카는 미카엘의 집에서 주말을 보냈다. 둘은 화장실에 가거나 요기할 때 빼고는 침대를 떠나지 않았다. 그렇다고 계속 사랑을 나누기만 하진 않았다. 머리를 맞대고 앞일을 의논하며 이번 일의 결과, 그리고 앞으로의 가능성과 개연성 등을 따져보았다. 월요일 아침—크리스마스 이틀 전—에리카는 작별 키스를 하고 남편 집으로 돌아갔다. "다음에 봐!" 하고서.

미카엘은 밀린 설거지와 집안 정리를 하면서 월요일을 시작했다. 그리고 물건을 챙기러 사무실에 들렀다. 잡지사와 관계를 끊을 의사는 전혀 없었지만 일단은 자신이 〈밀레니엄〉과 분리되어야 한다고 에리카를 설득해놓은 터였다. 앞으로는 벨만스가탄의 자택에서 일할 생각이었다.

사무실에는 아무도 없었다. 크리스마스라 직원들은 저마다 어디론가 떠났다. 서류며 책 따위를 꺼내 한참 종이상자에 채워넣고 있는데 전화가 울렸다.

"미카엘 블롬크비스트 씨와 통화하고 싶습니다." 수화기에서 낯선 목소리가 흘러나왔다.

"예, 접니다."

"연휴에 전화를 드려 실례가 많습니다. 디르크 프로데라고 합니다." 미카엘은 본능적으로 이름과 시각을 적었다. "전 변호사입니다. 제 고객께서 당신과 대화를 하고 싶어해 이렇게 대신 전화한 겁니다."

"그럼 직접 전화하라고 하십시오."

"그분께서 당신을 만나고 싶어한다는 뜻으로 드린 말씀입니다."

"좋습니다. 그럼 약속 시간을 정해서 그분을 내 사무실로 보내주세요. 하지만 제가 곧 이 사무실에 나오지 않으니 서두르세요."

"제 고객은 당신이 방문해주시기를 바랍니다. 헤데스타드로요. 기차로 세 시간이면 됩니다."

서류를 꺼내던 미카엘이 동작을 멈췄다. 언론계에 있다보면 말도 안 되는 정보를 제공하겠다고 나서는 온갖 괴상한 사람들을 만나게 된다. 이 세상의 모든 언론사 편집국에는, UFO 목격자에서부터 필적학자, 사이언톨로지 신봉자, 과대망상증 환자, 거대음모 이론가에 이르기까지 별의별 사람들에게서 걸려오는 전화가 끊이지 않는다.

미카엘은 올로프 팔메 암살 몇 주기인가를 기념해 ABF*에서 개최한 칼 알바르 닐손** 강연회에 참석한 적이 있다. 강연회는 사뭇 진지한 분위기 속에서 진행되었고, 방청석에는 렌나르트 보스트룀***을 비롯해 팔메의 친구들이 보였다. 일반 시민들 역시 많이 와 있었다. 이

---

* 노동자교육협회. 스웨덴 국민을 대상으로 교육 프로그램을 운영하는 비영리단체.
** Karl Alvar Nilsson(1934~2014). 스웨덴 작가. 나치즘, 극우주의, 올로프 팔메 암살 등에 관한 책을 썼다.
*** Lennart Bodström(1928~2015). 스웨덴 정치인. 올로프 팔메 정권에서 외무부 장관을 지냈다.

윽고 피할 수 없는 질의응답 시간. 한 사십대 여인이 마이크를 잡더니 잘 들리지 않는 소리로 속닥대기 시작했다. 그때부터 이미 예사롭지 않았기 때문에 잠시 후 그녀가 "누가 올로프 팔메를 죽였는지 알고 있어요!"라고 말했을 땐 아무도 놀라지 않았다. 연단 위 인사들은 빈정거리듯 말했다. "그렇게 중요한 정보라면 부인께서 암살조사위원회에 알리지 그러세요?" 여인은 알아들을 수 없을 만큼 작은 소리로 재빠르게 중얼거렸다. "그럴 수 없어요! 너무 위험해요!"

미카엘은 디르크라는 이자도 혹시 그런 부류가 아닌지 의심했다. 세포*가 극비리에 어느 정신병원에서 정신통제 실험을 자행하고 있다며 그 실체를 밝히겠다고 나섰던 숱한 '진실의 수호자' 중 한 명이 아닐까?

"가택 방문은 하지 않습니다." 미카엘이 차갑게 대꾸했다.

"이번만큼은 예외를 적용해달라고 부탁드리고 싶군요. 연세가 팔십이 넘어 스톡홀름까지 가는 일이 쉽지 않습니다. 정 어렵다면 조정해볼 수도 있겠습니다만 직접 찾아와주신다면⋯⋯"

"고객이 누구시죠?"

"당신도 업무상 몇 번 들어봤을 겁니다. 헨리크 방에르 씨입니다."

미카엘은 놀라 몸을 뒤로 젖혔다. 헨리크 방에르⋯⋯ 당연히 들어본 이름이었다. 대실업가이자 목재, 광산, 강철, 금속, 섬유 업계를 망라하는 거대 제국 '방에르 그룹'의 전前회장을 모를 리 있겠는가? 한때 헨리크는 거물 중의 거물이었고, 아무리 세찬 폭풍에도 굴하지 않는 강직한 '왕 회장'으로 명성을 누렸다. 스웨덴 산업의 초석을 닦은 인물로, 모도 그룹의 맛스 칼그렌이나 일렉트로룩스의 한스 베르텐과 함께 정통파 경제인들의 정신적 지주이자 '복지국가' 스웨덴의 산

---

* Säpo. 스웨덴 국가안보기관으로 간첩행위와 테러 같은 특별법죄를 예방하고 수사하는 일을 한다.

업을 떠받치는 기둥 같은 인물이었다.

여전히 가족기업으로 남아 있는 방에르 그룹은 지난 이십오 년간 큰 진통을 겪었다. 그룹 재편성, 증시 위기, 금리 위기, 아시아 기업과의 경쟁, 수출 감소, 그리고 이런저런 악재들이 이어진 끝에 이제는 재계의 뒷전으로 밀려났다. 현재 그룹을 이끄는 이는 마르틴 방에르다. 미카엘은 약간 뚱뚱한 몸집에 머리가 덥수룩한 그를 TV에서 몇 번 봤지만 썩 잘 안다고 할 순 없었다. 헨리크가 재계에서 모습을 감춘 지 벌써 이십 년이 넘어서 미카엘은 여지껏 그가 살아 있는지도 몰랐다.

"헨리크 방에르 씨가 왜 저를 보고 싶어하죠?"

"죄송합니다. 헨리크 회장님의 변호사로 여러 해 일해왔습니다만, 무얼 원하시는지는 그분이 직접 말씀하셔야 할 듯합니다. 다만 당신에게 일자리를 제의하려 한다는 것만큼은 말씀드릴 수 있습니다."

"일자리요? 저는 방에르 그룹에서 일하고 싶은 생각이 전혀 없습니다. 혹시 홍보 담당자를 원하시나요?"

"그건 아닙니다. 구체적으로 설명할 순 없습니다만 사적인 일로 자문을 구하고 싶어한다는 정도만 말씀드리죠."

"정말로 애매하게 말씀하시는군요."

"용서해주세요. 당신이 헤데스타드로 올 가능성이 없을까요? 물론 필요한 비용과 수고비는 충분히 드리겠습니다."

"그런데 상황이 안 좋을 때 전화를 주셨어요. 요즘 좀 바쁘거든요. 혹시 저에 대한 기사를 읽으셨는지 모르겠습니다."

"벤네르스트룀 사건 말인가요?" 수화기 너머에서 디르크가 소리내어 웃었다. "꽤나 흥미로운 사건이었죠. 사실 재판이 하도 떠들썩해 회장님께서 당신에게 관심을 보인 셈이죠."

"그런가요? 헨리크 씨는 제가 언제 방문하길 원하시나요?"

"가능한 한 빨리요. 내일은 크리스마스이브이니 방해받고 싶지 않으실 테고…… 12월 26일은 어떻습니까? 아니면 그다음날은요?"

"정말 급하신 모양이군요. 죄송합니다만 제가 방문해야 할 목적을 끝끝내 밝히시지 않는 한……"

"분명히 말씀드립니다만 정말 진지하게 초대하는 겁니다. 회장님께선 당신에게 자문을 구하고 싶어합니다. 오직 당신에게만요! 만일 당신이 관심이 있다면 프리랜서 일도 제의하고 싶어하고요. 저는 단지 말을 전할 뿐이고 자세한 설명은 그분께서 하실 겁니다."

"이렇게 이상한 전화를 받아보기도 정말 오랜만이군요. 한번 생각해보죠. 연락처가 어떻게 됩니까?"

수화기를 내려놓은 미카엘은 책상 위에 널린 잡동사니를 내려다보았다. 헨리크 방에르가 왜 자신을 만나고 싶어하는지 도통 알 수 없었다. 헤데스타드 방문이 특별히 흥분되는 일도 아니었지만 변호사 디르크의 말이 호기심을 일으켰다.

컴퓨터를 켜고 구글에 들어가 '방에르 그룹'을 검색하자 결과가 수백 개나 떴다. 그룹은 재계 뒷전으로 밀려났을지 몰라도 여전히 미디어에서는 그 이름이 매일같이 회자되고 있었다. 미카엘은 분석기사 여남은 개를 저장하고서 디르크 프로데, 헨리크 방에르, 마르틴 방에르도 검색해봤다.

마르틴 방에르는 현 대표이사로서 빈번하게 등장했지만, 디르크 프로데는 그다지 알려지지 않은 인물이었다. 헤데스타드 골프협회 이사였고 지역 로터리클럽과도 관련이 있었다. 헨리크 방에르는 예외적인 몇 가지만 빼면 주로 그룹과 관련된 기사에만 나올 뿐이었다. 이 년 전, 그곳 지역 신문 〈헤데스타드 통신〉에는 재계 옛 거물의 여든번째 생일 축하 기사와 함께, 약력이 간단히 소개되어 있었다. 미카엘은 중요하게 보이는 기사들을 인쇄해 50쪽에 달하는 자료를 만들었다. 그러고 나서 책상을 정리하고 종이상자를 채워 집으로 돌아왔다. 언제 다시 돌아올지, 아니 이 사무실로 과연 돌아올 수나 있을지 알 수 없는 일이었다.

리스베트 살란데르가 크리스마스이브를 보낸 곳은 우플란스베스뷔에 있는 에펠비켄 요양원이었다. 선물로 디오르 향수 한 병과 오렌스 백화점에서 산 영국식 크리스마스 케이크를 가져갔다. 리스베트는 커피를 마시며 선물상자를 두른 끈을 풀려고 서툴게 손가락을 놀리는 마흔여섯 살의 여인을 응시했다. 리스베트의 눈에는 따스한 빛이 감돌았다. 비록 이 이상한 여자가 정말 자신의 엄마가 맞는지 볼 때마다 놀라울 따름이지만. 아무리 봐도 둘 사이에 외모나 성격이 닮은 구석이라곤 조금도 발견할 수 없었다.

결국 포기한 여인은 망연히 상자를 쳐다보았다. 오늘은 상태가 그리 좋아 보이지 않았다. 리스베트는 아까부터 테이블 위에 놓여 있던 가위를 집어들었다. 그러자 여인의 얼굴이 잠에서 깨어나듯 환하게 밝아졌다.

"내가 바보 같지?"

"아니, 엄마는 바보가 아냐. 다만 삶이 불공평할 뿐이지."

"동생은 만나봤니?"

"안 본 지 오래됐어."

"그애는 절대 날 보러 오지 않아."

"알아, 엄마. 걔는 나도 보러 안 와."

"넌 일하니?"

"응. 잘하고 있어."

"어디 살고 있어? 네가 어디 사는지도 모르고 있었어."

"우리가 살던 룬다가탄의 아파트. 벌써 몇 년 됐어. 계약을 연장할수 있었거든."

"어쩌면 이번 여름에 널 보러 갈 수 있을지도 모르겠다."

"그럼! 이번 여름에는 와야지."

그녀의 모친은 마침내 상자를 열어 황홀한 표정으로 향수 냄새를 맡았다.

"고마워, 카밀라."

"엄마, 난 리스베트야! 카밀라는 동생이고."

여인은 당황한 듯했다. 리스베트는 그녀에게 함께 TV가 있는 방으로 가자고 했다.

크리스마스가 으레 그렇듯 TV에서는 디즈니 영화가 한창이었다. 미카엘은 딸 페르닐라를 보려고 전부인 모니카와 그녀의 남편이 살고 있는 솔렌투나 저택에 와 있었다. 물론 딸아이의 선물도 잊지 않았다. 이번에는 모니카와 의논하여 꽤 비싼 걸로 골랐다. 크기는 성냥갑만해도 페르닐라가 소장한 CD에 담긴 음악들이 전부 들어갈 수 있는 '아이팟'이었다.

이층에 있는 페르닐라의 방에서 부녀는 한 시간 남짓 함께 시간을 보냈다. 아이가 다섯 살 때 부부가 이혼했고, 그로부터 이 년 후에 아이는 새아빠를 맞았다. 미카엘은 딸과 만나는 일을 결코 피하지 않았다. 페르닐라는 매달 그를 보러 왔고 방학 때마다 산드함 별장에서 일주일씩 머물다 가기도 했다. 모니카도 부녀의 만남을 막지 않았으며 페르닐라 역시 기꺼이 아빠를 만났다. 오히려 둘이 함께 지내는 날은 언제나 즐거운 순간들로 가득했다. 미카엘은 자신을 만나는 일 만큼은 딸아이 결정에 맡겼고 모니카가 재혼한 후에는 더욱 그랬다. 그래서 페르닐라가 사춘기에 접어든 처음 몇 년간 거의 만나지 않다가 이 년 전부터 딸아이가 다시 아빠를 찾기 시작했다.

페르닐라는 아빠의 주장이 전적으로 옳다고 확신하고서 재판을 지켜보았다. 그녀 역시 아빠와 같은 생각이었다. 결백하지만 사실을 입증할 수 없는 상황이었다고.

페르닐라는 남자친구로 보이는 학교 친구에 대해 이야기했고, 신앙을 갖고서 지역 교회의 신도가 되었다고 고백해 미카엘을 놀라게 했다. 하지만 그는 이에 대해 말을 아꼈다.

모니카네 가족이 저녁식사를 하고 가라고 청했지만 그는 사양했다. 스테케트에 있는 여동생 집에서 이브를 보내기로 약속해놨기 때문이다.

이날 아침에는 에리카와 그녀의 남편도 살트셰바덴에 있는 집에서 함께 크리스마스를 보내자고 초대해왔다. 하지만 이것도 정중히 거절했다. 자신들의 삼각관계에 그레게르가 호의적인 태도를 보이는 데에도 분명 한계가 있을 텐데 이를 군이 확인하려 애쓸 필요는 없다고 생각했다. 에리카는 오히려 그를 초대한 사람이 그레게르라고 설명한 뒤 셋이서 한번 '놀아보는' 게 겁나서 그러느냐고 농담을 던졌다. 미카엘은 웃음으로 대꾸했지만—자신이 지극히 이성애 취향이라는 사실을 에리카도 잘 알았고, 이러한 제안 역시 장난임을 알았기에—애인의 남편과 크리스마스이브를 같이 보내지 않겠다는 결심만은 확고했다.

이렇게 해서 미카엘은 여동생 안니카 블롬크비스트네 현관문을 두드리게 되었다. 집안에서는 그녀의 이탈리아계 남편 잔니니와 두 아이, 그리고 잔니니의 친척들이 와글거리며 크리스마스 햄을 자르고 있었다. 저녁을 먹는 동안 미카엘은 재판에 대해 그들이 묻는 질문에 대답해줬고, 선의에서 우러나왔지만 전혀 쓸모는 없는 다양한 조언을 들었다.

판결에 대해 아무 말도 하지 않은 오직 한 사람은 그 방에서 유일하게 변호사였던 미카엘의 여동생이었다. 안니카는 순조롭게 법학 공부를 마치고, 몇 년간 지방법원에서 수습과 검사 보조로 일하다가 친구 몇몇과 쿵스홀멘에 변호사 사무실을 열었다. 가정법 전문 변호사인 그녀는 미카엘도 모르는 사이 어느새 여성 권익을 위해 투쟁하는 유명 법조인이자 여성운동가가 되어 있었고 잡지와 TV 토론에도 출연하기 시작했다. 그녀는 이런 곳에 나가 주로 남편 혹은 헤어진 애인에게 위협이나 학대를 당하는 여성들을 대변했다.

미카엘이 커피잔을 꺼내는 안니카를 도울 때 그녀가 오빠의 팔 위에 다정히 손을 올려놓으며 요즘 어떠냐고 물었다.

"엉망진창이지 뭐."

"다음에는 좀 괜찮은 변호사를 써봐!"

"이런 사건에는 세계 최고의 변호사라도 소용없을걸."

"솔직히, 무슨 일이 있었던 거야?"

"그 얘긴 다음에 하자!"

안니카는 오빠를 따뜻하게 안아주고 볼에 입을 맞췄다. 그러고서 둘은 커피와 케이크를 가지고 사람들이 기다리는 방으로 갔다.

저녁 7시경, 미카엘이 주방에 있는 전화를 써도 되냐고 물었다. 디르크 프로데의 전화번호를 누르자 잠시 후 수화기에서 목소리가 들렸다. 주위에 사람들이 많은지 와글대는 소리도 들렸다.

"메리 크리스마스!" 디르크가 인사했다. "자, 결정하셨나요?"

"지금은 별다른 일이 없습니다. 그리고 변호사님이 제 호기심을 일으키는 데 성공하셨고요. 괜찮다면 26일에 가겠습니다."

"좋습니다! 그렇게 결심하셨다니 얼마나 기쁜지 모르겠군요. 그런데 아이들과 손자 녀석들이 와글대서 소리가 잘 안 들리네요. 내일 다시 전화해서 시간을 정할까요?"

밤이 깊자 미카엘은 아까 결정한 일이 후회됐다. 하지만 이제 와서 약속을 철회할 수 없는 노릇이었다. 그리하여 26일 아침, 북부 지방으로 향하는 열차에 몸을 실었다. 그는 운전면허가 있었지만 한 번도 자동차를 소유해본 적은 없었다.

디르크의 말대로 그다지 긴 여정은 아니었다. 웁살라를 지나 해안을 따라 올라가자 이따금 작은 공업도시들이 나타났다. 그중에서도 가장 작은 편에 속하는 헤데스타드는 예블레에서 북쪽으로 한 시간은 걸리는 곳에 있었다.

밤이 되자 눈이 무섭게 쏟아졌다. 하지만 미카엘이 역에 내렸을 때는 구름이 걷히고 공기가 얼음장같이 차가웠다. 곧 자신의 옷차림이 노를란드의 혹독한 겨울에 적합하지 않다는 사실을 깨달았다. 플랫폼에 서 있던 디르크가 그를 즉시 알아보고 사람 좋은 미소로 맞아주었다. 그리고 역 앞에 주차해놓은 벤츠의 훈훈한 내부로 안내했다. 시내에는 제설 작업이 한창이었고, 디르크는 조심스럽게 차를 몰아 제설차에 달린 커다란 고무래 사이를 요리조리 빠져나갔다. 세상이 온통 눈으로 덮인 광경이 스톡홀름과 사뭇 달라서 마치 다른 나라에 온 느낌이었다. 스톡홀름 중심가에서 기차로 세 시간밖에 떨어지지 않은 곳인데 이렇게 다를 수 있다니…… 미카엘은 변호사를 흘깃 쳐다보았다. 마른 얼굴, 아주 짧게 자른 백발, 그리고 높은 콧등 위에는 도수 높은 안경이 걸쳐 있었다.

"헤데스타드엔 처음이겠죠?"

미카엘이 고개를 끄덕였다.

"오래된 공업도시죠. 그렇게 크진 않아요. 인구가 2만 4천 명 남짓이니까. 하지만 주민들은 이 도시를 좋아합니다. 헨리크 회장님은 헤데뷔에 사세요. 도시 남쪽 초입이죠."

"변호사님도 여기 사시나요?"

"그렇게 됐죠. 스코네 출신이에요. 1962년에 대학을 졸업하자마자 방에르 그룹에서 일하게 됐죠. 법률고문이었는데 세월이 흐르면서 회장님과는 친구가 됐어요. 지금은 나도 은퇴했지만 여전히 유일한 고객이죠. 그분 역시 은퇴해서 내가 봉사할 일이 그리 많지는 않아요."

"저같이 악명 높은 기자를 채용할 일이 있으면 부르시는 모양이군요."

"자신을 너무 폄하하지 마세요. 한스에리크 벤네르스트룀과 맞서다 한 게임 진 사람이 당신 혼자만은 아니니까."

미카엘은 다시 그를 힐끗 쳐다보았다. 그의 말을 어떻게 해석해야 할지 알 수 없었다.

"이 초대가 벤네르스트룀과 관계있나요?"

"아닙니다. 회장님이 벤네르스트룀과 친한 사이라고는 할 수 없지만 여하튼 그분은 이번 재판을 매우 흥미롭게 지켜봤습니다. 하지만 당신을 뵙고 싶어하는 이유는 전혀 다른 일입니다."

"변호사님이 절대 얘기해주려 하지 않는 그 일 말이군요."

"내 소관이 아니에요. 그분 댁에서 하룻밤 지내실 수 있도록 준비해놓았습니다. 싫으시다면 시내 그랜드 호텔을 예약해드릴 수 있습니다."

"음, 저녁 기차로 스톡홀름에 돌아가야 할 것 같은데요."

헤데뷔 입구에는 아직 제설차가 지나가지 않은 모양인지 디르크는 앞서 나 있는 바큇자국을 따라 차를 몰아야 했다. 마을에 옹기종기 모여 있는 오래된 목조 건물들이 보트니아만을 따라 늘어선 옛 광산촌 건물들을 연상케 했다. 건물들 주위로는 보다 현대적인 저택들이 보였다. 마을은 육지에서 시작해 다리 건너 울퉁불퉁한 섬―헤데뷔섬이라 했다―까지 쭉 이어졌다. 육지 쪽 다리 근처에는 돌로 지은 자그마한 흰 교회당이 우뚝 솟아 있었고, 길 맞은편에서는 '수산네 카페 앤드 베이커리'라고 쓰인 고풍스러운 간판이 반짝였다. 다리를 건너 100미터쯤 직진하자 한 석조 건물 앞으로 정원이 널따랗게 펼쳐졌다. 대저택이라고 하기에는 작았지만 그래도 마을에서 가장 큰 그 건물에는 영주의 거처 같은 분위기가 감돌았다.

"여기가 헨리크 회장님 댁입니다. 한때는 사람들로 꽤나 북적였지만 지금은 회장님과 가정부만 살고 있죠. 집이 이렇게 크니 손님방은 걱정할 필요가 없습니다."

둘은 차에서 내렸다. 디르크가 북쪽을 가리키며 말했다.

"방에르 가문 사람들은 대대로 이 집에서 살았습니다. 하지만 마르틴 방에르는―회장님의 조카손자죠―현대적인 게 좋았던지 곳 끄트머리에 빌라를 지었어요."

미카엘은 주위를 둘러보았다. 디르크의 초청에 응해 이런 곳까지 오다니 참 정신 나간 짓을 했다고 생각했다. 무슨 일이 있어도 오늘 저녁에 스톡홀름으로 돌아가야겠다고 다짐했다. 건물 입구로 통하는 계단을 올라가는데 문이 열렸다. 인터넷에서 본 헨리크 방에르를 즉시 알아볼 수 있었다.

사진보다 좀더 나이들어 보였지만 여든의 나이라고는 믿기지 않을 정도로 정정했다. 근육질 체격, 무뚝뚝하면서도 강인해 보이는 얼굴, 탈모 유전자가 없다는 것을 보여주듯 뒤로 빗어 넘긴 풍성한 흰 머리칼. 빳빳하게 다림질한 짙은 색 바지를 입고서 흰 셔츠 위에는 낡은 밤색 카디건을 걸쳤고, 콧수염은 얄포름했으며, 금속테 안경을 쓰고 있었다.

"헨리크 방에르일세." 그가 인사했다. "여기까지 나를 보러 와줘서 정말 고맙네."

"안녕하십니까! 좀 뜻밖이었습니다."

"들어와 몸 좀 녹이게. 손님방을 하나 치워놓으라고 했어. 목 먼저 축이겠나? 그러고 나서 식사를 하자고. 이쪽은 나를 돌봐주는 안나 뉘그렌일세."

예순 정도로 보이는 자그마한 여인은 짧게 악수를 나눈 후 미카엘의 외투를 받아들어 옷장에 걸었다. 그리고 마룻바닥이 차니 슬리퍼를 신으라고 권했다.

미카엘은 고맙다고 말하고 헨리크에게 몸을 돌렸다.

"저녁식사 때까지 여기 머물지 모르겠습니다. 이 게임이 어떻게 돌아가느냐에 달려 있겠죠."

헨리크가 변호사와 짤막하게 눈짓을 나누었다. 둘은 벌써 얘기해
둔 게 있는 듯했다.

"그럼 전 잠시 다녀오겠습니다." 디르크가 말했다. "손주 녀석들이
집안을 얼마나 난장판으로 만들어놨는지 한번 보고 와야겠어요."

그리고 미카엘을 향해 말했다.

"난 다리 너머 오른쪽에 살아요. 걸어서 오 분 거리죠. 빵가게 지나
해안 쪽 세번째 건물입니다. 혹시 도움이 필요하면 전화하세요."

미카엘은 호주머니에 손을 넣어 녹음기 버튼을 눌렀다. 여기서까지
이러면 편집증일까? 헨리크가 뭘 원하는지 전혀 몰랐지만 벤네르스
트룀 때문에 지난해 내내 고생했더니 주변에서 일어나는 이상한 일
들은 반드시 정확하게 기록해두는 습관이 생겼다. 이 갑작스러운 헤
데스타드 초청 역시 이러한 범주에 속한다고 할 수 있었다.

헨리크는 작별인사를 대신해 디르크의 어깨를 살짝 두드린 후 문
을 닫았다. 그리고 다시 미카엘 쪽으로 몸을 돌렸다.

"빙빙 돌려 말하지 않겠네. 이건 게임이 아니라네. 난 당신과 얘기
를 나누고 싶어. 하지만 좀 오래 걸릴 거야. 내 부탁은 얘기를 끝까지
듣고서 그다음에 결정해달라는 것. 기자인 당신에게 프리랜서 일을
하나 제의하고 싶네. 자, 안나가 이층 서재에 커피를 준비해놓은 모
양이야."

헨리크가 길을 안내했고 미카엘이 뒤를 따랐다. 이층 한쪽 끝에 있
는 서재는 40제곱미터쯤 되어 보이는 길쭉한 방이었다. 한쪽 벽을
전부 차지하고 있는 높이 10미터 남짓한 서가에는 소설, 전기, 역사
서, 무역 산업 관련서, 그리고 A4 문서철 등이 빼곡히 들어차 있었다.
책을 분류해두는 뚜렷한 원칙은 없어 보였지만 자주 꺼내 본 흔적이
역력했다. 적어도 헨리크는 책을 읽는 사람인 모양이었다. 서가 맞은

편에는 짙은 오크 책상이 놓여 있었다. 앉으면 시야가 방을 향하도록 배치한 책상 뒤쪽 벽에는 압화 액자 수십 개가 반듯하게 줄을 맞춰 걸려 있었다.

옆쪽 벽에 난 창문 너머로는 다리와 교회당이 눈에 들어왔다. 방한가운데에는 긴 소파 하나와 일인용 안락의자가 몇 개 있었고, 그 사이에 놓인 테이블 위에는 안나가 가져온 찻잔과 보온병, 그리고 집에서 만든 빵과 쿠키가 있었다.

헨리크가 손짓으로 앉으라고 권했지만 미카엘은 못 본 척하고 방을 한 바퀴 돌아보았다. 먼저 서가를 보고 나서 압화 액자들을 훑어보았다. 한쪽에 쌓인 종이 무더기를 빼면 책상은 잘 정리된 편이었다. 책상 한쪽 끝에 서 있는 액자에는 갈색 머리에 눈빛이 아주 영리한 아름다운 소녀의 사진이 들어 있었다. 미카엘은 자신도 모르게 속으로 중얼거렸다. 나중에 남자깨나 울리겠는걸? 견신례를 받고 나서 찍은 듯한 그 빛바랜 사진은 아주 오랜 세월 거기 그렇게 놓여 있었다는 느낌을 주었다. 미카엘은 불현듯 헨리크가 자신을 주시하고 있다는 사실을 의식했다.

"그녀를 기억하나?"

"뭐라고요?" 미카엘이 눈살을 찌푸리며 말했다.

"자넨 이미 그녀를 만났었지. 바로 이 방에서."

미카엘은 멍하니 주위를 둘러보고는 고개를 설레설레 저었다.

"하긴 어떻게 기억하겠는가. 자네 부친을 내가 안다네. 1950년대와 60년대에 자네 부친 쿠르트 블롬크비스트를 여러 번 고용했지. 기계들을 설치하고 관리하는 일을 맡겼어. 재주가 있는 사람이었다네. 공부를 더해서 엔지니어가 되라고 설득하기도 했지. 자네는 1963년 여름에 여기 있었어. 이곳 제지 공장에 새 기계를 들일 일이 있었거든. 당시 자네 가족이 묵을 거처를 찾기가 쉽지 않아서 길 건너편에 있는 조그만 목조 가옥을 내주었지. 창문으로 내다보면 보일 거야."

헨리크가 책상으로 다가가 액자를 집어들었다.

"하리에트 방에르야. 형 리샤르드의 손녀. 그해 여름에 이 아이가 여러 번 자네를 데리고 놀아주었다네. 자네는 세 살쯤 됐었고, 그애는 열세 살이었지."

"죄송합니다만 지금 말씀하시는 것들이 전혀 생각나지 않는군요."

미카엘은 헨리크가 과연 진실을 말하는 건지 확신할 수 없었다.

"당연하겠지. 충분히 이해하네. 하지만 난 자네를 기억해. 온 집안을 뛰어다녔고 하리에트가 그런 자네 뒤를 따라다녔어. 어디 걸려 넘어지기만 하면 집이 떠나가라 울어대던 소리가 아직도 귀에 쟁쟁해. 그때 자네에게 장난감을 하나 선물했는데. 노란 양철 트랙터. 내가 어릴 때 갖고 놀던 것이었지. 그때 자네가 그걸 받고 얼마나 좋아하던지! 아마도 색깔이 마음에 들었던 모양이야."

미카엘은 순간적으로 온몸이 얼어붙는 듯했다. 그는 노란 트랙터를 기억하고 있었다. 좀더 컸을 때에도 방 선반 위에 놓아뒀었다.

"기억하나? 그 장난감?"

"기억납니다. 기쁜 소식 하나 알려드리죠. 트랙터는 아직 건재합니다. 일 년 전 스톡홀름 장난감 박물관에 기증했거든요."

"정말인가?" 헨리크가 반색하며 껄껄 웃었다. "자네에게 보여줄 게 하나 있네."

노인은 사진 앨범을 찾으러 서가 아래쪽으로 갔다. 몸을 구부리는 모습이 불편해 보였고 다시 몸을 일으킬 때는 서가에 손을 짚고서 애를 써야 했다. 그는 앨범을 뒤적이면서 소파에 앉으라고 손짓했다. 앨범을 훤히 꿰고 있는지 쉽게 사진을 찾아낸 후 테이블 위에 앨범을 올려놓았다. 그러고는 흑백사진 한 장을 가리켰다. 아마추어 사진가가 찍었는지 사진 아래쪽에 셔터를 누른 이의 그림자가 어른거렸다. 전면에는 반바지를 입은 조그만 금발 소년이 약간은 불안하고도 당황한 표정으로 카메라를 쳐다보고 있었다.

"이 녀석이 바로 자네일세. 저기 정원 의자에 앉아 있는 분들이 자네 부모님이고, 하리에트는 자네 모친에게 약간 가려졌고, 자네 부친 오른쪽에 있는 남자애가 하리에트의 오빠 마르틴이지. 현재 그룹을 이끄는 마르틴 방에르."

미카엘은 쉽게 부모를 알아볼 수 있었다. 어머니는 임신중인 듯했다. 뱃속에는 여동생이 자라고 있을 터였다. 미카엘이 약간 혼란스러운 심정으로 사진을 들여다보고 있을 때 헨리크가 커피를 따라주고 케이크가 담긴 접시를 권했다.

"부친은 작고하셨다고 알고 있네만 모친께선 아직 생존해 계신가?"

"아닙니다. 삼 년 전에 돌아가셨습니다."

"유쾌한 분이셨지. 아주 잘 기억하고 있어."

"하지만 제 부모님이나 흘러간 옛 시절을 얘기하고 싶어서 저를 여기까지 부르신 건 아닐 텐데요."

"전적으로 맞는 말이네. 사실 며칠 전부터 자네에게 할 이야기를 준비해왔다네. 한데 막상 이렇게 마주하니 도대체 어디서부터 시작해야 할지 모르겠네. 여기 오기 전에 나에 대해 조사해봤겠지. 내가 한때 스웨덴 산업과 노동 시장에 얼마나 큰 영향력을 행사했는지도 알겠고. 허나 지금은 얼마 안 있으면 죽게 될 늙은 바보에 불과해. 그러니 '죽음'을 우리 대화의 출발점으로 삼는 것도 나쁘진 않겠지."

미카엘은 커피를 한 모금 마셨다. 노를란드 지역식으로 냄비에 끓인 쓰디쓴 커피였다. 대체 이 양반, 무슨 꿍꿍이를 숨기고 있는 거야……

"나는 엉덩이 쪽에 통증이 있다네. 산책을 오래하는 건 이제 불가능하지. 언젠가 자네도 알게 될 거야. 나이가 들면 결국 힘이 빠진다는 사실을. 물론 난 우울증 환자도 노망든 늙은이도 아닐세. 죽음에 대한 강박도 없고. 그러나 이제 생이 끝자락에 다가가고 있다는 사실을 받아들여야 할 나이지. 모든 걸 결산하고 아직 끝나지 않은 일을 정리하고 싶을 때. 내 말 뜻을 알겠나?"

미카엘은 고개를 끄덕였다. 헨리크의 목소리는 명확하고도 차분했다. 노망이 들기는커녕 아주 합리적인 정신의 소유자라고 미카엘은 결론 내렸다.

"가장 궁금한 건, 왜 제가 여기 와 있느냐예요." 그는 질문을 반복했다.

"그건 바로 좀전에 말한 '결산'을 하는 데 자네 도움이 필요해서네. 정리하지 못한 일이 좀 남았어."

"왜 하필 저죠? 그러니까…… 왜 제가 회장님을 도울 수 있다고 생각하십니까?"

"내가 사람을 고용해야겠다고 마음먹었을 때 마침 벤네르스트룀 사건 때문에 자네 이름이 들려오기 시작하더군. 내가 잘 알고 있는 자네 이름이. 그리고 어쩌면…… 아주 어린 자네를 내 무릎 위에 앉혀본 적이 있어서 그랬는지도 모르지." 그는 곧바로 방금 한 말을 취소한다는 듯 손을 내저었다. "내 말 오해 말게나. 자네가 감상적인 이유로 날 도우리라고 생각하지 않네. 그저 자네를 만나보고픈 마음이 어떻게 내 속에서 불쑥 일어났는지 설명해보는 거야."

미카엘은 너털웃음을 터뜨렸다. "하하, 전 그 무릎이 전혀 기억나지 않는데요. 회장님은 어떻게 절 알아보셨습니까? 1960년대 초, 아주 까마득한 옛날인데요."

"음, 내 말을 잘못 이해했군. 들어보게나. 자네 부친이 사린데르 공업사에 현장감독 자리를 얻어 가족이 스톡홀름으로 이사를 갔네. 방에르 그룹의 산하 기업에 내가 일자리를 알아봐준 셈이지. 학위는 없었지만 난 그 양반의 능력을 잘 알고 있었어. 그후로 업무차 사린데르에 갈 때마다 자네 부친을 만나곤 했다네. 절친한 친구 사이는 아니었지만 항상 대화를 나눌 시간 정도는 갖곤 했지. 마지막으로 그 양반을 본 게 작고하기 일 년 전. 그때 자네가 신문방송학과에 합격했다고 말하더구만. 아주 자랑스러워했어. 그후 자네가 무장강도 사건으로―'칼레 블롬크비스트', 그런 게 있었잖는가?―유명인사가 됐고. 그때부터 나는 자네 행보를 주시했고 자네가 쓴 기사도 꾸준히 읽어왔다네. 〈밀레니엄〉도 자주 읽고 있지."

"오케이, 이제 이해하겠습니다. 그런데 제가 정확히 무슨 일을 하기를 원하시는 거죠?"

헨리크는 잠시 두 손을 내려다보더니 커피를 몇 모금 홀짝거렸다. 본론에 들어가기 전 잠시 휴식이 필요한 모습이었다.

"미카엘! 먼저 한 가지 합의하기로 하세. 자네가 날 위해 두 가지 일을 해주었으면 하네. 하나는 일테면 '구실'로 내세우는 일이고, 다른 하나가 진정한 목적과 연관된 일일세."

"어떤 합의죠?"

"이제부터 이야기를 두 부분으로 나눠서 하겠네. 첫번째는 방에르 가문 이야기. 바로 '구실'이지. 길고도 음울할 걸세. 하지만 엄밀히 진실만을 얘기하려고 노력하겠네. 두번째가 진정한 목적에 관한 이야기지. 내 얘기에서…… 광기 같은 게 느껴질지도 모르네. 여하튼 내 얘기를 끝까지 들어줬음 좋겠네. 그리고 나서 제의를 받아들일지 말지 결정해주게."

미카엘은 한숨을 내쉬었다. 오후 기차를 타기 전에 헨리크가 빨리 이야기를 끝내기란 이미 그른 것 같았다. 디르크에게 전화해 기차역까지 데려가달라고 해도 날씨가 추워 시동이 걸리지 않는다는 둥 거절할 게 뻔했다.

노인은 그를 낚을 방법을 오랫동안 궁리해온 게 틀림없었다. 미카엘은 이 집에 들어온 이후 일어난 모든 일들이 치밀하게 짜인 각본에 따라 움직였다는 느낌이 들었다. 어린 자신이 헨리크를 만났었다는 뜻밖의 사실을 알려주며 충격을 준 일, 부모님 사진을 보여준 일, 부친과 헨리크가 친했다는 사실을 강조한 일, 그리고 여러 해 자신의 행로를 주시해왔다고 말하며 은연중에 띄워준 일…… 전부 진실일 수도 있지만 따지고 보면 가장 기초적인 심리학을 이용한 전술에 불과했다. 다시 말해 헨리크는 교묘한 조작가였다. 오랜 세월 협상의 밀실에서 닳고 닳은 인사들을 겪어온 노회한 사업가. 스웨덴 재계에서 가장 이름 높은 거물이 된 것도 우연이 아니었다.

이런 생각 끝에 미카엘이 추측한 결론은 헨리크가 상당히 난처한 일을 떠맡기려 한다는 것이었다. 그렇다면 남은 일은? 가능한 한 빨리 용건을 듣고 나서 '싫습니다'라고 대답하는 것. 그러면 오후 기차를 놓치지 않을 수 있으리라.

"죄송합니다만 그런 조건이라면 합의할 수 없습니다." 미카엘은 대답하면서 벽시계를 흘깃 쳐다보았다. "여기 온 지도 벌써 이십 분이 됐군요. 정확히 삼십 분을 더 드릴 테니 그 안에 회장님이 원하는 걸 말씀해주세요. 그러고 나서 전 택시를 불러 돌아가겠습니다."

그 순간, 헨리크가 지금껏 보여줬던 인자한 가부장의 모습을 벗어버렸다. 그러고는 역경에 직면했거나, 뻣뻣하게 나오는 간부를 다룰 때 보여주었을 법한 거침없는 왕 회장의 무서운 얼굴을 드러냈다. 입끝을 묘하게 뒤틀면서 싸늘한 미소를 머금은 것이다.

"이해하네."

"아주 간단합니다. 에둘러 말씀하실 필요가 없단 말이죠. 제게 원하는 일을 말해주세요. 그럼 제가 할 수 있는 일인지 곧바로 판단할 수 있습니다."

"삼십 분 안에 자넬 설득할 수 없다면 삼십 일이 걸려도 마찬가지라는 뜻이로군."

"그렇습니다."

"하지만 내 얘기는 아주 길고 복잡하다네."

"간단하게 줄여주세요. 우리 언론인들은 항상 그렇게 합니다. 자, 이십구 분 남았습니다."

"알았네, 알았어. 한 가지만 부탁하자면, 우리 이 일을 극단적으로 몰고 가지는 마세. 내가 원하는 거? 조사 업무를 제대로 수행할 수 있고 비판 정신이 있으면서도 윤리적으로 깨끗한 사람. 난 자네가 바로 그렇다고 믿고 있고. 결코 아첨이 아니네. 훌륭한 기자라면 당연히 그런 자질이 있어야 하는 법이니까. 왜, 『성당 기사단』에서 자네도 그런 말을 하지 않았는가? 내가 자네를 선택한 이유? 우선 부친을 알기 때문이며 자네가 어떤 사람인지 알기 때문이네. 내가 틀리지 않다면, 벤네르스트룀 사건 이후 자네는 잡지사에서 해고되었지. 더 정확히 말해서 자의로 사임했어. 지금 자네가 실업자인데다 돈이 필요한 상황이라는 것쯤은 천재가 아니고서도 짐작할 수 있겠지."

"그래서 이런 내 상황을 이용해보겠다는 뜻입니까?"

"아마도. 하지만 자네에게 거짓말하고 싶지도 않고, 속이 뻔히 들여다보이는 수작을 부리고 싶지도 않네. 그러기엔 내가 너무 늙었지. 제의가 맘에 들지 않으면, 그냥 꺼지라고 하면 돼. 그럼 난 다른 사람을 찾아보면 된다네."

"좋습니다. 회장님이 제의하고 싶은 일이 대체 뭡니까?"

"방에르 가문을 어느 정도 알고 있는가?"

미카엘은 어깨를 으쓱했다. "글쎄요. 지난 월요일에 디르크 씨 전화를 받고 나서 인터넷을 뒤져본 게 전부입니다. 회장님이 활동하던 시절엔 방에르 그룹이 스웨덴 최고 기업이었지만 지금은 규모가 상당히 줄었죠. 현 대표이사는 마르틴 방에르고요. 그리고 두세 가지 더 압니다만, 정확히 무슨 말씀을 하시려는 거죠?"

"마르틴…… 착한 애지. 하지만 배짱은 없어. 위기에 처한 그룹을 이끌 대표로는 그릇이 작아. 그애는 그룹을 현대화하고 전문화하길 원해. 정확한 판단이지만 불행하게도 생각을 실행할 힘이 없지. 필요한 재원을 마련할 능력은 더욱 없고. 이십오 년 전만 해도 방에르는 발렌베리 그룹*과 경쟁했는데 말이야. 스웨덴에만 직원이 4만 명에 달했네. 온 국민에게 일자리와 수입원을 제공해준 셈이었지. 지금은 한국이나 브라질에 일자리를 뺏기는 실정이야. 현재 남은 직원은 만 명 남짓이지만 이마저 한두 해 안에—마르틴이 기적을 일으키지 않는 한—반으로 줄어들 테지. 다시 말해 방에르 그룹은 역사의 뒤안길로 사라지는 중이라네."

미카엘은 고개를 끄덕였다. 컴퓨터 앞에서 자신이 내린 결론과 거의 일치했다.

"방에르는 스웨덴에 남은 몇 안 되는 가족경영 그룹이네. 가문에서 서른 명 정도가 주식 대부분을 나누어 가졌지. 이건 그룹의 강점이면서도 동시에 가장 큰 약점이기도 하네."

헨리크는 탁월한 웅변가의 본능으로 잠시 말을 멈췄다가 다시 강하게 이야기하기 시작했다. "미카엘! 진심으로 고백하네만, 난 우리 가문 사람 대부분을 가슴 깊이 증오한다네. 그자들은 도둑놈, 수전노, 깡패, 혹은 무능력자에 불과해. 삼십오 년간 그룹을 이끌면서 대부분을 피도 눈물도 없는 그자들이 벌이는 진흙탕 싸움 가운데서 보냈다네. 내 최악의 적이 누군지 알겠는가? 다른 회사, 다른 경쟁자도 아닌 바로 가족이라고."

그는 잠시 멈췄다.

"자네에게 두 가지 일을 맡기고 싶다고 했지. 먼저 방에르 가문 연대기를 써줬으면 좋겠네. 간단히 말해 내 회고록인 셈이지. 교회에서 낭독할 만한 책은 아닐 거야. 가족 간의 증오와 분쟁과 측량할 수 없는 탐욕의 역사가 될 테니. 내 일기와 모든 자료를 주겠네. 나의 가장

---

* 스웨덴 가족경영기업. 금융·전자·건설 등의 분야에서 경영권을 행사하고 있다.

내밀한 생각에 접근할 수 있고, 거기서 발견한 똥덩이들까지 아무런 제한 없이 출판할 수 있네. 이 책이 나오면 셰익스피어도 너무나 시시한 건전 도서가 될 거야."

"이유가 뭐죠?"

"왜 방에르 가문의 추악한 역사를 출판하려느냐고 묻는 건가, 아니면 어떤 동기로 자네에게 집필을 부탁하느냐고 묻는 건가?"

"둘 다겠죠."

"솔직히 이 책을 출판하든 못하든 상관없네. 하지만 기록될 만한 가치는 있는 이야기라고 생각해. 단 한 권을 만들어 왕립도서관에 기증한다 하더라도. 내가 죽고 나서도 후대 사람들이 내 이야기를 읽을 수 있다면 좋겠네. 그리고 이 모든 일의 동기는 아주 간단해. 복수야."

"누구에게 복수한다는 거죠?"

"믿든 안 믿든 자네 자유네만, 내가 비록 자본주의자에 한 기업의 우두머리였지만 나름대로 정직하게 살려고 노력했다네. 이 나라 재계에서─난 이 사실에 큰 자부심을 느끼네만─내 이름 석 자는 신의 있고 언제나 성실하게 약속을 지켜온 사람으로 통하네. 결코 정치적인 플레이를 한 적도 없고, 노조와 협상할 때 문제를 일으킨 적도 없었어. 타게 엘란데르* 같은 사회민주당 골수 인사도 나를 존경했지. 기업을 이끄는 건 내게 윤리의 문제였네. 수많은 사람들의 밥그릇을 책임져야 한다고 생각해서 직원들을 가족처럼 보살폈지. 나와는 전혀 다른 마르틴도 그 점에서는 같은 태도를 보인다네. 그애 역시 최선을 다했지. 우리가 항상 성공할 순 없었지만 전체적으로 보면 크게 부끄러운 일은 없었네."

헨리크는 잠시 멈추었다가 이야기를 계속했다.

---

* Tage Erlander(1901~1985). 스웨덴 복지 정책의 기틀을 만들었고 23년간 총리를 지냈다.

"불행하게도 마르틴과 나는 우리 가문에서 아주 드문 예외에 불과해. 오늘날 방에르 그룹이 파산 직전에 이르게 된 데에는 여러 이유가 있겠지만 가장 중요한 원인은 맹목적인 탐욕에 사로잡힌 가문 사람들이야. 자네가 이 일을 받아들인다면 그들이 어떻게 그룹을 갉아먹어왔는지 좀더 자세하게 설명해주겠네."

미카엘은 잠시 생각했다.

"좋습니다. 솔직히 말씀드리죠. 그런 책을 쓰려면 적어도 몇 달은 걸립니다. 제겐 그럴 만한 힘과 열정이 없고요."

"하지만 난 자네를 설득할 수 있네."

"전 그렇게 생각하지 않습니다만. 부탁할 게 두 가지라고 하셨죠? 구실은 설명하셨고요. 이제 회장님의 진정한 목적을 알려주시죠?"

헨리크는 몸을 일으켰다. 이번에도 힘겨워 보였다. 그가 책상으로 가더니 하리에트의 사진을 가져와서 미카엘 앞에 놓았다.

"자네에게 방에르 연대기를 써달라고 하는 이유는 기자의 시각으로 우리 가문 인물들을 파노라마처럼 보고 싶기 때문이네. 그러려면 우리 가문의 역사를 기자처럼, 혹은 탐정처럼 파헤칠 필요가 있겠지. 미카엘, 내가 실제로 원하는 건 자네가 수수께끼를 하나 풀어주는 일이네. 이게 자네 임무지."

"수수께끼요?"

"하리에트 방에르는 형 리샤르드의 친손녀였네. 우리는 다섯 형제야. 1907년에 태어난 리샤르드가 맏이고, 1920년생인 내가 막내라네. 이해할 수 없어. 도대체 신은 왜 이런 인간들을 만들어냈는지……"

헨리크는 망연한 눈을 하고 잠시 깊은 상념에 빠졌다. 다시 미카엘 쪽으로 눈길을 돌리며 결연한 목소리로 이야기를 계속했다.

"우선 리샤르드에 대해 이야기하겠네. 이 역시 자네가 써주었으면 하는 가족사의 일부일세."

그는 자기 잔에 커피를 따르고 미카엘의 잔에도 다시 따라 권했다.

"1924년 열일곱 살이었던 리샤르드는 광신적인 민족주의자였네. 반유대주의자이기도 했던 형은 이른바 '자유를 위한 스웨덴 민족 사회 연맹'에 가입했어. 최초로 결성된 스웨덴판 나치 그룹이었지. 그런데 재미있지 않은가? 나치들이 선전할 때 항상 자유라는 말을 집어넣는다는 사실이."

헨리크는 또다른 앨범을 꺼내 한 쪽을 펼쳐 보여주었다.

"리샤르드가 비리에르 푸루고르드와 함께 찍은 사진일세. 1930년 대 초반에 맹위를 떨쳤던 나치 운동, 즉 '푸루고르드 운동'의 리더였던 수의사지. 형은 그의 곁에 오래 남지 않았어. 불과 일 년 있다 '스웨덴 파시즘 운동 연맹'에 가입했지. 이후 거기서 수년간 부끄럽기 짝이 없는 짓들로 이 나라 정치사를 더럽힌 페르 엥달* 같은 작자들을 사귀었어."

그는 앨범 한 장을 넘겨 제복을 입고 있는 리샤르드의 사진을 보여주었다.

"1927년, 형은 아버지의 반대에도 불구하고 군에 입대했네. 1930년 대에는 이 나라 나치 그룹을 죄다 전전했고. 당시 존재했던 불온한 음모 집단들의 역사를 한번 뒤져보게나. 멤버 명단에 예외 없이 리샤르드의 이름이 있을 걸세. 1933년에는 '린드홀름 운동', 즉 '민족사회 노동당'이 창설되었지. 스웨덴 나치즘의 역사에 대해 좀 알고 있나?"

"자세히는 모르지만 관련 서적 몇 권 정도는 읽었습니다."

"1939년 2차대전이 발발하고 얼마 안 있어 핀란드 동계전쟁**이 시작됐지. '린드홀름 운동' 활동가들이 이른바 '핀란드 수호'를 외치며

---

* Per Engdahl(1909~1994). '스웨덴 파시즘 운동 연맹'과 '신스웨덴 운동'의 리더로 활동하며 국가주의와 반유대주의를 표방하는 정치 활동을 벌였다.
** 2차대전중 핀란드와 소련이 벌인 전쟁. 소련은 레닌그라드를 방위하기 위해 핀란드에 국경선 변경과 군사 원조를 요청했으나 거절당하자 핀란드를 침략했다.

의용병으로 참전했고, 리샤르드도 그중 하나였어. 스웨덴군 대위로서 1940년에 전사했고. 소련과 평화협정이 체결되기 직전이었어. 나치주의자들은 그를 '순교자'로 떠받들었다네. 어떤 이들은 리샤르드의 이름을 그룹명으로 삼을 정도였으니까. 오늘날까지도 정신 나간 작자들은 리샤르드 방에르의 기일이면 스톡홀름 공동묘지에 모여 경의를 표하곤 하지."

"그렇군요."

"1926년, 열아홉 살이었던 형은 팔룬에 사는 교사의 딸 마르가레타와 교제했네. 정치운동을 하면서 사귀게 되었고, 1927년에 고트프리드가 태어났지. 아들이 태어나자 둘은 결혼했고, 1930년대 초반에 형은 아내와 아들을 이곳 헤데스타드에 정착시켰어. 예블레 연대에 근무하면서 남는 시간엔 돌아다니며 나치즘을 선전하는 데 보냈고. 1936년에 아버지와 심각하게 언쟁을 벌였다가 모든 경제적 원조가 끊기면서 혼자 힘으로 살아갈 수밖에 없었지. 결국 가족을 데리고 스톡홀름으로 이사 가서 비교적 가난하게 생활해야 했지."

"그래도 방에르 가문의 일원인데 돈이 없었나요?"

"그룹 안에서 형이 보유한 몫은 묶여 있었고, 가족에게 말고는 팔 수 없었어. 집안에서 폭군처럼 굴었던 형은 구제받을 가치가 없는 인간이었지. 끊임없이 아내를 때렸고 아이를 학대했어. 이런 공포 분위기 속에서 고트프리드가 숨죽인 채 자랐지. 리샤르드가 전사했을 때 아이는 열세 살이었어. 아마도 생애 가장 기쁜 날이었겠지. 남편 잃은 여인과 아버지 잃은 손자를 불쌍히 여긴 아버지가 둘을 헤데스타드로 불러 아파트를 하나 장만해주면서 마르가레타가 품위 있는 삶을 살 수 있게끔 배려해줬지. 리샤르드가 가문의 어둡고도 광신적인 면을 보였다면 고트프리드는 나태한 쪽에 속했어. 그 아이가 열여덟이었을 때 내가 맡게 됐어. 우리 둘은 나이차가 얼마 나지 않았지만 어쩌겠나, 그래도 형의 아들인데. 나는 조카보다 겨우 일곱 살 많았어. 이미 그룹 경영진에 들어가 아버지 후계자로 공인받은 나와 달리 집안에서 고트프리드는 주워 온 아이 취급당했지."

헨리크는 잠시 생각했다.

"아버지는 손자를 어떻게 해야 할까 난감해했지만 내가 나서서 거두자고 했네. 내가 그룹 안에 일자리를 마련해줬지. 전쟁이 끝난 다음의 일이었어. 그애는 맡은 일을 나름대로 열심히 해보려고 노력했겠지만 집중력이 부족했다네. 항상 정신은 딴 데 가 있고, 여자 뒤꽁무니나 쫓아다니며 놀기 좋아했지. 한동안 술도 꽤 마셨어. 고트프리드에 대한 내 감정은 참으로 복잡해…… 능력이 없는 건 아니었지만 결코 믿을 만한 사람이 못 됐어. 항상 나를 실망시켰지. 세월이 흐르면서 결국 알코올중독자가 되었고, 1965년에 익사 사고로 사망했다네. 바로 이 섬 반대편 저 끝에서. 거기에 방갈로 한 채를 지어놓고 틈만 나면 가서 술을 마시곤 했지."

"그가 바로 마르틴과 하리에트의 부친인가요?" 미카엘이 테이블 위에 놓인 사진을 가리키며 물었다. 인정하기 싫었지만 노인의 이야기는 흥미를 일으키고 있었다.

"그렇다네. 1940년대 말에 고트프리드는 이자벨라 쾨니히라는 여자를 만났어. 전쟁이 끝나고 스웨덴으로 이주한 독일 아가씨였지. 정말 미인이었어. 그레타 가르보나 잉그리드 버그먼 같은 미인 말일세. 하리에트는 분명 고트프리드가 아닌 이자벨라의 유전자를 물려받았을 거야. 사진을 봐도 아직 열네 살밖에 안 되었는데 상당히 예쁘지 않은가?"

미카엘은 헨리크를 따라 사진을 들여다보았다.

"자, 계속하세! 이자벨라는 1928년생이고, 아직까지 살아 있네. 열두 살 때 전쟁이 발발했다고 하니 상상해보게나. 폭탄이 퍼붓는 베를린에서 소녀의 삶이 어땠을지. 그렇게 살다 스웨덴에 처음 도착했을 땐 마치 지상낙원에 온 것 같지 않았겠나? 하지만 불행하게도 고트프리드의 나쁜 점을 꽤나 닮았더군. 낭비벽이 있는데다 항상 파티를 벌였지. 가끔 둘은 부부라기보다 술친구처럼 보일 정도였어. 국내외 할 것 없이 틈만 나면 싸돌아다녔고 의무감이라고는 털끝만치도 없었지. 물론 아이들에게도 큰 영향을 미쳤다네. 마르틴은 1948년에, 하리에트는 1950년에 태어났어. 유년기는 그야말로 혼란스러웠다네. 어미는 애들을 내팽개치고 나돌아다니고 애비는 항상 술에 절어 있으니 당연한 일이었지.

1958년에 결국 내가 개입했다네. 헤데스타드에 살았던 고트프리드와 이자벨라를 이 섬으로 이사하게 했지. 나 자신이 더이상 잠을 수 없어서 지옥과도 같은 악순환을 직접 끊어야겠다고 마음먹었어. 마르틴과 하리에트는 마치 버려진 애들 같았으니까."

헨리크가 손목시계를 들여다보았다.

"주어진 삼십 분이 다 되어가는군. 하지만 내 얘기도 거의 끝나가네. 시간을 조금만 연기해줄 수 있겠지?"

미카엘이 고개를 끄덕였다. "계속하시죠."

"그럼 짧게 마치겠네. 나는 자식이 없다네. 다른 형제나 가족들과는 극명히 다르지. 저들은 하나같이 혈통을 이어야 한다는 멍청한 강박관념에 사로잡혀 있었으니까. 고트프리드와 이자벨라는 이곳으로 이사했지만 결혼생활은 이미 파경에 이른 거나 마찬가지였지. 이사온 지 일 년이나 지났을까. 고트프리드가 자기 방갈로에 처박혀버렸어. 그렇게 오랫동안 혼자 지내다가 날씨가 아주 추워지면 집으로 돌아오곤 했지. 마르틴과 하리에트를 키운 건 나였어. 자식이 없는 내게 친자식이 생긴 셈이지.

젊었을 때 마르틴은…… 솔직히 말하자면 그애가 아비의 전철을 따를까싶어 걱정한 적이 있었다네. 성격이 물러터지고 내성적인데다 항상 우울했지만 때로는 상냥함과 열정도 보여주는 애였어. 사춘기 여러 해를 힘들게 보낸 후 대학에 들어가서는 정신을 차렸지. 지금은…… 어쨌거나 지금은 얼마 남지 않은 방에르 그룹의 대표이고. 사실 그것만 해도 녀석에겐 기특한 일이야."

"하리에트는 어떻게 됐습니까?" 미카엘이 물었다.

"하리에트는 내게 너무도 소중한 아이였다네. 나는 그애에게 안정감과 자신감을 주려고 했어. 게다가 우리 둘은 서로를 굉장히 잘 이해했지. 나는 그애를 친딸같이 여겼고 그애 역시 친부모보다 나를 더 따랐다네. 정말이지 하리에트는 특별한 아이였어. 오라비처럼 내성적인 성격에, 사춘기 땐 감상적으로 종교에 경도된 일도 있었지. 다른 방에르 가문 사람이라면 꿈도 못 꿀 일이었지만. 여러 방면에서 특출났고 보기 드물게 영리한 아이였다네. 도덕적 심성과 강한 의지도 갖추고 있었지. 그애가 열너덧 살쯤 됐을 무렵에 나는 믿어 의심치 않았어. 나중에 방에르 그룹을 이끌거나, 적어도 중심적인 역할을 맡을 인물이―그애 오라비, 아니면 내 주변에 득실대는 사촌이나 조카애들이 아니라―바로 그애라는 사실을."

"그런데 무슨 일이 일어난 거죠?"

"이제 내가 왜 자네를 고용하려는지 진정한 이유를 밝힐 때가 되었군. 우리 가문 사람 중에 누가 하리에트 방에르를 죽였는지, 그후 사십 년 가까이 나를 미치게 만들려고 집요하게 애쓰는 인간이 누군지, 부디 자네가 밝혀주게나!"

5장

12월 26일 목요일

노인은 독백과도 같은 이야기를 시작하고서 처음으로 미카엘을 놀라게 하는 데 성공했다. 미카엘은 마지막 말을 제대로 들었는지 의심스러워 다시 한번 말해달라고 했다. 그가 발췌해 읽었던 기사 어디에도 방에르 가문에 살인 사건이 있었다는 내용은 없었다.

"1966년 9월 22일이었네. 당시 하리에트는 열여섯 살이었고, 막고등학교에 들어갔지. 그날은 토요일이었네. 내 인생 최악의 날이었어. 그날 일어난 일들을 지금까지 수없이 재구성해봤네. 이젠 그날 있었던 일들을 분 단위로 말할 수 있을 정도야. 가장 중요한 일만 빼고……"

헨리크는 손을 내저었다.

"그날 방에르가 사람들 대부분이 이 집에 모였네. 가족 주주들이일 년에 몇 차례 모여서 식사를 함께하며 사업을 논의하곤 했거든. 조부가 시작한 이 전통은 매번 끔찍하고도 추악한 모습으로 끝났지. 마침내 이 전통이 중단된 건 1980년대였다네. 마르틴이 사업에 관련된 모든 논의는 정식회의 때만 하기로 선을 그어버렸거든. 지금껏 그 애가 내린 결정 중에 가장 멋졌지. 그 모임을 그만둔 지도 벌써 이십 년이 되었다네."

"하리에트가 살해됐다고 말씀하셨습니다만."

"좀 기다리게. 우선 그날 일어난 일을 말해주겠네. 그래, 그날은 토요일이었지. 어린이날을 앞두고 헤데스타드 스포츠 클럽에서 퍼레이드를 열었네. 하리에트는 학교 친구들과 함께 구경하러 낮 동안 시내에 가 있었어. 이 섬으로 돌아온 건 오후 2시가 조금 넘어서였네. 저녁식사는 5시에 예정되어 있었고, 집안 아이들과 함께 하리에트도 참석할 예정이었지."

헨리크는 자리에서 일어나 창가로 갔다. 그리고 미카엘에게 손짓해 옆으로 오게 하고는 손가락으로 한 지점을 가리켰다.

"2시 15분, 하리에트가 집으로 돌아와 몇 분 지나지 않았을 때 저 다리 위에서 끔찍한 사고가 일어났네. 이 섬에서 외스테르고르덴 농장을 운영하는 농부 형제 중에 구스타브 아론손이라는 사람이 차를 몰고 다리에 들어서다가 가정용 등유를 공급하러 섬으로 들어오는 유조차를 박아버렸지. 어떻게 사고가 일어나게 됐는지 지금까지도 정확히 밝혀지지 않았네. 양측 다 시야가 백 퍼센트 확보되어 있었거든. 어쨌든 둘 다 과속으로 달리고 있던 바람에 경미한 사고로 끝났을 일이 참사가 되고 말았다는 건 분명하네. 유조차 운전자는 충돌을 피하려고 반사적으로 핸들을 꺾었겠지. 그 때문에 트럭이 난간에 부딪히며 뒤집혔다가 다리 위에 가로누워버렸어. 차 꽁무니는 난간 밖으로 밀려나가 허공에 뜬 채로 말이야…… 이때 금속봉 하나가 기름 탱크를 꿰뚫으면서 가연성 연료가 뿜어져나오기 시작했어. 구스타브 아론손은 찌그러진 차체에 끼여 엄청난 고통 속에 계속 소리를 질러댔고, 유조차 운전자 역시 부상을 당했지만 차에서 스스로 빠져나올 수 있었어."

노인은 잠시 멈춰 생각을 하다가 다시 자리에 앉았다.

"사고 자체는 하리에트와 아무런 관련이 없었어. 하지만 모종의 역할을 한 셈이지. 마을 전체가 난리통이 된 바람에 사람들이 전부 도우러 현장으로 몰려갔으니까. 당장이라도 불이 날 것만 같지, 사이렌은 계속 울려대지, 경찰에 구급차, 긴급구조대, 소방대원들, 기자들, 그리고 호기심에 몰려든 주민까지 사고 현장은 그야말로 북새통이었어. 물론 사람들은 대부분 육지 쪽에 있었지. 섬에 있던 우리들이 구스타브를 꺼내려고 최선을 다했지만 정말 끔찍하게도 힘들었어. 워낙 몸이 꽉 끼인데다 부상도 심각했거든. 처음에는 손으로 직접 빼내려고 했지만 잘 안 돼서 톱을 써야 했는데 그러면 불똥이 튈 수 있었어. 뒤집힌 유조차 주위로 등유가 호수를 이뤘거든. 그게 폭발하는 날이면 주변 사람들 모두 끝나는 거였지. 설상가상 육지에서 지원 인력이 도착하는 데도 한참 걸렸어. 다리를 가로막은 유조차를 넘어서 오는 일은 지뢰밭을 지나오는 셈이니까."

미카엘은 줄곧 한 가지 느낌을 받았다. 노인이 계속 흥미를 끌기 위해 치밀하게 계산되고 연습된 이야기를 하고 있음을. 미카엘은 그가 청중을 사로잡을 줄 아는 탁월한 이야기꾼이라는 사실을 인정하지 않을 수 없었다. 한편 이 모든 이야기의 종착점이 어디인지는 전혀 알 수 없었다.

"여기에서 중요한 점은, 이 사고 때문에 그후 24시간 동안 다리가 막혀버렸다는 사실일세. 일요일 오후 늦게나 되어서야 남은 등유를 펌프로 뽑아내고 유조차를 견인한 뒤 교통이 재개됐지. 그 24시간 동안 섬은 외부 세계와 단절됐네. 육지로 가는 유일한 수단은 섬 쪽 요트 선착장에서 교회당 아래 구舊 항구로 사람들을 실어나르려고 동원한 소방 보트 한 척뿐이었어. 그나마 처음에는 구조요원들만 탈 수 있었고, 토요일 저녁 느지막해져서야 주민들도 태워주었지. 무슨 뜻인지 알겠나?"

미카엘은 고개를 끄덕였다. "하리에트에게 무슨 일이 있었다면 여기 섬에서 일어났을 테고, 혐의자 역시 섬 안에 있던 사람들로 한정된다는 뜻이겠죠. 이를테면 섬을 무대로 한 '밀실 미스터리'라고나 할까요."

헨리크는 씁쓸한 미소를 지어 보였다.

"미카엘, 지금 얼마나 옳은 말을 했는지 아는가. 그날 내가 겪은 일은 마치 도러시 세이어스*가 쓴 이야기 같았지. 이제 그날 있었던 사실들을 말해보겠네. 하리에트는 오후 2시 10분 쯤에 여기 도착했지. 오전부터 그때까지 우리집에 도착한 손님은 아이들과 결혼하지 않은 커플들까지 해서 40여 명 정도였네. 여기서 일하는 직원과 섬 주민까지 합하면 집 주위에는 64명쯤이 있었지. 여기서 자고 가려고 했던 몇몇은 이웃 농가나 여기 손님방에 짐을 푸느라 분주했고.

그전에 하리에트는 길 건너편 집에 살았어. 하지만 말했듯이 에비 고트프리드나 어미 이자벨라가 그다지 안정적이지 못해 하리에트가 아주 힘들어했어. 전혀 공부에 집중할 수 없는 환경이었지. 그래서 1964년 그애가 열네 살이 됐을 때 우리집에 와서 살게 했네. 이자벨라는 귀찮은 혹덩어리 하나를 떼버린 기분이었을 거야. 하리에트가 이층 방을 쓰면서 그렇게 두 해를 같이 지냈지. 그래서 그날도 이 집에 있었고. 우리가 아는 바로는 하리에트가 뜰에서 형 하랄드 방에르와 몇 마디 나누고서 계단을 올라와 바로 이 방에 들어와서는 내게 인사를 했어. 할말이 있다는 거야. 하지만 그때 내가 다른 사람들과 있느라 그애의 말을 들어줄 여유가 없었지. 한데 몹시 초조해하는 기색이어서 곧 그애 방으로 따라가겠다고 말했고. 하리에트는 고개를 끄덕이고서 저기, 저 문으로 나갔어. 내가 본 마지막 모습이었지. 그러고는 일 분 있다 다리 위에서 일이 터졌고, 그뒤로 벌어진 소동 때

---

* Dorothy Sayers(1893~1957). 영국 추리소설가.

문에 그날 다른 계획들이 모두 엉망이 되어버렸어."

"그녀는 어떻게 죽었죠?"

"잠깐 기다리게. 그건 복잡한 문제라서 나로선 일이 일어난 순서대로 이야기할 수밖에 없네. 사고가 일어나자 사람들이 하던 일을 모두 내려놓고 현장으로 달려갔지. 그때 나는…… 말하자면 구조 작업을 지휘했고. 그러다보니 몇 시간을 그곳에 완전히 붙잡혀 있어야 했네. 우리가 아는 바로는 하리에트도 사고가 일어나고 얼마 후에 다리로 내려왔다는 거야. 여러 사람이 거기서 그애를 봤다더군. 하지만 차가 폭발할 위험이 너무 컸기 때문에 나는 구스타브를 구조할 몇몇을 빼고는 모두 섬으로 물러가라고 명령했어. 하여 사고 현장에는 다섯 사람밖에 없었네. 나와 형 하랄드, 우리집 관리인 망누스 닐손, 요트 선착장에 작은 방갈로를 하나 둔 제재소 직원 식스텐 노르들란데르, 그리고 예르케르 아론손이라는 젊은이. 그 젊은이는 차 안에 갇힌 구스타브의 조카였고, 열여섯 살밖에 안 돼 돌려보내야 옳았지만 그 자리에 있었지. 자전거를 타고 시내로 나가다가 사고가 난 걸 알고 일이 분 후에 도착한 참이었어.

2시 40분경, 하리에트는 우리집 주방에 들어왔네. 우유를 한잔 마시면서 요리사 아스트리드와 몇 마디 나눴어. 둘은 창문 너머로 다리 위에서 일어나는 일을 지켜봤지. 2시 55분, 그애는 뜰을 가로질러 지나갔어. 이자벨라가 그애를 봤는데 둘이서 아무 얘기도 하지 않았다더군. 일 분쯤 후엔 헤데뷔 교회 목사 오토 팔크와 마주쳤고. 당시 목사관이 지금 마르틴의 빌라가 들어선 자리에 있었기 때문에 목사는 섬 안에 살았지. 감기가 들어서 사고가 일어났을 때는 낮잠을 자고 있었다는군. 사고가 난 줄도 모르고 있다가 사람들 말을 듣고 다리로 달려가던 참이었어. 하리에트가 그를 멈춰 세우고 무언가를 말하려 했지만 목사는 손을 내저어 말을 막아버리고 걸음을 계속했지. 그녀를 마지막으로 본 사람이 이 오토 팔크네."

"그녀가 어떻게 죽었습니까?" 미카엘이 다시 물었다.

"모르네." 헨리크가 착잡한 얼굴로 대답했다. "우리는 5시가 다 되어서야 차에서 구스타브를 끄집어낼 수 있었네. 상태가 말이 아니었지만 숨은 붙어 있었지. 6시 무렵엔 화재경보가 해제됐고. 섬은 여전히 고립된 상태였지만 모든 게 평온을 되찾아가고 있었어. 하리에트가 없다는 사실을 눈치챈 건 저녁 8시경, 모두가 느지막이 저녁식탁에 둘러앉았을 때였지. 그애 사촌 여동생 하나를 방에 보내 불러오게 했는데, 하리에트가 안 보인다는 거야. 하지만 그 말을 듣고도 그다지 걱정하지 않았네. 산책하러 나갔거나 저녁이 다 됐다는 소식을 못 들었겠거니 했지. 게다가 저녁 내내 집안사람들 언쟁하는 소릴 듣느라 골머리가 썩어서 아무 정신이 없었어. 다음날 아침에서야, 그것도 그애 어미 이자벨라가 찾는 통에 알았지. 아무도 그애가 어디 있는지 모르고, 전날 이후로 그애를 본 사람이 아무도 없다는 사실을."

헨리크는 두 팔을 크게 벌리며 말을 이었다.

"그날부터 하리에트 방에르는 아무 흔적도 없이 실종되어버렸지."

"실종됐다고요?"

"그후 몇 년이 지나도록 우리는 그애와 관련된 걸 터럭 하나 찾을 수 없었어."

"하지만 실종됐다고 해서 꼭 그녀가 살해당했다고 할 수는 없잖습니까?"

"자네 반론을 이해하네. 나도 그렇게 생각했지. 한 사람이 아무런 흔적도 없이 사라졌을 경우, 네 가지 가능성이 존재하네. 자의로 사라져서 몸을 숨겼거나, 사고를 당해 죽었거나, 자살했거나, 마지막으로 범죄에 희생됐거나. 나는 이 모든 가능성을 전부 생각해봤네."

"그런데 지금 회장님은 누군가가 그녀를 죽였다고 생각하십니다. 왜죠?"

"그것만이 납득할 수 있는 결론이기 때문에." 헨리크는 한 손가락을 들어올렸다. "처음에는 하리에트가 가출했기를 바랐어. 하지만 시간이 갈수록 그럴 가능성은 없다는 사실을 깨달았지. 생각해보게나. 그 아이는 가정에서 비교적 보호를 받으며 자란 열여섯 먹은 소녀에 불과해. 아무리 영리한 애라도 어떻게 혼자서 몸을 숨기고 그토록 오랫동안 발각되지 않을 수 있겠는가? 돈은 또 어디서 구하고? 설사 일자리를 구하더라도 최소한 신원을 등록할 주소 정도는 있어야 하지 않는가?"

그가 이번엔 두 손가락을 들어올렸다.

"두번째로는 그애가 사고를 당했을 거라고 생각했지. 음, 좀 도와주겠나? 책상 위쪽 서랍을 열어보면 지도가 하나 있을 걸세."

미카엘은 부탁대로 지도를 가져와 테이블 위에 펼쳤다. 헤데뷔는 길이가 3킬로미터에, 폭은 가장 긴 곳이 1.5킬로미터 남짓한 울퉁불퉁한 지형의 섬이었다. 섬은 대부분 숲으로 덮여 있었다. 주민들은 대다수가 다리 주위와 요트 선착장이 있는 쪽에 모여 살았고, 섬 반대편에는 농장이 하나 있었다. 운 나빴던 구스티브 아론손이 차를 몰고 나온 외스테르고르덴 농장이었다.

"그날 누구도 이 섬을 빠져나갈 수 없었다는 사실을 기억하게." 헨리크가 강조했다. "세상 어디에서나처럼 헤데뷔섬 안에서도 사고사가 발생할 수 있지. 벼락에 맞아 죽을 수도 있고. 하지만 그날 벼락이 친 일은 없었네. 말에 밟힐 수도 있고 우물이나 바위 틈에 빠질 수도 있지. 이 섬 안에서 사고로 죽을 방법이 수백 가지나 된단 소릴세. 난 이것들을 죄다 생각해봤네."

그가 세 손가락을 치켜들었다.

"하지만 여기에 문제가 하나 있네. 세번째 가능성, 그애가 자살했다는 가능성에도 동일하게 적용되는 문제일세. 사고든 자살이든 죽었다면 이 섬 어딘가에 시체가 나타나야 하지 않겠나?"

헨리크는 지도 한가운데를 손바닥으로 탁 내리쳤다.

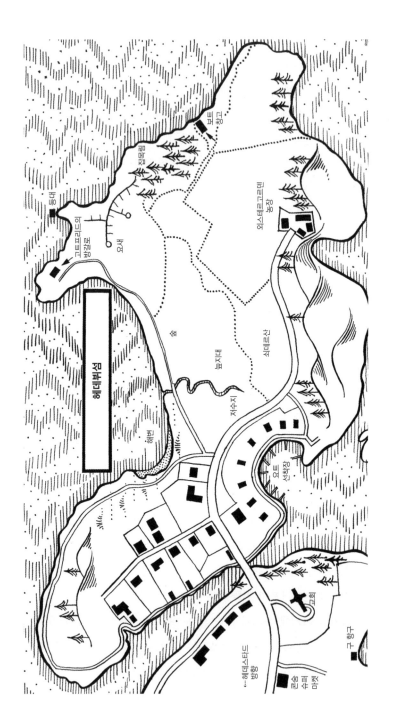

"그애가 사라지고 나서 여러 날 섬 안을 샅샅이 뒤졌네. 처음엔 이쪽 방향으로, 그리고 반대쪽으로. 구덩이 하나, 땅뙈기 하나 남기지 않고 바위 틈이나 흙무더기 같은 건 죄다 들여다보고 파헤쳐봤네. 건물, 굴뚝, 우물, 헛간, 광…… 하여간 섬 안에 있는 건 모조리 다."

노인은 미카엘에게서 시선을 돌려 창밖 어둠을 응시했다. 이제 그의 목소리는 좀더 낮고 내밀해졌다.

"그해 가을 내내 그애를 찾았어. 수색이 종결되고 사람들이 모두 포기했을 때조차. 업무가 없으면 혼자서 섬을 이리저리 돌아다녔지. 그애의 흔적 같은 건 조금도 발견하지 못한 채 겨울이 찾아왔고, 봄이 되어서도 계속했지. 이렇게 나 혼자서 찾는 일이 어처구니없는 짓이라는 걸 깨달을 때까지. 여름이 왔을 때 유능한 산림감시인 세 명을 고용했네. 사냥개까지 동원해 섬 전체를 1미터씩 그야말로 이잡듯이 수색했지. 그때부터 난 누군가가 하리에트를 해쳤을 가능성을 염두에 두기 시작했어. 그래서 시신을 숨겼을 법한 장소들을 집중적으로 찾아봤지. 이렇게 석 달을 찾았지만 역시 아무런 흔적이 없었어. 마치 연기처럼 증발해버린 듯."

"하지만 여러 가능성을 가정해볼 수 있다고 생각하는데요."

"말해보게."

"익사했을 수도 있죠. 사고로든 자의로든. 이곳은 섬이고, 물에는 많은 걸 숨길 수 있으니까요."

"맞네. 하지만 개연성이 희박해. 하리에트가 사고로 물에 빠졌다면 논리적으로 마을 근처에서 그랬어야 해. 다리에서 벌어진 난리법석은 헤데뷔에서 수십 년 만에 터진 가장 큰 사건이었어. 정신이 멀쩡한 열여섯 소녀라면 그 난리통에 섬 너머로 가서 한가로이 돌아다닐 수 있었겠냐는 말이지. 하지만 더 중요한 건 따로 있네. 여긴 조류가 그리 세지 않은 지역일세. 당시 바람은 북풍 아니면 북동풍이었고. 즉 바다로 떨어지면 다시 육지로 밀려오게 되어 있었어. 해안을 따라 집들도 쭉 늘어서 있었고. 물론 익사했을 가능성도 생각해서 그애가 물에 빠졌을 만한 장소는 죄다 뒤졌어. 헤데스타드 스쿠버다이빙 클럽의 젊은 애들을 고용해서 여름 내내 바다 밑바닥과 온 해변을 살살…… 하지만 아무런 흔적도 없었어. 난 절대로 그애가 바닷속에 있다고 생각하지 않아. 있었다면 찾아냈을 거야."

"하지만 다른 데서 사고를 당했다면요? 다리는 막혀 있었지만 섬과 육지 사이는 그리 멀지 않습니다. 헤엄쳐서 건너거나 보트를 탈수도 있었죠."

"때는 9월 말이었네. 물속은 차가운데다 온 섬이 난리통인데 하리에트가 한가롭게 수영하러 갔을 리 없어. 다리 위에만도 눈 열두 개가 바다를 내려다보고 있었고, 육지 쪽 해안에는 이삼백 되는 무리가 현장을 구경하고 있었지."

"그럼 보트는요?"

"가능성 없네. 그날 헤데뷔섬 바닷가에 배가 정확히 열세 척 있었네. 요트는 거의 창고에 들어가 있었어. 방갈로가 늘어선 요트 선착장에는 계절이 늦었는데도 페테르손* 요트 두 척이 물 위에 떠 있었지. 소형 보트는 일곱 척 중에 다섯 척이 해변으로 끌어올려져 있었고. 목사관 아래 바닷가에도 보트가 두 척 있었는데, 한 척은 물 위에, 한 척은 해변에 있었네. 외스테르고르덴 쪽에는 모터보트 한 척과 노를 젓는 일반 보트 한 척. 당시 배들은 전부 소재가 파악된 채 제자리에 정확히 있었어. 하리에트가 노를 저어 바다를 건넜다면 육지 쪽에 배가 있어야 하지 않겠나?"

헨리크가 마침내 손가락 네 개를 들어올렸다.

"마지막으로 유일하게 합당한 가능성이 남았네. 하리에트가 타의로 사라진 경우지. 누군가가 그녀를 죽이고 시체를 제거해버렸을 가

---

* 10미터 길이의 목재 보트. 좁고 긴 선체에 가로로 긴 줄을 두른 게 특징이다.

능성!"

　리스베트는 미카엘의 저서를 읽으며 크리스마스 오전을 보냈다. 경제 저널리즘을 다룬 책으로 출간 당시 상당한 논쟁의 대상이 되었다. 210쪽짜리 책의 제목은 '성당 기사단'이며, '위기의 경제 저널리즘'이라는 부제가 붙어 있었다. 크리스테르 말름이 디자인했다는 트렌디한 감각이 물씬한 표지에는 스톡홀름 증권거래소 사진이 실려 있었다. 포토샵으로 작업했는지 자세히 보면 건물이 공중에 붕 뜬 것을 알 수 있다. 바닥에 붙어 있지 않고 공중에 붕 뜬 건물은 책의 내용을 더없이 명확하고 효과적으로 암시했다.

　리스베트는 미카엘의 글솜씨가 상당하는 사실을 알 수 있었다. 직설적이면서 흡인력이 있었고, 경제 저널리즘이라는 미로에 문외한인 사람도 그 내용을 이해할 수 있고 유익함을 얻을 수 있게끔 쉽게 쓰였다. 어조는 풍자적이고 신랄하면서도 매우 설득력 있었다.

　제1장은 매우 직설적인 어조로 쓴 일종의 선전포고였다. 지난 이십 년 동안 스웨덴의 경제 분석가들은 쓸모없는 아첨꾼들, 즉 대단한 존재라도 되는 양 거들먹거리지만 실은 비판적 사고력이라고는 털끝만큼도 없는 한심한 집단으로 전락해버렸다는 내용이었다. 미카엘은 이러한 결론을 이끌어내기 위해, 명백히 잘못되고 거짓되더라도 경영자나 증권 투기꾼이 내세우는 주장을 경제기자들이 앵무새처럼 따라 하는 경우가 얼마나 많은지를 보여주었다. 이러한 기자들은 자리에 붙어 있어서는 안 될 순진하고도 멍청한 위인들이었다. 게다가 비판적으로 검토해 일반 대중에게 올바른 정보를 제공하는 일을 소홀히 함으로써 기자의 사명을 의식적으로 배신하는 더 고약한 자들도 있었다. 미카엘은 자신이 경제기자라고 불리는 일조차 부끄러울 때가 있다고 말하면서 전혀 기자라고도 할 수 없는 인간들과 자신이 같은 부류로 취급당할 수 있기 때문이라고 했다.

미카엘은 경제기자의 책무를 범죄 사건을 보도하는 기자나 해외 특파원에 비유했다. 주요 일간지 기자가 검사의 주장을 마치 진실인 양 비판 없이 인용한다면 사회의 지탄을 받아 마땅하지 않느냐고 반문했다. 살인 사건 재판을 두고 변호인 쪽을 조사해보거나 희생자 가족을 인터뷰해서 납득할 만한 정보와 그렇지 못한 것을 가려내는 소임을 다하지 않은 경우처럼. 그는 이러한 원칙이 경제기자에게도 동일하게 적용되어야 한다고 주장했다.

나머지는 도입부에 내세운 주장을 뒷받침하는 증거들로 채워졌다. 〈피난스티드닝엔〉〈다겐스 인두스트리〉그리고 경제 프로그램 〈A-에코노미〉를 비롯한 주요 매체 여섯 군데가 한 닷컴기업에 대해 내놓은 기사를 검토하는 데 긴 장* 하나를 할애했다. 먼저 기자들이 쓴 내용을 인용하고 요약한 후 실제 현실과 비교했다. 해당 기업이 실제로 운영해나가는 과정을 보여주면서 진지한 기자라면 반드시 제기했을, 하지만 현실의 이른바 경제 전문가는 하지 않은, 아주 명백한 질문들을 열거했다. 정말이지 멋진 글이었다.

또다른 장에서는 이동통신사 텔리아의 사유화를 다뤘다. 가장 신랄하고도 야유가 섞인 이 부분에서 실명으로 거론된 몇몇 경제기자들은 무참히 난도질당했다. 그중에서도 빌리암 보리라는 기자에게 특히 분개하는 듯했다. 후반부의 또다른 장에서는 스웨덴과 외국 경제기자들의 자질을 비교했다. 〈파이낸셜타임스〉〈이코노미스트〉그리고 독일 경제지의 진지한 기자들이 동일한 주제를 어떻게 다른 식으로 다루는지를 보여주었다. 물론 이러한 비교는 스웨덴 기자들에게 불리한 방향으로 흘러갔다. 마지막 장에서는 이렇게 한심한 상황을 개선하기 위한 제안을 간략히 제시했다. 그리고 결론에서 서론의 내용을 재차 강조했다.

예를 들어 한 국회 출입기자가 이런 식으로, 즉 터무니없는 동의안에 대해 아무런 비판의식 없이 지지하는 기사를 쓴다고 가정해보자. 또는 한 정치기자가 이와 비슷하게 판단능력을 결여했다고 가정해보자. 그렇다면 기자들은 해고되거나 더이상 사회에 해를 끼치지 않을 직책으로 좌천될 것이다. 하지만 경제기자의 세계에서 정상적인 기자의 임무, 즉 비판적 조사를 수행하고 독자들에게 사실을 객관적으로 보고하는 사람은 환영받지 못한다. 오히려 가장 능란한 사기꾼이 박수갈채를 받는 현실이다. 스웨덴의 미래는 지금 이렇게 만들어지고 있으며 이로 인해 기자들에게 남은 최소한의 신뢰마저 잠식당하는 실정이다.

매우 과격하고 신랄했다. 이 책의 출간 이후 언론 관련지 〈기자세계〉를 비롯해 몇몇 경제지, 그리고 일간지 1면과 경제면에서 왜 격렬한 논쟁이 이어졌는지 쉽게 알 수 있었다. 책에서 직접적으로 거론한 기자는 많지 않았지만 이 바닥이 워낙 좁다보니 특정한 신문을 언급했을 때 그 뒤의 누구를 겨냥하는지는 말 안 해도 뻔했다. 미카엘은 심각한 적들을 만든 셈이었고, 벤네르스트룀 재판 결과를 고소해하는 듯한 신문 열두 곳의 논평들에서 이를 분명히 감지할 수 있었다.

그녀는 책을 덮고 뒤표지에 있는 저자 사진을 보았다. 옆에서 찍은 미카엘의 얼굴이었다. 사진작가가 셔터를 눌렀을 때 바람이 불었을까, 아니면 디자이너 크리스테르가 포토샵으로 손을 좀 봤을까? 밝은 갈색 앞머리가 이마 위에서 멋지게 흩날리고 있었다. 조금 삐딱한 미소를 머금고 카메라를 바라보는 그의 장난기 어린 시선에는 나름의 매력 또한 없지 않았다. 흠, 안되셨군! 꽤 미남이신 분이 감옥에서 석달을 푹 썩게 됐으니……

"어이, 칼레 블롬크비스트!" 리스베트는 마치 그가 옆에 있기라도 한 듯 소리내어 말했다. "당신, 꽤나 잘난 척하는 사람이야! 안 그래?"

정오 무렵, 리스베트 살란데르는 아이북*을 켜고 이메일을 쓰려고 유도라**를 열었다. 입력한 글은 단 한 줄이었다.

시간 있어?

그리고 와스프wasp***라고 서명한 뒤 Plague_xyz_666@hotmail.com 으로 발송했다. 보안을 위해 이 짧은 한 문장은 PGP****로 암호화되었다.

그런 다음 블랙진, 겨울부츠, 따뜻한 폴로셔츠, 어두운 색 모직재킷에 연노랑 장갑과 모자와 목도리를 걸쳤다. 그리고 코와 눈썹에서 링을 빼내고 연핑크 립스틱을 바른 다음 욕실 거울에 모습을 비춰보았다. 주말에 볼 수 있는 흔한 산책자 차림이었지만 그녀에겐 적진 침투를 위한 일종의 위장복이었다. 리스베트는 싱켄스담에서 전철을 타 외스테르말름스토리에서 내린 다음 걸어서 스트란드베겐으로 향했다. 건물 번지수를 주의깊게 읽으며 걷다가 유르고르덴 다리에 이른 지점에서 걸음을 멈추고 마침내 찾은 건물의 출입구를 들여다보았다. 그러고는 길 건너 몇 미터 떨어진 곳에 서서 기다렸다.

그녀는 주위를 둘러보았다. 제법 추운 날의 월요일이었다. 사람들은 대부분 볕이 드는 강가에서 걷고 있었고 건물 쪽 보도에는 행인이 거의 보이지 않았다.

그렇게 기다린 지 삼십 분쯤 됐을까. 유르고르덴섬 쪽에서 지팡이를 든 노부인이 걸어왔다. 문 앞에 멈춰 선 부인은 리스베트에게 잔뜩 경계하는 시선을 던졌지만 그녀는 상냥한 미소와 예의바른 목례

---

* 애플이 1999년에 출시한 보급형 노트북. 2006년에 맥북으로 대체된다.
** 1988년에 개발된 이메일 프로그램.
*** 영어로 '말벌'이라는 뜻.
**** 이메일을 암호화하거나 암호화된 이메일을 해석하는 프로그램.

로 응답했다. 지팡이를 든 노부인은 낮게 인사말을 던지면서도 대체 이 아가씨를 어디서 보았더라 하는 표정을 지었다. 리스베트는 등을 돌리고 길 위를 왔다갔다하며 마치 누군가를 기다리는 사람처럼 문에서 멀어져갔다. 그리고 다시 몸을 돌렸을 때 부인이 끙끙대며 출입문 비밀번호를 한 자씩 누르고 있었다. 그 번호가 1260이라는 걸 알아채는 일은 조금도 어렵지 않았다.

리스베트는 오 분쯤 더 기다렸다 비로소 문에 다가갔다. 날렵하게 비밀번호를 누르자 찰칵 자물쇠 열리는 소리가 났다. 문을 열고 계단을 쳐다보았다. 예상대로 현관에는 감시카메라가 있었다. 하지만 곧 그녀의 입가에 엷은 미소가 감돌았다. 카메라는 밀톤 시큐리티 제품으로 무단침입자가 있을 때만 경보를 울리는 모델이었다. 고풍스러운 승강기 뒤 왼쪽에는 도어록이 붙은 출입구가 하나 더 있었다. 시험 삼아 1260을 쳐보니 출입구와 지하실의 비밀번호가 똑같다는 사실을 알 수 있었다. 한심하군, 한심해! 그녀는 정확히 삼 분 안에 지하실을 모두 둘러볼 수 있었다. 거기에는 열쇠로 잠기지 않은 세탁실과 재활용품 수거실이 있었다. 이어서 밀톤의 열쇠 전문가에게 '잠시 빌린' 만능 열쇠꾸러미를 써서 입주자 회의실인 듯한 공간으로 통하는 문을 따고 들어갔다. 지하실 복도 끝에는 취미 목공실이 붙어 있었다. 그리고 마침내 그녀가 원하는 것, 즉 좁다란 전기실을 찾아낼 수 있었다. 그녀는 긴기계량기, 퓨즈함, 접속배선함 따위를 면밀히 살펴본 후 담뱃갑만한 카메라를 꺼내 관심이 가는 부분을 세 컷 찍었다.

그녀는 지하실을 빠져나오면서 승강기 가까이에 붙어 있는 입주자 명단을 흘깃 쳐다보았다. 그리고 맨 위층에 적힌 **벤네르스트뢲**이라는 이름을 읽었다.

건물을 나온 후에는 잰걸음으로 국립미술관까지 걸어가 근처 카페에서 뜨거운 커피 한잔으로 언 몸을 녹였다. 그리고 삼십 분쯤 지나서 쇠데르로 돌아가 자신의 아파트로 올라갔다.

노트북을 켜니 Plague_xyz_666@hotmail.com으로부터 암호화된 답신이 도착했다. PGP로 푼 답장은 아주 간결했다. 숫자 20이었다.

6장
12월 26일 목요일

　미카엘이 정해놓은 삼십 분은 이미 지났다. 오후 4시 반, 오후 열차는 이제 물건너갔다. 하지만 아직 9시 반 열차를 타고 돌아갈 수는 있었다. 미카엘은 창문 앞에 서서 뻣뻣해진 목덜미를 주무르며 다리 건너편 불 켜진 교회의 전면을 바라보았다. 헨리크가 또다른 앨범을 보여주었다. 지역 신문을 비롯해 중앙 매체에 실린 기사를 오려 모아둔 것이었다. 미디어는 한동안 이 사건에 꽤 큰 관심을 보인 듯했다. 재계에서 유명한 가문의 여식이 아무 흔적도 없이 실종됐으니 당연한 일이었다. 하지만 시체가 발견되지 않고 수사가 제자리걸음을 계속하자 관심은 점차 수그러들었다. 비록 재계 유명 가문과 관련된 사건이었지만 삼십육 년이 지난 지금, 하리에트 방에르는 까맣게 잊힌 이야기가 되었다. 1960년대 말 당시에는 소녀가 물에 빠져 해류에 휩쓸려 난바다로 갔으리라는 추측이 우세했다. 비극이었지만 그 어떤 가족에게도 일어날 수 있는 일이었다.

　미카엘은 어느덧 노인의 이야기에 매혹되었다. 하지만 헨리크가 화장실에 가려고 잠시 대화를 멈췄을 때 다시 회의적인 기분이 들었다. 그래도 끝까지 한번 이야기를 들어보리라 마음먹었다.

"회장님은 그녀에게 무슨 일이 일어났다고 생각하십니까?" 헨리크가 방으로 돌아오자 미카엘이 물었다.

"당시 이 섬에 상주하는 사람은 모두 25명이었네. 하지만 그날은 가족모임 때문에 60명 정도 있었지. 그중 25명 정도는 제외시킬 수 있어. 내 생각은, 그 나머지 사람들 중 누군가가, 특히 가족 중 하나가 하리에트를 살해하고 시신을 처리했다는 거야."

"그 말씀에 대해서는 꽤 많은 반론이 가능할 듯한데요?"

"말해보게나."

"그러니까…… 당연히 생각 가능한 반론입니다. 즉 누군가가 시신을 숨겼다면, 회장님 말씀대로 그렇게나 샅샅이 뒤졌다면 어디선가 나와야 하지 않겠습니까?"

"사실 수색의 강도는 내가 말한 것보다 훨씬 더 높았다네. 하지만 아무리 뒤져도 나오질 않으니 결국 그애가 살해당했을 거라고 의심하게 됐지. 그제야 퍼뜩 생각이 들더군. 시신이 다른 식으로 사라졌을 수도 있다고 말이야. 자, 내 가정을 말해보겠네. 증명할 순 없지만 분명히 가능한 일이야."

"좋습니다. 얘기해보시죠."

"하리에트는 오후 3시경에 사라졌어. 2시 55분 쯤 오토 팔크 목사가 사고 현장으로 달려가다 그녀를 보았지. 거의 같은 시각에 지역 신문 사진기자가 도착해 현장 사진을 무수히 찍었고. 우리, 그러니까 경찰은 어떤 사진에서도 하리에트의 모습을 발견할 수 없었어. 반면 마을 사람들은 적어도 사진 한 장 이상에 전부 모습을 보였어. 아주 어린 아이들만 제외하고는."

헨리크가 다른 앨범을 가져와 미카엘 앞의 테이블 위에 펼쳤다.

"그날 찍은 사진들이네. 이건 어린이날을 앞두고 헤데스타드에서 열렸던 퍼레이드인데, 같은 사진기자가 촬영했지. 1시 15분경에 찍혔고, 여기에는 하리에트도 보이네."

그 사진들은 어느 집 이층에서 찍은 것이었다. 어릿광대며 수영복 차림의 여자들이 탄 트럭, 퍼레이드가 지나는 거리의 광경 등을 담고 있었다. 보도에는 구경꾼들이 빽빽이 들어서 있었다. 헨리크는 군중 속 한 사람을 가리켰다.

"이게 하리에트야. 실종되기 두 시간 전쯤이지. 같은 반 친구들과 시내로 놀러갔었어. 그애의 마지막 사진일세. 그리고 매우 흥미로운 사진이 한 장 있네."

헨리크가 앨범을 몇 장 더 넘기며 사진을 찾았다. 앨범 뒤쪽은 다리 위 사고 현장을 담은 사진 180여 장으로 채워져 있었다. 필름 여섯 통 분량은 되어 보였다. 이미 이야기를 들은 후였지만, 이렇게 갑자기 명암 대조가 뚜렷한 흑백사진으로 당시의 순간을 마주하자 미카엘은 약간 당황스럽기까지 했다. 사진기자는 전문가 냄새가 물씬 풍기는 솜씨로 혼란스러운 사고 현장을 생생하게 포착해냈다. 대부분은 쓰러진 유조차 주위에서 벌어지는 일에 초점을 맞추고 있었다. 미카엘은 그 가운데서 온통 기름을 뒤집어쓰고 구조 활동을 지휘하는 마흔다섯 살의 헨리크를 쉽게 알아볼 수 있었다.

"둘째 형 하랄드네." 헨리크가 몸을 반쯤 앞으로 굽히면서 손가락을 뻗었다. 양복을 입은 남자가 구스타브가 갇혀 있는 찌그러진 자동차 어딘가를 손가락으로 가리키고 있었다. "그렇게 유쾌한 인간이라고 할 순 없지만 혐의자 명단에는 포함 안 돼. 신발을 갈아 신으러 집에 다녀온 짧은 시간을 제외하고는 계속 다리 위에 있었으니까."

사진들이 계속 이어졌다. 유조차, 바닷가에 늘어선 구경꾼들, 박살난 구스타브의 차 따위를 클로즈업한 사진들. 전체적인 배경을 찍은 사진들. 망원렌즈를 들이대고 찍은 사진들……

"자, 이게 바로 그 문제의 사진일세! 우리가 확인한 바로 이 사진은

3시 40분에서 45분 사이에 찍혔어. 하리에트가 오토 목사와 마주치고 나서 사십오 분쯤 후지. 여기 우리집을 잘 보게나. 이층 가운데 창문이 열려 있지. 바로 하리에트의 방일세. 그전에 찍힌 사진에는 창문이 닫혀 있었어. 그런데 여기에선 열려 있지."

"이때 하리에트의 방에 누군가가 있었단 말이군요."

"사람들에게 죄다 물어봤지만 아무도 창문을 열지 않았다는 거야."

"그럼 창문을 연 사람이 하리에트 자신이라면 이때까진 살아 있었다는 뜻이군요. 아님 누군가가 회장님께 거짓말을 했거나요. 살해범은 왜 그녀 방에 들어가 창문을 열었을까요? 그리고 왜 거짓말을 했을까요?"

노인은 고개를 설레설레 저었다. 자신도 전혀 설명할 수 없다는 표정이었다.

"하리에트는 3시경에 사라졌어. 혹은 좀더 나중일 수도 있지. 이 사진들은 그 시간에 사람들이 어디 있었는지 잘 보여주고 있네. 따라서 혐의자 명단에서 몇 사람을 제외할 수 있어. 동시에 이 당시 사진에 나타나지 않은 사람들을 혐의자 명단에 올릴 수 있고."

"아직 제 질문에 대답하지 않으셨습니다. 회장님께선 시신이 어떻게 사라졌다고 생각하시죠? 벌써 대답을 생각해두시지 않았나요? 마술사들이 흔히 쓰는 트릭 같은 수법 아니겠습니까? 한순간에 물건을 사라지게 만드는……"

"맞네. 그런 마술을 부릴 방법은 수없이 많지. 살해범은 3시 무렵에 작업을 개시했겠지. 흉기를 쓰진 않았을 거야. 피를 남기면 곤란하니까. 난 하리에트가 목 졸려 살해됐고 이 부근, 그러니까 뜰 담벼락 뒤에서 사건이 일어났다고 생각하네. 사진기자도 볼 수 없는 곳이고, 집 쪽에서도 사각지대니까. 그애가 마지막으로 나타났던 목사관에서 집으로 올 때 지름길이 있다네. 지금은 잔디를 깔고 식물을 심어놨지만 당시에는 주차장으로 쓰는 자갈밭이었지. 그렇다면 살해범이 할 일이 뭐였겠나? 그저 차 트렁크를 열어서 하리에트의 시체를 집어넣기만 하면 '상황 끝' 아닌가? 다음날 수색을 시작했을 때만 해도 아무도 살인의 가능성을 생각하지 못했지. 그래서 모두가 해변하고 집들하고 마을 근처 숲만 뒤지고 다녔어."

"차 트렁크를 살펴본 사람은 아무도 없었다는 말이군요."

"다음날 저녁, 살해범은 유유히 차에 올라 다리를 건넜겠지. 외부 어딘가에서 시체를 처리하려고."

미카엘은 고개를 끄덕였다.

"모든 사람들이 수색하고 다니는 모습을 뻔히 바라보면서 말이죠. 그게 사실이라면 냉정하기 이를 데 없는 개자식이네요."

"지금 자네가 한 말이 바로 방에르 가문 인물들 대부분에게 딱 어울리는 표현이네."

저녁 6시에 식사를 시작한 둘은 대화를 계속 이어갔다. 안나가 준비한 요리는 감자와 까치밥나무열매 젤리를 곁들인 산토끼 구이였다. 헨리크가 향긋한 레드 와인을 한 병 땄다. 시간을 보니 막차를 타기에 충분해서 미카엘은 이쯤에서 얘기를 정리해야겠다고 생각했다.

"그래요! 회장님 이야기가 상당히 흥미롭다는 사실은 저도 인정합니다. 하지만 솔직히 왜 제게 이런 이야기를 하시는지 아직까지도 정확히 모르겠습니다."

"말하지 않았는가. 내 어린 조카 손녀를 죽인 쓰레기를 찾고 싶네. 그래서 자네를 고용하고 싶고."

"어떻게요?"

헨리크가 나이프와 포크를 식탁에 내려놓았다. "미카엘. 미친놈처럼 이 일에만 매달린 지도 삼십육 년이 되어간다네. 그리고 시간이 흐를수록 그애를 찾는 데 더 많은 시간을 쏟았지."

그는 입을 다물고 안경을 벗어 들어 유리알 위 어떤 보이지 않는 점을 응시했다. 그러고는 눈을 들어 미카엘을 쳐다보았다.

"솔직히 말하자면 내가 그룹 일에서 차츰 손을 뗀 이유도 하리에
트의 실종 때문이었어. 더이상 아무런 의욕이 없었거든. 내 주위 누
군가가 살해범이라는 생각, 그리고 언제나 내 정신을 사로잡은 의문
과 추론이 일을 하는 데 무거운 짐으로 작용했지. 설상가상 이런 상
황은 시간이 지나도 나아지지 않았어. 오히려 정반대였지. 1970년
무렵엔 정말 견딜 수 없는 상태에 이르렀어. 죄다 훌훌 떨쳐버리고
제발 혼자 좀 있고 싶었지. 때마침 마르틴이 이사회에 들어와서 내
일을 한두 가지씩 이어받았고. 1976년에 마침내 내가 일선에서 물러
나고 마르틴이 대표이사가 됐다네. 물론 이사회에 계속 참석했지만
쉰이 넘은 후로는 큰 역할을 안 했어. 그렇게 지난 삼십육 년간, 하리
에트 실종 사건을 두고 이런저런 가설을 세워보지 않은 날이 단 하
루도 없었다네. 자넨 이걸 강박증이나 망상이라고 하겠지. 그래, 집
안사람들도 똑같이 말하고 있으니까. 어떻게 보면 맞는 말이기도
하고."

"끔찍한 일을 겪으신 건 사실입니다."

"끔찍한 일 이상일세. 내 인생을 망친 거지. 시간이 지날수록 이 사
실을 점점 더 분명하게 의식하고 있고. 자넨 스스로를 잘 안다고 생
각하는가?"

"음, 그렇다고 생각합니다만."

"나도 그렇네. 난 지난 일을 쉽게 잊는 사람이 아냐. 하지만 시간이
지나면서 내가 이러는 이유도 변했네. 처음에는 슬퍼서 그랬겠지. 그
애를 찾아내 최소한 장례라도 제대로 치러주고 싶었어. 저세상으로
편안하게 보내주고 싶은 마음이었지."

"그런데 무엇이 변했습니까?"

"지금은 그 더러운 개자식을 찾아내는 게 더 큰 목적이야. 기묘하
게도, 내가 늙어갈수록 이 일이 일종의 취미가 되어버렸다네."

"취미요?"

"그래. 경찰마저 지쳐 나자빠져 수사를 중단했지만 나는 계속했어. 아주 체계적이고도 과학적인 방법으로 조사해보려 했지. 찾을 수 있는 모든 정보를 수집했어. 아까 봤던 사진들, 경찰수사 결과, 그리고 사람들이 진술한 그날의 행적들을 모두 적어놓았지. 다시 말해 난 그날 하루에 관련된 정보들을 수집하느라 반평생을 바친 셈이야."

"벌써 삼십육 년이 지났으니 살해범이 죽었을 거라고 생각하지는 않으십니까?"

"그렇게 생각하지 않네."

단호한 대답에 미카엘이 어깨를 으쓱했다.

"서재로 다시 올라가기 전에 식사를 마치세. 내 이야기를 완전히 끝맺으려면 한 가지 추가해야 할 사실이 있다네. 가장 괴이한 일이기도 하지."

리스베트는 오토매틱 코롤라를 스톡홀름 교외 순드뷔베리역에 세웠다. 이 도요타 승용차는 그녀가 밀튼 시큐리티에서 빌린 회사 차였다. 정식으로 허가를 받고 가져온 건 아니지만 드라간이 그녀에게 회사 차를 쓰지 못하게 한 적도 없었다. '조만간 차를 한 대 마련해야겠어.' 그녀는 생각했다. 차는 없었지만 그녀에겐 오토바이가 있었다. 중고로 산 가와사키125. 주로 여름에 탔고 겨울에는 지하실에 처박아놓았다.

그녀는 획클린타베겐까지 걸어가 오후 6시 정각에 벨을 눌렀다. 몇 초 후 문이 열리자 그녀는 계단으로 삼층을 걸어올라가 스벤손이라는 흔해빠진 이름이 적힌 아파트 초인종을 울렸다. 그녀는 스벤손이라는 사람에 대해 아무것도 몰랐고, 이 아파트에 과연 그런 인물이 살고 있는지조차 알 수 없었다.

"안녕, 플레이그Plague!" 그녀가 인사를 건넸다.

"와스프! 넌 항상 뭔가 필요할 때만 나타나는군."

리스베트보다 세 살 많은 그는 키 189센티미터에 몸무게가 152킬로그램에 달했다. 154센티미터에 42킬로그램밖에 안 되는 리스베트는 플레이그 옆에서 항상 난쟁이가 된 기분이었다. 여느 때처럼 아파트 안은 어두컴컴했다. 유일하게 켜놓은 조명의 희미한 미광이 침실 겸 서재로 쓰는 방 문틈으로 새어나오고 있었다. 그녀는 아직 문 앞에 서 있었지만 폐쇄된 공간 특유의 퀴퀴한 냄새가 코를 찔렀다. 리스베트가 혀를 차며 말했다.

"사람들이 널 플레이그라고 부르는 이유를 알겠어. 일 년 열두 달 씻지도 않고 살면서 지독한 원숭이 냄새를 풍기니까. 혹시 외출할 일 있으면 말해. 비누 싸게 파는 데를 알려줄 테니."

그는 희미하게 미소를 지어 보이며 말없이 들어오라고 손짓했다. 그러고는 불도 없는 주방으로 들어가 식탁 앞에 앉았다. 조명이라고는 창을 통해 들어오는 가로등 불빛이 유일했다.

"내가 무슨 대단히 깔끔 떠는 사람은 아니지만 우유팩 속에 버린 담배꽁초에서 썩는 냄새가 나면 적어도 내다버릴 줄은 안다고!"

"나, 장애인 연금 받는 거 몰라?" 그가 말했다. "사회적 무능력자라고. 뭘 기대해?"

"그래서 정부가 이 집 한 채 내주고 더는 신경쓰지 않는 거지. 그런데 이렇게 살다가 이웃들이 관청에 신고라도 하면 어쩌려고. 겁나지도 않아? 그러면 바로 정신병원행이야."

"그런데 뭐라도 가져온 거야?"

리스베트가 가죽재킷의 지퍼를 열어 5천 크로나를 꺼냈다.

"이게 줄 수 있는 전부야. 내 개인 돈. 회사 돈을 쓰면 세금신고가 들어가서 네 연금도 끝장날 테니."

"원하는 게 뭔데?"

"두 달 전에 말했던 원통형 접속단자 있지. 좀 만들어줄 수 있어?"

플레이그가 미소를 지으며 그녀 앞 식탁 위에 물건 하나를 올려놓았다.

"어떻게 작동하는지 설명해봐."

이후 한 시간 동안 리스베트는 주의깊게 들었다. 그리고 그 접속단자를 시험해봤다. 플레이그는 사회적으로 완전히 무능력했지만 의심의 여지 없는 천재였다.

헨리크는 책상 앞에 멈춰 서서 미카엘이 다시 이야기에 집중하기를 기다렸다. 미카엘은 손목시계를 들여다보았다.

"괴이한 일을 말씀해주신다고 했는데요?"

그가 고개를 끄덕였다.

"나는 11월 1일생이네. 여덟 살 먹은 하리에트가 내 생일에 압화 작품을 하나 선물했지. 유리로 누른 꽃이 평범한 액자 속에 들어 있었어."

헨리크는 책상을 끼고 돌아가 벽에 걸린 첫번째 꽃을 가리켰다. 서툰 솜씨로 만든 액자 속에 금강초롱이 고정되어 있었다.

"이게 바로 첫번째 압화일세. 1958년에 받았어."

그는 다음 그림을 가리켰다.

"1959년 미나리아재비, 1960년 데이지에 이어서 줄곧 전통이 되었지. 그애는 여름에 압화를 만들어 내 생일이 올 때까지 보관하고 있었어. 난 항상 이 벽에 압화를 걸어놓았고, 1966년에 그애가 실종되면서 전통이 끊겼지."

노인이 말을 멈추고 줄지어 걸린 압화들 가운데 비어 있는 한 곳을 가리킨 순간, 미카엘은 온몸에 소름이 돋았다. 빈 곳에서 한 번 끊긴 압화들이 그 뒤로 계속 이어지고 있었다. 그렇게 벽 전체가 압화들로 뒤덮여 있었다.

"1967년, 그애가 실종된 지 일 년 후 내 생일에 이 꽃을 받았네. 제

비꽃이었어."

"어떻게 받으셨죠?" 미카엘이 낮은 목소리로 물었다.

"선물상자에 넣은 다음 안전봉투에 담은 걸 우편으로 받았지. 스톡홀름 소인이 찍혀 있더군. 발신자 이름도 메시지도 없었어."

"그렇다면 회장님 말씀은 살해범이 이걸……"

"그렇다네! 매년 생일마다 이걸 받는 내 심정이 어땠겠는가? 그 자식은 나를 겨냥한 게 분명해! 날 고문하고 싶었던 게지. 정말이지 미칠 것 같았네. 하리에트가 나 때문에 살해당했다는 생각을 떨칠 수 없었거든. 분명 나를 해치려던 놈이 대신 하리에트를 건드린 걸세. 나와 하리에트가 각별한 사이이고, 내가 그애를 친딸처럼 여긴다는 걸 누구나 알고 있었으니."

"도대체 제가 뭘 해주기를 원하십니까?" 미카엘이 잔뜩 날 선 목소리로 물었다.

밀톤 시큐리티 지하 주차장에 코롤라를 갖다놓은 리스베트는 자기 사무실로 올라갈 생각이었다. 화장실에 가고 싶었다. 카드키를 찍고 엘리베이터를 타고서 곧바로 사층으로 올라갔다. 아니면 삼층 정문으로 들어가야 하는데 그곳 경비원들과 마주치고 싶지 않았다. 화장실에 다녀온 그녀가 에스프레소 기계에서 커피를 한잔 뽑아냈다. 리스베트가 직접 원두를 갈아서 내려 먹는 일은 절대 없을 것임을 깨달은 드라간이 구입한 기계였다. 그녀는 자기 사무실로 들어가 의자 등받이에 가죽재킷을 걸었다.

사무실은 유리벽으로 둘러싸인 가로 2미터에 세로 3미터짜리 네모난 공간이었다. 낡아빠진 델 컴퓨터가 있는 책상, 사무용 의자 하나, 휴지통, 전화기, 그리고 전화번호부와 사용하지 않은 노트 세 권이 꽂힌 책장이 있었다. 책상 서랍에는 볼펜 몇 자루, 클립, 노트 한 권이 뒹굴고 있었다. 창턱 위 화분에는 꽃이 갈색으로 말라 죽고 잎은 죄다 시들어 있었다. 그녀는 물끄러미 화분을 쳐다보았다. 마치 그걸 처음 본다는 듯한 눈빛이었다. 잠시 후 그녀는 결연한 동작으로 휴지통 속에 화분을 쑤셔넣었다.

이 사무실에서 일하는 경우는 극히 드물었다. 혼자 있고 싶을 때나 급히 보고서를 써야 할 때, 일 년에 대여섯 번 정도였다. 그녀에게 작업 공간이 있어야 한다고 주장한 사람은 드라간이었다. 프리랜서로 일하더라도 사무실이 있어야 회사에 소속감을 느낄 수 있으리라는 생각에서였다. 하지만 그녀는 감시와 간섭으로 받아들일 뿐이었다. 애당초 그녀의 사무실은 복도 끝에 있었다. 지금보다 훨씬 넓은 방을 다른 직원 한 명과 함께 쓰게 했다. 하지만 그녀는 그 방에 한 번도 모습을 드러내지 않았고, 결국 드라간은 아무도 쓰지 않는 이 자투리 공간을 그녀에게 내주었다.

리스베트는 플레이그에게 받아온 원통형 접속단자를 꺼내 책상 위에 올려놓았다. 그러고는 아랫입술을 깨물어가며 골똘히 생각에 잠긴 채 그걸 들여다보았다.

밤 11시, 그 층에 있는 사람은 그녀뿐이었다. 갑자기 만사가 귀찮고 피곤하게만 느껴졌다.

하지만 몇 분 후 그녀는 자리에서 일어났다. 복도 끝까지 똑바로 걸어가 드라간의 사무실 문을 체크해봤다. 열쇠로 잠겨 있었다. 주위를 둘러보았다. 12월 26일 자정 무렵, 복도에 누군가가 나타날 가능성은 거의 없었다. 그녀는 몇 해 전에 슬쩍 불법 복사해놓은 회사 마스터키를 써서 문을 열었다.

그의 사무실은 상당히 넓었다. 책상과 손님용 의자 몇 개, 그리고 한쪽에 8인용 회의 테이블이 있었다. 모든 게 티끌 하나 없이 청결했다. 이 방을 뒤지지 않은 지도 오래였다. 하지만 오늘 또다시 들어오지 않을 수 없었다…… 그녀가 맡은 조사 업무 몇 가지에 필요한 정보를 수집하는 데는 한 시간 정도가 걸렸다. 산업스파이로 의심되는 인물, 산업스파이 조직이 활개를 치고 있는 회사에 잠입한 밀톤 직원들의 활동 상황, 그리고 전남편에게 아이를 납치당할까 두려워하는 여성 고객을 보호하기 위한 비밀 조치 내용……

목적을 이룬 그녀는 서류들을 정확히 제자리에 갖다놓은 후 열쇠로 문을 잠그고 드라간의 사무실을 나와 룬다가탄에 있는 집까지 걸어갔다. 제법 만족스러운 하루라고 할 수 있었다.

미카엘은 고개를 저었다. 어이가 없다는 표정이었다. 반면 헨리는 책상 뒤에 앉아 차분한 눈으로 그를 쳐다보고 있었다. 그가 내놓을 반론에 전부 대답할 준비가 되어 있다는 듯 자신 있는 모습이었다.

"우리가 진실을 밝혀낼 수 있을지는 알 수 없는 일이네. 하지만 적어도 무덤에 들어가기 전에 마지막 시도는 해보고 싶은 심정일세. 자네에게 바라는 건 간단하네. 내가 그간 모아놓은 자료들을 다시 한번 훑어봐주게."

"말도 안 되는 일입니다."

"뭐가 말이 안 되는가?"

"회장님! 지금까지 충분히 들었습니다. 얼마나 슬프실지 이해합니다. 하지만 회장님께서 요구하는 건 시간 낭비에 돈 낭비일 뿐이에요. 지금 제게 뭘 요구하는지나 아십니까? 굉장히 유능한 경찰들과 수사 전문가들이 지난 수십 년간 매달려도 해결하지 못한 미스터리를, 갑자기 제게 마술처럼 해결해내라는 소리입니다. 일어난 지 사십 년이 다 되어가는 사건을 지금에 와서 해결하라는 소리이고요. 제가 어떻게 할 수 있단 말이죠?"

"…… 그러고 보니 수고비 얘기를 안 했군."

"그럴 필요 없습니다."

"자네가 싫다면 강요할 순 없는 노릇이네. 하지만 내 제안을 잘 들어보게나. 디르크 프로데가 이미 계약서를 작성해놨네. 세부만 결정하면 되고, 계약 내용 자체는 간단해. 자네 서명만 남았지."

"회장님, 그래봤자 소용없다니까요! 전 하리에트 실종 사건의 미스터리를 해결할 능력이 없습니다."

"계약서에는 자네가 반드시 사건을 해결해야 한다는 조항이 없네. 자넨 그저 최선을 다하면 돼. 성공하지 못한다면 신의 뜻으로 받아들이겠네. 자네가 신을 믿지 않는다면 운명의 뜻이라고 할 수도 있겠지."

미카엘은 답답한 마음에 한숨을 내쉬었다. 갈수록 불쾌해지면서 당장이라도 이 방문을 끝내고 떠나고픈 심정이었다. 하지만 한번 더 참고 말했다.

"계속해보시죠."

"자네가 일 년간 여기 헤데뷔에 머물면서 일해주면 좋겠네. 하리에트 실종과 관련된 자료를 하나하나 검토해주었으면 해. 새로운 시각으로, 완전히 새로운 시각으로. 탐사기자로서 이미 도출된 결론들을 모두 문제삼아주게. 나와 경찰, 그리고 다른 수사요원들이 놓친 걸 찾아달라는 말일세."

"순전히 시간 낭비에 불과한 일을 위해 일 년이나 제 생활과 경력을 전부 포기하라는 말씀인가요?"

헨리크가 갑자기 미소를 지었다.

"실례지만 지금으로선 할 일이 별로 없는 걸로 아는데?"

미카엘은 대꾸할 말이 없었다.

"자네의 삶을 일 년만 사고 싶네. 그저 직장이라고 생각하게. 봉급은 자네가 어딜 가도 받을 수 없을 만큼 주겠어. 매달 20만 크로나, 일 년 동안 여기 머문다면 총 240만 크로나일세."

미카엘은 순간적으로 숨을 삼켰다.

"내게 환상은 없네. 자네가 성공할 가능성이 극히 작다는 사실을 알아. 하지만 예상을 깨고 수수께끼를 풀어낸다면 보수를 두 배로 주겠네. 다시 말해 480만 크로나인 셈인데, 20만 더 붙여서 500만 크로나, 어떤가.”

헨리크는 몸을 뒤로 젖히고 고개를 살짝 기울였다.

“돈은 원하는 계좌로 넣어주겠네. 어느 나라 계좌라도 상관없어. 원한다면 가방에 현금으로 넣어줄 수도 있지. 세무서에 신고를 하든 안 하든 자네 자유야.”

“좀…… 지나치지 않습니까?” 이제 미카엘은 말을 약간 더듬었다.

“왜 그렇게 생각하지?” 헨리크가 차분하게 물었다. “여든이 넘었어도 정신만큼은 말짱하네. 내 재산은 엄청나지. 하지만 자식도 없을 뿐더러 내가 증오해 마지않는 친척들에게 이 돈을 넘길 의향은 추호도 없네. 유언장엔 재산 대부분을 WWF*에 남긴다고 적었어. 그리고 나와 가까운 극소수의 사람만 상당한 유산을 물려받게 되지. 지금 아래층에서 일하는 안나 같은 사람 말이야.”

미카엘은 머리를 흔들었다.

“내 입장에서 생각해보게나. 난 늙었고 곧 죽게 될 거야. 이런 내가 원하는 건 단 한 가지일세. 사십 년 가까이 나를 괴롭혀온 문제의 해답을 얻는 것. 물론 그 답을 알게 되리라고는 생각하지 않아. 하지만 마지막 시도를 해볼 여력은 충분하다네. 자, 말해보게나! 이를 위해 내 재산 일부를 쓰는 게 지나친 일인가? 하리에트를 위해 이 정도는 써야 하네. 나 자신을 위해서도.”

“하지만 그 수백만 크로나는 결국 헛되이 날아갈 겁니다. 제가 할 수 있는 일이라고는 계약서에 서명하고서 일 년이 지나가기만을 기다리는 거겠죠.”

“자넨 그렇게 하지 않을걸? 오히려 일생 그 어떤 때보다도 열심히 일하게 될 걸세.”

---

* 세계야생동물보호기금협회.

"왜 그렇게 확신하시죠?"

"내가 자네에게 뭔가를 해줄 수 있기 때문이지. 돈으로 살 수 없으면서 자네가 이 세상 그 무엇보다도 절실히 원하는 것."

"그게 뭐죠?"

헨리크의 눈이 가늘어졌다.

"자네에게 한스에리크 벤네르스트룀을 넘겨주겠네. 난 그자가 사기꾼이라는 사실을 증명할 수 있어. 삼십삼 년 전 바로 우리 회사에서 일을 시작했지. 난 그자의 목을 쟁반 위에 담아 자네에게 줄 수 있어. 수수께끼를 풀게! 그럼 법정에서 망신당한 자네를 '올해의 기자'로 만들어주지!"

7장

1월 3일 금요일

에리카는 테이블에 커피잔을 내려놓고서 미카엘을 등지고 섰다. 그의 아파트 창가에서 스톡홀름 구시가의 고풍스러운 풍경을 내려다보고 있었다. 1월 3일 오전 9시였다. 쌓였던 눈은 연초 연휴에 내린 비에 말끔히 씻겨내렸다.

"여기서 보이는 경치는 언제나 좋아." 그녀가 감탄했다. "이런 아파트라면 살트셰바덴 집을 미련 없이 떠나고 싶을 정도야."

"여기 열쇠 가지고 있잖아? 언제든지 그 멋진 부자 동네에서 나와 여기서 살아도 돼!" 미카엘이 대꾸하며 꾸려놓은 트렁크를 입구에 갖다놓았다. 에리카는 몸을 돌려 믿을 수 없다는 눈빛으로 그를 노려보았다.

"정말 가겠다는 거야? 우리는 이 엄청난 위기 속에서 허우적대고 있는데 자긴 달랑 가방 두 개 싸들고 혼자 달나라로 떠나버리겠다는 거냐고!"

"달나라는 무슨…… 헤데스타드야. 기차로 세 시간이면 간다고. 영영 떠나는 것도 아니고."

"지금 자기 꼴이 어떤 줄 알아? 다리 사이에 꼬리를 감추고 내빼는 개 꼴이야!"

"정확해! 그런 셈이지. 감옥에도 좀 다녀와야 하고."

크리스테르는 미카엘의 소파에 앉아 있었다. 몹시 불편한 기색이었다. 셋이서 〈밀레니엄〉을 창간한 이래 에리카와 미카엘이 이렇게 날카롭게 대립하는 일은 처음이었다. 그동안 둘은 찰떡궁합이었다. 격렬하게 충돌하는 때도 없지는 않았지만 대부분 사업상 문제였기 때문에 시간이 지나면서 어렵지 않게 해결점을 찾아냈다. 그러고 나면 둘이서 포옹을 하고 화해의 식사를 하러 가곤 했다. 하지만 작년 가을부터 일이 상당히 꼬이면서 지금은 둘 사이에 거대한 균열이 생긴 듯했다. 크리스테르는 자문했다. 〈밀레니엄〉의 종말이 시작된 걸까?

"나로선 선택의 여지가 없어." 미카엘이 말했다. "우리 모두를 봐서도 마찬가지고."

그가 거실을 가로질러 주방으로 가 식탁 앞에 앉았다. 에리카는 고개를 저으며 그를 마주보고 앉았다.

"크리스테르, 어떻게 생각해?" 그녀가 물었다.

크리스테르는 할말이 없다는 듯 두 팔을 크게 벌려 보였다. 이런 질문을 받으리라 예상했었다. 즉 자신의 입장을 밝혀야 하는 이 순간이 언제 올까 노심초사하고 있었다. 그 역시 엄연한 동업자였지만 〈밀레니엄〉의 진정한 주인은 미카엘과 에리카라는 사실을 세 사람 모두 알고 있었다. 둘이서 정말로 의견이 맞지 않을 때만 그의 의견을 구하곤 했다.

"아주 솔직히 말해서," 크리스테르가 대답했다. "내 생각은 별로 중요하지 않다는 건 둘이 더 잘 알잖아?"

그러고는 입을 다물었다. 그는 이미지를 만들고 그래픽 작업하는 일을 좋아했다. 스스로를 예술가라고 여긴 적은 없지만 재능 있는 디자이너라는 점은 잘 알고 있었다. 반면 사업상 정책이라든가 전략에 대해서는 아무것도 몰랐다.

에리카와 미카엘은 서로를 쳐다보았다. 그녀의 눈빛에는 찬바람이 쌩쌩 돌았고 그의 눈은 생각에 잠겨 있었다.

그런 둘을 보며 크리스테르는 생각했다. 이건 단순한 말다툼이 아니라 완전한 결별이군…… 침묵을 깬 건 미카엘이었다.

"좋아! 마지막으로 둘에게 설명하지." 그가 에리카를 응시하며 말을 이었다. "내가 〈밀레니엄〉을 버리고 도망가겠다는 게 아니야. 그러기엔 지금껏 열심히 일해온 게 너무 아깝잖아?"

"하지만 더이상 사무실에 안 나오겠다는 거잖아? 나와 크리스테르에게 모든 짐을 짊어지게 하고서. 그거 알아? 지금 자긴 스스로를 유배 보내는 거야."

"그건 또다른 문제야. 난 잠시 멈춰야 한다고. 현재로선 아무런 효용가치가 없어. 완전히 끝난 사람이야. 그런데 헤데스타드에서 유급휴가 같은 일을 제안해왔고. 그야말로 지금 내게 딱 필요한 일이야."

"그래서 그런 말도 안 되는 일을 하러 떠나겠단 말이군? 차라리 비행접시를 찾아 나서는 게 좋지 않겠어?"

"나도 알아. 그런데 일 년 동안 의자에 궁둥이를 붙이고 있으면 240만 크로나를 준다잖아. 그사이에 나도 놀지만은 않을 거라고. 이제 1라운드가 끝났고 벤네르스트룀이 KO로 이긴 상태야. 그리고 2라운드가 벌써 시작됐어. 이제 벤네르스트룀은 〈밀레니엄〉을 완전히 침몰시키려고 해. 이 잡지가 존재하는 한, 자신의 정체를 아는 편집부도 남아 있다는 사실을 잘 알 테니 말이야."

"그래. 지난 반년간 우리가 월말마다 광고주 찾는 일을 그자가 얼마나 방해했는지 내가 더 잘 알지."

"바로 그거야! 그래서 내가 편집부에서 멀어져야 한다고. 그에게 나는 일테면 투우사가 황소를 향해 흔드는 붉은 천 같은 존재야. 나에게 편집증적으로 반응하고 있잖아. 내가 여기 머무는 한 공격을 계속할 거라고. 이제 우리는 3라운드를 준비해야 해. 벤네르스트룀을 이길 가능성을 조금이라도 확보하려면 지금은 한 발짝 물러나서 새 전략을 세워야 한다고. 강력한 한 방을 찾아내야지. 이게 앞으로 일 년 동안 내가 할 일이야."

"그건 나도 충분히 이해해." 에리카가 대꾸했다. "그러니까 휴가를 다녀와! 한 달쯤 해변에서 뒹굴다가 오라고. 아리따운 스페인 여인들하고 재미도 보고 오고. 아니면 산드함에 있는 자기 별장에 가서 파도를 바라보다가 오든지. 그런 거라면 나도 반대하지 않겠어."

"하지만 그다음엔? 그렇게 하고 돌아와봤자 아무것도 바뀌지 않을 거야. 벤네르스트룀은 〈밀레니엄〉을 부숴버릴 거라고. 너도 알잖아. 그를 막을 유일한 길은 그를 파괴시킬 무언가를 찾아내는 거야."

"그걸 헤데스타드에서 찾으시겠다?"

"신문기사를 좀 찾아봤어. 실제로 1969년에서 1972년 사이에 벤네르스트룀이 방에르 그룹에서 일했더군. 그것도 회사 간부에 전략투자 책임자였어. 그런데 아주 갑작스럽게 회사를 떠났지. 헨리크가 그자에 대해 뭔가를 알고 있다는 가능성을 배제할 수 없어."

"하지만 그가 어떤 죄를 지었다 해도 벌써 삼십 년 전 얘기야. 이제 와서 증명하기는 어렵지."

"헨리크가 인터뷰를 자청했어. 자신이 아는 걸 죄다 말해주겠다고 약속했지. 조카손녀 실종 사건에 굉장히 집착하고 있는데, 아마 그가 유일하게 관심 있는 일일 거야. 이를 위해 벤네르스트룀을 파괴해야 할 필요가 있다면 얼마든지 그럴 수 있는 사람이라고 생각해. 우리로서는 절대 놓칠 수 없는 기회야. 게다가 가장 먼저 벤네르스트룀에게 똥물을 퍼부을 준비가 되었다고 공언한 사람이고."

"설사 그 소녀를 목 졸라 죽인 장본인이 벤네르스트룀이라는 증거를 몇 개 가지고 돌아온다 하더라도 그걸 써먹기엔 시간이 너무 흘렀다고 생각하지 않아? 이번에도 우리는 법정에서 개망신이나 당하겠지."

"소녀를 죽인 범인? 나도 언뜻 생각해보긴 했는데 그때 그자는 스톡홀름 경제대학교에서 죽어라 공부하고 있었어. 이 일과는 아무 관계 없지." 미카엘이 잠시 멈췄다가 다시 말했다. "에리카, 난 〈밀레니엄〉을 떠나지 않아. 하지만 사람들이 내가 떠났다고 믿게 만들어야해. 크리스테르와 둘이서 이 잡지를 계속 끌고나가야 하고. 만일 할 수만 있다면…… 벤네르스트룀과 평화협정을 맺을 수 있다면 그렇게 해. 하지만 내가 여기 남으면 불가능한 일이지."

"한심한 상황이라는 건 인정해. 하지만 지금 헤데스타드로 떠나는 건 물에 빠진 사람이 지푸라기에 희망을 걸겠다는 셈이잖아."

"그럼 더 좋은 생각이라도 있어?"

그녀는 어깨를 으쓱해 보였다. "정보제공자를 찾아봐야지. 처음부터 다시 조사해보는 거야. 이번에는 제대로."

"그만둬, 리키. 그건 이미 끝났어."

에리카는 모든 걸 포기한 듯한 표정으로 식탁에 얹은 두 손 위로 풀썩 머리를 떨어뜨렸다. 조금 있다 그녀가 머리를 들어올리고 입을 열었다. 이번에는 미카엘의 눈을 똑바로 쳐다보지 못했다.

"자기 때문에 정말 화가 나! 네 말이 틀려서가 아냐. 나 역시 충분히 수긍하니까. 네가 발행인 자리를 떠나서도 아냐. 지금 상황에선 아주 현명한 결정이지. 우리 사이에 충돌이나 권력 투쟁이 있었다는 냄새를 풍겨야 한다는 의견도 동의해. 벤네르스트룀에게 나는 위험하지 않은 얼간이요, 진정한 위험은 너라고 믿게 해야 한다는 논리쯤은 충분히 이해한다고."

그녀는 잠시 말을 멈췄다가 아랫입술을 깨물고 미카엘을 똑바로 쳐다보았다.

"하지만 자기는 하나 착각하고 있어. 벤네르스트룀은 이 미끼에 걸려들지 않아. 네가 떠나든 안 떠나든 계속해서 〈밀레니엄〉을 침몰시키려 들 거라고. 한 가지 차이가 있다면 이젠 나 혼자서 그자를 상대해야 하고, 우린 절실하게 네가 필요하다는 사실이지. 좋아, 나 혼자서도 벤네르스트룀과 싸울 수 있어. 그런데 내가 엄청나게 화나는 게 뭔지 알아? 바로 네가 이런 식으로 떠나버리는 거야. 폭풍우 속에 우릴 버리고 떠나버리는 그따위 태도라고."

미카엘이 손을 뻗어 그녀의 머리를 쓰다듬었다.

"자긴 혼자가 아냐. 크리스테르도 있고, 편집부 직원들도 있잖아."

"얀네 달만은 아니지. 나온 김에 하는 말인데, 그를 채용한 건 실수였어. 능력은 있지만 회사에 득보다 해가 되고 있잖아. 도통 신뢰가 안 가. 이번 가을 내내 어땠는지 알아? 입가에 기분 나쁜 미소를 머금고 돌아다니더라고. 네 자리를 차지하게 되어 좋았던 건지, 단순히 우리하고는 체질적으로 상극이어서 그렇게 보였던 건지는 모르겠지만."

"좋지 않은 친구인 건 분명해." 미카엘이 대답했다.

"그럼 어쩌지? 해고해?"

"에리카, 넌 〈밀레니엄〉 대표이자 최대 주주야. 그를 해고해야 할 필요가 있으면 하라고."

"하지만 미케, 우린 지금까지 누구도 해고해본 적이 없잖아. 그런데 지금 넌 이 어려운 결정을 내게 떠맡기고 있다고. 이제 아침마다 출근하는 일이 끔찍할 거야."

이때 크리스테르가 벌떡 일어나 입을 열었다.

"미카엘! 기차 놓치기 싫으면 지금 출발해야 해!" 에리카가 뭐라고 항변하려 했지만 크리스테르가 손을 들어 말을 막았다. "잠깐, 에리카. 좀 전에 내 생각이 뭐냐고 물었지? 그래, 말할게. 지금 이 상황은 정말 엿 같아. 하지만 미카엘의 말이 옳다면, 그러니까 여기 남아 벤네르스트룀과 싸워봤자 계란으로 바위 치기라면 떠나는 게 맞아. 미카엘을 위해서라도. 우린 그렇게 할 필요가 있어!"

미카엘과 에리카가 놀란 눈으로 크리스테르를 쳐다보았다. 그는 약간 어색하지만 단호한 눈빛으로 미카엘을 쳐다보며 말을 이었다.

"스스로 잘 알겠지만 〈밀레니엄〉의 주인은 너희 둘이야. 나는 동업자고. 너희는 언제나 나를 진심으로 대했고, 나 역시 이 잡지를 정말로 좋아해. 하지만 너희가 원하면 언제든지 다른 아트 디렉터로 교체할 수 있는 게 현실이야. 그래도 너희들은 내 의견을 물었고, 난 이미 대답했어. 얀네 달만에 대해서는 나도 동의해. 에리카, 그를 해고할 필요가 있다면 내가 대신 해줄게. 하지만 합당한 이유가 있어야겠지."

그는 잠시 멈췄다가 다시 말을 이었다.

"에리카! 나도 너와 같은 생각이야. 지금 바로 미카엘이 사라져버리면 정말로 힘들 거야. 하지만 다른 선택은 없다고 생각해." 이번에는 미카엘을 바라보았다. "자, 역까지 데려다줄게. 네가 돌아올 때까지 에리카와 내가 자리를 지키겠어."

미카엘이 천천히 고개를 끄덕였다.

"내가 정말로 두려운 건…… 미카엘이 영영 돌아오지 않는 거라고." 에리카가 낮게 말했다.

오후 1시 반, 드라간이 리스베트에게 전화를 걸었을 때 그녀는 자고 있었다.

"무슨 일이죠?" 그녀가 잠에 취한 목소리로 물었다. 입안에는 아직도 담배의 쓴맛이 가득했다.

"미카엘 블롬크비스트 문제야. 방금 의뢰인 디르크 프로데와 전화로 얘기했어."

"그래요?"

"벤네르스트룀 조사하는 일을 그만두라는군."

"그만둬요? 벌써 작업을 시작했어요."

"알아. 그런데 이 일에 더이상 관심이 없대."

"그것뿐이에요?"

"결정은 그가 하는 거야. 계속하길 원치 않으면 그만둬야 별 수 있나."

"이미 보수를 합의했잖아요."

"그 일에 지금까지 시간을 얼마나 썼지?"

그녀가 잠시 생각했다.

"사흘 되는군요. 완전 풀타임으로요."

"상한액을 4만 크로나로 정했으니 1만 크로나짜리 청구서면 되겠군. 자네에게 절반 정도 주면 사흘 수고한 값이 되겠지? 이 모든 일을 벌여놨으니 그 정도는 내줘야지."

"그동안 제가 찾은 정보는 어쩌죠?"

"엄청난 거라도 있나?"

그녀는 잠시 생각했다. "아니요."

"프로데가 보고서는 요구하지 않았어. 나중에 생각을 바꿀지도 모르니 우선 보관해둬. 아무 연락 없으면 버려버리고. 다음주에 다른 일을 맡기지."

리스베트는 전화를 끊고 나서도 한동안 수화기를 들고 있었다. 그리고 거실 한쪽에 마련해놓은 작업 공간으로 가서 벽에다 온통 꽂아놓은 쪽지들이며 책상 위에 쌓아놓은 종이 더미를 쳐다보았다. 지금까지 모은 자료는 주로 신문기사와 인터넷에서 가져온 글들이었다. 그녀는 종이 더미를 한데 모아 책상 서랍에 처넣었다.

그러고는 미간을 찌푸렸다. 법정에서 본 미카엘의 기묘한 행동이 호기심을 자극했었기 때문이다. 게다가 그녀는 한번 시작한 일을 중단하는 성격이 아니었다. 누구에게나 비밀은 있다. 문제는 어떤 비밀을 발견하느냐는 것이다.

1 Jan

2 Feb

3 Mar

4 Apr

5 May

6 Jun

7 Jul

8 Aug

9 Sep

10 Oct

11 Nov

12 Dec

II 결과 분석
1월 3일~3월 17일

스웨덴 여성의 46퍼센트는
남성의 폭력에 노출된 적이 있다.

8장

1월 3일 금요일~1월 5일 일요일

　미카엘이 두번째로 헤데스타드역에 내렸을 때, 하늘은 연푸른 빛이었고 공기는 얼음장같이 차가웠다. 역 앞에 붙어 있는 온도계는 영하 18도를 가리켰다. 미카엘은 이런 날씨에 전혀 어울리지 않는 운동화를 신고 있었다. 지난번과 달리 차 안을 훈훈하게 데워놓고 역 앞에서 기다리는 디르크도 없었다. 미카엘이 도착하는 날짜만 알리고 열차 편까지는 자세하게 밝히지 않은 탓이다. 분명 헤데뷔 마을까지 가는 버스가 있겠지만 무거운 트렁크 두 개에 배낭까지 매고서 버스 정류장을 찾아 헤맬 마음은 없었다. 곧장 역 광장 맞은편에 보이는 택시 정류장으로 향했다.

　크리스마스와 새해 연휴 사이 이곳에는 폭설이 내렸다. 제설차가 산이나 둑처럼 군데군데 쌓아놓은 눈더미들은 헤데스타드 도로과 직원들이 부지런히 일했음을 증명했다. 미카엘은 택시에 올라탔다. 조수석 유리창에 붙은 신분증만 보면 운전기사는 '후세인'이라는 이름의 남자다. 기사는 날씨가 이래서 일하기 힘들겠다는 미카엘의 말에 고개를 끄덕이며 수긍했다. 그러고는 노를란드 토박이 억양으로 수십 년 만의 최악의 폭설이라며 겨울휴가를 내 그리스에서 크리스마스를 보내지 않은 게 너무도 후회된다고 말했다.

미카엘은 직접 길을 안내해가며 눈이 치워진 헨리크 저택의 뜰 안까지 택시를 들어가게 했다. 그리고 현관 앞 계단 위에 트렁크를 내려놓고 헤데스타드 방향으로 사라져가는 택시의 뒷모습을 한동안 바라보았다. 불현듯 몹시 외롭고 불확실한 느낌이 엄습했다. 어쩌면 이 모든 게 미친 짓이라는 에리카의 말이 옳을지도 몰랐다.

뒤에서 문이 열리는 소리에 그가 몸을 돌렸다. 헨리크가 서 있었다. 두꺼운 가죽외투에 두툼한 부츠를 신고 귀마개 달린 모자를 썼다. 미카엘이 걸친 건 청바지와 얄팍한 가죽재킷뿐이었다.

"여기에서 지내려면, 특히 이 계절에는 옷 입는 법부터 배워야 할걸세." 둘은 악수를 나누었다. "그런데 정말 이 집에서 지내기 싫은가? 정말로? 정 그렇다면 마련해둔 다른 거처로 가세. 우선 여장을 풀어야지."

미카엘은 고개를 끄덕였다. 헨리크와 디르크, 두 사람과 협상할 때 그가 내건 요구사항이 있었다. 충분히 독립적이고 자유로운 거처에서 지낼 수 있도록 해줄 것. 헨리크가 다리 쪽으로 안내하며 작은 목조 가옥의 뜰로 들어가는 창살문을 열었다. 뜰에 쌓인 눈은 최근에 치운 듯했고 대문은 잠겨 있지 않았다. 두 사람은 조그만 현관으로 들어섰고 미카엘은 그제야 한숨을 내쉬며 트렁크를 내려놨다.

"우리가 '손님 집'이라고 부르는 곳이네. 얼마간 머물다 가는 사람들이 묵곤 하지. 1963년에 자네도 부모님과 함께 이곳에서 지냈다네. 지금은 현대식으로 개조했지만 마을에서 가장 오래된 건물 중 하나야. 아침에 군나르 닐손을 시켜 난방을 해두었네. 군나르는 우리집을 관리하는 만능 일꾼이지."

가옥은 다 해서 50제곱미터 남짓이었고 커다란 주방 하나에 작은 방이 두 개 있었다. 집안 절반을 차지하는 주방에는 전기스토브, 작은 냉장고, 수도 등 제법 현대적인 시설이 갖춰져 있었다. 반면 현관을 마주한 벽 앞에는 구식 무쇠 난로가 있었고 그 안에서 불이 활활 타올랐다.

"엄청나게 추운 날이 아니면 이 난로를 피울 필요는 없을 걸세. 현관에 장작을 넣어둔 궤짝이 하나 있고 집 뒤에도 장작 창고가 있어. 지난가을부터 빈집이라 오늘 아침에 불을 때서 좀 덥혀놓았네. 낮에는 전기난로만 틀어도 충분할 거야. 난로 위에 옷을 벗어놓지만 말게나. 불이 날 수 있으니."

미카엘은 고개를 끄덕이고 주위를 둘러보았다. 세 군데 벽에 창이 나 있었다. 주방 식탁 쪽에 있는 창문으로는 다리가 보였다. 30미터도 떨어지지 않은 듯했다. 주방에는 식탁 말고도 식기 보관용 가구 두 개, 의자 몇 개, 낡은 나무벤치 하나, 그리고 신문 더미가 쌓인 선반이 있었다. 신문 더미 맨 위를 슬쩍 들여다보니 1967년에 발행된 잡지 〈세〉가 보였다. 식탁 옆 구석에는 책상으로 쓸 만한 작은 테이블이 놓여 있었다.

주방문은 무쇠 난로 옆에 있었다. 그 맞은편에는 두 작은 방으로 통하는 좁다란 문이 각각 있었다. 외벽 쪽에 붙은 오른쪽 방은 아주 좁았고 작은 책상과 의자가 하나씩, 그리고 벽에 긴 책꽂이 선반이 붙어 있었다. 작업실인 셈이었다. 현관과 작업실 사이에 낀 방은 비교적 작은 침실이었다. 상당히 작은 더블베드, 사이드 테이블, 옷장 따위가 있었고 벽에는 풍경화가 몇 점 걸려 있었다. 전체적으로 가구와 벽지는 낡아 퇴색했지만 상당히 청결하고 양호하게 유지된 듯했다. 마룻바닥은 비눗물을 흠뻑 부어 박박 닦아낸 듯 사뭇 깨끗했다. 침실에서는 작은 문을 통해 현관으로 나올 수 있었고, 현관에는 작은 창고를 개조해 만든 화장실 겸 샤워실이 있었다.

"수도가 말썽일 수 있네." 헨리크가 입을 열었다. "이상이 없게끔 아침에 점검을 해놓았네만 수도관이 워낙 지면 가까이에 있는데다 추위가 극심해서 언제든 얼어버릴 수 있네. 필요하면 현관에 양동이가 있으니 우리집에 와서 길어가게나."

"전화도 필요합니다."

"이미 신청해놓았네. 모레 전화국에서 설치하러 올 걸세. 어떤가? 생각이 바뀌면 언제든지 큰집으로 옮겨오게나."

"여기가 딱 좋습니다." 미카엘은 이렇게 대답했지만 지금 자신이 처한 상황이 과연 정상인지 확신할 수 없었다.

"다행이군. 아직 해가 저물려면 한 시간이 남았네. 같이 산책하면서 마을을 둘러보지 않겠나? 두꺼운 양말에 부츠를 신어야 할 걸세. 현관 옷장 안에 있네."

미카엘은 말대로 했다. 내일 당장 내의와 두툼한 겨울신발을 사러 가야겠다고 이미 마음먹은 터였다.

헨리크는 우선 길 반대편에 사는 미카엘의 이웃 군나르 닐손에 대해 설명하면서 섬 산책을 시작했다. 노인은 자신의 직원인 이 사람을 줄곧 '만능 일꾼'이라고 불렀다. 미카엘은 그가 섬에 있는 모든 건물들뿐 아니라 헤데스타드 시내의 가옥도 여러 채 관리하고 있음을 알게 되었다.

"군나르의 부친은 망누스 닐손일세. 지금 저 친구가 하는 것처럼 1960년대에 우리집에서 관리인 일을 했지. 다리에서 사고가 났을 때 구조 작업에 참여했었고. 지금은 은퇴해서 헤데스타드에 살아. 군나르가 이 집에서 아내 헬렌과 함께 살고 있네. 아이들은 장성해서 외지에 나가 살지."

헨리크는 잠시 멈추고 무언가를 생각하다 말을 이었다.

"미카엘. 자네가 여기 머무는 공식적인 이유는 내 회고록 집필을 돕는 걸세. 그 자격만으로도 이곳 구석구석을 쑤시고 다니면서 사람들에게 질문할 수 있을 거야. 하지만 진짜 임무는 자네와 나, 그리고 디르크, 이렇게 셋만 알고 있어야 하네."

"알겠습니다. 재차 말씀드리지만 이 모든 건 시간 낭비입니다. 전 수수께끼를 풀 수 없어요."

"난 그저 시도해보기를 원하네. 다만 주변에 사람들이 있을 때는 말조심하게."

"알겠습니다."

"군나르는 올해 쉰여섯이네. 하리에트가 실종됐을 때 열아홉이었지. 난 이 아이들에게 아직도 풀리지 않은 의문이 하나 있네. 하리에트와 군나르는 친했어. 사춘기 소년 소녀 사이에 연애 감정이 있었을 거라고 짐작해본다네. 분명한 건 그애가 하리에트에게 관심이 많았어. 그날 군나르는 헤데스타드에 있었네. 다리가 막혀 육지 쪽에 갇혔던 사람 중 하나였지. 평소 둘의 관계 때문에 경찰에게 철저한 조사 대상으로 지목당하면서 상당히 힘든 시간을 보냈어. 하지만 경찰이 확인한 알리바이가 상당히 견고했지. 하루종일 친구들과 놀다가 저녁 늦게 섬으로 돌아왔다고 했어."

"회장님께선 그날 섬에 있었던 사람들과 그리고 그들이 무슨 일을 했는지까지 완벽하게 파악하고 계시군요."

"그렇다네. 계속 걸을까?"

두 사람은 헨리크의 저택 앞 약간 언덕진 삼거리에서 걸음을 멈췄다. 노인이 요트 선착장 쪽을 가리켰다.

"헤데뷔섬 전체는 방에르 가문에, 정확히는 나한테 속해 있네. 섬 저쪽에 있는 외스테르고르덴 농장과 마을 몇 집을 빼고는. 과거에 어항漁港이었던 저 요트 선착장에 점점이 늘어선 방갈로들은 모두 개인 소유라네. 별장으로들 쓰지만 겨울엔 사람이 없지. 유일하게 저 끝 집만 빼고. 굴뚝에서 연기 올라오는 게 보이는가?"

미카엘이 고개를 끄덕였다. 이미 몸은 뼛속까지 얼어붙었다.

"저 무너져가는 방갈로에 들어서면 찬바람이 횡횡 들어온다네. 하지만 저 안에는 일 년 열두 달 사람이 살고 있지. 에우셴 노르만일세. 올해 일흔일곱 먹은 화가라고 할 수 있지. 내가 보기엔 아마추어 화가에 불과하지만 풍경화로 꽤나 알려진 모양이야. 어느 마을에나 꼭 있는 괴짜 늙은이 역할을 맡고 있는 셈이지."

헨리크는 곶에 이르는 긴 도로를 따라 미카엘을 안내하면서 지나치는 집들을 차례로 설명했다. 이 조그만 마을은 도로 서쪽에 집 여섯 채, 동쪽에 네 채로 이루어져 있었다. 미카엘이 머물 '손님 집' 바로 옆에 붙은 첫번째 집은 헨리크의 형 하랄드 소유였다. 네모반듯한 단층짜리 석조 건물로 언뜻 보면 폐가 같았다. 창문마다 커튼이 어둡게 드리워져 있었고, 50센티미터는 되어 보이는 눈은 치우지 않은 채 그대로 있었다. 하지만 좀더 가까이서 보면 사람 발자국이 희미하게나 있었다. 누군가가 현관에서 길가까지 쌓인 눈 속을 헤치며 지나다닌 듯했다.

"하랄드는 혼자서 외롭게 살고 있지. 나와 뜻이 통한 적이 한 번도 없었어. 형 역시 그룹 주주라서 지난 육십 년간 회사일로 언쟁했던 걸 빼면 얘기를 나눈 적도 거의 없네. 올해 아흔둘이야. 내 위에 있는 형 넷 중에 아직 살아 있는 유일한 사람이지. 나중에 자세히 얘기하겠지만, 의학을 공부하고서 주로 웁살라에서 일했네. 여기 헤데뷔에 돌아온 건 일흔 살 때였지."

"두 분은 서로 좋아하지 않나보군요. 어쨌든 이웃 아닙니까?"

"밉살스러운 인간일 뿐이야. 차라리 웁살라에 있으면 좋겠건만. 이 집 주인이니 어쩔 수 없지. 내가 고약한 인간 같은가?"

"그냥 형을 좋아하지 않는 사람 같습니다."

"내 생애 이십오 년, 혹은 삼십 년은 단지 가족이라는 이유로 하랄드 같은 인간들을 용서하며 보냈네. 그러고 나서 깨달았지. 혈연이 사랑을 보장할 수 없다는 사실을. 하랄드 같은 인간을 변호해야 할 하등의 이유가 없다는 것도."

다음 집은 하리에트의 모친 이자벨라가 소유하고 있었다.

"올해로 일흔다섯인데, 아직도 얼굴이 반반하고 헛바람이 잔뜩 들었어. 이 마을에서 유일하게 가끔이나마 하랄드를 방문하는 사람이야. 하지만 둘 사이에 공통점은 거의 없어."

"하리에트와 관계는 어땠나요?"

"좋은 질문이야. 여자라고 해서 혐의자 명단에 빠질 순 없지. 말했듯이 애들을 자주 내팽개치고 돌아다녔네. 뭐, 남의 속마음이니 단언할 순 없네만 그래도 애들을 돌봐야겠다는 마음은 있었던 모양이야. 다만 부모로서 의무를 수행할 능력이 전무했다는 게 문제였지. 하리에트와 그렇게 가깝진 않았지만 그렇다고 해서 원수지간도 아니었어. 어떨 땐 아주 악착스럽다가도 또 어떨 땐 정신이 딴 데 가 있는 그런 여자일세. 나중에 그녀를 보면 내 말이 무슨 뜻인지 알게 될 거야."

이자벨라네 옆집에는 하랄드의 딸 세실리아 방에르가 살았다.

"세실리아는 결혼해서 헤데스타드에 살다가 이십 년 전쯤에 이혼했지. 집은 내 소유인데, 내가 들어와서 살라고 했어. 이애는 교사이기도 하고, 여러 면에서 자기 부친하고는 딴판이야. 극히 필요한 경우가 아니면 부친과는 말도 나누지 않는다네."

"나이가 얼마나 되죠?"

"1946년생일세. 하리에트가 실종됐을 때 스무 살이었지. 그래! 그날 이애도 섬에 온 방문객이었어."

그는 잠시 생각했다.

"겉보기에 산만해 보여도 보통 약은 여자가 아니야. 그러니 얕보지 말게나. 자네가 여기 온 진짜 목적을 눈치채는 사람이 있다면 그건 바로 이애일 걸세. 내가 우리 가문에서 높이 평가하는 사람 중 하나지."

"그녀에게 혐의를 두지 않는다는 뜻인가요?"

"그렇다고는 말하지 않겠네. 난 자네가 내 생각이나 믿음과는 상관없이, 즉 아무런 선입견이나 제한 없이 이 사건에 접근해주면 좋겠네."

세실리아의 옆집은 헨리크 소유였다. 과거 방에르 그룹의 경영진이었던 노부부가 세 들어 살고 있었다. 이 부부는 1980년대에 섬으로 이주했으니 사라진 하리에트와는 관계가 없었다. 그다음 집은 세실리아의 오빠 비리에르 방에르 소유였다. 하지만 그가 헤데스타드의 현대식 빌라로 이사한 후 여러 해 비어 있었다.

길을 따라 늘어선 집들은 대부분 20세기 초에 지어진 튼튼한 석조 가옥이었다. 하지만 맨 끝 집은 달랐다. 흰 벽돌과 검은 창틀이 산뜻하게 대조를 이룬 현대식 건물이었다. 위치도 좋아서 이층으로 올라가면 동쪽엔 바다가 북쪽엔 헤데스타드 시내가 펼쳐져 조망이 기막히리라고 미카엘은 생각했다.

"바로 여기가 하리에트의 오빠이자 방에르 그룹의 현 대표이사인 마르틴 방에르가 사는 집이네. 원래는 목사관이 있었는데 1970년대에 화재가 일어나서 일부가 파괴됐지. 1978년에 마르틴이 대표직을 맡으면서 이 빌라를 지었고."

길 건너 끝 집에는 헨리크의 죽은 형 그레게르의 부인 예르다와 아들 알렉산데르 방에르가 살고 있다고 했다.

"예르다는 류머티즘을 앓아서 몸이 불편하네. 알렉산데르도 그룹 지분을 조금 가졌지만 우선 개인사업을 벌이고 있지. 레스토랑도 몇 개 있고. 보통 일 년에 몇 달씩 카리브해의 바베이도스나 앤틸리스제도에서 지내지. 관광업에도 돈을 좀 투자했거든."

예르다의 집과 헨리크의 저택 사이에는 작은 빈집이 두 채 있었다. 방에르 가문 사람들이 섬에 왔을 때 묵는 곳이었다. 저택 옆에도 집이 한 채 있었다. 은퇴한 그룹 직원이 구입하여 아내와 함께 사는 곳이지만, 부부가 스페인에서 겨울을 나느라 지금은 비어 있었다.

이제 둘은 헨리크의 저택 앞 삼거리로 돌아와 있었다. 동네 일주가 끝난 셈이었다. 날이 벌써 어두워지기 시작했다. 이번에는 미카엘이 먼저 입을 열었다.

"회장님! 다시 한번 말씀드리지만 우리의 시도는 아무런 결과를 얻지 못할 겁니다. 그래도 제가 시작한 일은 하겠습니다. 회장님의 회고록을 써드리고, 하리에트에 대한 모든 자료를 최선을 다해 읽어나가겠습니다. 하지만 전 결코 사립 탐정이 아닙니다. 지나치게 기대하진 마세요."

"이미 말했지만 나는 아무것도 기대하지 않네. 단지 진실을 찾기 위한 마지막 시도를 해보고 싶을 뿐일세."

"그럼 됐습니다."

"나는 일찍 잠자리에 든다네. 아침식사 후에는 아무때나 찾아와도 괜찮네. 우리집에도 작업실 하나를 비워줄 테니 마음대로 사용하게나."

"감사합니다만 필요 없습니다. 제가 묵는 집에도 작업실이 있잖습니까. 거기서 일할 생각입니다."

"원하는 대로 하게."

"할 얘기가 있으면 회장님 서재에서 하는 게 좋겠습니다. 하지만 오늘 저녁부터 질문을 퍼부어댈 생각은 없습니다."

"그래, 알겠네."

"자료들을 전부 읽으려면 몇 주일은 걸릴 겁니다. 두 방향으로 작업해나가죠. 회고록을 쓰는 데 필요한 자료는 매일 몇 시간씩 인터뷰를 해서 얻도록 하겠습니다. 그리고 하리에트 문제, 의논할 일이 생기면 그때 알려드리죠."

"그게 좋겠네."

"전 아주 자유롭게 일할 겁니다. 정해진 시간표가 없죠."

"시간은 자네 원하는 대로 쓰게."

"몇 달 후엔 제가 감옥에 간다는 사실도 잊지 않으셨죠? 권리가 있는지조차 모르겠지만 어차피 항소할 생각은 없습니다. 다시 말해 올해 안에 감옥에 가야 한단 뜻이죠."

헨리크가 눈썹을 찌푸렸다.

"그거 참 곤란하군. 그때 가서 해결책을 찾아봐야지. 집행유예를 신청할 수도 있고."

"모든 일이 잘 풀려서 방에르 가문에 관련된 자료를 충분히 모은다면 감옥에서 일할 수도 있을 겁니다. 하지만 그 얘기는 나중에 하죠. 그리고 하나 더. 전 여전히 〈밀레니엄〉에 속한 사람이고, 현재 잡지는 위기에 처했습니다. 만약 스톡홀름에 제가 필요한 일이 생기면 전 여기서 하던 일을 내려놓고 거기로 달려갈 수밖에 없습니다."

"난 노예를 고용한 게 아니네. 내가 의뢰한 일을 합리적이고 지속적으로만 해주면 되네. 스케줄이나 작업방식을 결정하는 건 자네 자유야. 어디 갈 일이 생기면 얼마든지 다녀오게. 다만 일을 소홀히 하는 기색이 보이면 자네가 계약을 깬 걸로 간주하겠네."

미카엘이 고개를 끄덕였다. 헨리크는 다리 쪽을 바라보고 있었다. 깡마른 옆모습을 보고 있으려니 미카엘은 갑자기 그 모습이 불행한 허수아비 같다는 생각이 들었다.

"〈밀레니엄〉에 대해서는, 언제 시간을 내서 의논해보세. 내가 도움이 될 수도 있는 일이니까."

"회장님이 저를 도울 수 있는 가장 좋은 방법은 오늘 당장 벤네르스트룀의 목을 갖다주시는 겁니다."

"오, 난 그럴 생각이 없네." 노인이 엄하게 쏘아보았다. "솔직히 자네가 이 일을 받아들인 이유가 뭔가. 내가 벤네르스트룀의 가면을 벗겨주겠다고 약속해서 아닌가? 그자를 지금 넘겨주면 자기 일이 우선이니 내 일은 포기해버리고 싶겠지. 일 년 후에 주겠네."

"회장님, 노골적이라 죄송합니다만 그때까지 회장님이 살아 계시리란 보장이 없잖습니까."

헨리크는 한숨을 내쉬며 요트 선착장 쪽으로 망연하게 시선을 던졌다.

"이해하네. 그럼 디르크와 상의해서 방법을 찾아보지. 하지만 〈밀레니엄〉에는 내가 다른 식으로 도움을 줄 수 있지 않겠나. 광고주들이 계약을 철회한다고 들었네만……"

미카엘이 천천히 고개를 끄덕였다.

"사실 광고주들은 즉각적인 문제에 불과합니다. 위기는 그보다 더 깊죠. 독자의 신뢰 문제 말입니다. 독자들이 더이상 잡지를 사보지 않는다면 광고주가 몇이든 무슨 상관이겠습니까?"

"충분히 이해하네. 하지만 난 여전히 대그룹의 경영진이네. 적극적으로 활동하진 않아도 말이야. 우리 그룹 역시 광고를 내야 하지. 그래, 이 문제는 다음에 얘기함세. 뭣 좀 먹겠는가?"

"괜찮습니다. 우선 짐부터 정리하고 장보러 나가면서 근방 지리를 익혀야겠어요. 내일은 겨울옷을 사러 헤데스타드에 갈까 합니다."

"좋은 생각이네."

"하리에트와 관련된 자료들을 제 집으로 옮겨줬으면 합니다만."

"그것들을……"

"물론 조심히 다뤄야겠죠? 아무도 눈치채지 못하도록."

미카엘이 '손님 집'으로 돌아왔을 땐 너무 추워서 이가 딱딱 마주칠 정도였다. 창밖으로 보이는 온도계는 영하 15도를 가리켰다. 불과 삼십 분 걸린 짧은 산책이었지만 온몸이 꽁꽁 얼었다. 그가 기억하는 한 이토록 심하게 추위에 떨어본 적은 처음이었다.

한 시간 동안 미카엘은 앞으로 일 년간 거처로 쓸 공간을 정리했다. 먼저 트렁크에서 옷가지를 꺼내 침실 옷장에 정리해 넣었고, 다음에는 욕실 가구 안에 세면도구 따위를 넣었다. 두번째 짐은 바퀴가 달린 커다란 트렁크였다. 거기서 책, CD, CD 플레이어, 노트, 산요 소형 녹음기, 미놀타 디지털카메라 등 유배생활 한 해 동안 필요할 잡동사니를 꺼냈다.

책과 CD를 작업실 서가에 정리한 후 그 옆에 벤네르스트룀에 대해 조사한 자료들을 모아둔 문서함 두 개를 올려놓았다. 이제 아무짝에도 쓸모없어졌지만 도저히 버릴 수 없었다. 언젠가 자신이 재기하는 데 이 두 문서함이 결정적인 요소가 되리라는 실낱같은 희망 때문이었다.

마지막으로 숄더백에서 아이북을 꺼내 책상 위에 올려놓았다. 다음 순간 그의 얼굴에 황당한 기색이 역력히 떠올랐다. 동작을 멈추고 방안을 둘러보았다. 이게 바로 전원생활의 좋은 점이군! 방안에는 인터넷을 연결할 케이블이 없었다. 케이블은 고사하고 낡은 모뎀에 연결할 전화선조차 보이지 않았다.

미카엘은 주방으로 돌아가 휴대전화로 통신회사 텔리아에 전화를 걸었다. 직원과 한참 실랑이를 한 끝에 '손님 집'에 전화를 설치해달라는 헨리크의 주문서를 찾아내게 했다. 신청한 전화로 ADSL을 쓸 수 있느냐고 물었더니 헤데뷔 중계 기지를 통하면 가능하다고 했다. 하지만 며칠을 기다려야 했다.

정리를 마치고 나니 오후 4시가 조금 넘었다. 미카엘은 두툼한 양말과 부츠를 신고 이미 입은 상의에 스웨터를 겹쳐 입었다. 하지만 밖으로 나가려다 문 앞에서 걸음을 멈췄다. 헨리크에게 아직 집 열쇠를 받지 않은데다 문을 잠그지 않고 외출하려니 불현듯 스톡홀름 주민의 본능이 발동했다. 그는 다시 주방으로 들어가 서랍을 죄다 뒤졌다. 그렇게 혼자 법석을 떤 끝에 식품저장실 벽에 걸린 열쇠를 찾아냈다.

온도계가 영하 17도를 가리키고 있었다. 미카엘은 잰걸음으로 다리를 건너 교회당 앞 언덕길을 걸어올라갔다. '콘숨'이라는 이름의 작은 슈퍼마켓은 거기서 약 300미터 떨어진 곳에 있었다. 잠시 후 그는 생필품을 가득 채운 종이봉투 두 개를 들고 집으로 돌아가려고 다시 다리 쪽으로 발길을 옮겼다. 그러다 다리 앞 '수산네 카페'에서 걸음을 멈췄다. 카운터 뒤에는 오십대로 보이는 여자가 서 있었다. 미카엘은 간판의 수산네가 바로 당신이냐고 물으며 자신을 소개했다. 아마 한동안 이곳을 애용할 거라고도 덧붙였다. 카페 안에 손님은 그뿐이었다. 수산네가 주문받은 샌드위치와 커피를 내왔다. 미카엘은 집에서 먹을 식빵과 베테브레드*도 함께 산 후 신문 진열대에서 〈헤데스타드 통신〉 한 부를 뽑아들고서 다리와 교회당 전면이 보이는 테이블에 자리를 잡았다. 어둠 속에서 예쁘게 불을 밝히고 있는 교회당은 마치 크리스마스카드에 그려진 예배당처럼 목가적이었다.

신문을 다 훑어보는 데는 사오 분도 걸리지 않았다. 유일하게 관심을 끈 건 비리에르 방에르에 대한 짤막한 기사였다. 자유당 소속 시의원인 그는 헤데스타드 소재 기술개발센터인 IT 테크 센터에 투자할 의향이 있다고 했다. 미카엘은 카페가 문을 닫는 6시까지 삼십 분가량을 카페에 앉아 있었다.

7시 30분, 미카엘은 에리카에게 전화를 걸었다. 하지만 들려오는 건 상대방을 연결할 수 없다는 안내 음성뿐이었다. 하는 수 없이 주방 나무벤치에 앉아 소설 한 권을 뒤적거렸다. 뒤표지에 적힌 문구를 보니 한 십대 페미니스트의 충격적인 데뷔작이라고 한다. 정작 펼쳐봤을 땐 소녀 작가가 파리를 여행하면서 경험한 어지러운 성생활을 정리해놓은 것에 지나지 않았다. 미카엘은 쓴웃음을 지으며 생각했다. '내 성생활도 고등학생 말투로 쓰기만 하면 페미니스트 소설이 되는 건가.' 이 신인 작가가 '제2의 카리나 뤼드베리'**라는 출판사 광고를 보고 책을 샀기에 실망감이 더욱 컸다. 결국 책을 내려놓고 1950년대에 발행된 잡지 〈레코드 매거진〉을 뒤적거리다가 「호팰롱 캐시디」***한 편을 발견해 읽기 시작했다.

정확히 삼십 분마다 교회당의 낮은 종소리가 정적 속에서 울려퍼졌다. 길 건너 '만능 일꾼' 군나르네 창문에는 불이 들어왔지만 안에는 아무도 보이지 않았다. 하랄드의 집은 어둠에 잠겨 있었다. 저녁 9시경, 자동차 한 대가 다리를 건너와 곶 쪽으로 사라졌다. 자정 무렵이 되자 교회당 전면을 밝히는 조명까지 꺼졌다. 그나마 연초 금요

---

* 단맛이 감도는 스웨덴 발효빵.
** Carina Rydberg(1962~). 스웨덴 소설가. 여러 남자를 상대로 사랑과 복수를 벌이는 자전적 작품으로 유명하다.
*** 미국 소설가 클래런스 멀포드가 카우보이 호팰롱 캐시디를 주인공으로 1904년부터 발표한 28편의 단편소설 시리즈 중 하나.

일이라 헤데뷔 마을이 특별히 자정까지 켜놓은 불이었다. 그후 숨막히는 정적만 계속되었다.

미카엘은 다시 한번 에리카와 통화하려 했지만 메시지를 남겨달라는 자동응답기의 멘트만 돌아올 뿐이었다. 결국 메시지를 남긴 다음 불을 끄고 잠자리에 들었다. 그는 잠들기 전에 마지막으로 생각했다. 이곳 헤데뷔에 고립되어 있다간 미쳐버릴 수도 있겠다고.

완벽한 정적 속에서 잠이 깨는 건 미카엘에게 굉장히 색다른 경험이었다. 깊은 잠에 빠져 있던 정신이 일 초도 되지 않아 초롱초롱해졌다. 그다음엔 변함없는 정적 속에서 귀만 쫑긋 세우고 이불 안에 누워 있는 자신을 발견했다. 얼음장 같은 추위가 방을 점령했다. 고개를 돌려 침대 곁 의자 위에 올려둔 손목시계를 흘깃 보았다. 아침 7시 8분. 결코 아침형 인간이라고 할 수는 없는 그는 요란한 알람이 두어 차례 울려야만 겨우 침대에서 일어나곤 했었다. 하지만 이날 아침은 알람도 없이 잠에서 깼지만 몸이 무척 가뿐했다.

커피포트에 물을 올려놓고서 옷을 벗고 들어가 샤워기 아래에 서니 자신의 처지가 사뭇 우습기도 하고 유쾌하기도 했다. 이윽고 뜨겁게 쏟아지는 물줄기 가운데 서서 미소를 지으며 중얼거렸다. 칼레 블롬크비스트! 남들은 안 가는 곳만 골라서 쑤시고 다니는 녀석!

펄펄 끓는 뜨거운 물은 수도꼭지를 조금만 옆으로 돌려도 얼음같이 찬물로 바뀌었다. 신문을 읽으며 아침을 먹는 호사는 꿈도 꿀 수 없었다. 버터는 꽝꽝 얼어붙었고 식기를 넣어둔 서랍 속을 아무리 뒤져도 치즈긁개는 보이지 않았다. 바깥은 여전히 캄캄한 밤이었으며 온도계는 영하 21도를 가리켰다. 토요일이었다.

헤데스타드로 가는 버스 정류장은 콘숨 슈퍼마켓 맞은편에 있었다. 미카엘은 유배 첫날을 쇼핑으로 시작할 생각이었다. 헤데스타드역에서 내려 시내 중심가로 갔다. 거기서 두꺼운 겨울양말 몇 켤레, 내복 하의 두 벌, 따뜻한 면 셔츠 몇 벌, 두꺼운 겨울재킷 한 벌, 방한 모 하나, 안감에 털이 있는 장갑 한 켤레를 샀다. 그리고 전자제품 전문점 테크니크마가시네트에 들러 고감도 안테나가 장착된 조그만 휴대용 TV를 찾았다. 마을에서도 최소한 국영방송은 볼 수 있을 거라고 장담하는 점원을 상대로 그렇게 안 되면 환불해주겠다는 약속까지 받아냈다.

그다음엔 도서관에서 회원 등록을 마치고 엘리자베스 조지의 추리소설을 두 권 빌렸다. 문구점에 들러서 볼펜과 노트 따위를 산 후엔 이 모든 걸 넣을 스포츠 가방을 샀다.

마지막으로 담배도 한 갑. 미카엘은 십 년 전 담배를 끊었지만 이따금 피우곤 했다. 이번엔 갑자기 몸에서 니코틴을 절실하게 원했다. 담뱃갑을 뜯지 않고 그대로 재킷 주머니에 쑤셔넣은 채 마지막으로 안경점에 들러 렌즈 세정액을 사고 새 콘택트렌즈를 주문했다.

오후 2시경, 미카엘이 돌아와 옷에 달린 가격표를 뜯고 있을 때 현관문이 열리는 소리가 났다. 고개를 들어보니 오십대로 보이는 금발 여인이 주방문을 두드리며 들어오고 있었다. 손에 든 쟁반에는 스펀지케이크가 놓여 있었다.

"안녕하세요! 인사 드리러 왔어요. 헬렌 닐손이에요. 길 건너에 살죠. 이제 우린 이웃이군요."

미카엘은 그녀와 악수를 나눈 후 자신을 소개했다.

"TV에서 선생님을 본 적 있어요. 저녁에 환하게 불 켜진 손님 집을 보니 기분이 좋더군요."

미카엘이 커피를 대접했다. 처음에 사양하던 그녀는 결국 식탁 앞에 앉았다. 그러고는 창밖을 내다봤다.

"회장님께서 제 남편하고 오시네요. 종이상자 몇 개를 들고. 아마 선생님께 드릴 거겠죠."

헨리크와 군나르가 집 앞에 손수레를 세우고 있었다. 즉시 미카엘이 나가 둘에게 인사하고서 함께 커다란 종이상자 네 개를 집안으로 날랐다. 상자들은 난로 옆 바닥에 놓였다. 미카엘이 찻잔을 더 가져왔고 헬렌이 케이크를 여러 조각으로 잘랐다.

군나르와 헬렌은 호감 가는 사람들이었다. 그들은 미카엘이 이곳에 온 연유를 별로 궁금해하지 않았다. 그가 헨리크를 위해 일한다는 정보만으로 충분하다는 태도였다. 그들 부부와 헨리크가 서로 격의 없이 대하는 모습도 그룹 회장과 직원 사이로는 보이지 않았다. 화제가 이 마을과 미카엘이 지내는 집을 지은 사람으로 옮겨갔다. 헨리크가 제대로 기억을 못 할 때마다 부부가 잘못을 고쳐주었다. 헨리크가 이 집에 얽힌 재미있는 일화를 이야기하기 시작했다. 어느 날 밤 늦게 귀가하던 군나르가 '손님 집' 창문으로 들어가려고 끙끙대는 한 작자를 발견했다. 이때 그가 멍청한 도둑에게 가서 어떻게 했는지 아는가? 문이 잠기지 않았는데 왜 그리로 들어가지 않느냐고 물었다는 것이다. 군나르는 미카엘이 사온 TV를 의심쩍게 내려다보더니 보고 싶은 프로그램이 있으면 자기집으로 오라고 말했다. 거기엔 위성안테나가 있다면서.

부부가 떠난 후에도 헨리크는 좀더 머물렀다. 노인은 미카엘이 직접 자료를 정리하는 게 좋을 것 같아 그냥 가져왔다고 설명했다. 문제가 있으면 자신을 보러 오라는 말도 덧붙였다. 미카엘은 감사를 표하면서 역시 그런 방식이 괜찮을 거라고 생각했다.

다시 혼자가 된 미카엘은 작업실로 상자들을 옮기고 안에 담긴 내용물을 살피기 시작했다.

헨리크가 어린 조카손녀의 실종에 대해 개인적으로 해온 조사는 삼십육 년이라는 오랜 세월에 걸쳐 이어진 것이었다. 이러한 관심이 어떤 병적인 집착인지, 아니면 시간이 흐르면서 지적 게임으로 변형

된 건지 미카엘은 분간하기 힘들었다. 노인이 마치 고고학자 같은 정성과 치밀함으로 조사해왔다는 사실만은 분명했다. 상자 안에 든 자료를 꺼내보니 7미터짜리 선반을 꽉 채울 정도였다.

하리에트 방에르 실종 사건에 대해 경찰이 수사한 내용은 총 스물여섯 권의 문서철로 정리되어 있었다. '일반적인' 실종 사건이 이처럼 엄청난 양의 문서를 산출해낸다는 사실이 놀라울 뿐이었다. 아마 헨리크가 헤데스타드 경찰에 영향력을 행사해 가능한 한 모든 방향으로 수사를 진행하게 했음이 분명했다.

경찰수사 자료 말고도 실종과 관련된 기사, 사진 앨범, 지도, 기념품, 헤데스타드와 방에르 그룹에 관한 기사, 그리 많지 않은 하리에트의 일기, 그녀의 교과서, 의료기록부 등을 모아놓은 파일도 있었다. 그리고 A4 용지를 100페이지씩 묶어 장정해놓은 책이 열여섯 권가량 있었다. 이를테면 헨리크의 개인 조사일지라고 할 수 있었다. 노인은 그 안에 꼼꼼한 필체로 자신의 견해, 이론, 억측, 단상 따위를 적어놓았다. 미카엘은 노트들을 휘리릭 넘겨봤다. 글씨가 반듯한 걸로 보아 다른 노트에 써둔 내용을 정리해서 옮겨 적은 듯했다. 마지막으로 열 권쯤 되는 문서철은 방에르 가문 사람들에 관한 자료였다. 전부 타자기로 작성되었고 매우 오랜 기간에 걸쳐 만들어진 듯했다.

헨리크는 가족까지 빼놓지 않고 철저히 조사해왔다.

저녁 7시경, 야옹거리는 소리가 들려 미카엘이 문을 열었다. 적갈색 고양이 한 마리가 따뜻한 집안으로 서슴없이 들어왔다.

"그래, 네놈 심정 이해한다!" 미카엘이 미소를 머금었다.

고양이는 이곳저곳을 다니며 냄새를 맡았다. 그가 접시에 우유를 담아 대접하자 불청객은 즉시 핥기 시작했다. 그러고는 벤치 위로 폴짝 뛰어올라 둥글게 몸을 말고 자리를 잡는 게 아닌가. 이곳을 뜰 생각이 전혀 없어 보였다.

밤 10시가 넘어서야 대강 자료를 파악하고 그 내용이 명백한 것부터 순서대로 선반 위에 정리했다. 그러고 나서 주방으로 가 커피 물을 올리고 샌드위치 두 개를 만들었다. 고양이에게도 소시지와 간 페이스트*를 조금 덜어주었다. 하루종일 먹은 게 별로 없었지만 기이하게도 입맛이 당기지 않았다. 대충 커피만 들이켜고 재킷 주머니에서 담뱃갑을 꺼내 뜯었다.

담배를 한 대 피워 물고 휴대전화를 열어보았지만 아직 에리카에게 연락이 없어 다시 한번 전화를 걸었다. 하지만 이번에도 들리는 건 자동응답기의 멘트뿐이었다.

미카엘은 조사를 시작하면서 가장 먼저 헤데뷔섬 지도를 스캔했다. 그리고 어제 헨리크와 섬을 산책하면서 들었던 이야기를 기억하고 있었기에 지도에 표시된 집집마다 살고 있는 사람들의 이름을 적었다. 그러는 사이 한 가지만은 분명해졌다. 방에르 가문 사람들은 너무 많고 다양해서 그들을 일일이 파악하려면 상당한 시간이 걸리겠다는 걸 말이다.

자정이 되기 전, 미카엘은 따뜻한 옷에 새로 산 방한화를 신고 다리 쪽으로 산책을 나갔다. 교회당 아래쪽 만을 따라 이어진 해변로를 한 바퀴 돌았다. 구항舊港 앞 바다는 얼어붙었지만 멀리 흐르는 바닷물이 검은 띠처럼 움직였다. 그렇게 바다를 바라보며 서 있는 와중에 교회 전면의 조명이 꺼지고 순간 주위가 어둠에 잠겼다. 공기는 살을 에듯 차가웠고 검은 하늘에는 별이 총총했다.

갑자기 미카엘은 의기소침해졌다. 어쩌다 이런 어처구니없는 일을 떠맡았는지 스스로도 이해되지 않았다. 에리카가 옳았다. 결국 시

---

* 소나 돼지의 간을 갈아 양념해 빵 따위에 발라서 먹는 음식.

간 낭비 아닌가? 지금 있어야 할 곳은 스톡홀름, 에리카의 침대 위가 아닐까? 벤네르스트룀을 공격할 준비를 해야 할 때 아닌가? 하지만 전혀 엄두가 나지 않는 것도 사실이었다. 만약 그를 공격할 거라면 어디서부터 어떻게 해야 할지 전혀 알 수 없었다.

지금이 낮이라면 당장 헨리크에게 달려가 계약을 파기하고 집으로 돌아가고 싶었다. 교회당 언덕에서 바라보니 저택은 이미 불이 꺼져 있었다. 교회당에서는 섬에 있는 집들이 모두 눈에 들어왔다. 하랄드의 집 역시 불이 꺼졌지만 세실리아가 사는 집과 곶 끝에 있는 마르틴의 저택, 그리고 노부부가 세 들어 사는 집에는 불이 들어와 있었다. 요트 선착장 쪽에는 '바람이 횡횡 들어온다'는 화가 에우셴 노르만의 집에 불이 켜져 있었고 굴뚝에서 짙은 연기가 뭉게뭉게 피어올랐다. 카페 건물 이층도 불을 밝히고 있었다. 미카엘은 수산네가 거기 살고 있는지 궁금해하면서 그렇다면 그녀 혼자 사는 것이리라 추측했다.

일요일 아침, 늦잠을 잔 미카엘은 요란스러운 소리에 놀라 일어났다. 찰나의 순간에 지금 자신이 있는 곳을 알아챘고, 그것이 주일예배를 알리는 교회 종소리임을 알았다. 그렇다면 오전 11시가 조금 안 됐으리라. 그는 잠시 아무 생각 없이 침대에 누워 있었다. 잠시 후 문 앞에서 뭔가를 요구하는 듯한 야옹 소리가 들려와 결국 자리에서 일어나 고양이를 집밖으로 나가게 해주었다.

정오쯤 샤워를 하고 아침을 먹었다. 그리고 결연하게 작업실로 들어가 경찰수사 자료 중 첫번째 문서철을 꺼내들었다. 그러고는 잠시 머뭇거렸다. 창밖으로 수산네 카페 간판이 눈에 들어왔다. 미카엘은 파일을 가방에 넣고 외투를 걸쳤다. 하지만 카페에 도착해보니 어제와 다르게 손님들로 가득차 발 디딜 틈이 없었다. 그제야 어제부터 줄곧 뇌리를 떠나지 않았던 의문이 풀렸다. 그는 손바닥만한 헤데뷔에서 이 카페가 어떻게 살아남을 수 있는지 궁금하던 터였다. 주일예배나 장례식처럼 교회에 모임이 있을 때마다 사람들이 찾아와 간식을 즐기는 모양이었다.

미카엘은 일단 산책이나 하자고 마음을 바꿨다. 일요일이라 콘숨 슈퍼마켓이 닫혀 있어서 헤데스타드 방면 도로를 따라 수백 미터 더 내려가 주유소에서 신문을 몇 부 샀다. 이렇게 한 시간쯤 마을을 돌면서 육지 쪽 지리를 눈에 익혔다. 교회와 콘숨 슈퍼마켓 사이에는 1910년에서 1920년 사이에 지어진 듯한 단층 석조 가옥들이 짤막한 도로 양쪽에 밀집해서 헤데뷔 마을의 중심부를 이루고 있었다. 그 길 초입에 잘 관리된 소형 아파트가 몇 채 서 있었고, 교회당 남쪽 해안가에는 빌라가 몇 채 있었다. 헤데뷔 마을은 헤데스타드에서도 가장 여유 있는 사람들이 모여 사는 동네임이 틀림없었다.

다시 다리로 돌아왔을 때 수산네 카페는 상당히 조용해졌지만 주인은 아직도 테이블을 정리하느라 정신이 없었다.

"일요일마다 난리인 모양이군요?" 그가 카페에 들어서며 말을 건넸다.

그녀는 고개를 끄덕이고는 흘러내린 머리카락을 귀 뒤로 넘겼다.

"안녕하세요, 미카엘 씨."

"제 이름을 어떻게 아시죠?"

"모를 리가 있겠어요? 크리스마스 전에 TV에서 여러 번 보았는걸요."

미카엘은 갑자기 무안해졌다. "기자라면 항상 뭐든지 뉴스 시간을 채워야 하는 법이죠." 우물거리듯 말하고는 다리가 바라다보이는 구석자리로 숨듯이 앉았다. 그리고 수산네와 눈길이 마주치자 그녀가 미소를 지었다.

오후 3시가 가까워지자 수산네는 가게문을 닫아야 한다고 말했다.

예배가 끝나고 사람들이 몰려들었다가 썰물처럼 빠져나간 후로는 가물에 콩 나듯 손님 몇 명만이 오갔을 뿐이었다. 미카엘이 경찰수사 자료를 5분의 1 정도 읽고 난 참이었다. 결국 문서철을 덮고 노트를 정리해 가방에 넣고서 잰걸음으로 다리를 건너 집으로 돌아왔다.

고양이가 현관 계단에 앉아 기다리고 있었다. 녀석의 주인이 대체 누구인지 주위를 둘러봤지만 결국 집안으로 들이지 않을 수 없었다. 어쨌거나 친구가 된 셈이니.

다시 한번 에리카와 통화하려 했지만 이번에도 헛수고였다. 단단히 화가 난 모양이었다. 물론 집으로 직접 전화해볼 수도 있었지만 그 역시 한 고집하는 성격이라 그러지 않기로 마음먹었다. 그렇게 수없이 메시지를 남겼으니 할 만큼 했다고 생각했다. 주방으로 가 커피를 내리고 벤치에 앉은 고양이를 옆으로 밀어놓은 다음 식탁에 있는 문서철을 펼쳤다.

미카엘은 세세한 것까지 놓치지 않으려고 정신을 집중해서 천천히 읽어내려갔다. 저녁 늦게 파일을 덮었을 때는 특별히 기억해둬야 할 내용들과 다음에 열어볼 문서철들에서 해답을 얻기를 바라며 적어둔 의문들로 노트가 빼곡했다. 수사 내용은 전부 시간순으로 정리되어 있었다. 헨리크가 그렇게 해놓았는지, 아니면 1960년대 경찰의 방식이 그러했는지는 알 수 없었다. 문서철 첫장은 헤데스타드 경찰서에서 수기로 작성한 사고신고서의 복사본이었다. 당시 전화를 받고 신고서를 작성한 경찰관은 'Vb. 뤼팅에르'라는 서명을 남겼다. 미카엘은 'Vb.'가 '담당 경찰'의 약자일 거라고 추측했다. 신고인은 헨리크 방에르였으며 주소와 전화번호 등이 적혀 있었다. 신고서가 작성된 시간은 1966년 9월 23일 일요일 오전 11시 14분이었다. 문장은 간결하고 건조했다.

Hrk 방에르가 전화로 신고함. 1950년 1월 15일 생(16세) 조카딸(?) 하리에트 울리카 방에르가 토요일 오후부터 헤데뷔섬에 있는 거주지에서 보이지 않는다고 함. 신고인은 몹시 불안해하고 있음.

신고서 하단에는 11시 20분에 작성된 내용들이 작성자의 서명과 함께 적혀 있었다. 'P-014'(경찰? 순찰대? 선박?)가 현장에 파견됐음을 확인했다는 내용이다.

그 아래에는 뤼팅에르의 것보다 훨씬 알아보기 힘든 글씨로 11시 35분에 작성된 메모가 덧붙여졌고, 여백에 적힌 서명은 거의 알 수 없었다.

망누손 경관의 보고에 따르면 헤데뷔는 봉쇄됨. 섬까지는 배로 다님.

12시 14분. 다시 뤼팅에르의 글이었다.

헤데뷔에 파견된 망누손의 전화 보고. 하리에트 방에르(16세)가 토요일 오후에 사라짐. 가족은 크게 불안해하고 있음. 간밤에 집에서 취침하지 않았다고 추정. 다리 위에서 사고가 발생해 섬을 빠져나갔을 가능성 낮음. 가족 중 누구도 그녀의 행방을 모르는 상태.

12시 19분.

G. M.이 전화로 상황을 물음.

마지막 보고 시간은 13시 42분이었다.

G. M.이 헤데뷔에 도착해 사건을 인계받음.

다음 페이지에서 G. M.이라는 이니셜의 주인공이 밝혀졌다. 배를 타고 헤데뷔에 도착해 수사를 지휘한 구스타프 모렐이라는 수사관이었다. 이번 페이지는 구스타프가 작성한 정식 보고서였다. 알아보기 힘든 글씨에 약자가 가득했던 신고서와 달리 타자기로 작성되었고 문장도 이해하기 쉬웠다. 그다음 페이지에는 구스타프가 현장에서 취한 조치들이 적혀 있었다. 글의 객관성과 치밀함은 미카엘을 놀라게 할 정도였다.

구스타프의 수사는 체계적이었다. 우선 헨리크와 하리에트의 모친 이자벨라를 동시에 신문했다. 이어서 울리카, 하랄드, 그레게르,

하리에트의 오빠 마르틴, 그리고 아니타를 차례로 신문했다. 구스타프가 이들을 신문한 순서는 서열의 영향력을 따랐을 거라고 미카엘은 결론 내렸다.

울리카는 헨리크의 모친으로 당시 방에르 가문의 여왕과도 같았다. 그녀는 헨리크의 집에 살았지만 이 사건에 대해서는 아무런 정보도 제공하지 못했다. 전날 저녁 일찍 잠자리에 든데다 며칠 전부터 하리에트를 보지 못했다고 했다. 그녀가 구스타프를 만나겠다고 고집한 이유는 오직 하나, 경찰에 즉각적인 수사를 요청하기 위해서였다.

헨리크의 형 하랄드는 영향력으로 따지면 가문에서 헨리크 다음이었다. 하리에트가 헤데스타드에서 열린 퍼레이드를 보고 돌아왔을 때 잠시 마주쳤지만 다리 위에서 사고가 일어난 후로 보지 못했고 지금 어디 있는지도 알 수 없다고 진술했다. 그레게르는 하랄드의 바로 아래 동생이었다. 하리에트를 마지막으로 본 건 그녀가 헤데스타드에서 돌아와 작은 할아버지께 할말이 있다면서 서재에 들어왔을 때였다고 진술했다. 자신과는 짧은 인사 말고는 특별히 대화하지 않았다고도 했다. 지금 그애가 어디 있을지 모르지만 단순히 친구네 집에 갔을 수도 있으니 곧 나타나리라고 믿는다면서. 하지만 하리에트가 어떻게 이 섬을 떠날 수 있었겠느냐는 질문에는 대답하지 못했다.

마르틴에 대한 신문은 짧게 끝났다. 당시 그는 웁살라에 있는 하랄드의 집에서 지내며 그곳 고등학교에 다니고 있었다. 사건 당일, 하랄드의 차에 자리가 없어서 헤데뷔까지 기차를 타고 온 그가 도착했을 때는 이미 다리에서 사고가 난 후였다. 따라서 다리 반대편에 붙잡혀 있었기 때문에 저녁에야 배를 타고 섬으로 건너올 수 있었다고 했다. 구스타프가 그를 신문한 이유는 혹시라도 여동생이 오빠에게 가출할 의중을 고백하지 않았을까 하는 기대에서였다. 같은 질문에 이자벨라는 딸이 절대로 그런 생각을 했을 리 없다고 주장했지만, 구스타프는 소녀의 안전을 생각해 차라리 가출 쪽에 희망을 걸고 싶은 심정이었다. 그러나 마르틴은 지난 여름방학 이후 여동생과 단 한 번도 대화한 적이 없었다며 쓸모 있는 정보를 제공하지 못했다.

하랄드의 막내딸 아니타는 하리에트의 '사촌'이라고 잘못 적혀 있었다(하리에트는 아니타와 사촌인 고트프리드의 딸이었다). 스톡홀름에 있는 대학교 1학년생이었던 그녀는 그해 여름방학을 헤데뷔에서 보냈다. 하리에트와 나이가 비슷해서 매우 가까운 사이였다. 부친과 함께 토요일에 섬에 도착한 그녀는 하리에트를 만날 생각에 들떠 있었지만 결국 만나지 못했다고 진술했다. 그녀는 불안함을 내비치며 가족에게 아무런 말도 않고 사라지는 건 전혀 하리에트답지 않다고 말했다. 이 점에 대해서는 헨리크와 이자벨라도 의견이 일치했다.

구스타프는 가족을 신문하는 한편 경찰관 망누손과 베리만―'P-014'는 바로 '순찰대 014'였다.―에게 아직 해가 떠 있을 동안 첫번째 수색 작업을 벌이라고 지시했다. 하지만 다리가 여전히 봉쇄되어서 육지 쪽 경찰 지원군을 받기 힘든 상황이었으므로 최초 수색대는 현지 주민 30여 명으로 조직됐다. 오후 내내 수색 작업이 이어졌고 요트 선착장의 빈 방갈로들, 곶 쪽 해변, 해안 제방, 마을 부근 숲지대 등을 샅샅이 뒤졌다. 하리에트가 다리에서 일어난 사고 현장을 한눈에 내려다보려고 위로 올라갔을지도 모른다는 의견을 따라 요트 선착장 남쪽에 있는 산꼭대기까지 올라가보았다. 외스테르고르덴 농장과 하리에트가 가끔 들렀다는 섬 반대쪽 고트프리드의 방갈로에도 사람들을 보냈다.

하지만 이 모든 일은 아무런 소득이 없었고 사방이 캄캄해진 지 오래인 밤 10시경에 수색이 중단됐다. 밤이 되자 기온은 0도로 떨어졌다.

그날 오후 동안 구스타프 형사는 헨리크가 내준 저택 일층 객실에 수사본부를 설치하고 몇 가지 일을 더 했다.

먼저 이자벨라를 대동하고 하리에트가 쓰던 방을 조사했다. 그녀가 가출했을 가능성을 알아보고자 옷이나 가방 따위가 없어졌는지 확인했다. 하지만 이 일에 이자벨라는 별 도움이 되지 못했다. 딸이 어떤 옷을 입는지조차 제대로 모르는 듯했다. 그애는 자주 청바지 차림이었죠. 하지만 그 청바지란 게 다 비슷비슷해요. 책상 위에서 핸드백을 발견했다. 그 안에는 신분증, 9크로나 50외레*가 든 지갑, 빗, 손거울, 손수건이 들어 있었다. 조사가 끝난 하리에트의 방은 출입이 금지됐다.

구스타프는 다른 가족과 직원도 불러 신문을 계속했다. 그리고 그 내용을 세밀하게 기록했다.

수색 작업에 참여했던 사람들이 하나둘 빈손으로 돌아오기 시작하자 형사는 보다 체계적으로 수색을 진행하기로 결정했다. 밤늦게까지 각 부처에 지원을 요청했고, 특히 '헤데스타드 오리엔티어링** 클럽' 회장을 만나 수색 작업에 회원들을 동원해달라고 요청했다. 자정 무렵에 대답을 얻어낸 결과, 청소년부를 중심으로 선수 53명이 다음날 아침 7시 정각에 헨리크의 저택 앞에 모이게 되었다. 헨리크 역시 가만히 있지 않았다. 방에르 그룹 제지 공장에서 일하는 오전 근무자 50명을 수색에 동원하고 이 모든 인원이 먹을 식사도 준비하겠다고 했다.

구스타프 형사가 남긴 수사 기록을 읽는 미카엘의 눈앞에 극적인 사건들이 가득했던 당시의 어수선한 분위기가 선연했다. 한 가지 분명한 건 다리 위에서 일어난 사고가 실종 사건 초반의 혼란스러움을 더욱 악화시켰다는 점이다. 육지 쪽 지원군을 받을 수 없어 경찰 수사력에 한계가 있었던 한편, 모든 사람들의 생각이 어느 한쪽으로 흘

---

* 외레는 1크로나의 100분의 1이다.
** 자연에서 지도와 나침반을 이용해 목적지에 도달하는 스포츠.

러갈 수밖에 없었다. 같은 시간에 같은 장소에서 일어난 극적인 두 사건 사이에 반드시 모종의 연관이 있으리라는 생각 말이다. 다리 난간에 매달린 유조차가 끄집어올려졌을 때 구스타프는 부서진 차체 아래 하리에트가 깔려 있는지 확인했다. 논리적으로 완벽했던 형사가 유일하게 범한 비논리적인 행동이었다. 많은 사람들이 충돌 사고가 일어난 후에도 소녀를 보았다고 증언하지 않았던가. 구스타프는 명확하게 이유를 설명할 순 없었지만 두 사건 사이에 연관성이 있다는 느낌에서 벗어날 수 없었다.

  사건이 일어나고 24시간 동안 일이 신속하게 매듭지어져 해피엔딩을 맞이하리라는 희망은 갈수록 약해졌고, 대신 두 가지 가능성이 제기됐다. 첫번째는 가출이었다. 당시 정황상 사람들 눈에 띄지 않고 섬을 빠져나가기는 극히 어려웠지만 구스타프는 이 가능성을 배제하지 않았다. 따라서 수색 범위를 확대하고 헤데스타드 일대를 순찰하는 경찰관들에게도 각별한 주의를 요청했다. 그리고 수사과 동료 한 명에게 버스 운전사들이나 철도 역무원들을 탐문하게 했다.
  하지만 줄곧 부정적인 대답들만 들려오자 그녀가 불의의 사고를 당했으리라는 가정이 힘을 얻었다. 그리고 시간이 흐르면서 이 가정은 나중에 합류한 형사들 사이에서 일반적인 의견으로 변했다.
  하리에트가 실종된 후 이틀 안에 벌인 대규모 수색 작업은 나무랄 데 없이 이뤄졌다. 적어도 미카엘이 생각하기에는 그랬다. 유사한 사건을 경험해본 경찰관과 소방관이 참여해 조직적으로 이뤄진 수색이었다. 접근하기 어려운 장소도 있었지만 결국은 손바닥만한 섬이어서 그날 하루 섬 전체를 그야말로 이잡듯이 샅샅이 뒤졌다. 경찰선 한 척과 자원한 개인 요트 두 척도 섬 주위 해역을 수색했다.
  다음날에도 규모는 축소됐지만 수색을 계속했다. 이번에는 보다 접근이 어려운 지점들에 수색대를 파견했다. 2차대전 때 해안 방어

용으로 축조된 낡은 벙커들이 있는 '요새' 같은 곳을 비롯해 골방, 우물, 지하실, 마을 헛간과 다락방까지 뒤졌다.

그리하여 실종 사흘째, 결국 수색이 중단됐음을 기록한 글에서는 진한 좌절감마저 느껴졌다. 물론 구스타프 모렐은 깨닫지 못했겠지만 이 시점에서 그는 한계에 이르렀다. 극도의 곤혹감에 사로잡혀 이른바 논리적 진공 상태에 빠져버린 것이다. 어떤 후속 조치를 취해야 할지, 그다음엔 어디에 손을 대야 할지, 아무것도 생각할 수 없었다. 이렇게 하리에트 방에르는 연기처럼 증발해버렸고, 그후 사십여 년간 이어진 헨리크 방에르의 고통이 이제 막 시작된 것이었다.

9장

1월 6일 월요일~1월 8일 수요일

미카엘은 새벽까지 자료를 계속 읽다가 주현절* 아침 늦게 일어났다. 헨리크의 저택 앞에 최신형 진청색 볼보 한 대가 서 있었다. 미카엘이 저택 현관 문고리에 손을 대는 순간 문이 열리더니 오십대로 보이는 남자 하나가 밖으로 걸어나왔다. 둘은 서로 부딪힐 뻔 했다. 남자는 몹시 바빠 보였다.

"무슨 일로 오셨죠?"

"헨리크 회장님을 뵈러 왔습니다만." 미카엘이 대답했다.

남자의 시선이 부드러워졌다. 그리고 미소를 지으며 손을 내밀었다.

"미카엘 블롬크비스트 씨군요. 우리 가문 연대기를 쓰신다고 들었습니다."

---

* 예수가 30세 생일에 세례를 받고 하느님의 아들로 공증된 날을 기념하는 기독교의 축일.

미카엘이 고개를 끄덕이며 악수했다. 헨리크가 각색한 이야기를 퍼뜨렸음이 틀림없다. 미카엘이 이곳에 온 이유를 정당화할 필요가 있기 때문이다. 오랜 세월 사무실과 회의실에 갇혀 살아온 듯 사내는 몸집이 상당히 비대했지만 미카엘은 곧 하리에트와 닮은 얼굴을 발견할 수 있었다.

"마르틴 방에르입니다. 헤데스타드에 오신 걸 환영해요."

"고맙습니다."

"얼마 전 TV에 당신이 나온 걸 봤지요."

"요즘 저를 안 본 사람이 없군요."

"우리 집안사람들은 벤네르스트룀을…… 별로 곱게 보지 않거든요."

"회장님도 그렇게 말하더군요. 이유는 아직 듣지 못했습니다만."

"그렇잖아도 당신을 고용한 날, 작은할아버지가 말씀해주셨지요." 마르틴이 웃음을 터뜨렸다. "아마도 벤네르스트룀 때문에 당신이 이 일을 받아들였을 거라고."

미카엘은 잠시 망설이다 솔직하게 말하기로 했다.

"그것만이 아닙니다. 스톡홀름을 떠나야 했는데 마침 헤데스타드가 나타난 거죠. 패소한 주제에 얼굴을 들고 다닐 순 없는 노릇 아닙니까. 얼마 후면 감옥에도 가야 하고요."

마르틴이 갑자기 심각한 얼굴을 하고 고개를 끄덕였다.

"항소할 여지는 없습니까?"

"별 소용 없을 겁니다."

마르틴이 손목시계를 들여다보았다.

"오늘 저녁 스톡홀름에 약속이 있어서 빨리 가봐야겠네요. 며칠 후에 돌아오니 그때 우리집으로 식사하러 오세요. 도대체 재판 때 무슨 일이 있었는지 자세히 듣고 싶으니까."

그는 미카엘과 다시 악수를 나누고 계단을 내려가 볼보 앞문을 열었다. 그러고는 돌아서서 말했다.

"작은할아버지는 이층에 계십니다!"

헨리크는 서재 소파에 앉아 있었다. 테이블에는 〈헤데스타드 통신〉 〈다겐스 인두스트리〉 〈스벤스카 다그블라데트〉, 그리고 석간신문 두 부가 있었다.

"현관 계단에서 마르틴 씨를 만났습니다."

"자, 마르틴이 방에르 제국을 구하러 출발했다네!" 헨리크가 보온병을 흔들면서 대답했다. "커피 좀 들 텐가?"

"좋지요!" 미카엘은 어째서 헨리크가 즐거워 보이는지 궁금해하면서 자리에 앉았다.

"누가 신문에다 자네에 대해 글을 썼더군."

헨리크가 석간신문 하나를 미카엘 앞으로 밀며 '미디어의 파행'이라는 제목의 기사를 짚었다. 한때 보수 잡지 〈피난스마가시네트 모노폴〉에 기고하던 칼럼니스트가 쓴 기사였다. 양복을 빼입고 폼이나 잡는 이 따분한 작자에게 특기가 있다면, 대의를 위해 용감하게 목소리를 높이거나 행동하는 사람에게 경멸 어린 말로 비아냥거리는 일이었다. 페미니스트, 반인종차별주의자, 환경운동가 등은 그가 즐겨 씹는 대상이었다. 상당히 약아빠진 인간이기도 해서 직접적으로 논란을 일으킬 여지가 있는 말은 절대 입 밖에 낸 적이 없다. 그런데 그런 작자가 이번에는 적극적인 비판가로 변신한 모양이었다. 벤네르스트룀 사건이 종결된 지 몇 주가 지난 이제 와서 자신의 모든 에너지를 미카엘에게 집중하고 있었다. 그는 미카엘의 이름을 직접 거론하면서 둘도 없는 멍청이로 묘사했다. 그의 펜 아래에서 에리카 역시 머리가 텅 빈 멍청한 여자로 그려졌다.

들리는 말에 의하면 〈밀레니엄〉은 파산 직전이라고 한다. 미니스커트를 입고 다니는 페미니스트이자 방송에 나와 온갖 교태를 부리는 예쁜 사장을 모시고 있음에도. 지난 몇 년간 이 잡지는 우리 사회 여기저기를 쑤시고 다니며 재계 악당들의 가면을 벗기는 젊은 기자들이라는 이미지를 내세워 명맥을 유지해올 수 있었다. 이러한 광고 전략이 순진하고 젊은 무정부주의자들에게는 통했을지 몰라도 법정에서는 아니었다. 우리의 '칼레 블롬크비스트'도 최근 이 사실을 뼈저리게 경험했다.

미카엘은 휴대전화를 켜고 에리카에게서 메시지가 왔는지 확인했다. 아무것도 없었다. 헨리크는 조용히 기다리고 있었다. 불현듯 미카엘은 자신이 침묵을 깰 때까지 이 노인이 기다리고 있음을 깨달았다.

"덜떨어진 인간이에요." 미카엘이 말했다.

헨리크가 웃었다. 하지만 냉정한 코멘트도 잊지 않았다.

"그렇겠지. 하지만 이자는 유죄판결을 받지 않았어."

"맞습니다. 앞으로도 그럴 일은 없겠죠. 독창적인 생각을 내놓는 인간이 아니니까요. 항상 사람들 틈에 묻어서 끝까지 살아남아 가장 모욕적인 말과 함께 돌을 던지는 인간이죠."

"세상에는 이런 자들이 깔렸지. 나도 숱하게 겪었다네. 충고 하나하자면, 이런 자들이 떠들 땐 그냥 내버려두게. 잘 기억해뒀다가 나중에 기회가 있을 때 빚을 갚아주면 되니까. 하지만 지금처럼 날뛰며 공격할 때는 참아야 하네."

미카엘이 설명을 바라는 듯한 눈으로 쳐다보았다.

"사는 동안 내겐 수많은 적이 있었지. 그 속에서 한 가지 배운 게 있어. 패배가 확실하면 싸우지 마라. 하지만 나를 모욕한 자는 절대 그냥 보내지 마라. 묵묵히 기다리다가 힘이 생기면 반격하라. 더이상 반격할 필요가 없어졌다 할지라도."

"값진 철학 강의네요. 이젠 회장님 가족 얘기로 넘어갈까요?" 미카엘이 테이블에 녹음기를 올려놓고 녹음 버튼을 눌렀다.

"궁금한 게 뭔가?"

"경찰수사 자료 중 첫번째 파일을 읽었습니다. 실종 당시 정황과 첫날 수사한 내용이 있더군요. 그런데 방에르 가문 사람들이 너무 많이 등장해서 제대로 구별할 수 없었어요."

리스베트 살란데르는 아무도 없는 층계참에 꼼짝 않고 서서 '변호사 N. E. 비우르만'이라고 쓰인 황동판을 십 분 가까이 뚫어질 듯 쳐다보다가 벨을 눌렀다. 딸깍 하고 자물쇠 열리는 소리가 났다.

화요일이었다. 두번째 만남이었고, 예감이 썩 좋지 않았다.

닐스 에리크 비우르만이 무서운 건 아니었다. 사람과 사물을 막론하고 그녀가 뭔가를 두려워하는 경우는 거의 없었다. 하지만 이 새로운 후견인 앞에 서면 아주 불편했다. 선임 후견인 홀게르 팔름그렌과는 전혀 딴판인 사람이었다. 홀게르는 정직하고 예의바르면서 상냥했다. 그러나 삼 개월 전 뇌출혈로 쓰러지면서 갑자기 관계가 끝나버렸다. 그리고 리스베트로서는 알 수 없는 관료적 서열에 따라 닐스가 후견인 자리를 물려받았다. 그녀는 십이 년간 사회 보호와 정신 치료를 받아야 하는 대상이었고, 그중 이 년은 소아정신병원에서 지내야 했다. 그동안 그녀는 사람들의 질문에 단 한 번도 대답하지 않았다. 심지어 "오늘 기분이 어때?"라는 간단한 질문에도.

그녀가 열세 살이 됐을 때 법원은 미성년자보호법에 의거해 웁살라에 있는 상트스테판 소아정신병원에 입원할 것을 명령했다. 판결의 주요 근거로 삼은 것은, 그녀가 이따금 정신적 불안증세를 보이므로 급우들이나 스스로에게 잠재적으로 위험한 존재가 될 수 있다는 소견서였다. 이는 사실을 근거로 한 치밀한 분석이 아닌 경험적 판단에서 나온 것이었다. 그녀의 감정이나 생각, 건강 상태 등을 알아보려고 대화를 시도했던 의사들과 공무원들은 매번 깊은 좌절을 맛봐야 했다. 그들이 마주한 건 바닥, 천장, 벽 따위를 고집스레 응시하는 그녀의 시선, 아니면 뚱하고도 음울한 침묵뿐이었다. 시종 팔짱을 끼고서 심리검사에 참여하기를 거부했다. 자신을 측정하고, 계량하고, 분석하고, 교육하려 드는 모든 시도를 완강하게 거부해온 그녀는 학교에서도 마찬가지였다. 공무원들이 그녀를 교실로 끌고 가 의자에 묶어놓을 순 있었지만 귀를 틀어막고 시험 시간에 펜을 들지 않는 것까진 막을 수 없었다. 결국 수료증을 받지 못한 채 중학교를 마치긴 했다. 결과적으로 그들은 그녀의 정신적 결함이 정확히 무엇인지 진단하는 일조차 불가능했던 셈이다. 간단히 말해 리스베트 살란데르는 다루기 쉬운 존재가 아니었다.

또한 법원은 그녀가 성년이 될 때까지 권리와 재산을 보호해줄 특별 관리인을 붙인다고 결정했다. 그 관리인이 바로 변호사 홀게르였다. 그 역시 처음엔 어려움을 겪었지만 결국 정신과 의사들이 실패한 일을 해냈다. 인내 어린 노력 끝에 이 복잡한 소녀로부터 신뢰뿐 아니라 아주 조금이나마 따스한 감정마저 얻어냈다.

의사들은 리스베트가 열다섯 살이 됐을 때 그녀가 더이상 주변 사람들에게 난폭하거나 위험한 존재가 아니며 스스로에게도 위험하지 않다는 사실에 다소 동의하게 되었다. 하지만 가족에게는 그녀를 맡을 만한 능력이 없다는 점이 판명됐고, 그녀를 돌봐줄 친척도 없는 형편이었다. 그래서 법원은 리스베트에게 웁살라의 소아정신병원을 떠나 위탁가정을 통해 사회에 복귀하라는 명령을 내렸다.

하지만 그리 간단하지 않았다. 첫번째 위탁가정에 맡겨진 지 이 주만에 그녀가 가출했다. 두번째와 세번째도 얼마 안 가 손을 들고 말았다. 이때 다시 홀게르가 그녀를 찾아왔다. 진지하게 대화를 나눈 끝에 계속 이런 식으로 행동한다면 어쩔 수 없이 사회보호시설로 돌아가야 한다고 설명했다. 이 협박은 효과가 있었다. 결국 리스베트는 네번째 위탁가족인 미드솜마르크란센에 사는 노부부를 받아들였다.

그렇다고 해서 그녀가 태도를 바꿨다는 말은 결코 아니다. 열일곱 살 땐 네 차례나 경찰에 체포됐다. 두 번은 의식을 잃을 정도로 만취해서 병원 응급실로 실려갔고, 두 번은 마약에 취해 헤롱거렸다. 그중 한 번은 쇠데르멜라르스트란드에 주차된 승용차 뒷좌석에서 발견됐는데, 온통 흐트러진 옷차림으로 만취해 쓰러져 있었다. 옆에는 나이가 꽤 많은 사내가 그녀만큼 취해 널브러져 있었다.

그녀가 마지막으로 체포된 건 열여덟 살이 되기 삼 주 전, 감라스탄 전철역에서 한 승객의 머리통을 발로 걷어찼을 때였다. 이때는 정신이 아주 말짱했고 결국 폭력상해 혐의로 조사를 받았다. 그녀는 검사에게 사내가 먼저 몸을 더듬었다고 항변했다. 자신의 실제 나이는 열여덟이지만 외관상 열두 살로도 보일 수 있다는 사실을 감안하면 그자는 분명 소아성애자일 거라고. 그러나 애당초 이런 문제아의 말을 누가 귀담아듣겠는가? 다행히도 나중에 목격자들의 증언이 그녀의 주장을 뒷받침해주면서 검사는 사건을 종결지었다.

하지만 그녀의 화려한 전력을 그냥 지나칠 수 없었던 법정이 정신 검사를 명했다. 그녀는 늘 그랬듯 무응답으로 일관했고 검사에도 협조하지 않았다. 결국 사회복지부의 의뢰를 받은 정신과 의사들이 '환자에 대한 나름의 관찰'에 의거해 소견서를 제출할 수밖에 없었다. 그러나 불만스러운 얼굴로 팔짱을 끼고서 말 한마디 없이 의자에 앉아 있는 소녀를 정확하게 관찰하는 일이 도대체 가능했겠는가? 어쨌든 의사들은 그녀에게 정신적 문제가 있으며 조치가 필요하다는 의견을 적었다. 그리고 정신병원에서 감금 치료할 것을 권했다. 사회복지부 담당자 역시 정신의학 전문가들의 결론에 동의한다는 보고서를 작성했다. 보고서는 리스베트의 전력을 들먹이면서 알코올 혹은 마약 남용의 고위험성과 자기 보존 본능의 결여가 있다고 결론지었다.

그녀에 관한 기록들은 내향적, 사회성 결여, 공감능력 부족, 자기중심적, 정신병적, 비사회적 행동, 협조능력 및 학습능력 부족 같은 부정적 어휘들로 가득했다. 이 보고서를 읽은 사람은 그녀가 심각한 발달장애아라는 결론을 내릴 수밖에 없었다. 사람들이 그녀를 편견으로 바라볼 수밖에 없는 정황이 또 있었다. '미성년자 보호단속반'은 쇠데르말름의 마리아 광장에서 그녀가 다양한 부류의 남자들과 함께 다니는 모습을 여러 번 목격했었다. 탄토룬덴에서 경찰 검문을 받았을 땐 훨씬 나이 많은 사내와 함께 있었다. 이러한 상황들 때문에 그녀는 성판매 행위를 하고 있거나, 혹은 시작할 소지가 있다고 의심받았다.

그녀의 장래를 결정하려고 지방법원 관계자들이 모인 날, 이미 결론은 정해진 듯했다. 그녀는 분명히 문제아였고, 법관들이 사회복지부와 정신의학 전문가가 제출한 권고안을 따르지 않을 여지는 많지 않았다.

재판 당일, 지방법원은 감라스탄 전철역의 사건 이후 소아정신병원에 감금당한 리스베트를 소환했다. 그녀는 마치 도살장에 끌려가는 기분이었고, 그날로 생이 끝날 것만 같았다. 그런데 법정에 들어섰을 때 홀게르가 맨 처음 눈에 들어왔다. 얼마 안 있어 그가 특별 관리인이 아닌 그녀의 변호인이자 법률고문으로 왔음을 알았다. 그리고 이날 이 특별 관리인의 새로운 모습을 발견하게 되었다.

홀게르가 자기편에 서서 감금 치료를 반대하는 변론을 힘차게 펼쳐나가자 그녀는 놀라지 않을 수 없었다. 그러한 감정을 조금도 드러내지 않았지만 그가 하는 말을 한마디씩 주의깊게 들었다. 그는 두 시간 동안 눈부신 변론을 펼치면서 리스베트를 정신병원에 감금하라는 권고안에 서명한 의사 예스페르 H. 뢰데르만 박사에게 조목조목 질문했다. 보고서 내용을 한 줄씩 짚어가면서 거기에 담긴 주장을 뒷받침할 과학적인 근거를 설명해달라고 박사에게 요구했다. 그리고 결국 의사들이 내린 결론은 객관적 판단이 아닌 주관적 가정에 불과

하다는 점이 밝혀졌다.

홀게르는 법정 심리가 끝나갈 무렵 강제적 감금 조치는 국회가 내렸던 결정에 위배될 뿐 아니라, 특히 정치인과 미디어에게 공격당할 소지도 있다는 점을 넌지시 암시했다. 따라서 적절한 대안을 찾는 편이 모두에게 바람직하다고 덧붙였다. 보통 이런 종류의 사건을 다루는 재판에서 홀게르처럼 논리를 펴는 일이 드물었기 때문에 판사들은 상당히 곤혹스러워했다. 결국 타협안이 제시되었다. 법정은 리스베트에게 사실상 정신병 증세가 있지만 감금 치료를 요할 만큼 심하지 않다고 판결했다. 반면 그녀를 후견인 보호 아래 두어야 한다는 사회복지부의 권고안이 받아들여졌다. 이 대목에서 재판장이 살짝 악의 띤 미소를 지으며 홀게르에게 물었다. 지금까지 특별 관리인으로 수고해주셨으니 이참에 후견인 역할을 맡을 의향이 없느냐고. 재판장은 그가 슬그머니 꽁무니를 빼면서 이 골치 아픈 의무를 다른 사람에게 떠넘기리라 예상했다. 하지만 홀게르는 사람 좋은 미소를 지으며 기꺼이 리스베트의 후견인이 되겠다고 선언했다. 단 조건이 하나 있었다.

"리스베트가 저를 신뢰하고 자신의 후견인으로 받아들여야 합니다."

그는 이렇게 말하고서 고개를 돌려 리스베트를 똑바로 쳐다보았다. 하루종일 자기 머리 위에서 오가는 설전을 듣고만 있다가 갑자기 질문을 받으니 그녀는 잠시 어리둥절했다. 지금껏 누구도 그녀에게 의견을 물은 적이 없었다. 리스베트는 한참 홀게르를 응시했다. 그리고 고개를 한 번 끄덕였다.

홀게르는 법조인과 정통 사회사업가를 기묘하게 결합한 인물이었다. 젊은 시절 사회복지위원회의 법무위원으로 이 분야에 첫발을 내디딘 후 문제 청소년을 보살피는 데 평생을 바쳤다. 맨 처음 리스베트는 이런 그를 마지못해하는 심정으로 받아들였지만 차츰 우정에 가까운 존경의 감정을 느끼게 되었다.

그들의 관계는 리스베트가 열세 살 되던 해부터 지난해 겨울까지 십일 년간 이어졌다. 그러다 갑작스레 종말을 맞았다. 크리스마스를 몇 주 앞둔 어느 날 홀게르가 그녀와 한 약속에 나오지 않았다. 아파트로 찾아가보니 안에서 소리는 나는데 문이 열리지 않았다. 결국 그녀는 건물 벽에 달린 배수관을 타고 사층까지 기어올라가 발코니를 통해 안으로 들어갔다. 홀게르가 현관에 쓰러져 있었다. 의식은 있지만 뇌출혈로 말도 못하고 움직이지도 못했다. 아직 예순네 살로 창창할 때 닥친 불행이었다. 즉시 구급차를 부른 그녀는 마음속 불안감이 점점 커져가는 것을 느끼며 병원으로 따라갔다. 그리고 사흘 낮밤을 꼬박 중환자실 앞에서 지냈다. 마치 충직한 경비견처럼 중환자실을 드나드는 의사와 간호사를 살폈다. 복도를 이리저리 서성이다가도 의사가 지나가기라도 하면 자신에게 오는 것인지 뚫어지게 쳐다보았다. 마침내 이름도 모르는 의사 하나가 그녀를 진료실로 안내한 후 지금이 위중한 상황임을 설명했다. 홀게르가 심각한 뇌출혈을 일으켜 현재 위험한 상태라고 했다. 어쩌면 영영 깨어나지 못할 수도 있다고 했다. 그녀는 울지도 않고 그 어떤 감정도 드러내지 않았다. 다만 몸을 일으켜 병원을 떠나 다시는 돌아가지 않았다.

그로부터 오 주 후, 후견위원회는 리스베트를 호출해 신임 후견인을 만나게 했다. 처음에는 이 호출을 무시하고 싶은 충동이 일었다. 하지만 오랜 시간에 걸쳐 홀게르에게 얻은 교훈 하나가 마음을 붙잡았다. 모든 행동에는 결과가 뒤따른다는 것. 그래서 그녀는 행동하기에 앞서 먼저 결과를 따져보았다. 결국 후견위원회를 따르는 듯 행동해서 그들을 만족시키는 게 최선의 선택이라는 결론을 내렸다.

이렇게 해서 12월의 어느 날, 미카엘 블롬크비스트에 대한 조사를 잠시 중단하고 상트에릭스플란에 있는 닐스의 사무실에 얌전한 모습으로 나타났다. 위원회를 대표해 나온 나이 지긋한 여자가 두툼한 서류를 꺼내 닐스에게 건넸다. 여인은 리스베트에게 요즘 어떻게 지내느냐고 다정하게 물었다. 아무 대답이 없는데도 만족스러운 기색이었다. 그리고 삼십 분쯤 머물다가 그에게 리스베트를 넘기고 총총히 사라졌다.

새 후견인과 악수를 나누고 오 분도 안 돼 리스베트는 그가 끔찍이도 혐오스러운 인간이라는 것을 알아챘다.

그녀는 자신의 서류를 읽고 있는 변호사를 흘깃 쳐다보았다. 쉰이 조금 넘어 보였다. 탄탄한 몸매. 매주 화요일과 금요일에 테니스를 즐기는 듯했다. 결이 고운 금발에 턱에는 작은 보조개 하나. 에프터셰이브로션은 아마도 '보스'. 청색 양복. 빨간 넥타이에 금 넥타이핀, 자신의 이니셜 N. E. B.를 새긴 커프스단추. 금속테 안경. 회색 눈동자. 테이블 위 잡지들을 보아하니 사냥과 엽총 사격에 관심이 많아 보였다. 지난 십여 년간 후견인이었던 홀게르는 다른 사람이었다. 만날 때마다 리스베트에게 커피를 권했고 함께 수다를 떨기도 했다. 위탁가정에서 가출해도 학교 수업을 빼먹어도 결코 화내는 법이 없었다. 단 한 번만 빼고. 전철역에서 몸을 더듬은 쓰레기 같은 인간에게 상해를 입혀 그녀가 경찰 조사를 받았을 때, 홀게르는 정말 크게 화를 냈었다. 리스베트, 네가 지금 무슨 짓을 한 줄 알아? 넌 지금 사람을 다치게 했어! 고지식한 늙은 선생처럼 펄펄 뛰며 내지르는 호통을 그녀는 묵묵히 듣고만 있었다.

닐스는 친밀한 대화와 거리가 먼 인간이었다. 대신 서류를 대충 훑어보더니 대뜸 홀게르가 후견인의 의무를 위반했다고 말했다. 그녀에게 아파트와 돈을 자유롭게 관리하도록 했다는 게 그 이유였다. 그러고 나서는 기나긴 심문에 들어갔다. "돈을 얼마나 벌지?" "자네 회계장부 사본이 필요해." "만나는 사람은 누구지?" "집세는 제때 내나?" "술은 마시고?" "얼굴에 잔뜩 달고 있는 그 고리들은 홀게르가 허락한 건가?" "위생에는 문제없고?"

엿 먹어라! 그녀는 속으로 내뱉었다.

홀게르가 리스베트의 특별 관리인이 된 시점은 모든 악惡이 일어난 지 얼마 되지 않은 후였다. 그는 적어도 매달 한 번 이상은 정기적으로 만나기를 원했다. 그리고 그녀가 룬다가탄으로 돌아온 후로는 거의 이웃처럼 지냈다. 그녀의 아파트에서 몇 블록 떨어지지 않은 호른스가탄에 홀게르가 살았기 때문이다. 둘은 길을 가다 자주 마주쳤고 그때마다 함께 '지피 카페' 같은 동네 찻집에 들러 커피를 마시곤 했다. 홀게르는 결코 사람을 귀찮게 하는 타입이 아니었지만 때때로 그녀의 집에 들르곤 했다. 생일선물 같은 걸 손에 들고서 말이다. 그녀역시 원할 때면 언제나 그의 집에 들를 수 있었다. 그녀는 이 특권을 그다지 자주 쓰지 않았지만 마지막 몇 해 크리스마스 연휴에는 엄마에게 다녀온 후 이브를 그의 집에서 보내곤 했다. 그렇게 둘은 함께 크리스마스 햄을 썰어 먹고 체스를 뒀다. 사실 그녀는 게임 자체에 전혀 관심이 없었지만 규칙을 배우고 난 후로는 한 번도 져본 적이 없었다. 홀게르는 부인과 사별하고 혼자 살았다. 리스베트는 이런 연휴 때 쓸쓸히 지내는 그를 돌보는 게 자신의 의무라고 생각했다.

그녀는 홀게르에게 빚을 졌다고 생각했다. 그리고 그녀는 빚이 있으면 꼭 갚아야 하는 성격이었다.

홀게르는 룬다가탄에 있는 아파트를 리스베트의 모친에게 빌려주고 그녀가 독립할 때까지 지낼 수 있게 해주었다. 49제곱미터 남짓한 낡고 더러운 아파트였지만 그녀에게 따뜻한 지붕이 되기에 충분했다.

하지만 이제 홀게르가 사라져버리면서 그녀를 안정적인 사회로 연결해줬던 마지막 끈이 끊어졌다. 닐스는 전혀 다른 종류의 인간이었다. 크리스마스이브를 함께 보내고 싶은 마음이 전혀 들지 않는 인간. 이자는 가장 먼저 리스베트의 월급이 들어가는 은행계좌에 손을 댔다. 홀게르는 후견 체제법이 규정하는 까다로운 규칙들을 관대하게 눈감아주고 그녀가 스스로 예산을 관리하도록 했다. 그녀는 직접 계산서를 처리했고 원하면 언제든지 통장에 든 돈을 쓸 수 있었다.

크리스마스를 일주일 앞두고 닐스를 만나러 온 리스베트는 선임 후견인이 자신을 믿어주었으며 자신 역시 그를 실망시킨 적이 없음을 설명하려고 했다. 홀게르는 스스로 일을 처리하게 해줬으며 사생활에는 절대로 간섭하지 않았다고 말이다.

"그게 바로 문제야." 닐스가 서류 위를 탁탁 두드리며 대답했다. 그러고는 후견 체제에 관한 법규와 행정 규칙을 지루하게 설명한 뒤 마지막으로는 얼마 후에 발효될 새로운 법령까지 알려주었다.

"그는 자네가 마음대로 행동하도록 방치했어, 안 그래? 그런데도 여태껏 아무 문제 없었던 게 참 용하군!"

그가 문제아를 다룬 경험이 사십 년이나 되기 때문이야, 이 얼간아!

"나는 더이상 애가 아닙니다." 리스베트가 대답했다. 마치 그 말 한마디면 충분하다는 듯이.

"물론 애가 아니지. 하지만 내가 자네의 후견인으로 지명됐으니 법적, 경제적으로 져야 할 책임이 있어."

닐스는 가장 먼저 자신의 이름으로 새 은행계좌를 만들겠다고 했다. 그리고 앞으로는 월급이 그 계좌로 들어오게끔 리스베트에게 이를 밀튼 시큐리티에 알리도록 했다. 그녀는 이제 좋은 시절이 끝났다는 걸 깨달았다. 이제 닐스가 그녀의 계산서를 처리할 것이며 그녀는 매달 용돈을 타 써야 했다. 게다가 그녀가 지출한 돈의 영수증을 제출하라고 했다. 그러면서 매주 1400크로나를 주겠다고 했다. "식비랑 의복비야. 영화 보러 갈 때나 다른 일에도 쓰고."

업무량에 따라 달랐지만 리스베트는 일 년에 16만 크로나 정도를 벌었다. 풀타임으로 일하고 드라간 아르만스키가 주는 일을 모두 받아들이면 곱절 이상을 벌 수도 있었다. 딱히 나가는 돈도 없었고 쓰지도 않았다. 아파트 월세로 2천 크로나씩 내는 게 거의 다였다. 그렇기 때문에 그다지 많이 벌지도 않았지만 통장에 9만 크로나 정도는 있었다. 그런데 이제는 이것마저 마음대로 쓸 수 없게 되었다.

"이젠 내가 자네 돈을 책임져야 해." 그가 다시 설명했다. "미래를 위해 저축을 해야지. 걱정 마. 내가 다 알아서 처리해줄 테니."

빌어먹을 놈아! 열 살 때부터 내 일은 내가 알아서 처리했어!

"지금껏 자네는 사회생활을 하면서 잘 처신해왔지. 적어도 사회적인 관점에서는 감금 치료를 받지 않아도 될 정도로 말이야. 하지만 여전히 이 사회는 자네를 책임져야 하거든."

그러면서 그녀가 밀톤 시큐리티에서 무슨 일을 하는지 꼬치꼬치 캐물었다. 그녀는 본능적으로 자신이 하는 일을 속였다. 밀톤에 들어가 몇 주 동안 했던 일들을 대충 나열하니 그가 만족하는 듯했다. 커피를 대접하고 우편물을 선별하는 일이 그녀 같은 최하급 인간에게 지극히 어울렸으므로. 리스베트는 왜 자신이 거짓말을 하는지 알 수 없었지만 아주 잘했다고 확신했다. 닐스 비우르만…… 설사 그가 '멸종 위기의 곤충' 리스트에 속한다 할지라도 그녀는 할 수만 있다면 주저 없이 발뒤꿈치로 그를 짓뭉개 죽여버렸을 것이다.

미카엘은 헨리크와 다섯 시간을 함께 보낸 후 써놓은 걸 정리하고 퍼즐 같은 방에르 가문의 가계도를 짜맞추느라 그날 밤과 이튿날인 화요일을 다 썼다. 노인과의 인터뷰를 통해 알게 된 방에르 가문의 역사는 일반 대중에게 알려진 공적인 이미지와는 전혀 달랐다. 모든 집에는 벽장 속에 감춰놓은 해골처럼 저마다 부끄러운 비밀이 있음을 미카엘도 잘 아는 바였지만 방에르 가문의 벽장에는 해골이 무더기로 쌓여 있었다.

여기서 미카엘은 자신의 진정한 임무를 다시 한번 생각해보지 않을 수 없었다. 바로 실종된 하리에트에게 무슨 일이 있었는지 밝혀내는 것이었다. 방에르 가문의 연대기를 쓰는 건 핑계에 불과했다. 그렇다면 이 일에 이렇게 힘을 쏟아야 할 필요가 있을까? 맨 처음 이 일을 맡을 때부터 엉덩이로 자리만 덥히면서 일 년을 허비하리라 확신했다. 그렇게 대충 일 년을 채우고서 말도 안 되는 엄청난 보수를 챙겨 떠나면 그뿐이었다. 디르크가 만들어온 계약서에 이미 서명했으니 말이다. 그리고 헨리크에게 있다고 주장하는 벤네르스트룀에 대한 정보까지 얻는다면 더없이 완벽할 테고.

하지만 노인과 인터뷰를 마치고 나니 생각이 조금 바뀌었다. 이 일 년이라는 시간이 순전히 허송세월로 끝나지 않을 수도 있었다. 방에르 가문 연대기는 그 자체로도 가치가 있을 터였다. 매우 흥미로운, 즉 시간과 정력을 투자할 만한 주제였다.

미카엘은 단 한 순간도 하리에트의 살해범을 찾아낼 수 있으리라고 생각해본 적이 없었다. 그녀가 누군가에게 살해당했으리라는 추측 자체에도 회의적이었다. 어처구니없는 사고로 희생됐거나, 혹은 다른 이유로 사라졌다고 가정해볼 수 있었다. 열여섯 먹은 소녀가 자의로 가출해 삼십육 년간 물샐틈없는 수사망을 피해 다니며 지낼 가능성이 극히 희박하다는 헨리크의 의견에도 충분히 공감했다. 하지만 하리에트가 가출했을 가능성을 완전히 배제하고 싶지는 않았다. 스톡홀름까지 갔을 수도 있고, 아니면 도중에 어떤 불행한 일, 그러니까 마약이나 성매매, 폭행, 혹은 단순한 사고를 당해 멀리 사라졌을 수도 있는 일이었다. 반면 헨리크는 가족 중 한 사람이 누군가와 공모해 하리에트를 살해했다고 확신했다. 그가 이렇게 추론하는 가장 큰 근거는 섬 사람의 눈이 온통 사고가 난 다리에 쏠려 있을 때 하리에트가 사라졌다는 사실이었다.

에리카는 분명하게 말했었다. 미카엘에게 주어진 임무의 목적이 살인 사건에 얽힌 수수께끼를 푸는 데 있다면 그건 완전히 미친 짓이라고. 하지만 그는 이제 막 깨달았다. 방에르 가문의 역사를 한 편의 드라마라고 한다면, 하리에트의 운명이 그 가운데서 중심적인 역할을 맡고 있다는 점을. 집안사람들을 향한 헨리크의 비난은 이 가문의 역사에서 큰 중요성을 지니고 있었다. 그는 삼십 년이 넘는 세월 동안 노골적으로 가문 사람들을 비난해왔다. 종국에는 가족 간 극렬한 불화와 대립을 일으켜 그룹을 흔들어놓기까지 했다. 즉 실종된 하리에트는 방에르 연대기 중에서도 독립된 장 하나를 할애해야 할, 더 나아가 중심 소재로 삼을 만할 중요한 문제였다. 자료라면 얼마든지 구할 수 있었다. 실종된 하리에트를 주된 임무로 간주하든, 그저 가족사를 집필하는 데서 만족하든, 합리적인 출발점은 가족 구성원들의 면모를 일일이 밝히고 이를 전체적인 가계도 안에서 체계적으로 정리하는 일이었다. 그리고 이것이 바로 헨리크를 인터뷰한 내용이었다.

방에르 가문은 사촌과 육촌까지 포함해 백여 명에 달했다. 그 숫자가 너무도 많아서 미카엘은 노트북에 데이터베이스를 만들어야 했다. 만드는 데는 '노트패드(www.ibrium.se)'를 썼다. 스톡홀름 왕립 공과대학에 다니는 두 학생이 만들어 인터넷에 풀버전을 헐값에 유포한 프로그램이었다. 미카엘 같은 탐사기자에게 더없이 유용했다. 이 덕분에 미카엘은 방에르 가문 구성원들 각각에게 파일을 하나씩 부여할 수 있었다.

계보를 확실하게 그릴 수 있는 시기는 16세기 초, 방에르사드라는 이름을 쓰던 시대까지였다. 헨리크에 따르면 방에르사드라는 이름은 네덜란드의 방에르스타드에서 왔을 수 있다. 그렇다면 계보의 뿌리는 12세기까지 거슬러올라가야 했다.

좀더 가까운 시대를 살펴보면 방에르 가문은 프랑스 북부에 살다가 19세기 초 장 바티스트 베르나도테*를 따라 스웨덴으로 건너왔다.

---

* 스웨덴 국왕 칼 요한 14세(1763~1844).

알렉상드르 방에르사드는 국왕과 친분은 없었지만 유능한 연대장으로서 두각을 나타냈고, 길고도 충직한 봉사에 대한 보답으로 1818년 헤데뷔의 영주직을 하사받았다. 그리고 개인적인 재산으로 노를란드에서 상당한 임야를 사들였다. 프랑스에서 태어난 아들 아드리안은 아버지의 부름을 받고 화려한 파리 사교계를 떠나 노를란드 한구석에 처박힌 헤데뷔에 와 영지를 관리한다. 그는 유럽 대륙에서 도입한 새로운 방식으로 토지와 숲을 개발해 펄프 공장을 세웠고, 이를 중심으로 헤데스타드가 발전하기 시작했다.

알렉상드르의 손자 헨리크의 대에 이르러 가문의 성이 '방에르'로 줄어들었다. 그는 19세기 중반 러시아와의 교역망을 개발했고 자신이 생산한 강철 제품을 수출하기 위해 소규모 스쿠너* 상선단商船團을 조직해 발트제국, 영국, 독일 등으로 뻗어나갔다. 옛 헨리크 방에르는 가족사업을 다양화했고 소규모 광산을 개발했으며 노를란드 최초로 금속 산업을 시작했다. 훗날 그의 두 아들 비리에르와 고트프리드가 방에르 가문의 금융 사업을 창건한다.

"자네 혹시 옛 상속법을 알고 있나?"

"특별히 아는 건 없습니다만."

"이해하네. 나 역시 마찬가지야. 그런데 당시 상속법에는 참 어처구니없는 점이 많았던 모양이야. 가문에 전해내려오는 이야기에 따르면 비리에르와 고트프리드는 견원지간이었지. 그룹 내 권력과 영향력을 차지하려고 피 터지게 싸웠어. 권력 투쟁이 기업의 생존마저 위협하기에 이르자 옛 헨리크가 죽기 전에 중요한 결정을 내렸지. 즉 모든 가족 구성원 각자 몫만큼 기업의 지분을 받을 수 있는 시스템을 만들었어. 물론 의도는 좋았지. 하지만 이 때문에 답답하기 그지없는 상황이 벌어졌네. 가문 외부에서 역량 있는 파트너를 영입하는

---

* 돛대를 두 개 이상 갖춘 소형 범선.

대신 2, 3퍼센트밖에 안 되는 투표권을 가진 가족 구성원으로만 경영
진을 이룬 거야."

"그 규칙은 오늘날까지 유효한가요?"

"물론일세. 자기 지분을 팔려면 반드시 가족 간에 매매가 이뤄져야
하네. 오늘날 연례주주총회에는 50명쯤 모이지. 마르틴이 가진 지분
은 10퍼센트가 조금 넘고, 난 마르틴과 다른 가족들에게 팔아넘기고
5퍼센트 정도 남았네. 하랄드는 7퍼센트를 가졌고. 하지만 주주총회
에 참석하는 대부분은 1에서 1.5퍼센트씩 가진 게 고작이야."

"그런 사정을 전혀 몰랐습니다. 아주 중세적인 냄새가 나는군요."

"맞아. 굉장히 비합리적이지. 마르틴이 어떤 정책을 펼치려면 최
소한 20에서 25퍼센트에 달하는 공동 주주들의 지지를 얻어내야 해.
골치 아픈 로비 활동을 벌여야 한다는 뜻이지. 주주총회, 그건 동맹
과 분열과 책략의 복마전일세."

헨리크가 이야기를 계속했다.

"고트프리드 방에르는 자식을 남기지 못하고 1901년에 사망했네.
아, 지금 내가 무슨 말을 한 거야? 딸이 네 명 있었네. 그 시절에 딸
은 자식 취급을 못 받았지. 그네도 지분을 소유했지만 기업 이익금
은 남자들에게만 배당됐어. 여자들이 주주총회에 참석할 수 있게 된
건 20세기에 여성 투표권이 인정되면서부터였지."

"상당히 진보적인데요!"

"비꼬지 말게. 지금과는 많이 다른 시대였으니까. 고트프리드의 형
비리에르는 아들 셋을 두었네. 요한, 프레드리크, 기데온이었는데 모
두 19세기 말에 태어났어. 여기서 기데온은 제외시키겠네. 자기 지분
을 팔고 미국으로 건너갔으니까. 그래서 오늘날도 미국에 우리 일가
가 살고 있지. 요한과 프레드리크가 남아 방에르 그룹을 키워냈고."

헨리크는 앨범을 하나 꺼내 이야기를 계속하며 인물사진을 보여
주었다. 20세기 초에 찍은 사진 속에는 견고한 턱, 착 달라붙게 빗어

넘긴 머리에 엄숙한 표정을 지으며 사진기를 응시하는 두 남자가 있었다. 헨리크가 다시 말을 이었다.

"요한 방에르는 우리 가문이 낳은 천재였어. 엔지니어링 공부를 마친 후 특허받은 발명품들로 기계 산업을 발전시켰지. 그룹의 기반인 철강 산업을 비롯해 섬유 같은 영역으로도 다양하게 뻗어나갔어. 요한 방에르는 1956년에 사망했고 세 딸 소피아, 메리트, 잉리드를 남겼네. 이들이 주주총회에 참석하게 된 첫번째 여성들이지.

요한의 동생 프레드리크 방에르가 바로 내 부친이라네. 큰아버지 요한이 탁월한 기술자였다면, 아버지는 형의 발명품을 돈으로 바꿀 줄 아는 탁월한 사업가였지. 아버지는 1964년에 작고하셨다네. 돌아가시기 전까지 그룹 활동에 적극적으로 참여하셨어. 1950년대부터 세부적인 경영에서 손을 뗐고. 큰아버지는 이전 세대와 달리 슬하에 딸밖에 없었다네." 헨리크가 가슴이 풍만한 세 여인이 양산을 들고 챙 넓은 모자를 쓰고 있는 사진을 보여주었다. "그리고 내 부친 프레드리크에겐 아들만 줄줄이 있었지. 모두 다섯 형제로 리샤르드, 하랄드, 그레게르, 구스타브, 그리고 나였어."

미카엘은 방에르 가문 사람들을 쉽게 구별할 수 있도록 스카치테이프로 A4 용지 몇 장을 이어 붙인 후 그 위에 가계도를 그렸다. 그리고 1966년 가족모임에 참석하려고 헤데뷔섬을 방문했던 사람들 중에 적어도 이론적으로 하리에트의 실종과 관련될 수 있는 이들의 이름은 특별히 굵은 글씨로 썼다.

당시 열두 살이 넘지 않은 아이들은 제외했다. 하리에트의 운명이 아무리 기이하다 해도 최소한의 합리성은 벗어나지 않겠다는 게 미카엘의 원칙이었다. 그리고 깊이 생각하지 않고서 헨리크의 이름에도 작대기를 그었다. 만일 그가 하리에트의 실종에 관련됐다면 삼십육 년간 보인 행동들은 정신병으로밖에는 달리 설명할 수 없으리라.

1966년 당시 여든한 살이었던 헨리크의 어머니 역시 빼는 게 합리적이었다. 그러고 나면 헨리크의 주장에 따라 '혐의자' 그룹에 포함되는 인물은 22명이 남는다. 이들 중 7명은 사망했고 몇몇은 고령에 이르렀다.

미카엘은 하리에트의 실종 뒤에 가문 사람이 있을 거라는 헨리크의 확신을 그대로 받아들일 생각이 여전히 없었다. 가족 외에 다른 사람들도 혐의자 리스트에 포함시킬 작정이었다.

디르크 프로데는 1962년 봄부터 헨리크의 변호사로 일했다. 즉 혐의자 그룹에 포함될 수 있었다. 하리에트가 실종됐을 때 섬에는 또 누가 있었던가? 당시 열아홉 살이었던 군나르 닐손과 그의 아버지 망누스 닐손, 그리고 화가 에우셴 노르만과 목사 오토 팔크 등이다. 이 오토라는 사람은 결혼을 했던가? 그때 섬에 있었던 외스테르고르덴 농장의 마르틴 아론손과 그의 아들 예르케르 아론손은 하리에트의 어린 시절 내내 주변에 있던 사람들이다. 그렇다면 이들의 관계는 어땠을까? 마르틴 아론손, 그는 기혼자인가? 그때 농장에는 다른 사람들이 있었는가?

미카엘이 이 모든 이름들을 추가하자 혐의자 그룹은 모두 40여 명이나 되었다. 그는 결국 혐의자를 표시하던 형광펜을 내던지고 말았다. 시간은 벌써 새벽 3시 반이었고 온도계는 여전히 영하 21도를 가리켰다. 이제 한파가 완전히 자리잡은 모양이었다. 미카엘은 벨만스가탄에 있는 자신의 침대 속으로 돌아가고 싶은 심정이었다.

미카엘은 화요일 오전 9시쯤 잠에서 깼다. 전화선과 ADSL 모뎀을 설치하러 온 텔리아 기술자가 문을 두드려댔다. 11시에 인터넷이 개통되자 숨통이 트이는 듯했다. 하지만 휴대전화는 여전히 조용했다. 에리카는 일주일 전부터 그의 전화에 응답하지 않고 있다. 화가 단단히 났음이 틀림없다. 미카엘 역시 오기가 치밀어올라 사무실에까지는 전화하지 않기로 작정했다. 그녀의 휴대전화에 연락해보는 걸로

◈ 방에르 가계도 ◈

프레드리크 방에르 (1886~1964)　　요한 방에르 (1884~1956)
아내. **울리카** (1885~1969)　　　　아내. 예르다 (1888~1960)

리샤르드 (1907~1940)　　　　**소피아** (1909~1977)
아내. 마르가레타 (1906~1959)　　남편. **오케 셰그렌** (1906~1967)

고트프리드 (1927~1965)　　　　**망누스 셰그렌** (1929~1994)
아내. **이자벨라** (1928~)　　　　**사라 셰그렌** (1931~)

마르틴 (1948~)　　　　　　에리크 셰그렌 (1951~)
하리에트 (1950~?)　　　　　**호칸 셰그렌** (1955~)

하랄드 (1911~)　　　　　　**메리트** (1911~1988)
아내. 잉리드 (1925~1992)　　　남편. **알고트 귄테르** (1904~1987)

비리에르 (1939~)　　　　　오시안 귄테르 (1930~)
세실리아 (1946~)　　　　　아내. **앙네스** (1933~)
아니타 (1948~)

　　　　　　　　　　　　　야코브 귄테르 (1952~)
그레게르 (1912~1974)
아내. **예르다** (1922~)　　　　잉리드 (1916~1990)
　　　　　　　　　　　　　남편. **하리 칼만** (1912~1984)
알렉산데르 (1946~)

　　　　　　　　　　　　　군나르 칼만 (1942~)
구스타브 (1918~1955)　　　　**마리아 칼만** (1944~)
미혼. 자녀 없음.

헨리크 (1920~)
아내. 에디트 (1921~1958)
자녀 없음.

충분하다 싶었다. 자신이 계속 전화한다는 걸 뻔히 알 테니 원한다면 전화를 받았을 것이다. 아직 응답이 없는 건 그녀가 원하지 않는다는 표시였다.

어쨌든 미카엘은 메일함을 열어 지난 한 주 사이에 도착한 메일 350통을 훑어보았다. 대부분 스팸 메일과 가입한 사이트에서 보내온 것들이었고 단 열두 개만 열어볼 가치가 있었다. 첫번째로 democrat88@yahoo.com이 보낸 메일을 열어보았다. "이 빌어먹을 빨갱이야! 감방에서 푹 썩으면서 죄수들 그거나 열심히 빨도록!" 그는 이 메일을 명석한 비판이라는 이름의 폴더에 보관했다.

그러고 나서 erika.berger@millennium.se에 짤막한 메시지를 하나 보냈다.

안녕, 리키! 그렇게 전화했는데도 응답이 없는 걸 보니 내가 미워죽겠는 모양이야? 이제 이곳에 인터넷이 개통됐어. 날 용서해줄 마음이 있으면 언제든지 이메일로 연락할 수 있다는 사실을 알려주려고. 한 가지 더. 이곳 헤데뷔는 한번쯤 들러볼 만한 가치가 있어. 아주 매력적인 시골 마을이야. /M.

점심때가 되어 미카엘은 노트북을 가방에 챙겨넣고 수산네 카페로 가 항상 앉는 테이블에 자리를 잡았다. 커피와 샌드위치를 가져온 수산네가 호기심 어린 눈으로 노트북을 바라보며 무슨 일을 하느냐고 물었다. 준비해놓은 커버 스토리를 써먹을 첫 기회가 온 셈이었다. 미카엘은 헨리크의 회고록을 쓰기 위해 고용되어 일하고 있다고 설명했다. 몇 마디 농담을 나누고 나니 수산네가 방에르 가문의 비화를 듣고 싶으면 전화해도 좋다고 말했다.

"삼십오 년간 이 가문을 고객으로 모셔왔어요. 그 집에 관한 가십이라면 대부분 알고 있죠." 이렇게 말하고는 자못 우쭐대는 걸음으로 주방으로 돌아갔다.

가계도를 그려놓고 보니 방에르 가문이 끊임없이 새로운 세대를 생산하기 위해 노력해왔음을 알 수 있었다. 프레드리크와 요한 형제의 자손은 자식, 손자, 증손자를 다 합하면 50여 명에 달했다. 게다가 이 집안사람들은 대부분 장수했다. 프레드리크는 일흔여덟에, 그의 형 요한은 일흔둘에 사망했다. 울리카는 여든넷에 죽었다. 헨리크의 다섯 형제 중 두 사람은 아직 건재했다. 하랄드는 아흔둘이었으며 헨리크는 여든셋이었다.

유일한 예외는 헨리크의 넷째 형 구스타브로, 서른일곱의 젊은 나이에 폐렴으로 숨졌다. 헨리크의 말에 따르면 구스타브는 항상 허약했고 다른 집안사람들과 달리 자신만의 길을 걸었다. 평생을 독신으로 살았고 자식도 없었다.

그 말고도 비교적 젊은 나이에 사라진 사람들은 질병이 아닌 다른 원인으로 사망했다. 리샤르드는 서른셋에 핀란드 동계전쟁에서 전사했다. 하리에트의 아버지 고트프리드는 딸이 실종되기 일 년 전에 익사했다. 하리에트 역시 실종 당시에 열여섯밖에 되지 않았다. 미카엘은 리샤르드 계보에서 기이한 유사점을 발견했다. 할아버지, 아버지, 손녀가 모두 사고로 사라졌다. 리샤르드의 후손으로 남은 사람은 쉰다섯의 마르틴밖에 없었다. 그 역시 미혼이며 자식이 없었다. 헤데스타드에 거주하는 애인이 하나 있다고 헨리크가 설명했었다. 여동생이 실종됐을 때 마르틴은 열여덟 살이었다. 실종과 연관된 혐의자 리스트에서 제외될 수 있는 드문 케이스였다. 그해 가을 그는 웁살라에 있는 한 고등학교의 졸업반이었다. 가족모임에 참석할 예정이었으나 오후 늦게야 도착했고, 여동생이 증발해버린 그 운명의 시간에는 다리 건너 육지 쪽에 몰려 있는 구경꾼 중 하나였다.

가계도를 살펴보던 미카엘은 특이한 점을 두 가지 발견했다. 우선

이 집안은 한번 결혼하면 평생을 갔다. 이혼한 사람이 한 명도 없었고 배우자가 젊은 나이에 세상을 떠났어도 재혼하지 않았다. 그는 문득 일반적인 통계 수치를 알아보고 싶은 마음이 들었다. 세실리아 방에르가 여러 해 동안 남편과 별거하고 있는 상태였지만, 미카엘이 알기로는 여전히 결혼한 상태였다.

또다른 특징은 이 집안 '남자 쪽' 사람들과 '여자 쪽' 사람들이 지리적으로 떨어져 산다는 사실이었다. 헨리크를 포함해 프레드리크의 자손들은 전통적으로 그룹 내에서 주도적인 역할을 맡아왔고 주로 헤데스타드와 그 인근에 거주했다. 1대손이 모두 여자인 요한의 자손들은 스웨덴 각 지역에 흩어져 있었다. 스톡홀름, 말뫼, 예테보리, 혹은 외국에 거주하면서 여름방학이나 그룹에 중요한 모임이 있을 때만 헤데스타드로 모이곤 했다. 잉리드 방에르만은 예외였다. 그녀의 아들 군나르 칼만은 헤데스타드에 거주하며 지역 신문 〈헤데스타드 통신〉 발행인을 맡고 있었다.

헨리크는 자신의 개인적인 조사를 매듭지으면서 '하리에트를 살해한 동기'가 그룹의 구조적인 문제 속에 숨어 있을지 모른다고 말했다. 그러니까 그가 너무 성급하게 하리에트의 뛰어난 자질을 부각시킨 게 잘못이었다. 그래서 누군가가 헨리크에게 타격을 입히려고 했을 수 있다. 아니면 하리에트가 그룹에 관한 민감한 정보를 알게 됐고, 그로 인해 누군가에게 위협이 됐을 수도 있다. 물론 전부 억측에 불과했다. 하지만 헨리크는 이러한 가정에서 출발해 '특별한 관심을 요하는' 13인의 리스트까지 만들어놓았다.

미카엘은 전날 헨리크를 인터뷰하면서 또 한 가지 사실을 발견했다. 처음 만났을 때부터 노인은 줄곧 자기 집안사람들을 지나칠 정도로 경멸하고 비하하는 태도를 보였다. 정도가 너무 심해서 실종된 하리에트 때문에 계속된 의심이 노인의 건전한 판단력을 흐트러뜨린 게 아닌지 생각했었다. 하지만 이제 분명히 알았다. 헨리크는 지극히 냉철한 분별력의 소유자였다.

　머릿속에서 점차 윤곽이 잡혀가는 방에르 가문, 사회적으로나 경제적으로 성공했지만 인간적으로는 상당히 문제가 많은 집안의 모습이었다.

　헨리크의 아버지는 냉혹하고 인정머리 없는 사내였다. 줄줄이 낳은 아이들의 양육과 교육을 아내에게 떠맡겼다. 소년들은 열여섯 살이 되기 이전엔 아버지를 볼 수 없었다. 가끔 특별히 열렸던 가족모임에서는 예외였지만 꼬맹이들은 뒷전에서 숨을 죽이고 있어야 했다. 헨리크가 기억하는 아버지는 어떤 방식으로든 애정을 표현한 적이 없었다. 툭하면 '이 쓸데없는 놈!' 하고 호통이 떨어졌고 자식들의 자존심을 짓밟는 욕을 해대기 일쑤였다. 체벌을 하는 일은 극히 드물었다. 그럴 필요조차 없었기 때문이다. 헨리크가 아버지에게 존중받게 된 건 나중에 방에르 그룹에서 일하면서부터였다.

　장남 리샤르드는 반항했다. 아버지와 격렬한 언쟁을 벌인 후 공부를 하겠다고 웁살라로 떠났다. 집안사람들은 언쟁이 벌어진 이유를 함구했다. 헨리크가 말했듯 거기서 나치 운동에 가담했고 결국 동계 전쟁중에 참호 안에서 생을 마감했다.

　그런데 헨리크가 첫날 들려주지 않은 중요한 이야기가 있었다. 헨리크의 다른 두 형 역시 리샤르드와 같은 길을 걸었다는 사실이다.

　하랄드와 동생 그레게르는 1930년 웁살라에서 장남 리샤르드의 전철을 밟아 나치즘에 가담했다. 헨리크는 두 형이 매우 가까운 사이임을 알았지만 맏형 리샤르드와도 자주 만났는지는 몰랐다. 확실한 건 형제들이 페르 엥달의 파시스트 운동에 가담했다는 점이다. 하랄드는 오랜 세월 페르 엥달을 충직하게 섬겼다. '스웨덴 민족연합'에서 시작해 '스웨덴 저항 그룹'을 거쳐 2차대전 종전 직후 창설된 '신스웨덴 운동'에 이르기까지 그의 충성심은 변함없었다. 1990년대 페르

엥달이 사망할 때까지 '신스웨덴 운동' 회원으로 남아 있었고, 스웨덴 파시스트 중에서 전후에 살아남은 중요한 자금원이었다.

하랄드는 웁살라에서 의학 공부를 시작함과 동시에 인종우생학에 경도된 동아리들에 가입했다. 한때 '스웨덴 우생학 연구소'에서 일했으며, 의사가 되어 이른바 '바람직하지 못한 주민 불임 운동'의 주역으로 활동하기도 했다.

헨리크 방에르 인터뷰, 카세트테이프 2, 02950

하랄드 형은 거기서 멈추지 않았어. 1937년 '제帝 민족의 새 유럽'이라는 제목의 책을 공동으로 저술했네. 천만다행으로 가명을 썼지. 난 이 사실을 1970년대에 알게 됐어. 복사본이 있으니 원한다면 가져가서 읽어보게나. 스웨덴에서 출간된 책 중 가장 구역질나는 책일 거야. 거기서 형은 불임 수술뿐 아니라 안락사까지 주장했다네. 자신의 미적 취향을 거스르거나 '완전한 스웨덴인'의 기준에 부합하지 않는 사람들이 생을 마감하도록 적극적으로 도와야 한다는 논지였어. 나무랄 데 없이 학술적인 언어로 쓰였고 의학적 논리들이 그럴듯하게 동원됐지만 실은 대학살을 위한 변론에 지나지 않았어. 장애인을 제거해버리시오! 몽골인의 유전자가 섞인 라프족*이 확산되는 걸 수수방관하지 마시오! 정신병자들은 죽음을 해방으로 받아들일 거요, 안 그렇소? 품행이 불량한 여인들, 부랑자들, 집시나 유대인들에 대해 그가 어떤 말을 했을지 대충 상상이 가지 않나? 하랄드 형은 아우슈비츠를 스웨덴 달라르나로 옮겨오고 싶었을 거야.

2차대전 후 그레게르는 교사가 됐고, 나중에는 헤데스타드 고등학교 교장 자리에 올랐다. 헨리크는 그가 전쟁 후에 나치즘을 버리고

---

* 스칸디나비아반도 북부 라플란드에 사는 소수민족.

정치에서 완전히 손을 뗐다고 믿었다. 그런데 1974년 그가 죽고 나서 남은 서신을 정리하다 충격적인 사실을 발견했다. 1950년대 정치적 영향력은 없지만 완전히 미친 인간들의 집단인 '북유럽민족당'에 가입한 후 죽을 때까지 당원으로 남았던 것이다.

헨리크 방에르 인터뷰, 카세트테이프 2, 04167
"내 형제 중 세 사람이 정치적인 미치광이들이었네. 만일 다른 상황이었다면 그들의 광기는 어디까지 발전했겠는가?"

헨리크가 보기에 형제 중 유일하게 하나님의 은총을 받은 사람은 몸이 허약해 1955년 폐질환으로 숨진 구스타브였다. 그는 정치에 관심이 없었고 방에르 그룹 내 사업이나 다른 일에도 아무런 흥미를 보이지 않았다. 철저히 염세주의적인 예술적 영혼의 소유자였다. 미카엘이 물었다.

"지금 살아 계신 분은 회장님과 하랄드뿐이군요. 그렇다면 하랄드는 왜 헤데뷔로 돌아왔나요?"

"1979년 일흔이 되기 얼마 전에 돌아왔지. 그 집이 자기 소유였거든."

"그렇게 증오하는 형제 가까이에서 살고 계시니 기분이 좀 이상하지 않습니까?"

"내 말을 잘못 이해했군. 난 그를 증오하지 않아. 엄밀히 말하자면 동정하네. 그가 완전히 바보이기 때문이지. 그가 나를 증오할 뿐이야."

"회장님을 증오한다고요?"

"그렇네. 아마 그래서 바로 이곳에 살려고 돌아왔겠지. 좀더 가까이에서 나를 증오하며 여생을 보내려고."

"왜 회장님을 증오하죠?"

"내가 결혼했기 때문이지."

"좀더 자세히 설명해주시겠습니까?"

헨리크는 어렸을 때부터 형들을 볼 수 없었다. 모두 일찌감치 외지로 떠났기 때문이다. 그는 다섯 형제 중 유일하게 사업에 소질을 보이는 아들이자 아버지의 마지막 희망이었다. 젊은 시절 정치에는 관심이 없었고, 웁살라에 가는 걸 좋아하지 않았다. 대신 스톡홀름에 가서 경제학을 공부했다. 열여덟 살부터는 방학 때마다 방에르 그룹에 속한 수많은 회사에서 수습직원으로 일하거나 경영진을 도왔다. 그러면서 이 복잡한 가족기업의 복잡한 내부 조직을 하나하나 알아갔다.

2차대전이 절정에 달한 시절, 1941년 6월 10일 헨리크는 함부르크에 있는 방에르 무역 사무소를 6주간 방문했었다. 당시 그는 스물한 살이었고, 그룹의 독일 대리인이었던 헤르만 로바흐라는 중견 사업가가 보호자이자 멘토 역할을 했다.

"자네도 피곤할 테니 너무 자세한 얘기는 하지 않겠네. 그곳에 갔을 당시만 해도 히틀러와 스탈린은 여전히 사이가 좋았고 독일과 소련 사이에 전쟁이 시작되지 않았었지. 모두가 히틀러를 무적이라고 믿었어. 당시의 독일을 지배하던 건 뭐라고 해야 할까…… 낙관과 절망이 뒤섞인 감정이라고나 할까. 반세기가 지난 지금도 그때를 지배했던 분위기를 정확히 집어낼 말을 찾아내기 힘드네. 잠깐, 내가 '낙관'이라고 해서 자네가 오해할까봐 말해두는데 난 나치즘에 공감한 적이 한 번도 없네. 내 눈에 히틀러는 우스꽝스러운 어릿광대였을 뿐이야. 어쨌든 당시 함부르크 시민들 사이엔 미래에 대한 낙관이 팽배했지. 전쟁이 서서히 다가오고 있었고, 내가 함부르크에 있을 때부터 공습도 여러 차례 있었어. 하지만 사람들은 이 모든 게 일시적일 뿐이며 곧 평화가 찾아와 히틀러가 '신유럽'을 건설할 거라 믿었지.

사람들은 히틀러를 신이라 믿고 싶어했어. 바로 나치의 정치 선전이 의도하는 바였지."

헨리크가 수많은 사진 앨범 중 하나를 펼쳐 보여주었다.

"이 사람이 헤르만 로바흐야. 1944년에 실종됐지. 아마 공습중에 사망해서 건물 잔해에 묻힌 듯해. 함부르크에 체류할 때 그와 아주 가까웠지. 부유층들이 모여 사는 구역에 있는 그의 고급 아파트에 방 하나를 얻어 지냈거든. 매일같이 얼굴을 봤어. 그는 생각도 기질도 나만큼이나 나치와 거리가 멀었지만 편의를 위해 나치당원이 된 거야. 나치당원증만 있으면 어디나 무사통과여서 사업을 하는 데 아주 편했거든. 그렇게 방에르 그룹 산하에서 사업을 했다네. 당시 우리 그룹은 나치를 위해 여러 가지를 생산했지. 우선 열차를 만들었는데, 유대인을 아우슈비츠로 이송하는 데 사용됐을 수도 있지. 그리고 독일군 제복을 만드는 직물과 무선 라디오도 공급했어. 하지만 공식적으로는 이 물건들이 어디에 사용되는지 모르는 척하고 있었네. 어쨌든 이 모든 공급 계약을 수완 좋게 따냈던 헤르만은 쾌활하고도 유머러스한 사람이었어. 겉으로 보면 완벽한 나치였지. 하지만 난 조금씩 눈치챌 수 있었어. 그에게는 필사적으로 감추려 하는 어떤 비밀이 있다는 사실을.

1941년 6월 22일, 헤르만이 내 방문을 두드려서 자고 있던 나를 깨웠네. 내 방은 그의 아내 방 옆에 붙어 있었어. 아무 소리 내지 말고 옷을 입고서 자신을 따라오라고 손짓하더군. 우리는 일층으로 내려가 흡연실로 들어갔어. 밤새 한잠도 못 잔 얼굴이었어. 그가 라디오를 켰을 때 뭔가 극적인 사건이 일어났다는 걸 알았지. 하지제 전날, 독일이 소련을 공격했어."

노인은 한심하다는 듯 손을 내저었다.

"그가 잔을 두 개 꺼내 독주를 가득 따르더군. 큰 충격을 받은 표정이었어. 이 일에 어떤 결과가 오겠느냐고 물었더니 그는 냉철하게도 독일과 나치즘의 종말이 초래될 거라 대답했지. 다들 히틀러를 무적이라 여겼으니 반신반의했지만 어쨌든 헤르만은 '독일의 패망을 위하여!'라며 나와 잔을 부딪쳤어. 그러고 나서 현실적인 일들을 이야기하기 시작했지."

미카엘은 얘기를 열심히 듣고 있다는 표시로 고개를 끄덕였다.

"우선 내 부친에게 연락해 지시를 받을 길이 없을 테니 자기 권한으로 내 독일 체류를 중단하고 가능한 한 빨리 귀국하라고 결정했어. 그리고 내게 한 가지 부탁을 했지."

그가 누렇게 퇴색되고 귀퉁이가 접힌 인물사진을 한 장 보여주었다. 갈색 머리 여인의 옆얼굴이 찍혀 있었다.

"헤르만에게는 결혼한 지 사십 년 되는 아내가 있었다네. 하지만 1919년 자기 나이 절반밖에 안 되는 뇌쇄적인 미인을 만났지. 단박에 사랑에 빠져버렸어. 가난한 일개 재봉공에게 말이야. 구애 끝에 부유한 사내들이 흔히 하는 방식으로 사무실에서 멀지 않은 데다 그녀에게 아파트를 얻어줬어. 정부를 얻은 셈이지. 그리고 1921년 에디트라는 딸을 낳았어."

"돈 많은 중년 남자, 가난한 젊은 여인, 그리고 사랑의 결실로 태어난 아이…… 이러한 구도는 1940년대에도 그렇게 엄청난 스캔들이라고는 할 수 없겠죠." 미카엘이 덧붙였다.

"맞아. 하지만 여인이 유대인이었어. 헤르만은 나치 독일 한가운데서 유대인 소녀의 아버지가 된 셈이었지. '민족의 배신자' 말일세."

"그렇다면 문제가 달라지죠. 그래서 어떻게 됐나요?"

"에디트의 모친은 1939년에 체포당한 후 실종됐네. 무슨 일이 있었을지 충분히 짐작할 수 있지 않은가? 그런데 일은 거기서 끝나지 않았네. 다들 그녀에게 딸이 있다는 사실을 알았으니 게슈타포가 그녀를 찾기 시작했어. 1941년 여름, 바로 내가 함부르크에 도착했던 그 주에 헤르만이 소환됐네. 에디트의 모친과 그의 관계를 알아낸 거지. 그는 여인과의 관계와 자신이 에디트의 아버지임을 인정했네. 하지만 지금 딸이 어디 있는지 전혀 모르며 십 년 넘게 연락이 끊긴 상태라고 진술했어."

"그녀는 어디에 있었나요?"

"사실 난 헤르만의 집에서 매일 그녀와 마주쳤다네. 내 방을 치워주고 저녁식사 준비를 돕는 조용하고도 어여쁜 스무 살 아가씨였지. 몇 년 전부터 유대인 박해가 계속된 터라 결국 1937년에 에디트가 헤르만에게 도움을 청한 거야. 그는 기꺼이 도와줬지. 공식적인 자식들만큼이나 딸 에디트를 사랑했거든. 그야말로 아무도 상상할 수 없는 장소에 딸을 숨겼지. 가짜 신분증을 만들어주고 자기집에 하녀로 들인 거야."

"그럼 부인은 이 사실을 알고 있었나요?"

"아니. 아무것도 몰랐어."

"그후엔 어떻게 됐죠?"

"그렇게 사 년을 무사히 지냈지만 나치의 수사망이 점점 좁혀오는 걸 느꼈지. 얼마 후면 게슈타포가 문을 두드릴 판이었어. 그리고 그날 밤 그가 이 모든 사실을 내게 얘기해줬고, 스웨덴으로 떠나기 몇 주 전이었어. 그러고는 자기 딸을 불러 내게 소개해줬지. 몹시 수줍어하면서 내 눈을 똑바로 쳐다보지도 못하더군. 헤르만이 그녀의 생명을 구해달라고 간곡하게 부탁했어."

"그렇지만 어떻게요?"

"그가 모든 걸 준비해놓았더군. 난 그곳에 삼 주를 더 머문 다음 야간열차로 코펜하겐까지 가서 페리를 타고 순드해협을 건너기로 되어 있었어. 전쟁중인 당시에도 그다지 특별할 것 없는 여행이었지. 그런데 대화를 나누고 이틀 후 방에르 그룹 화물선 하나가 갑자기 함부르크를 떠나 스웨덴으로 가게 됐어. 함부르크에서 단 하루도 지체하고 싶지 않았던 헤르만이 나를 그 배에 태우려 했지. 여행상 일어나는 변경은 보안국의 승인을 받아야 했지만 형식적인 절차에 불과해서 큰 문제는 아니었어. 그렇게 결국 화물선에 승선했네."

"에디트와 함께였겠죠?"

"에디트는 은밀하게 승선했지. 기계 부품을 담은 궤짝 삼백 개 중 하나에 몸을 숨겼어. 내 임무는 배가 독일 해역을 벗어나기 전에 혹시 누군가가 에디트를 발견해 선장이 멍청한 짓을 하려 들면 그녀를 보호하는 일이었어. 아무 일 없다면 배가 독일 해역을 멀리 벗어났을 때 그녀를 꺼내줄 작정이었지."

"그렇군요."

"간단해 보이는 계획이었지만 여행은 악몽으로 변했네. 당시 선장이었던 오스카어 그라나트가 갑작스럽게 그룹 회장의 귀하신 아들을 맡아 영 찜찜해하더군. 드디어 어느 여름날 밤 9시경에 함부르크에서 출항했네. 막 항구를 벗어나는데 공습경보가 울려댔지. 영국군이었어. 내가 경험한 최악의 일이었지. 물론 표적은 항구였고. 과장 없이 말하자면 폭탄이 바로 옆에서 터지기 시작했을 때 바지에 오줌을 지릴 뻔했다네. 가까스로 위험에서 벗어났지만 그날 밤은 참으로 끔찍했어! 폭풍우는 쳐대지, 화물선 엔진은 꺼졌지, 바다에는 온통 어뢰투성이지. 천신만고 끝에 다음날 오후 스웨덴 칼스크로나에 닿을 수 있었다네. 이제 그 아가씨에게 무슨 일이 일어났는지 궁금하지 않나?"

"대충 알 것 같군요."

"물론 아버지는 격노하셨지. 그룹 전체를 위험에 빠뜨릴 수 있는 철없는 짓이었다고 말이야. 당장에라도 에디트를 본국으로 송환할 기세였어. 당시 1941년엔 충분히 그럴 만한 일이었고. 하지만 그땐 이미 내가 불같은 사랑에 빠져버린 후였지. 헤르만이 그녀의 어머니에게 그랬듯. 나는 청혼했고, 아버지에게 둘 중 하나를 선택하라고 선언했지. 이 결혼을 받아들이든지, 아니면 그룹을 이끌 다른 사람을 찾든지. 결국 아버지가 굴복했어."

"그런데 부인께선 작고하셨나요?"

"아주 젊은 나이에 죽었지. 1958년, 같이 산 지 십육 년이 되던 해였어. 선천성 심장병이 있었다네. 그리고 내가 불임이어서 아이를 갖지 못했고. 바로 이런 이유 때문에 하랄드가 날 증오하는 걸세."

"그녀와 결혼해서요?"

"그의 표현을 따르면 '더러운 유대인 창녀 계집'과 결혼해서지. 형이 보기에 난 인종과 민족과 도덕, 요컨대 그가 수호하려는 모든 걸 배신한 셈이야."

"완전히 미쳤군요."

"바로 내가 하고 싶은 말일세."

10장

1월 9일 목요일~1월 31일 금요일

〈헤데스타드 통신〉에 따르면 미카엘이 헤데뷔에서 유배생활을 시작한 처음 한 달은 1942년 이래 가장 추운 날씨였다고 한다. 그는 기사가 사실이라고 생각했다. 한 달 만에 내복 바지, 두꺼운 모직양말, 이중 상의 등 혹한에 대처하는 갖가지 방법을 터득했기 때문이다.

1월 중순 며칠 동안은 정말이지 끔찍했다. 상상하기도 힘든 영하 37도까지 기온이 내려갔다. 그런 혹한은 겪어본 적이 없었다. 키루나에서 군복무를 할 때도 이렇게까지 추웠던 기억이 없다. 아침에 일어나보면 수도까지 얼어붙은 날도 있었다. 군나르가 커다란 플라스틱 양동이 두 개에 물을 길어다준 덕분에 간신히 얼굴을 씻을 수 있었지만 추위에 온몸이 마비될 정도였다. 창문 유리에는 온통 성에꽃이 폈고 난로에 장작을 가득 쑤셔넣고 불을 때도 실내에서 몸이 덜덜 떨렸다. 집 뒤쪽 창고에서 장작을 패느라 하루를 다 보내기도 했다.

때로는 울고 싶은 심정이었다. 당장이라도 택시를 타고 시내로 나가 남쪽으로 떠나는 첫 기차에 몸을 싣고 싶었다. 하지만 그렇게 하지 않았다. 대신 스웨터를 하나 더 껴입고 모포를 몸에 두르고 식탁에 앉았다. 그리고 뜨거운 커피를 한잔 끓여놓고 다시금 낡은 경찰수사 기록을 펼쳤다.

다행히 얼마 후 날씨가 풀렸고 온도는 다시 쾌적한 영하 10도로 올라왔다.

미카엘은 헤데뷔 사람들을 사귀기 시작했다. 마르틴은 약속한 대로 손수 구운 순록 요리와 이탈리아 와인을 준비해놓고 저녁식사에 초대했다. 이 대기업 대표는 미혼이었지만 에바 하셀이라는 여자와 사귀고 있었다. 따뜻하고도 재미있는 성격에 상당히 매력적인 여자였다. 헤데스타드에서 치과 의사로 일하는 그녀는 주말이면 마르틴의 집에 와서 지내곤 했다. 그날 저녁 둘의 대화를 들으며 관계를 대충 짐작할 수 있었다. 아주 오래전부터 알고 지내다가 중년에 이르러 본격적으로 사귀기 시작했지만 두 사람 모두 결혼할 필요를 느끼지 않는 관계였다.

"에바는 현재 내 치과 의사일 뿐이오." 마르틴이 웃으면서 말했다.

"미친 사람들이 우글거리는 이 집안과 엮일 생각이 전혀 없다고요." 에바가 마르틴의 무릎을 다정하게 토닥이며 말했다.

마르틴의 집은 흰색과 검은색, 그리고 크롬 소재로 심플하게 꾸며졌다. 어떤 건축가가 디자인했다고 하는데 독신이라면 한 번쯤은 꿈꿔봤을 근사한 현대적 공간이었다. 크리스테르처럼 디자인에 안목이 있는 사람이 이곳을 장식한 최고급 가구들을 보았다면 크게 좋아했으리라. 특히 주방은 전문 요리사의 공간처럼 완벽하게 꾸며졌다. 거실에는 LP 전용 최고급 오디오 시스템, 그리고 토미 도시에서 존 콜트레인에 이르는 무수한 재즈 음악가들의 앨범이 소장되어 있었다. 부자의 집답게 호화롭고도 안락했지만 한편으로는 개성이 없었다. 벽에 걸린 그림들은 이케아 같은 할인 매장에 있음직한 포스터들의 복사본에 불과했다. 예쁘지만 사람들에게 자랑할 예술품은 결코 아니었다. 거실 서가에는 『스웨덴 백과사전』 전집과 크리스마스 선물로 도저히 마땅한 게 없을 때 선택할 법한 책들이 깔끔하게 꽂혀 있었다. 요약하자면 마르틴의 취미는 음악과 요리, 두 가지였다. 3천 장에 달하는 LP 컬렉션과 완벽한 시설을 갖춘 주방, 그리고 마르틴의 뚱뚱한 몸집을 보면 알 수 있었다.

그는 우둔함과 신랄함, 그리고 상냥함이 기묘하게 뒤섞인 인물이었다. 이 대기업 대표에게 조금 문제가 있다는 사실은 그리 분석적이지 않더라도 쉽게 알 수 있었다. 〈튀니지아의 밤〉을 들으며 나눈 대화는 자연스럽게 방에르 그룹에 대한 이야기로 이어졌다. 마르틴은 자신이 그룹의 생존을 위해 악전고투하고 있음을 숨기려 들지 않았다. 미카엘은 놀라지 않을 수 없었다. 친하지도 않은 경제 전문 기자 앞에서 회사 내부의 문제들을 어떻게 이토록 낱낱이 까발릴 수 있단 말인가? 실로 경솔한 행동이 아닐 수 없었다. 미카엘이 헨리크를 위해 일하고 있다는 이유만으로 이미 방에르 가문에 속한 사람이라고 여기는 듯했다. 그리고 헨리크와 마찬가지로 방에르 그룹에 문제가 있다면 그건 순전히 가문 내부에서 비롯된다고 생각하는 듯했다. 반면 가족을 향한 원망과 경멸 같은 감정은 없어 보였다. 오히려 가문의 치료할 수 없는 광증을 마치 남 일이나 되는 양 재미있어하는 인상을 주었다. 에바는 그의 이야기를 들으며 별다른 말 없이 고개만 끄덕거렸다. 아마도 둘은 이 주제에 대해 이미 많은 이야기를 나눠온 모양이었다.

미카엘이 가족사를 저술하기 위해 고용됐다는 것을 알고 있었기에 마르틴은 일이 어떻게 진행되는지 물었다. 미카엘은 미소를 지으며 방에르 가문 사람들이 하도 많고 관계도 복잡해서 아직은 뭐가 뭔지 잘 모르겠다고 대답했다. 그리고 언제 따로 시간을 잡아 인터뷰하러 찾아와도 괜찮겠느냐고 물었다. 그러면서 대화 주제를 하리에

트의 실종과 노인의 집착 쪽으로 슬그머니 돌려보려고 여러 번 시도
했다. 마르틴은 하리에트의 오빠이기에 헨리크의 이론을 귀에 못이
박히도록 들어오지 않았겠는가? 미카엘이 방에르 가문 연대기를 집
필하고 있으니 가문 사람 중에 실종된 사람이 있다는 사실에 주목했
으리라는 것쯤은 충분히 짐작할 수 있는 일 아닌가? 하지만 마르틴
은 이 주제에 대해 별로 할 얘기가 없어 보였다. 결국 미카엘은 좀더
기다리기로 마음먹었다. 언젠가는 피치 못하게 하리에트에 대해 이
야기할 상황이 올 터였다.

　세 사람은 보드카를 몇 순배 돌린 후 새벽 2시가 다 돼서야 파티를
끝냈다. 미카엘은 얼근하게 취해 비틀거리며 300여 미터를 걸어 집
으로 돌아왔다. 그럭저럭 즐거웠던 저녁이었다.

　미카엘이 헤데뷔에 온 지 이 주가 되어가던 어느 날 오후, 누군가
가 현관문을 두드렸다. 미카엘은 막 꺼낸 여섯번째 경찰수사 기록을
내려놓고 작업실 문을 닫고 나와 현관문을 열었다. 두꺼운 옷으로 몸
을 감싼 오십대 금발 여인이 문 앞에 서 있었다.

　"안녕하세요! 인사하러 들렀어요. 세실리아 방에르예요."

　악수를 나눈 후 미카엘이 그녀를 집안으로 들여 커피를 대접했다.
나치스 하랄드의 딸은 성격이 화통해 보였고 여러 면에서 매력적인
여자였다. 헨리크는 이 조카딸을 높이 평가했다. 그리고 바로 옆집에
사는 부친을 거의 만나지 않는다고 했었다. 그녀는 잠시 미카엘과 담
소를 나누다가 그를 찾아온 이유를 밝혔다.

　"우리 집안에 대한 책을 쓰신다면서요? 개인적으로는 썩 훌륭한
생각이 아닌듯 합니다만, 어쨌든 당신이 어떤 분인지 좀 알고 싶었
어요."

　"음, 헨리크 회장님이 절 고용했죠. 일테면 이건 그분의 회고록이
라고 할 수 있습니다."

"작은아버지는 좋으신 분이지만 가족에 대해선 그리 객관적이지 못한 게 흠이죠."

미카엘이 그녀를 쳐다보았다. 이 여자는 도대체 뭘 말하려는 걸까?

"부인은 가문의 역사를 쓰는 일이 탐탁지 않으십니까?"

"그런 뜻은 아니었어요. 내 의견이 그렇게 중요하지도 않고요. 당신도 눈치챘겠지만 방에르 가문에서 살아가는 일이 몹시 힘들 때가 있죠."

미카엘은 헨리크가 그녀에게 이 일에 대해 얼마나 깊이 말했는지 전혀 감을 잡을 수 없었다. 그는 두 손을 올려 보였다.

"회장님이 제게 가족사를 집필해달라고 부탁하셨죠. 사실 회장님은 집안사람들을 색안경을 끼고 보시더군요. 하지만 전 객관적인 사실만을 토대로 집필할 작정입니다."

세실리아가 짐짓 미소를 지어 보였다. 하지만 조금 씁쓸한 얼굴이었다.

"알고 싶은 건 책이 출간된 후 혹시 내가 외국으로 이민 가야 할 일이 생기진 않을까 하는 거예요."

"그런 일은 없을 겁니다. 독자들은 누가 옳고 그른지 분별할 능력이 있으니까요."

"우리 아버지가 얼마나 특이한 사람인지도 알게 되겠죠."

"나치스인 부친 말씀이시군요?" 미카엘이 되묻자 세실리아는 위를 올려다보았다.

"아버진 미쳤어요. 사는 집은 붙어 있어도 일 년에 한두 번밖에 보지 않는 사이예요."

"왜 그분을 보지 않으시죠?"

"잠깐만요! 그렇게 서두르지 마세요. 내가 말하는 내용이 당신 책에 인용되나요? 여기서 아무 생각 없이 대화를 나눴다가 나중에 바보 멍청이로 소개되는 건 아니죠?"

미카엘은 잠시 침묵을 지키며 어떻게 말해야 좋을지 생각했다.

"음, 제 임무는 알렉상드르 방에르사드가 장 바티스트 베르나도테와 함께 스웨덴으로 건너왔을 때부터 오늘날까지의 역사를 책으로 써내는 겁니다. 오랜 세월에 걸쳐 이루어진 방에르 제국의 역사를 추적하려면 기업이 어떻게 붕괴되고 가문 내부엔 어떤 문제와 갈등이 존재하는지 밝혀야죠. 이런 이야기를 할 때 밑바닥에 가라앉은 흙탕물이 수면 위로 떠오르는 일은 어쩔 수 없습니다. 그렇다고 해서 부인을 흉측하게 묘사하거나 방에르 가문의 이름에 먹칠할 의도는 추호도 없습니다. 얼마 전에 마르틴 씨를 만났는데, 아주 호감 가는 분이더군요. 전 제가 본 모습 그대로 묘사할 겁니다."

그녀는 아무런 대꾸도 하지 않았다.

"제가 알기로 부인은 교사이시라고……"

"그것보다 더 골치 아픈 일이죠. 헤데스타드 고등학교 교장입니다."

"아, 죄송합니다. 회장님이 무척 아끼는 분이고, 결혼했지만 현재 별거중이시라는 것…… 여기까지가 부인에 대해 아는 전부였거든요. 물론 여기서 저와 나눈 대화는 인용되지도, 호기심 많은 인간들에게 노출되지도 않을 겁니다. 물론 몇 가지 특별한 사건들에 대해선 부인의 공식적인 의견을 듣기 위해 찾아뵐 수 있습니다. 그땐 미리 분명하게 말씀드리겠습니다."

"기자들이 쓰는 표현을 빌리면 '오프 더 레코드'로 대화할 수 있는 거죠?"

"물론입니다."

"지금 대화도 그런 건가요?"

"지금 부인께선 그저 인사하러 들러서 커피를 한잔 들고 계신 이웃일 뿐입니다."

"좋아요. 그럼 한 가지 물어도 될까요?"

"얼마든지요."

"하리에트 방에르는 어떻게 다룰 생각인가요?"

미카엘은 아랫입술을 깨물고 잠시 머뭇거렸다. 그리고 짐짓 아무렇지도 않게 대답했다.

"솔직히 말씀드려서 아직까진 잘 모르겠습니다. 아마도 장 하나를 할애해야겠죠. 극적인 사건인데다 적어도 헨리크 회장님께 큰 영향을 미친 일임을 부인할 수 없으니까요."

"당신이 여기 온 목적이 그녀의 실종 사건을 조사하려는 거 아닌가요?"

"왜 그런 생각을 하셨죠?"

"군나르가 이 집에 커다란 박스 네 개를 날라주는 걸 봤어요. 분명 삼촌이 몇 년 동안 개인적으로 모은 조사 자료들이겠죠. 그리고 나서 평소에 그 자료들이 있던 하리에트의 방에 가봤더니 모두 사라졌더 군요."

세실리아는 제법 똑똑한 여자였다.

"그 점에 대해선 제가 아니라 회장님께 여쭙는 게 좋겠습니다." 미 카엘이 대답했다. "그분께서 하리에트 사건에 대해 많은 말씀을 해주 신 건 사실입니다. 저 역시 그 자료들을 읽어보면 흥미롭겠다고 생각 했고요."

세실리아는 또다시 씁쓸한 미소를 지어 보였다.

"난 이따금 누가 더 미쳤는지 자문해보곤 해요. 우리 아버지인지, 아님 헨리크 삼촌인지…… 삼촌과는 하리에트의 실종에 대해 아마 수천 번은 얘기했을 거예요."

"그녀에게 무슨 일이 일어났다고 생각하십니까?"

"이 질문은 공식 인터뷰에 속한 건가요?"

"물론 아닙니다!" 미카엘이 웃으며 대답했다. "호기심에 드린 질문 입니다."

"당신도 머리가 이상한 분인지 궁금하네요. 삼촌의 이론에 빠져드셨나요? 아니면 당신이 삼촌을 부추기는 건가요?"

"그럼 회장님이 정신이상이라는 말인가요?"

"오해하지는 마세요. 삼촌은 내가 아는 사람 중에 가장 따뜻하고 자상한 분이에요. 저도 그분을 굉장히 좋아하고요. 하지만 유독 이 문제에는 강박을 보이시죠."

"그런데 그분의 강박증에는 근거가 없지 않습니다. 하리에트가 실제로 실종되지 않았습니까?"

"간단히 말해서 이 빌어먹을 이야기가 이제는 지긋지긋해요. 오랜 세월 우리들 모두의 삶을 망쳐놨어요. 영원히 끝날 것 같지도 않고요."

그녀가 갑자기 몸을 일으키며 외투를 걸쳤다.

"그만 가봐야겠어요. 당신은 좋은 분 같군요. 마르틴도 그렇게 말했죠. 그의 판단이 항상 정확한 건 아니지만. 아무때나 차라도 한잔하러 들르세요. 저녁엔 거의 집에 있으니까요."

"감사합니다." 미카엘이 대답했다. 그리고 현관문 쪽으로 걸어가는 그녀의 뒤에 대고 소리쳤다. "그런데 공식 인터뷰에 속하지 않는 제 질문에 대답하지 않으셨습니다!"

"하리에트에게 무슨 일이 일어났는지 난 아무것도 몰라요. 비로소 그 이유가 드러난다면 우리 모두가 놀랄 만큼 너무도 간단하고 평범한 사건에 불과하리라고 생각하고 있어요."

그녀는 몸을 돌려 미카엘에게 미소를 지었다. 처음으로 따뜻함이 담긴 미소였다. 그리고는 작별인사로 손을 흔든 후 문밖으로 나갔다. 미카엘은 깊은 생각에 잠긴 채 식탁에 꼼짝 않고 앉아 있었다. 세실리아 방에르…… 하리에트가 사라졌을 때 헤데뷔에 있던 집안사람으로, 리스트에는 굵은 글씨로 표시한 이름이었다.

세실리아와의 첫 만남이 비교적 유쾌했다면, 이자벨라 방에르와는 전혀 그렇지 못했다. 일흔다섯이 된 하리에트의 모친은 이를테면 노년기의 로런 버콜*을 연상시키는 아주 우아한 여자였다. 미카엘은 어느 날 아침 수산네 카페로 가던 중에 검은색 모직외투와 한 쌍인 모자를 쓰고 손에는 검은 지팡이를 든 호리호리한 그녀와 마주쳤다. 노령에도 여전히 미모를 간직한 그녀는 나이든 뱀파이어 같았다. 현실 속 그것이 아닌 그림으로 그린 듯한 아름다움, 뱀같이 독기 어린 아름다움을 품고 있었다. 이자벨라는 산책을 마치고 집으로 돌아가는 모양이었다. 그런데 삼거리에 버티고 선 그녀가 걸어가는 미카엘을 향해 소리쳤다.

　　"어이, 젊은이! 이리 와보시오!"

　　그 말의 뉘앙스가 명령이라는 사실을 의심할 수 없었다. 미카엘은 당황해 잠시 주위를 살펴본 후 그녀가 부르는 사람이 다름아닌 자신임을 깨달았다.

　　"난 이자벨라 방에르요."

　　"안녕하십니까? 저는 미카엘 블롬크비스트라고 합니다." 한 손을 내밀어 악수를 청했으나 그녀는 싹 무시해버렸다.

　　"당신이에요? 우리 가문 뒷얘기를 캐고 다닌다는 작자가?"

　　"음, 제가 바로 헨리크 회장님의 요청으로 방에르 가문의 역사를 정리하는 그 작자입니다만."

　　"쓸데없이 남의 일에 끼어들지 말아요."

　　"잘못된 게 있나요? 회장님이 나를 접촉한 겁니까, 아니면 내가 그분의 요청을 받아들인 겁니까? 첫번째라면 그분 문제이고, 두번째라면 내 문제 아니겠습니까?"

　　"내가 지금 무슨 말을 하는지 잘 알거예요. 다른 사람이 내 삶에 코

---

* 미국 배우(1924~2014).

를 들이밀고 뒤져대는 꼴은 싫으니까.”

“그렇다면 부인의 삶은 뒤지지 않도록 하겠습니다. 다른 문제가 있다면 회장님과 상의하세요.”

이자벨라가 갑자기 지팡이를 들어올려 손잡이로 미카엘의 가슴팍을 탁 쳤다. 위해를 입힐 만한 타격은 아니었으나 그는 깜짝 놀라 자신도 모르게 한 걸음 물러섰다.

“내게서 떨어지란 말이야!”

이자벨라는 발꿈치를 획 돌리더니 자기집 쪽으로 걸음을 옮겼다. 미카엘은 그 자리에 못 박힌 채 서 있었다. 마치 현실 한가운데로 뛰쳐나온 만화 주인공을 본 듯 얼굴로 멍하니 굳어 있었다. 이윽고 고개를 돌리다가 이쪽을 보고 있는 누군가 발견했다. 서재 창가에 서서 이 모든 광경을 지켜본 헨리크였다. 그는 어이없다는 듯 한 손에 든 커피잔을 살짝 들어올렸다. 미카엘 역시 머리를 흔들며 어깨를 으쓱해 보이고는 수산네 카페로 발길을 옮겼다.

미카엘이 헤데뷔에 온 처음 한 달 동안 하루를 잡아 실리안호숫가에 다녀온 것이 유일한 여행이었다. 은퇴한 형사 구스타프 모렐과 오후를 보내기 위해서였다. 디르크의 벤츠로 눈 덮인 풍경 속을 달려갔다. 실제로 만난 형사는 수사 보고서를 읽으며 상상했던 모습과는 딴판이었다. 그는 이제 동작이 굼뜨고 말하는 속도는 더욱 느린 쭈그러든 노인에 불과했다.

미카엘은 미리 노트에 끄적거려 간 의문점 열 가지를 차례로 질문했다. 주로 수사 보고서를 읽다가 떠오른 생각들이었다. 구스타프는 마치 학생을 가르치는 교사처럼 원론적이고도 친절하게 답해주었다. 질문을 모두 마친 미카엘이 노트를 덮었다. 그리고 이 모든 질문들이 실은 그를 만나려는 구실에 불과했다고 고백했다. 여기 온 진정한 목적은 격의 없이 대화를 나누면서 정말로 중요한 한 가지를 묻기 위함이었다. 즉 수사를 진행하면서 보고서에는 적지 않은 무언가, 어떤 개인적 성찰이나 직관 같은 것이 있었느냐는 말이다.

미카엘은 이러한 자신의 요구를 구스타프가 마뜩잖게 받아들이리라 예상했다. 구스타프도 헨리크와 마찬가지로 이 미스터리를 풀기 위해 삼십육 년을 보냈지만 아무런 소득을 얻지 못했다. 그런데 어디서 듣도 보도 못한 작자가 나타나 난마와도 같은 사건을 파헤치겠다고 설쳐대니 기분이 썩 유쾌하진 않을 것이다. 하지만 구스타프는 조금도 그런 적대감을 보이지 않았다. 그는 파이프에 정성껏 담배를 채워넣은 후 성냥을 그어 불을 붙였다. 그리고 이렇게 대답했다.

"물론 여러 생각을 했소. 하지만 너무도 모호하고 언뜻 스쳐간 생각들이라 정확하게 표현하기가 힘들군."

"형사님은 하리에트에게 무슨 일이 일어났다고 생각하십니까?"

"살해당했다고 생각하오. 헨리크와 생각이 같지. 유일하게 타당한 설명이니까. 하지만 살해 동기를 전혀 찾아내지 못했소. 난 살해에 어떤 명확한 동기가 있었다고 생각하오. 정신병자나 우발적인 강간범 소행은 아니라는 말이오. 동기만 알아낸다면 살해범을 찾아낼 수 있겠지."

그러고는 잠시 생각에 잠기더니 말을 이었다.

"살인 자체는 즉흥적으로 이루어졌을 수 있소. 애초부터 그녀를 노리고 있던 자가 교통사고가 일어나 마을이 혼란에 빠지자 그 틈을 이용했을 수 있다는 뜻이오. 일단 시체를 숨겨놓았다가 수색이 시작됐을 때 어딘가로 옮겼겠지."

"그렇다면 상당히 냉정한 사람이겠군요."

"눈여겨봐야할 사실이 하나 있소. 하리에트가 헨리크의 서재로 와서 면담을 요청한 일 말이오. 내가 보기에 상당히 이상했소. 왜냐면 그녀는 작은할아버지가 집안사람들을 만나느라 정신이 없다는 걸 잘 알고 있었을 테니까. 내 생각은 이렇소. 하리에트가 누군가에게 위협적인 존재가 되었고, 그때 헨리크에게 무언가를 말하려고 했소. 살해범은 그녀가…… 뭔가를 밀고하려는 걸 눈치챘고……"

"그때 헨리크 회장님은 집안사람 몇몇하고 대화중이었죠."

"그렇소. 방안에는 헨리크 말고 네 사람이 있었소. 형 그레게르, 사촌누나 아들인 망누스 셰그렌, 그리고 하랄드의 딸 비리에르와 세실리아. 하지만 이 사실만으로는 아무것도 알 수 없소. 그러니 일단 가정으로 이렇게 한번 생각해봅시다. 누군가가 회사 돈을 횡령한 사실을 하리에트가 알았다. 그녀는 몇 달간 이 정보를 간직하고 있었거나, 문제의 인물과 여러 차례 얘기를 나눴다. 그 사람을 협박하려 했거나, 아니면 동정하는 마음으로 고발할지 말지 망설였거나. 그러다 갑자기 결심을 하고서 이를 알리려 하자 겁이 난 그가 그녀를 제거했다……"

"형사님은 '그'라고 하시는군요."

"통계적으로 살인자는 대부분 남성이오. 하지만 방에르 가문에는 성질 더러운 여자들도 꽤 있지."

"이자벨라를 만나보았습니다."

"그녀도 그중 한 명이지. 하지만 그 여잔 아니오. 세실리아 방에르도 만만찮고. 사라 셰그렌은 만나봤소?" 미카엘이 고개를 저었다. "헨리크의 사촌누나 소피아 방에르의 딸이오. 정말로 불쾌하고 무식한 여편네지. 하지만 말뫼에 사는데다 내가 아는 한 하리에트를 제거해야 할 이유가 전혀 없소."

"그렇군요."

"정말 유일한 문제가 아무리 이 사건을 들여다봐도 그 어떤 동기가 보이지 않는다는 점이오. 여기에 모든 문제가 있지. 동기만 알아내면 무슨 일이 있었는지, 그리고 누가 일을 벌였는지 짐작할 수 있을 텐데."

"형사님께선 이 사건을 철저하게 조사하셨더군요. 그럼에도 혹시 빠뜨린 부분이 있을까요?"

구스타프는 낮은 목소리로 웃었다.

"그럴 리 없소. 미카엘 씨, 난 이 사건에 엄청난 시간을 쏟아부었
소. 내 능력이 되는 한 세세한 것까지 최대한 조사하고 분석했소. 심
지어 승진해서 헤데스타드를 떠난 후에도."

"떠나셨다고요?"

"그렇소. 내 고향은 헤데스타드가 아니오. 1963년부터 1968년까
지 머물렀지. 총경으로 승진해 은퇴할 때까지 예블레 경찰서에 근무
했소. 예블레에서도 하리에트 사건을 계속 파헤쳤고."

"회장님이 형사님을 놓아주지 않았군요."

"물론이오. 하지만 꼭 그분 때문만도 아니지. 하리에트를 둘러싼
수수께끼가 아직도 내 정신을 사로잡고 있소. 어떻게 설명해야 할
까…… 모든 형사는 저마다 해결하지 못한 미스터리를 하나씩 안고
사는 법이오. 헤데스타드에서도 그런 경우를 하나 봤지. 당시 고참
형사들이 커피를 마시면서 레베카 사건을 이야기하곤 했소. 이미 몇
년 전에 고인이 됐지만 당시 그중에서도 토르스텐손이라는 형사가
끝까지 그 사건을 포기하지 못했지. 동네 깡패들이 잠잠해져 시간이
날 때면 사건 기록을 펼쳐놓고 골똘히 생각에 잠기곤 했소."

"그것도 실종된 소녀 사건이었겠군요?"

구스타프는 잠시 놀란 표정을 지었다. 미카엘이 그 일을 하리에트
와 연관 지으려 한다는 걸 깨닫고는 미소를 지었다.

"아니오. 내가 그 이 이야기를 꺼낸 건 단지 형사의 정신에 대해 말
하고 싶어서요. 레베카 사건은 하리에트가 태어나기도 전에 발생해
서 오래전에 시효가 소멸됐으니. 1940년대 헤데스타드에서 한 여인
이 폭행과 강간을 당한 뒤 살해된 일이오. 사건 자체가 유별나다고는
할 수 없지. 형사로 일하다보면 누구나 한번쯤 그런 사건을 만나기
마련이니. 내가 말하고 싶은 건 형사의 몸속에 파고들고 스며드는 사

건들이 있다는 사실이오. 레베카 사건도 그중 하나였고. 그녀는 특히 잔혹하게 살해당했소. 살해범은 그녀의 몸을 결박하고 벽난로 속 벌건 잉걸불에 머리를 쑤셔넣었지. 이 불쌍한 여자가 죽기까지 얼마나 걸렸을지 모르지만 그녀가 겪었을 고통을 생각하면 소름이 끼치오.”

“끔찍한 일이군요!”

“그렇소. 끔찍함, 그 자체였지. 토르스텐손이 현장에 출동한 첫 형사였고. 그후 사건은 영원한 미궁에 빠져버렸소. 스톡홀름에서 보강 수사를 할 전문가들까지 내려왔었는데. 그리고 토르텐손은 이 사건을 놓지 못했소.”

“그 마음 충분히 이해합니다.”

“내게는 하리에트 사건이 바로 그렇소. 그녀가 어떻게 죽었는지 알지 못한데다 기술적인 관점에선 과연 살해된 것인지조차 증명할 수 없었으니까. 하지만 나 역시 도저히 포기할 수 없었지.”

그는 잠시 생각했다.

“범죄수사관이란 세상에서 가장 고독한 직업이오. 희생자의 친구들은 분개하고 절망하지만 몇 주 혹은 몇 달이 지나면 모든 건 일상의 흐름 속에 묻혀버리는 법이오. 좀더 가까웠던 사람에겐 시간이 더 필요하겠지만 그들 역시 언젠가는 슬픔과 절망을 극복하지. 삶은 계속되는 법이니까. 하지만 해결되지 못한 살인 사건은 수사관들의 마음을 점점 갉아먹소. 결국 단 한 사람만 남아 희생자를 떠올리며 정의를 실현하려고 하지. 그게 바로 수사를 담당한 형사라오.”

지금껏 미카엘이 만난 사람들 외에도 헤데뷔에는 방에르 가문 사람 셋이 더 살고 있었다. 1946년에 태어난 그레게르의 아들 알렉산데르는 20세기 초반에 지었다가 이후에 개수한 목조 가옥에 살았다. 현재 카리브해 앤틸리스제도에서 요트나 즐기며 빈둥거린다고 했다. 미카엘은 조카를 형편없이 깎아내리는 헨리크를 보고 사고깨나 친 문제아일 거라고 짐작했다. 하지만 우선 하리에트가 사라졌을 당시 그가 스무 살이었고 섬 안에 있었다는 객관적인 사실만을 받아들이기로 했다.

알렉산데르는 모친과 함께 살고 있었다. 죽은 그레게르의 부인인 여든 살의 예르다였다. 미카엘은 그녀를 한 번도 본 적이 없었다. 건강이 나빠 대부분 침대에 누워 있다고만 했다.

세번째 사람은 물론 하랄드였다. 처음 몇 달은 이 인종우생학자의 그림자도 볼 수 없었다. 미카엘의 거처에서 가장 가까운 그의 집은 항상 두꺼운 커튼이 드리워져 있어 음산하기 그지없었다. 하지만 빈집은 아니었다. 여러 차례 그 두꺼운 커튼이 살짝 흔들리는 느낌을 받았다. 하루는 잠자리에 들 준비를 하다가 그 집 이층 방 하나에 불이 들어온 걸 본 적도 있었다. 커튼을 제대로 치지 않은 모양이었다. 미카엘은 이십여 분간 주방의 어둠 속에서 홀린 듯이 그 불빛을 바라보다가 결국 추위에 몸을 덜덜 떨며 침실로 들어갔다. 다음날 아침에 커튼은 제자리로 돌아와 있었다.

하랄드 방에르는 보이지 않지만 항상 거기 있는 혼령이자 부재의 그림자를 마을 위에 드리운 존재였다. 미카엘의 상상 속에서 그는 점점 골룸의 모습을 닮아갔다. 은밀한 동굴 같은 저택 안에서 아무도 알 수 없는 신비스러운 일에 몰두하다 가끔씩 두꺼운 커튼 틈으로 주위를 염탐하는 사악한 골룸.

그래도 하루에 한 번씩 그를 찾아오는 사람이 있었다. 집안일을 도와주러 다리 건너편에서 찾아오는 나이든 파출부였다. 먹을거리가 든 바구니를 양손에 들고서 대문에서부터 현관까지 눈더미를 헤치고 가느라 여간 고생하는 게 아니었다. 미카엘이 묻자 관리인 군나르가 고개를 절레절레 흔들며 설명하기를, 자신도 눈을 치워주겠다고 해봤지만 노인이 누구도 자기 영역 안에 발을 들이지 못하게 한다고 했다. 하랄드가 섬으로 돌아와 처음 맞았던 겨울이었다. 도로에 눈이 잔뜩 쌓여서 군나르가 아무 생각 없이 트랙터를 몰고 그의 집 대문 앞에 간 적이 있었다. 일상적으로 마을 집집마다 쌓인 눈을 치워왔기 때문이다. 그런데 하랄드가 고래고래 소리를 지르며 뛰쳐나와 군나르를 멀찌감치 쫓아버렸다고 한다.

한편 군나르는 미카엘네 마당에 쌓인 눈을 치워주지 못해 몹시 유감스러워했다. 대문이 좁아 트랙터가 들어갈 수 없었던 탓이다. 삽과 두 팔만이 유일한 해결책이었다.

1월 중순경, 미카엘은 변호사를 통해 3개월 징역형을 언제 치를 수 있을지 알아보았다. 이 골치 아픈 의무를 가급적 빨리 끝내버리고 싶은 심정이었다. 감옥에 가는 일은 생각만큼 복잡하지 않았다. 일주일간 지리한 협상을 계속한 끝에 3월 17일 외스테르순드 부근에 있는 룰로케르 중앙교도소에 출두하기로 했다. 가벼운 형을 받은 죄수들이 복역하는 비교적 자유로운 교도소였다. 게다가 변호사 말로는 형기가 상당히 줄어들 가능성도 있다고 했다.

"잘됐군요." 미카엘이 무덤덤하게 대꾸했다.

그는 식탁에 앉아 적갈색 줄무늬 고양이를 쓰다듬었다. 녀석은 정기적으로 나타나 그곳에서 밤을 보내고 가는 버릇이 있었다. 길 건너에 사는 헬렌에 의하면 녀석의 이름은 토르벤으로, 딱히 누구에게도 속해 있진 않고 기분 내키는 대로 이 집 저 집을 떠돌면서 지낸다고 했다.

미카엘과 헨리크는 거의 매일 오후 만났다. 때로는 짧게, 때로는 긴 시간에 걸쳐 하리에트의 실종 당시 정황과 헨리크의 개인적인 조사 내용을 두고 조목조목 토론했다.

간혹 미카엘이 가설을 제시하고 헨리크가 반박하며 이야기를 이어나갔다. 미카엘은 맡은 임무에 적당한 거리를 두겠다고 결심했지만 이따금 자신도 모르게 강렬한 호기심을 느끼며 이 수수께끼에 끌려들어가곤 했다.

미카엘은 에리카에게 벤네르스트룀과의 싸움을 재개할 전략을 찾아보겠다고 약속했었다. 하지만 헤데스타드에 온 지 한 달이 지난 지금까지 그를 법정에 서게 했던 옛 자료들을 다시 열어보지도 못하고 있었다. 아니, 아예 한쪽에다 치워놓았다. 벤네르스트룀과 현재 자신의 상황을 함께 떠올릴 때마다 깊은 좌절과 무력이 엄습해왔다. 가끔씩 머릿속이 맑아질 때면 자문해보곤 했다. 내가 여기서 무얼 하고 있는 거지? 나도 늙은 헨리크처럼 정신이 이상해지고 있는 걸까? 기자로서 닦아온 경력이 카드로 쌓은 성처럼 와르르 무너져버렸는데 지금 이 조그만 마을에 처박혀 유령을 좇고 있는 건 아닐까? 무엇보다도 에리카가 몹시 그리웠다.

헨리크는 이러한 미카엘을 걱정스러운 눈으로 쳐다보곤 했다. 미카엘의 감정이 항상 평온하지만은 않다는 걸 눈치채고 있었다. 1월 말, 드디어 노인이 마음을 먹었다. 스스로도 놀랄 만큼 파격적인 결심이었다. 먼저 수화기를 들고 스톡홀름에 전화를 걸었다. 대화는 이십 여분 동안 계속되었고, 내용은 주로 미카엘에 관한 것이었다.

에리카가 화를 풀기까지는 한 달의 시간이 필요했다. 1월 말 어느날 밤 9시 반에 그녀에게서 전화가 걸려왔다.

"그래! 자긴 정말 거기에 머물려고 작정한 모양이지?" 그녀의 첫마디였다. 너무도 갑작스레 걸려온 전화에 미카엘은 잠시 대답할 말을 찾지 못했다. 이윽고 미소를 지으며 몸에 두른 모포를 바짝 죄었다.

"안녕, 리키! 이곳 생활이 어떤지 구경 좀 오라고!"

"왜? 시골구석에 사는 게 너무 재미있어서 살맛나는 모양이지?"

"재미는 무슨. 방금 전에 겨우 일어나 양치질을 했는데 물이 너무 차가워서 이가 시릴 정도야."

"다 자초한 일이잖아? 여기 스톡홀름 사정도 그리 좋지 않아."

"얘기해봐."

"고정 광고주 중 3분의 2가 떠났어. 아무도 이유를 솔직하게 말하지는 않지만……"

"알겠어. 우릴 버리고 떠난 놈들은 모두 수첩에다 적어놓자고. 나중에 놈들을 까는 기사를 써서 멋지게 복수하자."

"미케…… 계산해보니 새 광고주를 못 찾으면 올가을에 〈밀레니엄〉은 부도나고 말거야."

"상황이 달라지겠지."

수화기 너머에서 그녀의 피곤한 웃음소리가 들렸다.

"미케! 머나먼 라플란드* 나라에 혼자 뚝 떨어져 있는 주제에 너무 제멋대로 얘기하는 거 아냐?"

"너무 과장하지 마. 여기서 가장 가까운 라플란드 마을도 최소한 500킬로미터는 떨어져 있어. 여긴 스톡홀름에서 그렇게 멀지 않아."

에리카는 잠시 침묵했다.

"에리카, 나는 말이야……"

"알아. 무릇 남자란 응당 할 일을 해야 한다 어쩌고저쩌고 말하려는 거 아냐? 됐어. 말 안 해도 다 아니까, 그딴 얘기는 이제 그만두자고. 그동안 내가 전화도 안 하고 너무 못되게 굴어서 미안해. 우리 처음부터 다시 시작하자. 내가 거기로 가도 되겠어?"

"언제든지."

"늑대 사냥하게 엽총도 가져갈까?"

"그럴 필요 없어. 개썰매를 모는 라플란드 사람을 고용할 테니까."
미카엘은 농담을 던지고 껄껄 웃었다.

"그래서 언제 올 거야?"

_____

* 스칸디나비아 최북단 지역. 여기서는 '멀리 떨어진 오지'를 은유한 표현.

"금요일 저녁. 오케이?"

미카엘의 눈앞에서 생生이 갑자기 환히 밝아지는 듯했다.

뜰에 대문과 현관을 잇는 좁은 길을 제외하고 온통 눈이 1미터는 쌓여 있었다. 그걸 치워보겠다고 미카엘이 나왔지만 턱도 없이 작은 삽을 내려다보고 있자니 한숨만 나올 뿐이었다. 결국 포기하고 군나르 부부 집으로 가 에리카가 여기 있을 동안 그녀의 BMW를 그곳에 주차시켜도 되겠느냐고 물었다. 부부는 흔쾌히 승낙했다. 차고에 자리가 얼마든지 있으며 엔진 히터를 사용해도 좋다고 했다.

에리카는 오후 내내 운전해 저녁 6시쯤에 도착했다. 둘은 원망과 어색함이 뒤섞인 눈빛으로 서로를 쳐다보다가 결국에는 꼭 끌어안았다.

벌써 어둠에 잠긴 마을에는 조명을 밝힌 교회당 말고는 볼만한 게 없었다. 콘숨 슈퍼마켓과 수산네 카페마저도 문을 닫았다. 둘은 서둘러 집으로 돌아갔다. 미카엘이 저녁을 준비하는 동안 에리카는 1950년대에 발행된 잡지 〈레코드 매거진〉을 발견하고는 논평을 몇 마디 늘어놓거나 작업실에 있는 문서들을 뒤적이면서 집안을 둘러보았다. 저녁은 새끼 양 커틀릿과 크림소스로 버무린 감자였고 여기에 레드 와인까지 곁들였다. 미카엘로서는 오랜만에 맛보는 칼로리 만점의 푸짐한 식사였다. 미카엘이 먼저 〈밀레니엄〉 문제를 꺼내보려 했지만 에리카는 별로 내켜하지 않았다. 대신 서로의 신변과 미카엘이 여기서 하는 일에 대해 두 시간쯤 얘기를 나눴다. 그러고 나서 침대가 두 사람이 자기에 충분한지 확인하러 들어갔다.

닐스 비우르만 변호사와 한 세번째 약속은 취소되었다가 결국 같은 날 금요일 저녁 5시로 다시 정해졌다. 처음 두 번의 방문에서 리스베트를 맞아준 사람은 향수 냄새를 짙게 풍기는 오십대의 여인으로, 닐스의 비서인 듯했다. 그런데 이날은 그녀가 보이지 않았고, 리스베트를 직접 맞이하는 닐스는 술냄새를 풍기고 있었다. 그는 소파에 앉으라고 손짓한 후 잠시 딴 생각에 잠긴 듯 서류를 뒤적이더니 문득 그녀의 존재를 의식한 양 고개를 번쩍 들었다.

또다른 신문이 시작되었다. 이번에는 그녀의 성생활에 대해서였다. 전적으로 사생활에 속한 문제이기에 그 누구와도 이야기하고 싶지 않은 부분을 노골적으로 캐물었다.

처음에 리스베트는 대답하지 않았다. 그러자 그가 다그치기 시작했다. 그녀의 이러한 태도가 지나친 수줍음, 정신발달장애, 혹은 무언가를 숨기려는 의도에서 기인했다고 해석했기 때문이다. 그녀는 이 변호사가 결코 포기하지 않으리라는 걸 깨닫고 그가 품고 있을 이미지에 부합하도록 간략하고도 평범한 답변을 내놓았다. 또래인 컴퓨터 프로그래머 망누스를 이야기하며, 평소 예의바른 사람으로 함께 영화도 보러 가고 자기도 하는 사이라고 설명했다. 물론 순전히 그녀가 지어낸 허구였다. 하지만 닐스는 기다렸다는 듯 이를 시작으로 무려 한 시간 동안이나 그녀의 성생활을 낱낱이 알아내려 들었다. 얼마나 자주 관계를 갖나? 가끔씩요. 누가 먼저 하자고 하지? 그인가, 자네인가? 나요. 콘돔은 사용해? 물론이죠. 나도 에이즈가 뭔지 알거든요. 좋아하는 체위는? 음, 정상위요. 오럴 섹스를 좋아하나? 아…… 글쎄요. 항문 섹스는 해봤고? 아뇨. 누가 내 거기에다 대고 하는 걸 특별히 좋아하지 않아요. 이게 당신이 상관할 문제가 아니잖아요?

닐스와 함께 있으면서 리스베트가 화를 낸 유일한 순간이었다. 감정을 드러낸 눈빛을 보고 이자가 엉뚱한 결론이라도 내는 날엔 낭패를 보게 되므로 그녀는 애써 외면한 채 천장만 쳐다보았다. 잠시 후 눈을 돌렸을 때 책상 건너편에서 그가 이죽대고 있었다. 리스베트는 순간 깨달았다. 자신의 삶에 극적인 변화가 닥쳐오리라는 사실을. 닐스의 사무실을 나서는 그녀의 심정은 참담하기 이를 데 없었다. 전혀 예상치 못했던 더러운 꼴을 당한 셈이다. 홀게르는 결코 이런 질문을 한 적이 없었다. 활짝 열린 마음으로 언제라도 그녀의 고민을 들어줄 준비가 되어 있을 뿐이었다. 그렇다고 해서 그녀가 진정한 속내를 털어놓은 적은 없었지만.

이 닐스란 자는 정말이지 심각한 골칫거리가 아닐 수 없었다. 아니, 그녀의 삶에 치명적인 문제로 떠오르고 있었다.

11장
2월 1일 토요일~2월 18일 화요일

　토요일 짧은 낮시간을 이용해 미카엘과 에리카는 요트 선착장에서 외스테르고르덴 농장까지 산책을 했다. 헤데뷔에 온 지도 벌써 한 달이 다 되어가지만 미카엘은 섬 안쪽으로 들어가본 적이 한 번도 없었다. 혹한에 폭설이 계속되는 날씨 탓이었다. 하지만 이날만큼은 햇빛이 화창하고 비교적 따뜻했다. 에리카가 봄기운을 몰고 온 것일까. 기온은 영하 5도밖에 안 되었다. 도로변에는 제설차가 밀어놓은 눈 무더기가 1미터씩 높직이 쌓여 있었다. 요트 선착장의 방갈로 지역을 벗어나자 빽빽한 전나무 숲이 나타났다. 미카엘은 요트 선착장을 굽어보는 쇠데르산이 마을에서 바라보며 상상했던 것보다 훨씬 높고 가팔라서 놀랐다. 하리에트는 이 산에 몇 번이나 올라와봤을까. 그렇게 몇 킬로미터 죽 이어지던 전나무 숲이 뚝 끊기더니 두 사람 앞에 외스테르고르덴 농장의 울타리가 나타났다. 그 너머로 흰색 건물과 커다란 빨간색 헛간이 보였다. 두 사람은 더이상 나아가지 않고 온 길로 되돌아갔다.

마을로 돌아와 헨리크의 저택 앞을 지나는데 노인이 이층 창문을 두드리며 둘에게 손짓했다. 올라오라는 초대의 신호였다. 미카엘과 에리카는 서로 쳐다보았다.

"재계의 전설 한번 만나보고 싶어?" 미카엘이 물었다.

"설마 물어뜯지는 않겠지?"

"토요일에는 물어뜯지 않아."

헨리크가 서재 문 앞까지 나와 둘을 맞으며 악수를 청했다.

"당신을 알고 있소. 에리카 베리에르 씨? 당신이 헤데뷔에 온다는 걸 이 무심한 미카엘은 한마디도 해주지 않았다오."

에리카의 장점은 누굴 만나도 금방 친해지는 놀라운 친화력이었다. 에리카와 함께한 지 십 분 만에 엄마를 내팽개치고 그녀를 따라가려 하는 꼬마들을 미카엘은 여러 차례 목격했다. 팔십 넘은 꼬부랑 노인들도 예외가 아니었다. 그녀의 보조개가 매력적인 인상을 만들어 처음 만나는 사람도 쉽게 경계심을 풀었다. 같이 있은 지 십 분쯤 지나자 어느새 두 사람 역시 마치 수십 년 알아온 지기처럼 흉허물 없이 대화를 나누기 시작했다.

에리카는 노인을 만나자마자 왜 〈밀레니엄〉의 최고 기자를 꾀어서 이 시골구석에 데리고 왔느냐고 농담반 진담반으로 따지고 들었다. 이에 헨리크는 반문했다. 신문을 보니 미카엘이 이미 해고당했다고 하던데 만일 그게 아니라면 이번 기회에 편집부 덩치를 줄이는 일도 좋지 않겠느냐면서. 그러자 에리카는 노인의 논리에 따라 진지하게 평가하듯 미카엘을 이리저리 훑어보았다. 이어 헨리크가 덧붙였다. 어쨌든 미카엘은 아직 젊으니 시골 공기를 마시며 잠시 재충전을 하는 것도 과히 나쁘지 않을 거라고. 그건 에리카도 전적으로 동감했다.

둘은 한 오 분쯤 미카엘의 흉을 잡으며 농담을 나누었다. 미카엘은 소파에 깊이 몸을 파묻고서 못마땅한 표정을 지었고, 급기야 이중적 의미가 담긴 에리카의 농담에는 정말로 얼굴을 찌푸렸다. 그녀의 말은 기자인 미카엘의 결점을 책잡았지만 감퇴해가는 그의 성적 능력을 암시하기도 했다. 헨리크는 머리를 뒤로 젖히고 껄껄 웃었다.

미카엘은 놀라지 않을 수 없었다. 그간 이처럼 여유 있고 소탈한 노인의 모습은 본 적도 없고 상상할 수도 없었다. 문득 오십 년, 아니 삼십 년 더 젊은 헨리크의 모습을 상상했다. 여자라면 끌리지 않을 수 없는 몹시 매력적인 남자였으리라. 그런데 이런 사람이 여태 재혼도 하지 않고 살아왔다니. 물론 만나온 여인들이 있었겠지만 거의 반 세기를 독신으로 살아온 셈이었다.

미카엘은 커피를 한 모금 마시고 다시 둘의 이야기에 귀를 기울였다. 대화가 갑자기 진지해지더니 〈밀레니엄〉에 초점이 맞춰졌다.

"미카엘을 지켜보니 〈밀레니엄〉이 문제를 좀 겪는 듯하던데." 헨리크의 말에 에리카가 미카엘을 돌아다보았다. "아니오. 그가 회사 사정에 대해서 말한 적은 없소. 하지만 내가 귀머거리에 장님이 아닌 이상 당신네 잡지가 우리 방에르 그룹처럼 궁지에 몰렸다는 사실을 어찌 눈치채지 못하겠소?"

"상황이 호전되리라 믿어요." 에리카는 신중하게 대답했다.

"나는 그렇게 생각하지 않소만."

"그래요? 왜죠?"

"자, 한번 보지! 당신네 회사 직원이 모두 몇 명이오? 여섯? 그들에게 줄 급료, 매달 2만 1천 부씩 인쇄하고 배포하는 데 드는 비용, 사무실 월세…… 이 모든 걸 감안하면 일 년 매출이 적어도 1천만 크로나는 되어야 할 게요. 그리고 이중 절반은 분명 광고를 통해 얻을 텐데……"

"그런데요?"

"벤네르스트룀은 비열하면서도 끈질긴 자요. 당신들을 그리 쉽게 잊지 않을 거란 말이지. 최근 광고주를 몇이나 잃었소?"

에리카는 침착한 표정으로 헨리크를 물끄러미 쳐다보았다. 미카엘은 자신도 모르게 숨을 참았다. 물론 노인은 미카엘과도 〈밀레니엄〉에 대해 이따금 대화를 나눴다. 하지만 대부분 지나가는 짓궂은 농담이거나, 이곳에서 맡은 일에 제대로 집중하지 못하는 미카엘을 염려하는 마음으로 잡지사 사정을 묻는 데 지나지 않았다. 〈밀레니엄〉의 공동 창업자와 공동 주주는 분명 미카엘과 에리카 두 사람이지만 지금 헨리크는 미카엘을 제쳐두고 에리카에게만 말을 하고 있었다. 마치 사장 대 사장이 하는 대화이니 그의 의견은 필요 없다는 듯한 태도였다. 그리고 둘 사이에는 미카엘이 이해할 수 없는 어떤 은밀한 신호들이 오가고 있었다. 노를란드의 가난한 노동자 집안에서 태어난 미카엘과 달리 국제적 명문가 출신인 에리카만이 이해할 수 있는 언어를 사용하는 걸까?

"커피 한잔 더 주시겠어요?" 에리카가 묻자 헨리크가 즉시 커피를 따라주었다.

"좋아요. 회장님의 예리한 눈을 속일 순 없겠죠. 맞아요. 〈밀레니엄〉호에는 이미 물이 차오르고 있어요. 아직까지는 그럭저럭 노를 저어 나아가고 있지만요."

"완전히 침몰하기까지 얼마나 남았소?"

"반년은 버틸 수 있어요. 최대한 여덟아홉 달? 간단히 말해 더이상 버틸 돈이 없어요."

노인은 그 속내를 짐작할 수 없는 얼굴로 창밖을 내다보았다. 교회당은 여전히 그 자리에 서 있었다.

"나도 한때 신문사 사주였다는 사실을 아시오?"

미카엘과 에리카는 약속이나 한듯 동시에 고개를 흔들었다. 헨리크가 웃음을 터뜨렸다.

"노를란드 지방 일간지 여섯 군데를 소유했었소. 1950년에서 60년대 사이에. 그건 우리 아버지의 생각이었소. 언론의 지원이 있으면 정치적으로 유리하리라는 계산이었지. 그리고 여전히 〈헤데스타드 통신〉의 공동 사주요. 비리에르 방에르가 대표이사고. 바로 하랄드의 아들이지." 마지막은 미카엘에게 참고로 덧붙인 말이었다.

"시의회 의원이기도 하죠." 미카엘이 말했다.

"마르틴도 이사회 임원이오. 비리에르를 조율해주고 있지."

"다른 신문사 지분은 왜 처분하셨죠?" 미카엘이 물었다.

"1960년대에 있었던 그룹 구조조정 때문이었지. 사실 신문은 돈되는 사업이라기보다 일종의 취미 활동이었으니. 재정을 긴축해야 했던 우리가 맨 처음 팔아치운 자산이 신문이었다네. 신문사 운영이 어떤 건지 두 분도 잘 알잖소…… 개인적인 질문 하나 해도 되겠소?"

에리카를 향한 물음이었다. 그녀는 어깨를 으쓱하며 계속하라는 몸짓을 했다.

"아직 미카엘에게도 묻지 않은 질문이오. 만일 원치 않으면 대답하지 않아도 좋소. 어떻게 해서 당신들이 그런 수렁에 빠져든 거요? 정말 이야깃거리가 있긴 했던 거요?"

미카엘과 에리카는 시선을 교환했다. 이번엔 미카엘의 얼굴이 깊은 어둠 속으로 잠겨들어갔다. 에리카가 잠시 망설이다가 입을 열었다.

"이야깃거리가 있긴 했죠. 그런데 다른 걸 건드려버렸어요."

헨리크가 고개를 끄덕였다. 에리카의 말뜻을 완전히 이해한 표정이었다. 정작 미카엘 자신은 잘 이해되지 않았다.

"그 문제는 말하고 싶지 않습니다." 미카엘이 둘의 말을 끊고 나섰다. "난 나름대로 조사해서 기사를 썼어요. 정보제공자들도 있었고요. 그런데 그 모든 게 박살나버린 겁니다. 그게 다예요."

"정보제공자도 있었단 말인가?"

미카엘이 고개를 끄덕였다. 그러자 헨리크의 목소리가 갑자기 날카로워졌다.

"어떻게 그런 지뢰밭에 성급하게 들어갔단 말인가? 이건 정말로 유례없는 일이네. 젊은 자네들이 알지 모르겠지만 1960년대에 〈엑스프레센〉 룬달 사건*이 있었지. 그 사건에나 비교할 수 있으려나. 그 정보제공자라는 친구 혹시 허언증 환자는 아닌가?"

이어 헨리크는 고개를 절레절레 흔들더니 갑자기 목소리를 낮춰 에리카에게 말했다.

"내가 왕년에는 신문 편집 일도 해봤다네. 어떤가? 〈밀레니엄〉에 공동 사주가 한 명 더 필요하지 않은가?"

그야말로 마른하늘에 날벼락이었다. 하지만 이상하게도 에리카는 조금도 놀라지 않았다.

"무슨 뜻이죠?"

헨리크는 즉답하지 않고 대신 다른 질문을 했다.

"에리카, 헤데스타드에 얼마나 머물 예정이시오?"

"내일 스톡홀름으로 돌아갑니다."

"그럼 두 분께선 오늘 이 늙은이와 함께 저녁이나 드시지 않겠소? 7시가 좋겠는데."

"기꺼이 가겠습니다. 하지만 아직 제 질문에 답하지 않으셨어요. 왜 〈밀레니엄〉의 공동 사주가 되시려는 거죠?"

"대답을 피한 건 아니라오. 단지 식사를 하면서 얘기하면 더 좋을 듯하오. 내가 잡지사에 참여하는 구체적인 방안은 디르크 변호사와 상의해서 알려주겠소. 동기를 알고 싶다면 간단히 말해주리다. 나는 투자할 돈이 있소. 만일 이 잡지가 살아남아 수익을 내기 시작한다면 나 역시 돈을 벌 게 아니겠소? 그렇게 되지 않더라도…… 살면서 더

---

* 1965년 5월 스웨덴 신문 〈엑스프레센〉이 한 나치 그룹의 음모 사건을 보도했지만, 기자가 제공받은 정보가 정교하게 꾸며진 허위임이 밝혀져 논란을 일으켰다.

큰 손해를 입은 적도 한두 번이 아니라오."

미카엘이 입을 열려 했지만 에리카가 그의 무릎 위에 손을 얹어 제지했다.

"미카엘과 저는 독립성을 유지하려고 오랫동안 노력해왔어요."

"그건 난센스라네. 이 세상 그 누구도 완전히 독립적으로 살 수 없는 법이지. 하지만 안심하시오. 난 잡지를 장악할 생각이 없고 기사에도 신경 안 쓰니까. 그 쓰레기 같은 스텐베크도 〈모던타임스〉라는 잡지로 돈을 버는데 나라고 〈밀레니엄〉을 밀지 말라는 법이 있소? 게다가 훌륭한 언론인데."

"그렇게 결심하신 데는 벤네르스트룀도 관련이 있습니까?" 미카엘이 불쑥 묻자 헨리크가 미소를 지었다.

"미카엘, 내 나이 벌써 여든이 넘었네. 이쯤 되면 하지 못해 한이 된 일도 있고 엿 먹이지 못해 찜찜한 인간들도 있지 않겠나? 그런데," 그가 다시 에리카에게 고개를 돌렸다. "이 투자에는 한 가지 조건이 있소."

"말씀해보세요." 에리카가 대꾸했다.

"미카엘이 발행인 자리에 복귀해야 하오."

"안 됩니다!" 미카엘이 즉시 대답했다.

"아니, 해야 하네!" 헨리크가 단호하게 말했다. "벤네르스트룀에게 한 방 먹이려면 방에르 그룹이 〈밀레니엄〉을 지원하고 자네가 편집부에 복귀한다는 사실을 발표해야 돼. 더이상 분명할 수 없는 신호 아닌가? 자네가 복귀함으로써 이는 방에르 그룹으로 권력을 이양하는 것이 아니며 잡지의 기존 노선을 그대로 유지하리라는 기조를 의미하니까. 이렇게만 해도 현 상황에서 마음이 흔들리는 광고주들은 생각을 달리할 걸세. 벤네르스트룀은 전능한 존재가 아냐. 그에게도 적들이 있네. 그 적들이 벤네르스트룀을 골탕 먹이기 위해서라도 〈밀레니엄〉에 광고하는 걸 고려하게 될 걸세."

"도대체 이 말도 안 되는 얘기들이 다 뭐지?" 집으로 돌아온 미카엘은 에리카가 현관문을 닫자마자 소리쳤다.

"글쎄, 계약 체결을 위한 사전 탐사라고나 할까? 그런데 헨리크 씨가 그렇게 멋진 노신사일 줄은 몰랐어."

미카엘은 그녀를 정면으로 노려보았다.

"리키! 그럼 이런 얘기가 나올 줄 이미 알고 있었단 말이야?"

"자기, 벌써 오후 3시야. 알지? 저녁 초대에 가기 전엔 날 부드럽게 대해야 한다는 거……"

미카엘은 속이 부글거렸다. 하지만 에리카와 함께 있으면 오랫동안 화를 내는 일이 불가능했다.

에리카는 검은 드레스와 허리까지 내려오는 재킷을 입었고, 만일을 대비해 챙겨온 하이힐을 꺼내 신었다. 미카엘에게도 정장을 입게 했다. 하는 수 없이 검은 바지에 회색 재킷을 걸친 미카엘은 거기에 맞춰 회색 셔츠와 어두운 넥타이를 골랐다. 저녁 7시 정각, 둘은 헨리크의 현관문을 두드렸다. 들어가보니 디르크와 마르틴도 초대받아 와 있었다. 두 사람 모두 양복에 넥타이 차림이었고, 헨리크는 밤색 카디건에 나비넥타이를 했다. 그는 자신의 옷차림을 두고 이렇게 변명했다.

"나이 팔십이 넘어서 좋은 건 이렇게 옷을 대충 입어도 아무도 비난하지 않는다는 점이지."

에리카는 저녁식사 내내 사뭇 유쾌해 보였다.

모두들 벽난로가 있는 접객실로 자리를 옮겼다. 저마다 잔에 코냑이 콸콸 부어지고 난 다음에야 심각한 대화가 시작되었다. 그렇게 두 시간쯤 이야기가 오간 끝에 계약의 윤곽이 정해졌다.

헨리크 방에르 소유로 된 회사 하나를 디르크가 맡아서 설립하고 이사회는 헨리크와 디르크, 그리고 마르틴으로 구성한다. 회사는 향후 사 년간 〈밀레니엄〉의 적자를 메울 액수를 투자하며 자금은 헨리크의 개인 자산에서 나온다. 그 대가로 헨리크는 〈밀레니엄〉 이사회에서 중요한 직책에 취임한다. 계약은 사 년간 유효하지만 이 년 후부터 〈밀레니엄〉이 계약 해지권을 갖는다. 하지만 해지를 먼저 통보하기는 쉽지 않을 것이다. 그때까지 투자된 헨리크의 돈을 모두 환불해야 하기 때문이다.

헨리크가 갑자기 사망할 경우 마르틴이 남은 계약 기간 동안 직책을 대행한다. 또한 마르틴이 계약 종료 후 연장 여부를 결정할 수 있다. 이런 이야기들이 오가는 와중에 마르틴은 벤네르스트룀에게 복수할 가능성에 사뭇 들뜬 모습이었다. 미카엘은 대체 그들 간에 어떤 분쟁이 있었는지 궁금하기만 했다.

일차적으로 계약 조건을 합의하고 나자 헨리크가 다시 잔마다 코냑을 따라주었다. 그리고 그 틈을 타 미카엘에게 몸을 숙이고는 이 계약과 별개로 둘 사이의 약속에는 조금도 변화가 없을 거라고 속삭였다.

이러한 〈밀레니엄〉의 새로운 출발을 가급적 널리 알리기 위해 3월 중순, 즉 미카엘이 감옥에 들어가는 날에 맞춰 발표하기로 결정했다. 수감이라는 지극히 부정적인 사건과 회사의 조직 개편을 이렇게 연결짓는 건 어처구니없는 짓일 수 있다. 하지만 그렇기 때문에 미카엘의 적들을 당황하게 만들고, 헨리크의 〈밀레니엄〉 입성을 극적으로 부각시킬 수 있을 터였다. 미카엘이 수감되는 날 헨리크가 잡지에 합류한다는 사실은 〈밀레니엄〉호 위에서 펄럭이던 흑사병 경보 깃발이 내려지고, 대신 쉽사리 물러서지 않을 보호자들이 도착했다는 메시지였다. 아무리 위기에 처한 기업이라고 하지만 아직까지 방에르 그룹은 필요하다면 그 누구에게라도 타격을 입힐 수 있는 재계 거물이었다.

협의는 전적으로 에리카와 헨리크, 그리고 마르틴 사이에서만 진행되었으며 미카엘에게 의견을 묻는 사람은 아무도 없었다.

밤 깊은 시각, 미카엘은 에리카의 가슴 위에 머리를 올리고 그녀의 눈을 똑바로 쳐다보았다.

"헨리크와 언제부터 이 계약을 얘기해왔지?"

"일주일 전쯤부터." 그녀가 미소를 지었다.

"크리스테르도 동의했어?"

"물론이지."

"그런데 왜 난 아무것도 몰랐어?"

"우리가 왜 자기하고 상의해야 하는데? 자긴 이 숲속에 파묻히려고 우릴 내팽개치고 떠났잖아?"

미카엘은 잠시 침묵했다.

"그럼 내가 이렇게 바보 취급을 당해도 좋다는 거야?"

"오, 물론이지." 그녀는 또박또박 대답했다.

"그 정도로 나를 원망했던 거야?"

"미카엘. 자기가 사무실을 박차고 나갔을 때 내 기분이 어땠는지 알아? 버림받고 배신당한 기분. 정말 살면서 그렇게 화가 난 건 처음이었어." 그녀는 그의 머리카락을 꽉 움켜쥐더니 천천히 침대 위로 내려놓았다.

일요일이었다. 에리카가 마을을 떠난 후 미카엘은 헨리크에게 너무도 화가 치밀어 주변의 그 누구도 마주치기 싫은 기분이었다. 그래서 헤데스타드 쪽으로 건너가 시내를 어정거리고 도서관에 들렀다가 제과점에서 커피를 마시며 오후를 보냈다. 저녁엔 극장에 가서 〈반지의 제왕〉을 보았다. 일 년 전에 나온 영화였지만 여태껏 보지 못했었다. 그는 스크린에 비친 '오크'가 아무리 흉측한 몰골이라고 해도 인간보다는 훨씬 단순하고 솔직한 존재라고 생각했다.

극장을 나와서는 시내에 있는 맥도날드에서 저녁을 때우고 자정이 다 돼서야 마지막 버스를 타고 섬으로 돌아왔다. 그리고 집에 들어와서는 커피를 끓이고 식탁에 앉아 자료를 펼쳐 들고 새벽 4시까지 읽었다.

수사 기록을 읽어가다보니 몇 가지 의문이 점점 더 뚜렷하게 떠올랐다. 미카엘이 혼자서 발견한 획기적인 사실은 아니었다. 구스타프 모렐 형사도 오랫동안 고민했던 문제들이었다.

사라지기 몇 해 전부터 하리에트는 급격히 변했다. 물론 사춘기 아이들이란 어떤 형태로든 변화를 겪는 법이다. 당시 하리에트 역시 성장하는 중이었지만 조금 유별난 구석이 있었다. 친구들과 교사들, 그리고 가족을 비롯한 주변 사람들은 그녀가 지나치게 내성적이고 말수가 적어졌다고 입을 모아 증언했다.

이 년 전만 해도 활발했던 소녀가 주변 사람들과 갑자기 거리를 두기 시작했다. 학교에선 여전히 친구들과 어울렸지만 그 방식이 사뭇 '비개인적'이었다고 한 친구가 증언했다. 구스타프 형사는 '비개인적'이라는 표현이 상당히 특이해서 이를 받아 적은 후 정확히 무슨 의미냐고 되물었다. 친구가 말하길, 하리에트가 더이상 자신에 대해 이야기하지도 않았고 친구들과 어울려 잡담하는 일도 없었으며 속내를 털어놓지도 않았다고 했다.

하리에트는 어렸을 때부터 교회에 다녔다. 보통 아이들처럼 주일학교에 나가고 저녁기도를 드리고 견신례를 받는 그런 평범한 과정을 거쳤다는 뜻이다. 그런데 실종되기 일 년 전부터 신앙이 사뭇 깊어지면서 성경을 탐독하고 보다 규칙적으로 예배에 참석했다. 하지만 방에르 가문과 가까운 오토 팔크 목사를 찾지 않고 대신 헤데스타드에 있는 오순절교회를 기웃거렸다. 하지만 두 달 후에는 이 오순절교회를 떠나 가톨릭 신앙에 관한 서적을 읽기 시작했다.

사춘기에 나타나곤 하는 종교적 열정의 발로였을까? 그럴지도 몰랐다. 하지만 방에르 가문의 그 누구도 특별히 종교적 성향을 보인 적이 없다는 걸 감안하면 그녀가 갑자기 신에 대해 관심을 갖게 된 경위를 설명하기가 쉽지 않았다. 한 가지 가능한 설명은 일 년 전 그녀의 부친이 사고로 익사했다는 사실이다. 이 비극적인 사건으로 충격을 받고 죽음과 신에 대해 깊이 생각해보게 된 것일까? 어쨌든 구스타프 형사는 하리에트의 삶에 무언가가 나타나 마음을 짓눌렀거나 영향을 주었으리라고 결론 내렸다. 하지만 그게 정확히 무엇인지는 알 수 없었다. 헨리크가 그랬듯 구스타프 역시 하리에트가 누군가에게 속내를 털어놓았을지도 모른다는 희망으로 그녀의 친구들을 차례로 만나 이야기를 듣는 데 많은 시간을 쏟았다.

그중에서도 특히 기대를 걸고 찾아간 사람이 아니타 방에르였다. 하리에트보다 두 살 많은 그녀는 하랄드의 딸이다. 1966년 여름방학을 섬에서 보내면서 하리에트와 가까워졌다고 진술했다. 그 여름 두 소녀는 자주 만나 해수욕과 산책을 즐겼고 주로 영화나 팝 그룹, 책 따위에 대해 대화를 나눴다. 하리에트가 운전 연습을 하러 가는 아니타를 따라다니기도 했고, 저장고에서 와인 한 병을 슬쩍해 나눠 마시고서 알딸딸하게 취한 적도 있었다. 1950년대 초에 하리에트의 부친 고트프리드가 섬 반대편에 지은 전원풍 방갈로에 가서 몇 주씩 둘만의 시간을 보내기도 했다. 하지만 당시 하리에트가 어떤 생각을 했는지, 또 어떤 감정을 갖고 있었는지 결코 알아낼 수 없었다. 그런데 여기서 미카엘이 흥미로운 불일치점을 하나 발견했다. 친구나 가족 대부분은 그녀의 성격이 내성적이었다고 증언했지만 아니타만은 전혀 그렇지 않다고 진술했다. 미카엘은 기회가 있을 때 이에 대해 헨리크의 의견을 들어보리라 생각했다.

구스타프 형사가 수많은 질문을 제기하게 된 보다 구체적인 이유가 하나 있었다. 실종되기 일 년 전, 하리에트는 크리스마스 선물로 예쁘게 장정된 다이어리 한 권을 받았다. 그런데 그 안에 수수께끼 같은 페이지가 하나 있었다. 다이어리의 절반을 차지한 스케줄표에는 사람들과 만날 약속, 학교 시험, 제출할 과제 따위가 꼼꼼히 적혀 있었다. 개인적인 기록이나 단상을 적는 칸은 매우 뜸하게 사용했다. 1월에는 크리스마스 연휴에 만난 사람들에 대한 기록이며 자신이 본 영화에 대한 감상 등을 적으며 제법 야심 차게 시작했으나 그후로는 이러한 개인적 기록이 완전히 자취를 감췄다. 그러다 학기말에 가서는 이름을 쓰지 않은 한 소년에게 관심이 있었다고 해석할 만한 글이 몇 군데 적혀 있었다.

진짜 수수께끼는 다이어리 뒤쪽 전화번호부에 있었다. 알파벳 순서대로 가족, 친구, 선생님, 오순절교회 신도, 그리고 주변 사람 몇몇의 전화번호를 정성 들인 글씨로 적어두었다. 문제는 마지막 페이지였다. 전화번호부 인덱스에 속하지 않고 줄도 없는 백지에 이름 다섯 개와 전화번호가 적혀 있었다. 정확히 말해 여자 이름 세 개와 이니셜 두 개였다.

Magda(마그다) ― 32016
Sara(사라) ― 32109
RJ ― 30112
RL ― 32027
Mari(마리) ― 32018

32로 시작하는 다섯 자리 숫자는 1960년대 헤데스타드 지역의 전화번호였다. 유일하게 30으로 시작하는 숫자는 헤데스타드 근처 노르뷘의 전화번호였다. 하지만 구스타프 형사가 하리에트의 주변인물을 샅샅이 탐문했음에도 이 숫자들이 누구의 전화번호인지 아는 사람이 아무도 없었다.

첫번째 번호에서는 뭔가를 찾아낼 수 있을 것 같았다. 파르크가탄 12번지에 있는 재봉·재료점 전화번호였다. '마그다'는 전화 명의자 마르고트 룬드마르크의 모친으로, 가끔씩 가게에 나와 일을 했다. 하지만 당시 예순아홉 살이었던 마그다는 하리에트와 친구라 하기에는 나이가 너무 많았고 그녀를 알지도 못한다고 했다. 그렇다고 이 가게에 갔다거나 거기서 무언가를 산 흔적 역시 없었다. 재봉은 하리에트의 취미가 아니었다.

'사라'라는 이름과 연결된 숫자는 철길 반대편 베스트스탄에 사는 토레손 가족의 전화번호였다. 안데르스와 모니카라는 두 부부와 당시 학교 갈 나이도 안 됐던 어린 두 아들 요나스와 페테르가 한 가족이었다. 즉 여기에 사라라는 사람은 없었고 부부 역시 신문에 난 실종 소식 말고는 하리에트에 대해 아는 바가 없었다. 이 토레손 가족과 하리에트를 군이 연결시킨다면, 지붕공인 안데르스가 사건이 일어나기 일 년 전에 하리에트가 다니는 학교에서 지붕을 다시 까는 공사를 했다는 사실 정도였다. 이론적으론 그들이 만났을 가능성은 있었다. 개연성은 극히 희박했지만.

나머지 번호들 역시 오리무중이기는 매한가지였다. 32027은 로스마리 라르손이라는 여인의 전화번호였는데 이미 여러 해 전 사망한 사람이었다.

구스타프 형사는 왜 하리에트가 1966년에서 1967년으로 넘어가는 겨울 사이에 이러한 이름과 번호를 적어놓았는지 해석하려 많은 시간을 쏟아부었다.

첫번째 가정은 이 숫자들이 어떤 암호체계에 따라 변형된 전화번호라는 것이었다. 구스타프는 하리에트의 입장에서 생각해보려고 애썼다. 우선 맨 앞 32는 분명히 헤데스타드 지역번호이므로 그대로 두고 나머지 세 숫자를 순서만 바꿔보았다. 하지만 32601도 32160도 마그다라는 이름과 아무런 관련이 없었다. 하지만 그는 포기하지 않았다. 이 숫자들을 여러 방식으로 변형해본다면 하리에트와 관계된 사실이 나올 것도 같았다. 예를 들어 32016의 마지막 세 숫자에 각각 1을 더하면 32127이 되는데, 이는 디르크 변호사의 자택 전화번호였다. 그런데 이러한 연결에 아무런 의미가 없다는 게 문제였다. 게다가 숫자 다섯 개를 한꺼번에 설명할 수 있는 암호체계는 결코 발견할 수 없었다.

형사는 자신의 추론을 확장해보았다. 이 숫자들이 전화번호가 아닌 다른 걸 의미할 수도 있지 않을까? 하지만 1960년대 차량 등록번호는 지역을 표시하는 알파벳 하나에 숫자 다섯 개를 결합하는 방식이었다. 여기서도 한계에 봉착했다.

이어서 형사는 숫자를 포기하고 이름에만 집중했다. 헤데스타드에서 마리, 마그다, 사라라는 이름과 이니셜이 RL과 RJ인 주민들의 명단을 만들었다. 모아놓고보니 모두 307명이었고, 그중 하리에트와 직간접적으로 연결될 수 있는 사람은 29명이었다. 예를 들어 중학교 친구 한 명은 이니셜이 R인 롤란드 야코브손이었다. 하지만 이런 사람들 전부 그녀와 특별히 가까운 사이가 아니었고 그것마저 하리에트가 고등학교에 들어간 후로는 접촉이 끊긴 상태였다. 게다가 전화번호와도 아무런 관련이 없었다.

이렇게 전화번호 수수께끼는 풀리지 않았다.

닐스 변호사와의 네번째 만남은 예정되어 있지 않았다. 그러나 리스베트에게 사정이 생겨 어쩔 수 없이 그를 접촉해야 했다.

2월 둘째 주에 그녀의 노트북이 운명해버렸다. 지구 전체를 죽여버리고 싶을 만큼 어처구니없는 일이었다. 그날 자전거를 타고 밀턴 시큐리티에 도착한 그녀는 배낭에서 도난방지 자물쇠를 꺼내 지하 주차장 기둥에 자전거를 묶고 있었다. 이때 붉은색 사브 한 대가 후

진했다. 등을 돌리고 있어 뒤를 보지 못한 그녀에게 뭔가 와지끈 부서지는 소리가 들렸다. 바닥에 내려놓은 배낭 위를 사브 바퀴가 밟고 지나가는 소리였다. 아무것도 눈치채지 못한 사브 운전자는 유유히 차를 몰아 주차장 출구 밖으로 사라져버렸다.

배낭 속에는 그녀가 애지중지하는 흰색 아이북 600이 들어 있었다. 2002년 1월에 제조된 것으로 하드디스크 25GB, 메모리 420MB, 14인치 모니터 등 구입할 당시엔 애플의 '최고급 사양'이었다. 다른 건 몰라도 컴퓨터만큼은 최신 사양을 썼고 때로는 최고 고가품을 샀다. 컴퓨터만큼은 그녀가 누리는 유일한 사치였다.

서둘러 노트북을 꺼내보니 덮개가 깨져 있었고 전원 버튼을 눌러봤지만 아무런 반응이 없었다. 잔해를 싸들고 브렌쉬르카가탄에 있는 티미의 '막예수스 숍'으로 달려갔다. 하드디스크라도 건질 수 있을까싶어서였다. 하지만 노트북을 만지작거리던 티미가 설레설레 고개를 저었다.

"가망 없어. 장례식이나 멋지게 치러주라고."

노트북을 잃은 건 속상했지만 세상이 끝나는 재앙은 아니었다. 이 친구와 사이좋게 지내온 일 년간 다행히도 모든 자료를 꼼꼼하게 백업해두었다. 게다가 데스크톱인 맥 G3와 도시바 노트북까지 있었기 때문에 당장 불편할 일도 없었다. 하지만 빌어먹을! 그녀에겐 최신형 기계가 필요했다.

그녀는 다른 노트북을 찾아 나섰다. 물론 최고급 제품으로. 눈길을 끈 건 애플 파워북 G4였다. 튼튼한 알루미늄 외장에 PowerPC 7451 프로세서, 알티벡 벨로시티 엔진, 960MB 메모리, 60GB 하드메모리를 갖췄고 블루투스와 CD-DVD 라이터까지 내장되어 있었다.

특히 모니터가 마음에 들었다. 17인치 노트북으로는 세계 최초로 NVIDIA 그래픽카드를 써 1440×900 픽셀의 해상도를 구현할 수 있었다. 웬만한 마니아들의 입을 벌어지게 하고 시중의 모든 제품을 한순간에 구식으로 만들어버리는 모니터였다.

이를테면 노트북계의 롤스로이스인 셈이었다. 무엇보다도 키보드에 백라이트 조명이 달려서 어둠 속에서도 작업할 수 있다는 점이 그녀의 구매욕을 자극했다. 이렇게 간단하면서도 편리한 걸 왜 지금껏 생각해내지 못했는지 그게 오히려 신기할 따름이었다.

이 물건을 보는 순간, 그녀는 사랑에 빠져버렸다.

문제는 가격이 세금을 빼고도 3만 8천 크로나나 된다는 사실이었다.

하지만 그녀는 개의치 않고 막예수스 숍에 주문을 넣었다. 지금까지 컴퓨터라면 전부 이 가게에서 구입했기 때문에 할인 혜택도 상당히 받고 있는 터였다. 며칠 후 리스베트는 계산을 해보았다. 사고당한 노트북에 보험을 들어놨기 때문에 새 노트북에 들어갈 돈을 상당히 메워줄 터였다. 하지만 가격이 워낙 높아서 1만 8천 크로나가 더 있어야 했다. 집안에 있는 돈은 커피통 안에 모아둔 현금 1만 크로나가 전부였다. 닐스를 생각만 하면 욕이 터져나올 지경이었지만 어쩔 수 없이 전화를 걸어 이 예상 밖의 지출을 설명해야 했다. 하지만 오늘 시간이 없어 만나줄 수 없다는 대답만 돌아왔다. 1만 크로나짜리 수표를 써주는 데 이십 초도 안 걸릴 거라고 리스베트가 대꾸하자 그는 상황도 제대로 모르고서 수표를 써줄 수는 없는 노릇이라고 응수했다. 하지만 잠시 생각하더니 그날 저녁 7시 30분에 만나자고 했다.

미카엘은 어떤 범죄수사가 잘 이뤄졌는지 아닌지 자신이 평가할 자격도 능력도 없다는 사실을 잘 알았다. 하지만 분명 구스타프 형사의 수사는 상당히 치밀했고, 자신의 공식적인 의무까지 넘어서서 해볼 수 있는 건 다 해보았다고 결론짓지 않을 수 없었다. 헨리크의 노트에도 그의 이름이 수없이 언급됐다. 아무래도 둘은 친구가 된 모양이었다. 방에르 그룹 왕 회장처럼 구스타프 형사 역시 어떤 망상에 사로잡히게 된 건 아닌가 하는 생각이 잠시 스쳤다. 그러나 결론적으로 구스타프가 빠뜨린 건 아무것도 없었다. 그렇다면 하리에트 사건의 수수께끼는 통상적인 경찰수사로는 결코 설명될 수 없다는 말이었다. 지금껏 가능한 모든 질문이 제기되었고, 모든 단서가 철저히 검토되지 않았던가.

미카엘이 수사 기록을 다 읽어본 건 아니지만 읽으면 읽을수록 이 사건에는 확실한 단서가 없다는 생각이 들었다. 그렇다면 어떻게 해야 할까. 구스타프 형사가 그렇게 애를 쓰고도 발견하지 못한 사실을 이제 와서 찾아낼 수 있단 말인가? 그럴 가능성은 거의 없었다. 아니면 사건을 전혀 새로운 시각으로 볼 수 있을까? 솔직히 그럴 자신도 없었다. 그렇다면 결론은 하나였다. 미카엘이 택할 수 있는 유일한 길은 이 사건에 연루된 사람들의 심리적 동기를 알아보는 일뿐이었다.

그중에서도 가장 중요한 사람은 물론 하리에트였다. 실제로 그녀는 어떤 사람이었을까?

저녁 5시경 창가에 서 있던 미카엘은 세실리아의 이층 창문에 불이 들어오는 걸 보았다. 그리고 7시 반 저녁뉴스가 시작할 때쯤 그곳 현관문을 두드렸다. 문을 연 그녀는 목욕가운 차림에 노란색 수건으로 젖은 머리카락을 질끈 묶고 있었다. 미카엘이 당황하며 갑자기 방문한 일을 사과하고 떠나려고 했으나 그녀가 주방으로 들어오라고 손짓했다. 그녀는 커피포트에 물을 올리고 이층으로 올라가더니 잠시 후 청바지와 체크무늬 플란넬 셔츠 차림으로 내려왔다.

"당신이 영영 안 오는 건가 생각하던 참이었는데. 음, 우리 이제 말 놓는 거 어때요? 이웃이니까."

"좋지. 오기 전에 전화해야 했는데 미안해. 집에 불이 들어온 걸 보니 문득 들러보고 싶었어."

"당신 집엔 항상 밤새도록 불이 켜져 있던데. 자정 넘은 시간에 집밖에서 산책하는 모습도 종종 보이고. 혹시 조상이 올빼미야?"

미카엘이 어깨를 으쓱해 보였다. "이곳에 와서 그렇게 변했어." 그리고 식탁 한쪽에 쌓인 교과서 몇 권으로 시선이 향했다. "아직도 수업에 들어가십니까, 교장 선생님?"

"교장이라 그럴 시간이 없지. 예전엔 역사, 종교, 사회를 가르쳤어. 은퇴할 날도 얼마 안 남았고."

"은퇴?"

"벌써 쉰여섯이야."

"솔직히 사십대로 보였어."

"아첨이 지나치네. 당신은 나이가?"

"마흔이 좀 넘었지." 미카엘이 미소를 지었다.

"흠, 이십대 호시절이 바로 엊그제처럼 느껴질 때군. 인생이란 참 빨라."

세실리아가 커피를 따른 후 미카엘에게 배가 고픈지 물었다. 그는 벌써 저녁을 먹었다고 대답했지만 반만 맞는 말이었다. 샌드위치 몇 조각을 집어먹긴 했는데 배는 고프지 않았기 때문이다. "그런데 웬일이야? 드디어 운명의 질문을 할 시간이 온 건가?"

"질문하러 온 게 아니야. 그냥 만나서 얘기나 나누려고 왔어. 진심이야."

세실리아의 얼굴에 갑자기 미소가 번졌다.

"징역형을 선고받고 스톡홀름을 떠나 헤데뷔로 유배 와서는, 헨리크가 애지중지하는 자료들에 파묻혀 지내며 밤이 되면 혹한 속에서 외로이 산책하는 남자…… 많이 외로우셨나보지?"

"맞아. 내 인생은 엉망이 되고 있어." 미카엘 역시 미소를 지으며 대꾸했다.

"그런데 누구였어? 지난 주말에 왔던 여자?"

"에리카…… 〈밀레니엄〉의 대표야."

"애인?"

"엄밀히 애인은 아니야. 결혼한 사람이니까. 말하자면 친구 사이면서 글쎄, '비상용 정부'라고나 할까?"

세실리아가 웃음을 터뜨렸다.

"뭐가 그렇게 우습지?"

"당신이 말하는 방식. 비상용 정부라…… 표현이 썩 마음에 들어."

미카엘도 웃었다. 정말이지 세실리아는 마음에 드는 여자였다.

"나도 그런 비상용 정부가 하나쯤 있으면 좋겠네." 그녀가 말했다.

그러고는 슬리퍼에서 한쪽 발을 빼 미카엘의 무릎 위에 올려놓았다. 그는 본능적으로 손을 뻗어 그 살갗을 만졌다. 그리고 잠시 망설였다. 전혀 예상치 못했던 불확실한 물속으로 뛰어들 것인가? 이윽고 그는 엄지손가락으로 그녀의 발바닥을 천천히 애무하기 시작했다.

"난 유부녀야."

"알고 있어. 방에르 가문에선 절대 이혼을 안 한다지?"

"남편 얼굴을 안 본 지 벌써 이십 년이 돼가."

"무슨 일이 있었나?"

"그건 당신이 상관할 바 아니지. 어쨌든 섹스를 못 한 지…… 삼년이 다 돼가."

"오호, 저런!"

"왜냐고? 수요와 공급의 문제지. 난 애인도, 정식 남편도, 남자친구도 필요없어. 혼자서 아주 편하거든. 그렇다면 누구랑 섹스를 하지? 학교 선생 하나랑? 그럴 일은 없을 거야. 그럼 학생하고? 마을 아줌마들 사이에서 신나는 가십거리가 되겠지. 이곳에선 방에르라는 이름만 달려 있으면 눈에 불을 켜고 주시하거든. 게다가 헤데뷔섬에 있는 남자라고는 친척 아니면 결혼한 사람뿐이니."

그러면서 몸을 앞으로 숙여 그의 목을 그러안았다.

"내 행동에 놀랐어?"

"아니. 하지만 이게 잘하는 짓인지 모르겠군. 난 당신 숙부님에게 고용된 사람인데."

"걱정 마. 고자질하지 않을 테니. 만일 안다고 해도 뭐라고 하지 않으실 거야."

이제는 아예 그의 무릎 위에 걸터앉아 입을 맞췄다. 머리카락은 아직 젖어 있었고 몸에서는 샴푸 냄새가 났다. 그가 더듬거리며 단추를 풀어 플란넬 셔츠를 어깨 아래로 벗겨내리자 브래지어도 하지 않은 상체가 드러났다. 가슴을 움켜쥐자 그녀가 몸을 밀착해왔다.

닐스는 책상을 끼고 돌아와 리스베트에게 계좌명세서를 보여줬다. 리스베트 본인의 것이니 1외레까지 훤히 꿰고 있었지만 그녀가 직접 사용할 순 없는 요상한 계좌 말이다. 그러다가 갑자기 그녀의 목덜미를 주무르기 시작했고 다른 손은 왼쪽 어깨에서 가슴으로 미끄러져 내려갔다. 그녀가 반항하는 기색을 보이지 않자 이윽고 오른쪽 가슴 위에 놓인 손에 꽉 힘을 주었다. 리스베트는 미동도 하지 않았다. 그가 목덜미로 내뿜는 뜨거운 숨결을 느끼며 책상 위에 놓인 봉투 뜯는 칼을 쳐다볼 뿐이었다. 칼은 손만 뻗으면 닿을 거리에 있었다.

하지만 그녀는 아무 행동도 하지 않았다. 지난 몇 년간 홀게르가 귀에 못이 박히도록 말해준 교훈을 떠올렸다. 충동적인 행동은 매우 불쾌한 결과로 이어진다는 사실 말이다. 그후로 결과를 미리 숙고하지 않은 상태에서는 결코 아무 일도 하지 않게 되었다.

법률 용어로 '의존적 위치에 있는 개인에 대한 성적 학대 및 착취'이며 원론적으로는 닐스가 징역 2년까지 선고받을 수 있는 행동인 이 성폭행은 몇 초간 계속되었다. 그 짧은 시간 동안 경계선은 돌이킬 수 없이 무너져버렸다. 리스베트에게 이것은 적군의 무력시위와도 같았다. 앞으로는 폭군의 뜻에 전적으로 복종해야 한다는 분명한 메시지였다. 잠시 후 둘의 시선이 몇 초간 교차했다. 닐스의 입은 벌어져 있었고, 그녀는 그의 얼굴에서 욕망을 읽을 수 있었다. 반면 리스베트의 얼굴에는 아무런 감정도 드러나지 않았다.

닐스는 책상으로 돌아가 안락한 가죽의자에 앉았다.

"이런 식으로 수표를 써줄 순 없어!" 갑자기 그가 말했다. "왜 그렇게 비싼 컴퓨터가 필요하지? 훨씬 싼 걸로도 게임을 하기에는 아무 문제 없을 텐데."

"예전처럼 내 돈을 직접 관리하고 싶어요."

닐스가 딱하다는 눈으로 그녀를 쳐다보았다.

"그 문제는 나중에 얘기하기로 하지. 우선 사람들과 원만하게 어울리는 법을 배우도록 해."

그러고는 미소를 지었다. 리스베트의 무표정한 시선 뒤에 어떤 생각이 숨어 있는지 알았다면 그렇게 웃지 못했으리라.

"우린 좋은 친구가 될 수 있다고 생각해. 그러려면 서로 신뢰할 수 있어야지."

대답이 없자 그는 보다 명확한 메시지를 보냈다.

"이제 자네도 성인이지, 안 그런가?"

리스베트가 고개를 끄덕였다.

"이리 와봐!" 그가 한 손을 내밀면서 말했다.

그녀는 다시 한번 몇 초간 봉투 뜯는 칼을 노려본 후 몸을 일으켜 변호사 앞으로 나아갔다. 그래, 행동의 결과를 생각하자! 그는 리스베트의 손을 잡아 자신의 국부에 갖다 댔다. 어두운 개버딘 바지 아래 그의 욕망이 느껴졌다.

"착하게 굴면 나도 잘 대해줄 거야."

그가 그녀의 목덜미를 잡아 난폭하게 무릎을 꿇린 다음 자신의 국부에 얼굴을 갖다 댔을 때 그것은 벌써 막대기처럼 딱딱해져 있었다.

"이런 일은 이미 해봤겠지?" 그가 바지 앞섶을 열었다. 방금 전에 비누로 씻어놓았음을 그녀는 느낄 수 있었다.

리스베트는 고개를 옆으로 돌리고 몸을 일으키려 했지만 그가 한 손으로 목덜미를 단단히 붙들고 있었다. 힘으로는 그와 견줄 수 없었다. 그녀의 체중이 40킬로그램 남짓인 데 반해 그는 95킬로그램이나 되었으니까. 그가 두 손으로 그녀의 머리통을 붙잡아 자기 쪽으로 돌렸다. 그리고 그녀의 두 눈을 똑바로 들여다보았다. "착하게 굴면 나도 잘 대해줄 거라고. 하지만 날 실망시키면 네 남은 인생을 정신병원에서 썩게 해주겠어. 그럼 좋겠어?"

리스베트는 대답하지 않았다.

"그럼 좋겠냐고?"

이번엔 머리를 좌우로 흔들었다.

닐스는 그녀가 다시 두 눈을 내리깔 때까지 기다렸다. 그러고는 마침내 눈빛이 유순해졌다고 느껴지자 더욱 가까이 밀착시켰다. 리스베트는 꽉 다물고 있던 입술을 열어 그것을 입속에 넣었다. 그는 움켜쥔 목덜미를 난폭하게 눌러댔다. 그리고 그가 엉덩이를 들썩이는 기나긴 십 분 동안 리스베트는 그것을 물어뜯고 싶은 충동을 수없이 억눌렀다. 마침내 사정할 땐 손아귀로 목덜미를 얼마나 세게 눌러대던지 숨이 막힐 정도였다.

그가 사무실에 붙어 있는 조그만 화장실을 쓰라고 말했다. 리스베트는 거기서 얼굴을 씻고 스웨터를 온통 뒤덮은 얼룩들을 지웠다. 온몸은 덜덜 떨리고 있었다. 그리고 역겨운 냄새를 없애려고 치약을 짜서 삼켰다. 화장실에서 나와보니 그는 아무 일도 없었다는 듯 앉아서 서류를 뒤적이고 있었다.

"앉아, 리스베트." 그가 쳐다보지도 않고 명령했다. 그리고 그녀가 자리에 앉자 그쪽으로 눈을 돌리더니 미소를 지었다.

"넌 성인이지. 안 그래, 리스베트?"

그녀가 고개를 끄덕였다.

"그러면 어른들이 하는 놀이도 할 줄 알아야지, 그렇지?" 그는 마치 어린아이 가르치듯 말했다. 그녀는 대답하지 않았다. 닐스의 이마에 미세한 주름이 하나 잡혔다.

"우리가 한 놀이를 다른 사람에겐 말하지 않는 게 좋을 거야. 생각해봐. 누가 네 말을 믿겠어? 이것 보라고! 전부 네 정신이 온전하지 않다는 걸 증명하는 서류야." 그래도 여전히 대답이 없자 그가 말을 이었다. "네가 한 말과 내가 한 말 중에 사람들은 과연 누구의 말을 믿을까? 어떻게 생각해?"

끝까지 대답하지 않는 고집스러운 태도에 그가 한숨을 내쉬었다. 그렇게 아무 말 없이 자신을 응시하며 앉아 있는 모습을 보고 있으려니 갑자기 화가 치밀어올랐다. 하지만 그는 꾹 참았다.

"우린 좋은 친구가 될 수 있어. 오늘 내게 전화한 건 아주 현명했어. 항상 그렇게 나를 찾으라고."

"…… 컴퓨터 때문에 1만 크로나가 필요해요." 리스베트가 갑자기 낮은 목소리로 말했다. 마치 잠시 중단된 대화를 다시 잇듯이.

닐스는 미간을 찌푸렸다. 정말 뭐 이런 게 다 있어? 저능아 아냐? 그러고는 그녀가 화장실에 있을 동안 미리 써놓은 수표를 내밀었다. 하지만 창녀보단 낫지. 화대를 저애 돈으로 치르면 되니까! 그는 오만한 미소를 지어 보였다. 수표를 받은 리스베트는 방을 나갔다.

12장

2월 19일 수요일

리스베트가 보통 시민이었다면 닐스의 사무실을 나오는 길로 경찰서로 가 성폭행 사실을 고발했을 것이다. 목과 뒷덜미에 난 타박상, 몸과 옷에 잔뜩 묻은 그자의 DNA가 담긴 얼룩들을 중요한 물증으로 제시할 수 있을 터였다. 물론 그는 그녀의 동의하에 이뤄진 일이다, 그녀가 날 유혹했다, 펠라치오를 원한 건 그녀였다는 등 강간범들이 늘 입에 달고 다니는 말을 늘어놓으며 발뺌하려 들겠지만 후견인 규정을 위반한 증거가 너무도 명백해 그 자격을 즉시 박탈당했을 것이다. 그랬다면 리스베트는 이 추악한 변호사 대신 여성학대 문제에 정통한 변호사를 만나 결국에는 문제의 핵심, 즉 자신의 무능력자 판정에 대한 진지한 재검토를 이끌어냈을지도 모른다.

1989년 이래 법적 무능력자의 개념은 더이상 존재하지 않았다.

대신 심신미약자를 보호하는 제도적 장치에는 두 단계가 존재했다. 법정 자원봉사자와 후견인이었다.

법정 자원봉사자는 다양한 이유로 공과금 납부나 위생 관리처럼 일상생활을 꾸리는 데 어려움을 겪는 이들을 자원해서 돕는 사람이다. 대개 가족이나 가까운 친구가 법정 자원봉사자로 지명된다. 가족이나 친구가 없는 경우엔 사회복지부가 대신할 사람을 구해준다. 여기서 '피봉사자'는 자신의 재산을 관리할 수 있고 상호 협의하에 모든 걸 결정할 수 있다. 이는 후견 체제보다 한결 완화된 형태라고 할 수 있다.

후견 체제는 훨씬 엄격하다. 피후견인은 사유재산을 자유롭게 사용할 수 없고 여러 영역에 걸쳐 자유로운 결정이 금지된다. 정확히 말하면 피후견인의 모든 법적 능력을 후견인이 대행한다. 현재 스웨덴에는 이 후견 체제에 속한 사람이 4천 명가량 된다. 가장 흔한 이유는 명백한 정신질환, 혹은 알코올이나 마약 의존으로 인한 정신적 장애이다. 치매를 앓아 후견을 받는 이들도 있다. 이처럼 후견을 받는 사람 중에는 놀랍게도 35세 이하의 젊은이들도 꽤 많다. 리스베트가 바로 여기에 속했다. 개인이 스스로 삶을 통제할 권리, 즉 자신의 은행계좌를 통제할 권리를 박탈하는 제도는 민주주의 사회에 존재하는 가장 형편없는 조치일 것이다. 특히 앞길이 창창한 젊은 사람일 경우엔 더욱 그러하며, 비록 그 의도가 사회적으로 선하고 정당화될 수 있다 하더라도 형편없는 조치이기는 마찬가지다. 이러한 후견 체제는 정치적으로 민감한 사안으로 번질 수 있는 미묘한 문제들을 안고 있었다. 그렇기 때문에 피후견인은 여러 규제 조항과 후견위원회를 통해 보호받고 있으며, 후견위원회는 중앙 감찰관이 감독하는 지자체 행정위원회의 통제 아래 놓여 있다.

하지만 후견위원회가 본연의 임무를 정상적으로 수행하기란 쉽지 않았다. 이 제도가 얼마나 많은 미묘한 문제들을 품고 있는지 생각해보면 이와 관련된 스캔들이 매체를 통해 폭로되지 않는 현상황이 그저 놀라울 따름이다. 물론 피후견인의 돈을 슬쩍하거나 심지어는 허락 없이 아파트를 처분해서 그 이익을 챙긴 뻔뻔스러운 후견인들이

고발되기도 했다. 하지만 이런 고발 사례는 극히 드물었다. 두 가지 이유가 있었다. 첫째, 후견인이나 행정당국이 자신들의 의무를 흠잡을 데 없이 수행했기 때문일 것이다. 둘째, 피후견인이 고소할 수 없는 상황에 처해 있거나 설사 고소하더라도 언론이나 당국이 그들의 말에 전혀 귀기울여주지 않는 까닭이다.

원칙적으로 후견위원회는 이 제도가 더이상 필요치 않은 피후견인들을 매년 확인해야 한다. 하지만 문제는 리스베트 자신에게 있었다. 의사들에게 간단한 인사조차 건네지 않고 정신이상 검사를 고집스럽게 거부해왔으니 행정당국이 결정을 번복할 하등의 이유가 없었다. 이런 일이 계속되면서 그녀의 후견 체제는 매년 연장되었다. 후견 체제법은 이 제도가 각 개인의 특수성에 맞게 적용되어야 한다고 규정하고 있었다. 홀게르는 이 조항을 나름대로 해석해 리스베트가 직접 재산과 삶을 관리하도록 했다. 물론 행정당국이 요구하는 모든 규정을 철저히 지켰으며 월말과 연말에 제출하는 보고서 작성도 게을리하지 않았다. 이를 제외하고는 그녀를 평범한 젊은 여성으로 대했으며 라이프스타일에도 간섭하지 않았다. 이 젊은 여성이 코에 고리를 끼우든 목에 문신을 하든 자신이나 사회가 상관할 바 아니라는 게 그의 견해였다. 그리고 이러한 방임적인 태도가 리스베트와 계속 좋은 관계를 유지할 수 있었던 이유이기도 했다.

그렇다보니 홀게르가 후견인일 때 리스베트는 자신의 법적 지위를 특별히 문제삼지 않았다. 하지만 닐스는 후견 체제법을 완전히 다른 방식으로 해석하고 있었다.

어쨌든 리스베트가 '평범한 사람'의 범주에 속하지 않는 건 사실이었다. 지금껏 법을 제대로 알아야 할 필요가 없었던 그녀는 법률적 상식이 극히 초보적인 수준이었고 공권력을 거의 신뢰하지 않았다. 그녀에게 경찰은 막연한 적, 기껏해야 자신을 붙잡으려 들거나 모욕하는 불쾌한 존재일 따름이었다. 그녀가 마지막으로 경찰을 마주친 때는 지난여름 어느 오후였다. 밀톤 시큐리티에 가려고 예트가탄 거리를 따라 걷는데 기동대 경찰 하나가 떡하니 앞을 가로막았다. 그러더니 아무런 잘못이 없는 그녀를 향해 곤봉을 들어 어깨를 내리쳤다. 본능적으로 손에 들고 있던 콜라병을 휘둘러 반격하려 했지만 다행히 미처 손쓸 틈도 없이 경찰관은 곧바로 몸을 돌려 어디론가 달려갔다. 나중에 그녀는 '거리를 되찾자Reclaim the Streets'라는 단체가 근처에서 시위중이었다는 사실을 알았다.

경찰서로 달려가 항의한다거나 닐스 같은 작자를 성폭행으로 고발하는 행동은 그녀의 의식 안에 아예 떠오르지도 않았다. 그리고 대체 무엇을 고소하겠는가? 닐스가 가슴을 더듬었다고? 그런 말을 하면 경찰관들은 그녀의 빈약한 가슴을 힐끗거리며 믿으려 들지도 않을 것이다. 거기에 더해 실제로 그런 일이 있었다면 누군가가 수고스럽게도 그곳을 만져주었으니 자랑스럽게 생각하라고 비아냥댈지도 모른다. 변호사가 그의 물건을 빨게 한 사실을 고발한다면? 지금까지의 경험에 비추어보건대 사람들은 항상 그녀의 말보다 다른 이들의 말을 더 믿어주었다. 요컨대 그녀에게 경찰은 좋은 해결책이 아니었다.

닐스의 사무실을 나와 집으로 돌아온 리스베트는 샤워를 하고서 치즈와 피클을 넣은 샌드위치 두 개를 먹어치웠다. 그리고 너무 닳아서 보풀투성이인 천 소파에 앉아 골똘히 생각에 잠겼다.

만약 보통 사람들이 이런 모습을 보면 아마 그녀를 탓할지도 모른다. 역시 비정상이라서 성폭행을 당하고도 아무런 감정적 동요를 보이지 않는다고 혀를 찰지 모른다.

그녀가 알고 지내는 이들의 범위는 비교적 한정적이었다. 그리고 그들이 교외의 안락한 집에서 평온한 삶을 영위하는 중산층은 더더욱 아니었다. 지금껏 그녀가 알아온 여자들은 예외 없이 성년이 되기 전에 적어도 한 번 이상 어떤 형태로든 성폭행을 당한 경험이 있었다. 폭행은 주로 또래 남자들에 의해 벌어졌고, 그들은 협박과 회유를 섞어서 자신들의 목적을 이루었다. 변을 당한 여자들은 눈물을 흘리고 강하게 분노했지만 리스베트가 아는 한 경찰서로 달려가 신고하는 일은 없었다.

그러니까 그녀가 살아온 세계에선 자연스러운 일이었다. 그 세계에서 여자는 일종의 허가된 희생물이었다. 특히 낡은 가죽재킷을 입고 눈썹엔 피어싱, 어깨엔 문신을 한 소녀라면, 즉 사회적으로 아무런 의미가 없는 존재일 경우에는 더욱 그랬다.

그러니 리스베트는 이따위 일로 눈물 흘릴 마음이 추호도 없었다.

그렇다고 강제로 그 더러운 물건을 빨게 한 닐스를 내버려둘 생각도 없었다. 그녀는 한번 당한 모욕을 절대 잊지 않았다. 천성적으로 용서하는 성격이 아니었다.

하지만 복수를 하고 싶어도 그녀의 법적 신분이 문제였다. 사람들은 그녀를 어렸을 때부터 음흉하고 악착같으면서도 아무 이유 없이 폭력을 휘두르는 아이로 여겨왔다. 그녀가 최초로 기록에 오른 건 초등학교 양호실에서였다. 같은 반 남자아이 하나를 때리고 옷걸이 쪽으로 세차게 밀어붙여 코피를 터뜨려서 불려갔었다. 지금도 그 녀석을 생각하면 부아가 치밀어올랐다. 다비드 구스타브손이라는 뚱뚱한 그 아이는 끊임없이 리스베트를 괴롭히고 물건을 던져댔다. 한마디로 깡패 같았다. 교실로 돌아와보니 녀석이 다가와 복수하겠노라고 험상궂게 지껄여댔고 어린 리스베트는 그대로 오른 주먹을 뻗어 녀석의 얼굴 한가운데를 명중시켰다. 이번엔 손안에 골프공까지 쥐고 있어서 타격이 더 강했다. 녀석은 또다시 코피를 터뜨렸고 그녀에겐 새로운 기록이 추가되었다.

그녀는 학교 안에서 지켜야 하는 공동생활의 규칙들을 도저히 이해할 수 없었다. 그래서 주위에서 일어나는 일에 전혀 신경쓰지 않고 오직 자기 일에만 몰두했다. 하지만 주변 사람들은 그런 그녀를 한시도 가만히 놔두지 않았다.

초등학교 4학년 때는 반 아이들과 큰 싸움을 벌이고서 집으로 쫓겨난 적이 한두 번이 아니었다. 리스베트보다 훨씬 덩치가 큰 남자애들은 젓가락같이 깡마른 이 소녀를 건드려서 좋을 일이 없다는 사실을 금방 깨달았다. 다른 여자애들과는 달리 결코 물러서는 법이 없었고 모욕을 당한 즉시 주먹이나 손에 잡히는 대로 아무 거나 휘두르며 덤벼들었기 때문이다. 그녀는 불쾌한 짓거리를 가만히 당하느니 죽는 한이 있더라도 끝까지 싸우겠다는 결연한 태도를 보였다.

그리고 그녀는 반드시 복수를 했다.

6학년 때는 자신보다 훨씬 덩치가 크고 힘센 소년과 싸운 적이 있었다. 물리적으로는 그야말로 소년에게 한주먹거리도 안 되었다. 처음엔 소년이 생쥐를 가지고 노는 고양이처럼 킬킬대며 어린 리스베트를 여러 번 넘어뜨렸다. 그리고 반격하려는 그녀의 따귀를 세차게 때렸다. 하지만 아무리 힘이 세도 소용없었다. 그녀는 바보처럼 계속 달려들었고 결국엔 구경하던 아이들마저 일이 심각하게 흘러간다고 느끼기 시작했다. 속수무책으로 당하기만 하는 리스베트는 점점 더 처참한 꼴이 되어갔다. 짜증이 난 소년은 그녀의 얼굴 중앙에 크게 한 방을 날렸다. 입술이 찢어지고 눈앞에 불똥 수백 개가 번쩍했다. 그렇게 체육관 뒷마당에 뻗어버린 여자애를 놔두고 남자애들은 총총히 떠났고 그녀는 이틀 동안 집에 누워 있어야 했다. 하지만 일은 거기서 끝나지 않았다. 사흘째 되는 날, 그녀는 야구방망이를 들고 기다리다가 그 깡패 녀석이 나타나자마자 그대로 귀 위를 후려쳤다. 결국 교장에게 불려가 상해죄로 경찰에 고발당했다. 이 일로 사회복지부의 조사가 시작되었다.

아이들은 리스베트를 정신이 이상한 애라고 생각했고 또 그렇게 취급했다. 교사 중에도 그녀를 동정하는 사람이 거의 없었고 오히려 귀찮은 존재로 여길 뿐이었다. 리스베트는 거의 말을 하지 않았고 수업중에 손을 드는 일도 없었다. 심지어 교사가 직접 질문을 해도 입을 열지 않았다. 답을 몰라서 그랬는지, 아니면 다른 이유가 있었는지 모르지만 성적 역시 그리 훌륭하지 않았다. 어쨌든 그녀에겐 분명 어떤 문제가 있었다. 교사들은 그녀의 문제를 자주 입에 올렸지만 묘하게도 이 아이를 돌보겠다고 나서는 사람은 한 명도 없었다. 이렇게 교사들마저 외면한 어린 리스베트는 혼자만의 음울한 침묵 속으로 더욱 깊이 빠져들었다.

한번은 리스베트를 잘 모르는 임시교사가 수학 문제를 내고서 대답을 독촉한 적이 있었다. 리스베트는 발작적으로 폭발해 교사에게 주먹을 날리고 발길질을 했다. 우여곡절 끝에 초등학교를 마쳤지만 중학교는 다른 지역으로 옮겨야 했다. 작별인사를 나눌 친구 하나 사귀지 못한 채였다. 모두의 눈에 그녀는 완전히 비뚤어진 소녀, 아무도 좋아하지 않는 소녀였다.

그리고 사춘기에 접어들 무렵에는 그 일, 즉 그녀로서는 떠올리기조차 싫은 '모든 악'이 있었다. 그것은 이 음울한 그림을 완성시키는 마지막 사건이었고, 사람들은 초등학교 학생기록부를 다시 꺼내들었다. 그후 그녀는 사법적 관점에서 미친 사람으로 간주되었다. 정확히 말해 정신이상자였다. 그녀는 이 사회에서 자신이 차지한 특별한 위치를 알기 위해 굳이 행정서류를 확인해볼 필요조차 없었다. 자신을 쳐다보는 사람들의 눈에 다 나타나 있었다. 그렇지만 개의치 않았다. 홀게르가 후견인으로 있는 이상, 아무도 귀찮게 구는 사람이 없었으니까.

하지만 닐스가 나타나면서 이제는 후견 체제가 그녀의 삶에 어두운 그림자를 드리우기 시작했다. 그렇다고 누구에게도 도움을 청하고 싶지 않았다. 거기에 또 어떤 함정이 도사리고 있을지 누가 알겠는가? 그리고 닐스에게 덤볐다가 무참히 패한다면? 정신병원에 갇힐 수도 있는 일 아닌가? 그녀에겐 아무런 길도 보이지 않았다.

　밤이 이슥한 무렵, 세실리아와 미카엘은 겨우 숨을 돌렸다. 미카엘의 가슴 위에 머리를 기댄 세실리아가 눈을 들어 그를 쳐다보았다.
　"고마워. 정말 오랜만이었어. 침대 위에서 괜찮은데?"
　미카엘이 미소를 지었다. 섹스를 잘한다는 칭찬 앞에선 항상 어린애같이 흐뭇해졌다.
　"나도 좋았어. 뜻밖이긴 하지만 즐거웠어."
　"나중에 또 하고 싶어. 당신도 원한다면."
　미카엘이 그녀를 쳐다보았다.
　"애인을 하고 싶다는 말이야?"
　"비상용 정부지." 그녀가 대답했다. "하지만 잠은 집에 돌아가서 자는 걸로. 아침에 부스스한 얼굴을 보이기 싫으니까. 그리고 우리 일을 동네방네 떠들고 다니지는 않겠지?"
　"그런 일은 없을 거야."
　"특히 이자벨라가 알면 안 돼. 정말 못된 여자거든."
　"당신 가장 가까이에 사는 이웃이기도 하지…… 벌써 한 번 만났어."
　"그 여자 집에서 우리집 현관이 안 보이니 망정이지. 미카엘, 조심해야 해!"
　"그럴게."
　"고마워. 술 좀 마셔?"
　"가끔."
　"과일을 넣은 진 칵테일이 몹시 마시고 싶어. 당신은 어때?"
　"좋지."
　세실리아가 침대 시트를 몸에 두르고 일층으로 내려갔다. 미카엘은 그사이 화장실에서 얼굴을 씻었다. 방으로 돌아와 알몸으로 어정거리며 서가를 훑어보고 있으려니 그녀가 라임을 곁들인 진 두 잔과 얼음물이 든 유리병을 들고 들어왔다. 둘은 건배를 했다.

"우리집에 왜 왔지?" 그녀가 물었다.

"특별한 이유는 없어. 그냥······"

"집에서 하루종일 삼촌의 자료를 읽다가 우리집에 왔다면 뻔하지 않겠어?"

"그 자료들을 읽은 적 있어?"

"조금. 내 삶은 온통 그 빌어먹을 조사와 함께했다고 해도 과언이 아니야. 삼촌과 있으면 어쩔 수 없이 하리에트의 미스터리에 감염돼."

"사실 아주 흥미로운 수수께끼지. 섬을 배경으로 한 밀실 미스터리라고나 할까. 이 사건에서 정상적인 논리를 따르는 건 아무것도 없어. 답을 찾은 질문도 하나 없고 단서마다 막다른 골목에 부딪히지."

"바로 그 풀리지 않는 수수께끼가 사람들의 정신을 강렬하게 사로잡는 거야."

"세실리아 당신은 그날 섬에 있었어?"

"응. 그때 여기 있으면서 모든 사건을 겪었어. 학업 때문에 스톡홀름에 살 때였는데 그 주말에는 집에서 지내고 싶어서 내려왔었지."

"하리에트는 실제로 어땠지? 이곳 사람들이 그녀를 보는 관점이 천차만별이더군."

"지금 하는 얘기는 오프 더 레코드인가?"

"보다시피 녹음기는 없어."

"그때 하리에트가 머릿속으로 무슨 생각을 했는지는 나도 알 수 없지. 그애가 보낸 마지막 해에 어떤 일이 있었는지 알고 싶겠지? 하루는 수녀같이 경건한 크리스천이 되었다가 그다음날엔 착 달라붙는 야한 티셔츠에 성판매 여성처럼 화장을 하고서 학교에 나오곤 했어. 어쩌면 내적으로 아주 불행한 시기를 보내고 있었는지도 몰라.

그때 난 여기 살지 않았기 때문에 떠도는 이야기만 들었지 그애 속마음은 잘 몰라."

"뭐가 그렇게 그녀를 불행하게 만들었을까?"

"물론 고트프리드와 이자벨라지. 둘의 결혼생활은 정말이지 난장판이었어. 늘 파티를 벌이거나 아니면 다퉜지. 몸을 직접 부딪치며 싸우진 않았어. 고트프리드가 싸움을 즐기는 성격이 아닌데다 이자벨라를 무서워했거든. 그녀가 한번 화나면 굉장했으니까. 그러다 고트프리드가 1960년대 초반부터 섬 반대편에 있는 방갈로에 처박혔어. 이자벨라는 한 번도 가보지 않았지. 고트프리드가 이따금 마을에 나타날 때면 술 취한 노숙자 같은 몰골이었어. 그러다 다시 정신을 차리면 말끔하게 옷을 차려입고 일을 시작했지."

"부모가 완전히 하리에트를 내팽개쳤던 모양이군. 그녀를 돌봐준 사람이 아무도 없었나?"

"있었지. 헨리크 삼촌. 그래서 결국 그 저택으로 들어가긴 했지만 알다시피 당시엔 대기업 총수였으니 눈코 뜰 새 없었지. 사업차 여행을 떠나는 일도 잦으니까 하리에트와 마르틴을 제대로 돌볼 수 없었어. 나 역시 가까이 있지 못해서 그애가 어떤 일들을 겪었는지, 무슨 생각을 했었는지 잘 몰라. 나는 처음에 웁살라에서 살다가 스톡홀름으로 올라갔거든. 사실 내 소녀 시절도 그리 평탄치만은 않았어. 알잖아? 우리 아버지 하랄드가 어떤 사람인지. 나중에 조금씩 깨달은 게, 하리에트가 아무에게도 자기 속내를 털어놓지 않은 데서 문제가 일어났다는 점이야. 오히려 그앤 전혀 다른 모습을 보이려고 애썼지. 마치 아주 행복한 가정에서 사는 것처럼."

"철저한 현실 부정이었군."

"바로 그거야. 하지만 그애 아버지가 익사하고 난 후에는 달라졌어. 더이상 모든 게 완벽하다고 주장할 수 없게 됐으니. 그전까지만 해도…… 어떻게 말해야 할까…… 그래, 특출나게 총명하고 조숙한 애였어. 한편으론 여느 십대와 다를 바 없었지. 그 마지막 해 역시 그 애는 총명하기 이를 데 없었고 성적도 거의 전 과목에서 최고였어. 하지만 뭔가가 빠진 것처럼, 진정한 개성이 사라진 것처럼 인위적인 모습이었어."

"부친은 어쩌다 익사했지?"

"고트프리드? 아주 평범한 사고였어. 방갈로 바로 아래에 대놓은 배에서 바다로 떨어져 죽었지. 바지 앞섶이 활짝 열려 있고 술에 잔뜩 취한 상태였으니 나머지는 상상에 맡길게. 마르틴이 발견했어."

"그랬군."

"마르틴이 변한 거 보면 참 재밌어. 완전히 괜찮은 녀석이 됐잖아! 만약 당신이 삼십 년 전에 질문했다면 그 집안에서 정신과 의사가 필요한 사람은 바로 마르틴이라고 대답했을 거야."

"왜지?"

"불행한 환경 속에서 고통받은 사람이 하리에트만은 아니었으니까. 몇 년간 마르틴이 얼마나 과묵하고 내성적이었는지, 꼭 곰 같았어. 두 남매가 참으로 끔찍한 세월을 보내고 있었지. 그런데 그 애들만의 문제가 아니었어. 방에르 가문의 모든 아이들이 그랬으니까. 나 역시 아버지 때문에 힘들었고. 못말리는 미치광이였다는 거, 잘 알잖아? 내 여동생 아니타와 사촌 알렉산데르도 마찬가지였지. 방에르 가문에서 유년기를 보낸다는 건 정말로 힘든 일이었어."

"여동생은 지금 어떻게 됐나?"

"아니타는 런던에 살아. 1970년대 런던에 있는 스웨덴 여행사 대리점에 근무하러 떠났다가 눌러앉았지. 그때 어떤 남자하고 살다가 헤어졌는데 집에는 한 번도 소개를 안 했어. 지금은 영국항공 매니저로 일하고. 그애하고 나하고는 죽이 잘 맞아. 만나는 일은 거의 없지만. 이 년에 한 번 정도? 헤데스타드에 절대 오지 않거든."

"왜지?"

"우리 아버지가 미친 사람이잖아. 설명이 더 필요할까?"

"하지만 당신은 여기 있잖아."

"나하고 우리 오빠 비리에르가 있지."

"아, 그 시의원이라는 분?"

"농담하지 마. 나랑 아니타보다 나이가 많은 사람이라고. 우린 그리 사이가 좋지 않아. 오빠 자신이 대단한 정치인이라도 되는 양 착각하고 있어. 언젠가 국회의원이 될 거고, 보수당이 집권하면 장관까지 될 수 있다고 믿고 있어. 실상은 스웨덴 시골구석에 처박힌 별 볼 일 없는 시의원일 뿐이야. 지금이 정치 경력의 최정상이자 종착역이지."

"당신네 가문에는 매우 흥미로운 점이 하나 있어. 모두가 서로를 증오하고 있단 말이지."

"꼭 그렇지만도 않아. 난 마르틴과 헨리크 삼촌을 무척 좋아해. 자주 만나진 못하지만 여동생과도 죽이 잘 맞고. 하지만 이자벨라는 아주 싫어. 알렉산데르도 그리 좋아하는 편은 아니고, 우리 아버지와는 말도 안 하는 사이지. 좋아하는 사람 반, 싫어하는 사람 반인 셈이야. 그런데 지금 당신이 무슨 생각을 하는지 알겠어. 방에르 가문 사람들은 지독하게 직설적이다, 맞지? 그래, 우리는 생각하는 걸 그대로 얘기해버려."

"맞아. 그렇잖아도 아주 솔직하다고 생각했어." 미카엘이 손을 뻗어 그녀의 가슴을 만졌다. "내가 집에 들어온 지 십오 분도 안 돼 나를 덮친 걸 보면."

"솔직히 당신 처음 봤을 때 무슨 생각했는지 알아? 침대 위에선 어떨까 생각했지. 그러던 차에 제 발로 찾아들어왔으니 당연히 시험해봐야지 않겠어?"

리스베트는 태어나서 처음으로 누군가에게 조언을 구하고 싶다는 생각이 절실했다. 하지만 문제가 있었다. 조언을 구하려면 사정을 털어놔야 하고 그러려면 자신의 비밀을 밝혀야 했다. 그리고 누구에게 말해야 한단 말인가? 사람을 사귀는 일은 그녀의 특기가 아니었다.

주소록에 적힌 사람들을 대충 훑어보았다. 그럭저럭 가깝다고 할 만한 이는 정확히 열 명이었다. 그것도 많이 잡아서.

우선 플레이그를 생각했다. 그래도 가장 꾸준히 만나는 사람이었으니까. 하지만 결코 친구라 할 수 없었고 이런 문제를 해결해줄 만한 위인은 더더욱 아니었다. 그는 결코 좋은 해결책이 아니었다.

리스베트의 성생활은 닐스에게 했던 얘기와 달리 그렇게 초라하지 않았다. 그리고 대부분 그녀 자신의 필요에 따라, 혹은 그녀가 원해서 이루어졌다. 열다섯 살 이후로 관계한 파트너는 오십 명쯤 됐다. 일 년에 다섯 명 꼴이었다. 섹스를 심심풀이 정도로 여기는 또래 여자들에겐 그다지 놀라운 숫자도 아니었다.

그중 대부분은 사춘기 말엽에 방황하던 이 년 사이에 만난 남자들이었다. 당시 생의 갈림길에 서 있던 그녀는 자신의 삶을 제대로 통제하지 못했다. 자칫했으면 그녀의 미래는 전혀 다른 모습이 되었으리라. 그녀의 이름이 붙은 파일에는 술과 마약에 대한 기록들이 추가되고 어쩌면 정신병원에 갇혔을지도 모른다. 하지만 스무 살 이후, 특히 밀톤 시큐리티에서 일하게 된 이후로 한결 안정되었고 자신의 삶을 제어할 수도 있었다. 이제는 술집에서 누가 맥주 서너 잔을 사준다고 해서 쉽게 자는 일도 없었고, 이름도 모르는 주정뱅이네 집으로 따라가는 일을 일종의 자기실현이라고 생각하지도 않았다. 지난 한 해 그녀가 관계해온 상대는 단 한 명뿐이었다. 사춘기 말엽 의료 기록부에 적힌 '난잡한 사생활'이라는 표현과는 분명 거리가 있는 삶이었다.

그리고 상대는 어느 그룹 주변의 남자들로 한정되어 있었다. 리스베트는 이 그룹의 정식 멤버가 아니었지만 실라 노렌의 친구 자격으로 그룹에 받아들여졌다. 실라를 만난 건 사춘기 끝 무렵이었다. 정확히는 중단한 중등교육 과정이라도 마치라는 홀게르의 간곡한 요청으로 콤북스*에 다닐 때였다. 몇 가닥만 남기고 짙은 보라색으로 물들인 머리, 검정 가죽바지, 코에 박은 피어싱, 그리고 징이 잔뜩 박힌 벨트, 실라의 첫인상은 리스베트와 별반 다르지 않았다. 첫 수업에서 둘은 경계에 찬 눈빛으로 서로를 쳐다보았다.

이유를 정확히 설명할 순 없지만 어쨌든 둘은 만나기 시작했다. 리스베트는 결코 친구를 쉽게 사귀는 성격이 아니었고 그 시기에는 더욱 그랬다. 하지만 실라는 그 무뚝뚝함에 개의치 않고 다짜고짜 그녀를 술집으로 데려갔다. 그리고 실라의 중개로 '이블 핑거스' 멤버가 되었다. 이블 핑거스는 스톡홀름 남부 교외의 엔셰데에서 하드록을 좋아하는 소녀 넷이 시작한 그룹이었다. 십 년이 지난 지금은 화요일 저녁마다 술집 '풍차'에 모이는 여자친구들의 모임으로 발전했다. 그들은 거기서 남자들을 욕하고 페미니즘, 펜타그램, 음악, 정치 따위를 이야기하며 맥주를 엄청나게 마신다. 이블 핑거스, 사악한 손가락들이라는 이름에 딱 어울렸다.

리스베트는 그 주변에 머물렀지만 이야기에 끼는 일은 거의 없었다. 하지만 그녀는 있는 모습 그대로 받아들여졌고, 저녁 내내 한마디도 없이 맥주만 홀짝거리다 원할 때 슬그머니 자리를 뜰 수 있었다. 멤버의 생일이나 크리스마스 때면 집으로 초대받기도 했다. 물론 실제로 가는 일은 거의 없었지만.

그녀가 이블 핑거스와 만난 오 년이라는 세월 동안 멤버들의 모습은 많이 변했다. 머리 색깔은 좀더 평범해졌고 구세군에서 얻어온 듯 허름한 옷들은 H&M의 트렌디한 옷으로 바뀌었다. 누구는 대학에 들어갔고 누구는 직장을 얻었으며 토끼 같은 자식을 낳은 친구도 있

---

* 스웨덴 지방자치단체에서 운영하는 성인교육기관.

었다. 리스베트는 오직 자신만이 털끝 하나 바뀌지 않았다고 생각했다. 혼자만 제자리걸음을 한 셈이었다.

하지만 모일 때마다 기분이 좋아지는 건 지금도 여전했다. 리스베트가 이 세상에서 귀속감을 느끼는 곳이 하나 있다면 그건 바로 이블 핑거스 모임이었다. 그리고 이러한 느낌은 이 여자친구들 주변의 남자들에게까지 확장되었다.

그렇다. 이블 핑거스라면 그녀의 말을 들어줄 것이다. 게다가 두 팔을 걷어붙이고 나서줄지도 모른다. 하지만 그녀들이 모르는 사실이 있었다. 리스베트가 법적 무능력자라는 사실 말이다. 리스베트는 그녀들이 자신을 이상한 눈으로 보게 될 일이 싫었다. 그래, 이것도 좋은 해결책은 아니야!

그렇다면 누가 있을까? 주소록엔 학교 동창의 이름 하나 없었다. 그렇다고 아는 사람도, 의지하거나 도움을 청할 만한 사람도 없었다. 사정이 이러한데 과연 누구에게 가서 닐스의 문제를 상의한단 말인가.

아니, 어쩌면 한 사람 있을 수도 있다. 그녀는 드라간에게 고민을 털어놓으면 어떨지 오래 생각해보았다. 그의 방문을 두드리고 이 상황을 설명한다면? 무슨 일이든 도움이 필요하면 주저 말고 찾아오라고 하지 않았던가? 드라간이 자신을 진심으로 대하고 있다는 사실을 그녀는 잘 알았다.

드라간도 그녀의 몸을 한 번 만진 적이 있었지만 순수한 호의에서 나온 행동이었다. 닐스처럼 권력을 과시하려는 의도가 전혀 없었다. 하지만 그에게 도움을 청하고 싶지 않았다. 직장 상사인데다 도움을 받으면 빚을 지게 되는 까닭이었다. 리스베트는 닐스 대신 드라간이 후견인이라면 삶이 어떻게 변했을지 상상하며 미소를 지었다. 물론 불쾌하지 않다. 다만 자신의 의무를 너무도 심각하게 받아들인 드라간이 온갖 잔소리를 늘어놓으며 꽤 답답하게 할지 모른다. 음…… 어쩌면 해결책이 될 수도 있기는 하겠다.

여성보호단체들이 하는 일을 리스베트도 물론 잘 알았지만 거기에 도움을 청할 생각은 추호도 없었다. 그녀가 생각하기에 이런 단체들은 이른바 희생자들을 위한 것인데, 리스베트는 스스로를 희생자라고 여겨본 적이 한 번도 없었기 때문이다. 그렇다면 이제 남은 방법은 오직 하나, 지금까지 해온 대로 행동하는 것. 다시 말해 스스로 문제를 해결하는 것이었다. 맞아, 이게 바로 최선의 해결책이야!

닐스가 알았다면 가슴이 서늘해졌을, 너무나도 불길한 해결책이었다.

13장

2월 20일 목요일~3월 7일 금요일

2월 마지막 주. 리스베트는 스스로에게 임무를 하나 부여했다. 1950년생 닐스 비우르만 변호사를 조사하는 일이었다. 꼬박 열여섯 시간 동안 그 어느 때보다도 치밀하게 인물의 신상을 밝혀나갔다. 찾을 수 있는 모든 자료와 공문서, 가족과 대인 관계를 샅샅이 뒤졌다. 은행계좌를 살펴보고, 지금까지의 경력과 맡아온 일들을 알아보았다.

결과는 실망스러웠다.

닐스는 변호사협회 정회원이자 점잖고도 지루하기 짝이 없는 상법 책을 저술한 법률가였다. 변호사로서의 명성은 나무랄 데 없었고, 단 한 번 변호사협회에 과실이 보고된 일을 빼고는 견책을 당한 적이 없었다. 십여 년 전, 불법 부동산 계약을 중개했다는 혐의를 받았지만 자신의 결백을 입증해내면서 사건은 종결됐다. 통장에 천만 크로나는 넘게 쌓아둔 부자였다. 세금은 꼬박꼬박 납부했고 환경단체 그린피스와 인권단체 국제앰네스티 회원이었으며 심장과 폐를 위한 재단에 정기적으로 기부하고 있었다. 미디어에 이름이 오르내리는 일은 드물었으나 제3세계 정치범들을 지지하는 탄원서에 여러 차례 서명하기도 했다. 현재 오덴플란 근처 우플란스가탄에서 방 다섯 개짜리 아파트에 살고 있으며 아파트 입주자회의 의장이었다. 이혼했고 자녀는 없었다.

리스베트는 그의 전 부인 엘레나에 초점을 맞춰보았다. 폴란드에서 태어나 평생을 스웨덴에서 산 여자였다. 지금은 한 재활센터에서 일하며 또다른 변호사와 재혼해 살고 있었다. 닐스보다는 훨씬 나은 인물일 테다. 그녀에게서도 별다른 건 나오지 않았다. 그들은 십사년간 결혼생활을 했고 이혼은 합의하에 이뤄졌다.

닐스는 법적으로 문제가 있는 이른바 비행 청소년들을 정기적으로 관리해왔다. 리스베트를 맡기 전에도 이미 청소년 네 명의 법정관리인 역할을 수행한 적이 있었다. 모두 미성년자였던 그들이 성년이 되는 날 법원의 결정으로 그의 임무는 종결됐다. 변호사와 이들 사이에 문제가 있었다는 흔적은 보이지 않았다. 심지어 그들 중 하나는 아직도 법정에 일이 있을 때마다 그를 변호인으로 부를 정도였다. 혹시 그가 피보호자들에게 자신의 권한을 남용하지 않았는지 깊이 조사해봤지만 적어도 표면상으로는 이상한 점이 전혀 없었다. 지금 그들은 저마다 애인, 직장, 집, 그리고 신용카드까지 갖고서 평온한 소시민의 삶을 살고 있었다.

리스베트는 그들에게 전화를 걸어보았다. 자신을 사회복지부 공무원이라고 소개하면서 법정관리를 받은 적 있는 청소년들이 사회에 어떻게 적응하고 있는지 조사중이라고 했다. "당연하죠! 응답자의 익명은 꼭 지켜드립니다." 그녀는 질문을 열 개 남짓 꾸며냈다. 대부분 법정관리가 정상적으로 이루어졌는지 진술하도록 유도하는 내용이었다. 만일 닐스와 문제가 있었다면 어떤 형태로든 불만이 표출될 터였다. 하지만 부정적인 내용을 말하는 사람은 한 명도 없었다.

조사를 마친 리스베트는 모든 자료를 슈퍼마켓에서 가져온 종이 봉투에 넣어 폐휴지를 쌓아둔 출입구 앞에다 내놓았다. 결론적으로 변호사 닐스는 흠집 잡기 힘든 인물이었다. 그의 과거 가운데 복수에 사용할 수 있는 지렛대가 전무했다. 그가 난폭한 짐승이자 더러운 인간이라는 점을 입증할 만한 증거로 내세울 게 없었다.

이제 다른 가능성을 찾아야 할 시간이었다. 매력적인 해결책이 하나 떠올랐다. 적어도 아주 현실적인 방법이었다. 간단하게 그녀의 삶에서 그가 깨끗이 사라져버리면 될 터였다. 갑작스러운 심장마비 같은 걸로 말이다. 그렇다면 게임 오버다. 다만 쉰셋 먹은 비루한 늙다리라 하더라도 심장마비로 급사하기란 그리 쉽지 않다는 게 마음에 걸렸다.

하지만 그렇게 되도록 해볼 수는 있었다.

미카엘은 세실리아와의 관계를 지극히 조심스럽게 맺어나갔다. 그녀는 세 가지 조건을 반드시 지켜달라고 요구했다. 둘이 만난다는 사실을 아무도 모르게 할 것. 그녀가 전화하지 않거나 기분이 내키지 않을 때는 절대 방문하지 말 것. 그리고 그녀 집에서 밤새우지 말 것.

가끔 세실리아의 태도는 미카엘을 아연케 했다. 한번은 수산네 카페에서 우연히 만났는데 알은체하면서도 지극히 차갑고 소원한 태도를 보이는 게 아닌가. 반면 일단 침실에 들어가면 더없이 정열적인 여인으로 변했다.

미카엘은 딱히 그녀의 사생활을 뒤지고픈 생각이 없었지만 실제로는 방에르 가문의 사생활을 캐기 위해 고용된 처지이기도 했다. 그래서 약간의 갈등과 함께 일말의 호기심을 느끼다 하루는 헨리크에게 물었다. 그녀가 누구와 결혼했었으며 그들 사이에 어떤 문제가 있었느냐고. 알렉산데르와 비리에르, 그리고 하리에트가 실종된 날 섬에 있었던 다른 집안사람들에 대해 물으며 던진 말이었다.

"세실리아? 내가 알기로 그애는 하리에트 일과 관계가 없네."

"그녀의 과거는 어땠나요?"

"학업을 마치고 교사 발령을 받아 이곳으로 돌아왔네. 예리 칼손이라는 자를 만났지. 방에르 그룹 직원이었어. 처음에 난 둘이 결혼하고 나서 행복한 생활을 하고 있다고 믿었지. 하지만 몇 년 후에 일이 잘못되어가고 있다는 걸 알았네. 그자가 세실리아를 폭행하고 있었어. 그런 경우에 흔히 그렇듯 그애는 맞으면서도 남편을 이해하고 허물을 덮어주려 노력했지. 그러다가 하루는 아주 심하게 폭행을 당했네. 결국 중상을 입고 병원 신세를 졌고. 내가 가서 도와주겠다고 했지. 그래서 섬으로 들어와 살게 됐고 그후로는 한 번도 남편을 본 적이 없네. 물론 나는 그를 해고했지."

"하지만 여전히 결혼한 상태 아닙니까?"

"단지 서류상일 뿐이네. 왜 이혼을 요구하지 않았는지 모르지만 꼭 이혼해야 할 필요도 없었지. 그후로 그애는 재혼할 생각을 한 적이 한 번도 없었거든."

"예리 칼손이라는 사람은 혹시……"

"하리에트와 관계가 있었느냐고? 없네. 1966년 당시 헤데스타드에 살지 않았어. 방에르 그룹에 입사하기 전이었지."

"그렇군요."

"미카엘. 나는 세실리아를 사랑하네. 좀 까다롭긴 해도 우리 가문에서는 드물게 심성이 착한 인물이야."

프로젝트를 치밀하게 기안하는 공무원처럼 리스베트는 꼬박 일주일을 집안에 처박혀 닐스의 '사망 계획'을 연구했다. 여러 방법들을 고려해가며 선택 가능한 시나리오를 몇 가지 세워보았다. 무엇보다도 절대 **충동적으로 행동하지 말 것.** 맨 처음 생각한 방법은 사고사를 꾸미는 것이었다. 하지만 곰곰 생각해보니 아예 살인으로 방향을 잡아도 아무 문제가 없을 듯했다.

한 가지 조건만 충족하면 된다. 그가 살해당해도 리스베트 자신이 범죄에 연관되지 않으면 그만이다. 물론 경찰이 그의 생전 활동을 조사하다보면 리스베트의 이름도 발견할 터였다. 그렇다 해도 가물에 콩 나듯 그를 만났던 그녀의 존재가 경찰의 눈에 어떻게 비칠까? 닐스가 만나온 그야말로 백사장의 모래알처럼 많고 많은 고객들 가운데 리스베트는 그저 모래알갱이 하나에 지나지 않는다. 물론 그녀에게는 물건을 빨게 한 사실을 그가 수첩에 기록이라도 해뒀다면 문제는 달라지겠지만 그럴 가능성은 거의 없었다. 요컨대 외적으로 그녀에겐 그를 살해할 아무런 동기가 없었다. 그보다는 오히려 전 애인, 친척, 지인, 동료를 의심하는 게 합리적이지 않겠는가? 혹은 일면식도 없는 살해범에 의한 이유 없는 살인도 가정해볼 수 있었다.

만에 하나 리스베트의 이름이 수사관들의 눈에 띄었다고 가정해보자. 그렇다 하더라도 그녀는 정신이상자라는 기록을 잔뜩 달고서 후견까지 받고 있는 불쌍한 여자에 불과했다. 이 점을 감안한다면 덜 떨어진 정신이상자는 꿈도 못 꿀 치밀하고 복잡한 살인 계획을 세울 필요가 있었다.

총기를 쓰는 방법은 즉시 포기했다. 총기를 구하는 일 자체는 문제될 게 없었지만 요즘 경찰들이 총기의 출처를 캐내는 데 천재적인 능력을 보이고 있으니 말이다.

철물점에서 얼마든지 살 수 있는 칼도 생각해보았다. 하지만 이것도 즉시 포기했다. 살금살금 다가가 그자의 등짝에 칼을 꽂는다 하더라도 그다음 일을 장담할 수 없었다. 그가 곧바로 죽지 않거나, 소리를 지른다거나, 숨이 완전히 끊어지지 않는다면? 혹은 둘이 소란스럽게 난투를 벌이다가 사람들의 주의를 끌 수도 있고, 옷에 혈흔이라도 남으면 치명적인 증거가 될 터였다.

폭탄을 쓸까도 생각했다. 하지만 알아보니 일이 너무 복잡했다. 폭탄을 만드는 건 어렵지 않았다. 파괴력이 엄청난 폭탄을 제조하는 방법이 인터넷에 수도 없이 널렸으니. 하지만 그 더러운 놈을 날려버리려다 무고한 행인이 다칠 수도 있고, 그가 한 방에 죽는다는 보장도 없었다.

전화벨이 울렸다.

"안녕, 리스베트! 나 드라간이야. 자네에게 줄 일이 있네."

"시간 없어요."

"중요한 일이야."

"바빠요."

그녀는 수화기를 내려놓았다.

결국 선택한 건 뜻밖에도 독극물이었다. 스스로도 처음에는 반신반의했지만 곰곰이 생각해보니 더이상 완벽할 수 없는 방법이었다.

그후 며칠 밤낮으로 인터넷을 샅샅이 뒤지며 적당한 독극물을 찾아 헤맸다. 그렇게 해서 현대 과학이 아는 한 가장 치명적인 극독인 청산을 찾아냈다.

청산은 감청색 염료를 만드는 등 화학공업에 쓰이는 물질이다. 몇 밀리그램이면 사람 하나를 즉사시키고 상수원에 1리터만 풀어도 소도시 전 주민을 몰살시킬 수 있다.

당연히 이렇게 치명적인 물질은 엄격히 통제되고 있었다. 암살을 계획하는 테러리스트가 가까운 약국에 들어가 청산 10밀리리터를 버젓이 요구할 순 없는 노릇이지만, 가정집 주방에서 이 위험한 물질을 거의 무한대로 만들어낼 수도 있었다. 200크로나면 어디서나 살 수 있는 어린이용 화학실험세트와 일상적인 가정용품에서 손쉽게 추출할 수 있는 어떤 물질만 있으면 충분했다. 제조법은 인터넷에서 찾을 수 있었다.

니코틴도 있었다. 담배 한 갑에서 추출한 니코틴 몇 밀리그램만으로도 아주 기막힌 걸 만들어낼 수 있었다. 황산니코틴. 제조법이 좀 까다롭지만 청산보다 오히려 무서운 물질이었다. 피부에 닿기만 해도 치명적이기 때문이다. 걸쭉한 액체로 만든 그 물질을 물총에 넣고서 고무장갑 낀 손으로 그자의 상판대기에 발사한다면 이십 초쯤 후에 의식을 잃고 몇 분 더 지나면 사망할 것이다.

지금껏 리스베트는 가까운 철물점에서 살 수 있는 가정용품들이 그처럼 치명적인 무기로 둔갑할 수 있다는 사실을 전혀 몰랐다. 이렇게 며칠을 연구한 끝에 그녀는 자신의 존경스러운 후견인을 제거하는 데 적어도 기술적으로는 아무런 문제가 없음을 확인할 수 있었다.

이제 남은 문제는 두 가지였다. 닐스가 죽는다고 해도 후견인에게 삶을 통제당하는 상황은 계속될 터였다. 그의 후임자가 더 끔찍한 악당이 아니라는 보장이 있는가? 가능한 모든 결과를 분석하자……

따라서 지금 필요한 건 후견인을 통제하고 이러한 상황을 제어할 방법을 찾는 일이었다. 리스베트는 저녁 내내 낡은 거실 소파에 누워 다시 한번 곰곰이 이 상황을 따져보았다. 밤 10시경, 그녀는 독극물 암살을 포기하고 새로운 계획을 세웠다.

사실 그렇게 매력적인 계획은 아니었다. 시나리오상 닐스가 다시 한번 그녀를 덮쳐야 했으니까. 하지만 이 계획이 실행되기만 한다면 그녀는 완벽하게 이길 수 있었다.

2월 말, 어느덧 헤데뷔 생활에 적응한 미카엘은 규칙적인 일상을 되찾았다. 아침 9시에 일어나 아침을 먹고 12시까지 새로운 자료들을 머릿속에 집어넣는 작업을 계속한다. 그리고 날씨에 관계없이 산책을 한 시간 한다. 오후에는 집이나 수산네 카페에서 다시 일을 시작한다. 이때는 아침에 읽은 내용들을 곰곰이 따져보거나 헨리크의 회고록에 들어갈 조각글을 쓰거나 한다. 오후 3시에서 6시까지는 자유롭게 비워놓았다. 주로 장을 보거나 빨래를 하거나 헤데스타드에 들러 다른 일들을 처리하곤 했다. 저녁 7시경에는 헨리크에게 가서 낮 동안 떠오른 의문들에 대해 토론했다. 그리고 밤 10시쯤 집으로 돌아와 새벽 한두 시까지 다시 자료를 읽는다. 그는 이렇게 헨리크가 준 자료들을 꼼꼼하게 확인했다.

미카엘 스스로도 놀라웠지만 헨리크의 회고록을 쓰는 일이 일사천리로 진행되고 있었다. 120쪽에 달하는 방에르 가문의 연대기—장 바티스트 베르나도테가 스웨덴에 건너온 시대부터 1920년대까지의 역사—를 그야말로 막힘없이 써내려갔다. 하지만 그후로는 좀더 천천히, 그리고 신중하게 나아가야 할 필요가 있었다.

이를 위해 미카엘은 헤데스타드 도서관에 들러 독일과 스웨덴의 나치 상징을 비교 분석한 헬렌 뢰브의 박사논문 『하켄크로이츠와 바사의 다발』*을 비롯해 당시 스웨덴 나치즘에 관한 서적들을 신청했다. 그리고 헨리크에 초점을 맞춰 그와 형제들의 이야기를 40여 쪽 분량의 초고로 만들었다. 한편 방에르 가문의 역사를 제대로 알리려면 당시 그룹이 어떻게 조직되고 기능했는지 면밀하게 조사해야 했다. 그러는 동안 방에르 가문이 이바르 크뤼게르** 제국과 밀접히 얽혀 있었다는 사실도 알게 되었다. 만만찮은 연구 주제가 또하나 첨가된 셈이다. 계산해보니 앞으로 써야 할 분량이 300여 쪽 정도 남아 있었다. 그렇다면 적어도 9월 초까지는 초고를 완성해 헨리크에게 보여줄 수 있을 듯했다. 그러고 나서 가을 동안 글을 다듬으면 헨리크 방에르 회고록에는 큰 문제가 없을 것이다.

반면 하리에트에 대한 조사는 단 1밀리미터도 진전이 없었다. 산처럼 쌓인 자료를 샅샅이 읽고 머리를 싸매며 아무리 생각해봐도 소용없었다. 사건은 여전히 캄캄한 어둠에 잠긴 채 아무런 실마리도 보

---

* '하켄크로이츠'는 갈고리 십자가라는 뜻으로 독일 나치즘의 상징, '바사'는 스웨덴 바사 왕가를 뜻한다. 바사가의 문장이 밀의 다발이었다.
** Ivar Kreuger(1880~1932). 성냥과 목재 산업에서 큰 영향력을 행사했던 스웨덴의 사업가.

이지 않았다.

2월 말 어느 토요일 저녁, 미카엘은 헨리크와 긴 대화를 나눴다. 그리고 자신의 임무에 아무런 진척이 없음을 고백했다. 지금까지 하나씩 검토해온 '막다른 골목'들을 전부 열거하는 그의 말을 노인은 참을성 있게 들었다.

"다시 말해 이 사건은 이미 모든 사항이 철저하게 검토됐다고 할 수 있습니다."

"무슨 말인지 알겠네. 나 역시 머리가 이상해질 정도로 생각해봤으니까. 하지만 우리가 아직도 무언가를 놓친 게 분명하네. 이 세상에 완전범죄란 없으니까."

"그런데 우린 이것이 어떤 범죄인지조차 입증할 수 없지 않습니까?"

헨리크가 힘없이 손을 내저으며 한숨을 내쉬었다.

"그냥 계속하게. 끝까지 가보라고."

"소용없을 겁니다."

"그럴지도 모르지. 하지만 포기하지는 말게."

미카엘은 한숨을 내쉬었다. 그리고 결국 망설이다가 말을 꺼냈다.

"전화번호 말입니다."

"그래."

"분명히 뭔가를 의미하겠죠?"

"맞네."

"하리에트는 어떤 분명한 의도로 이걸 적어놓았어요."

"그렇네."

"하지만 우리는 해독을 못하고 있죠."

"못하고 있지."

"혹은 엉뚱하게 해석하고 있던가요."

"바로 그거야."

"전화번호가 아니라 전혀 다른 무엇일 수 있습니다."

"어쩌면."

미카엘은 다시 한번 한숨을 내쉬고 집으로 돌아와 다시금 자료를 읽기 시작했다.

리스베트가 다시 전화를 걸어 돈이 더 필요하다고 하자 닐스는 안도의 한숨을 내쉬었다. 지난번 할 일이 있다면서 그녀가 약속에 나오지 않아 그의 마음에 불안의 그림자가 드리우기 시작했었다. 리스베트가 완전히 못 말리는 문제아로 변한 것인지 말이다. 그래도 지난번 약속을 빼먹었으니 돈이 떨어지면 제 발로 돌아오리라 생각하며 기다렸다. 설마 지난 일을 누구한테 얘기한 건 아니겠지?

이런 걱정에도 불구하고 그녀가 간단하게 돈이 필요하다고 말했을 때 그는 여전히 자신이 상황을 통제하고 있다는 사실에 만족스러웠다. 그리고 리스베트를 길들일 필요가 있겠다고 생각했다. 그녀에게 결정권자가 누구인지 확실히 깨닫게 해줄 필요가 있었다. 그래야보다 건설적인 관계가 정착될 수 있을 터였다. 그래서 이번엔 사무실이 아닌 오덴플란의 자기집으로 오라고 지시했다. 그러자 수화기 저편에서 한동안 긴 침묵이 흘렀다. 바보 같은 년이 말귀도 제대로 못 알아듣는군! 하지만 결국 그녀는 동의했다.

리스베트의 계획은 예전처럼 그의 사무실에서 만나는 것이었다. 이제 그녀는 미지의 영역에서 그와 맞서야 했다. 약속 시간은 금요일밤이었다. 알려준 대로 아파트 출입구 비밀번호를 누르고 들어가 그의 집 초인종을 눌렀다. 저녁 8시 반이었다. 약속 시간보다 삼십 분늦었다. 삼십 분…… 아파트 계단에서 다시 한번 계획을 확인하고혹시 모를 대비책을 생각한 후 용기를 내 몸과 마음을 단단히 무장하는 데 필요한 시간이었다.

저녁 8시경, 미카엘은 노트북을 끄고 밖으로 나가려고 옷을 걸쳤다. 작업실에 불을 켜놓은 채였다. 밤하늘엔 별이 총총했고 기온은 영 도에 가까웠다. 잰걸음으로 비탈길을 올라 외스테르고르덴 방면으로 나가 헨리크의 저택 앞을 지났다. 그리고 왼쪽으로 방향을 틀어 해안을 따라 뻗은 오솔길로 접어들었다. 멀리 바다 위에는 부표등이 깜박였고, 헤데스타드의 불빛들도 어둠 속에 반짝이고 있었다. 아름다운 광경이었다. 하지만 그는 곧 발길을 돌렸다. 좀더 신선한 공기를 즐기고도 싶었지만 오래 머물렀다가는 이자벨라 방에르의 독수리 같은 눈에 띌 수도 있는 일이었다. 다시 헨리크의 저택 앞에서 큰길로 접어들어 8시 반이 조금 지나 세실리아 방에르의 집에 도착했다. 둘은 즉시 침실로 들어갔다.

그들은 일주일에 한두 번씩 만났다. 세실리아와는 애인이자 속내를 털어놓는 사이가 되었다. 이후 미카엘은 하리에트에 대해서도 헨리크보다는 그녀와 더 많은 얘기를 나누었다.

계획은 처음부터 빗나갔다.

초인종 소리를 듣고 문을 연 닐스는 목욕가운 차림이었다. 리스베트가 늦어 짜증이 난 그가 들어오라고 고갯짓을 했다. 그녀는 블랙진과 검은 티셔츠에 항상 걸치고 다니는 검정 가죽재킷 차림이었다. 부츠 역시 검은색이었고 등에는 작은 배낭을 맸다.

"시계 볼 줄 몰라?" 그가 퉁명스럽게 맞이했다.

리스베트는 대꾸하지 않고 고개를 돌려 실내를 둘러보았다. 아파트 내부는 그녀가 시청에서 열람한 도면을 보며 상상했던 것과 크게 다르지 않았다. 자작나무와 너도밤나무로 된 가구들로 꾸며져 전체적으로 밝은 분위기였다.

"들어와." 닐스가 한결 누그러진 목소리로 말했다. 그러고는 그녀의 어깨에 팔을 두르며 현관을 지나 안으로 데려갔다. 뭐, 여러 말 지껄일 필요 있어? 그는 곧바로 침실 문을 열었다. 그가 리스베트에게 어떤 서비스를 원하는지는 두말하면 잔소리였다. 리스베트는 재빨리 방안을 훑어보았다. 전형적인 독신남의 방이었다. 높직한 스테인리스 프레임으로 된 더블베드, 침대 탁자로도 쓰는 조그만 서랍장, 불빛이 은은한 침대 스탠드, 한쪽 벽을 온통 차지하고 있는 거울 달린 붙박이장, 그리고 고리버들 의자 하나와 문 옆 구석에 놓인 조그만 테이블…… 그가 리스베트의 손을 잡아 침대 쪽으로 이끌었다.

"이번엔 왜 돈이 필요하지? 컴퓨터에 필요한 걸 사려고?"

"먹을 거 사려고요."

"아, 그렇지! 내 정신 좀 봐. 지난번 약속을 펑크냈었지." 닐스는 그녀의 턱을 들어올려 눈을 들여다보았다. "그래, 어떻게 지내?"

리스베트는 어깨를 들썩해 보였다.

"지난번에 내가 말한 거 잘 생각해봤어?"

"뭘요?"

"리스베트, 바보인 척하지 마. 우리 둘이 좋은 친구가 돼서 서로 돕고 살면 좋잖아."

그녀는 대답하지 않았다. 닐스는 정신이 번쩍 들게끔 따귀를 한 대 갈기고 싶은 충동을 꾹 참았다.

"저번에 했던 어른들 놀이는 재미있었어?"

"아니요."

그가 눈썹 끝을 위로 치켰다.

"리스베트, 멍청하게 굴지 마!"

"먹을 거 사게 돈이나 줘요."

"저번에 이미 얘기했잖아. 착하게 굴면 나도 잘해주겠다고. 하지만 계속 내 성질을 긁으면……" 닐스가 리스베트의 턱을 꽉 움켜쥐자 그녀는 몸을 뺐다.

"난 돈이 필요해요. 대체 뭘 원하는 거죠?"

"뭘 원하는지 잘 알잖아?" 닐스는 그녀의 어깨를 꽉 잡고 침대 쪽으로 끌고 갔다.

"잠깐만요!" 리스베트가 다급히 외쳤다. 그리고 체념한 눈빛으로 그를 쳐다본 후 차갑게 고개를 끄덕였다. 징이 박힌 가죽재킷을 벗어 주위를 둘러보고는 고리버들 의자 위에 걸쳐놓고 배낭은 원탁 위에 올려놨다. 그러고는 주저하는 걸음으로 침대 쪽으로 갔다. 그러다 갑자기 걸음을 멈췄다. 뭔가 불길한 예감이 엄습했다. 그러자 닐스가 다가왔다.

"잠깐만요!" 그녀가 다시 말했다. 그를 설득해보려는 듯한 목소리로. "이렇게 돈이 필요할 때마다 당신 거기를 빨고 싶지는 않아요."

닐스는 표정이 돌변하더니 느닷없이 리스베트의 따귀를 때렸다. 그녀는 놀라 두 눈이 커졌지만 때는 이미 늦었다. 미처 반응하기도 전에 그가 어깨를 잡아 침대 위에 배를 깔고 엎드리게 했다. 너무나도 갑작스러워서 허를 찔린 셈이었다. 몸을 돌리려 하자 닐스가 침대 위에서 그녀를 눌러대며 위로 올라탔다.

지난번처럼 물리적으로 보면 리스베트는 손쉬운 먹잇감에 불과했다. 저항할 수 있는 유일한 방법은 손톱을 세워 눈을 찌르거나 무기를 쓰는 것이었다. 그녀가 계획한 시나리오는 이미 물거품이 되었다. 빌어먹을! 닐스가 자신의 티셔츠를 찢는 동안 그녀는 속으로 욕을 퍼부었다. 그리고 지극하게 명료한 사실을 깨달았다. 지금 그녀는 헤어날 수 없는 수렁 속으로 빠져들고 있었다.

리스베트의 귀에 침대 옆 서랍장이 열리는 소리와 뒤이어 금속 재질의 무언가가 철컥거리는 소리가 들려왔다. 처음엔 무슨 일인지 몰랐지만 곧 한쪽 손목에 수갑이 채워지는 걸 느꼈다. 그는 수갑을 채운 팔을 들어올려 나머지 고리를 침대 기둥에 채웠고 다른 손도 마찬가지로 고정시켰다. 그리고 능숙한 손동작으로 그녀의 양말과 검정색 바지를 금세 벗겨내렸다. 마지막으로 팬티를 벗기고 깃발처럼 흔들어댔다.

"리스베트, 넌 나를 신뢰하는 법을 좀 배워야 해. 이제부터 어른들 놀이의 규칙을 알려주겠어. 아주 간단해. 못되게 굴면 벌을 받고 착하게 굴면 친구가 되는 거야." 그러고는 다시 그녀 위에 걸터앉았다.

"보아하니 항문 섹스를 별로 좋아하지 않는 모양이야."

리스베트가 입을 벌리고 소리를 지르려 했지만 그가 머리채를 잡아올리며 입속에 팬티를 쑤셔넣었다. 그러고는 양쪽 발목에 뭔가를 두르더니 두 다리를 벌려 발목을 어디엔가 묶었다. 그렇게 무방비 상태가 된 그녀에게 그가 방을 들락거리는 소리가 들렸다. 그렇게 몇 분이 흐르자 제대로 숨을 쉬기도 힘들었다. 그리고 갑자기 지옥과도 같은 고통이 느껴졌다. 그가 항문에 무언가를 난폭하게 쑤셔넣었다.

세실리아는 미카엘이 집에서 묵고 가지 않는다는 규칙을 세워두었다. 미카엘은 새벽 2시에 일어나 옷을 주워 입었고 그녀는 알몸으로 침대에 누워 미소 띤 얼굴로 그 모습을 지켜보았다.

"미카엘, 난 자기가 마음에 들어. 같이 있으면 기분이 좋아."

"나도 자기가 좋아."

그녀는 침대 쪽으로 그를 다시 잡아끌면서 방금 걸친 셔츠를 벗겼다. 그렇게 한 시간을 더 머물렀다.

마침내 바깥으로 나와 하랄드의 집 앞을 지나던 미카엘은 이층 커튼이 살짝 움직인 듯한 느낌을 받았다. 하지만 주위가 너무 어두워서 확신할 순 없었다.

리스베트는 토요일 새벽 4시가 다 되어서야 옷을 입을 수 있었다. 마지막으로 가죽재킷을 걸치고 배낭을 메고서 절뚝거리며 현관으로 걸어갔다. 벌써 샤워를 마치고 말끔하게 옷까지 차려입은 닐스가 기다리고 있었다. 그리고 2500크로나짜리 수표를 건넸다.

"내가 집에 데려다주지." 그가 문을 열면서 말했다.

리스베트는 아파트를 나와 그를 향해 몸을 돌렸다. 몸은 사뭇 가냘팠고 얼굴은 눈물로 퉁퉁 불어 있었다. 하지만 그녀와 눈이 마주친 닐스는 자신도 모르게 한 걸음 물러섰다. 여태까지 이렇게 강렬한 증오의 눈빛은 처음 보았다. 과연 이 계집애는 파일에 적힌 대로 정신병자임에 틀림없었다.

"아니요." 그녀가 말했다. 무슨 말인지 분간하기조차 힘들 정도로 낮은 목소리였다. "혼자 돌아갈 수 있어요."

그가 그녀의 어깨 위에 손을 올렸다.

"정말이야?"

그녀가 고개를 끄덕였다. 어깨를 쥔 손에 더욱 힘이 들어갔다.

"우리 약속 잘 기억해둬! 다음주 토요일에 여기로 다시 오라고."

리스베트가 다시 고개를 끄덕였다. 온순해진 기색이었다. 닐스는 그녀를 놓아주었다.

14장

3월 8일 토요일~3월 17일 월요일

리스베트는 일주일 내내 침대에 누워 있었다. 아랫배는 고통이 극심했고 항문에선 출혈이 멈추지 않았으며 눈에 잘 안 띄는 상처들도 많았다. 다 나으려면 상당한 시간이 필요할 터였다. 이번 일은 닐스의 사무실에서 당했던 첫번째 성폭행을 훨씬 넘어섰다. 폭력과 능욕의 문제가 아니라 체계적인 방식으로 이뤄진 잔혹행위였다.

그녀는 자신이 닐스를 과소평가했다는 사실을 아주 크게 깨달았지만 이미 엎질러진 물이었다.

리스베트는 그를 단순히 권력과 지배욕에 집착하는 인간으로만 여겼을 뿐 전형적인 사디스트일 줄은 몰랐다. 그날 밤새도록 수갑에 묶여 있었고 그가 자신을 죽일지도 모른다고 생각한 게 한두 번이 아니었다. 한번은 얼굴에 대고 베개를 눌러대서 거의 기절할 뻔했었다.

리스베트는 울지 않았다.

강간을 당할 때 육체적인 고통으로 눈물이 흘렀지만 그때 말고는 한 방울도 흘리지 않았다. 닐스의 아파트를 나와 오덴플란 시내의 택시 정류장까지 절뚝거리며 걸어갔고, 집으로 돌아와서는 기듯이 계단을 올라 들어갔다. 샤워를 했고 아랫배에 묻은 피를 씻어냈다. 그러고 나서 물 반 리터를 마시고 진통제 두 알을 삼킨 후 무너지듯 침대 위에 쓰러졌다.

깨어난 건 일요일 정오였다. 머리는 지끈거렸고 아무 생각도 나지 않았다. 온 근육과 아랫배에 격심한 통증이 느껴졌다. 일어나 우유 두 잔과 사과 한 개를 먹었다. 그런 다음 수면제 두 알을 삼키고 다시 자러 들어갔다.

화요일이 되어서야 겨우 침대에서 나올 수 있었다. 밖으로 나가 커다란 빌리스 팬피자 한 판을 사왔다. 그중 두 조각을 전자렌지에 데우고 보온병에 커피를 가득 채웠다. 그런 다음 컴퓨터 앞에 앉아 사디즘의 정신병리에 대한 기사와 논문을 찾아 읽느라 밤을 꼬박 새웠다.

리스베트의 관심을 끈 건 미국의 한 여성학자 그룹이 발표한 소논문이었다. 그들은 사디스트가 자신의 **희생양**을 거의 본능적인 정확성으로 찾아낸다고 주장했다. 사디스트에게 이상적인 희생자는 스스로 다른 선택이 없다고 느끼기 때문에 사디스트의 모든 욕망에 자발적으로 몸을 내맡기는 여자다. 특히 타인에게 의존하는 성향이 있는 사람들을 노리며, 그런 먹잇감을 한눈에 분간해내는 능력이 있다고 했다.

닐스는 그녀를 희생자로 선택했다.

그리고 이 사실이 리스베트를 생각에 잠기게 했다.

비로소 주위 사람들이 자신을 어떻게 생각하고 있는지 깨달았기 때문이다.

금요일, 그러니까 두번째 강간을 당하고 일주일 후 리스베트는 집을 나와 호른스툴에 있는 문신 가게에 갔다. 미리 전화로 예약을 해놓았고 가게 안에는 손님이 많지 않았다. 그녀를 알아본 주인이 고개를 끄덕여 인사했다.

가는 끈 모양의 작고 단순한 무늬를 선택하고 발목에 새겨달라고 말하면서 그 자리를 가리켰다.

"피부가 상당히 얇네요. 이쪽은 꽤 아프답니다." 시술사가 말했다.

"괜찮아요." 리스베트는 대구하고서 바지를 벗고 다리를 내밀었다.

"좋아요. 그럼 끈 모양으로 하겠어요. 벌써 문신을 많이 했네요? 정말 하나 더 새기고 싶은 거예요?"

"잊지 말아야 할 일이 또 생겼거든요."

미카엘은 토요일 오후 2시, 즉 폐점 시간까지 수산네 카페에 있었다. 그동안 적어놓은 메모며 단상들을 노트북에 입력하며 낮시간을 보냈다. 카페를 나와서는 집으로 가기 전에 먹을거리와 담배를 사러 콘숨 슈퍼마켓에 들렀다. 거기서 그의 눈을 끈 건 지역 명물이라는 감자와 비트를 튀겨 곁들인 으깬 고기 요리였다. 평소에 그렇게 좋아하지 않지만 왠지 소박하고 쓸쓸하기까지 해 보여 시골집에 틀어박혀 혼자 먹기에는 적당한 요리 같았다.

미카엘은 저녁 7시쯤 주방 창문으로 밖을 내다보았다. 세실리아에게서는 아직 전화가 없었다. 정오가 좀 지났을 때 카페로 빵을 사러 온 그녀와 마주쳤는데 무언가 골똘히 생각에 잠긴 듯 보였다. 아무래도 오늘 저녁에 전화를 받기는 틀린 모양이었다. 그는 작은 TV에 힐끗 눈길을 던졌다. 아직까지 한 번도 틀어보지 않았고 오늘도 별로 그럴 마음이 들지 않았다. 결국 주방 벤치 위에 자리를 잡고 수 그래프턴의 추리소설을 펼쳐들었다.

토요일 저녁, 리스베트는 약속된 시간에 오덴플란에 있는 닐스의 아파트를 다시 찾았다. 그는 정중하고도 친절한 미소를 지으며 그녀를 들어오게 했다.

"리스베트! 오늘은 기분이 어때?"

그녀는 대답하지 않았다.

"지난번엔 내가 조금 지나쳤지? 넌 완전히 뻗어버린 것 같던데."

리스베트가 삐딱한 미소를 지어 보이자 그는 갑자기 알 수 없는 불안감을 느꼈다. 뭐야, 완전히 미친년 아냐? 깜빡할 뻔했군. 그는 과연 이 미친 여자애가 이 놀이에 제대로 적응할 수 있을지 의문스러웠다.

"침실로 들어가죠?" 리스베트가 말했다.

알고 보니 그거밖에 모르는 년이군…… 그가 리스베트의 어깨에 팔을 둘렀다. 지난번 침실로 데리고 들어갈 때와 똑같은 자세였다. 오늘은 좀 부드럽게 대해줘야겠어. 내게 신뢰감이 생기도록. 서랍장 위에는 벌써 수갑이 놓여 있었다. 하지만 침대 앞에 섰을 때 그는 뭔가가 잘못되고 있음을 느꼈다.

지금 자신을 침대로 이끄는 건 그녀였다. 그 반대가 아니었다. 멈춰 선 그는 리스베트가 주머니에서 휴대전화처럼 생긴 물건을 꺼내는 모습을 멍하니 쳐다만 보았다. 그리고 그녀의 눈을 바라보았다.

"잘 자." 그녀가 말했다.

리스베트는 닐스의 왼쪽 겨드랑이에 전기충격기를 밀어넣어 7만 5천 볼트의 전류를 흘려보냈다. 그러고는 두 다리에 힘이 풀리며 쓰러지는 그의 몸을 있는 힘껏 들어올려 침대 위에 눕혔다.

세실리아는 약간 취기를 느꼈다. 이날 저녁은 미카엘에게 전화하지 않으리라 결심했다. 이 관계가 마치 괴상한 삼류영화처럼 느껴졌다. 사람들의 눈에 띄지 않으려고 숨바꼭질하듯 요리조리 돌아서 찾아오는 미카엘의 꼴이라니! 그녀의 꼴은 또 어떤가? 욕망을 주체하지 못하는 사춘기 소녀 같았다. 지난 몇 주간 자신의 행동이 참으로 우스꽝스럽게 느껴졌다.

미카엘이 너무 마음에 든다는 게 문제였다. 그 때문에 마음고생을 할 수도 있었다. 차라리 그가 여기 헤데뷔에 나타나지 않았다면 얼마나 좋았을까 하고 그녀는 생각했다.

그래서 와인을 한 병 따 연거푸 두 잔을 들이켰다. 평소 좋아하는 방송 〈리포트〉를 보려고 TV를 틀었다. 한 논평가가 나와 부시 대통령이 왜 이라크를 폭격하는지 설명하고 있었다. 하지만 이내 싫증이 나서 소파에 몸을 묻고 책을 한 권 펼쳤다. 엘레르트 타마스가 쓴 책으로, 인종주의에 경도해 스톡홀름에서 열한 명을 살해한 어느 미치광이에 대한 것이었다. 하지만 몇 페이지 읽고 나니 책을 덮을 수밖에 없었다. 아버지가 생각났기 때문이다. 도대체 어떤 환상에 빠졌기에 그따위로 사는 건지 그녀는 궁금할 따름이었다.

부녀가 마지막으로 함께한 건 1984년이었다. 순종 사냥개 한 마리를 산 오빠 비리에르가 녀석을 시험해보려고 아버지와 헤데스타드 북쪽으로 산토끼 사냥을 갔었다. 그리고 이때 세실리아가 동행했다. 그때까지만 해도 그녀는 당시 일흔셋이던 하랄드의 광기를 이해하려고 무척이나 애썼다. 그 광기 때문에 악몽 같은 어린 시절을 보냈고 자라서도 계속 힘들게 살았지만 말이다.

그때 그녀는 살면서 가장 힘든 시기를 겪고 있었다. 세 달 전, 결혼생활이 완전히 끝나버렸다. 흔히 말하는 매 맞는 아내였고, 경미하면서도 일상적인 폭력에 시달리고 있었다. 따귀를 맞거나 거칠게 밀쳐지거나 괴상망측한 협박에 시달리기도 했다. 때로는 주방 바닥에 나동그라지는 일도 있었다. 남편은 뜬금없이 화를 내곤 했다. 하지만 몸을 다칠 정도로 심한 폭력은 없었다. 그가 주먹을 쓰는 일만큼은 피했기 때문이다. 그사이 그녀는 점차 폭력에 길들여졌다. 그러던 어느 날 이번에는 폭행을 당한 그녀가 맞받아서 때리자 그가 자제력을 완전히 상실해버렸다. 그러고는 마치 미치광이처럼 가위로 그녀의 등을 몇 차례 찍어내렸다. 그는 당황과 후회의 감정에 사로잡힌 채

병원으로 그녀를 데려갔다. 물론 말도 안 되는 이야기를 꾸며내 아내가 사고로 다쳤다고 설명했지만 응급실 의료진들은 그가 입을 여는 순간 모든 사정을 눈치챘다. 그녀는 이 모든 게 부끄러웠다. 열두 바늘을 꿰매고 이틀간 병원 신세를 졌다. 그러고 나서 헨리크가 찾아와 자기집으로 데려갔고, 그후로는 남편과 다시는 말하지 않았다.

이렇게 결혼이 깨진 지 석 달이 지난 이느 화창한 가을날이었다. 아버지는 자못 기분이 좋았고 상냥해 보이기까지 했다. 그런데 숲 한가운데에 이르자 태도가 돌변했다. 갑자기 딸의 일상과 성적 행실을 문제삼으며 상스러운 비난을 늘어놓다가 급기야 욕설을 퍼붓기 시작했다. 그러고는 너 같은 창녀가 남자 간수를 못하는 건 당연한 일이라고 내뱉었다.

아버지가 내뱉는 한마디 한마디가 얼마나 그녀의 심장에 비수처럼 꽂히는지 오빠 비리에르는 전혀 알 리가 없었다. 그저 낄낄 웃으며 아버지의 어깨에 팔을 두르고는 나름대로 분위기를 누그러뜨리겠다고 지껄이는 말이, 아버지, 여자들이란 게 다 그렇잖아요! 따위였다. 그러면서 세실리아에게 눈을 찡긋해 보이고는 하랄드에겐 나지막한 언덕 위에서 매복을 서자고 권했다.

짧은 순간, 그 얼어붙은 순간에 세실리아는 아버지와 오빠를 쳐다보았다. 문득 자신의 손에 총알이 장전된 엽총이 들려 있다는 사실을 의식했다. 그녀는 두 눈을 감았다. 바로 그거였다. 총을 들어 두 사람을 쏴버릴 수 있었다. 둘 다 모두 죽여버리고 싶었다. 하지만 그녀는 힘없이 발밑에 총을 떨어뜨리고 몸을 돌려 차를 세워놓은 곳으로 갔다. 그리고 두 사람을 남겨둔 채 혼자만 차를 몰고 집으로 돌아왔다. 그날 이후 그녀는 어쩔 수 없을 때를 빼고는 아버지와 말하지 않았다. 집으로 찾아오는 걸 거부했고 그의 집으로 가지도 않았다.

당신은 내 삶을 망쳤어. 어렸을 때부터 망쳐놓은 거야.

8시 30분, 그녀는 전화기를 들었다. 미카엘에게 건너오라고 말하고 싶어서였다.

닐스는 몹시 괴로워했다. 근육에 감각이 없었고 온몸이 마비된 것만 같았다. 기절했었는지는 확실치 않았지만 도통 정신이 없고 무슨 일이 있었는지 기억나지 않았다. 조금씩 감각을 되찾았지만 꼼짝도 할 수 없는 상태라는 걸 알아차렸다. 실오라기 하나 걸치지 않은 알몸으로 침대 위에 누워 있었다. 두 팔목은 침대 기둥에 수갑으로 채워져 있었고, 고통스러울 정도로 넓게 벌려진 두 다리 역시 무언가에 단단히 묶여 있었다. 전극봉이 닿았던 부분은 화상을 입은 듯 쓰라렸다.

리스베트는 침대 곁에 끌어다놓은 고리버들 의자에 앉아 부츠를 신은 두 발을 침대 위에 올려놓은 채 담배를 피우며 참을성 있게 기다리고 있었다. 뭔가를 말하려던 그는 접착테이프로 입이 막혔다는 걸 알았다. 그러고는 고개를 옆으로 돌렸다. 리스베트가 서랍 하나를 빼내 내용물을 방바닥에 쏟았다.

"네 장난감들을 찾아냈어." 그녀는 승마용 채찍을 꺼내 흔들어보고 방바닥에 산같이 쌓인 각종 딜도, 재갈, 라텍스 가면 따위를 뒤적거렸다. "이 물건은 어디다 쓰는 거지?" 그녀가 거대한 항문용 딜도를 가리켰다. "아냐, 말하려고 하지 마. 어차피 하나도 안 들리거든. 지난 주에 내게 썼던 게 바로 이거였어? 그냥 고개만 끄덕이면 돼." 그녀가 대답을 기다리며 다가갔다.

불현듯 닐스의 가슴에 서늘한 공포가 차오르면서 결국 자제력을 잃고 말았다. 그는 미친듯이 수갑을 잡아당겼다. 이럴 수가, 저년이 나를 지배하고 있어! 그리고 리스베트가 몸을 굽혀 엉덩이 사이로 딜도를 들이댔을 때 그가 할 수 있는 일은 아무것도 없었다. "그래, 네가 사디스트란 말이지?" 그녀는 지극히 담담하게 말했다. "이런 물건들을 사람들 속에 집어넣는 걸 즐긴단 말이지. 맞아?" 그리고 그의 눈을 응시했다. 그녀의 얼굴은 표정 없는 마스크 같았다. "윤활액도 바르지 않고서. 맞아?"

닐스는 접착테이프로 막힌 입으로 비명을 질렀다. 리스베트가 그의 엉덩이를 벌리고 예정된 부분에 거칠게 딜도를 쑤셔넣었다.

"질질 짜지 마." 리스베트가 그의 목소리를 흉내내며 말했다. "그렇게 말썽 부리면 널 벌줄 수밖에 없단 말이야."

리스베트가 몸을 일으켜 침대를 끼고 돌아 방 한쪽으로 걸어갔다. 닐스는 눈으로만 그녀를 뒤쫓을 수밖에 없었다. 빌어먹을! 저게 뭐지? 거기에는 리스베트가 거실에서 옮겨다놓은 대형 TV가 있었다. 방바닥에는 DVD 플레이어도 보였다. 그녀는 손에 채찍을 들고서 그를 쳐다보았다.

"자, 나를 주목하고 있겠지?" 그녀가 물었다. "말하려고 하지 마. 그냥 고개만 끄덕이라고. 내 말 듣고 있어?"

그는 고개를 끄덕였다.

"좋아." 그녀는 몸을 굽혀 배낭을 집어들었다. "이거 기억해?" 그는 다시 고개를 끄덕였다. "지난주에 여기 올 때 가져왔었지. 밀톤 시큐리티에서 빌렸어." 그러고는 배낭 안쪽에서 지퍼 하나를 열었다. "여기 디지털 캠코더가 하나 있어. TV3에서 하는 〈인사이더〉라는 프로그램 봐? 야비해빠진 리포터들이 몰래카메라를 찍을 때 이런 배낭을 쓰곤 하잖아." 그녀는 다시 지퍼를 닫았다.

"렌즈가 어디 있는지 궁금하겠지? 그게 바로 이 물건의 기막힌 점이야. '광각섬유렌즈'라고, 여기 가방끈에 붙은 조그만 단추 같은 게 바로 그거야. 지난번 네가 나를 만지작거리기 시작할 때 내가 이 배낭을 테이블 위에 올려놨던 거 기억해? 그때 렌즈가 침대 쪽으로 향해 있는지 분명히 확인해놨지."

리스베트는 DVD를 하나 꺼내 보인 후 플레이어에 넣었다. 그리고 화면을 볼 수 있게끔 고리버들 의자를 돌려놓고 그 위에 앉았다. 다시 담배 한 개비를 입에 물고 불을 붙인 그녀는 리모컨 버튼을 눌렀다. 닐스가 그녀에게 문을 열어주는 모습이 보였다.

시계 볼 줄 몰라? 화면 속에서 그가 퉁명스레 말했다.

그녀는 DVD를 전부 보여주었다. 총 구십 분짜리 영화는 벌거벗은 닐스 변호사가 침대 밑에 앉아 와인을 한잔 마시면서 등뒤로 두 손이 묶인 채 누워 있는 리스베트를 내려다보는 장면으로 끝났다.

그녀는 TV를 끄고 다시 고리버들 의자에 앉았다. 그후 십 분간 아무 말이 없었고 그를 쳐다보지도 않았다. 닐스는 숨소리조차 내지 못하고 있었다. 마침내 그녀가 일어나 욕실로 갔다가 돌아와서 다시 앉았다. 그리고 그녀의 입에서 흘러나온 목소리는 사포처럼 거칠었다.

"지난주 난 한 가지 실수를 범했어. 그냥 네 걸 한 번 더 빨고 끝날 거라고 예상했지. 물론 대단히 역겨운 일이지만 그럭저럭 해낼 순 있었어. 그것만으로도 확실한 증거를 얻을 수 있으리라 생각했고. 네가 더럽고 추악한 변태라는 사실을 밝힐 확실한 증거를. 그런데 내가 과소평가했더라고. 네가 쓰레기 중에서도 쓰레기라는 사실을 몰랐지. 내 말 똑똑히 들어. 이 영상엔 네가 스물네 살 여성을 강간하는 장면이 있어. 네가 후견을 맡고 있는 정신이상자 여자애지. 내가 필요한 경우에 얼마나 정신이상자처럼 굴 수 있는지 넌 상상도 못할 거야. 누구라도 이 DVD를 본다면 네가 쓰레기일 뿐만 아니라 가학증에 걸린 정신이상자라는 사실을 알게 될 거야. 상당히 교훈적인 영상이지. 안 그래? 그렇다면 정신병원에 갇힐 사람은 내가 아니라 네가 될 거야. 내 말에 동의해?"

리스베트는 대답을 기다렸다. 하지만 그는 대답하지 않았다. 그가 떨고 있는 걸 본 그녀가 채찍을 들어 성기를 내리쳤다.

"내 말에 동의해?" 한층 강한 목소리로 반복했다. 그가 고개를 끄덕였다.

"좋아. 이젠 분명히 이해한 걸로 알겠어."

리스베트는 의자를 끌어다 앉고서 그의 눈을 내려다보았다.

"그렇다면 이 문제를 해결해야겠지?" 그는 대답할 수 없었다. "어때, 좋은 생각이라도 있어?" 아무 반응이 없자 그녀는 손을 뻗었다. 그리고 그의 얼굴이 고통으로 일그러질 때까지 고환을 잡아당겼다. "어때, 좋은 생각이라도 있어?" 다시 물었다. 그는 고개를 흔들었다.

"다행이군. 네가 앞으로 무슨 딴생각이라도 한다면 난 아주 화가 날 거야."

그녀는 몸을 뒤로 젖히고 다시 담배 한 대를 피워 물었다. "그럼 내가 앞으로 할 일을 말해줄게. 네 엉덩이에 박힌 이 물건을 빼내고 다음주에 곧장 은행으로 가. 그리고 내 계좌를 앞으로 나 혼자만 들어갈 수 있게끔 만들어놔. 내 말 알아듣겠어?" 닐스는 고개를 끄덕였다.

"아주 좋아. 그리고 다시는 내게 연락하지 마. 이젠 내가 원할 때만 만나게 될 거야. 다시 말해서 넌 접근금지 명령을 받은 셈이야." 그는 마구 고개를 끄덕이더니 갑자기 안도의 한숨을 내쉬었다. 날 죽이진 않을 건가봐!

"만에 하나 나를 찾으려고 든다면 이 DVD 복사본이 스톡홀름에 있는 모든 언론사에 도착할 거야. 무슨 말인지 알겠어?"

그는 여러 번 고개를 끄덕였다. 그래, 반드시 저 영상을 손에 넣어야 해!

"일 년에 한 번씩 후견위원회에 내 상태를 보고하고 있지? 앞으론 보고서에 이렇게 써. 리스베트는 지극히 정상적으로 살고 있고, 고정된 직장도 있으며, 모든 점에서 반듯하게 살고 있다. 비정상적인 점은 하나도 발견할 수 없다. 동의해?"

그는 고개를 끄덕였다.

"그리고 매달 있는 우리의 미팅에 대해서도 위원회에 보고서를 올려야겠지? 물론 실제로 만날 일은 없겠지만 네 상상력을 동원해서 꾸며내도록 해. 내가 얼마나 긍정적이며 올바른 방향으로 변해가고 있는지 세세하게 밝혀. 그리고 매번 그 보고서를 한 부 복사해서 내게 우편으로 보내. 이해했어?" 그는 다시 고개를 끄덕였다. 그의 이마에 송글송글 맺히기 시작한 땀방울을 리스베트는 무표정한 눈으로 내려다보았다.

"그리고 일이 년쯤 지나서 판사와 내 후견 체제 철회를 논의하도록 해. 증빙자료는 아까 말한 월례보고서면 되겠지. 내가 완전히 정상이라는 사실을 증언할 정신과 의사도 하나 찾아내. 열심히 뛰어야 할 거야. 내가 해방될 수 있도록 네 능력껏 모든 걸 다 하라고." 그가 고개를 끄덕였다.

"그런데 왜 최선을 다해야 할까? 이유는 네 자신이 더 잘 알 거야. 만일 실패하면 모두가 이 영화를 보게 될 테니까."

닐스는 그녀가 내뱉는 말을 한마디도 빠짐없이 들었다. 갑자기 그의 눈에는 증오의 빛이 떠올랐다. 이렇게 자신을 살려놓는 건 큰 실수라고 생각하며 이를 갈았다. 더러운 창녀 같으니! 이 은혜는 반드시 갚겠어. 조만간 너를 짓이겨버리겠어! 하지만 그녀가 질문할 때마다 닐스는 미친듯이 고개를 끄덕였다.

"네가 나를 찾으려고 한다면 이런 일이 벌어질 거야." 리스베트는 손으로 자신의 목을 자르는 시늉을 했다. "이 좋은 아파트와 멋진 직업, 그리고 해외 계좌에 꼬불쳐놓은 거금하고는 영영 작별하는 거지."

그녀가 돈 얘기를 하자 닐스는 두 눈이 둥그레졌다. 이런 빌어먹을! 어떻게 알아냈지?

리스베트가 담배 연기를 길게 내뿜으며 미소를 지었다. 그리고 카펫 위에 꽁초를 던진 다음 발뒤꿈치로 짓눌러 껐다.

"그리고 이 집과 사무실 열쇠를 하나씩 복사해서 줘." 닐스가 미간을 찌푸렸다. 그녀는 환한 미소를 지으며 앞으로 몸을 굽혔다.

"앞으론 내가 네 삶을 통제할 거야. 네가 생각도 못한 시간에, 말하자면 네가 자고 있을 때 갑자기 이걸 들고 네 방에 들어올 수도 있어." 그러면서 전기충격기를 흔들어 보였다. "널 감시하겠다는 말이야. 만에 하나 네가 여자애하고 있는 걸 내가 본다면, 그애가 자의로 왔든 아니든 그 어떤 여자와도 함께 있는 꼴을 본다면……" 리스베트는 다시 손으로 자기 목을 자르는 시늉을 했다.

"만에 하나 내가 죽게 되면…… 내가 사고를 당하거나 차에 치이거나 그 밖에 다른 일이 일어난다면…… 그때도 이 복사본들이 신문사로 갈 거야. 네가 후견인 자격으로 무슨 짓을 했는지 낱낱이 밝힌 글도 함께. 그리고 한 가지 더!"

그녀는 닐스의 얼굴에 거의 닿을 정도로 자신의 얼굴을 가깝게 들이댔다. "행여 나를 건드리는 일이 있다면 난 널 죽여버릴 거야. 절대 농담하는 거 아냐."

그는 그 말이 진심이라는 사실을 알 수 있었다. 조금의 허풍도 섞이지 않은 눈빛이었다.

"기억해둬. 내가 미친년이라는 사실을."

그가 고개를 끄덕였다.

리스베트는 곰곰이 생각에 잠긴 눈으로 그를 물끄러미 쳐다보았다.

"우린 좋은 친구가 될 수 없을 거야. 아마 넌 속으로 아주 좋아하고 있겠지. 이 바보 같은 계집애가 목숨을 살려준다고 말이야. 지금 이렇게 묶인 신세지만 결국 이 상황을 통제하는 건 너라고 생각하겠지. 널 죽이지 않으면 내가 할 수 있는 유일한 일은 널 풀어주는 것밖에 없으니까. 그래서 조금만 참으면 다시 내 머리채를 움켜쥘 수 있을 거라는 희망에 부풀어 있겠지. 안 그래?"

그는 고개를 흔들었다. 갑자기 불길한 예감이 엄습함을 느끼면서.

"그래서 말이야, 선물을 하나 준비했어. 네가 영원히 우리의 약속을 기억할 수 있도록."

리스베트는 삐딱한 미소를 머금고 침대 위로 올라가 그의 두 다리 사이에 무릎을 꿇고 앉았다. 닐스는 그녀가 무엇을 하려는지 전혀 감을 잡을 수 없었지만 갑작스러운 공포에 사로잡혔다.

그리고 그녀의 손에 들린 바늘을 보았다.

격렬하게 고개를 흔들며 온몸을 비틀어봤지만 그녀가 한쪽 무릎으로 국부를 꽉 누르면서 경고했다.

"움직이지 마. 나 이 도구들 처음 쓰는 거니까."

리스베트는 두 시간 동안 온 신경을 집중했다. 일을 마쳤을 때 그는 더이상 울부짖지도 않았다. 너무도 큰 고통 끝에 모든 감각이 마비된 사람처럼.

침대에서 내려온 그녀는 고개를 옆으로 약간 기울이며 자신의 작품을 마음에 들지 않는다는 눈으로 쳐다보았다. 예술적 재능은 그다지 없어 보였다. 비뚤비뚤한 글씨가 인상파 화가의 붓 터치를 연상시켰다. 그녀는 빨간색과 파란색 잉크를 써서 문신으로 메시지를 새겼다. 젖꼭지 아래에서 성기 바로 위에 이르기까지 닐스의 복부 전체에 글자들이 쓰여 있었다.

나는 가학증 걸린 돼지요, 개자식이요, 강간범입니다.

리스베트는 흩어진 바늘을 주워모으고 물감 튜브를 배낭에 집어넣었다. 그리고 손을 씻으러 욕실로 갔다. 잠시 후 침실로 돌아오니 기분이 한결 나아졌음을 느꼈다.

"좋은 밤 보내!" 그녀의 작별인사였다.

떠나기 전에 수갑 하나를 풀어주고 그의 배 위에 열쇠를 던졌다. 마지막으로 DVD와 닐스의 열쇠꾸러미를 챙겨 방을 나섰다.

자정이 조금 지난 시각, 둘이서 담배 한 개비를 나눠 피울 때 미카엘은 한동안 서로 보지 못할 거라고 말했다. 세실리아가 놀란 얼굴로 처다보았다.

"그게 무슨 말이야?"

그는 쑥스럽다는 표정으로 대답했다.

"다음주 월요일에 석 달간 복역하러 감옥에 가야 하거든."

더는 설명이 필요 없었다. 세실리아는 오랫동안 말이 없었다. 그저 펑펑 울고 싶은 마음이 갑자기 치밀었다.

월요일 오후, 리스베트가 갑자기 그의 사무실 문을 두드렸을 때 드라간은 거의 포기 상태였다. 지난 1월 초, 벤네르스트룀 조사 건이 중단된 이후로 그녀의 모습을 한 번도 볼 수 없었기 때문이다. 수차례 전화를 해봐도 그때마다 전화를 받지 않거나 바쁘다고 하기 일쑤였다.

"내게 맡길 일거리 없나요?" 그녀는 인사도 생략한 채 다짜고짜 물었다.

"안녕! 얼굴 보니 반갑군. 자네가 죽은 줄 알았지."

"정리할 일이 몇 가지 있었어요."

"자넨 정리해야 할 일들이 왜 그리 많나?"

"급한 일이었어요. 어쨌든 이렇게 돌아왔잖아요? 내게 줄 일 있냐고요."

드라간은 고개를 저었다.

"미안해. 지금은 없어."

리스베트는 차분히 그를 처다보았다. 잠시 후 그가 참았던 말을 쏟아냈다.

"리스베트. 알다시피 난 자넬 좋아하고, 원할 때마다 일을 줬어. 하지만 해야 할 일은 산더미인데 자네는 두 달간 잠적했지. 마냥 기다릴 순 없는 노릇이라 모두 다른 사람들에게 맡겨버렸어. 그래서 지금은 일이 없어."

"볼륨을 높여봐요."

"뭐?"

"라디오 말이에요."

…… 잡지사 〈밀레니엄〉은 원로 경제인 헨리크 방에르를 공동 사주로 영입하고 동시에 이사회에도 포함한다고 공식 발표했습니다. 이 내용은 전 발행인 미카엘 블롬크비스트가 사업가 한스에리크 벤네르스트룀에 대한 명예훼손죄로 3개월 형을 치르기 위해 수감되는 날에 맞춰 발표됐습니다. 〈밀레니엄〉 대표 에리카 베리에르는 공식 기자회견에서 미카엘 블롬크비스트가 출감 즉시 발행인직을 다시 맡을 거라고 설명했습니다.

"빌어먹을! 저게 뭐야?" 리스베트가 내뱉었다. 목소리가 너무나 낮아서 드라간은 그녀의 입술이 움직이는 걸 보았을 뿐 아무 말도 듣지 못했다. 그녀는 불쑥 몸을 일으켜 문 쪽으로 향했다.

"어딜 가는 건가?"

"집에요. 몇 가지 확인할 일이 있어요. 맡길 일 있으면 연락주세요."

〈밀레니엄〉이 헨리크 방에르라는 원군을 얻었다는 뉴스는 리스베트가 예상했던 것보다 훨씬 큰 반향을 일으켰다. 스웨덴 최대 일간지 〈아프톤블라데트〉의 웹사이트에는 TT 통신발 장문의 속보가 벌써 올라와 있었다. 기사는 헨리크의 경력을 소개하면서 재계의 이 거물이 일반에 모습을 보이는 건 이십 년만이라고 했다. 또한 그가 〈밀레니엄〉 공동 사주가 된다는 사실은 페테르 발렌베리나 에리크 펜세르 같은 보수적인 노실업가가 갑자기 〈ETC〉와 손을 잡거나 〈오르드프론트 매거진〉의 스폰서가 되겠다고 나서는 일만큼이나 상상하기 어렵다고 논평했다.

이는 너무도 충격적인 사건이라 저녁 7시 30분 뉴스에서는 세번째 주요 뉴스로 다루며 삼 분이라는 긴 시간을 할애했다. 에리카가 〈밀레니엄〉 편집부 사무실에서 테이블 앞에 앉아 인터뷰하는 모습이 나왔다. 그러다 갑자기 벤네르스트룀 사건이 화제로 떠올랐다.

"작년에 저흰 큰 실수를 했고, 그 결과 명예훼손죄를 선고받았습니다. 물론 저희로선 지극히 유감스러운 일이지만 적절한 시점에 이 사건을 다시 다룰 계획입니다."

"다시 다룬다는 건 구체적으로 무얼 의미하죠?"

"사실을 저희 관점에서 이야기하겠다는 거죠. 아직 그렇게 하지 않았거든요."

"그렇다면 왜 소송중에 하지 않았습니까?"

"그건 저희 선택이었어요. 하지만 기존의 편집 노선을 고수해나갈 겁니다."

"〈밀레니엄〉은 바로 그 '관점' 때문에 유죄판결을 받았습니다. 그런데 여전히 고수하시겠다니요?"

"거기에 대해선 노코멘트입니다."

"당신은 판결 후에 미카엘 블롬크비스트를 해고하지 않았습니까?"

"완전히 잘못 알고 계신 겁니다. 저희가 낸 공식 발표문을 잘 읽어보세요. 그는 단지 휴식이 필요했을 뿐입니다. 그럴 자격이 있었고요. 올해 안에 〈밀레니엄〉 발행인으로 돌아올 예정입니다."

직설적인 논조로 유명한 〈밀레니엄〉의 역사와 배경을 기자가 마지막으로 설명할 때 카메라가 편집부 사무실 전경을 빙 둘러 보여주었다. 이날 미카엘은 논평을 내놓을 상황이 아니었다. 바로 옘틀란드주 외스테르순드에서 10여 킬로미터 떨어진 숲속의 조그만 호숫가에 있는 룰로케르 교도소에 수감됐기 때문이다.

뉴스를 보던 리스베트는 〈밀레니엄〉 편집부 사무실의 반쯤 열린

문 사이로 언뜻 비친 디르크의 모습을 보았다. 그러고서 미간을 찌푸린 채 아랫입술을 깨물며 곰곰이 생각에 잠겼다.

그날은 별다른 큰 사건이 없어서 헨리크는 9시 뉴스에 사 분이나 모습을 비출 수 있었다. 헤데스타드 지역 방송국 스튜디오에서 진행한 인터뷰였다. 우선 재계의 전설 헨리크 방에르가 이십 년의 긴 침묵을 깨고 무대의 전면으로 돌아왔다는 기자의 멘트가 있었다. 그리고 도입부에서 그의 삶이 간략하게 소개되었다. 흑백 영상이 이어지는 가운데 1960년대 당시 수상 타게 엘란데르와 함께 공장 준공식 테이프를 끊는 그의 모습이 보였다. 뒤이어 카메라는 스튜디오 소파에서 다리를 꼬고 편히 앉아 있는 헨리크의 모습을 클로즈업했다. 노란색 셔츠, 녹색 넥타이, 그리고 캐주얼한 밤색 재킷 차림이었다. 그가 허수아비처럼 앙상하게 마른 노인네에 불과하다는 사실은 누가보더라도 부인할 수 없었지만 목소리만은 힘차고도 단호했다. 더욱이 매우 솔직했다. 기자는 먼저 무슨 이유로 〈밀레니엄〉 공동 사주가될 생각을 했느냐고 물었다.

"〈밀레니엄〉은 매우 훌륭한 잡지입니다. 여러 해 전부터 관심 있게 지켜봤지요. 그런데 지금 이 잡지가 누군가의 공격 대상이 되고 있습니다. 어느 힘있는 세력들이 이 잡지를 침몰시키려고 광고 보이콧을 획책하고 있죠."

이 대답에 기자는 흠칫 놀랐다. 예상 밖의 답변이었기 때문이다. 기자는 즉시 냄새를 맡았다. 이 사건 자체도 특별하지만 그 속에 예상을 뛰어넘는 차원의 사실이 숨어 있음을.

"보이콧 뒤에 누가 숨어 있다고 생각하십니까?"

"그게 바로 〈밀레니엄〉이 샅샅이 밝혀낼 내용이죠. 그리고 이번 기회에 한 가지 말씀드리고 싶습니다. 〈밀레니엄〉은 그렇게 쉽게 침몰하지 않을 겁니다."

"그 때문에 〈밀레니엄〉에 합류하신 건가요?"

"만일 어느 세력이 사욕을 위해 자신에게 껄끄러운 목소리를 내는 사람들의 입을 틀어막아버린다면 이 세상에 표현의 자유가 설 땅은 없어지겠지요."

그는 마치 평생 표현의 자유를 위해 싸워온 문화적 급진주의자처럼 말했다. 교도소에서 이를 본 미카엘이 자신도 모르게 폭소를 터뜨리자 동료 재소자들은 그의 머리가 이상해진 건지 불안한 눈으로 힐끔거렸다.

그날 저녁 미카엘은 좀더 늦은 시간에 감방 침대에 누웠다. 비좁은 모텔 방을 연상시키는 그곳에는 작은 테이블 하나, 의자 하나, 벽에 고정된 선반 하나가 있었다. 세상에 메시지를 발신하는 헨리크와 에리카의 전략이 옳았음을 인정하지 않을 수 없었다. 아직 누구와도 얘기해보지 않았지만 확신할 수 있었다. 〈밀레니엄〉을 보는 사람들의 태도에 모종의 변화가 생기리라.

헨리크의 출현은 벤네르스트룀에 대한 선전포고였다. 메시지는 더없이 분명했다. '앞으로 네가 싸워야 할 대상은 더이상 직원 여섯 명에 일 년 예산이 벤네르스트룀 그룹의 하루저녁 술값밖에 안 되는 콩알만한 잡지사가 아니다. 이제 방에르 그룹, 물론 위대했던 과거에 비하면 형편없이 줄어들었지만 그럼에도 불구하고 결코 만만한 상대가 아닌 방에르 그룹과 싸워야 한다……' 이제 벤네르스트룀은 둘 중 하나를 선택해야 한다. 이 싸움에서 물러서든지, 아니면 방에르 그룹을 철저히 박살내버리든지.

방금 전 헨리크는 방송에 나와 자신은 싸울 준비가 됐다고 선언했다. 물론 벤네르스트룀을 이길 수 없을지도 모른다. 하지만 벤네르스트룀 역시 그를 이기기 위해서는 큰 대가를 치러야 할 것이다.

한편 에리카는 매우 신중한 표현을 선택했다. 실제로 대단한 이야기는 아니었다. 하지만 〈밀레니엄〉이 아직 자신들의 관점에서 사실

을 이야기하지 않았다'는 표현은 사실에 대한 또다른 관점과 이야기
가 존재하고 있음을 암시해주는 표식이었다. 미카엘이 기소되고 유
죄판결을 받아 수감중임에도 불구하고 그녀는 간접적이지만 대담하
게 말했다. 그는 무죄이며 또다른 진실이 존재하고 있음을.

무죄라는 표현을 직접적으로 쓰지 않았지만 오히려 그렇기 때문
에 시청자들은 그가 무죄임을 더욱 강하게 느낄 터였다. 그리고 그가
발행인으로 돌아오는 걸 당연시하는 태도는 〈밀레니엄〉이 한 점 부
끄럼도 없음을 강조하고 있었다. 사실 시청자들에게 진실 자체는 그
리 중요하지 않다. 누구나 음모론에 끌리기 마련인데다 부정한 사업
가와 언변이 유창하고 세련된 언론인 중 대중의 동정심이 향할 곳은
분명했다. 물론 매체들은 〈밀레니엄〉의 주장에 쉽게 힘을 실어주지
않을 게 분명하다. 하지만 지금까지 하이에나처럼 〈밀레니엄〉을 씹
어댄 비평가들의 입을 에리카가 나서서 막아버렸다는 점만큼은 부
인할 수 없었다.

오늘 일어난 일 가운데 그 어느 것도 상황을 근본적으로 바꾸진
못했다. 하지만 최소한 시간을 벌어줬고 힘의 균형에 조금이나마 변
화를 가져왔다. 미카엘은 오늘 벤네르스트룀이 상당히 불쾌한 저녁
을 보냈으리라 상상했다. 그리고 지금 이 상대방이 자신에 대해 얼마
큼 알고 있는지 짐작도 못할 터였다. 그러니 이제 다음 수를 두려면
〈밀레니엄〉의 상황을 파악하는 데 시간깨나 들여야 하리라.

에리카는 굳은 얼굴로 자신과 헨리크의 인터뷰 내용을 다시 보고
나서 TV를 껐다. 시계를 보니 벌써 새벽 2시 45분이었다. 미카엘에
게 전화를 걸고 싶은 충동을 애써 억눌렀다. 물론 수감 상태에 휴대
전화가 있을 리 없었다. 남편은 잠든 지 오래였다. 늦게 돌아와보니
벌써 잠들어 있었다. 몸을 일으켜 주방 미니바로 가서 아벨라워 위스
키를 한잔 가득 따랐다. 에리카가 술을 마시는 일은 일 년에 한두 번

있을까 말까 했는데 오늘이 바로 그날이었다. 그녀는 잔을 들고 창가에 앉아 스쿠루순드 해협 초입에 서 있는 등대를 우울하게 바라보았다.

헨리크와 계약 이야기를 마치고 돌아와 에리카와 미카엘은 격렬한 말다툼을 벌였다. 둘은 그간 오랜 세월을 함께해오면서 수없이 싸웠다. 하지만 그건 기사의 방향을 결정하거나, 지면을 꾸미거나, 정보제공자의 신뢰도를 평가하는 따위의 잡지 일에 대해서였다. 하지만 그날 손님 집에서 벌인 설전은 원칙에 대해서였다. 그리고 지금, 깜박이는 등대 불빛을 바라보는 에리카는 너무나 잘 알고 있었다. 이 계약으로 〈밀레니엄〉이 소중히 지켜온 원칙들이 흔들리기 시작하고 있다는 사실을.

"난 이제 어떻게 해야 할지 모르겠어." 그날 미카엘은 이렇게 말했다. "헨리크는 자신의 회고록을 집필해달라고 나를 고용했어. 그리고 지금까지 내겐 선택의 자유가 있었어. 진실이 아닌 내용을 강제로 쓰게 하거나 어떤 특정한 방향으로 이야기를 써달라고 요구하는 순간, 자리를 박차고 떠날 수 있었다고. 그런데 이제 문제가 달라졌어. 그는 이제 우리의 공동 사주일 뿐 아니라 〈밀레니엄〉을 구할 경제력을 지닌 유일한 사람이야. 다시 말해 내 입장이 순식간에 애매하게 되어버렸어. 기자윤리위원회가 절대 인정해주지 않을 불순한 입장이 됐다고!"

"그럼 더 좋은 제안이라도 있어?" 에리카가 물었다. "좋은 생각이 있으면 지금 말해봐! 계약서에 서명하기 전에 말이야."

"리키, 헨리크는 벤네르스트룀에게 복수하려는 사심 때문에 우릴 이용하고 있어."

"그래서? 우리 역시 그자에게 복수하는 거 아냐?"

미카엘은 그녀를 외면하고 신경질적으로 담배를 한 대 피워 물었다. 설전은 한동안 계속되었고, 결국 화가 난 에리카가 혼자 침실로 들어가 옷을 벗고 이불 속으로 들어갔다. 두 시간쯤 지나 슬그머니 들어온 미카엘이 몸을 기대왔지만 그냥 자는 척해버렸다.

어제 저녁 〈다겐스 뉘헤테르〉 기자가 그녀에게 한 질문 역시 그들의 우려와 같은 내용이었다.

"〈밀레니엄〉은 앞으로 어떻게 신뢰성과 정치적 독립성을 유지해나갈 수 있을까요?"

"무슨 말이죠?"

기자가 눈썹을 찌푸렸다. 자기로선 자명한 질문이라고 생각했는데 반문을 해오니 짜증이 난 것이다. 하지만 다시 한번 설명했다.

"〈밀레니엄〉의 중요한 사명 중의 하나가 기업들이 올바르게 활동하고 있는지 감시하는 일이었습니다. 그런데 이제 방에르 그룹의 활동을 어떻게 감시할 수 있죠?"

에리카는 이해할 수 없다는 눈으로 기자를 쳐다보았다. 마치 전혀 예상 못한 질문을 받아 어이가 없다는 듯.

"상당한 재력을 지녔다고 알려진 경제인이 등장했다고 해서 〈밀레니엄〉의 신뢰성이 줄어들 거라고 말씀하시는 건가요?"

"그렇습니다. 이제 방에르 그룹을 감시하는 일만큼은 더이상 신뢰하기 힘들다는 것이 자명한 이치 아니겠습니까?"

"그럼 이 법칙은 오직 〈밀레니엄〉에만 적용되나요?"

"무슨 뜻이죠?"

"기자님 역시 보니에르스 그룹에 속한 신문사에서 일하고 있어요. 그렇다면 그 신문은 신뢰할 수 없나요? 〈아프톤블라데트〉는 어떻죠? 정보통신 강자인 노르웨이 그룹이 소유하고 있어요. 그렇다면 전자산업에 대한 〈아프톤블라데트〉의 분석은 신뢰할 수 없단 뜻인가요? 〈메트로〉는 스텐베크 그룹에 속해 있고요. 기자님 말씀대로라면 기업의 후원을 받는 스웨덴의 그 어떤 신문도 우린 신뢰할 수 없을 거예요. 그런 뜻이었나요?"

"아닙니다. 물론 아니죠!"

"그렇다면 〈밀레니엄〉이 다른 신문들처럼 재력가의 후원을 좀 받는다고 해서 신뢰도가 훼손될 거란 말을 왜 그렇게 쉽게 하시죠?"

"알겠어요, 알겠어. 이 질문은 취소하기로 하죠."

"아니요! 취소하지 마세요. 제가 지금 한 말 그대로 신문에 실어주세요. 그리고 이 말도 덧붙이세요. 〈다겐스 뉘헤테르〉가 방에르 그룹에 좀더 초점을 맞출 수 있듯이 〈밀레니엄〉도 보니에르스 그룹에 좀더 초점을 맞출 수 있다고."

말은 그렇게 했지만 윤리적 딜레마가 있는 건 사실이었다.

게다가 미카엘은 지금 헨리크를 위해 일하고 있다. 헨리크 역시 언제든 펜대만 한번 놀리면 〈밀레니엄〉을 침몰시킬 수 있는 위치에 서게 되었다. 만약 미카엘과 헨리크 사이에 불화라도 생기면 그때는 무슨 일이 일어날 것인가?

특히 에리카 자신의 신뢰도는 어떻게 할 것인가? 과연 언제쯤 독립적인 잡지사 사장에서 부패한 잡지사 사장으로 전락할 것인가? 골치가 지끈거려 질문도 대답도 하고 싶지 않았다.

리스베트는 인터넷 창을 닫고 노트북을 덮었다. 지금은 일이 없는 상태였다. 하지만 다시 은행계좌를 사용할 수 있게 되었고, 닐스도 기억 속에 어렴풋한 존재가 된 후라 문제될 건 없었다. 배가 고팠다. 주방으로 가서 커피포트에 물을 올리고 치즈, 짜먹는 캐비어, 푹 삶은 달걀 따위를 얹어 큼직한 오픈 샌드위치 세 개를 만들었다. 오랜만에 보는 식사다운 식사였다. 거실 소파에 웅크리고 앉아 야식을 허겁지겁 해치웠다. 정신은 온통 방금 전에 찾아낸 정보에 집중되어 있었다.

헤데스타드의 디르크는 사업가 벤네르스트룀에 대한 명예훼손죄로 징역을 선고받은 미카엘이라는 인물을 조사해달라고 요청했다.

그런데 몇 달 후에 역시 헤데스타드에 사는 헨리크라는 인물이 갑자기 〈밀레니엄〉의 이사진으로 등장해 누군가가 이 잡지를 파괴하려는 음모를 꾸민다고 주장했다. 그리고 흥미로운 사실이 또하나 있었다. 이 년 전 〈피난스마가시네트 모노폴〉 인터넷판 기사는 '맨주먹 신화'라는 제목으로 벤네르스트룀에 대해 다룬 적이 있었다. 거기에는 벤네르스트룀이 재계에서 두각을 나타나기 시작한 게 1960년대 방에르 그룹에서 일할 때부터였다고 쓰여 있었다.

이 일련의 사실들이 어떤 식으로든 서로 엮여 있다는 건 천재가 아니더라도 충분히 짐작할 수 있었다. 여기엔 뭔가 수상쩍은 게 숨어 있었고, 리스베트는 바로 그 수상쩍은 걸 찾아내는 일을 가장 즐겼다. 특히 지금처럼 할 일이 별로 없을 때에는.

1 Jan

2 Feb

3 Mar

4 Apr

5 May

6 Jun

7 Jul

8 Aug

9 Sep

10 Oct

11 Nov

12 Dec

III 합병
5월 16일~7월 14일

스웨덴 여성의 13퍼센트가
심각한 성폭행을 당한 경험이 있다.

15장
5월 16일 금요일~5월 31일 토요일

5월 16일 금요일, 수감된 지 두 달 만에 미카엘은 룰로케르 교도소에서 석방되었다. 맨 처음 유치장에 출두한 날, 별다른 기대 없이 감형요청서를 제출하긴 했지만 조기 석방이 결정된 실질적 이유를 그로서는 모를 일이었다. 다만 휴일에 가출옥할 수 있는 기회를 한 번도 쓰지 않은 점이 참작되었고, 수용 정원이 총 30명에 불과한 교도소에 42명이 북적대는 상황 덕이었으리라 짐작할 뿐이었다. 폴란드가 아직 공산국가였을 때 망명한 페테르 사로프스키라는 이름의 사십대 교도소장은 어쨌거나 감형추천서에 서명해줬다.

룰로케르에서는 조용하고도 유쾌한 시간을 보냈다. 페테르 소장에 따르면 이곳은 훌리건, 음주운전 같은 경범죄를 지은 사람들을 주로 수감했다. 마치 유스호스텔에서 생활하는 기분이었다. 42명의 수감자 중 절반이 이민자 2세였고, 그들은 미카엘을 다른 나라에서 온 사람처럼 신기한 눈으로 쳐다보았다. 유일하게 TV에 나온 죄수였기에 수감자들 사이에서 모종의 권위를 누릴 수 있었지만 그를 중죄인으로 여기지는 않았다.

소장도 마찬가지의 태도로 그를 대했다. 수감 첫날 미카엘을 호출해 교도소에서 할 수 있는 여러 활동들을 일러주었다. 성인교육기관 콤북스에 등록해 원하는 공부를 할 수 있고 직업교육도 받을 수 있다고 했다. 미카엘은 공부라면 이미 충분히 해왔고 직장도 있기 때문에 그럴 필요는 없겠다고 대답했다. 대신 지금 어떤 사람에게 고용되어 책을 한 권 쓰는 중인데 그 일을 계속할 수 있게끔 노트북 사용을 허가해달라고 부탁했다. 그의 요청은 즉시 받아들여졌다. 뿐만 아니라 소장은 노트북이 도난당하거나 악의로 파손될 수 있다면서 안전하게 보관하도록 자물쇠 달린 옷장도 마련해줬다. 하지만 지내다보니 그럴 위험은 거의 없었다. 동료 수감자들은 미카엘을 해코지하기보다 오히려 감싸주는 편이었다.

이렇게 비교적 유쾌하게 두 달을 보냈다. 하루에 여섯 시간은 방에르 가문과 관련된 일을 할 수 있었고, 남은 시간에는 의무 사역을 하거나 오락을 즐겼다. 사역은 셰브데 출신과 칠레 이민자 2세인 두 수감자와 함께 매일 교도소 체육관을 청소하는 일이었다. 쉬는 시간에는 TV를 보거나 포커를 하거나 헬스장에 가서 운동을 했다. 미카엘은 포커에 약간 재능이 있음을 발견했지만 매일 동전 50외레 몇 개씩을 잃기도 했다. 교도소 안에서 포커는 판돈이 5크로나를 넘지 않는 선에서 허용됐다.

석방 사실은 바로 전날에 통고받았다. 페테르 소장이 사무실로 그를 불러 독주를 한잔 권하며 이를 알려주었다. 그리고 그날 저녁에 옷가지와 노트들을 챙겼다.

미카엘은 석방되자마자 곧장 헤데뷔에 있는 자신의 작은 작업실로 향했다. 다리를 건너는데 어디선가 야옹 하는 소리가 나서 둘러보니 적갈색 고양이 녀석이 따라오고 있었다. 녀석은 현관문 앞까지 따라와서는 두 앞발을 비비며 반갑다고 인사했다.

"그래, 들어와! 하지만 네 우유를 살 시간은 없었단다."

그는 짐을 풀었다. 마치 방학을 보내고 일터로 돌아온 기분이었다. 문득 페테르 소장과 동료 수감자들이 그리워졌다. 자신이 생각해도 이상한 일이었지만 룰로케르에서의 생활은 사뭇 유쾌했다. 한편 너무도 갑작스럽게 석방이 이뤄져 아직 누구에게도 알리지 못한 상태였다.

오후 6시가 조금 넘었다. 가게문이 닫히기 전에 생필품을 사러 콘숨 슈퍼마켓으로 달려갔다. 돌아오면서 에리카에게 전화를 걸었지만 들려오는 건 지금은 통화를 할 수 없다는 자동응답뿐이었다. 어쩔 수 없이 다음날 다시 연락하겠다고 메시지를 남겼다.

그러고는 고용주를 만나러 갔다. 문을 열어주러 나온 헨리크가 미카엘을 보더니 입을 떡 벌렸다.

"아니, 자네 탈옥한 건가?" 노인이 외쳤다.

"합법적으로 가석방되었죠."

"정말로 놀라운 소식일세그려!"

"저한테도 그렇습니다. 어제 저녁에야 통보를 받았어요."

둘은 한동안 서로를 쳐다보았다. 그리고 놀랄 만한 일이 벌어졌다. 갑자기 노인이 미카엘을 꽉 부둥켜안았다.

"식사를 하려던 참이네. 같이 하지 않겠나?"

안나가 베이컨 오믈렛과 월귤 열매를 내왔다. 거의 두 시간을 식당에서 보냈다. 미카엘은 가족사 정리 작업이 얼마큼 진행됐는지 보고한 뒤, 정보가 부족해 누락했거나 불충분한 부분들이 있다고 말했다. 하리에트에 대해선 이야기하지 않았고, 대신 〈밀레니엄〉에 대해 긴 대화를 나눴다.

"그동안 이사회가 세 차례 있었다네. 에리카와 자네 동료 크리스테르가 이 노인네를 배려해서 고맙게도 두 차례나 이곳에 와주었지. 한

번은 디르크 프로데가 나를 대신해 스톡홀름으로 내려갔고. 내가 몇 살만 더 젊었다면 얼마나 좋겠나! 솔직히 스톡홀름까지 여행하는 건 힘에 부쳐. 그래도 이번 여름에는 한번 가볼 생각이야."

"뭐 그러실 것까지야. 두 사람이 여기로 오는 데 아무 문제가 없을 텐데요. 잡지사 오너가 된 기분이 어떠십니까?"

헨리크가 쓴웃음을 지어 보였다.

"오랜만에 일이라는 걸 다시 해봐서 그런지 참 재미있더군! 회사 재정을 좀 들여다봤는데 생각보다 괜찮았어. 예상외로 돈을 많이 부어야 할 필요가 없었지. 적자는 줄어들고 있다네."

"지난주에 에리카와 통화했습니다. 광고 수입이 증가했다면서요?"

"추세가 역전되고 있어. 하지만 아직도 시간이 필요하네. 처음엔 방에르 기업들이 광고를 좀 실어줬지. 그랬더니 예전 광고주였던 통신회사랑 여행사가 돌아오더군." 헨리크가 크게 미소를 지었다. "그리고 벤네르스트룀과 원한이 있는 사람들을 접촉해서 광고주를 구했지. 그런 자들이 상당히 많다고."

"벤네르스트룀 쪽에서 무슨 소식이라도 있나요?"

"아직은 없네. 하지만 광고 철회를 조종하는 자가 바로 벤네르스트룀이라는 사실을 암시하듯 흘렸더니 사람들이 그를 비열한 인간으로 보기 시작했어. 들리는 말로는 〈다겐스 뉘헤테르〉 기자 하나가 그에게 이 일을 물었더니 아주 험상궂게 반응했다고 하더군."

"이 모든 일을 즐기시는 듯하네요."

"즐긴다…… 그건 적절한 표현이 아닐세. 나로선 벌써 오래전에 했어야 할 일이야."

"대체 회장님과 벤네르스트룀 사이에 무슨 일이 있었나요?"

"아직은 알려 하지 말게. 일 년 뒤면 알게 될 테니."

대기에 화창한 봄기운이 떠다녔다. 미카엘이 밤 9시에 헨리크의 집을 나왔을 때 사방은 이미 어두워 있었다. 잠시 망설이다가 세실리아의 현관문을 두드렸다.

그녀가 집에 있을까 궁금해하는 사이 문이 열렸다. 그녀는 깜짝 놀라 잠시 당황한 표정을 짓더니 그래도 안으로 들어오게 했다. 둘은 현관에서 포옹했다. 그녀 역시 조금 전 헨리크처럼 탈옥이라도 했느냐고 물었고, 미카엘은 사정을 설명했다.

"그냥 인사나 하러 들렀어. 혹시 방해한 건 아니지?"

그녀는 시선을 피했다. 미카엘은 그녀가 그렇게 반가워하는 기색이 아니라는 걸 즉시 알아챘다.

"아니…… 들어와. 커피 한잔 마실래?"

"좋지!"

미카엘은 세실리아를 따라 주방으로 들어갔다. 그녀는 등을 돌린 채 커피포트에 물을 부었다. 미카엘이 그녀 뒤로 다가가 어깨 위에 한 손을 얹자 그녀의 몸이 굳었다.

"세실리아, 커피를 대접할 생각이 별로 없어 보이는데."

"그야 한 달 후에나 보게 될 줄 알았으니까. 너무 뜻밖이라서 그래."

하지만 뭔가 불편해하는 기색이었다. 미카엘은 그녀를 자기 쪽으로 돌려세우고 눈을 들여다보았다. 잠시 침묵이 흘렀다. 그녀는 여전히 시선을 피하고 있었다.

"세실리아, 커피는 됐어. 무슨 일이야?"

그녀는 머리를 흔들며 깊이 숨을 들이마셨다.

"미카엘, 그냥 가줬으면 좋겠어. 아무것도 묻지 마. 그냥 조용히 가줘."

미카엘은 집으로 돌아왔다. 하지만 정원 울타리 옆에서 한동안 망설이다가 집안으로 들어가지 않고 다리 쪽 해안으로 가서 바위 위에 걸터앉았다. 담배 한 대를 피워 물고서 세실리아의 태도가 왜 갑자기 변했을지 생각했다.

그때 어디선가 힘찬 모터 소리가 들려왔다. 둘러보니 커다란 흰색 배 한 척이 다리 아래를 지나 해협으로 들어가고 있었다. 키를 잡은 사람은 다름아닌 마르틴이었다. 바닷속 암초를 살피는지 전방을 잔뜩 노려보고 있었다. 그가 탄 전장 12미터짜리 대형 모터 요트가 인상적인 힘과 덩치를 과시하며 물살을 갈랐다. 미카엘은 몸을 일으켜 해안가에 난 오솔길을 따라 걸었다. 그러고 보니 요트 선착장에 배들이 여러 척 정박해 있었다. 모터가 달린 것부터 돛을 쓰는 것까지 종류도 다양했다. 페테르손 보트와 IF 클래스 요트 몇 척이 마르틴의 요트가 일으키는 너울에 흔들렸고, 이들보다 크고 값비싼 배들도 있었다. 심지어 그 유명한 호화 요트 할베리라쉬도 한 척 눈에 띄었다. 어느새 여름이 가까워오면서 바다에 모습을 드러낸 배들은 헤데뷔 주민들의 재력을 가늠할 수 있게 했다. 그중에서 가장 크고 비싼 건 여지없이 마르틴의 배였다.

미카엘은 세실리아의 집 아래에서 걸음을 멈추고 불 켜진 이층 창에 눈길을 던졌다. 그리고 집으로 돌아와 커피포트에 물을 올렸다. 그러고 나서 물이 데워질 때까지 작업실을 둘러보았다.

교도소로 들어가기 전 미카엘은 하리에트에 관련된 자료 대부분을 헨리크에게 돌려주었다. 오래 비어 있을 집에 자료를 방치해두는 행동은 현명하지 않으니 말이다. 그래서 돌아온 작업실은 선반이 휑하니 비어 있었다. 교도소에 가져갔다가 이제는 거의 다 외울 정도가 된 헨리크의 노트 여섯 권만 그의 수중에 있었다. 그런데 위쪽 선반에 미처 빠뜨리고 돌려주지 않은 앨범 한 권이 보였다.

미카엘은 앨범을 집어들고 주방으로 돌아와 커피를 따르고 앉아서 뒤적이기 시작했다.

하리에트가 실종된 날 찍은 사진들이었다. 앞 장에는 헤데스타드 어린이날 퍼레이드 때 찍힌 하리에트의 마지막 모습이 붙어 있었다. 뒤이은 120장의 사진은 다리 위에서 벌어진 유조차 전복 사고의 순간들을 생생하게 담고 있었다. 벌써 여러 번이나 한 장씩 꼼꼼하게 살펴본 사진들이었다. 미카엘은 무심히 페이지를 넘겼다. 새로운 건 무엇도 발견할 수 없으리라 생각하면서. 그러다 문득 하리에트 방에 르라는 미스터리가 몹시도 지겹게 느껴져 앨범을 탁 덮어버렸다.

미카엘은 언짢은 기분으로 창가에 다가가 어둠에 잠긴 바깥을 내다보았다.

그리고 몸을 돌려 다시 한번 앨범을 쳐다보았다. 이상한 일이었다. 정확하게 설명할 순 없지만 갑자기 어떤 생각이 스쳐지나갔다. 언뜻 나타났다가 사라져버린 무언가를 본 듯한 느낌이었다. 어떤 보이지 않는 존재가 그의 귀에다 뭔가를 속삭인 듯한 기분도 들었다. 그 강렬한 감각에 목덜미 쪽 털이 다 일어섰다.

미카엘은 다시 앉아 앨범을 펼쳤다. 다리 위 사고 모습을 담은 사진들을 다시 한 장씩 보았다. 온몸이 기름투성이가 된 지금보다 훨씬 젊은 헨리크와 아직껏 만난 적 없는 하랄드의 젊은 모습을 들여다봤다. 부서진 다리 난간, 건물들, 창문들, 자동차들도 보았다. 구경꾼 가운데서 스무 살의 세실리아도 쉽게 알아볼 수 있었다. 밝은색 원피스에 어두운 재킷을 입은 그녀를 스무 장쯤 되는 사진 속에서 볼 수 있었다.

미카엘은 갑작스러운 흥분을 느꼈다. 오랜 경험을 통해 한 가지 배운 게 있다면 그건 바로 자신의 본능을 믿어야 한다는 사실이었다. 정확히 무엇인지는 아직 설명할 수 없었지만 그의 본능이 분명 앨범 속 무언가에 반응했다.

밤 11시경, 그가 여전히 식탁에 앉아 사진들을 보고 있는데 현관문이 열리는 소리가 들렸다.

"들어가도 돼?" 세실리아였다. 그녀는 대답을 기다리지 않고 식탁 맞은편에 와서 앉았다. 미카엘은 기이한 데자뷰를 느꼈다. 그녀는 허리가 잘록한 밝은색 원피스에 청회색 재킷을 입고 있었다. 1966년에 찍힌 모습과 거의 비슷한 옷차림이었다.

"문제는, 바로 당신이야." 그녀가 입을 열었다.

미카엘은 눈썹을 치켜세웠다.

"미안해. 아까 당신이 찾아왔을 땐 너무 뜻밖이라 정신이 없었어. 하지만 지금까지도 너무 심란해서 잠이 오지 않아."

"왜 심란하지?"

"모르겠어?"

미카엘이 고개를 흔들었다.

"내 말 비웃지 않을 거야?"

"비웃지 않겠다고 약속할게."

"지난겨울 당신을 유혹했던 일은 충동적인 행동이었어. 그냥 장난 좀 쳐보고 싶었을 뿐 다른 생각은 없었어. 당신과 지속적인 관계를 시작해보려는 의도는 전혀 없었지. 그런데 일이 다르게 흘러갔어. 솔직히 말하자면 비상용 정부로 당신을 만난 몇 주가 내 인생에서 가장 즐거운 시간이었어."

"나 역시 아주 좋았어."

"미카엘, 난 거짓말을 했어. 사실 평생 스스로에게 거짓말을 해온 셈이지. 난 특별히 섹스를 마음 편하게 여겼던 적이 한 번도 없어. 평생 관계한 남자라고 해야 다 해서 대여섯 명이나 될까. 첫 경험은 스무 살 때였고, 두번째가 바로 스물다섯 살 때 만난 남편이었어. 알다시피 나쁜 놈이었지. 그리고 몇 년에 걸쳐 세 남자를 만났고. 그런데 당신은 내 안에 있는 무언가, 나 자신도 알지 못했던 무언가를 끌어내줬어. 당신과는 조금도 지루하지 않았어. 어쩌면 당신이 내게 아무것도 요구하지 않아서 그랬는지도 모르지."

"세실리아. 나한텐 부담을 가질 필요가……"

"잠깐, 말을 끊지 말아줘. 아니면 난 이 이야기를 끝까지 할 수 없을 것 같아."

미카엘은 입을 다물었다.

"당신이 교도소로 떠난 날 끔찍하게 불행한 심정이었어. 당신은 갑자기 사라져버렸지. 마치 내게는 결코 존재하지 않았던 사람처럼. 손님 집엔 더이상 불이 들어오지 않았고, 별안간 내 침대가 차갑고 휑하게 느껴졌어. 그렇게 난 쉰여섯 먹은 늙은 여자로 돌아왔지."

그녀는 잠시 입을 다물고 미카엘의 눈을 응시했다.

"지난겨울 난 당신과 사랑에 빠졌어. 내 뜻과는 상관없이 그냥 그렇게 된 거야. 그리고 문득 깨달았어. 당신은 여기 잠시 머물 뿐이고 언젠가는 다시 떠날 사람이라는 걸. 그리고 나는 평생 여기 남을 테지. 그렇게 생각하니 너무나 마음이 아팠어. 끔찍한 고통이었지. 그래서 이제 당신이 출소하면 집으로 들이지 않겠다고 결심했던 거야."

"미안해."

"당신 잘못이 아냐."

그들은 한동안 아무 말도 하지 않았다.

"아까 당신이 다녀간 후에 많이 울었어. 인생을 다시 살 수 있다면 얼마나 좋을까 생각했지. 그러고 나서 한 가지 결심했어."

"뭔데?"

"어느 날 떠날 거라는 이유만으로 당신을 보지 않는다면 그게 미친 짓이라고. 미카엘, 다시 시작할 수 있을까? 방금 전에 있었던 일은 잊어줄래?"

"벌써 다 잊었어." 미카엘이 대답했다. "그리고 이렇게 이야기해줘서 고마워."

세실리아는 계속 식탁을 내려다보고 있었다.

"만일 나를 원한다면…… 난 몹시 하고 싶어."

그녀는 불현듯 눈을 들어 그를 보았다. 그리고 몸을 일으켜 침실로 향하면서 재킷을 벗어 떨어뜨렸고 원피스도 목 위로 벗어던졌다.

미카엘과 세실리아는 동시에 잠에서 깼다. 현관문이 열리고 누군가가 주방으로 걸어들어오는 소리가 들렸다. 이어서 난로 옆 바닥에 가방 같은 걸 내려놓는 둔탁한 소리도 들렸다. 미소 띤 얼굴로 침실 문을 열고 들어온 사람은 다름 아닌 에리카였다. 순간 그녀의 미소는 경악으로 변했다.

"맙소사!" 그녀는 한 걸음 뒤로 물러섰다.

"안녕, 에리카!" 미카엘이 인사했다.

"안녕, 그런데 미안해! 이렇게 불쑥 쳐들어와서 정말 미안. 노크를 했어야 하는데……"

"아냐. 현관을 잠그지 않은 우리 잘못이지. 여긴 세실리아 방에르야. 그리고 세실리아, 이쪽은 〈밀레니엄〉 대표 에리카 베리에르."

"안녕하세요." 세실리아가 인사했다.

"안녕하세요." 에리카도 인사했다. 에리카는 세실리아에게 다가가 정중하게 악수해야 할지, 아니면 몸을 돌려 나가야 할지 갈피를 잡지 못하고 난감해했다.

"어…… 나는…… 나가서 근처를 한 바퀴……"

"그보다 주방에 가서 커피를 끓이는 게 어때?" 미카엘이 침대 맡 알람시계를 보았다. 정오가 조금 지난 시간이었다.

에리카는 고개를 끄덕이고 나가서 방문을 닫았다. 둘은 서로의 얼굴을 마주보았다. 세실리아는 몹시 거북한 표정이었다. 그들은 새벽 4시까지 잠들지 않았다. 그녀는 자고 가겠다고 했다. 이제는 자신이 미카엘과 같이 잔다는 사실을 온 세상 사람이 다 알아도 개의치 않겠다고 선언했다. 그렇게 등을 돌린 채 미카엘의 침대 위에서 잠이 들었고 미카엘은 뒤에서 그녀를 끌어안고 잠에 빠졌었다.

"걱정할 거 없어. 아무 문제 없으니까." 미카엘이 안심시켰다. "에리카는 결혼한데다 내 애인도 아냐. 이따금 만나는 사이지만 우리 관계에 크게 마음 쓸 사람은 아냐. 오히려 지금 엄청나게 미안해하고 있을걸."

주방으로 간 에리카는 커피, 주스, 오렌지 잼, 치즈, 그리고 구운 빵으로 아침을 차리고 있었다. 군침 도는 냄새가 피어올랐다. 세실리아가 곧장 그녀에게 다가가 손을 내밀었다.

"아까는 인사가 너무 짧았죠? 정식으로 인사할게요."

"세실리아, 코끼리처럼 쿵쿵대며 쳐들어온 무례함을 용서해줘요." 에리카는 진심으로 미안한 표정을 지었다.

"괜찮아요. 자, 함께 커피나 들어요."

"그동안 잘 있었어?" 미카엘은 에리카와 포옹하고 자리에 앉았다. "어떻게 왔어?"

"내 차로 왔지 어떻게 왔겠어? 새벽 2시쯤에 네 메시지를 보고 전화를 걸었는데 허사였잖아."

"전화기를 꺼놨었어." 미카엘이 세실리아에게 의미심장한 미소를 던졌다.

아침을 다 먹고 나자 에리카는 헨리크를 보러 가야 한다는 핑계를 대고 집을 나갔다. 세실리아는 미카엘에게 등을 돌리고 식탁을 치웠다. 미카엘이 다가가 세실리아를 안았다.

"이제 어떻게 되는 거야?" 세실리아가 물었다.

"아무 일도 없다니까. 에리카는 가장 친한 친구야. 우린 이십 년 동안 이따금 관계를 해왔고 아마 앞으로도 이십 년은 그런 친구로 남을 거야. 하지만 정식으로 사귄 적은 한 번도 없어. 서로의 불장난엔 절대 터치하지 않는 사이야."

"불장난? 우리 관계가 불장난이야?"

"나도 잘 모르겠어. 확실한 건 같이 있으면 좋다는 사실뿐이지."

"에리카는 오늘밤 어디서 자?"

"어딘가 잠자리를 마련해줘야지. 회장님 저택에 손님방 많잖아. 어쨌든 내 방에선 자지 않을 거야."

세실리아는 잠시 생각에 잠겼다.

"내가 자연스럽게 처신할 수 있을지 모르겠어. 당신과 에리카는 그런 방식으로 살아왔는지 모르지만 난 한 번도……" 그녀는 고개를 흔들었다. "집에 들어가서 조금 생각해봐야겠어."

"세실리아, 예전에 에리카와 나의 관계를 물어본 적 있잖아? 그때 내가 다 설명했었고. 이제 와서 이렇게까지 놀랄 필요 있어?"

"맞아. 에리카가 여기서 멀리 떨어진 스톡홀름에 있을 때는 그 존재를 잊어버릴 수 있었지."

세실리아는 재킷을 주워 입었다.

"참 우스꽝스러운 상황이야." 그녀는 미소를 지었다. "오늘 저녁 우리집에 식사하러 와. 에리카와 함께. 그래, 난 그녀를 좋아할 수 있을 것 같아."

에리카는 그날 밤 지낼 곳을 이미 해결해놓았다. 미카엘이 수감중일 때 헤데뷔를 방문했던 에리카는 그때 묵었던 헨리크의 손님방을 이번에도 쓰게 해달라고 요청했다. 헨리크는 굉장히 좋아하면서 그녀만 원한다면 자신은 언제든 환영이라고 대답했다.

이런 형식적인 일들을 마치고 미카엘과 에리카는 다리 건너 수산네 카페의 테라스에 자리를 잡았다.

"이거야 원!" 에리카가 입을 열었다. "자기 석방을 축하하러 허겁지겁 달려왔더니 마을 요부와 침대 위에서 뒹굴고 있다니!"

"미안해."

"그래, 그 글래머 아줌마하고 그렇게 된 지는 얼마나 됐어?"

"헨리크가 우리 동업자가 됐을 무렵."

"오오, 그래?"

"오오, 그래, 라니? 무슨 뜻이지?"

"그냥 단순한 호기심이야."

"세실리아는 괜찮은 여자야. 난 좋게 생각하고 있어."

"그녀를 비난하는 건 아냐. 내가 답답하단 말이지! 지금 맛있는 게 눈앞에 있는데 다이어트를 해야 하는 꼴이잖아? 그래, 감옥생활은 어땠어?"

"착실하게 공부하며 보낸 방학이라고나 할까? 잡지는 어때?"

"나아졌어. 아직까진 적자 상태에서 왔다갔다하지만 일 년 만에 처음으로 광고가 늘기 시작했어. 물론 예전처럼 돌아가려면 멀었지만 그래도 올라가고 있어. 그것만 해도 대단하지. 전부 헨리크 덕분이야. 그런데 이상하게 정기구독자 수가 폭발적으로 늘었어."

"구독자 수는 항상 늘었다 줄었다 하잖아?"

"그간 수백 명씩 증감해왔지만 이번엔 달라. 지난 몇 달 사이에 구독자가 삼천 명이나 늘었어. 그것도 매주 250명꼴로. 처음엔 그저 우연인 줄 알았는데 증가세가 꾸준한 거야. 아마 월간지 사상 최고 증가율을 기록한 게 아닐까 싶어. 이제는 정기구독 수입이 광고 수입을 앞지른 상황이 됐어. 기존 구독자들도 대부분 계약을 갱신할 듯하고."

"도대체 왜 그런 거지?" 미카엘이 놀라 물었다.

"잘 모르겠어. 그 누구도 이해하지 못하고 있어. 특별히 광고를 한 일도 없거든. 그리고 크리스테르가 일주일 내내 신규구독자들의 프로필을 꼼꼼하게 확인했어. 우선 그들은 완전히 새로운 구독자층이야. 그중 70퍼센트는 여자고. 보통 우리 구독자의 70퍼센트가 남자였잖아. 마지막으로 대부분이 교사, 공무원, 기업체 중간 간부 같은 중산층 화이트칼라야."

"자본주의에 대한 중산층의 항거인가?" 미카엘이 킥킥대며 농담을 했다.

"글쎄. 하지만 이런 추세가 계속되면 우리 구독자들의 프로필이 상당히 바뀌게 된다고. 이 주 전 편집회의에서 점차적으로 잡지에 새로운 주제들을 집어넣기로 결정했어. 교사나 공무원을 비롯해서 각종 전문직 종사자들이 관심을 가질 만한 노동 문제랑 여성 문제 등을 심도 있게 다뤄볼까 해."

"하지만 변화를 너무 서두르진 말자고." 미카엘은 신중하게 말했다. "신규구독자들이 늘어난다는 건 지금의 〈밀레니엄〉을 좋아한다는 뜻일 수 있으니까."

세실리아는 헨리크도 저녁식사에 초대했다. 미묘한 관계에 있는 세 남녀의 대화가 이상한 방향으로 흘러가는 걸 예방하기 위한 조치였을지도 모른다. 그녀는 사슴고기 요리와 레드 와인을 준비했다. 맨 처음 대화를 독점하다시피 한 건 에리카와 헨리크였다. 발전하고 있는 〈밀레니엄〉과 신규가입자들에 대해 얘기를 나누다가 천천히 다른 화제들로 옮겨갔다. 에리카가 갑자기 미카엘에게 고개를 돌리며 그의 작업은 어떻게 되어가느냐고 물었다.

"한 달쯤 후면 회고록 초고를 어느 정도 마칠 수 있을 거야."

"〈아담스 패밀리〉처럼 완전히 엽기적인 가족사가 되겠지?" 세실리아가 농담을 했다.

"흥미로운 역사적 사실들을 담고 있는 건 사실이야." 미카엘이 인정했다.

세실리아가 곁눈질로 헨리크를 살피며 말했다.

"미카엘, 사실 삼촌은 가족사 따위엔 별 관심이 없어. 단지 하리에트의 미스터리를 해결해내길 바랄 뿐이야."

미카엘은 아무 말도 하지 않았다. 세실리아를 만난 이후로 하리에트에 대해 비교적 솔직하게 대화를 나눠온 건 사실이었다. 비록 툭 터놓고 말한 적은 없었지만 그녀는 미카엘의 진짜 임무가 무엇인지 알고 있었다. 반면 미카엘은 자신이 하리에트에 대해 세실리아와 이야기를 해왔다는 사실을 노인에게 밝히지는 않았다. 그래서인지 덤불처럼 숱 많은 헨리크의 눈썹이 약간 꿈틀했다. 그 모습을 본 에리카는 입을 다물었다.

"그만하세요, 삼촌." 세실리아가 말했다. "저도 바보는 아니에요. 두 분 사이에 정확히 어떤 계약이 있었는지 모르지만 미카엘이 여기 헤데뷔에 온 건 하리에트 때문이죠. 안 그래요?"

헨리크는 고개를 끄덕이고 미카엘을 쳐다보았다.

"저애가 꽤 약았다고 한 내 말이 맞지 않나?" 이어 에리카에게 고개를 돌리고는 말했다. "저 친구가 여기서 뭘 하는지 당신에겐 말했겠죠?"

그녀는 그렇다고 고갯짓을 했다.

"말도 안 되는 일이라고 생각하시겠지? 아니, 대답하지 마시오. 분명 터무니없고 말도 안 되는 일이니까. 하지만 난 알아야 할 필요가 있소."

"거기에 대해서 전 별다른 의견이 없습니다." 에리카는 지극히 외교적인 태도로 발뺌했다.

"하하! 없을 리가 있겠소?" 그러고는 다시 미카엘 쪽으로 몸을 돌려 물었다. "자! 자네가 여기 온 지도 어느덧 육 개월이 되어가네. 말해보게! 새로 발견해낸 거라도 있는가?"

미카엘은 노인의 시선을 피했다. 그런데 순간 어제 저녁에 앨범을 뒤적이다 불현듯 떠오른 그 기이한 감각이 생각났다. 그 느낌이 온종일 뇌리를 떠나지 않았지만 자리에 앉아 다시 앨범을 펼쳐볼 시간이 없었다. 미카엘의 착각일 수도 있겠지만 지금 머릿속에서 뭔가 중요한 생각이 만들어지고 있다는 느낌마저 들었다. 결정적인 것을 생각해내기 직전의 상태 말이다. 마침내 그는 눈을 들어 헨리크를 보면서 고개를 흔들었다.

"아니요. 아직 아무것도 찾아내지 못했습니다."

노인은 그를 주의깊게 살펴보았다. 그러고는 미카엘의 대답에 더이상 말을 덧붙이지 않고 고개를 끄덕였다.

"자네들 젊은 사람들 속은 알다가도 모르겠단 말이야. 자, 어쨌든 나는 자러 가야겠네. 세실리아, 저녁 고마워. 그리고 에리카 씨도 잘 자요. 내일 떠나기 전에 내게 한번 들르시오."

헨리크가 현관문을 닫자 식탁 주위에는 침묵이 깔렸다. 이를 깬 사람은 세실리아였다.

"미카엘, 삼촌이 왜 저러시는지 알아?"

"회장님은 사람들 반응에 지진계만큼이나 예민한 분이잖아. 사실 어제 저녁에 네가 왔을 때 내가 사진 앨범을 보고 있었거든."

"그래서?"

"무언가를 보았는데 아직 뭔지 모르겠어. 손가락으로 짚어보라면 못하겠어. 어떤 생각이 떠오르려 하는 것 같기도 한데 놓쳐버렸어."

"대관절 무슨 생각을 했는데?"

"모르겠어. 그리고 네가 왔고. 음, 널 보니 딴생각이 났거든."

세실리아는 얼굴을 붉혔다. 그러고는 에리카의 시선을 피하면서 커피를 끓인다는 핑계를 대고 주방으로 도망갔다.

따뜻하고 화창한 5월의 어느 날이었다. 온 세상에 신록이 푸르렀고 미카엘은 자신도 모르게 〈꽃의 계절이 오네〉*를 흥얼거렸다.

에리카는 전날 밤 저택의 손님방에서 묵었다. 세실리아도 자기집

---

* 스웨덴에서 널리 불리는 여름찬가.

으로 돌아가 잤다. 전날 저녁을 함께 먹고 나서 미카엘이 같이 있겠느냐고 물었더니 학교 성적도 내야 하고 피곤해서 혼자 자고 싶다고 했다. 에리카는 미카엘의 뺨에 작별키스를 한 후 월요일 아침 일찍 섬을 떠났다.

미카엘이 지난 3월 중순 교도소에 들어가기 전만 해도 섬은 눈으로 덮인 풍경이었다. 하지만 어느새 자작나무에 푸른 잎이 돋았고 집 주변에는 잔디가 무성히 올라와 햇빛에 반짝였다. 이곳에 온 후 처음으로 섬 전체를 돌아볼 기회가 생긴 것이다. 아침 8시경, 미카엘은 저택에 들러 가정부 안나에게 보온병을 빌렸다. 그리고 헨리크와 간단히 몇 마디를 나눈 후 그에게 섬 지도를 빌렸다. 고트프리드의 방갈로를 좀더 자세히 관찰하고 싶었다. 하리에트가 그곳에서 많은 시간을 보냈기 때문에 경찰수사 기록에도 간접적이나마 수차례 언급됐었다. 헨리크는 방갈로가 현재 마르틴의 소유이며 여러 해 거의 비어 있는 상태라고 했다. 그리고 섬을 방문하는 친척들이 이따금 사용하기도 했다.

미카엘은 마르틴의 집으로 달려가 그가 헤데스타드로 출근하기 전에 붙잡을 수 있었다. 사정을 설명하고 고트프리드의 방갈로 열쇠를 빌려달라고 부탁했다. 마르틴은 빙글빙글 웃으며 그를 쳐다보았다.

"이제 방에르 연대기가 하리에트까지 진척된 모양이군요?"

"그냥 한번 둘러보고 싶어서요."

미카엘은 잠깐 기다리라고 말하고는 열쇠를 가지고 나왔다.

"제가 이걸 사용해도 문제는 없겠습니까?"

"원한다면 들어가 지내도 됩니다. 섬 저쪽에 떨어져 있어서 그렇지 지금 지내는 곳보다는 훨씬 멋질 겁니다."

미카엘은 샌드위치 몇 개와 커피를 준비했다. 떠나기 전에 물병을 채우고 배낭에 먹을거리를 넣고는 어깨에 걸쳤다. 그리고 나서 섬 북쪽의 만을 따라 뻗은 잡초 무성한 오솔길을 걸었다. 고트프리드의 방갈로는 마을에서 약 2킬로미터 떨어진 곳 부근에 있었고, 서두르지 않고 걸어도 삼십 분이면 도착할 수 있었다.

마르틴의 말이 옳았다. 오솔길 굽이를 돌아서니 바다를 마주보고 있는 푸른 평야가 펼쳐졌다. 헤데스타드 쪽 전망도 탁 트여 있었다. 강의 하구뿐만 아니라 강 좌안의 요트 기항지며 우안의 산업 항구까지 한눈에 들어왔다.

아무도 쓰는 사람이 없다는 게 놀라울 정도로 자못 멋진 방갈로였다. 어두운 목재로 지은 시골풍의 집이었다. 지붕은 기와로 덮었고 창틀은 초록색 칠을 했다. 현관 옆 햇빛이 밝게 들어오는 곳에는 예쁜 베란다까지 냈다. 집과 정원은 오랫동안 관리가 소홀한 모양이었다. 문과 창문의 칠은 벗겨져 떨어져나갔고 잔디밭이었음 직한 곳에는 잡초가 1미터씩이나 무성히 자라 있었다. 그것들을 모두 제거하려면 큰 낫과 작은 톱으로 무장하고서 한나절 땀깨나 흘려야 할 터였다.

미카엘은 열쇠로 문을 열고 들어가 창문 덧창을 모두 열었다. 건물 뼈대를 보아하니 35제곱미터 남짓한 낡은 헛간을 개조한 듯했다. 전체가 한 공간인 내부 벽에는 벽판을 댔고 현관문 양쪽에는 바다가 보이는 커다란 창문이 나 있었다. 안쪽에 있는 계단 위로는 방갈로의 거의 절반을 차지하는 중이층 방이 걸려 있었고, 계단 아래 움푹한 공간에는 가스레인지, 작업대, 개수대가 하나씩 갖춰져 있었다. 가구는 간단했다. 현관문 왼쪽에는 벽에 고정된 벤치, 낡아빠진 책상, 티크 목재로 만든 서가, 그리고 같은 쪽 더 멀리에는 벽장이 세 개 있었다. 오른쪽에는 원탁과 나무의자 다섯 개가 있었고 측면 벽 중앙은 벽난로가 차지했다.

여기저기 석유램프가 놓여 있는 걸 보니 전기는 들어오지 않는 모양이었다. 창문턱 한쪽에는 안테나가 부러진 낡은 그룬디히* 트랜지

스타라디오가 놓여 있었다. 전원 버튼을 눌러보았으나 건전지가 다되었는지 아무 반응이 없었다.

미카엘은 좁은 층계를 올라가 중이층 방을 한번 둘러보았다. 더블 베드 프레임 위에는 침구가 벗겨진 매트리스가 을씨년스럽게 누워 있었다. 침대 맡에는 테이블과 서랍장도 하나씩 놓여 있었다.

미카엘은 잠시 집안을 뒤져보았다. 서랍장은 곰팡내를 풍기는 수건과 마른행주 몇 장 말고는 텅 비어 있었다. 벽장을 열어보니 옷장으로 사용했었는지 낡은 작업복 몇 벌, 멜빵과 가슴받이가 붙은 작업복 한 벌, 고무장화 한 켤레, 닳아빠진 운동화 한 켤레, 그리고 조그만 석유난로 한 개가 들어 있었다. 책상 서랍에는 종이 몇 장, 연필 몇 자루, 사용하지 않은 스케치북 한 권, 포커 카드 한 벌, 책갈피 몇 개가 굴러다녔다. 주방 찬장에는 접시, 찻잔, 유리잔, 양초, 쓰다 남은 소금 봉지 몇 개, 티백 따위가 있었다. 포크와 수저 같은 식기는 식탁 서랍 속에 있었다.

책상 위에 붙은 서가 선반에서는 이 집에서 유일하게 지적인 흔적을 찾을 수 있었다. 미카엘은 그 아래에 의자를 갖다놓고 올라서서 서가 위를 훑어보았다. 우선 아래쪽 서가의 오래된 잡지들을 살펴보니 1950년대 말과 1960년대 초에 나온 〈세〉〈레코드 매거진〉〈월간 취미〉〈독서〉 등이 있었다. 1965년의 〈사진 잡지〉와 1966년의 〈내 인생의 이야기〉 그리고 〈91〉〈유령〉〈로맨스〉 같은 만화 잡지들도 눈에 띄었다. 1964년에 나온 〈독서〉를 한번 펼쳐보니 당시의 핀업 사진은 비교적 순진했다는 걸 알 수 있었다.

책도 오십여 권 있었다. 그중 거의 절반은 발스트룀 출판사의 포켓판 추리소설 '맨해튼 시리즈'였다. 우선 '키스 미 데들리' 같은 의미

---

* 독일 가전제품 브랜드.

심장한 제목에 베르틸 헤글란드*의 고전적인 표지가 인상적인 미키 스필레인**의 작품이 몇 권 눈에 띄었다. 그리고 '키티 시리즈'*** 여섯 권, 에니드 블라이턴****의 '페이머스 파이브 시리즈' 몇 권, 시바르 알루드*****의 '쌍둥이 탐정 시리즈' 중 『지하철의 미스터리』…… 이런 고전적인 추리소설들을 보고 있자니 미카엘의 입가에 향수 어린 미소가 떠올랐다. 물론 빼놓을 수 없는 아스트리드 린드그렌도 세 권 있었다. 『우리는 불레르뷘의 아이들』 『칼레 블롬크비스트와 라스무스』, 그리고 『말괄량이 삐삐』. 위쪽 서가에는 단파 라디오 하나, 점성술서 두 권, 조류 관련 서적 한 권, 소련을 주제로 한 『악의 제국』이라는 책 한 권, 핀란드 동계전쟁에 관한 책 한 권, 루터의 『교리문답』, 그리고 찬송가와 성경이 한 권씩 있었다.

미카엘은 성경을 펼쳤다. 표지 안쪽에 '하리에트 방에르, 1963년 5월 12일'이라고 쓰여 있었다. 하리에트가 견신례 때 받은 성경이었다. 별다른 점이 보이지 않자 그는 실망한 얼굴로 책을 제자리에 꽂았다.

방갈로 뒤에는 큰 낫, 갈퀴, 망치 같은 각종 연장과 못, 대패, 톱 따위가 뒤죽박죽 담긴 궤짝 하나와 땔감을 쟁여둔 허드레 광이 있었다. 화장실은 약 20미터 떨어진 동쪽 숲속에 있었다. 미카엘은 여기저기 조금 더 뒤져보다가 다시 방갈로로 돌아왔다. 의자를 하나 꺼내다 베란다에 앉아서 보온병을 열고 커피를 따랐다. 담배를 한 대 피워 물고 커튼처럼 자라난 잡초 사이로 헤데스타드만을 물끄러미 바라보았다.

---

* Bertil Hegland(1925~2002). 스웨덴 만화가.

** Mickey Spillane(1918~2006). 미국 추리소설가.

*** 미국 작가 밀드레드 벤슨의 소설에 등장하는 주인공 '낸시 드루'는 스웨덴 번역판에서 '키티 드루'로 이름이 바뀌었다.

**** Enid Blyton(1897~1968). 영국 아동문학가.

***** 스웨덴 작가 이바르 알스테드와 시드 롬메루드가 결성한 공동 집필 그룹.

고트프리드의 방갈로는 생각보다 형편없었다. 이곳이 바로 1950년 대 말 고트프리드가 이자벨라와의 결혼생활에 파경을 맞았을 때 숨어 지냈던 곳이다. 술에 절어서 살았던 곳이기도 했다. 그리고 그는 부두다리 근처의 바다에서 높은 혈중알코올농도의 익사체로 발견되었다. 방갈로에서의 삶은 여름철엔 유쾌했겠지만 기온이 영하로 떨어지면 몹시 춥고도 고통스러웠을 것이다. 헨리크에 의하면 고트프리드는 알코올중독이 심할 때 말고는 1964년까지 방에르 그룹에서 계속 일했다고 한다. 이 방갈로에 처박혀 있다가도 어느 순간 박차고 일어나 면도를 하고 몸을 씻고 양복과 넥타이를 차려입고 와서는 다시 일에 뛰어들었다고 한다. 이는 그래도 그에게 어느 정도 자제력이 있었음을 의미했다.

이 방갈로는 하리에트가 즐겨 찾은 곳이기도 했다. 실종 직후 가장 먼저 수색한 장소 중 하나가 바로 여기였다는 사실을 보면 그녀가 이곳을 얼마나 자주 찾았는지 알 수 있다. 헨리크는 그녀가 사라지기 전 마지막 해에 특히 이곳을 자주 찾았다고 했다. 아마도 주말이나 방학 때 혼자서 조용히 지내고 싶었으리라. 마지막 여름엔 석 달이나 이곳에 머물렀다고 한다. 물론 하루도 빠짐없이 마을에 들르긴 했지만. 세실리아의 동생 아니타가 육 주간 이곳에서 지내며 벗이 되어준 적도 있었다.

하리에트는 그 고독한 시간에 무엇을 했을까? 물론 서가에 있는 잡지나 청소년소설 들로 보아 책을 읽으며 많은 시간을 보냈으리라고 짐작할 수 있다. 스케치북이 그녀의 것이라면 그림도 끄적거렸을까? 그녀의 성경도 많은 걸 추측하게 했다.

하리에트는 익사한 아버지를 가까이 느끼고 싶었던 걸까? 그렇게라도 상실의 슬픔을 이겨내려 했을까? 그렇게 간단하게 설명될 수 있는 일일까? 아니면 신앙적인 고민 때문에 이곳에 홀로 머물렀던 걸까? 그녀는 이 방갈로를 수도원으로 생각했을까?

미카엘은 해안을 따라 남동쪽으로 내려가보았다. 하지만 여기저기 바위 틈이 입을 벌리고 있고 울창한 노간주나무 숲이 길을 막고 있어서 앞으로 나아가기가 힘들었다. 어쩔 수 없이 다시 방갈로로 돌아와 헤데뷔로 가는 길을 따라 조금 내려갔다. 지도에는 숲을 통과하면 요새로 불리는 장소로 가는 오솔길이 나와 있었다. 결국 이십 분을 헤맨 끝에 그 길로 빠지는 분기점을 찾아냈지만 무성하게 자란 식물로 온통 뒤덮여 있는 탓에 쉽게 눈에 띄지 않았다. 요새는 2차대전 때 축조된 해안방어시설의 잔해였다. 콘크리트 벙커와 참호 따위가 지휘본부 건물을 중심으로 흩어져 있었다. 그리고 이 모든 것들을 무성한 잡초가 점령하고 있었다.

미카엘은 오솔길을 따라 계속 걷다가 바다와 면한 평야에 있는 보트 창고까지 내려가보았다. 창고 옆에는 페테르손 요트 잔해가 을씨년스럽게 뒹굴고 있었다. 다시 요새로 돌아와 이번엔 다른 오솔길을 따라 내려가봤지만 울타리가 앞을 가로막았다. 울타리 너머는 외스테르고르덴 농장 땅이었다.

미카엘은 숲속으로 꼬불꼬불 이어진 오솔길을 따라 계속 걸었다. 이따금 외스테르고르덴 농지와 나란히 이어지기도 하는 오솔길은 군데군데 습지로 막혀 있거나 해서 자못 험난했다. 덤불을 헤치고 웅덩이를 돌아 애면글면 끝까지 가보았더니 마침내 헛간이 한 채 서 있는 소택지가 나타났다. 오솔길은 거기서 끝나는 듯했지만 길 저쪽을 쳐다보니 불과 100여 미터 앞에 외스테르고르덴 농장으로 통하는 도로가 뻗어 있었다.

그리고 도로 너머에 쇠데르산이 솟아 있었다. 미카엘은 자못 가파른 비탈을 기어오르다시피 하다가 산마루를 몇 미터 남기고는 두 손까지 썼다. 산의 남쪽 비탈은 바다를 굽어보는 수직 절벽으로 끝났다. 다시 돌아서서 산등성이 위를 걸어 헤데뷔 쪽으로 향했다. 요트 선착장의 방갈로들이 내려다보이는 곳에서 잠시 걸음을 멈춘 그의 눈에 해협 건너 헤데스타드 항구와 교회당과 자신이 머무는 작은 집까지 이어지는 아름다운 파노라마가 들어왔다. 그리고 잠시 다리쉼을 하려고 편평한 바위에 걸터앉아 조금 남은 미지근한 커피를 마저 들이켰다.

이 궁벽한 헤데뷔섬에 처박혀 무얼 하는 것인지 회의가 드는 한편으로 눈 아래 펼쳐진 풍경은 아름답기만 했다.

웬일인지 세실리아가 다시 거리를 두기 시작했고, 미카엘도 귀찮게 굴고 싶은 생각이 없었다. 하지만 일주일 후 그녀의 현관문을 두드리는 자신을 발견했다. 세실리아는 그를 들어오게 하고서 커피포트 전원을 올렸다.

"내가 아주 바보 같아 보이지 않아? 쉰여섯이나 먹은 점잖은 학교 선생이 마치 어린 소녀처럼 굴고 있으니 말이야."

"세실리아, 너는 성인이야. 하고 싶은 대로 행동할 권리가 있어."

"알아. 그래서 더이상 당신을 만나지 않기로 결심했어. 이제 이런 상황을⋯⋯"

"됐어. 더는 설명 안 해도 돼. 하지만 좋은 친구로 남을 순 있겠지?"

"나 역시 좋은 친구로 남으면 좋겠어. 하지만 얼마나 잘 지낼 수 있을진 모르겠어. 언제나 사람들을 사귀는 일에 서툴렀거든. 당분간 혼자 있고 싶어."

16장

6월 1일 일요일~6월 10일 화요일

육 개월간 소득 없는 억측과 추론만 계속된 끝에 하리에트 방에르라는 꽉 막힌 벽 가운데 마침내 조그만 틈새 하나가 벌어지기 시작했다. 6월 첫째 주 며칠 사이에 미카엘은 새로운 퍼즐 조각 세 개를 찾아냈다. 그중 두 개는 스스로 찾았고, 나머지 하나는 도움을 받아 얻어냈다.

에리카가 떠난 후 미카엘은 다시 앨범을 펼치고 몇 시간을 앉아 사진들을 한 장씩 들여다보면서 무엇이 자신을 그렇게 흠칫하게 했는지 알아내려고 애썼다. 하지만 아무리 해도 뚜렷한 게 떠오르지 않아 앨범을 덮어버리고 방에르 연대기에 관심을 돌렸다.

6월 초 어느 날, 미카엘은 헤데스타드에 들렀다. 버스에 앉아 다른 생각에 잠긴 사이 버스가 기차역 앞 모퉁이를 도는 순간 자신의 대뇌 속에서 발아하던 그 '무엇'의 정체를 문득 깨달았다. 마른하늘에 떨어지는 번개처럼 한줄기 빛이 그를 관통했다. 너무도 흥분한 나머지 종점에 닿을 때까지 버스에 앉은 채 생각에 빠져 있다가 자신의 기억이 정확한지 확인하기 위해 즉시 헤데뷔로 돌아갔다.

그건 바로 앨범 첫 장, 맨 처음에 나오는 사진이었다.

그 운명의 날, 헤데스타드 역 거리에서 어린이날 퍼레이드를 구경하는 하리에트의 모습을 담은 그녀의 마지막 사진 말이다.

사진은 앨범의 나머지 사진들과 기묘하게 대조를 이뤘다. 그 사진이 앨범에 포함된 이유는 오직 하나, 실종 당일에 찍혔기 때문이다. 그러나 그 사진과 나머지 사진들 사이에는 근본적인 차이가 한 가지 있었다. 180장에 달하는 사진들이 다리에서 일어난 사고 주변을 담았다면 이 사진만은 그렇지 않았다. 지금껏 미카엘을 비롯해 모든 사람들은 앨범을 볼 때마다 오직 다리 사건의 주변인물과 세부에만 관심을 기울여왔다. 그 사건이 일어나기 몇 시간 전에 있었던 어린이날 퍼레이드의 군중 사진에 어떤 결정적인 요소가 있으리라는 생각은 못했을 것이다.

아마도 헨리크는 이 사진을 수없이 들여다보면서 이제 다시는 하리에트를 볼 수 없다는 사실에만 슬퍼했으리라. 게다가 너무 멀리서 찍힌 탓에 그저 하리에트가 인파 속에 묻힌 평범한 한 사람으로 보이는 데 짜증을 냈을지도 모른다.

하지만 미카엘이 흠칫한 이유는 다른 데 있었다.

사진은 길 건너에서 찍혔다. 짐작하건대 사진사는 어느 건물 이층 창가에 서 있었을 것이다. 광각렌즈는 퍼레이드중인 트럭 하나를 정면에서 포착했다. 트럭 짐칸에 설치한 단 위에서는 반짝거리는 수영복과 통 넓은 하렘바지를 입은 여인들이 구경꾼들에게 사탕을 던져주고 있었다. 몇몇은 춤을 추는 듯 보였으며 트럭 앞에서는 어릿광대 세 명이 팔짝팔짝 뛰고 있었다.

하리에트는 길가에 늘어선 구경꾼 가운데 맨 앞줄에 서 있었다. 옆에는 같은 반 여자애들 세 명이 있었고 주위에는 적어도 백 명쯤 되는 헤데스타드 주민들이 몰려 있었다.

그러니까 미카엘이 바로 이 사진이 찍힌 장소를 버스로 직접 지나가던 순간, 무의식에서 맴돌던 생각이 의식의 표면 위로 불쑥 솟아오른 것이다.

사진 속 구경꾼들은 다들 비슷하게 행동했다. 관중의 눈이란 코트 위를 오가는 테니스공이나 아이스하키 경기장 위를 미끄러지는 퍽을 쫓는 법이다. 사진 속 왼쪽의 사람들은 바로 앞에 있는 어릿광대들을 쳐다보고 있었다. 그리고 트럭과 가까이에 있는 사람들은 하나같이 몸을 노출한 수영복 차림 아가씨들을 향해 시선을 돌렸다. 그리고 모두가 미소 짓고 있었다. 아이들은 손가락으로 재미난 것들을 가리켰고 크게 웃는 사람들도 있었다. 다들 행복한 표정이었다. 단 한 사람만 빼고서.

하리에트는 옆을 보고 있었다. 세 친구와 주변의 군중들은 어릿광대들을 바라보던 그 와중에 말이다. 하리에트의 얼굴은 오른쪽으로 30에서 35도 정도 돌아가 있었다. 그리고 시선은 길 건너편 무언가에 못박힌 듯 고정되어 있었다. 사진 아래 왼쪽 귀퉁이 바깥에 있었을 그 무엇에 말이다.

미카엘은 돋보기를 꺼내 좀더 자세히 들여다보았다. 너무 멀리서 찍혀 확실하진 않았지만 다른 사람들과 달리 하리에트의 얼굴에는 즐거운 표정이 전혀 없었다. 입을 작게 오므리고 두 눈은 크게 뜬 표정이었다. 두 팔은 힘없이 늘어져 있었다.

무언가에 잔뜩 겁을 먹은 모습이었다. 아니면 화가 난 모습이거나.

미카엘은 앨범에서 그 사진을 빼내 투명한 플라스틱 파일에 집어넣고 집에서 나왔다. 그러고는 헤데스타드행 버스에 올랐다. 역 앞 거리에서 내려 사진을 찍은 지점으로 보이는 곳에 가보았다. 헤데스타드 중심가 가장자리에 있는 삼층짜리 목조 건물이었다. 정문 위에 붙은 명판을 보니 1932년에 세운 건물에 비디오 가게와 남성복 전문점 '순드스트룀'이 입점해 있었다. 순드스트룀 안으로 들어가자 나선형 계단을 통해 이층까지 이어져 있다는 사실을 알 수 있었다.

계단을 올라가보니 거리 쪽으로 창문이 두 개 나 있었다. 사진사는 분명 여기서 사진을 찍었으리라.

"무엇을 도와드릴까요?" 미카엘이 파일에서 사진을 꺼내드는데 나이 지긋한 점원 하나가 다가와 물었다.

"음, 저는 이 사진이 어디서 찍혔는지 확인해보고 싶어 들렀습니다. 잠시만 창문을 열어봐도 될까요?"

허락을 받은 미카엘은 창문을 열고 거리 이곳저곳을 사진과 비교해가며 살펴보았다. 마침내 하리에트가 서 있었던 지점을 정확히 찾아낼 수 있었다. 사진 속에서 그녀 뒤로 보이는 건물 두 개 중 하나는 없어졌고 대신 그 자리에 네모난 벽돌 건물이 들어섰다. 또다른 건물은 아직 남아 있었는데, 1966년에 문방구가 있던 자리에 지금은 다이어트 숍과 선탠 살롱이 들어와 있었다. 미카엘은 창문을 닫고 일을 방해해 미안하다는 말을 남기고 밖으로 나왔다.

거리로 내려와서는 하리에트가 서 있던 지점에 가서 직접 서보았다. 방금 들렀던 순드스트룀의 이층 창문과 선탠 살롱의 출입문이 연결되는 지점이라 쉽게 찾을 수 있었다. 미카엘은 그곳에 서서 하리에트의 시선이 향했던 방향으로 눈을 돌렸다. 그가 판단하기에 그녀의 시선이 향한 곳은 순드스트룀 상점이 있는 건물의 모퉁이 쪽이었다. 그 뒤로 길 하나가 뻗어 있는 지극히 평범한 모퉁이였다. 하리에트, 넌 대체 여기서 뭘 보았니?

미카엘은 사진을 다시 숄더백에 집어넣고는 걸어서 역 앞 공원으로 돌아왔다. 그리고 어느 카페테라스에 앉아 카페라테 한잔을 주문했다. 그는 무척 흥분한 상태였다.

영국 추리소설에서는 지금 그가 발견한 사실과 같은 것을 새로운 확증이라 부른다. 새로운 '정보'와는 차원이 다른 무게를 지닌 것이었다. 이제 미카엘은 새로운 어떤 것, 수사에 참여한 이들이 제자리걸음을 하며 알아채지 못했던 그 어떤 것을 삼십칠 년 만에 보게 되었다.

한 가지 문제가 있다면, 이 새로운 발견에 어떤 가치가 있을지, 아니 과연 그 어떤 가치라도 있긴 할지 현재로서는 전혀 알 수 없다는 점이었다. 하지만 그의 직감은 여기에 지극히 중요한 그 무엇이 숨어 있다고 말하고 있었다.

하리에트가 사라진 9월의 그날에는 극적인 사건들이 여럿 일어났다. 우선 남녀노소 할 것 없이 수천 명의 인파가 거리에 쏟아져나온 헤데스타드 축제일이었다. 섬에서는 방에르 가문이 연례모임을 하는 날이기도 했다. 이 두 사건만으로도 여느 일상과 확연히 구별되는 특별한 날이었다. 그리고 화룡정점이라 할 만한 다리 위 사고가 있었다. 이 사고가 모든 축제 분위기에 먹구름을 드리웠다.

구스타프 형사와 헨리크, 그리고 하리에트의 실종을 놓고 머리를 쥐어짰던 사람들은 예외 없이 섬에서 일어난 사건에만 관심을 보이며 집중했다. 심지어 구스타프는 이 사고와 하리에트의 실종이 서로 연결됐다는 생각을 떨칠 수 없다고 적어놓았다. 불현듯 미카엘은 구스타프의 생각이 완전히 잘못되었음을 깨달았다.

그날 연달아 일어난 사건들의 출발점은 다리 위가 아니라 몇 시간 전의 헤데스타드였다. 하리에트는 무언가, 혹은 누군가를 보고 겁을 먹었고, 그래서 집으로 돌아와 곧장 헨리크를 만나러 갔지만 불행히도 헨리크는 그녀를 돌볼 시간이 없었다. 이어 다리 위에서 사고가 터졌고 그다음에 살인자가 그녀를 덮친 것이다.

미카엘은 여기서 잠시 추론을 멈췄다. 하리에트가 살해당했다는 가정을 분명하게 내세운 건 이번이 처음이었다. 그리고 잠시 주저했다. 하지만 곧 자신도 헨리크의 확신에 동의하게 됐음을 인정했다.

하리에트는 죽었다. 그리고 지금 자신은 살해범을 쫓고 있다.

미카엘은 수사 기록을 다시 들춰보았다. 수천 페이지에 달하는 방대한 분량 중에 하리에트가 헤데스타드에 있었던 시간을 기록한 건 극히 일부분이었다. 그때 하리에트는 친구 셋과 함께 있었고, 나중에 그들은 자신이 목격한 것을 각각 진술했다. 하리에트와 친구들은 오전 9시에 역 앞 광장에서 만났다. 그중 한 명이 청바지를 산다고 해서 나머지 친구들이 함께 가줬고, 그후엔 EPA 백화점 카페테리아에서 커피를 마시고 축제장이 있는 체육 공원으로 갔다. 여기저기 쏘다니면서 늘어선 노점상을 기웃거렸고 상품을 받으려고 오리 풍선을 건져올리기도 했다. 다른 친구들과도 마주쳤다. 정오가 지나서는 어린이날 퍼레이드를 구경하기 위해 시내 중심가로 갔다. 그리고 오후 2시가 되기 전쯤 갑자기 하리에트가 집에 가겠다고 해서 그들은 역 앞 거리에 있는 버스 정류장에서 헤어졌다. 이상이 친구들이 진술한 내용이었다.

그들 중 이상한 낌새를 느낀 사람은 아무도 없었다. 잉에르 스텐베리라는 친구는 하리에트가 일 년 전부터 갑자기 성격이 변해서 마치 '감정이 없는' 사람 같았다고 진술했다. 그날도 평소처럼 말이 없었고 다른 친구들을 따라다니기만 했다는 것이다.

구스타프 형사는 그날 하리에트를 만났던 사람들, 인사 정도만 하고 지나친 사람들까지 모두 만나 이야기를 들었다. 그후 그녀의 실종 사실이 사진과 함께 지역 신문에 실리자 적잖은 헤데스타드 주민들이 경찰에 찾아와 그날 하리에트를 목격했다고 증언했다. 하지만 그 많은 증인들 중에서 이상한 점을 발견한 사람은 한 명도 없었다.

미카엘은 새롭게 열린 수사 방향을 어떻게 풀어나갈지 곰곰이 생각하면서 그날 저녁을 보냈다. 그리고 다음날 아침, 막 식사를 시작한 헨리크를 찾아갔다.

"방에르 가문이 아직도 〈헤데스타드 통신〉에 지분을 갖고 있다고 말씀하셨죠?"

"그렇네."

"신문사에서 사진 자료를 열람하고 싶습니다. 1966년에 찍은 것들이요."

헨리크는 우유잔을 내려놓고 냅킨으로 윗입술을 닦았다.

"미카엘, 찾아낸 게 뭔가?"

그는 노인의 눈을 똑바로 쳐다보았다.

"구체적인 건 전혀 없습니다. 하지만 지금까지 사건의 양상을 해석하면서 한 가지 잘못을 범했다고 생각합니다."

그러고는 사진을 보여주면서 설명했다. 헨리크는 한동안 아무 말이 없었다.

"만약 제 생각이 옳다면 이날 섬에서 일어난 일보다 헤데스타드에서 있었던 일을 주의깊게 살펴봐야 합니다. 물론 오랜 시간이 흐른 지금에 와서 뭘 할 수 있을지는 잘 모르겠습니다. 하지만 당시에 축제 광경을 찍어놓고 아직 한 번도 공개하지 않은 사진들이 많이 있을 겁니다. 제가 보고 싶은 건 바로 그 사진들이고요."

헨리크는 주방 벽에 붙은 전화기를 들고 마르틴에게 전화를 걸었다. 용건을 말하고는 지금 〈헤데스타드 통신〉 사진부장이 누구냐고 물었다. 십 분 후 그의 소재가 파악되자 자료를 열람할 수 있게 되었다.

사진부장은 마들렌 블롬베리, 일명 '마야'로 불리는 육십대 여성이었다. 언론계에서 꽤 오래 일한 미카엘이었지만 여성 사진부장을 본 건 처음이었다. 이 바닥에선 아직도 사진은 남자의 일이라는 인식이 남아 있었다.

토요일이라 신문사는 텅 비어 있는 상태였다. 걸어서 오 분 거리에 사는 마야가 신문사 정문에서 미카엘을 맞았다. 그녀는 〈헤데스타드 통신〉에서 거의 평생을 일했다고 했다. 1964년 인쇄교정원으로 입사했다가 얼마 후에 사진현상 일을 하게 됐고, 그렇게 몇 년을 암실에서 보내며 사진기자 중에 결원이 생기면 대신 카메라를 둘러메고 나가곤 했었다. 그리고 십 년 전 전임 사진부장이 은퇴하면서 그 자리를 이어받았다. 그렇다고 해서 그녀가 엄청난 조직을 거느리는 건 아니었다. 십 년 전 사진부와 홍보부가 합쳐지면서 그녀를 포함해 모두 여섯 명이 돌아가면서 일을 맡고 있다고 했다.

미카엘은 사진 자료가 어떻게 관리되는지 물었다.

"솔직히 말씀드려서 좀 뒤죽박죽이에요. 컴퓨터와 디지털카메라가 나온 후로 자료는 전부 CD에 저장해요. 수습직원 하나가 오래된 사진 가운데 중요한 것들만 추려 스캔을 해놓았죠. 하지만 그것도 전체 자료 중에 2, 3퍼센트밖에 안 돼요. 더 오래된 사진들은 필름 상태 그대로 파일에 날짜별로 정리되어 있어요. 여기 편집국에도 있고 저 아래 창고에도 보관하죠."

"제가 관심이 있는 건 1966년 어린이날 퍼레이드 때 찍은 사진들입니다. 좀더 넓게는 그 주에 찍힌 사진을 전부 보고 싶고요."

마야가 미카엘을 유심히 쳐다보았다.

"하리에트 방에르가 실종된 주 말이죠?"

"그 이야기를 알고 계신가요?"

"평생을 여기에서 일했는데 모른다면 오히려 이상하죠. 쉬는 날 아침인데도 마르틴 씨가 전화를 해서 눈치챘어요. 1960년대에 이 사건을 다룬 기사들을 여러 차례 교정봤죠. 그런데 왜 이 사건을 다시 뒤지는 거죠? 뭐 새로운 거라도 발견했나요?"

마야는 눈치가 빠른 여자였다. 미카엘은 웃는 얼굴로 고개를 흔들며 둘러댔다.

"아닙니다. 하리에트에게 무슨 일이 있었는지 알아낼 수 있다고는 생각하지도 않아요. 부장님께만 말씀드리자면 저는 지금 회장님의 회고록을 쓰고 있습니다. 하리에트의 실종은 지엽적인 사건이긴 하지만 빼놓을 순 없잖아요. 그래서 이날 일을 다룰 장에 넣을 사진을 찾고 있습니다. 하리에트와 친구들이 나온 걸로요."

마야는 미심쩍어하는 기색이었다. 하지만 납득할 만한 설명이었기에 의심할 이유가 전혀 없었다.

신문사 사진기자는 평균적으로 하루에 필름을 두 통에서 열 통까지 쓴다. 큰 사건이라면 그 배가 되기도 한다. 필름 한 통에 음화 서른여섯 장이라고 계산하면 보통 하루에 삼백 장 넘게 음화가 쌓이며 그중 신문에 실리는 건 극소수에 불과하다. 제대로 돌아가는 사진부라면 필름 한 통의 음화들을 여섯 장씩 나눠 여섯 칸짜리 투명 바인더 속지에 넣는다. 결국 필름 한 통이 음화 바인더의 한 페이지가 되는 셈이다. 바인더 한 권에는 백 통 넘는 필름을 저장할 수 있고 일 년이면 약 스무 권에서 서른 권의 바인더가 쌓인다. 이렇게 여러 해가 지나면 바인더가 엄청나게 쌓이는데, 대부분 상업적 가치는 전혀 없이 편집실 서가만 잔뜩 차지하게 된다. 하지만 모든 사진기자와 사진부 편집인들은 이 음화들이 값을 따질 수 없는 역사적 자료라고 확신하고 있으며, 그렇기 때문에 누가 그걸 버리라고 한다면 펄쩍 뛸 것이다.

1922년에 창간된 〈헤데스타드 통신〉에는 1937년부터 사진부가 있었다. 신문사 창고에는 1200개가 넘은 음화 바인더가 날짜순으로 빼곡히 쌓여 있었다. 1966년 9월에 찍힌 음화들은 표지가 마분지로 된 싸구려 바인더 네 개에 보관중이었다.

"어떻게 해야 하죠?" 미카엘이 물었다. "음화들을 비춰볼 라이트 테이블이 필요하고, 흥미로운 사진들은 좀 복사해줘야 할 것 같은데요."

"옛날과 달리 암실이 없어요. 모든 걸 스캔하죠. 혹시 음화 스캐너

쓸 줄 아세요?"

"그럼요. 집에 아그파 스캐너까지 있는 걸요. 평소엔 포토샵으로 작업하고요."

"장비로 따지면 우리 못지않네요!"

마야는 아담한 사진부 사무실을 대강 안내하고 라이트테이블이 있는 곳에 미카엘을 앉힌 다음 컴퓨터와 스캐너를 켰다. 주방 어디에 커피포트가 있는지도 알려주었다. 그러고서 자신은 돌아가볼 테니 혼자 자유롭게 작업하라고 한 후 본인이 직접 문을 잠그고 무인경보 시스템을 연결해야 하니 일을 다 마치면 전화를 해달라고 부탁했다. 그리고 "자, 그럼 즐거운 시간 보내세요!"라고 명랑하게 인사하며 자리를 떴다.

바인더 네 권을 다 훑어보는 데는 꽤 많은 시간이 걸렸다. 당시 〈헤데스타드 통신〉 소속 사진기자는 두 명이었다. 문제의 날에 일한 사람은 쿠르트 뉠룬드라는 기자로 미카엘도 익히 아는 사람이었다. 당시 스무 살 남짓이었던 그는 이후에 스톡홀름으로 거처를 옮겨 프리랜서로 일하며 마리에베리에 있는 사진전문 통신사 프레센 빌드* 에도 소속되는 등 저명한 사진작가로 성장했다. 미카엘도 그와 마주친 적이 몇 번 있었다. 1990년대 〈밀레니엄〉에 프레센 빌드 통신사의 사진을 쓸 일이 있었는데, 미카엘이 기억하기로 그는 마른 체격에 머리숱이 적은 사내였다. 쿠르트는 사진기자들이 주로 쓰는 적당한 화소수의 데이라이트 필름**으로 찍었다.

미카엘은 젊은 쿠르트가 찍은 음화를 꺼내 라이트테이블 위에 올려놓고 한 장씩 돋보기로 살펴보았다. 음화를 읽는 일은 특별한 기술

---

* 2006년에 합병되면서 '스캔픽스 스웨덴'으로 이름이 바뀌었다.

** 태양광 아래에서 촬영했을 때 자연스러운 색을 내는 필름으로 주로 낮에 야외에서 사용한다.

이 필요한데 익숙하지 않은 미카엘로서는 쉽지가 않았다. 결국 사진에 가치 있는 정보가 있는지를 판단하려면 일일이 음화를 스캔해 컴퓨터 화면으로 봐야겠다는 생각이 들었다. 하지만 그러려면 엄청난 시간이 들 터였다. 그래서 우선 얼핏 보기에 흥미로운 사진들이 있는지 전체적으로 훑어보았다.

처음 눈에 띈 건 유조차 사고 때의 사진들이었다. 미카엘은 180장쯤 되는 헨리크의 앨범이 불완전한 자료였음을 깨달았다. 쿠르트 자신, 혹은 이 앨범을 만든 누군가가 서른 장 되는 사진들을 빼놓았던 것이다. 이유는 쉽게 짐작할 수 있었다. 죄다 흐릿하거나 도저히 남에게 보여줄 수 없을 정도로 형편없는 사진들이었다.

미카엘은 컴퓨터를 끄고 대신 자신의 노트북에 스캐너를 연결했다. 그리고 앨범에 누락된 사진 서른 장을 두 시간에 걸쳐 스캔했다.

그중 특히 흥미로운 사진이 하나 있었다. 오후 3시 10분에서 15분 사이, 즉 하리에트가 사라진 바로 그 시간에 누군가가 그녀의 방에서 창문을 열려고 했다. 헨리크는 그 장본인이 누구인지 알아내려고 애써봤지만 허사였다고 했다. 그런데 창문이 열린 직후에 찍힌 듯한 사진 한 장이 지금 미카엘의 노트북 화면에 떠 있었다. 창문 뒤로 누군가의 옆모습이 있고 아주 흐릿하게나마 얼굴도 보였다. 미카엘은 우선 사진들을 모두 컴퓨터에 저장해놓고 분석은 나중에 하기로 마음먹었다.

그뒤로도 몇 시간을 들여 어린이날 퍼레이드 때 찍힌 사진들을 살펴보았다. 쿠르트는 필름 여섯 통, 다시 말해 총 200장이 넘는 사진을 찍었다. 풍선을 든 아이들과 어른들, 핫도그 장사로 북적이는 거리, 퍼레이드 행렬, 단상 위에서 공연하는 지역 연예인, 상품 수여식 등 축제 장면을 다양하게 담은 사진들이 계속되었다.

결국 사진을 전부 스캔하기로 결정했다. 하지만 여섯 시간을 들인 끝에 노트북에 저장한 사진은 90장밖에 되지 않았다. 일을 마치려면 다시 한번 여기에 와야 했다.

밤 9시 무렵, 마야에게 전화를 했다. 그리고 잠시 후에 도착한 그녀에게 고맙다는 인사를 남기고 섬에 있는 집으로 돌아왔다.

일요일 아침 9시쯤 미카엘은 다시 신문사로 갔다. 이번에도 마야가 맞아주었고 편집실에는 아무도 없었다. 마야가 말하길 다음날 월요일이 오순절이라 신문은 화요일부터 나온다고 했다. 미카엘은 어제와 같은 테이블에 앉아 하루종일 스캔하는 데 매달렸다. 그렇게 오후 6시까지 작업을 이어가자 어린이날 퍼레이드 때 찍은 사진 40장만 남았다. 음화를 면밀히 들여다본 그는 귀여운 아이들의 얼굴과 무대 위에서 공연하는 연예인을 클로즈업한 사진들은 별로 흥미롭지 않다는 결론을 내렸다. 그리하여 축제 분위기에 들뜬 군중과 거리 풍경을 담은 사진들만 스캔했다.

미카엘은 새로 찾은 사진들을 살펴보며 오순절 월요일을 보냈다. 여기서 새로운 사실 두 가지를 발견했다. 첫번째 사실 앞에선 아연실색하지 않을 수 없었고, 두번째 사실을 알았을 땐 흥분과 기대로 가슴이 쿵쾅거렸다.

첫번째 발견은 하리에트의 창문에 나타난 얼굴이었다. 인물이 움직일 때 찍은 사진이라 너무 흐릿하게 나와 헨리크의 앨범에서는 빠진 모양이었다. 사진기자가 교회당 앞에 서서 다리 위의 광경을 포착했기 때문에 그 뒤로는 헨리크의 저택이 보였다. 미카엘은 우선 문제의 창문만을 잘라내 크게 확대한 다음, 갖가지 방법을 동원해 명암을 조정하고 선명도를 높여 최상의 화질을 얻어내려고 애썼다.

이런 과정을 거쳐 어둡고 거친 회색 이미지를 얻었다. 거기엔 직사각형 창문, 커튼, 누군가의 팔 끝, 방안 어둠에 반쯤 잠겨 어렴풋한 반달 형상으로 보이는 얼굴 등이 보였다.

우선 얼굴을 보니 하리에트가 아닌 건 확실했다. 그녀의 머리카락이 까마귀 깃털처럼 새까만 데 반해, 사진 속 인물의 모발은 한결 밝은색이었다.

어둠 속에 잠긴 눈과 코와 입을 어렴풋하게 구별할 수는 있었지만 명확한 윤곽을 알아내기란 불가능했다. 하지만 여자라는 사실만큼은 분명해 보였다. 옆얼굴에서 어깨까지 이어지는 허여스름한 부분이 길게 드리워진 여자의 머리카락임을 말해주었다. 이로써 문제의 인물이 밝은색 모발을 가졌다는 사실까지 확인한 셈이었다. 미카엘은 창틀 높이를 참고해 그녀의 신장까지 추정할 수 있었다. 170센티미터쯤 되어 보였다.

이렇게 인물의 기본적인 특징들을 확인하고 난 뒤 사고 당시 그 주변에서 찍힌 사람들을 하나하나 살펴보았다. 그리고 바로 그중에서 이러한 특징에 부합하는 한 사람을 발견했다. 당시 스무 살이던 세실리아였다.

쿠르트 닐룬드가 남성복 전문점 순드스트룀 이층 창문에서 찍은 사진은 전부 열여덟 장이었다. 그중 하리에트가 나온 사진은 열일곱 장이나 되었다. 하리에트와 그녀의 친구들은 쿠르트가 막 촬영을 시작했을 때 역 앞 거리에 도착했다. 미카엘은 이 열여덟 장의 사진을 찍는 데 대략 오 분이 걸렸으리라 추산했다. 첫번째 사진에서 하리에트와 세 친구는 방금 거리에 당도한 듯 막 카메라 앵글 안으로 들어오고 있었다. 2번에서 7번까지의 사진에서 소녀들은 움직이지 않고 퍼레이드를 구경했다. 그러고 나서 6미터쯤 거리를 따라 걸어내려가는 모습이 포착됐다. 그후 얼마간 시간을 두고 촬영한 걸로 보이는 마지막 사진에서는 소녀들의 모습이 더이상 보이지 않았다.

미카엘은 이 사진들에 나타난 하리에트의 모습을 상반신만 잘라낸 뒤 명암을 조정해 보다 선명하게 만들어서 폴더 하나에 집어넣었다. 그러고 나서 이 이미지들을 그래픽 컨버터 프로그램에 넣고 슬라이드 쇼 기능을 적용했다. 이미지 하나가 이 초간 나타났다 그다음 이미지로 연결되기를 반복한 결과 마치 무성영화처럼 단속적인 영상이 눈앞에 나타났다.

맨 처음 하리에트의 옆모습이 나타난다. 멈춰 선 다음 보도 쪽을 바라본다. 그리고 차도로 고개를 돌린다. 입을 열어 친구에게 뭔가 말한다. 그러고선 웃는다. 하리에트가 왼손으로 자신의 귀를 만진다. 다시 미소 짓는다. 갑자기 하리에트가 놀란 표정을 짓는다. 얼굴은 카메라 쪽에서 봤을 때 왼쪽으로 20도쯤 돌아가 있다. 하리에트의 눈이 동그래지면서 입가에 미소가 사라진다. 하리에트는 입을 작게 오므린다. 그리고 무언가를 응시한다. 그녀의 표정에서 읽을 수 있는 건…… 무엇일까? 근심? 충격? 아니면 화? 하리에트는 눈을 내리깐다. 그리고 더이상 보이지 않는다.

미카엘은 이 연속 장면을 재차 돌려 보았다.

이 장면들은 그가 세웠던 가설에 확신을 더해주었다. 무슨 일이 일어났던 게 분명하다. 헤데스타드역 앞 거리에서 무슨 일이 일어났었다. 완벽히 명백한 논리였다.

하리에트가 거리 맞은편에서 무언가를, 혹은 누군가를 본다. 그녀는 충격을 받는다. 나중에 헨리크와 얘기를 하고 싶어 접촉해보지만 면담은 이뤄지지 못한다. 이어 그녀가 흔적도 없이 사라져버린다.

이날 무언가가 일어났다. 하지만 그게 무엇인지 사진들은 설명해주지 않았다.

화요일 새벽 2시, 미카엘은 커피와 샌드위치를 만들어 주방 벤치에 앉아서 먹었다. 그는 흥분되면서도 다른 한편으로는 실망스러운 기분이 들었다. 뜻하지 않게 새로운 단서들을 찾아낸 일은 물론 흥분됐다. 문제는 이 단서들이 일련의 사건들 위로 새로운 조명을 비추는 데 그쳤을 뿐 수수께끼를 푸는 일은 한 치도 진전된 게 없다는 점이었다.

미카엘은 세실리아가 이 드라마에서 맡았을 역할을 곰곰이 생각해보았다. 지금까지 헨리크는 이 드라마에 등장한 인물들의 그날 행적을 끊임없이 조사해왔고 세실리아도 예외는 아니었다. 1966년에 그녀는 웁살라에 살았고, 그 운명의 토요일 이틀 전에 헤데뷔에 도착해 이자벨라의 손님방에서 머물렀다. 그리고 토요일에 있었던 일들을 다음과 같이 진술했다. 세실리아는 그날 아침 일찍 하리에트를 봤지만 서로 말을 나누진 않았고 그후 물건들을 사러 헤데스타드에 갔다. 거기서 하리에트를 보지는 못했고 오후 1시쯤 섬으로 돌아왔다. 바로 쿠르트가 역 앞 거리를 촬영할 때였다. 돌아와서는 옷을 갈아입고 오후 2시경에 저녁 만찬 준비를 도왔다.

그렇게 확실한 알리바이라고는 할 수 없었다. 그녀는 시간을 정확하게 말하지 못했고, 특히 섬으로 돌아온 시간은 더욱 모호했다. 하지만 헨리크는 그녀의 말이 거짓일 거라고는 일 초도 생각해본 적이 없었다. 그는 방에르 가문에서 세실리아를 제일 좋아했기 때문이다. 게다가 그녀는 이제 미카엘의 정부였다. 그 역시 지금까지 그녀를 객관적으로 바라보지 못했고, 살해범이라는 생각은 더더욱 꿈에도 해보지 않았다.

그런데 오랜 세월 파묻혀 있던 사진 한 장이 하리에트의 방에 들어간 적이 결코 없다던 그녀의 말이 거짓이었음을 밝혀주었다. 미카엘은 머릿속이 복잡하기 이를 데 없었다.

세실리아! 그 말이 거짓이었다면, 또 어떤 거짓말들을 했지?

어쩔 수 없이 세실리아의 모든 걸 다시 생각해보지 않을 수 없었다. 미카엘은 지금껏 그녀에 대해 불행한 과거를 지닌 여인, 그래서 남자를 사귀지 않고 혼자 사는 조용한 여인이라고 생각했었다. 그렇게 타인들과 거리를 두면서 살아온 그녀가 잠시 지내다 곧 떠날 이 방인인 미카엘을 만나 갑자기 정열적으로 변했다. 세실리아는 둘의 관계를 그만두자고 하면서 미카엘이 훌쩍 떠날 일이 두려워서라고 말했다. 하지만 그녀가 미카엘에게 접근했던 것도, 또한 갑자기 관계를 끊어버린 것도 결국은 같은 이유 때문이 아니었을까? 잠시 머물다 갈 사람이기에 자기 인생을 완전히 뒤바꿀 위험이 없다는 점을 노렸던 것은 아닐까? 결국 자신은 그녀가 잠시 가지고 논 장난감이었을까? 미카엘은 한숨을 내쉬며 복잡한 생각들을 내려놓았다.

두번째로 새로운 사실을 발견한 건 밤늦은 시간이었다. 하리에트가 헤데스타드역 앞 거리에서 본 무언가가 바로 수수께끼를 풀 열쇠임은 분명했다. 하지만 타임머신을 타고 돌아가 그녀의 어깨 뒤에 서서 직접 보지 않는 한 어떻게 알아낼 수 있단 말인가?

이런 생각에 잠겨 있던 미카엘이 갑자기 손바닥으로 이마를 탁 치며 노트북 앞으로 달려갔다. 또다른 생각이 불현듯 스친 것이다. 마우스를 클릭해가며 거리의 군중을 찍은 사진들을 훑어보는데…… 그래, 있었다!

하리에트의 오른쪽 뒤로 1미터쯤 떨어진 지점에 한 젊은 커플이 서 있었다. 남자는 줄무늬 티셔츠를 입었고 여자는 밝은색 재킷 차림이었다. 그리고 여자가 손에 카메라를 들고 있었다. 사진을 확대해보니 플래시가 내장된 코닥 고정초점 카메라 같았다. 카메라를 전혀 모르는 사람도 사용할 수 있도록 설계된 바캉스용 저가 제품이었다.

여자는 턱 높이에 카메라를 들고 있었다. 이어서 눈높이까지 들어올려 거리를 지나는 어릿광대들을 찍었다. 하리에트의 표정이 변한 바로 그 순간이었다.

카메라 위치와 하리에트의 시선이 향한 곳을 비교해보니 여자도 바로 그 방향을 촬영한 게 틀림없었다.

미카엘은 가슴이 쿵쾅거렸다. 몸을 뒤로 젖히며 셔츠 윗주머니에서 담뱃갑을 꺼내들었다. 그렇다. 하리에트가 본 것이 누군가의 카메라에 담겼다. 하지만 이 여인이 누구인지 어떻게 알아낼 수 있을까? 그녀의 사진을 어떻게 손에 넣을 수 있을까? 그 필름은 현상되었을까? 그렇더라도 과연 지금까지 남아 있을까?

미카엘은 축제일 내내 쿠르트가 찍은 사진들을 모아둔 폴더를 열었다. 그리고 한 시간 남짓 모든 사진을 어느 한 곳도 놓치지 않고 살펴보았다. 문제의 커플이 찍힌 건 마지막 한 장뿐이었다. 쿠르트는 이 사진에 또다른 어릿광대의 모습을 담았다. 미소 가득한 얼굴로 손에는 풍선을 들고 포즈를 취하는 어릿광대가 선 곳은 축제가 벌어지는 체육 공원 정문 앞의 주차장이었다. 오후 2시 무렵에 찍은 듯했다. 그러고 나서 유조차 사고 소식을 들은 쿠르트는 여기서 축제 촬영을 중단했다.

사진에서 여자의 모습은 거의 가려졌지만 줄무늬 티셔츠를 입은 남자의 옆모습은 또렷하게 보였다. 그는 손에 열쇠꾸러미를 들고서 차문을 열려고 허리를 굽히고 있었다. 사진의 초점이 앞에 있는 어릿광대에게 맞춰져 전체적으로 약간 흐릿했다. 자동차 번호판이 조금 가려졌지만 AC3와 비슷한 글자가 보였다.

1960년대 자동차 번호판은 각 지역을 표시하는 글자로 시작했다. 어렸을 때 번호판을 보고 자동차 등록지를 알아내는 법을 배운 미카엘은 AC가 베스테르보텐 지역에 해당한다는 사실을 알았다.

미카엘은 또 무언가를 발견했다. 자동차 뒤창에 스티커가 한 장 붙어 있었다. 확대해봤지만 흐릿해서 보이진 않아 결국 스티커 부분만 잘라내 명암과 선명도를 조정해보았다. 얼마간 손을 댄 끝에 글자 비슷한 형태들이 희미하게 나타났다. 하지만 여전히 무슨 글자인지 명확하게 읽을 수 없었다. O는 D일 수도 있었고 B 역시 E 아니면 다른 글자일 가능성이 있었다. 결국 종이 위에 연필로 써가며 한참 글자놀이를 한 끝에 아무리 해도 알아낼 수 없는 몇 개를 빼고는 다음과 같은 글자를 찾아낼 수 있었다.

R JÖ NI K RIFA RIK

천신만고 끝에 찾아낸 글자들을 보고 있자니 눈물이 핑 돌 정도로 감격스러웠다. 그리고 이 조각난 글자들을 잠시 들여다보다가 완전한 단어 하나가 떠올랐다. NORSJÖ SNICKERIFABRIK, '노르셰 목공소'였다. 그 뒤에도 조그만 기호 같은 것들이 있었지만 도저히 읽을 수 없었다. 아마도 전화번호이리라.

17장

6월 11일 수요일~6월 14일 토요일

세번째 퍼즐 조각은 예상치 못한 곳에서 도움을 받아 맞춰졌다.

사진들과 밤새도록 씨름하다가 곯아떨어진 미카엘은 다음날 오후가 되어서야 잠에서 깼다. 간신히 일어나 샤워를 하고 수산네 카페에 가서 커피도 한잔 마셨지만 정신은 아직도 멍해서 좀처럼 생각이 정리되지 않았다. 원래는 헨리크를 찾아가 자신이 발견한 사실들을 보고했어야 옳았다. 하지만 대신 세실리아의 현관문을 두드렸다. 그날 왜 하리에트의 방에 있었으며 왜 방에 간 일이 없다고 거짓말을 했는지 물어보고 싶었다. 하지만 아무도 문을 열지 않았다.

발길을 돌려 대문을 나서는데 목소리가 들려왔다.

"네놈의 창녀는 거기 없어."

마치 동굴에서 빠져나온 골룸처럼 생긴 사람이 거기 서 있었다. 키가 2미터는 되어 보였는데 노령이라 허리가 구부정해 두 눈만큼은 미카엘의 눈높이로 내려온 노인이었다. 피부가 온통 검버섯투성이인 그는 잠옷 위에 갈색 실내가운을 걸치고 지팡이에 몸을 기대고 있었다. 할리우드 버전의 심술쟁이 영감이라고나 할까?

"지금 뭐라고 말씀하셨죠?"

"네놈의 창녀는 거기 없다고 했어."

미카엘은 얼굴이 맞닿을 정도로 가까이 다가서며 그자를 노려보았다.

"이 더러운 자식아! 어떻게 딸한테 그런 말을!"

"나는 밤마다 이 집 부근을 배회하진 않아." 하랄드가 이 없는 잇몸을 온통 드러내며 미소를 지었다. 고약한 입냄새가 풍겨왔다. 미카엘은 역겨운 마음에 비켜서서 뒤도 돌아보지 않고 똑바로 걸어갔다. 그리고 헨리크의 저택으로 가 곧장 서재로 올라갔다.

"회장님 형님을 만났습니다." 아직도 분을 삭이지 못한 목소리였다.

"하랄드? 무슨 바람이 불어 외출을 다 했을까? 일 년에 한두 번 있는 일인데."

"세실리아네 현관문을 두드리고 있는데 어디선가 불쑥 나타나더군요. 그런데 뭐라고 했는지 압니까? '네놈의 창녀는 거기 없어' 이러는 겁니다."

"매우 하랄드다운 표현이군." 헨리크가 차분하게 대꾸했다.

"세상에 자기 딸보고 그런 말을 할 수 있습니까?"

"벌써 오래전부터 그래왔네. 그래서 둘이 얼굴도 안 보고 사는 거지."

"대체 왜 그러는 겁니까?"

"세실리아는 스물한 살 때 첫 경험을 했다네. 하리에트가 실종되고 일 년 후 헤데스타드에서 사랑에 빠졌지."

"그래서요?"

"그애가 사랑했던 남자는 페테르 사무엘손이라고 방에르 그룹 총무과에서 근무하던 청년이었네. 아주 똑똑했지. 지금은 ABB에서 일하고 있고. 세실리아가 내 친딸이었으면 기꺼이 사위로 맞고 싶은 녀석이었어. 하지만 딱 한 가지 결점이 있었지."

"말씀 안 하셔도 대충 알겠습니다."

"하랄드가 페테르의 두개골 치수를 측정한다, 족보를 조사한다, 온갖 괴상한 걸 다 캐보더니 그에게 유대인의 피가 사분의 일 섞여 있다는 결론에 도달했네."

"맙소사!"

"그후로 자기 딸을 그렇게 부르는 거야."

"그럼 그는 세실리아와 제가……"

"이 사람아, 온 마을 사람들이 알고 있을 거네. 이자벨라만은 예외겠지만. 정신이 제대로 박힌 사람이라면 그녀와 얘기하려 들지 않으니까. 게다가 고맙게도 저녁 10시만 되면 잠들어버리니. 하랄드가 자네 뒤를 열심히 쫓아다닌 모양이군."

미카엘은 의자에 앉았다. 마치 바보가 된 기분이었다.

"그렇다면 회장님 말씀은 이곳 사람들이 벌써 저와 세실리아 사이의 일을……"

"물론이지."

"회장님께선 싫지 않으십니까?"

"여보게, 미카엘. 그건 내가 상관할 문제가 아니잖나?"

"지금 세실리아는 어디 있죠?"

"학기가 끝나서 동생을 보러 런던에 갔다네. 그러고 나서 휴가는…… 플로리다에서 보낼 걸세. 한 달 후에나 돌아오겠지."

미카엘은 한층 더 바보가 된 기분이었다.

"저흰 그냥 없던 일로 하기로 했습니다."

"알겠네. 하지만 나하고는 상관없는 일이니 구태여 설명할 필요도 없지. 그보다 일은 잘되어가는가?"

미카엘은 헨리크의 보온병에 담긴 커피를 따랐다. 그러고는 노인을 쳐다보았다.

"새로운 걸 발견했습니다. 우선 차를 한 대 빌려야 할 것 같습니다."

미카엘은 자신이 도달한 결론을 장시간에 걸쳐 설명했다. 이어 숄더백에서 노트북을 꺼내 역 앞 거리에 서서 표정이 변하는 하리에트의 사진들을 보여주었다. 그리고 카메라를 든 젊은 커플과 노르셰 목공소 스티커가 붙은 자동차 사진도. 미카엘이 설명을 마치자 헨리크는 다시 한번 사진들을 보여달라고 했다. 미카엘은 노인의 요구에 응했다.

잠시 후 노트북 화면에서 눈을 뗀 헨리크의 얼굴이 새하얘져 있었다. 미카엘은 덜컥 겁이 나 그의 어깨에 손을 올렸다. 헨리크가 괜찮다는 뜻으로 손을 내저었다. 그러고는 잠시 아무 말이 없었다.

"…… 이런 젠장! 불가능하다고 생각한 일을 자네가 정말 해냈군! 이건 완전히 새로운 사실이야. 자, 이젠 어떻게 할 생각인가?"

"우선 여기 이 여자가 찍은 사진을 찾아야죠. 아직까지 남아 있다면 말입니다."

하지만 미카엘은 하리에트의 창문 뒤에 나타난 얼굴과 그 주인공이 세실리아일 수도 있다는 사실은 밝히지 않았다. 그가 결코 냉정한 사립 탐정은 아니라는 증거였다.

미카엘이 밖으로 나와보니 하랄드는 이미 사라진 후였다. 아마도 자기 굴속으로 돌아간 모양이었다. 모퉁이를 돌아서자 손님집으로 이어지는 다리 위에서 누군가가 등을 돌리고 앉아 신문을 읽고 있었다. 세실리아가 아닐까 하는 생각이 언뜻 스쳤지만 곧 아니라는 걸 알았다. 가까이 다가가보니 갈색 머리 소녀였다.

"안녕, 아빠!" 페르닐라 아브라함손이 인사했다.

미카엘의 품안에 뛰어든 건 바로 자신의 딸이었다.

"아니, 여긴 대체 웬일이야? 어디서 오는 길이니?"

"어디긴요? 집이죠. 셀레프테오에 가는 길이에요. 오늘밤은 여기서 자고요."

"여긴 어떻게 찾았니?"

"엄마가 알려줬죠. 저 아래에 있는 카페에서 아빠가 어디 사는지 물어봤어요. 주인 아줌마가 이 집을 가르쳐주던데요. 나 잘 온 거 맞죠?"

"그럼! 어서 들어와. 그런데 미리 연락하지 그랬어? 올 줄 알았으면 맛있는 것 좀 사놨을 텐데."

"지나가다 갑자기 들르고 싶은 생각이 들었어요. 아빠가 석방됐으니 인사라도 하고 싶었거든요. 그런데 아빤 내게 전화도 안하고……"

"미안하다."

"괜찮아요. 엄마가 그랬어요. 아빤 여전히 자기 생각 속에 푹 빠져 사는 사람이라고."

"허허, 엄마가 그렇게 말했어?"

"뭐, 대략요. 하지만 난 상관없어요. 그래도 아빠를 사랑하니까."

"나도 사랑한다. 그리고 네가 이해할 수 있을지 모르겠지만……"

"말 안 해줘도 돼요. 아직 어려도 알 건 다 안다고요."

미카엘은 차를 끓이고 간식거리를 좀 꺼냈다. 그러다 문득 방금 전 페르닐라가 했던 말이 떠올랐다. 그렇다. 딸애는 더이상 어린애가 아니다. 조금 있으면 열일곱 살이고 곧 성숙한 여인이 된다. 더이상 어린애처럼 취급해선 안 될 일이었다.

"그래, 아빠! 어땠어요?"

"뭐가?"

"감옥 말이에요."

미카엘은 껄껄 웃었다.

"조용히 처박혀서 생각하고 글만 쓰면서 보낸 유급휴가였다면 믿어져?"

"어땠는지 알겠어요. 감옥과 수도원 사이에 큰 차이가 있다고 생각하지 않아요. 그리고 수도원에 들어가면 항상 발전이 있는 법이잖아요."

"뭐, 그렇게 생각할 수도 있겠지. 여하튼 아빠가 감옥생활을 했다고 네가 고민하는 일은 없었으면 좋겠어."

"천만에요. 오히려 아빠가 자랑스러운 걸요. 아빠가 자신의 신념을 위해 감옥에 갔다는 걸 알아요."

"내 신념?"

"방송에서 에리카 아줌마가 하는 말을 들었어요."

미카엘의 얼굴이 창백해졌다. 에리카와 함께 전략을 세울 때 페르닐라가 어떻게 생각할지에 대해선 전혀 고려하지 않았던 것이다. 그리고 지금 딸애는 아빠를 백설처럼 결백한 사람이라고 믿고 있다.

"페르닐라, 사실 아빠가 백 퍼센트 결백하지는 않아. 어떤 일이 있었는지 너에게 얘기하지 못해 미안해. 하지만 전적으로 무고하게 유죄판결을 받은 건 아니야. 법원은 재판중에 드러난 사실에 입각해서 판결을 내렸을 뿐이야. 그러니 그들은 전혀 잘못이 없어."

"하지만 아빤 알고 있는 사실을 다 말하지 않았잖아요."

"안 했지. 왜냐하면 증명할 수 없었기 때문이야. 난 엄청난 실수를 범했고 그래서 감옥에 다녀왔어."

"좋아요. 하지만 내 질문에 대답해보세요. 벤네르스트룀은 더러운 작자죠. 맞아요, 틀려요?"

"내가 만나본 가장 더러운 자야."

"보세요. 됐으니 더이상 얘기하지 마요. 자, 아빠에게 줄 선물이 하나 있어요."

페르닐라가 배낭에서 작은 꾸러미를 하나 꺼냈다. 미카엘이 펼쳐
보니 유리스믹스Eurythmics의 베스트 앨범이었다. 페르닐라는 아빠가
한때 가장 좋아했던 그룹을 알고 있었다. 미카엘은 딸을 꼬옥 안아준
다음 곧바로 노트북에 CD를 넣고 함께 〈스위트 드림즈〉를 들었다.

"셸레프테오에는 뭐 하러 가니?" 미카엘이 물었다.

"'생명의 빛'이라는 교파에서 주최하는 성경 공부 캠프에 참가하려
고요." 페르닐라는 너무도 자연스럽게 대답했다.

미카엘은 갑자기 온몸에 전율이 흘렀다.

자신의 딸과 하리에트가 너무도 닮았다는 생각이 들었기 때문이
다. 지금 페르닐라는 실종 당시 하리에트처럼 열여섯 살이었다. 두
소녀 모두 아버지와 떨어져 지냈다. 그리고 둘 다 신흥 교파에 대한
종교적 열정에 사로잡혀 있었다. 하리에트가 오순절교회의 한 지방
분파에 빠졌다면, 페르닐라는 '생명의 빛'이라는 신흥 교파에 이끌리
고 있었다.

미카엘은 종교에 관심을 갖기 시작한 딸을 어떻게 대해야 할지 실
로 난감하기만 했다. 무턱대고 아버지의 권위를 앞세워 자신의 삶을
스스로 선택해나가려는 딸애의 권리를 짓밟을 순 없는 노릇이었다.
그렇지만 이 '생명의 빛'은 그나 에리카가 〈밀레니엄〉에 특집기사로
내서 준엄하게 고발하고픈 그런 유형의 단체가 아닌가? 미카엘은 가
급적 빠른 시일 내에 페르닐라의 문제를 아내와 상의하리라 마음먹
었다.

그날 밤 페르닐라에게 침대를 내주고 미카엘은 주방 벤치에서 새
우잠을 잤다. 덕분에 목이 뻐근하고 온몸이 쑤시는 채 잠에서 깼다.
페르닐라가 일찍 출발하고 싶어해 곧바로 아침을 차려 먹고는 역까
지 배웅을 나갔다. 열차가 도착할 때까지 시간이 조금 남아서 역사

내 편의점에서 커피를 두 잔 사들고 플랫폼 끝에 있는 벤치에 앉아 이런저런 얘기를 나눴다. 열차 시간을 조금 남기고 페르닐라가 화제를 바꾸며 불쑥 물었다. "아빠는 내가 셸레프테오에 가는 게 싫죠?"

미카엘이 어떻게 대답해야 할지 몰라 우물쭈물하자 페르닐라가 계속 말했다.

"제 걱정은 마세요. 그런데 아빠는 신앙이 없죠?"

"음. 좋은 신앙인이라고 말하기 힘들지."

"신을 안 믿어요?"

"난 신을 믿지 않아. 하지만 네가 믿는 건 존중하고 있어. 사람은 누구나 무언가를 믿어야 하거든."

열차가 플랫폼에 도착했고 부녀는 서로 오랫동안 꼭 안았다. 출발 시간이 다 되어 열차에 오르던 페르닐라가 탑승구 계단 위에서 몸을 돌리더니 이렇게 말했다.

"아빠. 전도할 의도는 아니지만 한 가지만 말할게요. 난 아빠가 무얼 믿든지 아빠를 영원히 사랑할 거예요. 하지만 지금처럼 아빠가 성경 공부를 계속 했으면 좋겠어요."

"무슨 말이야?"

"아빠가 방에 붙여놓은 성경 구절들을 봤어요. 그런데 왜 그렇게 음침한 구절들만 즐기는 거예요? 자, 그럼 안녕!"

페르닐라는 손을 흔들었고 기차는 떠나갔다. 미카엘은 북쪽으로 멀어져가는 기차 꽁무니를 멍하니 바라보았다. 마지막 기차칸이 모퉁이를 돌아 사라질 때 홀연 딸애가 한 말의 의미를 깨달으면서 얼음에 닿은 듯 가슴이 서늘해졌다.

미카엘은 급히 역사를 뛰어나가 시계를 보았다. 앞으로 사십 분간은 헤데뷔행 버스가 없었다. 하지만 마냥 기다릴 때가 아니었다. 역 앞 광장 건너편에 있는 택시 정류장으로 뛰어가 마침 대기하고 있던

택시를 잡아탔다. 노를란드 억양을 구사하는 이민자 2세 후세인의
차였다.

십 분 후 택시 요금을 치르고 내린 그는 곧장 작업실로 뛰어들어
갔다. 예전에 책상 위에 스카치테이프로 붙여둔 종이쪽지가 생각난
것이다.

Magda(마그다)——32016
Sara(사라)——32109
RJ——30112
RL——32027
Mari(마리)——32018

우선 주위를 둘러보았다. 어딜 가야 성경책을 구할 수 있을지 생각
했다. 그런 다음 종이쪽지를 떼내 호주머니에 넣고서 창문턱 위 그릇
속에 넣어두었던 열쇠꾸러미를 들고 고드프리트의 방갈로까지 단숨
에 달려갔다. 선반 위에 놓여 있던 하리에트의 성경책을 집어드는 그
의 손이 가늘게 떨렸다.

하리에트가 써놓은 건 전화번호가 아니었다. 그 숫자들은 모세오
경 중 세번째 책인 '레위기'의 장과 절을 뜻했다. 그리고 이 다섯 구
절에는 형벌에 대한 내용이라는 공통점이 있었다.

(마그다) 레위기 20장 16절
어떤 여자가 짐승을 가까이하여 교합하였으면, 그 여자와 짐승을 반드
시 함께 죽여야 한다. 그들은 이렇게 제 피를 흘리고 죽어야 마땅하다.

(사라) 레위기 21장 9절
사제 된 사람의 딸이 창녀가 되어 몸을 더럽히면 그것은 제 아비를 욕되

게 하는 것이다. 그 여자를 불에 태워 죽여라.

(RJ) 레위기 1장 12절
제물을 바치는 사람이 그 고기를 저며놓으면, 사제들은 머리와 기름기와 함께 그 고기를 제단 위에 피운 장작불에 차려놓아야 한다.

(RL) 레위기 20장 27절
너희 가운데 죽은 사람의 혼백을 불러내는 사람이나 점쟁이가 있으면, 그가 남자이든지 여자이든지 반드시 사형에 처해야 한다. 그들을 돌로 쳐라. 그들은 제 피를 흘리고 죽어야 마땅하다.

(마리) 레위기 20장 18절
월경중에 있는 여인과 한자리에 들어 그 부끄러운 곳을 벗겨 피 나는 곳을 열어젖힌다든지, 그 여자도 옷을 벗어 피 나는 곳을 드러내든지 하면 그 두 사람은 겨레로부터 추방해야 한다.

미카엘은 밖으로 나와 현관 계단에 앉았다. 하리에트가 수첩에 적어놓은 숫자들이 바로 이 성경 구절들을 가리킨다는 사실에는 의심의 여지가 없었다. 그녀의 성경책에는 그 구절들에 정성스레 밑줄까지 그어져 있었다. 미카엘은 담배를 한 대 피워 물고 가까이서 들리는 새들의 노래에 귀를 기울였다.

이제 숫자의 비밀이 밝혀졌다. 남은 건 이름들의 의미였다. 마그다, 사라, 마리, RJ, 그리고 RL.

불현듯 미카엘의 대뇌에서 직관적 비약이 일어났다. 그리고 그 순간 눈앞에서 하나의 심연이 입을 벌렸다. 구스타프 형사가 말해준 헤데스타드에서 일어난 불의 희생이 생각났다. 1940년대 말에 강간당한 후 시뻘건 잉걸불에 머리를 집어넣은 채 살해된 여인, 바로 레베카 사건이었다. 제물을 바치는 사람이 그 고기를 저며놓으면, 사제들은 머리와 기름기와 함께 그 고기를 제단 위에 피운 장작불에 차려놓아야 한다.

레베카…… RJ…… 그렇다면 그녀의 성은 무엇일까?

대체 그 어떤 미친 이야기에 하리에트가 연루되었던 것일까?

미카엘이 저택 현관문을 두드렸을 때 헨리크는 몸이 불편해 오후 일찍 자리에 누운 상태였다. 하지만 가정부 안나는 어쨌든 찾아온 그를 안으로 들였고 덕분에 잠시나마 노인을 만날 수 있었다.

"여름 감기에 걸렸네." 헨리크가 코를 훌쩍이며 말했다. "무슨 일인가?"

"한 가지 여쭤보려고요."

"말해보게."

"1940년대 이곳 헤데스타드에서 일어난 살인 사건에 대해 들어본 적 있으십니까? 레베카인가 하는 아가씨가 벽난로 속에 머리가 처박혀 잔혹하게 살해된 일 말입니다."

"레베카 야콥손Rebecka Jacobsson." 노인은 일 초도 망설이지 않고 대답했다. "그렇게 빨리 잊을 수 있는 이름은 아니지. 하지만 이렇게 들어보는 것도 오랜만이네."

"그럼 그 사건을 잘 알고 계십니까?"

"알다마다. 레베카 야콥손이 살해당했을 때 스물셋인가 스물넷인가였지 아마? 내 기억으로는 1949년인 듯한데. 꽤 대대적인 수사가 있었고, 나도 작게나마 역할을 했었다네."

"회장님께서요?" 미카엘이 깜짝 놀라 물었다.

"레베카가 방에르 그룹에 다녔었거든. 아주 미인이기로 유명했지. 그런데 왜 갑자기 그녀에 대해 묻는 건가?"

미카엘은 어떻게 설명해야 좋을지 알 수 없었다. 일단 일어나 창가로 갔다.

"지금으로선 확실히 말씀드리기 힘듭니다만 뭔가를 발견한 것 같습니다. 하지만 먼저 생각을 좀 해봐야겠습니다."

"자네 말을 들으면 하리에트와 레베카 사이에 관련이 있다는 뜻 같은데? 하지만 두 사건은 십칠 년이나 떨어져 있지 않은가?"

"잠시 생각할 시간을 주세요. 내일 회장님도 몸이 좀 나아지시면 다시 들르겠습니다."

다음날 미카엘은 헨리크를 만날 수 없었다. 새벽 1시가 조금 안된 시각, 주방 식탁에 앉아 하리에트의 성경을 읽고 있는데 웬 자동차 한 대가 다리를 건너와 급하게 지나가는 소리가 들렸다. 창문 밖을 내다보니 구급차의 푸른 회전등이 돌아가고 있었다.

불길한 예감에 구급차 쪽으로 달려가보니 헨리크의 저택 앞에 차가 멈췄다. 일층에는 불이 켜져 있었고 미카엘은 무슨 일이 일어났음을 직감했다. 현관 계단을 단 두 걸음에 뛰어올라 문앞에 다다르자 가정부 안나가 눈물을 흘리고 있었다.

"심장발작이에요." 그녀가 설명했다. "회장님께서 조금 전에 저를 깨워서 가슴이 아프다고 하시더니 쓰러지셨어요."

미카엘은 충직한 그녀를 꼭 안아준 다음 구급대원들이 헨리크를 들것에 실어 내려올 때까지 거기 있었다. 노인은 의식이 없는 듯 보였다. 마르틴이 심란한 표정으로 들것 뒤를 따라오고 있었다. 한창 잠결에 안나의 전화를 받고 달려와 맨발에 슬리퍼를 끌고서 바지 앞섶이 열린 몰골이었다. 그는 미카엘에게 간단히 인사를 건네고는 안나에게 몸을 돌렸다.

"내가 병원에 따라가겠어요. 비리에르와 세실리아에게 전화로 알려주세요. 디르크에게도요."

"디르크 씨 댁에는 제가 가겠습니다." 미카엘이 나섰다. 안나가 고맙다고 고개를 끄덕였다.

자정이 넘은 시간에 남의 집 문을 두드린다는 건 나쁜 소식을 가져왔다는 뜻이다. 이런 생각을 하며 미카엘은 디르크네 초인종에 손가락을 올렸다. 한참을 기다리니 마침내 잠이 덜 깬 얼굴로 디르크가 문을 열었다.

"좋지 않은 소식이 있습니다. 회장님이 조금 전에 병원에 실려갔습니다. 심장마비인 모양입니다. 마르틴 씨가 소식을 알리라고 해서 왔습니다."

"오, 맙소사!" 그가 신음했다. 그러고는 손목시계를 들여다보았다. "오늘이 바로 13일의 금요일이군!" 그는 망연자실한 얼굴로 이해할 수 없는 논리를 중얼거렸다.

미카엘이 집으로 돌아온 건 새벽 2시 30분이었다. 잠시 망설이다가 에리카에게는 내일 알리자고 마음먹었다. 오전 10시쯤 미카엘은 디르크에게 전화해 헨리크가 아직 살아 있다는 사실을 확인했다. 뒤이어 에리카에게 〈밀레니엄〉의 새 동업자가 심장마비로 입원했다는 사실을 알렸다. 그의 예상대로 이 소식을 들은 에리카는 슬픔과 불안에 잠겼다.

저녁 늦게 디르크가 미카엘에게 들러 노인의 상태를 자세히 알려주었다.

"다행히 생명은 건졌지만 용태가 썩 좋지 않소. 심각한 심장마비였고 감염 증상도 있는 걸 보니."

"만나보셨나요?"

"아니. 중환자실에 계시오. 지금은 마르틴과 비리에르가 곁을 지키고 있고."

"진단은 어땠나요?"

디르크가 손가락을 시계추처럼 좌우로 까딱까딱해 보였다. 반반이라는 뜻이었다.

"위기를 넘긴 건 괜찮은 신호요. 평소 건강도 아주 좋았고. 다만 나이가 너무 많은 게 문제지. 뭐, 기다려보는 수밖에."

둘은 잠시 침묵에 잠긴 채 인간의 생명이란 게 얼마나 연약한지 다시금 생각했다. 미카엘은 커피를 대접했다. 디르크는 몹시 낙심한 기색이었다.

"향후 문제를 몇 가지 여쭤보고 싶습니다." 미카엘이 말했다.

디르크가 그를 응시했다.

"당신 일에 대해서라면 걱정 마시오. 변한 건 하나도 없으니까. 회장님이 생존해 계시든 사망하든 계약은 일 년간 유효하오. 그러니 염려할 필요는 없소."

"그런 건 걱정하지 않습니다. 그 얘기를 하려는 것도 아니고요. 알고 싶은 건 앞으로 제 작업 결과를 누구에게 보고해야 하는가입니다."

디르크가 한숨을 내쉬었다.

"미카엘, 회장님께 하리에트 사건은 일종의 취미라는 사실을 당신도 잘 알지 않소? 뭐, 그렇게 대단한 게 나오겠소?"

"전 반드시 그렇다고 보지 않는데요."

"무슨 말씀인지?"

"몇 가지 새로운 단서를 찾아냈습니다." 미카엘이 말했다. "그걸 어제 회장님께 알려드렸어요. 혹시 그 때문에 심장마비를 일으킨 건지 염려도 됩니다."

디르크가 기이한 표정으로 미카엘을 쳐다보았다.

"설마 농담하는 거요?"

미카엘은 고개를 흔들었다.

"아뇨, 최근 며칠 사이에 몇 가지 사실을 발견해냈습니다. 삼십칠 년이 지나는 동안 공식수사관들이 하리에트 실종 사건에 대해 알아낸 것보다 더 많은 사실들을요. 그런데 문제는 회장님이 안 계실 경우에 제가 보고할 사람을 아직 정하지 않았다는 것이죠."

"나한테 하시오."

"좋습니다. 그럼 앞으로 그렇게 하도록 하죠. 지금 시간 좀 있으신 가요?"

미카엘은 자신이 새롭게 발견한 사실들을 차근차근 설명했다. 역 앞 거리에서 찍힌 사진들을 보여주며 자신의 의견을 얘기했다. 이어 서 페르닐라 덕분에 어떻게 전화번호부의 수수께끼를 밝혀낼 수 있 었는지도 설명했다. 마지막으로 1949년 레베카 야콥손의 잔혹한 살 인 사건을 언급했다.

하지만 하리에트의 창문에 나타난 세실리아의 얼굴에 대해선 밝 히지 않았다. 구체적인 혐의점이 드러나기 전에 그녀와 직접 얘기해 보고 싶었기 때문이다.

디르크의 이마에 근심 어린 주름들이 깊게 패였다.

"레베카 살인 사건이 사라진 하리에트와 관련이 있다는 말 같은데, 맞소?"

"잘 모르겠습니다. 개연성이 별로 없어 보이긴 하지만 동시에 몇 가지 부인할 수 없는 사실도 있습니다. 우선 하리에트는 수첩에 RJ라 는 이니셜을 써놓고 이를 구약의 희생번제와 연결지었습니다. 레베 카 역시 산 채로 타죽었죠. 그리고 방에르 가문과의 연관성 역시 명 백합니다. 방에르 그룹에서 일했었죠."

"그래서 결론이 뭡니까?"

"아직 결론은 없습니다. 하지만 계속 이 방향으로 조사해보고 싶습 니다. 이제 변호사님이 회장님의 대리인이시니 대신해서 결정해주셔 야 합니다."

"이 사실을 경찰에 알리는 게 어떻겠소?"

"그건 안 됩니다. 회장님의 허락 없이는요. 레베카 살인 사건은 이 미 공소시효가 지난 지 오래고 사건 역시 종결됐습니다. 오십사 년 전 일어난 사건에 경찰이 다시 손댈 리 만무하죠."

"그럼 어떻게 할 작정이오?"

미카엘은 몸을 일으켜 테이블을 한 바퀴 돌았다.

"우선 역 앞 거리에서 여자가 찍었을 사진을 추적해보고 싶습니다. 만일 하리에트가 본 무언가를 우리도 볼 수만 있다면…… 앞으로 이 일을 파헤치는 데 중요한 열쇠가 될 겁니다. 그리고 자동차가 한 대 필요해요. 직접 노르셰로 가서 주차장에서 찍힌 사진에 나타난 단서를 추적해보려고 합니다. 마지막으로는 성경 구절에 담긴 비밀을 알아내고 싶습니다. 그중 하나가 아주 끔찍했던 살인 사건과 관련이 있다는 건 이미 밝혀냈죠. 그러니 이제 다른 네 개가 남은 겁니다. 그런데 이 일을 하려면…… 누군가가 도와줘야 합니다."

"어떤 종류의 도움 말이오?"

"과거에 나온 신문을 샅샅이 뒤져서 마그다, 사라, 등등의 이름을 찾아낼 조수 한 사람이 필요합니다. 제 생각이 맞다면 이런 식으로 희생된 사람이 레베카만은 아닐 겁니다."

"그럼 또다른 사람을 우리 비밀에 끌어들이겠다는 말이오?"

"생각해보세요! 갑자기 지금 제 앞에 알아내야 할 일이 산더미처럼 쌓였습니다. 만일 수사를 맡은 경찰이라면 이 일에 충분한 시간과 재원을 할당해주고 조사 작업을 할 인력까지 투입할 거라고요. 지금 전 문헌을 다루는 일에 능숙하고 신뢰할 수 있는 전문가 한 사람이 필요합니다."

"무슨 말인지 잘 알겠소…… 그런 일이라면 정말로 능력 있는 사람을 하나 알고 있소. 사실 당신을 뒷조사한 게 바로 그 여자였……" 디르크는 아차 하며 입술을 깨물었지만 이미 때는 늦었다.

"지금 뭐라고 했죠?" 미카엘이 거칠게 물었다.

디르크는 자신이 큰 실수를 했다는 걸 깨달으며 탄식했다. '이런,

나도 늙어버렸군!'

"내 생각이 너무 큰 소리로 나온 것 같군. 별거 아니오." 그가 변명해봤다.

"당신이 내 뒷조사를 했다고요?"

"아, 별거 아니라니까! 아니, 고용할 사람을 사전에 확인해보는 게 당연하지 않겠소?"

"그래서 회장님이 내 사정을 그렇게 속속들이 알고 계셨군요? 그 조사란 게 상세했습니까?"

"뭐, 그렇다고 할 수 있소."

〈밀레니엄〉 문제들도 캤습니까?"

디르크가 어깨를 으쓱해 보였다. "최근 일이니 빼놓을 수 없었지."

미카엘은 담배 한 대를 피워 물었다. 오늘 벌써 다섯 개비째였다. 이젠 습관이 되어버렸다.

"서면 보고서였습니까?"

"미카엘, 너무 심각하게 받아들이지 마시오."

"그 보고서를 한번 읽어봐야겠네요."

"그건 회장님이 허락해야 하오."

"아, 그래요? 그럼 이렇게 말할까요? 한 시간 안으로 그 서류를 가져오지 않으면 당장 때려치우고 오늘 저녁 스톡홀름행 기차를 타겠습니다. 자, 그 보고서가 어딨죠?"

둘은 몇 초간 팽팽하게 서로를 노려보았다. 결국 디르크가 한숨을 내쉬며 눈을 내리깔았다.

"우리집, 내 서재에 있소."

미카엘에게 지금껏 살면서 연루된 일 중 가장 기이한 걸 들라면 조금도 망설이지 않고 하리에트 방에르 사건이라고 말할 것이다. 다시 말해 그에게 지난 일 년은 그야말로 롤러코스터처럼 파란만장했다. 특히 벤네르스트룀에 대한 기사를 발표한 이후로는 정신없는 자유낙하의 연속이었다. 그리고 이 불쾌한 자유낙하의 시간이 아직도 끝나지 않은 모양이었다.

짜증나게도 디르크가 상당히 꾸물대는 바람에 저녁 6시가 다 되어서야 리스베트 살란데르가 쓴 보고서를 손에 넣을 수 있었다. 80쪽이 조금 넘는 분석문에 신문기사, 학위증, 그리고 미카엘의 삶과 관련된 문서들의 복사본이 100여 장이나 포함된 두툼한 보고서였다.

자신의 자서전에 비밀정보기관의 보고서를 합쳐놓은 듯한 문서를 읽는 경험은 참으로 묘했다. 보고서가 너무도 상세해 미카엘은 기절할 지경이었다. 개인사라는 퇴비 더미 밑바닥에 영원히 처박아놨다고 믿었던 사실들까지 그녀는 콕콕 집어냈다. 젊은 시절 당시 총명했던 노조운동원에 지금은 정치가가 된 여인과 맺었던 관계까지 들춰냈다. 도대체 이 여자는 이 이야기를 누구에게서 들은 거지? 게다가 고교 시절에 활동했던 록그룹, 당연히 지금은 그 누구도 기억하지 못하는 '부트스트랩'까지 찾아냈다. 뿐만 아니라 재정 상태까지 훤히 꿰고 있는 게 아닌가. 이런 젠장! 대체 어떻게 알아낸 거야?

오랜 세월 다양한 이들의 정보를 캐온 베테랑 기자인 미카엘은 이런 전문적인 조사의 질을 판단하는 안목이 있었다. 리스베트라는 여자는 의심의 여지 없이 이 방면의 에이스라 할 수 있었다. 전혀 모르는 사람에 대해 이 정도의 보고서를 쓰는 일은 솔직히 그로서도 자신 없었다.

그리고 헨리크 앞에서 에리카와는 그저 동료인 양 내숭을 떨 필요도 없었다는 걸 깨달았다. 그는 이미 두 사람의 오랜 관계뿐 아니라 그레게르 베크만까지 포함된 삼각관계마저도 훤히 알고 있었다. 게다가 리스베트는 당시 〈밀레니엄〉의 상태를 무서울 정도로 정확하게 평가했다. 헨리크가 에리카에게 접촉해 동업을 제의했을 땐 이미 회사 상태가 얼마나 나쁜지 잘 알고 있었단 얘기다. 그렇다면 이 양반은 대체 무슨 꿍꿍이였던 거지? 보고서는 벤네르스트룀 사건을 극히 피상적으로 다뤘으나 리스베트가 재판에도 몇 차례 참관한 게 분명해 보였다. 그리고 그녀는 재판이 진행되는 동안 입장을 밝히기 거부했던 미카엘의 이상한 태도에도 의문을 던졌다. 이 여자, 어떤 사람인지는 몰라도 머리 하나는 상당히 잘 돌아가는군!

그리고 잠시 후, 미카엘은 앉은자리에서 펄쩍 뛰어오를 만큼 놀랐다. 도저히 자신의 눈을 믿을 수 없었다. 보고서에는 재판이 끝난 후 일이 어떻게 흘러갈지 그녀 나름대로의 예상이 짤막하게 적혀 있었다. 그런데 여기에는 그가 〈밀레니엄〉 발행인직을 사임하면서 에리카와 함께 언론사들에 보낸 성명서가 토씨 하나 틀리지 않고 그대로 인용되고 있었다.

이런 빌어먹을! 성명서 초안을 그대로 사용했잖아! 미카엘은 보고서 맨 앞에 적힌 작성일자를 확인했다. 미카엘이 최종판결을 받기 삼 일 전 날짜였다. 이건 정말 말도 안 돼!

그때 성명서 초안은 이 세상에서 단 한 장소에만 존재했다. 바로 미카엘의 컴퓨터였다. 편집부 컴퓨터도 아닌 그의 개인 노트북에. 그리고 성명서는 한 번도 인쇄된 적이 없었다. 에리카조차 그와 함께 성명서에 대해 논의는 했지만 사본을 받은 적은 없었다.

미카엘은 리스베트가 작성한 보고서를 천천히 내려놓았다. 더이상 담배를 태우고 싶은 마음이 없었다. 대신 점퍼를 걸치고 밖으로 나갔다. 하지제를 일주일 앞둔 청명한 밤이었다. 해안을 따라 걸으며 세실리아의 집 앞을 지나 비까번쩍한 요트가 정박된 마르틴의 빌라 앞까지 갔다. 곰곰이 생각에 빠진 채 천천히 걸었다. 마침내 바위 하나를 골라 걸터앉아 헤데스타드만 위에서 깜빡거리는 부표등의 불빛을 바라보았다. 결론은 하나밖에 없었다.

리스베트! 내 컴퓨터 안에 들어왔었군! 미카엘은 큰 소리로 외쳤다. 이런 빌어먹을 해커 같으니라고!

18장
6월 18일 수요일

리스베트는 꿈 없는 잠을 자다가 소스라치듯 놀라며 깨어났다. 아직도 술이 덜 깼는지 속이 조금 울렁거렸다. 고개를 돌려보지 않아도 미리암 우는 벌써 출근하고 없다는 걸 알았다. 하지만 아직 그녀의 체취가 밀폐된 방안에 떠돌고 있었다. 어젯밤은 이블 핑거스 화요일 정기모임이 있어 술집 풍차에서 멤버들과 맥주를 진탕 마셨다. 그리고 술집이 문을 닫기 직전에 밈미와 함께 빠져나온 후 같이 집으로 와 침대에 들었다.

밈미와 달리 리스베트는 자신을 레즈비언이라고 생각해본 적이 없었다. 아니, 이성애자인지 동성애자인지, 아니면 양성애자인지 곰곰이 생각해본 적도 없었다. 아무래도 상관없었고, 설령 자신이 누구와 밤을 함께 보내든 남들이 상관할 바 아니었다. 만일 그중 꼭 하나를 선택해야 한다면 마음은 남자들 쪽으로 기울었으리라. 어쨌든 지금까지 남자와 가장 많이 관계를 가졌으니까. 단, 그렇게 멍청하지 않고 같이 침대에 오르고픈 마음이 드는 남자를 찾는 일이 쉽지 않다는 게 문제였다. 이러한 리스베트의 몸을 달아오르게 하는 데 놀라운 재능이 있는 밈미는 달콤한 타협책이었다. 밈미를 만난 건 일 년 전 '게이 프라이드 페스티벌'의 맥주 파티 천막 안에서였다. 그리고 리스베트는 유일하게 그녀를 이블 핑거스에 소개했다. 이후 둘은 일 년 동안 괜찮은 관계를 유지했다. 물론 둘 다 이 관계를 심심풀이 정도로만 여길 뿐 그리 심각하게 생각하지 않았다. 밈미는 부드러운 몸으로 리스베트의 웅크린 몸을 따스하게 감싸주었고 잠에서 깨면 함께 마주앉아 아침을 먹었다.

침실 테이블 위 시계가 9시 30분을 가리켰다. 리스베트는 초인종이 울리는 소리를 들었지만 자신이 왜 일어난 건지 잠시 어리둥절해하고 있었다. 곧이어 깜짝 놀라 벌떡 일어나 침대 위에 앉았다. 이렇게 이른 시간에 그녀의 초인종을 누른 사람은 지금까지 한 명도 없었기 때문이다. 아니, 하루 중 어느 때고 벨이 울리는 일은 거의 없었다. 제대로 잠이 깨지 않은 채 침대 시트로 알몸을 두르고 비틀거리며 현관으로 갔다. 문을 열자 코앞에 남자 하나가 버티고 서 있었다. 당황한 리스베트는 자신도 모르게 몇 걸음 뒤로 물러섰다.

"안녕, 리스베트 살란데르!" 미카엘이 쾌활하게 인사했다. "어젯밤 아주 신나는 파티가 있었던 모양이네! 들어가도 되지?"

미카엘은 대답을 듣기도 전에 안으로 불쑥 들어와 등뒤로 문을 닫았다. 그러고는 호기심 어린 눈으로 복도 바닥에 널린 옷 무더기며 신문 더미들을 내려다보더니 열린 방문 사이로 보이는 침실에 눈길을 던졌다. 미카엘의 무단침입으로 리스베트가 세상이 핑핑 도는 충격을 받은 것쯤은 개의치 않는다는 듯. 누구야? 뭐야? 그리고 왜? 미카엘은 입을 딱 벌린 그녀의 얼굴을 재미있다는 듯 쳐다보았다.

"아직 아침을 안 먹었을 것 같아서 베이글 샌드위치 몇 개 사왔어. 하나는 구운 소고기, 하나는 디종 머스터드를 곁들인 칠면조 고기, 남은 하나는 채식주의자용으로 아보카도를 넣은 거. 어떤 걸 좋아할지 모르겠네? 구운 소고기?" 그러더니 성큼성큼 주방으로 들어가 마치 제집처럼 금방 커피포트를 찾아냈다. "커피는 어디다 뒀어?" 미카엘이 소리쳐 물었다. 리스베트는 수돗물 트는 소리가 들릴 때까지 전신이 마비된 듯 복도에 멍청히 서 있었다. 이윽고 정신을 차리고서 단 세 걸음에 주방으로 들어갔다.

"스톱!" 리스베트는 자신이 미친 사람처럼 고함을 쳤다는 사실을 깨닫고 이내 목소리를 낮췄다. "이런 빌어먹을! 당신 누군데 남의 집에 맘대로 들어오는 거야? 알지도 못하는 사람 집에!"

미카엘이 커피포트에 물을 따르다 말고 고개를 돌렸다. 그리고 진지하게 대답했다.

"틀렸어! 이 세상 누구보다 넌 나를 잘 알잖아?"

그러고는 다시 등을 돌려서 조리대 위에 있는 커피통을 열었다. "어떻게 알아냈는지도 알고 있어. 네 비밀을 다 알고 있다고."

리스베트는 잠시 눈을 감았다. 발밑에 구멍이라도 열린다면 뛰어내리고 싶은 심정이었다. 머리가 완전히 마비되어버렸다. 술이 덜 깨 정신이 멍한데다 너무도 비현실적인 상황 앞에서 두뇌가 작동을 거부하고 있었다. 자신이 뒤를 캔 대상과 이렇게 얼굴을 마주하기는 처음이었다. 내가 사는 곳을 알아내다니! 게다가 지금 그는 주방에 들어와 있었다. 말도 안 되는 일이었다. 절대 일어날 수 없는 일이었다. 내가 누구인지도 알고 있어!

문득 그녀는 몸을 감싼 시트가 아래로 흘러내리는 걸 깨닫고 한층 단단히 여몄다. 이어서 그가 하는 말을 그녀는 한번에 알아듣지 못했다. "우리 둘이 얘기 좀 하자고." 그가 다시 말했다. "하지만 그전에 샤워 좀 하는 게 어때?"

리스베트는 자못 조리 있게 말해보려 했다. "이봐요. 불만이 있어 찾아온 거라면 번지수가 틀렸어. 난 내 일을 한 것뿐이야. 우리 대표하고 얘기해요.”

그러자 미카엘이 그녀 앞에 서서 두 손을 들어 손바닥을 보였다. 난 무기를 들지 않았어. 싸울 의사가 조금도 없다는 뜻이었다.

“드라간 아르만스키하고는 벌써 얘기 끝났어. 지금 그 양반은 네가 전화 한 통 해주기를 기다리고 있을 거야. 어젯밤 내내 전화를 받지 않았다던데.”

미카엘이 리스베트에게 다가섰다. 특별한 위협감은 없었지만 그녀는 흠칫하며 몇 발짝 뒤로 몸을 뺐다. 그가 자신의 팔을 살짝 건드리며 욕실 문을 가리켰기 때문이다. 그녀는 허락 없이 누가 자신의 몸을 건드리는 걸 극도로 싫어했다. 설사 친밀한 의도라도 말이다.

“걱정할 것 하나 없어.” 미카엘이 차분하게 말했다. “하지만 너와 꼭 얘기를 하고 싶어. 물론 정신을 좀 차린 후에 말이야. 옷을 입고 나오면 커피가 준비되어 있을 거야. 자, 어서 샤워하라고.”

리스베트는 묵묵히 그의 말에 따랐다. 마치 자기 뜻이 없는 사람처럼. 말도 안 돼! 리스베트 살란데르는 자기 뜻이 아니면 절대 움직이지 않는단 말이야라고 생각하면서.

욕실로 들어간 그녀는 문에 등을 기대고 생각을 정리해보려 애썼다. 스스로도 놀랄 정도로 당황한 상태였다. 그리고 서서히 깨달았다. 지금 방광이 가득찼으며 광란의 밤을 보내고 난 이 시점에 샤워는 단지 좋은 충고가 아니라 반드시 필요한 일이라는 사실을. 리스베트는 잠시 후 샤워를 마치고 살그머니 침실로 들어가 팬티와 청바지와 티셔츠를 입었다. 티셔츠에는 아마겟돈은 벌써 일어났고 살아남은 우리는 지옥에 있네라는 문구가 새겨져 있었다.

그리고 잠시 생각 끝에 의자 등받이에 걸쳐놓은 가죽재킷을 집었다. 거기서 전기충격기를 꺼내 전류가 남았는지 확인한 다음 청바지 뒷주머니에 찔러넣었다. 향긋한 커피 향이 아파트 안에 퍼졌다. 그녀는 숨을 깊게 들이쉬고 주방으로 나갔다.

"집안 살림은 전혀 안 하나?" 미카엘이 빈정대며 말했다.

그러고 보니 씻지 않고 쌓아둔 식기들을 그가 전부 개수대에 들여놓았다. 게다가 재떨이를 비우고 며칠을 방치한 우유팩들을 쓰레기통에 버려줬다. 오 주치 신문이 어지럽게 널려 있던 식탁까지 깨끗이 치워져 있었다. 뿐만 아니라 식탁 위를 행주로 말끔히 닦고는 그 위에 찻잔과 베이글 샌드위치를 차려놓았다. 그의 말은 농담이 아니었다. 리스베트는 샌드위치가 먹음직스러워 보였을 뿐 아니라 밈미와 밤을 보내고 나서 상당히 배가 고프기도 했다. 좋아! 이 일이 어떻게 흘러가는지 한번 지켜보자고. 그녀는 그와 마주앉았다. 물론 경계의 끈을 늦추지 않은 채.

"아직 내 질문에 대답 안 했어. 구운 쇠고기, 칠면조, 아니면 야채 샌드위치?"

"구운 쇠고기."

"그럼 난 칠면조 고기로 할게."

둘은 서로를 탐색하며 말없이 먹기만 했다. 리스베트는 자기 샌드위치를 다 먹어치우고 야채 샌드위치까지 반 조각을 먹었다. 그리고 창문턱에 놓인 담뱃갑을 집어 한 개비 꺼냈다.

"오케이, 이제 알겠어." 미카엘이 드디어 침묵을 깼다. "난 개인 조사 일에서 너처럼 재능이 뛰어나지 않을 거야. 하지만 이제 네가 채식주의자는 아니란 사실만큼은 알겠어. 디르크 프로데가 생각하듯 거식증 환자가 아니란 것도. 자, 이 사실들을 널 조사하고 있는 내 보고서에 적어둬야겠어."

리스베트는 그를 노려보았다. 하지만 그의 얼굴을 보니 농담삼아 자신을 놀리는 거라는 걸 알았다. 하도 재미있어하는 표정이라 자신도 모르게 피식 웃어주고 말았다. 참으로 말도 안 되는 상황이었다. 그녀는 손가락으로 접시를 밀었다. 리스베트가 느끼기에 그의 눈빛에선 호의적인 뭔가가 보였다. 그렇게 고약한 작자는 아닌 듯했다. 그리고 자기가 작성한 대인 조사 보고서에도 걸핏하면 여자친구를 구타하는 개자식이라는 언급은 없었다. 곧이어 그녀는 지금 둘 중 상대를 더 많이 아는 사람은 자기 자신이지 그가 아니라는 사실을 상기했다. 그래, 아는 만큼 힘이 있는 거야.

"왜 그렇게 실실 웃죠?"

"미안. 사실 이렇게 쳐들어올 생각은 없었어. 겁을 줄 의도는 전혀 없었단 말이지. 그런데 문을 열었을 때 그 표정! 정말로 돈 주고도 볼 수 없는 기막힌 표정이었지. 그래서 불쑥 장난 좀 쳐보고 싶었어."

침묵이 흘렀다. 리스베트 스스로도 놀랐지만 강제적인 자리치고 제법 견딜 만했다. 최소한 불쾌하지는 않았다.

"그냥 이렇게 생각하면 어때? 내 사생활을 마구 뒤진 데 대한 나름의 보복이라고." 미카엘이 자못 명랑하게 말했다. "혹시 내가 무서워?"

"아니요."

"좋아. 내가 여기 온 건 네게 해를 끼치려는 것도 소동을 벌이려는 것도 아니니까."

"조금이라도 내게 손대면 크게 후회할 겁니다. 진심이에요."

미카엘은 그녀를 살펴보았다. 키는 150센티미터가 조금 넘을 듯했다. 만일 그가 이 집에 침입한 강도라면 맞설 만한 뾰족한 방법이 없어 보였다. 하지만 그녀의 눈빛은 무표정하면서도 차분했다.

"이런, 화제가 빗나갔네. 나쁜 의도는 조금도 없어. 단지 너와 얘기를 하고 싶을 뿐이야. 만일 내가 떠나길 원한다면 언제든지 말만 해." 그는 잠시 생각한 다음 다시 말을 이었다. "그런데 이상한 게 말이야, 내게 느껴지는 건…… 아니야, 아무것도." 그는 말을 멈췄다.

"무슨 말을 하려는 거죠?"

"뭐, 별다른 의미가 있는 말은 아니야. 아무튼 나흘 전만 해도 난

네 존재조차 몰랐어. 그리고 네가 나를 분석한 내용을 읽게 됐어." 미카엘이 숄더백을 뒤져 보고서를 꺼냈다. "내겐 그리 유쾌한 글이라고 할 수 없었지."

미카엘은 입을 다물고 잠시 창밖을 내다보았다.

"담배 한 개비 빌려도 되겠어?" 리스베트가 담뱃갑을 그에게 밀어주었다.

"아까 넌 우리가 서로 모르는 사이라고 했고, 난 그 말이 틀렸다고 대꾸했어." 그러면서 미카엘이 보고서를 보여주었다. "난 아직 너에 대해 아는 게 없어. 주소나 생년월일 따위를 알아내려고 아주 평범하고 기본적인 조사는 했지만. 반면 넌 나를 상당히 많이 알고 있어. 가장 가까운 친구들만 아는 지극히 사적인 사실까지 훤히 꿰고 있다고. 그리고 지금 난 네 주방에서 너와 마주앉아 샌드위치를 먹고 있고. 우리가 만난 건 불과 삼십 분 남짓인데 이상하게도 꼭 몇 년 전부터 아는 사이였단 느낌이 드네. 내 말 이해하겠어?" 리스베트는 고개를 끄덕였다.

"그러고 보니 눈이 참 예쁘군."

"당신 눈도 착해 보여요." 그녀가 대꾸했다. 미카엘로서는 진심인지 빈정거림인지 분간할 수 없었다.

침묵이 흘렀다.

"여기 왜 온 거죠?"

칼레 블롬크비스트가 갑자기 심각한 표정을 지었다. 문득 이 이름을 떠올린 리스베트는 하마터면 우스꽝스러운 이 별명을 입 밖으로 낼 뻔했다. 그리고 이윽고 그의 눈에 어린 피곤의 그림자를 감지했다. 호기롭게 집안으로 쳐들어올 때의 자신감은 온데간데없었다. 이제 농담 시간은 끝났다는 걸 알 수 있었다. 적어도 오늘 중에는. 처음으로 리스베트는 미카엘이 무언가를 곰곰이 생각하며 자신을 유심히 관찰하고 있다는 걸 느꼈다. 그의 머릿속에서 무슨 생각이 오가는

지는 알 수 없었지만, 이번 방문이 심각하게 흘러가기 시작했다는 사실을 즉시 깨달았다.

리스베트는 자신이 겉으로만 침착할 뿐 속으로는 동요하고 있다는 걸 의식하고 있었다. 전혀 예상 못했던 이런 방문은 지금껏 일해오면서 한 번도 겪어보지 못한 당혹스러운 일이었다. 그녀는 지금까지 누군가의 사생활을 조사하는 일로 생계를 유지해왔다. 사실 드라간 밑에서 하는 일들을 자신의 진정한 직업이라고 생각해본 적은 한 번도 없었다. 복잡한 심심풀이 오락, 혹은 취미 정도로 여겨왔을 뿐이다.

좀더 솔직히 말하자면 타인의 삶을 뒤지고 사람들이 감추려 드는 비밀들을 까밝혀내는 일에 은밀한 즐거움을 느끼고 있었다. 스스로 기억하는 한 아주 오래전부터 이런저런 형태로 이 일을 해왔으며 지금도 계속하고 있을 뿐이었다. 다시 말해 드라간에게 임무를 받을 때만이 아니라 때로는 자신만의 유희로 그런 일을 했던 것이다. 일할 때면 왠지 모를 만족감이 느껴졌다. 비디오게임을 할 때 느끼는 그런 종류의 희열 말이다. 그런데 갑자기 비디오게임의 주인공이 자신의 집 주방을 차지하고 앉아서 베이글 샌드위치를 권하고 있는 게 아닌가. 너무도 어처구니없는 상황이었다.

"여기 왜 왔냐고? 사실 난 지금 아주 흥미로운 문제를 하나 풀고 있거든." 미카엘이 말했다. "디르크가 나를 조사해달라고 의뢰했을 때, 그게 어디에 쓰일지 알고 있었나?"

"아니요."

"디르크가, 아니 더 정확하게는 그의 의뢰인이 나를 프리랜서로 고용하길 원했고, 그 때문에 나에 대해 미리 알아보려 했던 거야."

"아, 그런가요?"

미카엘은 약간 씁쓰름하게 웃으며 말을 받았다.

"그래, 남의 사생활을 캐는 행위의 윤리성에 대해서는 나중에 토론할 기회가 있겠지. 하지만 지금은 그보다 더 급한 일이 있어…… 디르크의 의뢰인에게 제안받아 나 또한 스스로도 이해할 수 없는 이유로 수락하게 된 일이야. 이제까지 맡았던 임무 중 가장 기이하기도 해. 리스베트, 널 믿어도 될까?"

"무슨 말이죠?"

"드라간 말로는 전적으로 믿을 만한 사람이라고 하더군. 하지만 직접 물어보고 싶어. 내가 어떤 비밀을 얘기한다면 누구에게도 누설하지 않을 수 있겠어?"

"잠깐! 그럼 드라간하고 벌써 얘기했단 말인가요? 그가 당신을 여기로 보냈어요?"

죽여버리겠어! 이 빌어먹을 아르메니아 자식!

"아니, 꼭 그런 건 아냐. 이 세상에서 누군가의 주소를 알아낼 수 있는 사람이 너뿐이라고 생각해? 나도 혼자서 해냈단 말이야. 주민등록부를 다 뒤졌지. 리스베트 살란데르란 이름이 세 명 나왔는데 그중 둘은 전혀 관계없었어. 그리고 어제 드라간을 만나 긴 대화를 나눴지. 그도 처음엔 내가 뒷조사당한 일에 불만을 품고 말썽을 부리러 왔다고 생각하더군. 하지만 결국엔 내가 요구하는 게 지극히 타당하다는 사실을 알았지."

"다시 말해서?"

"디르크의 의뢰인이 어떤 일을 맡기려고 나를 고용했어. 그리고 지금 나는 능력 있는 조사원의 도움이 필요한 시점에 이르렀고, 그것도 아주 급하게 말이야. 디르크가 네 유능함에 대해 말해주더군. 물론 그의 실수이긴 했지만 어쨌든 난 네가 내 뒷조사를 했다는 사실을 알게 됐고, 어제 드라간을 만나 내가 원하는 걸 설명했어. 그는 허락했고. 그리고 여러 차례 네게 전화를 했는데 통 응답이 없더군. 그래서…… 이렇게 직접 쳐들어온 거야. 원한다면 드라간에게 직접 확인해봐도 돼."

리스베트는 몇 분간 방을 온통 뒤집어놓은 후에야 겨우 휴대전화를 찾았다. 전날 밤 밈미의 도움을 받으며 벗어 던져놓았던 옷 무더기 아래 숨어 있었다. 미카엘은 아파트 안을 천천히 둘러보면서 리스베트의 정신없는 수색 작업을 흥미롭게 지켜보았다. 가구들은 하나같이 방금 쓰레기통에서 주워온 것처럼 형편없었다. 그래도 거실의 조그만 테이블 위에 놓인 노트북만큼은 상당히 인상적이었다. 서가에는 CD 플레이어도 한 대 있었다. 반면 그녀가 수집한 열 장 남짓한 앨범들은 정말이지 눈뜨고 봐줄 수 없었다. 이름 한번 들어본 적 없는 그룹들이었고 CD 케이스에 그려진 그들의 몰골은 우주 끝에서 온 흡혈귀들을 연상시켰다. 음악이 그녀의 전문 영역이 아니라는 사실만큼은 분명해 보였다.

리스베트는 드라간이 지난밤에 일곱 번, 그리고 오늘 아침에 두 번이나 전화했음을 확인했다. 그녀는 드라간의 번호를 눌렀고, 미카엘은 그들의 대화를 들으려고 문틀에 등을 기대고 섰다.

"나예요…… 미안해요. 일이 있었어요…… 알고 있어요. 날 고용하고 싶어해요…… 아뇨, 지금 우리집에 있어요……" 갑자기 그녀의 언성이 높아졌다. "드라간! 난 지금 술이 덜 깨서 머리가 아파요! 그러니 그 빌어먹을 잔소리 좀 집어치워요! 허락한다는 거예요, 아니란 거예요? 고마워요."

삐.

리스베트는 반쯤 열린 방문 사이로 거실에 있는 미카엘을 보았다. 그는 CD 앨범들을 들여다보기도 하고 서가에서 책을 꺼내보기도 했다. 또 어디서 찾아냈는지 상표가 없는 갈색 약병 하나를 손에 들고 호기심에 찬 눈으로 불빛에 대보고 있었다. 그가 막 뚜껑을 열려고 하는 순간 리스베트가 손을 뻗어 약병을 빼앗아 주방으로 들어갔다.

그리고 식탁 의자에 앉아 양쪽 관자놀이를 마사지하며 미카엘이 다시 자리에 앉기를 기다렸다.

"규칙은 간단해요." 그가 자리에 앉자 리스베트가 말했다. "당신이 나나 드라간에게 얘기한 내용은 절대 외부인사에게 흘러나가지 않을 거예요. 그 점에 대해선 밀톤 시큐리티가 서약할 것이고 우리가 작성할 계약서에 명시됩니다. 그리고 난 당신하고 일할지 말지를 결정하기 전에 그 내용이 뭔지 알고 싶어요. 즉 내가 이 일을 수락하든 안 하든 당신이 말하는 모든 내용을 비밀로 지킨다는 뜻이에요. 단, 당신이 제안하는 일이 심각한 범죄행위라면 물론 제외죠. 그러면 난 드라간에게 보고할 테고 그는 경찰에 알릴 거예요."

"좋아." 그는 잠시 머뭇거렸다. "사실…… 내가 왜 자네를 고용하려는지 드라간도 잘 모를 거야……"

"드라간이 나한테는 어떤 역사적 조사를 위해 도움이 필요한 거라고 하더군요."

"맞아, 바로 그거야. 좀더 정확하게 말할게. 살해범을 찾는 일을 도와주면 좋겠어."

미카엘은 한 시간 넘게 하리에트 사건에 얽히고설킨 사정을 모두 설명했다. 단 하나의 디테일도 빠뜨리지 않았다. 디르크가 그녀를 고용하도록 허락했지만, 그러려면 그녀를 완전히 신뢰할 수 있어야 했다.

그리고 자신이 세실리아와 어떤 관계이며, 어떻게 하리에트의 창문에서 그녀의 얼굴을 발견하게 되었는지도 이야기했다. 세실리아라는 인물에 대해 자신이 아는 모든 사실도 함께. 이제 미카엘은 그녀가 강력한 혐의자 중 하나로 부상했다는 사실을 인정하기 시작했다. 하지만 자신의 추론대로라면 하리에트 사건이 일어나기 훨씬 전부터 활동을 시작했을 살해범과 당시 어린아이에 불과했을 세실리아를 어떻게 연관지을 수 있을지는 전혀 감이 잡히지 않았다.

　미카엘은 설명을 다 마치고 수첩에서 발견한 의문의 명단을 리스베트에게 건넸다.

　　Magda(마그다) ― 32016
　　Sara(사라) ― 32109
　　RJ ― 30112
　　RL ― 32027
　　Mari(마리) ― 32018

“내가 뭘 해주길 바라죠?”

“RJ가 레베카 야콥손이라는 사실을 알아냈어. 그리고 희생번제를 언급하는 성경 구절과 그녀 사이의 연관성도 찾아냈지. 그녀가 이 성경 구절에서 묘사한 것과 비슷한 방식으로 살해당했거든. 벌건 잉걸불 위에 머리가 올려진 채 죽었어. 만일 내 생각이 맞다면 우린 희생자를 네 명 더 찾아낼 수 있을 거야. 마그다, 사라, 마리, 그리고 RL.”

“이 여자들이 모두 살해됐다고 생각하는 건가요?”

“그래. 살해범은 주로 1950년대, 그리고 어쩌면 1960년대에도 활동했을 거야. 하리에트와도 모종의 관계가 있었을 테고. 나는 당시 발행된 〈헤데스타드 통신〉을 모두 훑어봤어. 그런데 헤데스타드와 관련된 흉악범죄는 유일하게 레베카 사건뿐이었어. 그래서 네가 당시 스웨덴의 다른 지역에서 유사한 일들이 있었는지 조사해주면 좋겠어.”

　리스베트는 깊은 생각에 빠졌다. 오랫동안 무표정한 얼굴로 아무 말이 없자 결국 미카엘은 답답해지기 시작했다. 사람을 잘못 찾아온 모양이라고 생각한 순간 그녀가 마침내 눈을 들어올렸다.

“좋아요. 그 일 내가 맡도록 하죠. 하지만 먼저 드라간에게 가서 계약서에 서명하도록 해요."

드라간은 계약서를 출력했다. 이 계약서를 미카엘이 헤데스타드로 가져가면 디르크가 서명할 것이다. 인쇄한 계약서를 들고 드라간이 리스베트의 사무실로 들어서자 유리벽 저쪽에서 그녀와 미카엘이 노트북을 함께 들여다보는 광경이 눈에 들어왔다. 미카엘은 한 손을 그녀의 어깨에 올려놓은 채 무언가를 가리키고 있었다. 분명 그녀의 몸을 만지고 있었다! 드라간은 잠시 멈춰 섰다.

미카엘이 뭔가를 말하자 리스베트가 놀라는 표정을 지었다. 그리고 큰 소리로 웃었다.

놀라운 일이었다. 그토록 오랫동안 그녀의 마음을 얻어보려고 애썼지만 드라간은 그녀가 웃는 모습을 한 번도 본 적이 없었다. 그런데 이제 겨우 알게 된 미카엘과는 그렇게 웃고 있었다.

드라간은 갑자기 미카엘이 너무도 미워졌다. 스스로도 놀랄 정도로 강렬한 감정이었다. 이윽고 헛기침을 하며 사무실 안으로 들어가 계약서가 든 파일을 테이블에 내려놓았다.

그날 오후, 미카엘은 잠시 짬을 내 〈밀레니엄〉 편집부에 들렀다. 지난해 크리스마스 전에 짐을 꾸려 나온 후로 처음이었다. 낯익은 계단을 오랜만에 걸어올라가려니 조금은 묘한 기분이 들었다. 출입문 비밀번호가 그대로여서 혼자서도 문을 열 수 있었다. 그렇게 누구의 눈에도 띄지 않고 로비 안으로 들어가 잠시 낯익은 풍경을 둘러보았다.

〈밀레니엄〉 편집부 사무실은 L자 모양이었다. 넓은 로비는 평소 특별히 사용하지 않는 큰 홀이었고 손님용 소파가 놓여 있었다. 소파 뒤의 공간은 식당이었다. 그 주변에는 간단한 조리시설, 화장실, 그리고 자료나 파일을 보관하는 벽장이 있었다. 수습기자가 쓰는 책상도 하나 있었다. 로비 오른쪽 벽면은 유리로 되어 있는데 그 투명한 유리벽 너머가 크리스테르의 작업실이었다. 80제곱미터 남짓한 그곳은 크리스테르가 운영하는 개인 회사였고 층계참에 정문이 따로 나 있었다. 〈밀레니엄〉 편집부는 로비의 왼쪽 공간이었다. 예트가탄 거리에 면한 유리창들을 따라 150제곱미터 남짓한 사무실이 안쪽으로 쭉 뻗어 있었다.

에리카는 이 널찍한 공간에 군데군데 투명한 유리벽을 올려 개인 사무실 세 개와 다른 직원 셋이 함께 쓸 공동 사무실을 꾸몄다. 개인 사무실 중 가장 큰 곳을 자신이 썼으며, 공동 사무실 너머로 마주 보이는 공간을 미카엘에게 주었다. 로비에 들어설 때 눈에 들어오는 건 미카엘의 사무실뿐이었다. 그리고 아직 그 사무실을 차지한 사람이 없음을 확인했다.

약간 외따로 떨어진 세번째 개인 사무실은 올해 나이 예순인 소니 망누손이 사용했다. 몇 해 전부터 〈밀레니엄〉에서 광고 영업을 담당하며 유능한 수완을 발휘해온 그는 오랫동안 몸담았던 회사에서 구조조정을 당해 실업자가 됐을 때 에리카가 데려온 사람이었다. 새로운 직장을 찾기엔 나이가 너무 많았던 그를 에리카가 모셔온 데는 이유가 있었다. 나이는 많았지만 능력이 충분했을 뿐 아니라 연봉을 협상할 때도 이점이 있었기 때문이다. 에리카는 고정급을 낮게 책정하는 대신 그가 물어오는 광고만큼 인센티브를 약속했다. 소니는 기꺼이 이 미끼를 물었고, 그후로는 두 사람 모두에게 만족스럽게 흘러갔다. 하지만 지난 한 해는 사정이 달랐다. 소니가 아무리 의욕적으로 일해도 광고 수입은 곤두박질쳤다. 더불어 소니의 수입도 줄어들었다. 하지만 그는 다른 일자리를 찾지 않고 허리띠를 졸라매며 자신의 자리를 더욱 충실하게 지켰다. 이런 사태를 초래한 원흉인 나와는 정말 대조가 되는군. 미카엘은 속으로 씁쓸하게 중얼거렸다.

마침내 미카엘은 용기를 내 꽤나 한산해 보이는 편집부 사무실 안으로 걸어들어갔다. 먼저 귀에다 수화기를 바짝 대고 누군가와 통화하고 있는 에리카가 눈에 들어왔다. 그녀 외에 사무실에 앉아 있는 직원은 두 사람뿐이었다. 한 명은 서른일곱 살의 중견기자인 모니카 닐손으로, 특히 정치 문제에 관심이 많았고 미카엘이 아는 여자 중에 가장 시니컬했다. 벌써 구 년째 〈밀레니엄〉에 다니고 있는 그녀는 일에 아주 만족하고 있었다. 또 한 사람, 헨리 코르테스는 스물네 살로 가장 어린 친구였다. 이 년 전 그는 스톡홀름 대학 신문방송학과를 졸업하자마자 수습기자로 받아달라고 〈밀레니엄〉을 찾아왔다. 이 잡지사가 아니면 다른 어느 곳에도 갈 생각이 없다고 우겨댔다. 당시 에리카는 그를 채용할 예산이 없었지만 구석자리에 책상을 하나 마련해주고 자유계약직 상근기자로 받아들였다.

두 사람은 미카엘을 보자마자 환성을 터뜨렸다. 즉시 달려와 볼 키스를 하고 등을 두드려줬다. 그리고 언제 일을 다시 시작할 건지 물었다. 아직 반년은 더 노를란드에 붙잡혀 있어야 하는데다 지금은 다만 인사도 하고 에리카와 얘기 좀 하려고 들렀다는 그의 말에 셋 다 실망의 한숨을 내쉬었다.

에리카도 그를 보자 기쁜 기색이었다. 먼저 커피를 권하고 사무실 문을 닫았다. 그리고 헨리크의 근황부터 물었다. 미카엘은 디르크에게 들은 게 다라고 말하면서 상태는 심각하지만 노인은 아직 살아 있다고 전했다.

"그런데 스톡홀름에는 웬일이야?"

미카엘은 당황했다. 몇 블록 떨어지지 않은 밀턴 시큐리티에 다녀오던 길에 즉흥적으로 들렀기 때문이다. 게다가 자신의 컴퓨터를 해킹한 적이 있는 보안회사 프리랜서를 고용하게 된 사정까지 세세히 설명하기도 복잡했다. 그저 어깨만 으쓱해 보이고서 방에르 가문 일 때문에 왔다가 곧 다시 북쪽으로 올라갈 거라고 말했다. 그리고 편집부는 어떻게 돌아가는지 물었다.

"광고랑 신규구독자가 늘고 있지만 먹구름도 있어."

"그래?"

"얀네 달만 때문이야. 지난 4월에 그와 개인 면담을 했어. 헨리크를 우리 파트너로 영입했다는 사실을 언론에 발표한 직후였어. 원래 성격이 그런 건지, 혹은 다른 이유가 있는 건지 모르겠어. 아니면 뭔가 시커면 일을 꾸미고 있는 건지."

"대체 무슨 일이 있었는데?"

"더이상 그를 신뢰하지 못하겠어. 헨리크와 계약서에 서명하고 난 후 크리스테르와 내게는 두 가지 선택지가 있었어. 즉시 편집부 사람들에게 더이상 가을에 문을 닫지 않아도 된다고 알리든지 아니면……"

"그 사실을 우리끼리만 알고 있든지."

"맞아. 내게 강박증이 있는지는 모르지만 하여튼 얀네 달만이 이 일을 외부에 누설시킬까 불안했어. 그래서 언론에 발표하는 날 편집부에도 알리기로 결정했지. 그렇게 한 달 동안 비밀을 지켰던 거야."

"그래서?"

"거의 일 년 만에 듣는 희소식이었으니 모두 환호성을 터뜨렸지. 그런데 얀네는 아니었어. 우리 잡지가 그리 큰 편은 아니니까 편집부 직원 셋과 수습기자 한 명이 기뻐했지. 그런데 한 사람은 얼굴이 시뻘게져서는 왜 더 일찍 알려주지 않았느냐고 화를 내는 거야."

"얀네 말도 일리는 있잖아?"

"알아. 하지만 그후로도 며칠 내내 이 문제를 물고 늘어지면서 사무실 분위기를 완전히 다운시키지 뭐야. 결국 이 주를 참다가 내 사무실로 불렀어. 그리고 설명했지. 미리 알리지 않은 건 당신을 전적으로 신뢰하지 못해서였다, 그리고 당신이 비밀을 지킬 수 있을지 확신하지 못해서였다고."

"그랬더니 그가 어떻게 나왔는데?"

"자존심이 엄청 상한 모양이야. 펄펄 뛰더군. 하지만 난 물러서지 않고 최후통첩을 날렸어. 이를 받아들이고 열심히 일하든지, 아니면 다른 곳에 일자리를 알아보든지, 하나를 택하라고."

"그랬더니?"

"참는 것 같더군. 하지만 그후로는 사람들과 떨어져 혼자 다니고 있어. 그래서 사무실에 항상 팽팽한 긴장감이 흐르지. 크리스테르는 얀네에게 못마땅한 감정을 노골적으로 표현하고 있고."

"그런데 구체적으로 뭘 의심하고 있는 거야?"

에리카는 한숨을 내쉬었다.

"잘 모르겠어. 일 년 전, 그러니까 벤네르스트룀과 싸움을 시작했을 무렵에 그를 채용했잖아. 구체적으로 증명할 순 없지만 그가 우리를 위해 일하지 않는다는 느낌이 떠나질 않아."

미카엘은 고개를 끄덕였다.

"그래. 본능을 믿는 것도 괜찮지."

"어쩌면 그저 자기 주제를 모르고 설쳐대면서 사무실 분위기나 어지럽히는 불쌍한 인간에 불과할지도 몰라."

"그럴 수도 있지. 여하튼 우리가 사람을 잘못 뽑았다는 데는 나도 동의해."

그로부터 이십 분쯤 후, 미카엘은 슬루센을 가로질러 북쪽으로 향했다. 디르크의 아내에게서 빌린 십 년 된 낡은 볼보를 몰고 가는 길이었다. 지금은 차를 전혀 쓰지 않고 있으니 원하면 언제고 사용하라고 내주었던 것이다.

미카엘이 주의하지 않았다면 그냥 지나쳐버렸을 수도 있는 아주 미세한 흔적들이 집안 곳곳에서 발견되었다. 종이 더미는 약간 흐트러져 있었고 서가 위에 문서철 하나가 제자리에 있지 않았다. 책상 서랍은 완전히 닫혀 있었는데, 전날 스톡홀름에 가려고 방을 나서던 때 약간 열려 있었던 걸 미카엘은 기억했다.

미카엘은 의문에 사로잡힌 채 잠시 움직이지 않고 서 있었다. 이윽고 한 가지 사실이 분명해졌다. 그가 없는 동안 누군가 집안에 들어왔다.

현관으로 나가 주위를 살폈다. 분명히 문은 자물쇠로 잠그고 갔다. 하지만 누구나 드라이버로 깔짝거리면 쉽게 열 수 있는 고물 자물쇠이긴 했다. 복사한 열쇠들이 인근에 돌아다니고 있을지도 모르는 일이었다. 다시 안으로 들어와 사라진 게 없는지 작업실을 샅샅이 살폈다. 그리고 사라진 물건 없이 모든 것이 제자리에 있음을 확인했다.

하지만 누군가가 작업실에 들어와 자료와 문서철을 뒤졌다는 사실만큼은 분명했다. 노트북을 스톡홀름에 가져가 안전했던 게 그나마 다행이었다. 두 가지 이슈가 떠올랐다. 누굴까? 이 신비의 방문객은 무얼 알아내려 했을까?

문서철들은 그가 출옥하면서 다시 찾아온 헨리크의 자료 일부였다. 별다른 내용은 없었다. 책상 위에 놓아둔 노트에는 이 사건을 전혀 모르는 사람이라면 이해할 수 없는 내용들이 적혀 있었다. 하지만 과연 침입자가 이 사건을 모르는 사람이었을까?

가장 심각한 문제는 책상 한가운데 놓아두었던 투명한 작은 파일이었다. 파일 안에는 수첩에서 발견한 숫자 리스트와 거기에 연결되는 성경 구절을 적어놓은 종이가 들어 있었다. 작업실을 뒤진 사람은 미카엘이 성경 구절을 가리키는 숫자들의 비밀까지 해독해냈음을 알게 됐을 터였다.

대체 누굴까?

헨리크는 병원에 있다. 가정부 안나라고는 전혀 생각할 수 없다. 그럼 디르크? 그에게는 이미 모든 사실을 상세하게 밝혔다. 세실리아? 그녀는 플로리다에 좀더 머물다가 최근 런던에서 여동생과 함께 돌아왔다. 아직 그녀를 만나보지 못했지만 전날 차를 타고 다리를 지나는 모습을 얼핏 보았다. 그럼 마르틴? 하랄드? 혹은 비리에르? 비리에르는 헨리크가 쓰러진 다음날, 미카엘은 초대받지 못했던 방에르 가족회의 때 나타났다. 알렉산데르? 아니면 생각만 해도 끔찍한 마귀할멈 이자벨라?

디르크가 누군가와 얘기를 했을까? 누군가에게 정보를 흘린 걸까? 방에르 집안사람들 중 과연 몇이나 미카엘이 구체적인 실마리를 찾았다는 사실을 알고 있을까?

저녁 8시가 좀 지난 시간이었다. 헤데스타드의 'SOS 고장 자물쇠!'에 전화를 걸어 현관에 새 자물쇠를 달아달라고 했지만 열쇠공은 내일이나 올 수 있다고 했다. 지금 당장 오면 보수를 두 배로 쳐주겠다고 하니 결국 열쇠공은 그날 밤 10시 30분에 새 잠금장치를 설치하러 오기로 했다.

열쇠공이 오기까지 남은 시간 동안 미카엘은 디르크의 집을 찾았다. 그의 아내가 집 뒤뜰로 안내한 후 시원한 맥주 한잔을 대접하자 미카엘은 기꺼이 받았다. 그리고 디르크에게 노인의 상태부터 물었다.

디르크가 고개를 설레설레 저었다.

"수술을 받으셨소. 관상동맥이 막혔었다는군. 의사 말로는 아직 살아 있어서 상당히 고무적이지만 그래도 심각한 상태라고 하고."

둘은 잠시 맥주를 홀짝이며 말이 없었다.

"회장님과 얘기해보셨나요?"

"아뇨. 말씀하실 수 있는 상태가 아니오. 스톡홀름 일은 어떻게 됐소?"

"리스베트가 수락했어요. 드라간이 작성한 계약서를 가져왔죠. 변호사님이 서명한 후 우편으로 돌려보내면 됩니다."

디르크는 서류를 훑어보았다.

"이런! 이 여자 뭐가 이렇게 비싼 거요?" 그가 계약 금액을 보고 기겁했다.

"헨리크 회장님은 부자잖아요?"

디르크는 결국 고개를 끄덕이고는 만년필을 꺼내 서명했다.

"회장님이 살아계셔서 아직은 이렇게 서명을 계속할 수 있으니 행복할 뿐이오. 자, 이걸 콘숨 슈퍼마켓에 있는 우체통에 좀 넣어주시겠소?"

어느새 자정이었다. 미카엘은 침대에 누웠지만 좀처럼 잠이 오지 않았다. 지금까지는 어쩌면 심심풀이 삼아 흥미로운 과거사를 들춰본 시간이었는지도 모른다. 하지만 작업실에 침입할 정도로 이 일에 관심이 있는 또다른 누군가가 존재한다면 이건 단순히 먼 옛날의 이야기가 아니라 생생한 현실일 수 있었다.

갑자기 또하나의 생각이 스쳤다. 그렇다. 방에르 가문 사람이 아닌 제3의 인물이 이 일에 관심을 가질 수도 있었다. 예를 들어 느닷없이 〈밀레니엄〉의 파트너가 된 헨리크를 벤네르스트룀이 놓칠 리 없지 않은가? 아니면…… 이런 상상을 하고 있는 미카엘 자신도 헨리크처럼 편집증 환자가 되어가는 걸까?

미카엘은 일어나 알몸으로 주방 창가에 서서 다리 건너 교회당을 바라보았다. 그리고 담배 한 대를 피워 물었다.

리스베트란 여자도 가늠하기 힘든 존재였다. 대화 중간에 말을 끊고 한참 뜸을 들이는 특이한 버릇이 있는 여자. 게다가 아파트 꼴은 또! 현관에 잔뜩 쌓인 신문 뭉치들, 적어도 일 년은 청소를 안 했을 것 같은 주방, 사방에 흩어져 있는 옷가지…… 그야말로 엉망진창이었다. 코가 비뚤어지게 퍼마신 듯 술이 덜 깬 모습에 목에는 키스 자국이 선명해 간밤에 침대 위에서 무슨 일이 있었는지 능히 짐작할 수 있었다. 온몸은 문신투성이였고 얼굴 곳곳에는 피어싱을 했다. 보이지 않는 몸 어느 곳에 피어싱이 더 없으란 법도 없었다. 그녀는 기이할 정도로 독특했다.

그래도 드라간은 그녀에 대해 이의의 여지 없이 밀톤 최고의 조사원이라고 장담했다. 더군다나 미카엘의 비밀을 낱낱이 까밝힌 보고서를 보면 일 하나는 똑 부러지게 한다는 사실을 알 수 있었다. 거참, 정말 이상한 여자란 말이야……

리스베트는 노트북 앞에 앉아 자신이 미카엘에게 보였던 반응을 반추했다. 성인이 된 후로 초대하지도 않은 사람을 그렇게 순순히 집 안에 들인 적은 한 번도 없었다. 초대한 사람이라고 해봤자 다섯 손가락 안에 꼽을 정도였지만. 그런데 마치 제집마냥 불쑥 쳐들어온 미카엘에게는 제대로 반발조차 하지 못했다.

그뿐만이 아니었다. 그는 자신을 짓궂게 놀리면서 약을 올리기까지 했다.

평소에 이따위로 행동하는 작자를 만났다면 적어도 마음속으로는 권총의 안전장치를 풀어버렸으리라. 하지만 미카엘에게서는 어떤 위협이나 적의가 느껴지지 않았다. 사실 그에게는 대뜸 호통을 칠 만한 충분한 이유도 있었다. 심지어는 컴퓨터를 해킹당했다고 정식으로 고소할 수도 있는 일이었다. 하지만 그는 이 모든 일을 웃어넘겼다.

그 문제는 둘의 대화에서 가장 미묘한 부분이기도 했다. 분명 중요한 문제인데 거론하지 않으니 무슨 꿍꿍이인지 의심마저 들었다. 결국 리스베트가 참지 못하고 먼저 입을 열었다.

"내가 한 일을 알고 있다고 했죠?"

"그래. 해커 짓을 했더군. 내 컴퓨터에 들어왔었잖아?"

"어떻게 장담할 수 있죠?" 리스베트는 그 어떤 흔적도 남기지 않았으므로 절대 발각되었을 리 없다고 확신하며 되물었다. 그녀가 컴퓨터에 침입하는 순간을 노려 고수급 보안 전문가가 하드디스크를 스캔하지 않는 한 있을 수 없는 일이었다.

"넌 큰 실수를 하나 범했어." 미카엘은 이 세상에서 오직 자신의 노트북 안에만 존재하던 텍스트를 그녀가 보고서에 인용했음을 알려주었다.

리스베트는 한동안 말이 없다가 표정 없는 눈으로 그를 올려 보았다.

"재주도 용하더군. 대체 어떻게 한 거야?" 그가 물었다.

"비밀이에요. 자, 그럼 이제 어떡할 작정이죠?"

미카엘은 어깨를 으쓱해 보였다.

"글쎄…… 남의 사생활을 뒤지는 행동의 윤리성과 위험성에 대해 같이 진지하게 토론해봐야겠지."

"당신네 기자들이 평소 하는 짓 아닌가요?"

그는 고개를 끄덕였다.

"물론이지. 바로 그렇기 때문에 기사의 윤리적 측면을 감시하는 윤리위원회가 있는 거야. 예를 들어 내가 금융계의 어떤 쓰레기에 대해 기사를 쓸 때 그의 성생활에 대한 얘기는 덮어둔다고. 수표 사기를 친 아줌마가 레즈비언인지, 혹은 자기가 기르는 개하고 무슨 짓을 하는지 따위는 언급하지 않아. 설사 모두 사실이라 하더라도. 쓰레기들도 사생활을 보호받을 권리가 있으니까. 게다가 개인의 삶의 방식을 공격해서 한 사람을 다치게 하는 건 너무나 쉬운 일이고. 내 말 이해해?"

"네."

"그러니까 넌 내 존엄성에 상처를 입힌 셈이야. 내가 누구랑 섹스를 하든지 내 고용주와는 상관없는 일이라고! 그건 단지 내 문제일 뿐이야."

리스베트의 얼굴에 어색한 미소가 떠올랐다.

"그 부분은 보고하지 말았어야 했다는 말이군요."

"사실 큰 상관은 없어. 나와 에리카의 관계는 온 세상 사람들이 다 알고 있으니까. 다만 원칙을 말한다면 그렇다는 거지."

"좋아요. 당신이 비웃을지 모르지만 이번엔 내 '윤리위원회'의 원칙을 알려줄게요. 난 이걸 '살란데르의 원칙'이라고 불러요. 내가 볼 때 쓰레기는 뭘 해도 쓰레기예요. 내가 쓰레기들의 더러운 짓거리들을 밝혀내 엿을 먹인다면 그건 그자들이 그런 일들 당해도 싸기 때문이에요. 다시 말해서 난 쓰레기들에게 마땅한 것들을 돌려줄 뿐이라고요."

"알겠어, 알겠어." 미카엘이 미소를 지었다. "나도 네 생각과 전혀 다르진 않아. 하지만……"

"하지만 알아두시죠! 나 역시 누군가를 조사할 때 그들의 특성을 고려하지 않는 건 아니에요. 마구잡이로 파헤치기만 하지 않는다고요. 조사 대상이 괜찮은 사람 같아 보이면 보고서 내용을 완화시키기도 해요."

"오호, 정말인가?"

"당신 경우도 그랬죠. 당신의 성생활에 대해서라면 책 한 권을 쓸 수도 있는 걸요. 난 에리카 베리에르가 1980년대에 난교 파티에 들락거렸고 한때 BDSM*에도 빠졌었다는 사실을 디르크에게 말하지 않았어요. 그렇다면 틀림없이 당신의 성생활에 대해서도 좋지 않은 상상을 했겠죠."

미카엘이 할말을 잊고 그녀의 눈을 쳐다보았다. 그리고 잠시 창밖을 내다보다가 이윽고 웃음을 터뜨렸다.

"정말이지 별걸 다 알아냈군. 왜 그건 보고서에 넣지 않았지?"

"당신과 에리카 둘 다 성인인데다 서로 좋아하는 사이 아닌가요?

---

* 구속(Bondage), 지배(Discipline), 가학(Sadism), 피학(Masochism)의 줄임말로, 이러한 행위에 결부되는 쾌락을 목적으로 하는 성행위.

다 큰 사람들끼리 침대에서 무슨 짓을 하든 상관없는 일이잖아요. 내가 함부로 그녀의 과거를 밝혔다가 누군가에게 협박의 빌미를 제공할 수도 있고요. 그리고 난 디르크가 어떤 사람인지 잘 몰라요. 혹시 알아요? 내가 준 정보가 벤네르스트룀의 손안에 들어가게 될지."

"벤네르스트룀에겐 정보를 주고 싶지 않단 말이로군?"

"당신과 벤네르스트룀이 권투 시합을 한다면 난 당신을 응원하겠어요."

"나와 에리카의 관계는……"

"당신들 관계는 내가 상관할 바 아니죠. 아직 내 질문에 답하지 않았어요. 자, 내가 당신 컴퓨터를 해킹한 사실을 알았으니 이제 어떻게 할 작정이죠?"

그는 리스베트만큼이나 오랫동안 말이 없었다.

"리스베트, 내가 널 괴롭히려고 여기 온 건 아니야. 협박할 의도도 없어. 단지 조사 일에 필요해서 도움을 부탁하려고 왔을 뿐이야. 넌 그저 좋다, 아니다, 대답만 하면 돼. 아니라고 대답한다면 난 다른 사람을 찾아 떠날 거고 다시는 네 앞에 나타나지 않을게." 그리고 잠시 생각한 후 그녀에게 미소를 지어 보였다. "물론 네가 내 컴퓨터 안에 다시는 들어오지 않는다는 조건에서."

19장

6월 19일 목요일~6월 29일 일요일

미카엘은 이틀간 자료를 다시 한번 훑어보면서 헨리크의 소식을 초조하게 기다렸다. 디르크와는 수시로 연락을 취했다. 목요일 저녁, 디르크가 찾아와 이제 위험한 고비는 넘긴 듯하다고 말해주었다.

"아직 몹시 쇠약하시지만 오늘 잠시 대화가 가능한 상태라오. 당신을 빨리 보고 싶어하시지."

하지제를 앞둔 토요일 오후 1시, 미카엘은 헨리크가 치료받고 있는 병동을 찾아갔다. 그리고 거기서 비리에르와 맞닥뜨렸다. 그가 성난 얼굴로 길을 막아서더니 회장님은 지금 방문객을 맞을 수 없다며 강압적으로 말했다. 미카엘은 침착함을 유지하며 시의원 양반을 빤히 처다보았다.

"재밌군요. 회장님께서 오늘 저를 보고 싶다는 뜻을 분명히 전해오셨는데요."

"당신은 우리 집안사람이 아니잖아! 당신이 여기서 할 일은 없다고!"

"맞아요. 전 당신 집안사람이 아니에요. 그저 헨리크 회장님의 요청에 따라서 행동하고 오직 그의 명령만 받을 뿐이죠."

그렇게 시작된 언쟁이 한층 심하게 치달을 뻔했으나 다행히도 때마침 디르크가 헨리크의 병실에서 나와주었다.

"아, 거기 오셨군. 회장님께서 당신을 찾으셨소."

디르크가 문을 열어주자 미카엘은 비리에르의 앞을 지나 병실 안으로 들어갔다.

헨리크는 지난 일주일 사이 십 년은 더 늙어버린 듯했다. 간신히 뜬 눈 위로 눈꺼풀이 힘없이 늘어져 있었다. 코에는 산소 튜브를 꽂은 채 머리는 한껏 헝클어져 있었다. 간호사가 미카엘의 팔에 손을 대며 그를 멈춰 세웠다.

"이 분 이상은 안 됩니다. 그리고 환자를 흥분시키는 말은 삼가세요." 미카엘은 고개를 끄덕이고 노인의 얼굴을 볼 수 있도록 의자에 앉았다. 예상은 했지만 너무도 쇠약하게 침대에 누워 있는 모습을 보니 가슴이 뭉클해졌다. 손을 뻗어 노인의 힘없는 손을 부드럽게 그러나 꼭 쥐어주었다. 헨리크가 미약한 음성으로 떠듬떠듬 말했다.

"새로운 거라도 있나?"

미카엘은 그렇다고 고개를 끄덕였다.

"몸이 좀 좋아지시면 보고를 드리겠습니다. 아직 수수께끼를 풀지는 못했지만 새로운 사실들을 찾아내서 몇 가지 방향으로 조사하고 있습니다. 일이 주 후면 구체적인 결과를 말씀드릴 수 있을 겁니다."

헨리크는 고개를 끄덕이려 했지만 실제로는 눈꺼풀을 깜박거려 자신이 이해했음을 표시하는 데 그쳤다.

"며칠 자리를 비우게 될 겁니다."

노인의 눈썹이 찌푸려졌다.

"걱정 마세요. 배를 버리고 도망가는 건 아니니까요. 알아볼 게 한 가지 있어서 가는 겁니다. 앞으로 디르크 씨에게 보고를 하겠다고 합의를 했습니다만, 괜찮겠습니까?"

"디르크는…… 내 대리인이네…… 모든 문제에 있어서."

미카엘은 고개를 끄덕였다.

"미카엘…… 내게 무슨 일이 생길 경우…… 그래도 이 일을 끝내 주게……"

"약속드리겠습니다."

"디르크가 날 대리해서…… 모든 걸 처리해줄 걸세."

"하루빨리 쾌차하시길 빕니다. 만약 이 일이 진척된 상황에서 먼저 가버리신다면 회장님을 몹시 원망할 겁니다."

"이 분 다 됐습니다." 간호사가 경고했다.

"가봐야겠습니다. 다음에 찾아뵐 때는 좀더 오래 대화할 수 있기를 빕니다."

비리에르가 복도에서 기다리고 있다가 미카엘의 어깨에 한 손을 올리며 막아 세웠다.

"더이상 숙부님을 괴롭히지 않는다면 고맙겠어. 심각한 상태라 절 대적으로 안정이 필요하다고."

"그렇게 걱정을 해주시니 저도 아주 고맙네요. 그래요. 회장님을 괴롭히지 않을게요."

"그분의 괴상한 취미…… 그러니까 하리에트 사건을 다시 뒤져보 려고 당신을 고용했다는 건 만인이 다 알고 있어! 디르크 말로는 숙 부님이 심장발작을 일으키기 바로 전에 당신하고 대화를 나눴다더 군. 그게 바로 발작을 촉발시켰을 수도 있다고 말이야!"

"전 그렇게 생각하지 않아요. 회장님의 심장 혈관은 원래도 여기 저기 꽉 막혀 있었잖아요. 화장실에 앉아 있기만 해도 발작을 일으킬 수 있는 상태였다고요. 당신도 잘 알 텐데요?"

"나는 이 모든 멍청한 짓거리들을 철저히 감시할 권리가 있어. 지금 당신이 캐고 다니는 건 바로 우리 집안이라고!"

"그런가요? 방금 전에 내가 한 말을 잊은 모양이네요. 난 회장님을 위해 일하지 당신 집안을 위해 일하는 게 아닙니다. 알겠어요?"

비리에르는 다른 사람에게 훈계를 듣는 일에는 익숙지 않은 듯했다. 그는 잠시 미카엘을 제법 심각하게 노려보았다. 상대를 위압하려는 의도 같았지만 미카엘이 보기엔 터무니없는 자만심으로 가득찬 큰사슴의 눈빛이었다. 그러다가 홱 하고 몸을 돌리더니 헨리크의 병실로 들어갔다.

미카엘은 웃음이 터지려는 걸 간신히 참았다. 어쩌면 죽음을 앞에 두었을지 모르는 헨리크의 병실 앞 복도에서 점잖은 행동은 아니었기 때문이다. 하지만 어렸을 때 외웠던 렌나르트 휠란드의 ABC노래 한 구절이 갑자기 떠올라 웃음을 참을 수 없었다. A로 시작하는 구절이었다. 이슬비 맞고 있는 고독한 큰사슴 한 마리. 쑥대밭이 된 숲을 멍청하니 바라보고 있네.

미카엘은 병원 입구에서 세실리아와 마주쳤다. 긴긴 휴가에서 그녀가 돌아온 이후 열두 번도 넘게 전화를 해도 매번 응답이 없던 터였다. 이따금 집 앞을 지날 때마다 문을 두드려도 봤지만 번번이 집에 없었다.

"안녕, 세실리아! 회장님 일은 정말 유감이야."

"걱정해줘서 고마워." 그녀가 고개를 끄덕였다.

그녀의 감정을 읽어보려 했지만 뜨거움도 차가움도 아무것도 느낄 수 없었다.

"우리 얘기 좀 해야겠어." 미카엘이 말했다.

"이런 식으로 피해왔던 건 정말 미안해. 화가 날 만도 하지. 하지만 이해해줘. 지금은 나도 너무 힘들거든."

미카엘은 잠시 눈썹을 찌푸렸다가 지금 그녀가 무슨 말을 하려 한 건지 이해했다. 감정적인 일로 자신을 붙잡는다고 생각한 모양이었다. 미카엘은 일단 그녀의 팔에 손을 대며 미소를 지었다.

"세실리아, 잠깐! 내 말을 오해한 듯해. 난 당신에게 전혀 화나지 않았어. 피차 좋은 친구로 남기를 원해. 하지만 날 보고 싶지 않다면…… 그게 당신 결정이라면 존중하겠어."

"사람들과 사귀는 일에 난 정말 약해."

"나 역시 그래. 같이 커피나 한잔 마실까?" 미카엘이 턱으로 병원 카페테리아를 가리켰다.

세실리아는 머뭇거렸다. "아니, 안 돼. 지금은 삼촌을 봐야 해."

"좋아. 하지만 당신과 꼭 얘기를 해야겠어. 순전히 일 때문에 말이야."

"그게 무슨 말이지?" 그녀는 갑자기 경계하는 표정을 지었다.

"우리가 처음 만났을 때, 그러니까 지난 1월 당신이 나를 보러 왔을 때 기억하지? 그때 오간 얘기는 전부 오프 더 레코드였고, 만약 당신에게 질문할 게 있으면 직접 말하겠다고 약속했었지. 그리고 난 지금 하리에트와 관련된 질문을 하고 싶어."

세실리아가 갑자기 불같이 화를 냈다.

"더러운 자식!"

"세실리아. 당신에게 반드시 얘기해야 할 사실들을 찾아냈거든."

그녀는 한 걸음 뒤로 물러섰다.

"아직도 모르겠어? 그 빌어먹을 하리에트 일은 노인네의 심심풀이 소일거리일 뿐이야! 게다가 지금 저 위에서 죽어가고 있는 거 몰라? 어떻게 그런 사람에게 자꾸 헛된 희망을 안기면서 힘들게 할 수 있지?"

그러고는 입을 다물었다.

"당신 말대로 회장님에겐 이 일이 취미에 불과할지도 모르지. 하지만 지난 삼십칠 년간 사람들이 찾아낸 사실들을 다 합친 것보다 더 많은 걸 내가 발견했어. 다시 말해 이 사건에는 아직 대답을 기다리는 의문들이 아주 많다는 뜻이지. 그리고 난 내 멋대로가 아니라 회장님의 지시대로 움직이고 있고."

"만일 삼촌이 돌아가시면 그 빌어먹을 조사는 바로 중단될걸? 그쪽이 제일 먼저 보따리를 싸야 할 사람이라고." 말을 마친 세실리아가 그를 지나쳐 병원 안으로 걸어들어갔다.

어디를 가든 닫혀 있었다. 헤데스타드는 황량한 느낌이 들 정도로 텅 비었다. 하지제 연휴를 맞아 다들 시골로 내려간 모양이었다. 다행히 문을 연 그랜드 호텔로 들어가 테라스에 앉아 커피와 샌드위치를 주문했다. 석간신문을 펼쳤지만 바깥세상에도 별다른 사건은 없었다.

신문을 내려놓고 세실리아에 대해 곰곰이 생각했다. 하리에트의 방 창문을 연 사람이 그녀일 수도 있다는 사실을 아직 헨리크나 디르크에게는 밝히지 않았다. 그녀를 혐의자로 만드는 게 싫었고, 조금이라도 해를 끼치고 싶지 않았기 때문이다. 하지만 조만간 반드시 해야 할 질문이었다.

테라스에서 한 시간쯤을 꾸물거리다가 결국 하지제인 오늘만큼은 골치 아픈 문제들을 내려놓기로 마음먹었다. 하지만 휴대전화는 조용했다. 에리카는 남편과 주말 휴가를 떠나 어디선가 즐거운 시간을 보내고 있을 것이다. 결국 대화할 사람이 아무도 없었다.

결국 오후 4시경에 섬으로 돌아와 한 가지 결심을 했다. 담배를 끊겠다고 마음먹었다. 미카엘은 군복무 시절부터 규칙적으로 운동을 해왔다. 피트니스 클럽에도 다니고 쇠데르멜라르스트란드 해안가를 따라 조깅도 했었다. 하지만 벤네르스트룀 사건이 시작된 이래 운동을 완전히 중단한 터였다. 교도소에 있을 때 근력 운동을 조금 했지만 출감한 후로는 다시 지지부진이었다. 그래! 진지하게 다시 시작할 때다! 그렇게 각오를 다지고서 운동복을 걸치고 나가 고트프리드의 방갈로로 통하는 길을 따라 여유로운 속도로 달렸다. 잠시 후 요새 쪽으로 난 오솔길로 방향을 꺾어 얼마간 달리다가 아예 크로스컨트리 코스로 들어가 피치를 올렸다. 군 제대 후 특별히 오리엔티어링을 해본 적은 없지만 운동장의 평탄한 트랙보다는 숲속을 달리는 편이 체질에 맞았다. 그렇게 외스테르고르덴 농장 울타리를 따라서 마을까지 달렸다. 황소같이 거친 숨을 몰아쉬며 집까지 마지막 수십 미터를 남겨놓았을 땐 그야말로 온몸이 부서지는 듯했다.

저녁 6시쯤 샤워를 했다. 비록 처량한 홀아비 신세이긴 해도 자신이 좋아하는 하지제 전통 음식을 놓치기 싫었다. 감자를 조금 삶고 겨자소스에 절인 청어리에 골파와 삶은 달걀을 얹은 샌드위치를 만들어 다리가 내다보이는 정원의 흔들거리는 테이블에 조촐하게 상을 차렸다. 곧 자리에 앉아서 아콰비트 한잔을 따라 혼자서 건배를 했다. 그리고 발 맥더미드가 쓴 추리소설 『인어의 노래』를 펼쳤다.

저녁 7시쯤 디르크가 찾아와 테이블 맞은편에 털썩 앉았다. 미카엘은 그에게도 아콰비트를 한잔 따라주었다.

"여기저기서 당신에 대한 원성이 자자하더군." 디르크가 말했다.

"그런 것 같더군요."

"비리에르는 우쭐대기만 하는 바보요."

"알고 있습니다."

"하지만 세실리아는 그렇게 멍청한 사람이 아니오. 한데 당신에게 화가 단단히 난 듯하오."

미카엘이 고개를 끄덕였다.

"그녀가 마치 명령하듯 말하던 걸. 당신이 더이상 집안일에 끼어들지 못하게끔 단속하라고."

"그랬군요. 그럼 변호사님 대답은?"

디르크는 아쿠아비트 잔을 물끄러미 쳐다보다가 순식간에 한입에 털어넣었다.

"당신 일이라면 이미 회장님께 모든 지시를 받았소. 다른 말씀이 없는 한 우리 계약에 따라 고용은 유지될 거요. 나로서는 당신이 최선을 다해 계약을 이행하길 바랄 뿐이오."

미카엘은 고개를 끄덕이고는 먹구름이 쌓여가는 하늘을 올려다보았다.

"한바탕 소나기가 휘몰아칠 모양이군." 디르크가 말했다. "만일 바람이 더 거세지면…… 그때는 내가 나서서 도와드리리다."

"고맙습니다."

둘은 한동안 침묵을 지켰다.

"한잔 더 주시겠소?" 디르크가 잔을 내밀었다.

디르크가 집으로 돌아가고 얼마 안 돼 이번엔 마르틴이 나타나 집 앞 도로변에 차를 세웠다. 그가 다가와 인사를 했고 미카엘 역시 하지제 축하인사로 답례한 후 술을 권했다.

"사양하겠소. 옷을 갈아입으러 섬에 잠시 들렀소. 곧 에바와 저녁을 보내러 시내로 나가야 하오."

미카엘은 그가 본론을 꺼내기를 기다렸다.

"좀 전에 세실리아와 얘기를 나눴소. 약간 흥분한 상태더군요. 그도 그럴 것이 회장님과는 아주 가까운 사이니까. 당신에게 좀…… 불쾌한 말들을 했던 모양인데, 용서해주시겠소?"

"난 세실리아를 아주 좋아합니다."

"그런 줄은 알고 있었소. 하지만 성깔이 좀 있는 여자잖소. 지금 당신이 집안 과거사를 휘저어놓는다고 심사가 뒤틀려 있고."

미카엘은 한숨을 쉬었다. 헤데스타드 사람 중에 헨리크가 자신을 고용한 진정한 이유를 모르는 이는 하나도 없는 모양이었다.

"그래, 당신은 어떻게 생각하십니까?"

마르틴은 어깨를 으쓱해 보였다.

"회장님은 수십 년간 하리에트 사건에 강박적으로 집착해왔소. 하지만 나로서는…… 잘 모르겠소. 내 동생이긴 하지만 벌써 너무 오래전 일이고…… 어쨌든 디르크 말로는 당신과의 계약이 너무도 확실해서 오직 회장님만이 파기할 수 있다고 하더군요. 내 걱정은, 현재로서는 이 일이 그분 건강에 득보다 해가 되지 않을까 하는 거요."

"그럼 당신은 내가 이 일을 계속하길 바라나요?"

"뭐라도 찾아낸 게 있소?"

"죄송합니다만 계약상 헨리크 회장님의 동의 없이는 아무것도 밝힐 수 없습니다."

"알겠소." 마르틴의 얼굴에 갑자기 미소가 떠올랐다. "작은할아버지는 음모를 꾸미길 좋아하시지. 어쨌든 그분께 헛된 희망을 심어주는 일이 없기를 바라오."

"약속하죠. 난 객관적으로 확인 가능한 사실만을 알려드릴 뿐입니다."

"좋소…… 그런데 우리의 또다른 계약에 대해서도 생각을 해봐야겠소. 지금 회장님이 편찮으시니 〈밀레니엄〉 이사회 직무를 제대로 수행할 형편이 못 되잖소. 그래서 내가 대신 그 자리를 맡아야 할 것 같은데……"

미카엘은 그가 말을 계속하기를 기다렸다.

"지금 이 상황을 의논하려면 이사회를 열어야 하지 않겠소?"

"좋은 생각입니다. 다만 제가 알고 있기로는 다음 이사회를 8월에 열기로 이미 결정하지 않았나요?"

"알고 있소. 하지만 앞당길 수도 있지 않겠소?"

미카엘은 정중하게 미소를 지었다.

"그럴 수도 있겠죠. 하지만 지금 엉뚱한 사람을 붙들고 말씀하시는 겁니다. 현재 전 〈밀레니엄〉 이사회 임원이 아닙니다. 작년 12월에 회사를 나왔기 때문에 이사회에서 어떤 결정을 하든 저하곤 상관없는 일이에요. 그러니 이 문제는 에리카 베리에르와 직접 얘기하시죠."

마치 그는 이런 대답을 예상하지 못했다는 듯 잠시 생각하더니 이윽고 몸을 일으켰다.

"맞는 말이오. 물론 그녀에게 전화를 해야지." 그러고는 작별인사를 대신해 미카엘의 어깨를 툭툭 두드리더니 세워놓은 차를 향해 걸어갔다.

미카엘은 미간을 약간 찌푸리고서 떠나가는 그의 뒷모습을 바라보았다. 아무것도 분명하게 말하지 않았지만 그가 한 말 속에는 뭔가 알 수 없는 위협의 그림자가 어른거렸다. 이를테면 마르틴은 저울의 한쪽 쟁반 위에 〈밀레니엄〉을 올려놓은 셈이다. 잠시 후 미카엘은 아쾨비트를 한잔 더 따르고서 발 맥더미드의 소설을 다시 펼쳤다.

밤 9시쯤 줄무늬 적갈색 고양이가 나타나 그의 다리에 대고 몸을 비볐다. 미카엘은 녀석을 들어올려 귀 뒤쪽을 긁어주었다.

"자, 우리 두 외로운 놈들끼리 하지제 밤을 보내보자고!"

후두둑 빗방울이 떨어지기 시작해 그는 이만 잠자리에 들기 위해 안으로 들어갔다. 고양이 녀석은 그래도 바깥이 더 좋은 모양이었다.

리스베트는 하지제를 맞아 가와사키 오토바이를 꺼내 정비하는 데 하루를 꼬박 보냈다. 125cc 소형 오토바이. 분명 폼을 잡고 다니기에는 적합하지 않지만 최소한 그녀 자신의 소유였고 몸에 익어 운전하기 편했다. 게다가 손수 망치와 드라이버를 써서 최고 속도보다 좀더 빨리 달릴 수 있도록 개조도 했다.

오후엔 헬멧과 가죽재킷을 걸치고 길을 나서서 에펠비켄에 있는 요양원으로 가 엄마와 함께 저녁을 보냈다. 하지만 요양원을 나올 때

가슴속은 일말의 불안과 죄책감으로 그늘져 있었다. 엄마는 예전보다 훨씬 멍한 표정이었다. 모녀가 함께 보낸 세 시간 동안 거의 말을 나누지 않았고, 자신이 누구와 말하고 있는지조차 모르는 듯했다.

미카엘은 며칠을 고생한 끝에 자동차 번호판 AC의 정체를 알아냈다. 처음에는 어디서부터 손을 대야 할지 몰랐지만 다행히 은퇴해서 헤데스타드에 살고 있는 한 정비공으로부터 차종이 포드 앵글리아라는 정보를 얻어냈다. 미카엘은 한 번도 들어본 적 없는 이름이었지만 정비공 말로는 1960년대 당시에 상당히 흔한 차종이었다고 한다. 그리고 시청 차량등록계에서 근무했던 퇴직 공무원을 접촉해 1966년에 AC3로 시작되는 번호판을 달았던 포드 앵글리아의 리스트를 얻을 방법이 있을지 알아보았다. 이 밖에도 다른 경로들을 통해 알아보고 있던 중 퇴직 공무원에게 연락이 왔다. 당시의 차량등록부를 전부 뒤져보는 건 전혀 불가능한 일이 아니겠지만 시간이 꽤 걸릴 뿐 아니라 일반에게 열람이 허용된 범위를 약간 벗어난다고 했다.

그후 미카엘은 하지제가 지나고서 며칠 뒤에야 디르크에게 빌린 볼보를 몰고 북쪽으로 올라가는 E4 고속도로를 달렸다. 속도를 즐기는 성격이 아니라 서두르지 않고 천천히 차를 몰았다. 헤르뇌산드 다리 바로 앞에서 차를 세우고 베스텔룬드 제과점에 앉아 느긋이 커피를 즐기기도 했다.

그다음에 차를 세운 곳은 우메오였다. 어느 모텔 앞에 차를 세우고 그곳 식당에서 '오늘의 특별요리'를 주문해 먹었다. 그리고 도로안내 지도를 사서 셸레프테오까지 직진한 후 거기서 좌회전해 노르셰 방향 도로로 접어들었다. 저녁 6시경, 마침내 노르셰에 도착해 노르셰 호텔에 방을 얻었다.

다음날은 아침 일찍부터 조사를 시작했다. 일단 노르셰 목공소는 전화번호부에 나와 있지 않았다. 호텔 로비에 앉아 있는 여자 직원도 들어본 적이 없는 이름이라고 했다.

"그럼 누구한테 물어보면 좋을까요?"

잠시 난감한 표정을 짓던 그녀의 표정이 갑자기 밝아지더니 자기 아버지에게 전화해 물어보겠다고 했다. 이 분쯤 지나 돌아온 그녀가 노르셰 목공소는 1980년대 초반에 문을 닫았다고 전했다. 만약 그 목공소를 좀더 잘 아는 사람과 대화하고 싶다면 부르만이라는 사람을 찾아가보라고 했다. 과거 그곳에서 현장감독으로 근무했으며 지금은 솔벤단에 살고 있는 사람이었다.

아담한 소읍 노르셰에는 대로라 부를 만한 스토르가탄 도로가 시내 전체를 관통했다. 좌우로 상점들이 죽 늘어선 이 도로와 직각으로 교차하는 거리들은 저마다 주택가로 통했다. 조그만 공장 지대가 펼쳐진 도시 초입에는 마구간이 몇 채 보였고, 서쪽으로 빠지는 도로변에는 아름다운 목조 교회당 한 채가 우뚝 서 있었다. 이 교회당 말고도 마을에는 선교침례교회와 오순절교회도 있다는 사실을 확인할 수 있었다. 버스 정류장 광고판에 붙은 포스터 한 장은 이 마을에 있는 '사냥 박물관'과 '스키 박물관'을 함께 광고하고 있었고, 또 한 장의 철 지난 포스터는 가수 베로니카의 하지제 축제 공연을 알리고 있었다. 간선도로를 따라 걸어서 시내 한쪽 끝에서 다른 쪽 끝까지 주파하는 데는 이십 분 남짓이면 충분했다.

솔벤단은 단독주택들이 모여 있는 조그만 동네로 호텔에서는 오 분 거리였다. 미카엘이 초인종을 눌렀지만 기척이 없었다. 아침 9시 30분이었다. 이 시간이라면 직장에 나갔거나 은퇴한 사람이라면 장을 보러 갔을 터였다.

그래서 다음으로 들른 곳은 스토르가탄에 있는 철물점이었다. 노르셰에 사는 사람이라면 한 번쯤은 이 철물점에 들렀을 거라고 미카엘은 생각했다. 중심가 한복판에 커다란 철물점이 버티고 있는 모습이 사뭇 신기했다. 상점 안에는 점원이 둘 있었는데 미카엘은 그중 쉰 살 전후로 보이는 남자에게 말을 걸었다.

"안녕하세요! 사람을 찾고 있는데요 1960년대에 이곳 노르셰에서 살았을 어떤 커플입니다. 어쩌면 남자는 노르셰 목공소에서 일했을지도 몰라요. 그분들 이름은 잘 모릅니다만 여기 1966년에 찍은 사진이 있습니다."

점원은 사진을 한참 들여다보더니 고개를 흔들면서 남자도 여자도 잘 모르겠다고 했다.

버스 정류장 가까이에 있는 노점에서 산 프랑스식 핫도그로 대충 점심을 때운 미카엘은 상점들을 포기하고 시청, 도서관, 약국 등을 돌아다니며 탐문을 계속했다. 텅 비어 있는 파출소에서 나온 다음에는 아예 좀 나이가 들어 보인다 싶으면 아무나 길에서 붙잡고 물어보았다. 오후 2시경, 그의 질문을 받은 두 중년 여인은 사진 속 커플을 잘 모른다고 했지만 좋은 아이디어를 하나 제시했다.

"사진이 1966년에 찍혔으면 이 둘은 지금 육십대일 거예요. 그럼 솔바카에 있는 양로원에 한번 들러보는 건 어때요?"

잠시 후 양로원에 도착한 미카엘은 안내데스크에 앉아 있는 삼십대 여자에게 찾아온 용건을 말했다. 애초에 의심 가득한 눈길을 던지던 그녀였지만 미카엘이 설득하자 결국 태도를 바꿨다. 마침내 휴게실로 안내를 받아 거기서 삼십 분간 꽤 많은 노인들에게 사진을 보여줄 수 있었다. 노인들은 매우 친절하게 응답해줬지만 1966년 헤데스타드에서 촬영된 두 사람을 알아보는 이는 없었다.

5시쯤 다시 솔벤단으로 돌아와 부르만의 현관문을 두드렸다. 이번에는 운이 좋았다. 낮 동안 외출했던 내외가 돌아와 있었다. 은퇴한 내외는 미카엘을 친절하게 맞아주었고, 부인이 재빨리 커피포트를 데우는 사이 미카엘은 주방 테이블에 앉아 용건을 설명했다. 하지만 아무 소득이 없기는 이번에도 마찬가지였다. 부르만은 머리를 긁적이면서 파이프에 불을 붙이고 한동안 생각하더니 결국은 모르겠다고 말했다. 부부는 심한 노르셰 사투리로 말을 주고받았고, 미카엘은 이따금 그들이 하는 말을 알아듣기 힘들었다. 부인은 사진 속 여자에 대해 말하며 '크뉘벨헤라'라고 했는데, 이는 '곱슬머리'를 뜻했다.

"하지만 선생이 제대로 보셨소. 이건 분명히 우리 목공소 스티커였소." 부르만이 말했다. "그걸 알아낸 것만도 정말 대단하오. 하지만 문제는 당시 이 스티커를 사방에 뿌리고 다녔다는 거요. 트럭 운전사, 목재를 사거나 배달하는 사람, 수리공, 기계공 등등 우리 목공소와 거래하는 여러 사람들에게 나눠주었소."

"그럼 이 두 사람을 찾는 게 결코 쉬운 일이 아니겠군요."

"그런데 왜 이들을 찾으시는 거요?"

미카엘은 사람들이 이유를 물어보면 사실대로 얘기하리라 결심했었다. 다른 이야기를 꾸며대봤자 설득력도 없을 테고 듣는 이를 혼란스럽게만 할 뿐이었다.

"이야기가 아주 깁니다. 전 1966년 헤데스타드에서 일어난 어떤 범죄 사건을 조사하고 있습니다. 그리고 이 사진의 인물들이 당시 일어난 어떤 일을 목격했을 가능성이 조금이나마 있다고 믿는 거고요. 하지만 이분들에게 범죄의 혐의를 두는 건 절대 아닙니다. 게다가 자신들이 이 사건을 해결할 수도 있는 정보를 가지고 있다는 사실조차 꿈에도 모를 수 있습니다."

"범죄 사건이라고요? 무슨 종류의 범죄죠?"

"죄송합니다만 더이상은 말씀드릴 수 없습니다. 물론 두 분께는 사십 년 가까이 지난 지금 이 사람들을 찾아다니는 제가 이상하게 보이겠지요. 지금까지 이 사건은 미해결 상태로 남아 있었습니다. 그리고 최근에 와서야 새로운 실마리들이 발견되기 시작했고요."

"흠, 그랬군. 선생께서 별걸 다 조사하고 다닌다고 생각했던 건 사실이오."

"당시 목공소에는 몇 분이나 근무하셨습니까?"

"모두 해서 마흔 명이었소. 1950년대 중반, 그러니까 내 나이 열일곱 때 거기에 들어가서 공장이 문을 닫을 때까지 근무했지. 그후엔 트럭 운전을 했소."

부르만은 잠시 생각했다.

"하지만 사진에 나온 이 두 사람이 목공소에서 일한 적이 없다고는 단언할 수 있소. 목공소 운전사였을 수도 있지만 그렇다면 내가 모를 리 없지. 또다른 가능성도 있소. 어쩌면 자동차가 이 사람 것이 아니라 공장에서 일하던 아버지나 다른 가족의 것일지도 모르오."

미카엘은 고개를 끄덕였다.

"흠, 여러 가능성이 있다는 걸 알겠군요. 또 제가 얘기해볼 수 있는 다른 분을 알고 계십니까?"

"물론이오!" 부르만이 검지를 번쩍 치켜들며 대답했다. "내일 오전에 다시 오시오. 같이 돌아다니면서 이 근방 사람들을 한번 만나봅시다."

리스베트는 심각한 방법론상의 문제에 직면했다. 어떤 인물에 대한 정보를 빼내는 기술에 있어서는 그녀가 누구 못지않은 전문가임이 분명했다. 하지만 지금까지는 대상의 이름이나 주민등록번호 정도는 가지고 시작했고, 생존해 있는 사람들만을 대상으로 했었다. 만일 조사 대상과 관련된 기록이 어느 컴퓨터 데이터베이스 안에 들어 있다면 즉시 그녀의 거미줄 안에 걸려든 셈이었다. 요즘 세상에 살면서 안 그럴 수 있겠는가? 나아가 그녀가 맡았던 사람들 대부분이 그랬듯 조사 대상이 인터넷과 연결된 컴퓨터, 이메일 주소, 혹은 개인 홈페이지를 가지고 있다면 그녀는 그 사람의 가장 내밀한 비밀까지 파고들 수 있었다.

그런데 미카엘에게서 의뢰받은 일은 전혀 달랐다. 모호하기 짝이 없는 자료에서 출발해 어떤 네 인물과 결부되었으리라고 추정되는 숫자 네 개의 정체를 알아내는 임무였다. 더욱이 이 인물들은 수십 년 전에 살았던 사람들이다. 즉 이들에 대한 기록이 그 어떤 데이터 베이스에도 남아 있지 않을 가능성이 있다는 뜻이었다.

미카엘이 레베카 야콥손의 경우를 근거로 해서 세운 가정은 이 네 인물이 어떤 살인범에 의해 희생되었으리라는 것이다. 이 가정이 옳다면 이들 각각은 경찰수사의 대상이 되었을 테고, 나아가 관련된 기록들을 살펴보면 이름을 발견할 수 있으리라는 얘기였다. 하지만 살인이 일어난 날짜나 장소에 대해서는 모두 1966년 이전의 일이라는 사실 이외에는 전혀 단서가 없었다. 리스베트는 지금까지 대인 조사 활동을 해오면서 전혀 경험해보지 못한 새로운 상황에 직면했다.

자, 그럼 어떻게 해야 한다?

일단 컴퓨터를 켜고 구글에 들어가 '마그다'와 '살인'이라는 키워드로 검색을 했다. 그녀가 해볼 수 있는 가장 간단한 방법이었다. 그런데 놀라운 일이 벌어졌다. 엔터키를 누르는 순간, 막막하기만 하던 그녀의 눈앞에 돌파구가 열렸다. 칼스타드 지역 베름란드 TV의 프로그램 편성표였다. 1999년에 방영된 〈베름란드의 살인 사건들〉 시리즈 1회를 예고하고 있었다. 다음으로 발견한 것은 〈베름란드 폴크블라드〉의 짤막한 기사였다.

〈베름란드의 살인 사건들〉 시리즈 이번주 이야기는 란모트레스크의 마그다 로비사 셰베리Magda Lovisa Sjöberg 살인 사건이다. 수십 년 전 칼스타드 경찰 전체를 곤혹에 빠뜨린 기이하고도 끔찍한 사건이었다. 1960년 4월, 당시 46세의 촌부 마그다 로비사는 그녀의 농장 축사에서 참혹하게 살해된 시체로 발견됐다. 클라스 군나르스 기자는 희생자가 보낸 마지막 시간과 소득 없었던 살인범 수사 과정을 추적하고 있다. 당시 이 살인 사건은 지역 전체에 큰 충격을 주었으며, 범인의 정체를 추측하는 무수한 가설들이 난무하기도 했다. 이번 방송에는 그녀의 친척이 출연해 살인 혐의를 받았던 자신의 삶이 어떻게 망가졌는지 증언할 예정이다. 오늘 저녁 8시 방영.

〈베름란스쿨투르〉 홈페이지에 올라와 있는 '로비사 사건, 지역 전체에 큰 충격을 주다'라는 제목의 기사에서 더 구체적인 정보를 찾을 수 있었다. 기자는 이 끔찍한 사건을 보도하는 데 신이라도 난 듯 선정적일 정도로 상세하게 떠들어댔다. 마그다 로비사의 남편인 벌목꾼 홀게르 셰베리는 오후 5시경 일을 끝내고 집으로 돌아와 죽어 있는 아내를 발견했다고 했다. 심각한 성폭행을 당한 흔적이 있었고 칼로 찔린 뒤 쇠스랑으로 살해되었다. 살인은 가족 소유 축사에서 벌어졌다. 그런데 사람들을 가장 경악하게 한 건, 살인범이 범행을 저지른 후 그녀의 몸을 묶어 말을 가두는 칸 안에 무릎 꿇려놓았다는 사실이었다.

그리고 나중에는 농가에서 기르는 암소 한 마리의 목에서도 칼에 찔린 상처가 발견되었다.

처음에는 남편을 의심했지만 알리바이가 견고했다. 그는 사건 당일 아침 6시부터 동료들과 함께 집에서 40킬로미터 떨어진 숲속 개척지에 있었다. 부근에 사는 이웃 여인이 마그다 로비사의 집에 들렀던 오전 10시에 그녀는 아직 살아 있었다. 특별한 것을 듣거나 본 사람은 아무도 없었다. 게다가 농가에서 가장 가까운 이웃집도 400미터나 떨어져 있었다.

주요 혐의자였던 남편의 알리바이가 성립하자 경찰은 당시 스물세 살 청년이었던 조카에게로 수사 방향을 돌렸다. 그는 여러 차례 범법행위를 저질렀고 심각한 재정 문제에 시달리며 숙모에게 정기적으로 돈을 꾸었다. 남편에 비해 조카의 알리바이가 훨씬 약해서 구금되었다가 증거 부족으로 풀려났다. 하지만 마을 주민 상당수는 그가 범인일 거라고 생각했다.

경찰수사는 다른 방향으로도 이뤄졌다. 그래서 당시 그 지역을 떠돌아다니던 수상쩍은 행상인을 대상으로 집중적인 수사를 벌이기도 했다. 마을에는 이리저리 돌아다니며 도둑질을 일삼는다고 의심받던 어느 집시 무리에 대한 나쁜 소문도 떠돌았다. 하지만 이들이 범인이라면 왜 아무것도 훔치지 않은 채 그렇게 참혹한 강간 살인만을 저지른 건지 그 이유는 설명되지 못했다.

한동안은 마을의 어느 사내에게 관심이 집중되기도 했다. 젊은 시절에 이른바 동성애 혐의를 받은 적이 있었고―당시만 해도 동성애는 법으로 처벌받는 범죄행위였다―그가 이상한 행동을 하는 걸 봤다는 증언들이 줄을 이었다. 하지만 왜 게이가 여성을 대상으로 성범죄를 저질렀을지도 답을 낼 수 없기는 마찬가지였다. 이처럼 여러 갈래로 수사가 진행되었음에도 구속되거나 형을 받은 사람은 한 명도 없었다.

리스베트가 보기에 이 사건과 하리에트의 수첩에 적힌 리스트 사이의 연관성은 명백했다. 레위기 20장 16절은 어떤 여자가 짐승을 가까이하여 교접하였으면, 그 여자와 짐승을 반드시 함께 죽여야 한다. 그들은 이렇게 제 피를 흘리고 죽어야 마땅하다라고 적고 있다. 축사에서 일하는 마그다라는 이름의 촌부가 살해되었고, 그 시체가 묶인 채 무릎 꿇려져 마구간 안에 보란듯이 전시된 일을 다만 우연이라고 할 수 있을까?

여기서 한 가지 궁금해지는 건 왜 하리에트는 희생자가 평소 사용하던 이름인 로비사 대신 마그다라는 이름을 적어놨을까 하는 점이었다. TV 프로그램 편성표에 적힌 희생자의 전체 이름을 보지 않았다면 리스베트도 모르고 지나쳤을 이름일 텐데 말이다.

물론 가장 중요한 문제가 남아 있었다. 1949년 레베카 살인 사건과 1960년 마그다 살인 사건은 서로 관계가 있을까? 이 두 사건과

1966년 하리에트의 실종 사이에도 어떤 연관성이 있는 걸까? 앞의 두 사건이 서로 관련됐다면 하리에트는 어떻게 그 사실을 알았을까?

　토요일, 부르만은 별다른 기대 없이 미카엘을 데리고 노르셰 시내를 한 바퀴 돌았다. 오전에는 걸어서 얼마 안 걸리는 곳에 사는 예전 목공소 직원 다섯 명을 찾아갔다. 그중 셋은 시내 중심가에, 둘은 도시 외곽 쇠르빈에 살고 있었다. 모두들 커피를 대접하며 맞아주었지만 사진을 들여다보고는 한결같이 고개를 저었다.

　부르만 내외의 집에서 소박한 점심을 들고 나서 이번에는 차를 타고 나섰다. 노르셰 인근 마을 네 곳을 순회할 생각이었다. 예전 목공소 직원들은 가는 곳마다 오랜만에 만난 부르만을 따뜻하게 맞아주었지만 정작 필요한 도움을 주지는 못했다. 미카엘은 슬슬 절망감이 밀려오기 시작하면서 이번 노르셰 여행 역시 결국 막다른 골목으로 끝나버릴 수 있겠다는 생각이 들었다.

　오후 4시경, 부르만은 노르셰 북쪽에 붙은 노르셰발렌 마을의 한 농가 앞에 차를 세웠다. 베스테르보텐 지방에서 전형적으로 볼 수 있는 이 빨간색 농가에는 은퇴한 목공장 헨닝 포르스만이 살고 있었다.

　"이건 말할 것도 없지! 아사르 브렌룬드네 아들내미 아냐?" 헨닝이 미카엘에게서 사진을 받아들자마자 외쳤다. 빙고!

　"아, 그랬던가? 누군가 했더니 바로 아사르네 아들이었군!" 부르만이 고개를 끄덕였다. 그러고는 미카엘에게 고개를 돌렸다. "아사르의 아들은 볼리덴 광산에서 일했다오."

　"어딜 가면 그를 볼 수 있을까요?"

　"이 사람? 땅깨나 파헤쳐야 할 거요. 이름은 군나르인데 1970년대 중반에 폭발 사고로 갱도에 매몰됐거든." 이런, 젠장!

　"하지만 부인은 아직 살아 있소. 사진에 나와 있는 이 여자 말이오. 이름은 밀드레드, 비우르셸레에 살고 있고."

"비우르셸레?"

"바스투트레스크 방향 도로를 타고 10킬로미터쯤 가면 나오는 마을이오. 마을에 도착하자마자 오른쪽에 보이는 빨간 집에 살고 있지. 세번째 집이오. 나랑 꽤 잘 아는 집안이지."

"안녕하세요! 제 이름은 리스베트 살란데르라고 합니다. 20세기 여성을 대상으로 범해진 폭행을 주제로 범죄학 논문을 쓰고 있는 대학생입니다. 1957년에 일어난 한 사건에 대한 자료를 열람하고 싶은데 그곳 란스크로나 지방경찰청을 방문할 수 있을까요? 라켈 룬데 Rakel Lunde라는 45세 여인의 살인 사건에 관한 겁니다. 지금 그 자료가 어디 보관되어 있는지 혹시 알고 계신지요?"

비우르셸레는 베스테르보텐 지방의 목가적인 농촌생활을 선전하는 살아 있는 광고물과도 같은 마을이었다. 호수 끝자락에 이십여 채의 집들이 반원 형태로 촘촘히 모여 마을을 이루고 있었다. 그 중앙에는 교차로가 나 있고, 교차로에는 '헴밍엔 11km' '바스투트레스크 17km'라고 표시된 이정표 두 개가 붙어 있었다. 교차로 옆에는 조그만 다리 아래로 시내가 흐르고 있었는데, 미카엘은 이 물줄기가 근처 비우르셸레강의 지류일 거라고 짐작했다. 여름의 녹음과 싱그러운 주변 경관이 마치 그림엽서처럼 아름다웠다.

미카엘은 폐업한 식료품점 앞마당에 차를 세웠다. 그리고 길을 건너가 오른쪽 세번째 집의 현관문을 두드렸다. 아무 대답이 없었다.

하는 수 없이 한 시간 동안 헴밍엔 방향 도로를 어슬렁거리며 시간을 보냈다. 시내가 맹렬한 격류로 변하는 곳까지 가보았고, 고양이 두 마리와 마주치고 노루도 한 마리 발견했지만 사람 그림자는 보이지 않았다. 다시 돌아와보니 밀드레드 브렌룬드 집의 현관문은 여전히 굳게 닫혀 있었다.

다리 근처의 기둥에는 벌써 오래된 듯 빛바랜 전단지가 한 장 붙어 있었다. BTCC, 즉 '비우르셀레 터크팅 카 챔피언십 2002' 광고였다. 미카엘은 대체 이게 뭘까 하고 물끄러미 전단지를 들여다보았다. '터크팅'은 아마도 얼어붙은 호수 위에서 차가 박살이 날 때까지 레이싱을 하는 일종의 스포츠인 모양이었다.

밤 10시까지 기다리다가 결국 포기하고 노르셰로 돌아왔다. 저녁을 먹고 호텔방으로 올라가 발 맥더미드의 추리소설을 끝까지 읽었다.

소설의 결말은 소름이 끼칠 정도였다.

밤 10시경, 리스베트는 하리에트의 리스트에 이름 하나를 추가했다. 몇 시간에 걸친 숙고와 망설임 끝에 내린 결정이었다.

그리고 지름길을 하나 발견했다. 신문에는 정기적으로 미해결 살인 사건에 대한 기사가 실리곤 했다. 그중 어느 석간신문의 일요일 증보면을 뒤적이다가 '붙잡히지 않은 여성 살해범들'이라는 제목의 1999년 기사를 발견한 것이다. 내용 자체는 간단했으나 세상을 발칵 뒤집어놓았던 사건들의 희생자 이름과 사진이 실려 있었다. 노르텔리에서 살해된 솔베이그, 노르셰핑의 아니타, 헬싱보리의 마르가레타, 그 밖의 수많은 수수께끼들……

가장 오래된 사건은 1960년이었는데 그중 미카엘이 리스베트에게 준 리스트와 연관이 있어 보이는 건 하나도 없었다. 하지만 한 사건이 그녀의 눈길을 끌었다.

1962년 6월, 당시 32세였던 예테보리의 성판매 여성 레아 페르손은 어머니와 어머니에게 맡겨둔 아홉 살배기 아들을 보기 위해 우데발라에 들렀다. 그로부터 며칠 후 어머니와 헤어져 예테보리로 돌아가는 기차를 타려고 역으로 향했다. 그런데 이틀 후 공장 지대 공터에 버려진 컨테이너 속에서 그녀의 시체가 발견되었다. 강간당한 그녀의 몸에는 몹시 난폭한 폭행의 흔적이 남아 있었다.

레아 살인 사건은 그해 여름 내내 언론을 뜨겁게 달궜으나 결국 범인은 밝혀지지 않았다. 물론 하리에트의 리스트에 레아라는 이름은 없었고, 인용한 성경 구절 중 어떤 것도 이 사건의 정황과 일치하지 않았다.

단, 매우 기이한 세부 사건 하나가 리스베트의 예민한 촉을 건드렸다. 레아의 시체가 발견된 장소에서 10여 미터 떨어진 곳에서 죽은 비둘기 한 마리가 든 화분이 발견되었다. 누군가가 비둘기 목 주위에 끈을 감아 화분 밑바닥 구멍 사이로 빼낸 다음 벽돌 두 개 사이에 불을 피우고 그 위에 화분을 올려놓았다. 이 잔혹한 동물학대가 레아의 죽음과 연관됐다는 증거는 어디에도 없었다. 어쩌면 이런 종류의 잔인하고 추악한 장난을 즐기는 동네 꼬마들의 소행일지도 몰랐다. 하지만 언론은 이 두 사실을 연결해 '비둘기 살인 사건'이라고 명명했다.

리스베트는 성경을 읽지 않았다. 집에도 성경책이라고는 없었다. 그날 저녁 리스베트는 회갈리드 교회당에 찾아가 성경책을 한 권 빌렸다. 그러고서 교회당 앞 공원 벤치에 앉아 레위기를 읽어내려갔다. 이윽고 12장 8절에 이르자 그녀의 두 눈이 동그랗게 커졌다. 12장은 해산한 여인의 정화淨化에 대한 내용이었다.

그러나 만일 새끼 양 한 마리도 바칠 힘이 없다면, 집비둘기 두 마리나 산비둘기 두 마리를 구해서, 한 마리는 번제로 드리고 한 마리는 속죄제물로 드려야 한다. 그것으로 사제가 그 여인의 부정을 벗겨주면 그 여인은 깨끗하게 된다.

레아의 사건 역시 성경에 예고되어 있었다! 그녀도 하리에트의 리스트에 충분히 포함될 만했다. '레아 31208'이라는 이름으로 말이다.

그 순간 리스베트는 깨달았다. 지금 하고 있는 이 임무에 비하면 지금껏 맡아온 모든 일들은 티끌만한 가치도 없었다는 사실을.

미카엘이 일요일 아침 10시에 찾아가 벨을 울리자 지금은 재혼해서 베리그렌이라는 성을 쓰는 밀드레드가 문을 열어주었다. 그때보다 마흔 살은 더 먹었고 몸도 불었지만 미카엘은 곧바로 사진 속의 그녀를 알아볼 수 있었다.

"안녕하십니까. 저는 미카엘 블롬크비스트라고 합니다. 밀드레드 부인이시죠?"

"예. 그렇습니다만."

"이렇게 불쑥 찾아와서 정말 죄송합니다. 설명드리기 매우 복잡한 어떤 일 때문에 며칠 전부터 부인을 찾고 있었습니다. 잠시 들어가서 말씀을 드려도 괜찮을까요?"

남편과 서른다섯 살 정도로 보이는 건장한 아들이 집안에 있었기 때문에 그녀는 크게 주저하지 않고 그를 들어오게 해 주방에 자리를 권했다. 미카엘은 가족들과 악수를 나눴고 밀드레드가 커피를 대접했다. 요 며칠 가는 곳마다 커피를 대접받아 신물이 날 지경이었지만 이 인심 좋은 노를란드 지방에서 호의를 거절하는 건 생각할 수 없이 무례한 행동이었다. 식탁 위에 잔들을 내려놓은 밀드레드가 자리에 앉아 호기심 가득한 얼굴로 용건을 물었다. 미카엘이 노르셰 사투리를 잘 알아듣지 못하자 그녀가 곧 스톡홀름 말투로 바꾸어 물었다.

미카엘이 숨을 깊게 들이마시고 입을 열었다.

"이건 아주 길고도 이상한 이야기입니다. 1966년 9월, 당시 남편인 군나르 브렌룬드 씨와 함께 헤데스타드에 들르신 적이 있죠?"

그녀는 입이 딱 벌어졌다. 잠시 후 그녀가 고개를 끄덕이자 미카엘이 역 앞 거리에서 찍힌 사진을 식탁 위에 내려놓았다.

"당시 이 사진이 찍혔습니다. 언제 일인지 기억하십니까?"

"맙소사!" 밀드레드가 외쳤다. "정말 까마득한 옛날 일인데……"

남편과 아들이 그녀의 어깨 너머로 사진을 들여다보았다.

"신혼여행중이었어요. 자동차로 스톡홀름과 식투나까지 내려갔었죠. 그리고 돌아오는 길에 아무 곳에나 잠시 들른 거였어요. 헤데스타드라고 했나요?"

"그렇습니다. 헤데스타드였죠. 사진은 오후 1시쯤에 찍힌 겁니다. 이 사진만 가지고 부인을 찾아내는 데 애를 좀 먹었습니다."

"이 옛날 사진 한 장을 가지고 나를 찾아냈단 말이에요? 도대체 어떻게 그럴 수가 있는지 궁금하군요!"

미카엘은 주차장에서 찍힌 사진을 보여주었다.

"이 사진 덕분이었죠. 같은 날 좀 지난 오후에 찍힌 겁니다." 미카엘은 노르셰 목공소를 통해 부르만을 찾아낸 이야기와 그가 노르셰 발렌에 사는 헨닝 포르스만에게 자신을 데려간 사정까지 설명했다.

"이처럼 고생해가며 날 찾아온 데는 분명 이유가 있겠군요?"

"물론입니다. 이 사진에서 부인 앞에 서 있는 소녀가 하리에트입니다. 그날 실종된 후로 많은 사람들이 그녀가 살해되었다고 생각하고 있죠. 자, 이걸 보여드릴게요."

미카엘은 노트북을 꺼내 켜는 사이에 전후 맥락을 설명했다. 그리고 하리에트의 표정이 변하는 장면들을 연결해서 보여주었다.

"이 옛날 사진들을 보다가 부인을 발견한 겁니다. 여기 하리에트 바로 뒤에서 카메라를 들고 계시지요. 그리고 그녀가 무언가를 보고서 흠칫 놀랄 때 바로 그걸 카메라에 담는 듯 보였습니다. 어떻게 생각하면 말도 안 되는 일이겠지만 혹시 부인께서 그때 찍은 사진을 보관하고 있을지도 모른다는 생각이 들어 이곳까지 찾아오게 됐습니다."

미카엘은 그녀가 어깨를 으쓱하면서 사진은 이미 오래전에 사라져버렸다, 혹은 아예 현상조차 안 했고 필름은 버렸다 같은 대답을 하리라 예상했었다. 한데 이게 웬일인가. 밀드레드가 그 푸른 눈으로 미카엘을 쳐다보더니 마치 세상에서 가장 당연한 일이라는 듯 휴가 때 찍은 사진을 모두 보관하고 있다고 대답했다.

그녀는 곧이어 다른 방으로 가서 잠시 부스럭거리더니 엄청난 양의 사진이 담긴 앨범들을 한아름 들고 돌아왔다. 문제의 여행 때 찍은 사진들을 찾는 데는 시간이 좀 걸렸다. 헤데스타드에서 찍은 사진은 모두 세 장이었다. 하나는 중심가의 풍경을 흐릿하게 담고 있었고, 다른 하나는 전남편의 모습이었다. 그리고 세번째 사진은 퍼레이드를 벌이는 어릿광대들을 보여주었다.

미카엘은 침을 꿀꺽 삼키며 고개를 숙이고 사진을 들여다보았다. 길 건너편에 누군가의 모습이 흐릿하게 보였다. 하지만 사진이 말해주는 건 단지 그것뿐이었다.

20장
7월 1일 화요일~7월 2일 수요일

　미카엘이 헤데스타드로 돌아온 날 아침에 가장 먼저 한 일은 디르크를 찾아가 헨리크의 상태를 묻는 것이었다. 그리고 노인의 건강이 지난 일주일 사이 눈에 띄게 호전됐다는 소식을 들었다. 아직 쇠약하지만 그나마 몸을 일으켜 침대 위에 앉을 수 있게 되었다고 했다. 이제 위급한 상황은 벗어났다.

　"오, 감사합니다!" 미카엘이 소리쳤다. "내가 그 양반을 좋아하고 있다는 사실을 이제야 알겠어요."

　디르크가 고개를 끄덕였다. "난 알고 있었소. 회장님도 당신을 좋게 생각하고 있고. 그래, 북쪽 나라로의 여행은 어땠소?"

　"유익했지만 아직은 만족스럽지 못합니다. 자세한 건 나중에 말씀드리도록 하지요. 우선은 한 가지 물어볼 게 있습니다."

　"말해보시오."

　"회장님에게 무슨 일이 생기면 〈밀레니엄〉은 어떻게 되는 건가요?"

　"특별할 게 있겠소? 마르틴이 대신 이사회 멤버가 되겠지."

"만일 제가 하리에트 사건을 멈추지 않고 계속 조사한다면 마르틴이 〈밀레니엄〉에 문제를 일으킬 위험은 없나요?"

디르크가 갑자기 날카로운 눈빛으로 미카엘을 응시했다.

"무슨 일이 있었소?"

"별일은 아닙니다." 미카엘은 하지제 저녁에 마르틴과 나눴던 대화에 대해 얘기했다. "노르셰에서 돌아왔더니 에리카가 내게 전화를 했더군요. 마르틴이 전화해서는 제가 반드시 편집부에 복귀해야 한다고 주장했다나요? 아마 그렇게 해서라도 저를 빨리 스톡홀름으로 돌려보내고 싶은 게 아닐까요?"

"무슨 말인지 알겠소. 아마 세실리아가 뒤에서 부추겼겠지. 하지만 마르틴이 못된 짓은 안 할 거요. 그러기엔 너무 정직한 사람이니까. 그리고 나 역시 우리가 〈밀레니엄〉에 들어갈 때 창설했던 조그만 자회사의 이사라는 사실을 기억하시오."

"하지만 상황이 복잡해지면 마르틴이 어떻게 나올까요?"

"계약이란 지키라고 있는 거요. 나는 회장님을 위해 일하고 있고, 사십 년 넘게 친구이기도 했소. 이런 상황에서는 철저하게 보조를 맞춘다오. 만일 회장님에게 무슨 일이 생긴다면 그분이 가진 자회사 지분은 마르틴이 아니라 내가 물려받게 되오. 우리에겐 분명한 계약서가 있고, 사 년간 〈밀레니엄〉을 책임진다고 명시되어 있소. 물론 난 그렇게 생각하지 않소만 만일 마르틴에게 〈밀레니엄〉을 해코지할 의사가 있다면 기껏해야 새 광고주들 몇몇이 들어오지 못하게 방해하는 정도겠지."

"하지만 그게 〈밀레니엄〉을 존재할 수 있게 하는 토대란 말입니다."

"맞소. 하지만 그런 비열한 짓을 꾸미려면 시간과 정력이 필요하오. 그런데 지금 마르틴은 그룹의 생존을 위해 하루에 14시간씩 사투를 벌이고 있소. 다른 짓을 할 여유가 없단 말이오."

미카엘은 잠시 묵묵히 생각에 잠겼다.

"……어쨌든 저하고는 상관없는 일입니다만 지금 그룹의 전반적인 상태가 어떤지 여쭤도 될까요?"

디르크는 근심 어린 표정을 지었다.

"사실 문제가 많소."

"알죠. 저처럼 별 볼 일 없는 경제기자라도 뻔히 알 수 있는 일 아니겠습니까? 제가 알고 싶은 건 어느 정도로 심각하냐는 겁니다."

"이건 우리끼리만 알고 있어야 하오."

"물론이죠."

"지난 몇 주 사이에 전자 분야에서 큰 고객을 둘이나 잃었소. 러시아 시장에서는 쫓겨나고 있는 형편이고. 오는 9월에는 외레브로와 트롤헤탄 공장에서 직원 1600명을 해고해야 하오. 오랜 세월 방에르 그룹에 몸담아온 사람들에게 정말 못할 짓이지. 이렇게 공장 한 귀퉁이가 떨어져나갈 때마다 그룹의 신뢰성은 타격을 입는 거요."

"마르틴이 고민이 많겠군요."

"황소 한 마리를 짊어지고 달걀 위를 걷는 기분이겠지."

미카엘은 집으로 돌아가 에리카에게 전화를 걸었다. 하지만 에리카가 마침 사무실 자리를 비워 대신 크리스테르에게 전했다.

"무슨 일이 있었는지 얘기해줄게. 어제 노르셰에서 돌아오니까 에리카가 내게 전화했어. 마르틴이 전화해서 그랬다는 거야. 내게 편집부 일을 더 많이 맡겨야 한다고."

"나도 그렇게 생각하는데?"

"네 심정 이해해. 하지만 난 이곳에 헨리크 회장과의 계약이 남아 있어. 마르틴은 내가 이 일을 중단하고 마을에서 꺼져버리기를 바라는 어떤 인물의 사주를 받고 있고. 다시 말해서 지금 그는 나를 여기서 쫓아내고 싶은 거야."

"무슨 말인지 알겠어."

"에리카에게 이렇게 전해줘. 여기 일을 마치기 전에는 스톡홀름에 돌아가지 않겠다고."

"알겠어. 그런데 너 완전히 미쳐버렸구나? 하여튼 네 말은 전할게."

"크리스테르, 이곳에서 뭔가가 일어나고 있어. 그리고 난 몸을 뺄 생각이 전혀 없고."

크리스테르는 한숨을 푹 쉬었다.

미카엘은 마르틴의 현관문을 노크했다. 에바 하셀이 문을 열고 반갑게 인사했다.

"안녕하세요! 마르틴 씨 집에 있나요?"

대답을 대신해 마르틴이 손에 문서철을 들고 밖으로 나왔다. 에바의 볼에 가볍게 키스한 뒤 미카엘에게 인사했다.

"지금 사무실에 가는 길이오. 내게 할말이라도 있소?"

"바쁘면 나중에 하죠."

"괜찮소. 말해보시오."

"회장님께서 맡기신 임무를 끝내기 전에는 〈밀레니엄〉에 복귀할 생각이 없습니다. 금년 연말까지는 내가 이사회 멤버로 활동할 거란 기대는 말아주세요."

그는 선 채로 몸을 앞뒤로 움직이며 무언가를 생각했다.

"알겠소. 지금 내가 선생을 쫓아버리고 싶어서 그런다고 생각하는 모양이군요." 그는 잠시 멈췄다가 말을 이었다. "미카엘 씨, 사실 난 〈밀레니엄〉 이사회에서 한가하게 시간을 보내고 있을 처지가 아니오. 회장님의 제의를 받아들인 걸 정말로 후회하고 있고. 하지만 진심으로 〈밀레니엄〉의 생존을 위해 최선을 다하고 싶소."

"그 진심, 한 번도 의심한 적 없습니다." 미카엘이 정중히 대답했다.

"다음주 언제쯤 시간을 낼 수 있다면 〈밀레니엄〉의 재무 상태를 자세히 설명할 기회가 있을 것이오. 냉정히 말해서 지금 〈밀레니엄〉은 회사의 생존을 위해 열심히 뛰어야 할 핵심인물이 여기 헤데뷔 구석에서 손가락이나 빨고 있을 형편이 못 되오. 난 이 잡지를 좋아하고, 우리가 힘을 합치면 다시 일으켜세울 수 있으리라 믿소. 하지만 그러려면 선생이 절대적으로 필요하오. 사실 나도 지금 어떻게 해야 좋을지 모르겠소. 작은할아버지의 개인적인 소원을 들어주는 게 좋을지, 아니면 〈밀레니엄〉에 진정으로 필요한 일을 냉정하게 밀어붙여야 하는 건지 말이오."

미카엘은 운동복을 걸치고 조깅하러 나섰다. 우선 요새까지 힘차게 달린 다음 고트프리드의 방갈로를 지나서는 좀더 속도를 낮춰 해안을 따라 마을로 돌아왔다. 집에 도착해보니 정원 테이블에 디르크가 와서 앉아 있었다. 그는 미카엘이 생수 한 병을 마시고 수건으로 얼굴의 땀을 닦을 때까지 참을성 있게 기다렸다.

"날이 이토록 더운데 그렇게 운동하면 건강에 좋을까요?"

"글쎄요." 미카엘이 대답했다.

"그런데 말이오, 내가 잘못 생각한 것 같소. 지금 마르틴을 들들 볶고 있는 건 세실리아가 아니었소. 이자벨라가 방에르 집안사람들을 온통 들쑤시고 있다는군. 목적은 당연히 선생을 시커먼 타르에 담근 다음 허연 깃털 더미 위에 굴려버리고 싶은 거지. 그리고 가능하다면 장작 더미 위에 올려놓고 불태워 죽이면 속이 더 시원하겠지. 그녀 뒤에는 비리에르가 있다오."

"이자벨라요?"

"워낙에 사람을 미워하는 심술궂고도 비열한 여자요. 요즘은 그 중오가 특별히 당신에게 집중된 듯 보이고. 이자벨라가 여기저기 소문을 퍼뜨리고 있소. 당신이 회장님을 살살 꾀어 자기를 고용하게 만들었을 뿐 아니라 이상한 말로 흥분시켜 심장발작을 일으키게 한 사기꾼이라나?"

"그런데 누가 그따위 말을 곧이들을까요?"

"남의 험담이라면 별생각 없이 덥석덥석 받아들이는 사람은 어디든 있는 법 아니겠소?"

"지금 자기 딸에게 무슨 일이 일어났는지 밝혀주려고 애쓰는 사람인데 이런 날 미워하다뇨? 만일 내 딸이었다면 안 그랬을 겁니다!"

오후 2시경, 미카엘의 휴대폰이 울렸다.

"안녕하십니까. 저는 〈헤데스타드 통신〉 기자 코니 토르손이라고 합니다. 선생께서 이 마을에 사신다고 해서 이렇게 전화를 드렸습니다. 질문 몇 가지 해도 괜찮겠습니까?"

"당신네 소식통은 소식을 재깍재깍 전하지 않는 모양이네요. 난 1월 1일부터 여기서 지내고 있습니다. 뒤늦게 무슨 일이죠?"

"그랬군요! 몰랐습니다. 그런데 여기 헤데뷔에선 뭘 하고 계시죠?"

"글을 쓰고 있습니다. 일종의 안식년이라고 할까요?"

"무엇에 대해 쓰고 계십니까?"

"미안합니다만 나중에 발표되면 그때 보시죠."

"듣자하니 최근 출감하셨다던데……"

"그래서요?"

"사실을 왜곡하는 기자들에 대해 어떻게 생각하시죠?"

"사실을 날조하는 기자들은 멍청이들이죠."

"그럼 선생께서 멍청이라는 뜻인가요?"

"그런 말 한 적 없습니다. 난 사실을 날조한 일이 한 번도 없어요."

"하지만 선생께선 명예훼손으로 유죄판결을 받지 않았습니까?"

"그래서요?"

코니 토르손은 우물쭈물 더이상 말을 잇지 못했다. 하도 꾸물대서 결국엔 미카엘이 도와줘야 했다.

"명예훼손죄 판결을 받긴 했지만 난 사실을 날조한 일이 없습니다."

"하지만 그 사실을 발표하지 않았습니까?"

"내가 받은 판결에 대해 얘기하려 한다면 논평하고 싶지 않습니다."

"인터뷰하러 찾아뵙고 싶은데요?"

"미안합니다. 그 문제에 대해선 아무 할말이 없어요."

"그럼 재판에 대해서 얘기하고 싶지 않단 말씀이군요?"

"잘 이해하셨네요!" 미카엘은 이렇게 대답하고서 이 불쾌한 대화에 종지부를 찍었다. 그러고는 한참을 골똘히 생각에 잠겼다가 다시 노트북 앞에 앉았다.

리스베트는 설명을 들은 대로 가와사키 오토바이를 몰아 다리를 건넜다. 그리고 왼쪽에 보이는 첫번째 집 앞에 멈춰 섰다. 정말로 외진 마을이었다. 하지만 그녀는 의뢰인이 돈을 지불하기만 한다면 북극에라도 갈 준비가 되어 있었다. 더욱이 오토바이로 고속도로를 신나게 달려볼 수 있어서 좋았다. 그녀는 뒷자리에 여행가방을 묶어놓았던 끈을 풀었다.

미카엘이 대문을 열고 들어오라고 손짓했다. 그러고는 밖으로 나와 놀란 듯이 오토바이를 들여다보았다.

"이야, 대단한데! 여기까지 오토바이로 왔어?"

리스베트는 뭐라 대답하지 않았다. 그가 신기해하며 오토바이 핸들과 클러치 따위를 만지작거리는 모습을 지켜볼 뿐이었다. 그녀는 다른 사람이 자기 물건을 만지는 걸 별로 좋아하지 않았지만 미카엘의 어린애 같은 미소를 보고 참아주기로 했다. 보통 그녀의 오토바이에 관심을 보이는 사람들은 작다고 무시하는 태도를 보였다.

"나도 열아홉 살 때 오토바이가 한 대 있었지." 미카엘이 몸을 돌리며 말했다. "어쨌든 와줘서 고마워. 자, 집을 보여줄 테니 들어와."

미카엘은 길 건너에 사는 군나르에게 야전침대를 하나 빌려 작업실에 들여다놓았다. 리스베트는 의심이 가득한 표정으로 집안을 둘러보았다. 하지만 특별히 음험한 덫이 보이지 않자 긴장을 푸는 듯했다. 미카엘이 욕실을 알려주었다.

"샤워를 하고 싶으면 하라고."

"옷 좀 갈아입어야겠어요. 이렇게 가죽옷 차림으로 돌아다니고 싶지 않으니까요."

"그래, 알아서 해. 그동안 저녁을 준비하지."

미카엘은 그녀가 샤워하고 옷을 갈아입는 동안 어린양갈비를 와인소스로 요리해 정원 테이블에 차려놓았다. 이윽고 그녀가 검은 탱크톱에 짧은 청치마를 입고 맨발로 나왔다. 음식은 꽤 훌륭했으며 리스베트 혼자서 이인분이나 해치웠다. 미카엘은 호기심 어린 눈으로 그녀의 등에 새겨진 문신을 슬그머니 훔쳐보고 있었다.

"다섯 개 더하기 세 개예요." 리스베트가 말했다. "하리에트의 리스트와 연결될 수 있는 사건이 다섯 개이고, 리스트에 추가로 포함될 만한 사건이 세 개란 뜻이죠."

"계속해봐."

"일에 착수한 지 아직 열하루밖에 안 돼서 경찰수사 기록을 모두 살펴볼 순 없었어요. 일부는 국립자료보관소에 넘어가 있고 나머지는 아직 관할 경찰서에 남아 있죠. 사흘 동안 경찰서 세 곳을 돌아다녔는데 시간이 없어서 더는 못했어요. 어쨌든 하리에트 리스트가 암시하는 다섯 사건은 다 확인됐다고 할 수 있어요."

그러고는 두툼한 서류 뭉치를 테이블에 내려놓았다. A4 용지로 500장이 넘는 분량이었다. 리스베트는 이것을 재빠르게 문서철 여러 개로 분리했다.

"시간순으로 설명해볼게요." 이렇게 말하며 미카엘에게 리스트 한 장을 건넸다.

1949 — 레베카 야콥손, 헤데스타드 (30112)

1954 — 마리 홀름베리, 칼마르 (32018)

1957 — 라켈 룬데, 란스크로나 (32027)

1960 — (마그다) 로비사 셰베리, 칼스타드 (32016)

1960 — 리브 구스타브손, 스톡홀름 (32016)

1962 — 레아 페르손, 우데발라 (31208)

1964 — 사라 비트, 론네뷔 (32109)

1966 — 레나 안데르손, 웁살라 (30112)

"이 리스트에 포함될 수 있는 첫번째는 아마 당신도 자세히 알고 있는 1949년의 레베카 야콥손 사건일 거예요. 그다음 사건은 마리 홀름베리죠. 당시 서른두 살이었던 칼마르의 성판매 여성은 1954년 10월에 자택에서 살해당했어요. 죽고 나서 얼마 후에 발견되었기 때문에 정확한 살해 시간은 몰라요. 열흘쯤 지나서 발견된 듯해요."

"이 여자와 하리에트의 리스트가 어떻게 연결될 수 있지?"

"결박된 상태였고 온몸이 끔찍한 상처투성이였지만 직접적인 사인은 질식사였어요. 범인이 그녀의 목구멍에 생리대를 쑤셔넣었죠."

미카엘은 말없이 리스베트가 괄호에 적어놓은 성경 구절을 찾아 펼쳤다. 레위기 20장 18절이었다.

월경중에 있는 여인과 한자리에 들어 그 부끄러운 곳을 벗겨 피 나는 곳을 열어젖힌다든지, 그 여자도 옷을 벗어 피 나는 곳을 드러내든지 하면 그 두 사람은 겨레로부터 추방해야 한다.

미카엘은 고개를 끄덕였다.

"하리에트 역시 같은 구절을 써놓았지. 좋아. 다음으로 넘어가지."

"1957년 5월, 당시 마흔다섯 살의 라켈 룬데예요. 직업은 파출부였는데 그 지역에서 상당히 특이한 존재였죠. 점쟁이였거든요. 취미 삼아 사람들 손금도 읽어주고 카드점도 치고, 뭐 그런 일들을 했죠. 라켈은 란스크로나 부근 외딴집에 살았는데 거기서 어느 날 새벽에 살해됐어요. 입에 테이프가 붙여진 채 정원의 빨래 건조대에 걸려 있는 모습이 발견됐어요. 물론 숨진 채로요. 사인은 누군가가 던진 큰 돌덩이에 여러 차례 맞은 걸로 밝혀졌죠. 온몸은 타박상과 골절투성이였고요."

"정말로 끔찍하군! 이 모든 건 너무도 흉측한 일들이야."

"하지만 시작에 불과해요. 어쨌든 하리에트가 써놓은 이니셜 RL이 그녀의 이름과 일치해요. 성경 구절 역시 일치하지 않나요?"

"명백하군. 너희 가운데 죽은 사람의 혼백을 불러내는 사람이나 점쟁이가 있으면, 그가 남자이든지 여자이든지 반드시 사형에 처해야 한다. 그들을 돌로 쳐라. 그들은 제 피를 흘리고 죽어야 마땅하다."

"그다음이 칼스타드 근처 란모트레스크에서 일어난 로비사 사건이에요. 하리에트가 마그다라고 적어뒀죠. 그녀의 이름은 마그다 로비사이지만 사람들은 모두 로비사라고 불렀어요."

미카엘은 이 사건 가운데서 발견된 특이한 디테일들을 주의깊게 들었다. 이어 리스베트가 담배를 한 대 피워 물었고, 그가 담뱃갑을 가리키자 그녀가 그를 향해 밀어주었다.

"그렇다면 살인범이 동물도 공격했다는 말인가?"

"성경에서는 여자가 짐승과 교접할 경우 둘 다 죽이라고 명하고 있죠."

"하지만 그 동물은 암소였는데, 여자가 암소하고 교접한다는 게 말이 돼?"

"성경 구절은 넓은 의미로 해석될 수 있겠죠. 즉 여인이 동물과 그저 접촉만 한 경우로도요. 농사짓는 여자라면 일상적으로 하는 일이잖아요."

"좋아. 계속해보지."

"하리에트 리스트에 적힌 다음 이름은 사라예요. 내가 확인해낸 인물은 론네뷔에 거주하던 당시 서른일곱 살의 사라 비트죠. 1964년 1월에 살해당했어요. 자신의 침대에 묶인 채로 발견됐죠. 심각한 성폭행의 흔적이 있었지만 사인은 질식이었어요. 목 졸려 죽은 거죠. 범인은 집에다 불도 질렀어요. 집을 전부 태워버리려고 했지만 불길이 충분히 강하지 않았고 소방관들이 신속히 도착해서 화재는 금방 진압되었고요."

"연관성은?"

"들어보세요. 사라 비트는 아버지와 남편이 전부 목사였어요. 바로 그 주말에 남편은 다른 지방에 가 있었고요."

"사제 된 사람의 딸이 창녀가 되어 몸을 더럽히면 그것은 제 아비를 욕되게 하는 것이다. 그 여자를 불에 태워 죽여라. 좋아. 그런데 이 밖에도 사건이 세 개 더 있다고?"

"맞아요. 살해당한 정황이 너무나도 기이해서 하리에트 리스트에 포함될 만한 세 여성을 따로 찾아냈어요. 첫번째는 리브 구스타브손이라는 젊은 아가씨예요. 당시 스물두 살이었고 파르스타에서 살았죠. 말을 아주 좋아해서 대회에도 참가했고 그 방면에 재능도 있었대요. 언니와 함께 애완동물 가게를 하나 운영했고요."

"그런데?"

"그 가게 안에서 발견됐어요. 장부를 정리하려고 혼자 남아 있었는데 범인과 아는 사이였던지 그녀가 들어오게 한 모양이에요. 강간당한 후에 살해당했죠."

"하리에트 리스트와 완전히 일치하는 사건이 아닌 듯한데?"

"그렇죠. 하지만 한 가지 유사점이 있어요. 범인은 자신의 작품을 완성하려고 살해한 여인의 질 안에 작은 앵무새를 한 마리 쑤셔넣었어요. 그리고 가게의 동물들을 모두 풀어놓았죠. 고양이, 거북이, 흰

쥐, 토끼, 새 등등. 수족관에 있는 물고기들까지요. 다음날 아침에 그녀의 언니가 이 광경을 발견했을 때 얼마나 무서웠을지 한번 상상해봐요."

미카엘은 고개를 끄덕였다.

"그녀가 살해된 시기는 1960년 8월이었어요. 칼스타드 촌부 마그다 로비사의 사건이 있은 지 불과 네 달 후였죠. 그리고 두 사건 사이에 공통점이 있어요. 우선 둘 다 동물과 접촉하는 일을 했고, 모두 동물이 희생되었죠. 칼스타드의 암소는 죽지 않았지만. 조그만 송곳 하나로 암소 한 마리를 죽이는 건 결코 쉬운 일이 아니니까요. 반면 앵무새는 훨씬 쉽고요. 그런데 동물을 희생시킨 경우가 하나 더 있어요."

"뭔데?"

리스베트는 우데발라의 레아 페르손과 관련된 기이한 '비둘기 살인 사건'을 얘기했다. 미카엘은 말없이 생각에 잠겼고, 그 침묵이 너무도 오래 계속돼 그녀는 답답해질 정도였다.

"좋아." 미카엘이 마침내 입을 열었다. 네 이론을 받아들이지. 이제 마지막 하나가 남았어."

"마지막 하나라고 할 수 없죠. 내가 찾아낸 하나의 사건일 뿐이에요. 더 찾아내지 못한 게 얼마나 될지 확실치 않아요."

"알았어. 계속해봐."

"1966년 2월 웁살라에서 일어난 일이에요. 당시 열일곱 살로 가장 어린 희생자이고, 이름은 레나 안데르손. 학급 파티가 끝나고 실종됐다가 사흘 후 웁살라에서 상당히 떨어진 들판의 어느 구덩이에서 발견됐어요. 당시 사람들은 다른 장소에서 살해당한 후 그곳으로 옮겨졌을 거라 추정했죠."

미카엘은 고개를 끄덕였다.

"당시 언론은 이 사건을 두고 엄청나게 떠들어댔어요. 하지만 그녀의 죽음을 둘러싼 자세한 정황은 전혀 발표되지 않았죠. 소녀는 잔혹하게 고문당했어요. 운좋게 관련된 법의학 보고서를 열람할 수 있었는데, 범인은 그녀를 불로 고문했어요. 두 팔과 가슴에 심각한 화상을 입었고 온몸 이곳저곳이 불에 그슬렸어요. 그리고 스테아린 흔적이 많이 남아 있어서 범인이 양초를 사용했다는 걸 짐작할 수 있었죠. 하지만 양쪽 팔은 완전히 새카맣게 타 있었어요. 그 부분은 아예 불 위에 올려놓았다는 얘기죠. 마지막으로 범인은 그녀의 목을 잘라 몸통 옆에 던져놨어요."

미카엘은 안색이 창백해졌다.

"이런!"

"여기에 딱 들어맞는 성경 구절은 없어요. 하지만 죗값을 치르는 도살과 희생번제를 말하는 구절들은 많죠. 대부분 황소인데, 몇몇 구절에선 희생시킬 짐승의 머리가 기름에서 분리되게끔 토막을 내라고 권하고 있어요. 범인이 불을 사용한 건 첫번째 살인, 즉 이곳 헤데스타드에서 있었던 레베카 사건을 상기시키고요."

모기들이 몰려들어 저녁 춤판을 벌이기 시작하자 미카엘과 리스베트는 정원 테이블을 치우고 주방으로 철수해 대화를 계속했다.

"넌 정확하게 들어맞는 성경 구절을 찾을 수 없다고 말하지만 그건 그리 중요하지 않아. 이 사건들은 성경 구절을 인용한 문제가 아니야. 기괴한 패러디에 불과하지. 원래 맥락과는 동떨어진 제멋대로 해석에 불과해."

"알아요. 논리적이라고 할 수도 없죠. 예를 들어 한 남자가 생리중인 여인과 관계를 했을 때 두 사람 다 죽여버리라는 구절도 그래요. 만일 이 구절을 문자 그대로 해석했다면 살인범 자신도 자살했어야 옳으니까요."

"그렇다면 이 모든 사건들을 통해 어떤 결론을 내릴 수 있을까?" 미카엘이 물었다.

"둘 중 하나겠죠. 첫째, 하리에트는 스웨덴에서 일어난 살인 사건과 연결될 만한 성경 구절을 수집하는 괴상한 취미가 있었다. 둘째, 그녀는 이 모든 살인들이 서로 연관됐다는 사실을 알고 있었다."

"그렇다면 1949년에서 1966년 사이, 어쩌면 그 이전과 이후로도 확장될 수 있는 시기에 어떤 미치광이 사디스트 연쇄살인범 하나가 팔 밑에 성경을 끼고서 전국을 돌아다니며 적어도 십칠 년 동안 숱한 여자들을 죽였다는 말이 되겠군. 그런데 이 살인 사건들을 서로 연결지어 의심해본 사람이 지금껏 한 명도 없었고. 좀 지나치게 상상하고 있는 건 아닐까?"

리스베트는 의자에서 엉덩이를 빼고 일어나 조리대 위에 놓인 커피포트 앞으로 갔다. 커피를 따라 들고 돌아서서는 담배 한 대를 피워 물었고 주위에 마구 연기를 뿜어댔다. 미카엘은 속으로 욕을 퍼부으며 또다시 담배 한 대를 구걸해야만 했다.

"아니죠, 절대 지나친 상상이 아니에요." 손가락 하나를 치켜들며 그녀가 말을 이었다. "20세기 들어 스웨덴에는 여성 살인 사건 수십 건이 미해결 상태로 남아 있었어요. 예전에 범죄학자 페르손이 〈실종자〉라는 방송에 나와서 말하는 걸 들었어요. 그에 따르면 스웨덴에서 연쇄살인은 상당히 드물지만 우리가 모르는 사이에 활동한 연쇄살인범들이 분명히 존재했다는 거예요."

미카엘은 고개를 끄덕였다. 그녀는 두번째 손가락을 들어올렸다.

"이 살인 사건들은 아주 긴 세월에 걸쳐, 그리고 서로 멀리 떨어진 지역들에서 흩어져 발생했어요. 그중 두 사건이 1960년대에 연속적으로 일어났지만 상황은 사뭇 달랐죠. 칼스타드에선 촌부가 살해당한 반면 스톡홀름에선 말에 미친 스물두 살의 젊은 아가씨였으니까요. 이처럼 사건들 사이에 공간적, 시간적, 혹은 특정 거리와 차이가 있었기 때문에 연관성이 쉽게 인식되지 않았죠."

그리고 세번째 손가락.

"이 사건들을 하나로 묶는 명확하고도 뚜렷한 도식이 없어요. 전부 다른 방식으로 범해졌고, 범인을 암시하는 개성적인 표식도 없어요. 물론 매번 나타난 공통 요소들은 있죠. 동물과 불, 그리고 잔인한 성폭행. 또한 당신이 말했듯 성경 구절 패러디. 하지만 문제는 그 어떤 수사관도 이 사건들을 성경의 관점에서 바라보지 않았다는 거예요. 만일 그랬다면 연결고리가 비교적 명확해지는데 말이죠."

미카엘은 고개를 끄덕였다. 그리고 리스베트를 슬그머니 살펴보았다. 금방이라도 쓰러질 듯한 가냘픈 몸, 검은 탱크톱, 몸 여기저기에 새긴 문신과 얼굴의 피어싱…… 헤데뷔의 손님 집에는 도통 어울리지 않는 모습이었다. 저녁식사 내내 미카엘이 상냥하고 명랑한 태도로 대했지만 그녀는 시종일관 뚱한 채 묻는 말에도 제대로 대답하지 않았다. 이런 그녀가 일단 한번 일을 시작하면 머리끝에서 발끝까지 철저한 프로로 변신했다. 스톡홀름에서 본 아파트는 폭격 맞은 폐허 같았지만 그녀의 머릿속만큼은 누구 못지않게 질서정연하다는 사실을 인정하지 않을 수 없었다. 정말로 이상한 여자야!

"맞아. 우데발라의 공장 지대 컨테이너에서 살해된 성판매 여성과 목 졸려 죽은 후 불에 탄 론네뷔 목사의 아내를 서로 연결짓는 건 쉽지 않은 일이지. 하리에트가 우리에게 준 그 열쇠가 없었다면."

"여기서 두번째 질문에 부딪히게 되죠." 리스베트가 말했다.

"어떻게 하리에트가 이 더러운 일에 휩쓸리게 되었느냐? 비교적 안정된 대가족 안에서 보호받으며 지내던 열여섯 살 소녀가."

"그러면 답은 하나밖에 없죠."

미카엘은 다시 고개를 끄덕였다.

"이 모든 일이 방에르 가문과 관계가 있다……"

두 사람은 밤 11시까지 사건들을 하나하나 되풀이하며 그 속의 연결고리와 흥미로운 점들에 대해 계속 토론했다. 결국 머리가 멍해진 미카엘이 눈을 비비고 기지개를 켰다. 그리고 리스베트에게 밖에 나가 한 바퀴 산책하겠느냐고 물었다. 그녀는 이런 운동을 시간 낭비라고 여기는 표정이었지만 그래도 잠시 생각하더니 고개를 까딱했다. 밖에 모기가 많으니 긴 바지를 입는 편이 나을 거라고 미카엘이 충고했다.

요트 선착장을 따라 걷다가 다리 밑을 지나 마르틴의 빌라가 있는 곳 쪽으로 향했다. 미카엘은 지나가면서 보이는 집들을 가리키며 거기 사는 사람들에 대해 얘기했다. 하지만 세실리아의 집 앞에서는 설명이 매끄럽게 흘러나오지 않았다. 리스베트는 그런 그의 모습을 슬그머니 살폈다.

마르틴의 화려한 요트 앞을 지나 마침내 곶에 이른 두 사람은 바위에 걸터앉아 담배를 한 대씩 피워 물었다.

"그런데 희생자들 사이에 연관성이 하나 더 있어." 갑자기 미카엘이 말했다. "혹시 너도 생각해봤는지 모르겠지만."

"그게 뭐죠?"

"이름."

그녀는 한동안 곰곰이 생각해보았다. 그러고는 모르겠다는 듯 고개를 저었다. 미카엘이 다시 말했다.

"희생자들 모두가 성경에 나오는 이름이야."

"그건 아닌데요?" 리스베트가 강하게 반박했다. "리브와 레나라는 이름은 성경에 없잖아요."

미카엘이 고개를 흔들었다. "아니야, 있어. '리브'에는 '살다'라는 뜻이 있지. 바로 아담의 아내 '이브'의 성서적 의미야. 그리고 리스베트, 좀더 생각해봐. '레나'는 무엇을 줄인 말일까?"

리스베트는 아플 정도로 눈을 질끈 감으며 속으로 욕을 내뱉었다. '젠장! 이 미카엘이란 남자, 나보다 머리가 빨리 돌아가는군!' 리스베트는 이런 경우를 몹시 싫어했다.

"마그달레나를 줄인 말이군요. 그러니까 막달라 마리아."

"죄 많은 여인 막달라 마리아, 최초의 여인 이브, 그리고 성모 마리아까지…… 자, 성서의 여인들이 다 모였잖아? 정말이지 너무도 요상한 이야기라 심리학자가 듣는다면 의미를 해석하느라 골이 핑핑 돌아가겠어. 그런데 이 이름들을 가지고 떠올린 게 단지 그뿐이 아니야."

리스베트는 참을성 있게 기다렸다.

"이들은 유대인의 전통적 여성 이름이기도 해. 방에르 집안의 상당수가 광적인 반유대주의자에, 나치스에, 유대인 음모론의 신봉자들이었어. 저기 저 집에 사는 하랄드 방에르는 지금 나이가 아흔이 넘었지만 1960년대에는 한창때였겠지. 그 노인네를 딱 한 번 본 일이 있는데 그때 뭐라고 한 줄 알아? 글쎄 자기 딸더러 창녀라는 거야. 여자에 관한 한 상당히 문제가 많아 보이는 노인네였어."

집으로 돌아온 두 사람은 샌드위치를 만들고 커피를 다시 데웠다. 미카엘은 드라간이 총애하는 조사원이 만들어온 500쪽에 달하는 보고서에 시선을 던졌다.

"어떻게 그 짧은 시간에 이토록 기막히게 조사를 잘해왔는지 모르겠네. 하여간 고마워. 이 보고서를 들고 여기까지 와줘서 더욱 고맙고."

"이젠 어떻게 되는 거죠?"

"내일 아침 디르크와 얘기해서 수고비를 지불해야지."

"내 말은 그게 아니에요."

미카엘이 그녀를 쳐다보았다.

"어…… 네게 맡긴 조사 업무는 이제 끝난 듯한데……" 그가 신중하게 말했다.

"하지만 난 아직 이 사건과 끝나지 않았어요."

미카엘은 주방 벤치에 몸을 뒤로 젖히고 앉아 그녀의 눈을 들여다보았다. 도대체 이 여자의 꿍꿍이가 뭘까 궁금했지만 아무것도 알아낼 수 없었다. 지난 반년 동안 그는 하리에트 실종 사건을 혼자 조사해왔다. 그런데 갑자기 이 사건 속에 숨겨져 있는 그 모든 사회적이고 정치적인 함의를 이해하는 사람이 또하나 나타난 셈이었다. 게다가 능력 있는 조사원이기도 했다. 미카엘은 그 자리에서 결정을 내렸다.

"알겠어! 사실은 나도 이 사건이 너무도 흥미로워. 내일 디르크하고 얘기해볼게. 널 앞으로 일이 주 정도 더…… 그래, 보조 조사원으로 채용하겠어. 이번에도 디르크가 보수를 드라간에게 지불했던 만큼 똑같이 계산해줄지는 모르겠지만 최선을 다해 합당한 액수를 짜내보자고!"

리스베트가 불쑥 환한 미소를 지어 보였다. 사실 이 일을 여기서 끝내고 싶지 않았기 때문에 돈을 못 받더라도 일을 계속하고 싶었다.

"그럼 난 잘게요." 그녀가 말했다. 그러고는 더이상 아무 말 없이 자기 방으로 들어가 문을 잠갔다.

이 분쯤 있다 그녀가 다시 문을 열고 고개를 삐죽 내밀었다.

"당신 생각이 틀렸어요. 그자는 성경을 너무 읽다가 미쳐버린 정신병자가 아니에요. 단지 여자들을 증오하는 쎄고 쎈 쓰레기일 뿐이죠."

21장

7월 3일 목요일~7월 10일 목요일

리스베트는 미카엘보다 먼저 아침 6시쯤 일어나 커피 물을 올리고 샤워를 하러 욕실에 들어갔다. 7시 30분쯤 미카엘이 잠에서 깨어보니 그녀가 허락도 없이 노트북을 켜고 하리에트 사건 요약 문서를 읽고 있었다. 그는 목욕타월을 두른 채 주방으로 들어가며 아직 잠이 덜 깬 눈을 비볐다.

"커피 끓여놨어요." 그녀가 돌아보지 않고 말했다.

미카엘이 그녀의 어깨 너머로 화면을 들여다보았다.

"아니, 그 파일은 비밀번호로 잠겨 있었을 텐데?"

리스베트가 고개를 돌려 그를 올려다보면서 말했다.

"인터넷에서 비밀번호 해독 프로그램을 다운받는 데 삼십 초도 안 걸려요."

"우리, 개인 소유물의 개념에 대해 한번 토론하는 시간을 가져야겠어." 미카엘이 욕실로 들어가며 말했다.

샤워를 마치고 돌아와보니 리스베트가 노트북을 끄고 작업실 제

자리로 돌려둔 게 보였다. 대신 그녀의 노트북이 켜져 있었다. 이미 그녀가 모든 내용을 자신의 노트북으로 옮겨간 게 분명했다.

정말이지 그녀는 정보중독자였다. 그것도 지극히 자유주의적인 윤리 개념을 지닌 중독자.

미카엘이 아침을 먹으려고 앉자마자 누가 현관문을 두드렸다. 나가서 문을 여니 마르틴이 서 있었다. 한데 얼굴이 얼마나 굳었는지 처음엔 헨리크의 부고를 전하러 왔나싶었다.

"아니오. 작은할아버지는 어제와 다름없소. 다른 일 때문에 온 거요. 잠깐 들어가도 되겠소?"

그를 들어오게 한 후 미카엘은 '조력자' 리스베트를 소개했다. 그녀는 고개를 까딱하며 이 대기업 총수를 힐끗 쳐다보더니 다시 자기 노트북이 있는 곳으로 돌아갔다. 마르틴 역시 형식적인 답례를 할 뿐 정신이 딴 데 팔려 그녀를 제대로 보지 못한 듯했다. 미카엘이 마르틴에게 커피를 대접한 뒤 앉으라고 권했다.

"무슨 일이죠?"

"미카엘 씨, 〈헤데스타드 통신〉을 구독하고 있소?"

"아니요. 수산네 카페에 가면 가끔씩 읽기는 합니다만."

"그럼 오늘 아침 신문은 아직 못 봤겠군요?"

"말씀하시는 걸 들으니 뭔가 읽을 게 있나보군요."

그가 미카엘 앞 테이블에 〈헤데스타드 통신〉을 올려놓았다. 1면에서 두 단으로 시작해 4페이지까지 이어지는 장문의 기사는 미카엘에 대한 것이었다. 제목을 보는 순간 눈살이 찌푸려졌다.

명예훼손죄로 실형을 받은 기자가 우리 지역에 숨어들다

기사 옆에는 집에서 나오는 미카엘의 모습을 교회당 쪽에서 망원

렌즈로 찍은 사진 한 장이 실려 있었다.

코니 토르손이란 기자는 미카엘을 짓밟는 이 기사를 만들어내느라 꽤나 애를 썼을 게 분명했다. 그는 먼저 벤네르스트룀 사건을 요약한 다음, 두 다리 사이에 꼬리를 감춘 개 같은 꼴로 법정을 빠져나온 미카엘이 징역살이를 해야 했다는 사실을 강조했다. 그리고 마지막으로, 입장을 표명해달라는 〈헤데스타드 통신〉의 요청을 이유 없이 거절했다고 밝혔다. 얼마나 지저분하게 묘사해놓았던지, 사정을 모르는 헤데스타드 주민이 그 기사를 읽는다면 스톡홀름 출신의 쓰레기, 혹은 수상쩍은 작자가 인근을 배회하고 있다고 생각하지 않을 수 없을 정도였다. 기사에 포함된 그 어느 주장도 법적으로는 문제될 게 없었지만 전반적으로 미카엘을 의심쩍게 바라보게끔 초점을 맞추고 있었다. 사진을 사용하는 방식이나 기사의 어조가 정치적 테러리스트의 그것과 조금도 다름이 없었다. 〈밀레니엄〉을 신뢰할 수 없는 '선동지'로, 경제 언론에 관한 미카엘의 저서는 존경스러운 언론인들을 헐뜯으며 쓰레기 같은 주장을 하는 책으로 묘사했다.

"미카엘…… 이 기사를 읽고 나니 대체 무슨 말을 해야 할지 모르겠소. 정말 추악한 글이오."

"뒤에 누가 있는 거예요." 미카엘은 차분하게 대답하고는 마르틴을 물끄러미 쳐다보았다.

"난 이 일과 전혀 무관하다는 걸 알아주면 좋겠소. 아침에 신문을 읽다가 마시던 커피가 목에 걸렸을 정도니까."

"그럼 누구죠?"

"여기 오기 전에 몇 군데 전화해 알아보니 코니 토르손은 이번 여름 동안만 일하는 임시기자더군. 그를 신문사에 소개한 사람이 바로 비리에르이고."

"비리에르가 이 신문사 편집국에 그렇게 영향력이 큰지 몰랐습니다. 제가 제대로 알고 있다면 그는 시의원이고 정치가일 뿐일 텐데요."

"공식적으로는 아무런 영향력이 없소. 하지만 여기 편집장이 군나르 칼만이오. 바로 요한 방에르 집안 쪽 잉리드 방에르의 아들이지. 군나르와 비리에르는 오래전부터 아주 친한 사이고."

"그렇군요."

"이 기자를 당장 쫓아내도록 하겠소."

"그는 몇 살이죠?"

"모르오. 한 번도 만난 적 없는 자니까."

"해고하지 마세요. 전화할 때 보니까 아주 젊은데다 기자 경험도 전혀 없는 풋내기던데."

"하지만 이런 식으로 그냥 넘어갈 순 없는 일이오."

"제 의견을 말씀드릴까요? 지금 이 상황이 약간 이상하게 느껴집니다. 이 신문의 소유주가 누굽니까? 방에르 집안 아닙니까? 그런데 그곳의 편집장이 헨리크가 파트너이자 마르틴 당신이 현재 이사로 있는 또다른 잡지를 공격하다뇨? 요컨대 이 군나르라는 편집장은 당신과 헨리크 두 사람을 공격하고 있는 셈입니다."

마르틴이 그의 말을 심각하게 듣고 있다가 천천히 고개를 저었다.

"무슨 말인지 알겠소. 이 일의 책임과 배후는 정확히 가려내겠소. 하지만 군나르가 나를 공격할 이유는 충분하지. 그 역시 방에르 그룹에 지분이 있고 언제나 나를 못 잡아먹어 안달이니까. 그런데 이 일만큼은 비리에르의 복수극일 가능성이 클 것 같소. 지난번 선생이 병원 복도에서 그에게 무안 준 일 말이오. 그에게 선생은 눈엣가시 같은 존재요."

"알고 있습니다. 그렇기 때문에 이 일에서 그래도 가장 정직한 자는 그 기자라고 생각하는 겁니다. 편집장이 이러한 방향으로 기사를 쓰라고 명령하는데 일개 임시기자 주제에 감히 거절할 수 있었겠습니까?"

"내일 신문에 사과기사를 실으라고 요구하겠소."

"그러지 마십시오. 그렇게 해봤자 싸움만 끝없이 계속되고 상황은 더욱 꼬일 겁니다."

"그럼 이 일을 그냥 놔두라는 말씀이오?"

"네, 오히려 그게 나을 겁니다. 안 그러면 군나르를 더 자극하게 될 테고, 최악의 경우 당신까지 그룹 오너라는 이유로 언론의 자유에 불법적인 영향력을 행사하려 드는 나쁜 놈으로 몰릴 수 있으니까요."

"미안하지만 난 선생과 의견이 다르오. 내게도 공식 의견을 말할 권리가 있지 않소? 이 기사에서 뭔가 고약한 냄새가 난다는 게 내 의견이고, 그걸 명확히 표명하고 싶은 게 내 뜻이오. 어쨌든 회장님을 대신해 〈밀레니엄〉 경영진에 속한 몸이니 이런 더러운 험담을 절대 그냥 넘길 수 없소."

"알겠습니다."

"대응 기사를 실어달라고 요구할 거요. 이건 내 권리니까. 거기서 군나르를 멍청한 놈이라고 묘사하겠소. 안됐지만 할 수 없지."

"그럼 신념대로 하십시오."

"나로선 이 더러운 공격과 내가 전혀 무관하다는 사실을 진심으로 증명하고 싶소."

"난 당신을 믿습니다."

"지금 이 애길 꺼내기는 좀 그렇지만 한마디 더 하겠소. 이런 일이 생기니 내가 지난번에 말했던 그 문제가 다시 생각나오. 선생이 〈밀레니엄〉 편집부에 복귀하는 일 말이오. 어서 돌아와서 하나된 모습을 보여줘야 할 때 아니오? 이렇게 바깥에서 나돌면 험담은 계속될 게 뻔하잖소. 나는 〈밀레니엄〉을 믿고, 우리가 힘을 합친다면 이 싸움을 충분히 이겨내리라 확신하오."

"당신 관점은 이해하겠습니다. 하지만 나 역시 당신 생각과는 다릅니다. 회장님과의 계약을 깨는 건 불가능할 뿐 아니라 나 스스로도 그럴 마음이 없습니다. 아시다시피 난 그분을 꽤 좋아합니다. 그리고 이 하리에트 사건은……"

"그래서요?"

"지난 몇 년간 회장님이 이 일에 집착하면서 당신도 힘들어한다는 건 충분히 이해합니다."

"우리끼리 얘기지만 나도 작은할아버지를 좋아해요. 스승과도 같은 분이죠. 하지만 하리에트에 관해서만은 그분의 집착이 거의 광적인 상태에 이르렀어요."

"처음 이 일을 시작할 때는 나도 순전히 시간 낭비라고 생각했어요. 하지만 예상과 달리 새로운 사실들을 찾아냈죠. 얼마 있으면 꽉 막힌 벽에 구멍을 내고 어쩌면 실제로 어떤 일이 있었는지 밝혀낼 수 있을 듯합니다."

"선생이 무얼 찾아냈는지 알려줄 수 있겠소?"

"계약에 따라 회장님의 동의가 없으면 누구에게도 밝힐 수 없습니다."

마르틴이 턱을 만지작거렸다. 미카엘은 그의 눈에 의혹의 빛이 떠오르는 걸 간파했다. 결국 마르틴은 마음을 정했다.

"좋소. 지금 이 상황에 우리가 할 수 있는 최선은 가급적 빨리 하리에트의 수수께끼를 푸는 일이군요. 난 단지 이 말만 할 수 있을 뿐이고. '이 일을 가급적 빨리, 그리고 만족스럽게 끝낼 수 있게끔 최선을 다해 당신을 지원할 테니 그다음엔 〈밀레니엄〉으로 돌아오시오!'라고."

"좋습니다. 그럼 앞으로 당신과 싸울 일은 없겠군요?"

"그럴 필요 없을 거요. 이젠 전적으로 후원할 테니. 문제가 생기면 즉시 내게 찾아오시오. 비리에르가 더이상 방해 공작을 못하도록 압력을 넣겠소. 세실리아도 좀 달래보겠고."

"고맙습니다. 그녀에게 몇 가지 꼭 물어볼 게 있는데 한 달 전부터 철저히 저를 피하고 있어요."

마르틴이 갑자기 미소를 지었다.

"아마 둘 사이에 다른 문제가 있는 모양이군요. 내가 상관할 바는 아니지만."

그렇게 둘은 악수를 나눴다.

리스베트는 두 사람이 나누는 대화를 조용히 엿듣고 있었다. 마르틴이 떠나자 〈헤데스타드 통신〉을 집어들고 기사를 훑어보았다. 그러고는 아무런 논평 없이 신문을 그대로 내려놓았다.

미카엘 역시 아무 말 없이 깊은 생각에 잠겨들었다. 군나르 칼만은 1942년생이니 1966년에 스물네 살이었다. 그 역시 하리에트가 실종된 날 섬에 있었던 사람이다.

미카엘은 아침을 다 먹고 나서 자신의 조수에게 경찰수사 기록을 읽어보라고 지시했다. 특히 하리에트의 실종을 다룬 문서들을 골라서 건넸다. 다리 위에서 유조차 사고가 일어났을 때 주변을 찍은 사진들과 헨리크의 개인적인 조사 기록을 바탕으로 자신이 작성한 긴 요약문도 넘겼다.

그리고 디르크를 찾아가 앞으로 한 달간 리스베트를 조수로 채용한다는 계약서를 작성해달라고 부탁했다.

그러고서 집으로 돌아와보니 리스베트가 정원에 앉아 경찰수사 기록에 푹 빠져 있었다. 미카엘은 커피를 끓이러 안으로 들어갔다. 그런데 주방 창문으로 다시 내다보니 기록들을 그저 대충 훑어보는 게 아닌가. 한 페이지를 읽는 데 십 초에서 십오 초밖에 걸리지 않았다. 미카엘은 약간 기분이 상했다. 얼마나 애를 써서 만든 자료들인데 저렇게 설렁설렁 넘겨버린단 말인가? 일단은 커피 두 잔을 들고서 정원으로 나갔다.

"당신이 사라진 하리에트에 대해 쓴 거 말이에요. 이 실종이 연쇄 살인범의 소행이란 사실을 알기 전에 썼죠?"

"맞아. 그냥 중요하다고 생각한 거랑 헨리크에게 묻고 싶은 질문 따위를 떠오르는 대로 적어본 거야. 느꼈겠지만 제대로 정리가 안 되어 있어. 사실 지금까지는 아무 생각 없이 어둠 속을 더듬어왔을 뿐이지. 그저 헨리크 회장의 회고록에 들어갈 장 하나를 쓴다는 목적밖에 없었으니까."

"그럼 지금은요?"

"예전에는 조사의 초점이 헤데뷔섬에 맞춰져 있었어. 하지만 지금은 달라. 이 이야기는 섬이 아니라 헤데스타드에서, 그것도 실종 사건이 있기 한참 전에 이미 시작되었다고 확신하고 있어. 관점이 완전히 바뀐 거지."

리스베트가 고개를 끄덕이고는 잠시 생각에 잠겼다.

"사진들을 가지고 이걸 찾아내다니 대단해요."

미카엘은 약간 놀라 눈썹을 치켜세웠다. 결코 칭찬에 후해 보이지 않는 여자에게 이런 말을 들으니 묘하게 기분이 좋았다. 솔직히 탐사 기자인 자신이 봐도 일대 쾌거였다는 사실은 부정할 수 없었다.

"자, 이제 세부사항으로 들어가죠. 지난번 노르셰에 사진을 찾으러 다녀왔다던데 결과가 어땠어요?"

"내 노트북에 저장해둔 그 사진을 아직 못 봤어?"

"시간이 없었어요. 우선 당신 생각이 어디까지 와 있고 어떤 결론들을 끄집어냈는지 파악하고 싶었죠."

미카엘은 한숨을 내쉬며 자신의 노트북을 켜고 사진 파일을 열어 보여주었다.

"참 재미있는 일이야. 이번 노르셰 방문은 큰 진전이었던 동시에 완전히 실망스럽기도 했어. 사진은 찾았지만 아무것도 말해주는 게 없거든. 밀드레드라는 여인이 여행이나 휴가 때 찍은 사진들을 전부 앨범에 한 장씩 보관중이긴 했어. 내가 찾던 사진도 거기 있었고. 보통 컬러필름으로 찍은 사진이었지. 삼십칠 년이나 지나서 누렇고 흐릿해졌어. 하지만 그녀가 신발상자 안에다 필름까지 보관해놨더군. 그래서 헤데스타드에서 찍은 필름을 모두 빌려와서 스캔했지. 자, 이게 바로 그날 하리에트가 본 거야."

미카엘이 '하리에트/bd-19.eps'라는 이름의 파일을 클릭했다.

리스베트는 그가 왜 실망했는지 알 수 있었다. 형편없는 구도에 광각으로 찍은 사진에는 어린이날 퍼레이드를 벌이는 어릿광대들의 모습이 담겨 있었다. 배경에는 순드스트룀 매장 건물의 모퉁이가 멀찍이 보였다. 그리고 어릿광대들과 그 뒤를 따르는 트럭 사이에 십여 명의 구경꾼들이 몰려 있었다.

미카엘이 손가락으로 가리키며 말했다.

"이게 바로 하리에트가 봤던 그 사람인 듯해. 무언가를 바라보는 하리에트의 얼굴 각도를 계산해보면 이 사람이 서 있는 곳과 일치해. 내가 이 교차로의 도면까지 정확하게 그려봤어. 게다가 이 인파 중에서 사진기 쪽을 쳐다보는 건 역시 이 사람 뿐이야. 즉 그쪽에서도 하리에트를 응시하고 있었던 거지."

리스베트는 길 건너 구경꾼들의 뒤쪽에 서 있는 희미한 인물을 들여다보았다. 어깨 부분만 붉은색으로 된 어두운 퀼트재킷을 걸쳤고 바지 색깔 역시 어두웠는데 아마도 청바지인 듯했다. 미카엘이 사진을 확대해 머리에서 발끝까지 그 사람의 모습으로 화면 전체를 채웠다. 이미지는 더욱 흐릿해졌다.

"남자야. 키는 180센티미터 정도에 뚱뚱하지도 마르지도 않은 체격. 짙은 금발에 깨끗이 면도한 얼굴. 하지만 얼굴의 다른 특징은커녕 나이조차 짐작할 수 없어. 십대 소년일 수도 있고 오십대 남자일 수도 있지."

"화질을 조정해볼 수 있지 않아요?"

"해봤지. 심지어는 이미지 조작 선수인 〈밀레니엄〉의 크리스테르에게 사본을 보내기까지 했어." 미카엘이 또다른 사진 파일을 열었다. "자, 이게 우리가 얻을 수 있는 최상의 결과야. 간단히 말해서 카메라가 형편없는데다 거리가 너무 멀었어."

"이 사진을 다른 사람에게도 보여줬나요? 혹시 이 사람만의 자세를 알아볼 수 있을지도……"

"디르크에게 보여줬는데 누군지 전혀 모르겠다더군."

"그가 헤데스타드에서 가장 활발하게 활동하는 사람은 아니잖아요."

"그렇지. 하지만 내 고용인이 헨리크와 디르크니까. 이 사람 저 사람 탐문하기 전에 먼저 그들부터 보여주는 게 순서라고 생각했어."

"이 사람은 어쩌면 그냥 단순한 구경꾼일지도 몰라요."

"가능한 얘기야. 하지만 하리에트가 일개 구경꾼을 보고서 그렇게 이상하게 반응했을까?"

일주일 동안 미카엘과 리스베트는 아침에 일어나 잠자리에 들 때까지 하리에트 사건만 파고들었다. 리스베트는 계속해서 경찰 보고서를 읽으며 미카엘에게 예리한 질문들을 던졌다. 진실은 하나뿐일 텐데 언제나 대답이 모호해서 열띤 토론이 뒤따랐다. 둘은 다리 위에서 사고가 일어났을 때 각 인물들이 어디에 있었는지 확인하기 위해 인물들의 시간표를 분석하는 데 하루를 보냈다.

리스베트는 갈수록 미카엘을 놀라게 했다. 수사 기록을 대충 훑으며 넘어가는 듯 보였지만 가장 모호하고 모순적인 디테일들을 콕콕 집어내고 있었다.

날씨가 너무 더워 정원에 머물러 있기가 힘들 때는 한 번씩 휴식을 취하곤 했다. 바다로 수영을 하러 가거나 수산네 카페에 가서 커피를 마시기도 했다. 그런데 수산네가 갑자기 노골적으로 차갑게 대하기 시작했다. 이내 미카엘은 그녀가 돌변한 이유가 리스베트 때문이라는 걸 눈치챘다. 상당히 어려 보이는 여자를 데리고 다니는, 영계나 밝히는 늙다리로 그를 오해한 모양이었다. 미카엘로서는 썩 유쾌하지 않았다.

미카엘은 저녁마다 늘 다니던 코스를 따라 조깅을 했다. 숨이 턱 끝까지 차서 돌아와도 힐끗 쳐다보기만 할 뿐 리스베트는 별다른 말이 없었다. 이 더운 날씨에 산과 들을 숨이 차게 뛰어다니는 일이 그다지 매력적인 여가는 아니라고 생각하는 표정이었다.

"난 마흔이 넘었잖아." 그가 변명을 늘어놓았다. "뚱보가 되지 않으려면 반드시 운동을 해야 된다고."

"아, 그렇군요."

"넌 운동하는 거 없어?"

"가끔 복싱을 하죠."

"복싱?"

"몰라요? 글러브 끼고 하는 거."

샤워를 하러 욕실에 들어간 미카엘은 링 위에 서 있는 리스베트의 모습을 상상했다. 그녀가 농담을 할 리는 없다. 어쩔 수 없이 미카엘은 간단한 질문 하나를 할 수밖에 없었다.

"그런데 무슨 체급이야?"

"체급은 없어요. 쇠데르에 있는 복싱 클럽에서 가끔 남자애들하고 스파링해요."

'그런데 왜 이런 말을 듣고도 하나도 놀랍지 않은 거지?' 미카엘은 생각했다. 하기야 그녀 자체가 놀라움 덩어리니까. 어쨌든 미카엘은 지금 리스베트가 처음으로 자기 자신에 대해 이야기했다는 사실을 깨달았다. 따지고 보면 미카엘은 그녀에 대해 아는 정보가 아무것도 없었다. 어쩌다가 드라간 밑에서 일하게 됐는지, 학력은 어떤지, 부모는 뭘 하는 사람들인지 등등. 미카엘이 그녀의 사생활에 대해 조금이라도 얘기해보려고 시도할라치면 리스베트는 조개껍데기처럼 입을 딱 닫아버리고 한마디도 대꾸하지 않거나 완전히 무시해버렸다.

어느 날 오후, 리스베트가 갑자기 파일을 내려놓더니 미간을 살짝 찌푸리며 미카엘을 쳐다보았다.

"오토 팔크에 대해 뭐 아는 거 있어요? 목사 말이에요."

"별로 없는데. 현직 목사는 만나본 적 있지. 여자 분인데 올해 초에 교회 근처에서 몇 차례 마주쳤어. 그분 말로는 오토가 아직 살아 있고 헤데스타드 어느 요양원에 있다고 하더군. 치매래."

"어디 출신이죠?"

"이곳 헤데스타드야. 웁살라에서 공부했고 서른 살쯤에 이곳으로 돌아왔어."

"미혼이었고, 하리에트가 가끔 보는 사람이었죠."

"그런데 그건 왜 묻지?"

"구스타프 형사가 수사할 때 이 사람에겐 너무 관대했던 것 같아서요."

"1960년대까지만 해도 목사들이 특별한 사회적 지위를 누렸으니까. 헤데뷔에선 일종의 권력자였겠지."

"당시 경찰들이 사제관을 제대로 뒤져봤는지 의문이에요. 사진을 보니까 상당히 큰 목조 건물이던데, 한동안 시체를 감춰둘 공간이 얼마든지 있지 않았겠어요?"

"맞아. 하지만 우리가 가진 자료에선 오토 목사가 연쇄살인이나 사라진 하리에트와 관련이 있을 법하다는 단서는 없었어."

"잘못 생각하고 있어요." 리스베트가 입가에 옅은 미소를 띠고 말했다. "우선 그는 목사예요. 목사들이란 성경과 특별한 관계를 갖는 법이죠. 또 섬에서 마지막으로 하리에트와 얘기를 나눈 사람이고요."

"하지만 그녀와 마주친 다음 곧장 사고 현장으로 가서 몇 시간을 머물렀어. 사진에도 숱하게 등장하고. 특히 하리에트가 사라졌다고 추정되는 시간대에 많이 보이지."

"흠…… 좋아요. 내가 빠른 시간 내에 그의 알리바이를 파헤쳐보기로 하죠. 그런데 사실 난 이것과는 전혀 다른 문제를 생각하고 있어요. 지금 우리가 쫓는 자가 가학적 성향의 여성 연쇄살인범이라고 할 수 있는 거죠?"

"그렇지?"

"이번 봄에…… 시간이 좀 있어서 사디스트에 관한 글을 찾아서 읽어봤어요. 그중 하나가 미국 FBI에서 쓰는 교재였는데, 거기서는 구속된 연쇄살인범 상당수가 결손 가정 출신에 어린 시절에는 동물을 고문하는 취미가 있었다고 하더군요. 그리고 미국에선 꽤 많은 연쇄살인범이 방화를 하다가 체포됐대요."

"동물을 희생시키는 것과 불로 희생시키는 것, 두 가지 특징이 있다는 말이군."

"하리에트가 적어놓은 성경 구절에도 동물 고문과 불이라는 두 요소가 빈번히 등장하고요. 하지만 지금 내가 생각하는 건 다른 사실이에요. 1970년대 말 목사관에서 발생한 화재." 미카엘은 잠시 곰곰이 생각해본 다음 입을 열었다.

"하지만 그건 너무 모호해."

리스베트가 고개를 끄덕였다.

"나도 그렇게 생각해요. 하지만 특기해둘 필요는 있겠죠. 수사 기록을 들춰보니 화재 원인이 밝혀져 있지 않더군요. 1960년대에 이곳에서 의문스러운 화재들이 또 있었는지 알고 싶어요. 당시 이 지역에서 동물가혹행위가 있었는지 조사해보는 것도 흥미롭겠고요."

리스베트가 헤데뷔에 와서 보내는 일곱번째 밤이었다. 그녀는 미카엘에게 은근히 약이 올라 있었다. 지난 일주일간 깨어 있는 시간을 거의 그와 함께 지냈다. 평소 누군가와 칠 분만 같이 있어도 머리가 아파오는데 말이다.

그녀는 자신이 원만한 인간관계를 맺을 수 없는 성격이라는 걸 일찌감치 파악하고 혼자 살기로 결심했었다. 남들이 그녀의 삶에 간섭하지 않고 그저 조용히 내버려두기만 하면 만족했다. 하지만 불행히도 주위 사람들은 그렇게 사려 깊지도 똑똑하지도 못했다. 하여 그녀는 끊임없이 싸울 수밖에 없었다. 사회복지부와 아동복지부 사람들, 후견위원회, 세무서 공무원, 경찰, 후견인들, 심리학자, 정신과 의사, 교사, 그리고 스물다섯 살이 넘은 그녀를 클럽에 들어가지 못하게 막는 (그녀를 아는 술집 풍차 종업원들은 예외였지만) 가드 등등. 그녀의 삶을 이끌어주려 하거나, 그녀가 선택한 삶의 방식을 교정하려 드는 한심하고도 짜증나는 인간들, 세상에는 이런 작자들이 너무도 많았다.

그리고 우는 건 아무 소용 없다는 사실을 아주 어린 나이부터 깨달았다. 문제가 생겼을 때 다른 사람에게 호소해봤자 상황은 더욱 악화될 뿐이라는 사실도. 그래서 문제를 해결하는 데 필요한 방법을 찾아내 자신이 직접 풀어가곤 했다. 불쌍한 닐스 비우르만이 단단히 걸려든 것도 바로 이런 사실을 몰랐기 때문이다.

어떤 의미에서 미카엘도 남들과 마찬가지로 짜증나는 사람이었다. 그 역시 그녀의 사생활을 캐묻거나 대답하고 싶지 않은 질문을 하는 버릇이 있었다. 하지만 그가 반응하는 방식은 그녀가 만나온 대부분의 남자들과 전혀 달랐다.

예를 들어 그녀가 질문을 받고도 차갑게 무시해버리면 그는 그저 어깨를 한 번 들썩하고는 그녀를 조용히 내버려두었다. 놀라운 일이었다.

이 집에 온 첫날 아침, 그녀가 미카엘의 노트북을 열어 가장 먼저 한 건 그의 모든 데이터를 자신의 노트북으로 옮기는 일이었다. 도중에 그가 자신을 쫓아낼 가능성에 대비해 사건과 관련된 자료부터 확보해놓으려는 속셈이었다.

어느 날 아침 미카엘이 일어났을 땐 그의 노트북에 들어 있는 온갖 자료들을 일부러 보란듯이 여기저기 열어보면서 도발해보기도 했다. 이렇게 하면 성질을 내리라 예상하면서. 하지만 그는 체념한 듯한 얼굴로 빈정거리듯 뭐라고 웅얼대다가 그대로 샤워하러 들어가버렸다. 그리고 나중에 가서 불만을 털어놨다. 참 희한한 남자였다. 결국 리스베트는 그가 진정으로 자신을 신뢰하고 있을지도 모른다는 생각까지 들었다.

하지만 마냥 마음놓고 있을 수는 없는 노릇이었다. 자신이 해킹을 한다는 사실을 그가 알게 된 건 심각한 문제였다. 리스베트는 자신이 하는 해킹행위가 직업적 목적이든 개인적 취미이든 불법으로 규정되어 있으며 최대 징역 2년까지 처벌받을 수 있다는 사실을 잘 알고 있었다. 이것이 바로 그녀의 약점이었다. 그녀는 결코 감금되고 싶지 않았다. 감옥생활은 자신의 유일한 취미인 컴퓨터를 빼앗기는 걸 의미하기 때문이었다. 그래서 드라간을 비롯해 그 누구에게도 자신이 어떻게 정보를 얻어내는지 밝히지 않았다.

직업적으로 해킹을 하는 플레이그, 그리고 인터넷으로 접촉하는 몇 사람은 그녀를 와스프라는 가명으로만 알고 있을 뿐 와스프가 누구인지 어디 사는지 따위를 전혀 몰랐다. 이들을 빼고는 오직 '칼레 블롬크비스트'만이 그녀의 비밀을 알고 있었다. 이렇게 된 건 자신의 어처구니없는 실수 때문이었다. 이 분야에 처음 입문한 열두 살짜리 꼬마 해커라도 절대 범하지 않을 그런 멍청한 실수였다. 정말이지 자신의 종아리를 회초리로 후려치고 싶은 심정이었다. 그런데 미카엘이라는 이 알 수 없는 남자는 자신의 정보를 도둑질당했다고 해서 펄펄 뛰지 않았다. 오히려 아무 일도 없었다는 듯 그녀를 채용했다.

이 모든 일에 리스베트는 은근히 약이 올랐다.

자러 들어가기 전에 리스베트는 미카엘과 샌드위치를 하나씩 먹었다. 그런데 미카엘이 갑자기 해킹 실력이 어느 정도 되느냐고 물었다. 그녀는 자신도 모르게 이렇게 대답했다.

"아마 스웨덴에서는 최고겠죠. 나와 비슷한 사람이 두세 명 정도는 더 있을지 모르지만."

그녀는 자신의 대답에 추호의 의심도 없었다. 한때는 플레이그가 더 나았지만 그녀가 그를 뛰어넘은 지 오래였다.

그녀는 또한 이렇게 스스럼없이 대답하는 자신의 모습에 무척 놀랐다. 이런 적은 처음이었다. 사실 누군가와 함께 이런 이야기를 해본 적도 없었다. 그런데 자신의 대단한 능력에 대해 미카엘이 감탄하는 눈빛을 보이자 왠지 흐뭇한 기분이 들었다. 하지만 그는 곧이어 이런 기분을 망쳐버렸다. 해킹 기술을 어떻게 배웠느냐고 묻는 게 아닌가.

끝내 어떻게 대답해야 좋을지 알 수 없었다. 배운 게 아니라 옛날부터 그냥 알고 있었거든! 그녀는 잘 자라는 인사도 하지 않고 침실로 들어가버렸다.

더 약오르는 일은 이렇게 휙 하고 몸을 돌려 떠나도 이 미카엘이라는 작자는 아무런 반응을 보이지 않는다는 점이었다. 침대에 누운 그녀의 귀에 주방에서 부스럭거리며 설거지하는 소리가 들려왔다. 평소 미카엘은 그녀가 자러 들어가고 나서도 한참 동안 일을 했다. 그런데 오늘은 그 역시 일찍 자러 들어가려는 모양이었다. 그가 욕실에서 일을 보고 방으로 들어가 문을 닫는 소리가 들렸다. 조금 뒤에는 침대에 눕는지 삐걱거리는 소리가 났다. 벽 너머라지만 불과 50센티미터밖에 떨어지지 않은 곳이었다.

일주일이나 한집에 있었는데 그는 한 번도 추파 따위 던지는 일이 없었다. 그저 같이 일하고, 그녀의 의견을 묻고, 추론이 틀리면 손가락을 살짝 때리고, 그녀가 자신의 오류를 고쳐주면 고마워했다. 그녀를 그저 한 인간으로 대했다.

홀연 그녀는 깨달았다. 자신이 미카엘과 같이 지내는 걸 좋아하고 있다는 사실을. 어쩌면 그를 신뢰하고 있는지도 모른다는 사실을. 지금껏 그녀는 홀게르 팔름그렌 말고는 그 누구도 신뢰하지 않았다. 하지만 홀게르는 이유가 전혀 달랐다. 그는 아무런 사심 없는 착한 노인일 뿐이었다.

리스베트는 갑자기 몸을 일으켜 창가로 가 고민에 빠진 표정으로 어두운 바깥을 바라보았다. 무엇보다 꺼려지는 건 누군가에게 처음으로 알몸을 보여주는 일이었다. 그녀는 자신의 말라깽이 몸매를 사람들이 혐오할 거라고 굳게 믿고 있었다. 젖가슴은 애처로울 정도로 작았고 엉덩이도 볼품없이 빈약했다. 자신이 보기에도 남자들이 좋아할 만한 구석이 별로 없는 몸이었다. 하지만 그것만 빼면 그녀도 여느 사람들과 다름없이 성욕을 지닌 평범한 여자였다. 그렇게 이십분 남짓 서서 고민하던 그녀는 마침내 마음을 정했다.

미카엘이 침대에 누워 세라 페러츠키*의 소설 한 권을 펼쳐 들고 있을 때였다. 문고리가 딸깍 돌아가는 소리에 눈을 들어보니 리스베트였다. 침대 시트를 몸에 두른 그녀가 아무 말 없이 문 앞에 서 있었다. 마치 무언가를 골똘히 생각하는 사람처럼.

"무슨 문제라도 있어?" 미카엘이 물었다.

그녀는 고개를 흔들었다.

"그럼 무슨 일이야?"

이윽고 그녀는 침대로 다가가 그의 책을 빼앗아 테이블에 올려놓았다. 그러고는 몸을 앞으로 굽혀 그의 입술에 키스했다. 더이상 분명할 수 없는 행동으로 자신의 의사를 표현했다. 그리고 재빨리 침대

---

* Sara Paretsky(1947~). 미국 추리소설가.

위로 올라가 옆에 앉아서 그를 물끄러미 쳐다보았다. 시트에 덮인 그의 배 위에 손바닥을 올려놓았다. 그가 가만히 있자 몸을 굽혀 그의 젖꼭지를 잘근잘근 물었다.

미카엘은 한마디로 멍한 기분이었다. 몇 초 지나지 않아 그는 얼굴을 볼 수 있게끔 그녀의 어깨를 잡아 살며시 밀어냈다. 그 역시 완전히 무관심한 표정은 아니었다.

"리스베트…… 이게 잘하는 일인지 모르겠어. 우린 같이 일해야 하잖아?"

"난 당신과 같이 자고 싶어요. 그렇다고 해서 같이 일하는 데 문제 될 건 없을 거예요. 오히려 지금 날 내쫓으면 문제가 심각해져요."

"하지만 서로를 잘 알지도 못하는데."

그녀가 갑자기 웃음을 터뜨렸다. 마치 기침하듯 짤막한 웃음이었다.

"내가 조사한 바로는 상대를 잘 모른다고 해서 당신이 망설일 사람은 전혀 아닐 텐데요? 오히려 여자 없이는 못 견디는 사람이잖아요. 뭐가 문제죠? 내가 그다지 섹시하지 않나요?"

미카엘은 고개를 저었다. 그리고 뭔가 괜찮은 말을 찾아내려고 애썼다. 그렇게 우물쭈물 아무 말이 없자 그녀는 시트를 내리고 말을 타듯 그의 몸 위에 올라앉았다.

"콘돔이 없는데……" 미카엘이 말했다.

"상관없어요."

미카엘이 잠에서 깼을 때 리스베트는 이미 일어나 있었다. 주방에서 커피포트가 달그닥거리는 소리가 들렸다. 아침 7시가 다 됐다. 간밤에 두 시간밖에 못 잔 그는 누운 채로 다시 눈을 감았다.

정말이지 이 리스베트란 여자는 속을 알 수 없는 존재였다. 지금껏 단 한 번이라도 관심을 표현한 적이 있었던가? 은근한 시선 한 번 보인 적 없었다.

"안녕!" 리스베트가 문을 열고 들어오며 인사했다. 약간 미소를 지으며. 이번에는 진짜 미소였다.

"안녕!" 미카엘이 대꾸했다.

"우유가 떨어졌어요. 내가 주유소 편의점에 가서 사올게요. 7시에 열잖아요."

그러고서 미카엘이 채 대답할 틈도 주지 않고 몸을 돌렸다. 곧이어 신발을 신고 배낭과 오토바이 헬멧을 챙겨 현관문을 열고 나가는 소리가 들렸다. 그런데 다시 문이 열리는 소리가 나더니 몇 초 사이에 그녀가 방문 앞에 서 있었다. 얼굴에서는 미소가 사라졌다.

"좀 나와봐야겠어요." 그녀의 목소리가 이상했다. 미카엘은 벌떡 일어나 서둘러 청바지를 입었다. 간밤에 누가 찾아와 그들에게 필요 없는 선물을 놓고 갔다. 현관 앞 계단에 칼로 난도질당한 뒤 불에 반쯤 그을린 고양이 시체가 뒹굴고 있었다. 네 다리와 머리는 잘려나갔고 가죽은 벗겨졌으며 배는 열린 채 내장이 뽑혀 있었다. 그렇게 분리된 조각들을 불 위에 놓고 구워 시체 주위에 흩뿌려놨다. 비교적 말짱한 고양이 머리는 리스베트의 오토바이 안장 위에 보란듯이 놓여 있었다. 미카엘은 그 고양이가 평소에 찾아오던 적갈색 녀석임을 깨달았다.

22장

7월 10일 목요일

정원에서 두 사람은 우유를 넣지 않은 커피와 함께 말없이 아침을 먹었다. 그전에 리스베트가 조그만 캐넌 디지털카메라로 그 섬뜩한 장면을 촬영했고, 미카엘이 쓰레기봉투를 가져와 모든 걸 정리했다. 고양이 사체는 일단 빌린 자동차 트렁크에 넣어두었지만 그걸 어떻게 처리해야 할지 난감하기만 했다. 논리적으로 따지자면 경찰서로 달려가 동물을 상대로 한 잔혹행위를 고발해야 했다. 아니 그들을 향한 위협행위라고 해야 더 옳았다. 하지만 누가, 그리고 왜 이런 행동를 했는지 어떻게 설명한단 말인가?

8시 30분경, 이자벨라가 다리 쪽으로 걸어가며 집 앞을 지나쳤다. 그녀는 그들을 쳐다보지 않았다. 아니 못 본 척했을지도 모른다.

"기분은 좀 어때?" 미카엘이 마침내 입을 열었다.

"음, 괜찮아요." 리스베트는 약간 멍한 표정으로 미카엘을 보았다. "누군가 우리를 화나게 하려는 거예요. 우리에게 경고를 할 심산으로 아무 죄 없는 불쌍한 고양이를 이렇게 괴롭혀서 죽인 그 개자식이 누군지만 알면 당장에 야구방망이를 들고 찾아가고 싶어요!"

"이게 경고라고 생각하는군."

"달리 설명할 수 있어요? 게다가 이 일은 많은 걸 의미하고 있어요."

미카엘은 고개를 끄덕였다. "하리에트 사건에 숨겨진 정확한 진실이 뭔지 아직 모르겠지만, 누군가 우리 때문에 상당히 불안하긴 한 모양이야. 이렇게까지 날뛰는 걸 보면. 이렇게 된 이상 의문이 하나 더 생겼어."

"그래요. 1960년과 1962년에 있었던 동물 희생과 같은 방식이에요. 그렇다면 그때 활동했던 범인과 오늘 아침 일이 연결되어야 한다는 말인데, 사십 년도 지난 지금까지 돌아다니며 고문한 동물 사체를 남의 집 앞에 버린다는 건 좀 납득하기 힘들죠."

"이 경우 용의선상에 오를 수 있는 사람은 둘, 즉 하랄드와 이자벨라야. 물론 요한 방에르 집안에도 나이든 사람이 몇 명 있지만 이 지역에 거주하지 않아."

미카엘은 한숨을 내쉬고 다시 말을 이었다.

"이자벨라는 고양이 한 마리쯤 눈 하나 깜짝 않고 죽일 수 있는 냉혹한 여자야. 하지만 그녀가 오륙십 년대에 여자들을 죽이면서 세월을 보냈다고는 상상하기 힘들지. 하랄드…… 잘 모르겠군. 지금은 너무 노쇠해서 제대로 걷지도 못하니까. 산송장이나 마찬가지인 노인네가 밤중에 슬그머니 돌아다니며 고양이를 잡아 그런 짓을 한다는 건……"

"범인이 둘이라면 얘기가 달라지죠. 노인 하나와 좀더 젊은 사람하나."

미카엘은 차 한 대가 지나가는 소리를 듣고 고개를 들었다. 세실리아가 차를 몰고 다리 너머로 사라지고 있었다. 하랄드와 세실리아? 하지만 큰 의문점이 있었다. 부녀는 서로 보지도 않고 말도 거의 안

하는 사이다. 마르틴의 약속에도 불구하고 그녀는 미카엘의 거듭된 전화에 한 번도 응답하지 않았다.

"분명히 이건 우리의 조사에 상당한 진척이 있었다는 사실을 아는 자의 소행이에요." 리스베트는 일어나서 집안으로 들어갔다. 다시 돌아온 그녀는 오토바이용 가죽옷을 입고 있었다.

"스톡홀름에 좀 다녀와야겠어요. 오늘 저녁까지 돌아올게요."

"뭘 하려고?"

"몇 가지 좀 챙겨오려고요. 이렇게 고양이를 죽일 정도로 맛이 간 인간이라면 다음엔 우리를 덮칠지도 몰라요. 아니면 자고 있을 때 불을 지를지도 모르죠. 당신은 헤데스타드에 가서 소화기 두 개, 화재감지기 두 개를 사오는 게 좋겠어요. 한 개는 할론 소화기*로요."

그리고는 아무 말 없이 헬멧을 쓰고 오토바이 시동을 걸더니 다리 건너로 사라졌다.

미카엘은 고양이 사체를 주유소 쓰레기통에 버린 다음 소화기와 화재감지기를 사러 헤데스타드로 갔다. 물건을 사서 차 트렁크에 실어두고 이번에는 병원으로 갔다. 디르크에게 전화를 걸어 카페에서 만나기로 약속을 해둔 터였다. 그를 만나 아침에 어떤 일이 일었는지 말해주자 그의 얼굴이 새하얘졌다.

"미카엘! 이 일이 이렇게까지 위험해질 줄은 상상도 못했소!"

"어쩌면 당연한 일 아닐까요? 숨은 살인범의 가면을 벗기는 일인데 그자가 가만히 있겠어요?"

"하지만 누가 이런 짓을…… 정말로 미쳤군! 하지만 선생과 리스베트가 위험해질 수 있다면 모든 걸 중단하는 게 좋겠소. 내가 회장

---

* 할론 가스를 원료로 한 소화기. 사용 후 잔존물이 남지 않아 전자기기를 비롯해 각 종 물건을 보호할 수 있다.

님에게 보고하리다."

"아니, 절대 그러지 마세요! 또 심장발작이 오면 어떡하려고요?"

"회장님은 항상 당신이 잘해가고 있는지만 물으시오."

"얽힌 실타래를 하나씩 풀어가는 중이라고 말씀드리세요."

"이제 어떻게 할 작정이오?"

"확인해봐야 할 게 몇 가지 있습니다. 제 주변에서 일어난 첫번째 사건은 회장님께서 발작을 일으킨 날, 그러니까 제가 스톡홀름에 다녀왔을 때입니다. 누군가 제 작업실을 뒤졌죠. 제가 성경 구절과 얽힌 암호를 풀어내고 역 앞 거리의 사진들을 찾아낸 직후의 일입니다. 이 사실을 변호사님과 회장님에게만 알렸고요. 마르틴도 알았겠죠. 그가 〈헤데스타드 통신〉 자료를 열람하도록 편의를 봐줘서 사진을 찾을 수 있었으니까요. 그렇다면 이 세 사람 말고 또 누가 이 사실을 알고 있었죠?"

"음…… 마르틴이 누구에게 말했는지는 잘 모르겠소. 하지만 비리에르와 세실리아는 알고 있었지. 당신이 사진들을 찾고 있다고 둘이서 얘기하고 있었소. 심지어 알렉산데르까지 알더군. 군나르와 헬렌 닐손도 마찬가지요. 그들은 회장님을 문병하러 와서 비리에르와 세실리아의 대화에 끼어들었소. 아니타도 알고 있고."

"아니타요? 런던에 산다는?"

"세실리아의 여동생 말이오. 회장님이 쓰러지자 비행기를 타고 런던에서 날아왔소. 호텔에 묵었고 내가 아는 한 섬에는 발도 딛지 않았소. 세실리아처럼 아버지를 피하고 싶은 거지. 하지만 일주일 전에 돌아갔다오. 회장님이 중환자실에서 나왔을 때지."

"세실리아는 어디서 지내고 있나요? 오늘 아침에 다리를 지나가는 걸 봤습니다만 집에는 항상 불이 꺼져 있고 문도 잠겨 있어요."

"그녀를 의심하오?"

"아니요. 그저 어디서 지내는지 알고 싶을 뿐입니다."

"오라비 비리에르네 집에 있소. 그곳에서는 병원까지 걸어서도 갈 수 있으니까."

"혹시 지금 어디에 있는지 아십니까?"

"모르겠소. 어쨌든 회장님과 같이 있지는 않소."

"고맙습니다." 미카엘은 몸을 일으켰다.

방에르 집안사람들은 헤데스타드 병원 주변을 맴돌고 있었다. 미카엘은 비리에르가 병원 로비에서 엘리베이터 쪽으로 걸어가는 걸 보았다. 얼굴을 마주치고 싶지 않았던 터라 그가 사라지기를 기다렸다가 로비 쪽으로 걸어나왔다. 그런데 정문 앞에서 마르틴과 마주치고 말았다. 지난번 방문 때 세실리아를 만났던 바로 그 장소였다. 둘은 악수를 나눴다.

"작은할아버지를 뵈러 오셨소?"

"아닙니다. 프로데 변호사님과 잠시 얘기 좀 했습니다."

마르틴은 눈이 움푹 꺼지고 몹시 피곤해 보였다. 미카엘은 문득 지난 육 개월간 그가 상당히 늙어버렸다고 느꼈다. 방에르 제국을 구하려는 투쟁이 쉽지 않은 모양이었다. 게다가 회장님이 갑자기 쓰러졌으니 충격도 컸을 것이다.

"하시는 일은 잘됩니까?" 마르틴이 물었다.

미카엘은 이 질문에 모든 일을 중단하고 스톡홀름으로 돌아갈 생각은 전혀 없다고 대뜸 대답해버렸다.

"부디 그렇게 해주시오. 날이 갈수록 점점 흥미로워지는군요. 작은할아버지가 얼른 건강을 회복하셔서 그분의 호기심을 풀어드릴 수 있으면 좋겠소."

비리에르는 길 건너편에 있는 나지막한 흰 벽돌집에 살고 있었다. 병원에서 걸어서 불과 오 분 거리였다. 미카엘이 초인종을 눌러봤지만 아무도 나오지 않았다. 세실리아에게도 전화해봤지만 응답이 없었다. 그는 잠시 운전석에 앉아 손가락 끝으로 핸들을 가볍게 두드리며 생각에 잠겼다. 비리에르는 리스트에 적힌 인물 중 아무 내용도 쓰이지 않은 빈 페이지와도 같았다. 1939년생이기 때문에 레베카 야콥손이 살해되었을 당시 열 살밖에 안 된 아이였다. 하리에트가 실종되었을 때는 스물일곱 살의 건장한 청년이었고.

헨리크에 의하면 비리에르와 하리에트는 거의 왕래하지 않는 사이였다. 비리에르는 웁살라의 집에서 자랐고, 후에 방에르 그룹에서 일하기 위해 헤데스타드로 왔지만 몇 년 있다 회사일을 그만두고 정치에 투신했다. 그리고 레나 안데르손 사건이 일어났을 때는 웁살라에 있었다.

미카엘로서는 현재 상황을 정확하게 분석할 수 없었다. 다만 적어도 어떤 위험이 다가오고 있으며, 따라서 시간이 촉박하다는 점만큼은 예감할 수 있었다.

헤데뷔 마을의 전임 목사였던 오토 팔크는 하리에트가 실종됐을 때 서른여섯 살이었다. 지금은 일흔셋으로 헨리크보다 젊었지만 정신 건강은 훨씬 형편없었다. 미카엘은 그가 입원해 있는 스발란 요양원에 찾아갔다. 도시 반대편에서 흐르는 헤데강 둔치에 세워진 노란색 벽돌 건물이었다. 미카엘은 로비에서 자신의 신분을 밝히고 면회를 요청했다. 그리고 목사가 치매라는 사실을 알고 있다고 말하고서 현재 병세가 어느 정도인지 물었다. 한 간호사가 오토 목사는 삼 년 전에 치매 진단을 받았고 현재 병이 급속도로 진행중이라고 말해주었다. 의사소통을 할 수는 있지만 기억이 거의 망가져 가까운 가족도 알아보지 못하고 점점 짙은 안개 속으로 빠져들고 있는 상태라고 했다. 간호사는 미카엘에게 환자가 대답할 수 없는 질문은 삼가달라고 당부했다. 정신적 공격을 당하면 괴로워할 수 있기 때문이었다.

늙은 목사는 정원 벤치에 다른 환자 셋 그리고 간병인 한 명과 함께 앉아 있었다. 미카엘은 한 시간쯤 그곳에 머물면서 대화를 시도해보았다.

목사는 하리에트를 잘 기억하고 있다고 말했다. 그녀의 이름을 대는 순간 대뜸 얼굴이 환해지며 아주 귀여운 소녀라고 묘사했다. 하지만 그녀가 삼십칠 년 전부터 실종 상태라는 사실을 자신의 기억에서 지워버리는 데 성공했음을 미카엘은 눈치챌 수 있었다. 목사는 마치 방금 전에 그녀를 만나고 온 사람처럼 말했다. 뿐만 아니라 자기 안부를 전해달라면서 시간이 있을 때 찾아와줄 것을 부탁했다. 미카엘은 그러겠다고 약속했다. 하지만 하리에트가 실종된 날에 있었던 일들로 화제를 돌리자 목사는 대화를 제대로 이어가지 못했다. 다리 위사고를 잘 기억하지 못하는 모양이었다. 그런데 대화가 끝나갈 무렵, 목사가 미카엘의 귀를 쫑긋하게 하는 말을 했다.

미카엘이 하리에트의 신앙 문제로 화제를 돌리자 목사는 갑자기 깊은 생각에 잠긴 표정이 되었다. 얼굴 위에 홀연 어두운 구름이 드리웠다고나 할까. 그러고는 잠시 몸을 앞뒤로 흔들더니 돌연 미카엘을 똑바로 바라보며 당신은 누구냐고 물었다. 미카엘이 다시 한번 자신을 소개하자 노인은 다시금 한동안 생각에 잠겼다. 결국 그는 머리를 흔들다가 역정 어린 표정을 지었다.

"그애는 아직도 찾고 있소. 조심해야 할 거야. 선생이 좀 조심시켜주시오."

"무엇을 조심시키라는 말이죠?"

목사가 갑자기 격앙된 얼굴을 했다. 이번에도 머리를 흔들면서 눈썹을 찌푸렸다.

"그애는 솔라 스크립투라를 읽고 수피치엔치아 스크립투레를 이해해야 하오! 그녀가 솔라 피데를 지킬 길은 오직 이 방법뿐이라오. 요세프는 분명히 그것들을 제외시켰지. 그것들은 한 번도 정경正經에 포함된 적이 없었소."

미카엘로서는 한마디도 이해할 수 없는 말이었지만 우선 들리는 대로 적었다. 이어서 목사가 그에게로 몸을 굽히더니 은밀한 얘기를 하듯 속삭였다.

"난 그애가 가톨릭 신자라고 생각하오. 마법에 심취해서 아직 하나님을 찾지 못했지. 그애를 인도해줘야 하오."

목사에게는 '가톨릭'이라는 말이 극히 부정적인 의미를 지닌 듯했다.

"그녀가 오순절파 교리에 관심이 있는 줄 알았는데요?"

"아니오, 아니오, 오순절파는 아니오. 그애는 금지된 진리를 찾고 있소. 그애는 좋은 기독교인이 아니오."

그러고 나서 오토 목사는 지금껏 나눈 대화도, 미카엘의 존재도 순식간에 다 잊은 듯 몸을 돌려 다른 환자와 이야기를 시작했다.

미카엘은 오후 2시쯤 섬으로 돌아왔다. 세실리아의 집에 들러 문을 두드렸지만 이번에도 헛수고였다. 전화도 걸어봤지만 대답이 없었다.

집으로 돌아와 주방과 현관에 화재감지기를 하나씩 설치했다. 소화기 하나는 침실 방문 옆 난로 가까이에, 다른 하나는 화장실 옆에 두었다. 그리고 커피와 샌드위치로 점심을 준비해 정원 테이블에 앉아 오토 목사와 나눈 대화를 노트북으로 정리했다. 그러고서 한참을 곰곰이 생각하다가 눈을 들어 교회당을 바라보았다.

헤데뷔의 새 목사관은 아주 평범한 현대식 빌라로, 교회당에서 몇 분 걸어 닿는 거리에 있었다. 오후 4시쯤 미카엘은 목사관의 현관문을 두드리고는 마르가레타 스트란드 목사에게 신학적 문제에 대해 물어볼 게 있어 찾아왔다고 설명했다. 마르가레타는 미카엘 연배의 여성 목사로, 짙은 색 머리에 청바지와 플란넬 셔츠 차림이었다. 맨

발로 나온 발톱에는 페디큐어가 칠해져 있었다. 수산네 카페에서 여러 차례 마주칠 때마다 오토 팔크 목사에 대해 이야기를 나누긴 했었다. 그녀는 아주 친절하게 그를 맞이하며 정원에 가서 앉자고 권했다.

미카엘은 오토 팔크와 나눴던 대화 내용과 그가 해주었던 대답들을 들려준 다음, 자신은 그 뜻을 이해할 수 없었다고 덧붙였다. 이야기를 듣고 난 마르가레타는 오토가 대답한 내용들을 한 자씩 정확하게 반복해달라고 했다. 그리고 잠시 생각에 빠졌다.

"나는 헤데뷔에 부임한 지 삼 년밖에 안 돼서 오토 목사와는 한 번도 만난 적이 없어요. 한참 전에 은퇴하셨죠. 하지만 상당히 보수적인 사람이라는 말은 들었어요. 그분이 선생에게 한 말을 대략 말씀드리면, 기독교인은 성경 말씀에만 의지해야 하며(솔라 스크립투라), 성경 말씀만으로 충분하다(수피치엔치아 스크립투레)는 뜻이에요. 전통적인 기독교인들에게 이 표현은 성경만을 유일한 권위로 인정한다는 의미죠. 솔라 피데는 유일한 신앙 혹은 순수한 신앙을 뜻해요."

"그렇군요."

"사실 이 모든 것들은 기독교의 기본 교리라 할 수 있어요. 교회의 기반을 이루는 내용이라 별로 특별할 게 없죠. 오토 목사가 말한 내용은 간단히 말해 성경을 읽어라. 성경은 충분한 지식을 주며 순수한 신앙을 보장해준다 정도의 뜻이에요."

미카엘은 약간 당황스러웠다.

"그런데 어떤 맥락에서 이 표현이 나왔는지 물어봐도 될까요?" 마르가레타 목사가 물었다.

"오토 목사와 아주 오래전에 알았고, 지금은 제가 글을 쓰고 있는 어떤 사람에 대해 질문하던 중이었어요."

"그 사람이 신앙적인 추구를 했던 모양이군요?"

"뭐 그렇다고 할 수 있죠."

"좋아요. 무슨 얘기인지 대충 알겠어요. 그런데 오토 목사가 두 가지를 더 말했다고 하셨죠. 요세프는 분명히 그것들을 제외시켰다. 그리고 그것들은 한 번도 정경에 포함된 적이 없었다라고. 그런데 혹시 그분이 '요세프'가 아니라 '요세푸스'라고 하지 않던가요? 결국 같은 이름이긴 하지만요."

"제가 잘못 들었을 수도 있죠. 내용을 녹음해뒀으니 듣고 싶으시다면……"

"아니요, 그럴 필요까진 없어요. 이 두 문장만 들어도 그가 무슨 말을 하려는지 확실하게 이해되니까요. 요세푸스는 유대인 출신 역사가이고, '그것들은 한 번도 정경에 포함된 적이 없었다'는 말은 아마도 히브리어 정전에 포함된 일이 없었다는 뜻일 거예요."

"무슨 말이죠?"

그녀가 웃었다.

"오토 목사는 선생이 말하는 그 인물이 비교秘敎 경전, 더 정확히 말해 이른바 외경外經, Apocrypha에 빠졌다고 단언하고 있어요. 외경이란 단어의 유래인 '아포크리포스'는 '숨겨진 것'을 의미해요. 따라서 어떤 이들은 외경을 강력히 부정하지만, 어떤 이들은 구약의 일부로 포함되어야 한다고 주장하는 숨겨진 책들이죠. 구체적으로 말하자면 토비트 서, 유딧 서, 에스델 서, 바룩 서, 집회서, 마카베오 상하서, 그리고 몇 권이 더 있어요."

"제가 무지해서 죄송합니다만, 외경에 대해 들어는 봤지만 읽어본 적은 한 번도 없어요. 어떤 특별한 점이 있나요?"

"사실 특별한 건 전혀 없어요. 다른 구약성경들보다 나중에 쓰였을 뿐이죠. 그래서 히브리어 성경에 들어가지 못한 겁니다. 유대교 율법학자들이 외경의 내용을 의심했다기보다 하나님 계시의 역사役事가 모두 이루어진 시대 이후에 쓰였다는 이유 때문이죠. 헬라어 성경엔

이 외경들이 포함됩니다. 그래서 가톨릭 교회에서는 논쟁의 대상이 아니죠."

"이해됩니다."

"반면 개신교 안에서는 격렬한 논의의 대상이었어요. 종교개혁 시대 신학자들의 이상은 고대 히브리어 성경에 최대한 가까이 가는 것이었거든요. 그래서 마르틴 루터가 개혁성경에서 외경을 제외했고, 그후에 칼뱅이 외경을 신앙고백의 근거로 절대 삼을 수 없다고 주장했죠. 외경이 클라리타스 스크립투레, 즉 '성서의 명확성' 원칙에 모순되는 구절들을 포함한다는 이유에서요."

"다시 말해서 금지된 책들이군요."

"바로 그거예요. 예를 들어 외경은 마법을 행할 수 있고, 경우에 따라서는 거짓말도 허용될 수 있다고 주장하고 있어요. 교조주의적인 성서 주해자들이 이런 주장들에 대해 분개한 건 당연하죠."

"이제 알겠군요. 종교에 깊은 관심을 가지고 신앙을 추구하는 사람이라면 독서 목록에 외경이 포함될 가능성도 있겠어요. 물론 오토 팔크 같은 분은 상당히 화를 내겠지만요."

"맞아요. 성경이나 가톨릭에 관심을 두다보면 필연적으로 외경과 마주치게 되어 있어요. 전반적인 비교 사상에 흥미가 있는 사람도 찾아서 읽곤 하죠."

"혹시 목사님은 외경을 갖고 계십니까?"

그녀는 미카엘의 무지가 재미있다는 듯 다시 한번 웃음을 터뜨렸다. 밝고 친근한 웃음이었다.

"물론이죠. 스웨덴 정부가 주관하는 성경연구위원회가 1980년대에 이미 외경을 출간했답니다."

'대체 무슨 일이지?' 드라간은 생각했다. 느닷없이 리스베트가 찾아와 개인적으로 할 얘기가 있다고 했다. 그는 문을 닫고서 손님용 소파에 앉으라고 손짓했다. 리스베트가 먼저 설명했다. 미카엘이 의뢰한 일이 끝났고 월말까지 디르크가 보수를 지불할 예정이지만 이 조사만큼은 계속해나가기로 결정했다고. 얼마 되지 않지만 미카엘에게서 월급도 받기로 했다고 덧붙였다.

"간단히 말해서 이건 개인적인 일이에요. 지금까지 난 사장님을 통하지 않으면 절대 일을 받지 않았어요. 우리가 한 계약대로 말이죠. 지금 내가 알고 싶은 건, 내가 이렇게 개인적으로 일을 받으면 우리 관계는 어떻게 변하느냐 하는 거예요."

드라간은 어깨를 으쓱하며 두 팔을 들었다.

"자네는 프리랜서 아닌가? 원한다면 일을 받고 가격도 알아서 책정할 수 있어. 나 역시 자네가 따로 수입을 올린다는데 축하할 일이지. 하지만 우리 쪽 중개로 알게 된 고객들을 빼돌린다면 그건 좀 비신사적인 행동이야."

"그럴 계획은 전혀 없어요. 난 밀톤이 미카엘과 맺은 계약에 따라 임무를 완수했어요. 그리고 지금은 그 일을 완전히 마쳤고요. 이제는 내 자의로 이 사건을 계속 조사해보고 싶을 뿐이에요. 무급이라도 일할 생각이었죠."

"무급 봉사는 절대 하지 말게."

"내 말 이해하겠죠? 난 이 사건을 끝까지 파헤쳐보고 싶어요. 그래서 미카엘을 설득했죠. 디르크에게 요청해서 나를 보조 조사원으로 채용해달라고."

리스베트가 계약서를 내밀자 드라간이 대충 훑어보았다.

"이거야 원! 그냥 공짜로 일해주는 거나 다름없군. 리스베트, 자넨 재능이 있는 사람이야. 이 정도 푼돈을 받으면서 일할 필요는 없다고. 우리 회사에 풀타임 정직원으로 들어온다면 이것보다 훨씬 더 받을 수 있잖아?"

"난 풀타임으로 일할 생각 없어요. 하지만 드라간, 난 신의는 지켜요. 지금까지 당신이 나를 정직하게 대해줬으니까요. 다만 내가 이런 계약을 해도 당신과 아무 상관 없을지 알고 싶어요. 우리 사이에 문제가 일어나는 걸 원치 않거든요."

"무슨 말인지 알겠네." 그는 잠시 생각했다. "이 계약은 나와 상관 없네. 그리고 내 의견을 물어봐줘서 고마워. 앞으로도 비슷한 상황이 생기면 내게 말해주면 좋겠어. 그래야 서로 오해가 없을 테니까."

리스베트는 일이 분쯤 아무 말이 없었다. 혹시 더 말할 게 없는지 생각하고 있었다. 그러다가 아무 말 없이 드라간을 물끄러미 쳐다보면서 고개를 끄덕이고는 자리에서 일어나 방을 나갔다. 항상 그렇듯 작별인사도 없었다. 일단 원하는 대답을 듣고 나면 더이상 아무런 흥미도 없다는 듯한 태도였다. 하지만 드라간은 싱긋 미소를 지었다. 그토록 비사회적이던 그녀가 의견을 물으러 찾아왔다는 사실 자체가 대단한 발전으로 느껴졌기 때문이다.

그는 검토해야 할 서류 하나를 펼쳐 들었다. 프랑스 인상파 전시회가 열릴 어느 미술관의 보안에 관한 보고서였다. 하지만 곧 서류를 내려놓고는 리스베트가 나간 문을 바라보았다. 문득 미카엘과 함께 웃고 있던 그녀의 모습이 떠올랐다. 이제는 그녀도 어른이 되어가는 걸까? 아니면 미카엘이란 사내가 그녀를 유혹한 걸까? 갑자기 불안한 느낌이 엄습했다. 그는 항상 리스베트에 대해 범죄자들이 노릴 만한 이상적인 희생자라는 생각을 하곤 했었다. 한데 지금 그녀가 이름도 들어보지 못한 시골구석으로 들어가 흉악범을 잡겠다고 하다니……

북쪽으로 올라가는 길에 리스베트는 잠시 우회해 에펠비켄에 들렀다. 그곳 요양원에 있는 엄마를 보고 갈 생각이었다. 하지제에 잠깐 들렀던 걸 빼고는 크리스마스 이후 한 번도 제대로 찾아온 적이 없어서 엄마에게 소홀히 한다는 죄책감이 들었다. 이렇게 불과 몇 주

만에 다시 보러 온 건 그녀에게 기록적이라 할 만했다.

그녀의 엄마는 요양원 거실에 앉아 있었다. 리스베트는 한 시간쯤 머물면서 요양원 앞 공원에 오리들이 사는 연못으로 함께 산책을 나가기도 했다. 엄마는 여전히 리스베트를 그녀의 여동생으로 착각하고 있었다. 언제나처럼 멍했지만 딸이 찾아와서 왠지 모르게 동요한 기색이었다.

리스베트가 작별인사를 하자 그녀는 딸의 손목을 꼭 잡고 놓아주려 하지 않았다. 곧 다시 찾아오겠다고 약속했지만 불안하고도 슬픈 눈으로 쳐다볼 뿐이었다.

마치 큰 재앙이라도 예감하는 듯한 표정이었다.

미카엘은 뒤뜰 정원에 앉아 외경을 뒤적이며 두 시간을 보냈다. 하지만 이 모든 일이 순전한 시간 낭비라는 결론에 도달했을 뿐이었다.

반면, 새로운 생각 하나가 뇌리를 스쳤다. 과연 하리에트가 그토록 열렬한 신자였을까 하는 의문이었다. 그녀가 성경 공부에 관심을 두기 시작한 건 실종되기 불과 일 년 전부터라고 했다. 그렇다면 이렇게 생각해볼 수도 있었다. 우선 그녀는 일련의 살인 사건과 성경 구절 사이의 연관성을 발견하게 됐을 것이다. 그후 정경뿐 아니라 외경까지 열심히 읽다가 결국엔 가톨릭에까지 관심이 가게 되었을 것이다.

혹시 그녀는 지금 자신과 리스베트가 하는 것과 똑같은 조사를 했던 게 아닐까? 그녀의 흥미를 자극한 건 신앙 그 자체가 아니라 연쇄살인범이었을지도 모른다. 오토 목사도 그렇게 암시했었다. 자신이 보기에 그녀는 좋은 기독교인이 아니라 무언가를 찾고 있는 사람이라고.

이러한 상념들은 에리카에게서 온 전화로 중단되었다.

"다음주에 그레게르랑 휴가를 떠난다고 알려주려고. 한 달 정도 자리를 비울 거야."

"어디로 가는데?"

"뉴욕. 그레게르가 거기서 전시회를 하거든. 그다음엔 둘이서 앤틸리스제도로 갈 거야. 친구가 안티과에 있는 집을 한 채 빌려줬어. 거기서 이 주간 머물 생각이야."

"근사한데! 그래, 잘 지내다 오라고. 그레게르에게도 안부 전해주고."

"지난 삼 년간 휴가다운 휴가를 못 누려봤어. 〈밀레니엄〉 다음 호는 벌써 준비됐고 그다음 호도 거의 끝내놨어. 나로서는 자기가 한번 훑어봐주면 좋겠지만. 어쨌든 크리스테르가 책임지고 내겠다고 약속했어."

"도움이 필요하면 나한테 전화하겠지. 얀네 달만 그 인간은 어떻게 됐어?"

에리카는 잠시 머뭇거렸다.

"그도 다음주에 휴가를 떠나. 임시로 헨리한테 편집부를 맡게 했어. 헨리하고 크리스테르 둘이서 잘해나가겠지."

"알았어."

"난 여전히 얀네가 못미더워. 하지만 요즘엔 별다른 말썽을 안 부려서 그럭저럭 넘어가고 있어. 난 8월 7일에나 돌아올 거야."

저녁 7시 정각을 조금 남긴 시간이었다. 미카엘은 벌써 다섯 차례나 세실리아와 접촉하려고 시도했다. 심지어는 문자메시지까지 보내 연락을 부탁했으나 아무런 응답이 없었다.

결국 외경을 완전히 덮어버렸다. 그리고 운동복을 걸치고 나가 열쇠로 문을 잠그고는 매일 하는 조깅에 나섰다.

먼저 해안을 따라 이어지는 좁은 오솔길을 달리다가 숲 쪽으로 방향을 틀었다. 덤불이며 뿌리 뽑힌 나무들 사이를 빠르게 달렸고, 마침내 숨이 턱까지 차 기진맥진한 상태로 요새에 당도했다. 햇빛이 따뜻하게 내려쬐는 벙커 근처에 서서 몇 분쯤 스트레칭에 열중했다.

그리고 갑자기 어디선가 굉음이 들리는 동시에 그의 머리 위로 몇 센티미터쯤 떨어진 콘크리트 벽에 총알이 날아와 박혔다. 곧이어 머리에 타는 듯한 통증이 느껴졌다. 총알에 맞아 튄 돌조각에 두피 한쪽이 깊게 찢어졌다.

영원과도 같이 느껴지는 짧은 순간, 미카엘은 무슨 일이 일어났는지 제대로 이해하지 못하고 멍하니 서 있었다. 이윽고 참호 속으로 몸을 던진 그는 바닥에 어깨가 부딪히며 격심한 고통에 이를 악물어야 했다. 두번째 탄환은 그가 몸을 던지는 순간에 날아왔다. 그리고 방금 전까지 그가 서 있던 지점 뒤쪽 벽에 쑤셔박혔다.

미카엘은 고개를 들어 주위를 살폈다. 지금 그가 있는 곳은 전체 방어시설에서 거의 중앙에 해당하는 지점이었다. 좌우로는 좁은 통로가 나 있었다. 깊이가 1미터 남짓에 온통 잡초로 뒤덮인 통로들은 250미터쯤 되는 방어선을 따라 흩어져 있는 사격 참호들로 이어졌다. 미카엘은 몸을 바짝 굽히고 그 미로를 통해 남쪽으로 내달리기 시작했다.

갑자기 위에서 누군가의 쩌렁쩌렁한 호통소리가 들려오는 듯했다. 과거 키루나 보병훈련소에서 동계훈련을 받을 때 교관이었던 아돌프손 대위의 흉내낼 수 없는 독특한 목소리였다. 이것 봐, 블롬크비스트! 총알에 엉덩이가 떨어져나가고 싶지 않으면 머리를 바짝 숙이란 말이야! 이십 년 전 아돌프손 대위에게 받았던 훈련이 지금 생생하게 떠오르고 있었다.

그는 그렇게 60미터 정도를 뛰어내려가다가 멈춰 섰다. 숨은 턱까지 찼고 심장은 벌떡댔다. 귀에 들리는 건 자신의 거친 숨소리뿐이었다. 교관의 목소리가 다시 들려왔다. 인간의 시각은 형태나 실루엣보다 움직임을 더 빨리 인식하는 법이야. 따라서 이동할 때는 가급적 천천히 움직여야 해! 미카엘은 참호 위로 몇 센티미터 정도 눈을 들어 주위를 살폈다. 정면에 태양이 눈부셔 자세히 볼 수는 없었지만 일단은 아무런 움직임도 감지되지 않았다.

다시 머리를 숙이고 마지막 구덩이까지 이동했다. 적이 제아무리 고성능 무기를 갖고 있다 해도 아무 소용 없어. 적이 제군들을 보지 못하는 한 맞힐 수 없으니까. 은폐! 은폐! 은폐! 몸을 절대 노출시키지 말라고!

이제 미카엘은 외스테르고르덴 농장 지대에서 300미터 떨어진 지점에 와 있었다. 그리고 40미터 전방에는 거의 헤치고 가기조차 힘들어 보이는 빽빽한 덤불숲이 펼쳐져 있었다. 참호에서 나가 거기까지 가려면 아무런 엄폐물이 없어 몸이 완전히 노출되는 급경사를 뛰어내려가야 했다. 하지만 그것만이 유일한 출구였다. 등뒤에는 바다가 버티고 있었다.

미카엘은 몸을 웅크리고 생각했다. 갑자기 관자놀이에 통증이 느껴져서 보니 피가 엄청나게 흘러내려 티셔츠가 흠뻑 젖은 걸 그제야 알았다. 총알 파편과 콘크리트 벽에서 튄 조각들이 두피에 깊은 상처를 낸 결과였다. 두피에 상처가 나면 출혈이 많고 잘 멈추지도 않는다고 하던데…… 미카엘은 여기까지 생각하다 다시 현재 상황에 정신을 집중했다. 총알 한 발이라면 실수로 발사된 거라고 생각할 수도 있다. 하지만 연이은 총알 두 발은 누군가가 자신을 죽이려 한다는 뜻이었다. 총을 쏜 자가 아직 거기 있을지, 다시 총을 장전하고 미카엘이 모습을 드러내기만을 기다리고 있을지 그로서는 알 수 없는 일이었다.

일단 마음을 진정하고 이성적으로 생각하려 애썼다. 두 가지 선택이 있었다. 하나는 기다리는 것이고, 다른 하나는 무슨 수를 써서라도 이 자리를 뜨는 것이다. 물론 총을 쏜 자가 여전히 숨어서 그를 노리고 있다면 두번째 선택은 극히 위험한 일이었다. 하지만 기약 없이 기다리고만 있다간 어느새 그자가 유유히 요새 쪽으로 올라와 숨어 있는 미카엘을 찾아내고 바로 옆에서 총을 쏴버릴지도 몰랐다.

그(혹은 그녀)는 아까 내가 도주한 방향이 오른쪽인지 왼쪽인지 모른다. 그리고 장총을 들었을 것이다. 어쩌면 사슴 사냥용 엽총일지도. 아마 망원렌즈가 장착되어 있겠지. 만일 그자가 렌즈를 통해 찾고 있다면 시야가 상당히 한정되어 있을 터였다.

제군들이 궁지에 몰렸을 때는 적보다 먼저 행동을 취하라! 기다리는 것보다는 그게 나으니까. 미카엘은 적당한 기회를 노리며 주위 소리에 잠시 귀를 기울였다. 그러다가 살그머니 참호 밖으로 올라가 있는 힘을 다해 경사를 뛰어내려갔다.

덤불숲까지 반쯤을 주파했을 때 세번째 총성이 울렸다. 하지만 탄환은 한참 빗나갔다. 다음 순간 미카엘은 커튼처럼 펼쳐진 관목숲으로 다이빙을 하듯 몸을 던진 다음 쐐기풀의 바닷속을 데굴데굴 굴렀다. 그리고 즉시 쪼그린 자세로 일어나 저격수 반대 방향으로 도망치기 시작했다. 그렇게 50미터쯤을 달리다가 잠시 멈추고 귀를 기울였다. 갑자기 그와 요새 사이 어딘가에서 가지 하나가 부러지는 소리가 들렸다. 미카엘은 조용히 땅 위에 엎드렸다.

팔꿈치를 써서 기어가란 말이야! 제기랄! 말처럼 네 발로 뛰지 말고! 아돌프손 대위가 즐겨 말하던 표현 중 하나였다. 미카엘은 100미터 가까이를 덤불 아래로 뱀처럼 기어갔다. 관목 가지에 걸리지 않으려고 극도로 조심하면서 소리 없이 전진했다. 두 차례에 걸쳐 덤불 어딘가에서 부스럭거리는 소리가 들려왔다. 첫번째 소리는 그의 바로 옆, 아마도 우측으로 약 20미터 떨어진 곳에서 나는 듯했다. 잠시 후 살그머니 고개를 들어 주위를 살펴보았지만 아무것도 보이지 않았다. 미카엘은 오랫동안 그 자리에 꼼짝하지 않고 있었다. 온몸의 신경이 팽팽히 긴장되어 있었고, 만일 적이 이쪽으로 오면 후다닥 도망을 치든지, 아니면 죽기 살기로 반격할 심산이었다. 그다음 부스럭 소리는 훨씬 더 먼 쪽에서 들려왔다. 그리고는 더이상 소리가 나지 않았다.

그자는 내가 여기 있는 걸 알고 있어. 내 모습이 나타나기만을 기다리면서 어딘가 숨어 있겠지. 아니면 떠나버린 걸까?

미카엘은 다시 덤불 아래를 기어 움직이기 시작했고, 마침내 외스테르고르덴 농장의 목초지 울타리에 이르렀다.

그런데 거기서 또 심각한 문제가 기다리고 있었다. 바로 농장 울타리를 따라 이어지는 오솔길이었다. 미카엘은 땅바닥에 바짝 엎드려 주위를 살폈다. 정면에 펼쳐진 완만한 경사지에서 400미터쯤 내려간 곳에 농장 건물들이 보였고, 집 오른쪽에선 열 마리 남짓한 젖소들이 한가롭게 풀을 뜯고 있었다. 총소리가 났는데 어떻게 한 사람도 안 나와볼 수 있지? 아무도 못 들었단 말인가? 하기야 여름휴가철이니 농가에 사람이 없을 수도 있겠지.

목초지 위로 움직이는 건 말도 안 됐다. 온몸이 완전히 노출될 위험이 있었다. 울타리를 따라 똑바로 뻗어 있는 오솔길도 마찬가지였다. 시야가 탁 트여 있어서 저격수라면 자리를 잡고 노릴 만한 장소였다. 어쩔 수 없이 다시 슬그머니 덤불 속으로 들어가 소나무가 듬성듬성 서 있는 숲에 이를 때까지 계속 기어갔다.

그렇게 미카엘은 외스테르고르덴 농장을 빙 돌아 쇠데르산에 이를 수 있었다. 그 산을 넘어서 마을로 돌아갈 작정이었다. 농장 옆을 지나면서는 자동차가 보이지 않는 걸 확인했다. 쇠데르산 정상에 올라 헤데뷔섬을 내려다보았다. 과거 어항이었다는 요트 선착장에 줄지어 선 방갈로에는 피서객들이 들어차 있었다. 부두다리 위에는 수영복 차림의 여자 몇 명이 이야기 나누는 모습이 보였고 어디선가 고기 굽는 냄새도 풍겨왔다. 부두다리 주변 물가에서는 아이들이 첨벙대며 물놀이를 하고 있었다.

미카엘은 손목시계를 들여다보았다. 저녁 8시가 조금 넘었다. 총격이 있은 지 50분쯤 지난 후였다. 군나르는 웃통을 벗은 반바지 차림으로 정원에 물을 뿌리고 있었다. 당신은 언제부터 거기 있었지? 헨리크의 저택에는 가정부인 안나만 있을 테고, 하랄드의 집은 여느 때처럼 괴괴하기만 했다. 갑자기 자기집 정원에 앉아 있는 이자벨라의 모습이 들어왔다. 누군가와 대화를 나누고 있어서 자세히 살펴보니 예르다였다. 1922년생에 건강이 안 좋은 그녀는 아들 알렉산데르와 함께 헨리크의 뒷집에 산다. 직접 만난 적은 없었지만 지나가다가 자기집 마당에 나와 있는 모습을 가끔 봤었다. 세실리아의 집은 비어 있는 듯했는데 갑자기 주방 쪽에서 불이 들어왔다. 집에 있군. 그렇다면 저격수가 여자일 가능성도 있겠어. 세실리아 정도라면 충분히 총을 다룰 수 있으리라. 좀더 멀리 보이는 마르틴의 마당에는 그의 차가 서 있었다. 당신은 또 언제부터 집에 있었지?

아니면 또다른 사람, 생각조차 못한 의외의 인물이라면? 프로데? 알렉산데르? 가능성은 너무도 많았다.

미카엘은 산을 내려왔다. 마을로 이어지는 길을 따라 아무도 마주치지 않고 곧장 집으로 돌아왔다. 그런데 대문이 반쯤 열려 있는 걸 보고 또다시 본능적으로 움찔했다. 하지만 곧 그윽한 커피 향이 코끝에 스치면서 주방 창문 너머로 리스베트의 모습이 보였다.

리스베트는 현관에서 미카엘이 들어오는 소리를 듣고 몸을 돌렸다. 그리고 그다음 순간 몸이 굳었다. 미카엘이 차마 눈 뜨고 볼 수 없는 처참한 몰골을 하고 서 있었다. 얼굴을 뒤덮은 피는 응고되기 시작했고 티셔츠 왼쪽은 피로 흠뻑 젖어 있었다.

"두피에 상처가 좀 났을 뿐이야. 피는 엄청나게 흐르지만 심각한 건 아냐." 리스베트가 놀란 나머지 말을 잇지 못하자 미카엘이 설명했다.

리스베트는 즉시 몸을 돌려 벽장으로 달려가 구급상자를 가지고 왔다. 구급상자라고 해봤자 들어있는 건 붕대 두 뭉치, 모기 물린 데

바르는 약, 반창고 상자 하나가 전부였다. 미카엘은 옷을 벗어 바닥에 내던진 후 욕실 거울 앞으로 가서 자신의 한심한 몰골을 들여다보았다.

관자놀이에 난 상처는 3센티미터쯤이었는데 제법 깊어서 큼직한 살덩이 하나가 덜렁거릴 정도였다. 여전히 피가 흐르고 있었고 몇 바늘 꿰매야 할 상처였지만 일단은 반창고로 응급처치를 할 수 있을 것 같았다. 우선 수건에 물을 적셔 얼굴에 묻은 피를 대충 닦아냈다.

이어서 수건으로 관자놀이를 꽉 누른 채 눈을 감고서 물이 쏟아져 내리는 샤워기 아래에 섰다. 잠시 그렇게 서 있던 그는 갑자기 주먹으로 벽을 세차게 쳤다. 개자식! 반드시 잡고야 말겠어!

리스베트가 미카엘의 팔을 살며시 만지자 그는 마치 감전이라도 당한 듯 소스라치게 놀랐다. 그러면서 노려보는 눈빛이 얼마나 살벌하던지 그녀는 자신도 모르게 한 걸음 물러서고 말았다. 그녀는 비누를 건네주고 아무 말 없이 주방으로 돌아갔다.

샤워를 마친 미카엘은 반창고 세 조각을 찢어내 상처 위에 붙였다. 그러고서 자기 방에 들어가 청바지와 깨끗한 티셔츠를 입은 후 프린터로 출력한 사진들이 든 문서철을 집어들었다. 엄청난 분노에 몸이 떨렸다.

"너는 여기 있어!" 그는 리스베트에게 고함치듯 말했다.

그러고는 세실리아의 집으로 성큼성큼 걸어가 초인종을 거칠게 눌렀다. 그렇게 일이 분을 계속 눌러대자 마침내 그녀가 문을 열었다.

"당신하고는 말하고 싶지 않아." 그녀가 말했다. 하지만 다음 순간, 얼기설기 붙여놓은 반창고 사이로 피가 흐르고 있는 미카엘의 얼굴을 발견했다. "아니, 대체 무슨 일이야?"

"좀 들어가게 해줘. 우리 얘기 좀 합시다."

그녀는 머뭇거렸다.

"더이상 할 얘기 없잖아?"

"아니, 지금은 할 얘기가 있어! 그럼 여기 문 앞에 서서 얘기하든지, 아니면 주방에 들어가서 얘기하든지 둘 중 하나를 택해."

"그런데 머리는 대체 왜 그래?" 그녀가 다시 물었다.

"당신은 이렇게 주장했지. 하리에트 사건을 조사하는 일이 회장님의 심신 안정을 위한 심심풀이 땅콩에 불과하다고. 그럴 수도 있겠지. 그런데 한 시간 전에 누군가 내 두개골에 구멍을 뚫으려고 했어. 어젯밤엔 고양이를 토막 내 현관에다 던져됐고."

세실리아가 입을 열려고 했지만 미카엘은 말할 틈을 주지 않았다.

"세실리아, 당신이 무슨 생각을 하는지, 어떤 고민이 있는지, 왜 갑자기 나를 귀신 보듯 피하는지, 그 따위 일들은 이젠 나와 아무 상관 없어. 앞으론 절대로 당신에게 접근할 일도 없고 쫓아다니면서 귀찮게 굴지도 않을 거야. 지금 심정은 당신이든 방에르 집안의 그 어떤 작자든 모두 기억에서 지워버리고 싶을 뿐이니까. 하지만 당신에게 반드시 물어봐야 할 게 있어. 빨리 대답할수록 그만큼 빨리 내게서 벗어날 수 있을 거야."

"뭘 알고 싶은 건데?"

"우선, 한 시간 전에 어디 있었지?"

세실리아의 얼굴이 어두워졌다.

"헤데스타드에 있었어. 삼십 분쯤 전에 집으로 돌아왔고."

"그 말을 확인해줄 증인이 있어?"

"모르겠어. 그리고 당신에게 나를 정당화해야 할 필요는 없잖아."

"하리에트가 실종되던 날, 당신은 왜 그녀 방의 창문을 열었지?"

"지금 뭐라고 했어?"

"내 말 잘 이해했을 텐데? 지난 수십 년간 헨리크 회장은 하리에트가 사라진 그 중요한 몇 분 사이에 그녀 방의 창문을 열어놓은 사람이 누구인지 알아내려고 애써왔어. 그리고 다들 자기는 아니라고 했지. 그러니까 그중 한 명이 거짓말을 한 거야."

"무슨 근거로 그게 나라고 믿는 거야?"

"이 사진." 미카엘이 흐릿한 사진을 식탁 위에 던지며 말했다.

세실리아는 식탁으로 다가가 사진을 들여다보았다. 미카엘은 그녀의 얼굴에 충격과 두려움이 스쳤다고 느꼈다. 그리고 그녀가 눈을 들어 미카엘을 보았다. 그때 갑자기 한줄기 피가 뺨을 타고 흘러내려 미카엘의 티셔츠 위로 뚝뚝 떨어졌다.

"그날 섬에는 모두 육십 명이 있었어. 그중 스물여덟 명은 여자였고. 긴 금발머리는 대여섯 명이었지만 밝은색 원피스를 입은 사람은 단 한 명이었지."

그녀는 사진을 뚫어져라 쳐다보았다.

"그래서 이 사진에 나온 게 나라는 말이로군."

"이게 당신이 아니라면 누구라고 말할지 정말로 궁금한걸. 난 지금껏 이 사진을 아무에게도 공개하지 않았어. 벌써 몇 주째 가지고 있었지만 회장님이나 그 누구에도 보이지 않았지. 이유는 하나, 당신이 혐의자가 되거나 아니면 다른 피해를 입을까 두려워서. 하지만 당신에게 대답을 꼭 들어야겠어."

"그래, 대답해주지." 그녀가 사진을 집어들어 내밀었다. "그날 난 하리에트의 방에 가지 않았어. 그리고 이 사진에 있는 건 내가 아니야. 난 그애의 실종과 아무런 관계가 없어."

그러고는 현관문 쪽으로 걸어갔다.

"자, 당신은 내 대답을 들었어. 이제 그만 가줘. 그리고 빨리 의사에게 상처를 보여주는 게 좋겠어."

리스베트가 헤데스타드의 한 병원으로 그를 데리고 갔다. 의사는 상처를 두 바늘 꿰매고 그 위에 큼직한 드레싱 패드를 붙여주었다.

쐐기풀에 찔린 목과 손에 바를 항생제 연고도 주었다.

병원을 나온 미카엘은 이 일로 경찰에 찾아가야 할지 한참을 고민했다. 문득 눈앞에 대문짝만한 기사 제목이 떠올랐다. 명예훼손죄로 실형을 선고받은 기자, 이번에는 정체불명 저격수의 표적이 되다! 미카엘은 고개를 저었다. 그리고 리스베트에게 말했다. "그냥 집으로 돌아가지."

섬으로 돌아오자 어느새 어두운 밤이었다. 리스베트가 계획한 일을 실행하기에 딱 알맞은 시간이었다. 그녀는 스포츠 가방 하나를 식탁에 올려놓았다.

"그렇잖아도 밀튼 시큐리티에서 장비를 몇 가지 빌려왔는데 잘됐네요. 내가 설치할 테니 그동안 커피나 끓여와요."

먼저 그녀는 배터리로 작동하는 동작감응감시기 네 개를 집 주변에 설치한 뒤 육칠 미터 반경에 누군가 접근하면 미카엘의 방에 있는 무선 라디오에서 경보음이 울릴 거라고 설명했다. 그리고 집 앞뒤로 있는 나무에 고감도 감시카메라를 설치해 현관 벽장 안에 놓은 노트북으로 신호를 전송하도록 했다. 감시카메라들은 렌즈 부분만 제외하고 어두운 천으로 감쪽같이 은폐해두었다.

세번째 감시카메라는 현관문 위 새집 속에 숨기고 벽에 구멍을 뚫어 집안으로 전선을 연결했다. 이 렌즈는 집 앞 도로와 대문에서 현관을 잇는 통로를 포착했다. 선명도는 낮았지만 이 카메라에 초당 한 장씩 찍힌 사진이 벽장 안에 둔 두번째 노트북의 하드디스크에 저장되도록 설정했다. 마지막으로 밑면에 압력반응기가 부착된 깔개를 현관 앞에 놓았다. 만일 누군가 동작감응감시기에 포착되지 않고 집 앞까지 오는 데 성공한다 해도 그걸 밟는 순간 115데시벨에 달하는 경보음이 요란하게 울릴 것이다. 리스베트는 벽장 속에 설치한 조그만 상자 속에 열쇠를 꽂으며 경보음을 멈추게 하는 방법을 설명했다. 그리고 야간용 적외선 쌍안경까지 작업실 테이블에 올려놓았다.

"정말 빈틈이 없군." 미카엘이 그녀의 잔에 커피를 따라주며 말했다.

"하나 더. 이 일을 해결하기 전까지 조깅은 안 하는 게 좋겠어요."

"오늘 일로 흥미가 싹 달아났어."

"농담 아니에요. 역사적 흥밋거리 정도에서 시작한 일이지만 오늘 아침엔 현관에 죽은 고양이가 버려졌고, 저녁엔 누군가 당신 머리통에 구멍을 뚫으려 했다고요. 누가 지금 몹시 똥줄이 탄다는 얘기죠."

둘은 햄과 감자 샐러드로 늦은 저녁을 먹었다. 미카엘은 갑자기 엄청난 피로감과 함께 견딜 수 없는 두통을 느껴 더는 아무 말도 할 수 없는 상태로 잠자리에 들었다.

리스베트는 새벽 2시경까지 깨어 있으면서 수사 기록을 읽었다. 헤데뷔섬의 임무가 위협적이면서도 복잡한 양상을 띠기 시작했다.

23장
7월 11일 금요일

미카엘은 아침 6시에 잠에서 깼다. 덜 닫힌 커튼 사이로 들어오는 아침 햇살에 눈이 부셨다. 머리는 멍했고 상처를 덮은 패드에 손이라도 닿으면 찌르듯 아팠다. 리스베트는 한쪽 팔을 그의 몸에 올려놓은 채 엎드려 자고 있었다. 그는 그녀의 오른쪽 견갑골에서부터 엉덩이까지 등 위로 길게 뻗은 용 문신을 들여다보았다.

그리고 몸에 새긴 문신이 대체 몇 개나 되는지 세어보았다. 등의 용과 목의 말벌 말고도 한쪽 발목과 왼쪽 허벅지 주위에 끈 모양 문신이 있었고 엉덩이 위에는 한자가, 종아리 위에는 장미 한 송이가 새겨져 있었다. 용을 빼고는 모두 작은 크기에 그다지 요란하지 않았다.

미카엘은 천천히 침대에서 내려와 커튼을 쳤다. 화장실에 갔다가 고양이 걸음으로 돌아와서는 리스베트를 깨우지 않고 살그머니 다시 누웠다.

몇 시간 후 그들은 정원에서 아침을 먹었다. 리스베트가 그를 보며 말했다.

"풀어야 할 미스터리가 하나 있다고 해봐요. 그걸 어떤 방식으로 풀어야 하죠?"

"우선 가지고 있는 정보들을 정리해서 해답을 찾아봐야겠지. 그래도 안 되면 또다른 정보들을 찾아봐야 하고."

"그 정보들 중 하나는 우리 주변에 있는 누군가 당신을 해치려 한다는 거죠."

"문제는 그자가 '왜' 그랬느냐를 아는 거겠지. 우리가 하리에트의 수수께끼를 풀어나가고 있기 때문인지, 아니면 지금껏 숨어 있던 연쇄살인범을 발견해냈기 때문인지."

"그 두 가지는 분명 연결되어 있겠죠."

미카엘은 고개를 끄덕였다.

"만약 하리에트가 어떤 연쇄살인범의 존재를 발견했다면 그자는 반드시 그녀 주변의 인물이었을 거야. 1960년대 그녀 주위에 있던 인물들을 살펴보면 잠재적 혐의자는 최소한 스무 명쯤 돼. 하지만 지금은 하랄드를 제외하고 거의 사라져버렸지. 하지만 그가 범인이라고 믿기는 어려워. 곧 아흔다섯 살이 되는 반송장 같은 노인이 그 무거운 엽총을 들고 숲속을 뛰어다닌다는 건 아무래도 상상하기 힘들지. 이렇게 모두들 너무 늙어버렸어. 반대로 지금 젊은 축에 속하는 이들은 살인범이 활동했던 1950년대에 너무 어린 나이들이었고."

"하지만 두 사람이 협력하고 있을 수도 있죠. 늙은 사람과 젊은 사람."

"하랄드와 세실리아 같은? 그건 아닐 거야. 세실리아는 창문에 보인 여자가 자신이 아니라고 단언했어. 그리고 난 그녀가 진실을 말했다고 생각해."

"그렇다면 누구죠?"

두 사람은 미카엘의 노트북을 열어 한 시간 동안 다리 위 사고 때 사진들을 세밀하게 살펴보았다.

"마을 사람들 전부 사고 현장을 구경하러 나왔을 거야. 9월이었으니 재킷이나 스웨터를 걸치고 있었고. 그런데 긴 금발머리의 단 한 사람만이 밝은색 드레스를 입고 있었어."

"세실리아는 너무 많은 사진들에 나와요. 끊임없이 여기저기 돌아다닌 모양이에요. 여기서는 이자벨라와 얘기하고 있고, 또 여기서는 오토 목사하고 말하고 있어요. 여기서는 작은아버지인 그레게르와 함께 있군요."

"잠깐!" 갑자기 미카엘이 외쳤다. "여기서 그레게르가 손에 들고 있는 게 뭐지?"

"뭔가 네모난 물건인데요? 조그만 상자 같기도 하고."

"아니, 하셀블라드 카메라 아냐? 그도 카메라를 들고 있었어!"

둘은 처음부터 다시 한번 사진들을 살펴보았다. 몇몇 사진에서 그레게르가 보였지만 대부분 그 모습이 가려 있었다. 선명하게 나온 건 단 한 장이었는데 거기서 손에 네모난 물체를 들고 있었다.

"당신 말이 맞아요. 카메라예요."

"그럼 사진 무더기가 또 있다는 말이군."

"좋아요. 그럼 이 문제는 잠시 접어두고 내가 한 가지 가설을 말해볼게요."

"그래, 해봐."

"이런 가정은 어때요? 늙은 세대 중 한 명이 연쇄살인범이라는 사실을 젊은 세대 중 누군가 알고 있지만 이 사실이 밝혀지는 걸 원치 않는다. 가족의 명예, 뭐 이딴 게 걸려 있는 문제이므로. 즉 이 사건 뒤에는 두 사람이 숨어 있고, 그들은 함께 작업하지 않는다. 살인범은 오래전에 죽었을 수 있지만 지금 우리를 괴롭히는 자는 단지 이곳에서 우리를 몰아내고 싶을 뿐이다."

"그 가능성은 나도 생각해봤어." 미카엘이 대답했다. "그렇다면 왜 굳이 고양이를 토막 내 우리집 현관에 던져놨을까? 이건 과거의 살인 사건들에 대한 직접적인 암시야." 미카엘이 하리에트의 성경책을 손가락으로 톡톡 두드렸다. "희생번제 율법을 패러디했던 과거의 살인행각을 재현한 셈이지."

리스베트가 몸을 뒤로 젖혀 교회당을 바라보았다. 그리고 생각에 잠긴 표정으로 성경 구절을 암송하기 시작했다. 마치 혼잣말을 하듯.

누구든지 면양이나 염소를 번제물로 바치려면, 흠이 없는 수컷으로 바쳐야 한다. 그가 그것을 제단 북쪽 야훼 앞에서 죽이면 아론의 혈통을 이어받은 사제들이 그 피를 제단의 주변에 두루 뿌려야 한다. 제물을 바치는 사람이……

그러다가 입을 다물었다. 미카엘이 놀란 눈으로 자신을 쳐다보는 게 갑자기 느껴졌다. 그가 성경을 펼쳐 레위기 1장을 찾았다.

"12절도 알고 있어?"

리스베트는 대답하지 않았다.

"제물을 바치는 사람이?" 미카엘은 어서 계속해보라는 듯 고개를 끄덕여가며 첫 구절을 시작해줬다.

…… 제물을 바치는 사람이 그 고기를 저며놓으면, 사제들은 머리와 기름기와 함께 그 고기를 제단 위에 피운 장작불에 차려놓아야 한다.

그녀는 얼음 같은 목소리로 단숨에 암송해버렸다.

"그다음에는?"

그러자 리스베트가 갑자기 벌떡 일어났다.

"리스베트! 너 기억력이 정말 대단하구나!" 미카엘이 외쳤다. "마치 카메라처럼 페이지를 한 번에 찍어 외워버리는! 그래서 수사 기록도 한 페이지 읽는 데 십 초도 안 걸렸고!"

리스베트의 표정은 폭발 직전이었다. 이글거리는 분노의 눈빛으로 미카엘을 노려보자 그는 그제야 흠칫하며 입을 다물었다. 이어 리스베트의 두 눈에 절망의 빛이 가득차더니 갑자기 몸을 돌려 대문 밖으로 뛰어나갔다.

"리스베트!" 미카엘이 영문을 몰라 소리쳤다.

그녀의 뒷모습이 도로 저편으로 사라져갔다.

미카엘은 집안으로 노트북을 들여놓았다. 그리고 보안장치를 작동시킨 후 현관문을 잠그고 그녀를 찾아나섰다. 이십 분쯤 지나 그녀를 찾은 곳은 요트 선착장의 부두다리 위였다. 바닷물에 두 발을 담근 채 담배를 피우고 있었다. 그녀는 부두다리 위를 걸어오는 그의 발소리를 들었다. 미카엘은 점점 다가갈 때마다 그녀의 어깨가 약간 경직되는 것을 보았다. 그렇게 2미터쯤 남겨둔 곳에서 그는 걸음을 멈췄다.

"내가 무슨 실수를 저질렀는지 모르겠어. 하지만 널 이렇게 화나게 할 의도는 전혀 없었어."

그녀는 아무 대답도 하지 않았다.

미카엘이 다가가 그녀 옆에 앉았다. 그리고 그녀의 어깨 위에 살그머니 손을 올렸다.

"리스베트, 제발 말 좀 해봐."

그녀가 고개를 돌려 미카엘을 쳐다보았다.

"아무것도 말할 게 없어요. 간단히 말해서 난 괴물이에요."

"그게 무슨 말이야? 네 기억력의 반만 돼도 난 정말 행복할 텐데!"

그녀는 담배꽁초를 바닷물에 던졌다.

미카엘은 잠시 조용히 있었다. 내가 무슨 말을 해야 하지? 넌 아주 정상적인 여자라고. 그래, 남들과 조금 다른 점은 있어. 하지만 그게 무슨 상관이야? 넌 대체 네 스스로를 어떻게 바라보고 있는 거야?

"처음 본 순간부터 네가 다른 사람들과 다르다는 건 알고 있었어." 마침내 그가 입을 열었다. "하지만 한 가지만 얘기할게. 처음 본 순간부터 그렇게 자연스럽게 누군가를 좋아하게 된 것도 내게는 정말 오랜만의 일이었어."

정면에 보이는 방갈로에서 아이 둘이 나와 물속으로 뛰어들었다. 미카엘이 아직 한마디도 나눠보지 못한 화가 에우셴 노르만은 집 앞에 내놓은 의자에 앉아 파이프 담배를 뻐끔거리며 한가롭게 미카엘과 리스베트를 바라보고 있었다.

"진심으로 네 친구가 되고 싶어. 네가 나를 친구로 원한다면 말이야. 결정은 너의 몫이야. 자, 난 집으로 돌아갈게. 원하면 언제든 들어와. 문은 항상 열려 있으니까."

미카엘이 일어나 그녀를 놔두고 혼자 떠났다. 그렇게 집까지 절반 정도 왔을 때 뒤에서 그녀의 발소리가 들렸다. 두 사람은 말없이 함께 걸었다.

집 앞에 도착하자 리스베트가 걸음을 멈추고 말했다.

"지금 막 뭔가 떠올랐어요…… 아까 성경 구절을 패러디한 걸 얘기했었잖아요. 그자가 토막 낸 건 고양이였지만 성경 구절대로 황소를 잡을 순 없는 노릇이니까요. 중요한 건 그자가 성경에 적힌 율법을 기본적으로 다 따르고 있다는 점이에요. 그렇다면……"

그녀는 교회당 쪽으로 눈을 돌렸다.

사제들이 그 피를 제단의 주변에 두루 뿌려야 한다……

둘은 즉시 다리를 건너 주위를 살피며 교회당 쪽으로 올라갔다. 교회당 문은 열쇠로 잠겨 있었다. 발길을 돌려 교회에 딸린 공동묘지의 묘비들을 구경하며 잠시 주위를 어슬렁거리다가 바닷가 근처에 있는 부속 예배당에 다다랐다. 미카엘은 눈이 휘둥그레졌다. 알고 보니 부속 예배당이 아니라 납골당이었다. 납골당 문 위에는 글자들이 새겨져 있었다. '방에르'로 시작하는 라틴어 글귀였는데 미카엘로서는 해독해낼 수 없었다.

"시간이 끝날 때까지 안식하기 위하여" 리스베트가 그 뜻을 읊었다.

미카엘이 놀라 그녀를 쳐다보았다. 쑥스러운 듯 그녀가 어깨를 으쓱했다.

"그냥 어디서 본 적이 있는 구절이라······"

갑자기 웃음을 터뜨린 그의 반응에 리스베트는 다시 얼굴이 굳어지며 화를 내려고 하다가, 그가 자신을 비웃는 게 아니라 지금 상황 자체가 코믹해 웃었다는 걸 알고는 누그러졌다.

미카엘이 문을 살펴봤더니 자물쇠로 굳게 잠겨 있었다. 그는 잠시 생각하다가 리스베트에게 앉아 기다리라고 하고는 헨리크의 집으로 달려가 문을 두드렸다. 밖으로 나온 가정부 안나에게 방에르 가문의 납골당을 자세히 살펴보고 싶다고 사정을 설명하고 회장님에게 열쇠가 있는지 물었다. 그녀는 처음에 망설였지만 회장님을 위한 일이라고 하자 마침내 설득당해 열쇠를 찾으러 이층 서재로 올라갔다.

납골당 문이 열리는 순간, 미카엘과 리스베트는 자신들의 짐작이 옳았음을 알 수 있었다. 공기 중에 시체를 태운 악취가 무겁게 떠다니고 있었다. 하지만 고양이를 고문한 작자는 불을 피우지 않은 모양이었다. 스키에 왁스를 칠할 때 쓰는 블로토치* 하나가 한쪽 구석에 나뒹굴고 있었다. 리스베트가 청치마 호주머니에서 디지털카메라를 꺼내 사진을 몇 장 찍었다. 그리고 블로토치를 집어들었다.

"이건 증거물로 사용할 수 있을 거예요. 지문이 남아 있을지도 모르죠."

"물론이지! 방에르 집안사람들에게 죄다 지문을 요구해야겠어." 미카엘이 짓궂게 비꼬았다. "네가 그 고약한 이자벨라에게 지문을 얻어내려고 애쓰는 모습이 눈에 선한걸?"

"다 방법이 있어요." 그녀가 대꾸했다.

바닥에는 피가 흥건히 고여 있었고 고양이 목을 자르는 데 사용한 듯한 작두도 보였다.

---

* 소형 석유 버너.

미카엘은 주위를 둘러보았다. 가운데 우뚝 솟은 석관은 분명 가문의 시조 알렉상드르 방에르사드일 테고, 바닥에 붙은 석관 네 개는 가문 초창기의 인물들인 듯했다. 그후로는 화장을 선호했던 모양이다. 벽에 줄지어 파인 서른 개 남짓한 작은 벽감들에는 다른 조상들의 이름이 붙어 있었다. 연대순으로 배열된 이름들을 보며 가문의 역사를 대충 훑어보던 미카엘은 이 납골당에 안치되지 못한 이들이 어디에 묻혔을까 생각했다. 충분히 중요한 인물이라고 여겨지지 않았던 평범한 사람들 말이다.

"자, 이젠 확실해졌군." 다리를 건너면서 미카엘이 말했다. "우리가 쫓고 있는 자는 미쳐도 아주 단단히 미친 자야."

"좀더 정확하게 설명해봐요."

미카엘은 다리 중간에서 걸음을 멈추고 난간에 몸을 기댔다.

"만약 그자가 제정신이라면 설사 우리를 위협하려고 고양이를 죽였다 해도 차고나 숲속 같은 데서 그 짓을 했을 거야. 하지만 교회당의 가문 납골당으로 갔지. 이건 어떤 망상에 사로잡힌 인간만이 할 수 있는 일이야. 그게 얼마나 위험한 일인지 한번 생각해보라고. 지금은 늦은 시간까지 밖에 사람들이 돌아다니는 여름철이야. 게다가 공동묘지 길은 헤데뷔 사람들이 지름길로 애용하는 곳이고. 문을 꼭 닫았다 해도 고양이를 잡는 데 큰 소리가 났을 거고 태우는 냄새도 상당했을 거야."

"그자? 그럼 범인이 남자라고 생각하나요?"

"세실리아가 블로토치를 들고 왔다갔다하는 모습은 상상하기 힘들잖아."

리스베트는 회의적인 표정으로 어깨를 으쓱했다.

"사실 난 이 집안사람 누구도 신뢰하지 않아요. 여기에는 프로데나 헨리크까지 포함돼요. 그들 모두 당신을 교묘하게 속일 수 있는 사람들이라고 생각해요. 자, 이제 어떻게 하죠?"

한동안 침묵이 흘렀다. 이윽고 입을 연 미카엘이 이렇게 물었다.

"난 어떻게 하다보니 네 비밀을 상당히 많이 알게 됐어. 네가 해커라는 사실을 몇 사람이나 알고 있지?"

"아무도 없어요."

"나를 빼고 아무도 없다는 말이겠지?"

"무슨 말을 하고 싶은 거죠?"

"다시 말해서 네가 나를 믿고 있는지 알고 싶은 거야. 정말 나랑 뜻이 맞아서 여기 남아 있는 건지."

리스베트는 한동안 아무 말 없이 그를 응시했다. 그러고는 다시 어깨를 으쓱했다.

"뭐, 어쩔 수 없잖아요?"

"나를 믿고 있어?" 미카엘이 집요하게 물었다.

"현재로선 그래요."

"좋아! 그럼 디르크 변호사 집까지 산책이나 하자고."

디르크의 아내가 리스베트를 본 건 이번이 처음이었다. 문 앞에 서 있는 리스베트를 보고는 눈을 동그랗게 뜨더니 이내 예의바른 미소를 되찾고 뒤뜰을 가리켰다. 디르크는 좀 달랐다. 리스베트를 보자마자 얼굴이 환해지면서 벌떡 일어나 정중하게 인사했다.

"오, 리스베트! 이렇게 보게 되어 정말 반갑네. 그렇잖아도 신세를 지고서 고맙다는 말도 제대로 못해 마음이 안 좋았는데. 지난번 겨울에도 그랬고, 이번 일도 그렇고……"

리스베트가 경계하는 눈빛으로 그를 힐끗 쳐다보았다.

"전 단지 보수를 받고 일했을 뿐인데요."

"아, 그런 말이 아니야! 처음 봤을 때 자네를 잘못 판단했었다고. 그걸 사과하고 싶은 거라네."

디르크는 문신과 피어싱을 잔뜩 한 스물다섯 살짜리 젊은 친구에게 그렇게까지 할 필요는 없는 일로 매우 정중하게 사과하고 있었다. 미카엘은 사뭇 놀랐다. 갑자기 그가 훨씬 더 괜찮은 사람으로 보이기까지 했다. 하지만 리스베트는 앞만 똑바로 쳐다보며 아예 그를 무시하고 있었다. 이윽고 디르크가 미카엘에게 몸을 돌려 물었다.

"아니, 이마에는 그게 뭐요?"

그들은 함께 자리에 앉았다. 미카엘은 최근에 일어난 일들을 간략하게 들려주었다. 누군가가 총알 세 발을 쐈다는 말에 디르크가 펄쩍 뛰었다. 정말로 크게 분개하는 얼굴이었다.

"이건 완전히 미친 짓이오!" 그러고서 잠시 말을 멈추더니 미카엘을 똑바로 쳐다보았다. "미안하지만 이제 이 일은 중단해야겠소. 두 사람의 생명을 위험에 빠뜨릴 수는 없으니까. 회장님에게 말씀드려서 계약을 해지하도록 하겠소."

"앉으세요." 미카엘이 말했다.

"지금 얼마나 위험한 상황인지 이해하고 있소?"

"한 가지는 아주 잘 이해하고 있습니다. 지금 저와 리스베트가 목표물에 너무도 가까이 근접했기 때문에 어둠 속에 숨어 있던 그자가 크게 놀라 비이성적인 행동들을 하고 있다는 사실이요. 자, 질문 몇 가지만 드리겠습니다. 우선, 방에르 가문의 납골당 열쇠는 모두 몇 개나 되고 그걸 가진 사람들은 누구죠?"

디르크는 잠시 생각했다가 대답했다.

"전혀 모르겠소. 거기에 드나들 수 있는 사람은 여러 명 될 거요. 회장님도 열쇠를 하나 갖고 있고 이자벨라도 가끔 드나드는 걸로 알고 있소. 하지만 그녀가 따로 열쇠를 가졌는지, 아니면 회장님에게 빌려 쓰는지는 모르겠소."

"좋습니다. 변호사님이 여전히 방에르 그룹의 이사회 멤버라고 알고 있습니다만, 혹시 그룹의 기록을 보관해둔 곳이 있습니까? 그룹에 대한 신문기사나 정보 같은 자료를 연도별로 보관해놓은 문헌보관실 같은 장소 말입니다."

"있소. 헤데스타드의 방에르 그룹 본사에."

"그곳을 좀 이용해야겠습니다. 회사 임원들에게 배부하는 연보 같은 것도 구할 수 있을까요?"

"그건 잘 모르겠소. 회사 기록이나 연보 같은 걸 들춰보지 않은지 벌써 삼십 년이 넘었으니. 하지만 보딜 린드그렌에게 연락은 해두겠소. 그룹에서 문헌보관 업무를 맡고 있는 사람이지."

"그분에게 전화해서 당장 오늘 오후부터 리스베트가 기록을 열람할 수 있도록 해주시겠습니까? 방에르 그룹과 관련된 과거의 신문기사를 모두 봐야 합니다. 전부 다요. 아주 중요한 일이에요."

"그렇게 할 수 있을 거요. 또다른 일은 없소?"

"다리 위에서 사고가 일어난 날, 그레게르가 하셀블라드 카메라를 들고 있었습니다. 그 역시 사진을 찍어놨다는 뜻이죠. 어디 가면 그 사진들을 찾을 수 있을까요?"

"그건 알아봐야 할 일이오. 아무래도 그의 부인이 보관하고 있을 가능성이 가장 크지 않겠소?"

"수고스럽겠지만 혹시……"

"알았소. 알렉산데르에게 전화해서 알아보겠소."

"그래서 나더러 뭘 찾으라는 거죠?" 디르크의 집에서 나와 다리를 건너 섬으로 돌아가는 길에 리스베트가 물었다.

"신문기사며 사내 연보 같은 자료들을 훑어봐줘. 더 정확히 말하자면 1950년대에서 60년대 사이에 살인 사건이 일어났던 날짜와 관련이 있을 만한 모든 걸 찾아봐. 직감적으로 조금이라도 이상하거나 수상쩍은 게 있는지. 네게 적격인 일이라 맡기는 거야. 나보다는 기억력이 훨씬 낫잖아?" 리스베트는 그의 옆구리에 제대로 주먹을 한 방

날렸다. 오 분 후, 그녀가 탄 작은 오토바이는 요란한 소리를 내며 다리를 건너갔다.

　미카엘은 알렉산데르 방에르와 악수를 나눴다. 알렉산데르는 미카엘이 헤데뷔에 온 이래 섬을 떠나 있는 시간이 많아 그저 몇 번 마주치며 간단히 인사만 나눈 사이였다. 그는 하리에트가 실종됐을 때 스무 살이었다.

　"디르크 변호사님 말로는 당신이 옛날 사진들을 보고 싶어한다고요."

　"생전에 선친께서 하셀블라드 카메라를 갖고 계셨죠?"

　"맞아요. 아직도 있어요. 하지만 아무도 쓰진 않습니다."

　"저는 지금 헨리크 회장님의 요청으로 하리에트의 실종에 대해 조사하고 있습니다만, 혹시 알고 계셨는지요?"

　"그렇게 알고 있었습니다. 썩 기분이 좋지는 않지만요."

　"네, 그 심정 충분히 이해합니다. 물론 제게 그 어떤 것이라도 꼭 보여주실 의무는 없습니다."

　"뭐, 나는 상관없어요. 뭘 보여드리면 됩니까?"

　"혹시 선친께서 하리에트가 실종된 날 찍으신 사진들이 남아 있을까 해서요."

　그는 다락방으로 올라갔다. 그리고 몇 분을 뒤진 끝에 잡다한 사진들이 가득 담긴 커다란 종이상자를 하나 찾아냈다.

　"자, 이걸 당장 가져가도 좋습니다. 사진이 남아 있다면 아마 이 속에 있을 겁니다."

　미카엘은 그레게르가 남긴 상자 속 사진들을 한 시간에 걸쳐 정리했다. 방에르 가문의 연대기를 장식할 사진이 목적이라면 이건 그야말로 보물상자라 할 수 있었다. 중요한 기록적 가치를 지닌 귀한 사진들이 수두룩했다. 그중에는 그레게르가 1940년대 스웨덴 나치의 거물급 리더였던 스벤 올로프 린드홀름과 함께 찍은 사진들도 있었다. 미카엘은 그것들을 따로 추려놓았다.

그가 직접 찍은 걸로 보이는 사진들이 담긴 봉투도 여러 개 있었다. 방에르 가문의 다양한 인물들과 가족모임 장면들을 찍은 사진들이었다. 휴가철의 정경을 담은 사진도 보였다. 계곡에서 낚시를 하거나, 이탈리아 여행을 함께 떠난 가족의 모습 등이었다. 피사의 사탑도 방문했던 모양이다.

마침내 유조차 사고 현장을 찍은 사진들을 찾아냈다. 카메라는 최고급이었지만 사진 실력은 엉망인 듯했다. 유조차만 쓸데없이 클로즈업하거나 구경꾼들의 등짝만 잔뜩 찍은 사진들이었다. 세실리아의 모습이 제대로 나온 건 단 한 장뿐이었는데, 그마저도 몸을 45도로 돌린 모습이었다.

미카엘은 별 쓸모가 없을 걸 알면서도 일단 사진들을 스캔했다. 그러고서 전부 상자 속에 다시 넣은 다음 샌드위치를 우물거리며 생각에 잠겼다. 오후 3시경, 가정부 안나를 찾아갔다.

"회장님께서 제게 주신 것 말고도 다른 사진들이 있는지 궁금해서요."

"있지요. 젊은 시절부터 항상 사진에 관심이 많으셨어요. 서재에 가면 앨범들이 잔뜩 쌓여 있답니다."

"제게 좀 보여주실 수 있습니까?"

안나는 주저했다. 가족 납골당의 열쇠를 내주는 일과 헨리크의 서재 열쇠를 내주는 일은 전혀 다른 문제였다. 납골당이 신의 영역이라면, 서재는 신보다 훨씬 높은 분의 영역이었다. 만일 망설여진다면 디르크 변호사에게 한번 전화해보라고 미카엘이 권했다. 결국 그녀는 달갑지 않은 심정으로 서재에 그를 들여보냈다. 1미터쯤 되는 서가의 맨 아래 칸은 사진이 가득 담긴 바인더들로만 채워져 있었다.

노인은 가문에 관련된 각종 사진들을 보관하고 있었다. 심지어는 헨리크 이전 시대의 사진들도 꽤 되었다. 가장 오래된 사진은 1870년대까지 거슬러올라가는 것들로, 엄숙한 얼굴의 남자들과 어색한 표정의 여자들 모습이 담겨 있었다. 헨리크의 친부와 다른 가족의 모습도 보였다. 한 사진에는 1906년 산드함에서 친구들과 하지제를 보내는 헨리크의 부친이 찍혀 있었다. 산드함에서 찍은 또다른 사진은 프레드리크 방에르와 그의 아내 울리카가 뚜껑을 딴 술병들이 놓인 테이블 주변에서 화가 안데르스 소른과 작가 알베르트 엥스트룀과 함께 앉아 있는 모습이었다. 정장 차림으로 자전거를 타는 소년 헨리크도 보였다. 그리고 2차대전이 한창일 때, 헨리크와 그의 애인 에디트 로바흐를 칼스크로나까지 안전하게 데려다준 오스카르 그라나트 선장의 모습까지 볼 수 있었다.

중간에 안나가 커피를 끓여 올라와 미카엘은 감사를 표했다. 이제 그의 사진 탐사는 현대에 이르렀다. 장년이 된 헨리크가 공장 준공식에 참석한 모습이나 당시 수상 타게 엘란데르와 악수하는 장면 등을 담은 사진은 대충 넘어갔다. 그중 1960년대 초반의 사진 한 장에는 헨리크와 당시 재계의 거물 마르쿠스 발렌베리가 함께 담겨 있었다. 무뚝뚝한 표정으로 서로를 쳐다보는 품으로 보아 이 두 자본가가 그다지 원만한 관계는 아니었던 모양이다.

페이지를 넘기던 미카엘의 손이 1966년 가족모임이라고 쓰인 곳에 이르러 멈췄다. 두 장의 컬러사진에는 시가를 피우며 토론에 열중하는 신사들의 모습이 보였다. 미카엘은 헨리크, 하랄드, 그레게르, 그리고 요한 방에르의 사위들을 알아볼 수 있었다. 또다른 두 장은 만찬 장면을 담고 있었는데, 마흔 명에 달하는 남녀가 만찬 테이블에 앉아 카메라를 바라보고 있었다. 미카엘은 문득 한 가지 사실을 깨달았다. 이 만찬 사진은 유조차 사고가 일어난 후에 찍혔지만 아직 하리에트의 실종을 알아채지 못한 때였다. 그는 거기에 모인 얼굴들을 하나하나 살펴보았다. 이 만찬에는 분명 하리에트도 참석하기로 되어 있었다. 그렇다면 이들 중 누군가는 그녀가 사라졌다는 사실을 이미 알고 있었을까? 물론 사진은 아무런 말이 없었다.

미카엘은 갑자기 기침이 터져나왔다. 너무 놀란 나머지 커피를 잘못 삼킨 것이다. 그는 의자에 앉은 채 몸을 벌떡 곧추세웠다.

사진 속 기다란 만찬 테이블의 한쪽 끝에 밝은색 드레스를 입은 세실리아가 카메라를 향해 미소 짓고 있었다. 그런데 그녀 옆에 역시 긴 금발머리에 밝은색 드레스를 입은 또다른 아가씨가 앉아 있었다. 둘은 서로 너무 닮아 쌍둥이처럼 보일 정도였다. 빠진 퍼즐조각 하나가 불현듯 제자리를 찾았다. 하리에트의 방 창문에 있던 여인은 세실리아가 아니었다. 그녀보다 두 살 어린 여동생, 지금은 런던에 거주하는 아니타였다.

리스베트가 뭐라고 말했던가? 세실리아는 너무 많은 사진들에 나와요. 끊임없이 여기저기 돌아다닌 모양이에요. 천만의 말씀. 사실 그건 서로 다른 두 사람이었고, 우연히도 둘이 같은 사진에 포착되지 않았을 뿐이었다. 죄다 멀리서 찍은 흑백사진들이니 두 여자를 한 사람으로 착각할 수밖에 없었다. 물론 헨리크라면 둘을 구별할 수 있었겠지만 미카엘과 리스베트의 눈에는 한 사람으로만 보였다. 게다가 이 일에 대해 질문한 적도 없었기 때문에 그들의 착오를 바로잡을 수 없었다.

다시 페이지를 넘긴 순간, 미카엘은 또 한번 목덜미 털이 쭈뼛 일어섰다. 마치 얼음처럼 차가운 한줄기 바람이 방안으로 들어온 듯했다.

하리에트에 대한 수색 작업이 시작된 그다음날의 사진들이었다. 젊은 형사 구스타프 모렐은 제복을 입은 경찰관 두 명과 수색을 돕기 위해 장화 차림으로 집합한 십여 명의 남자들에게 지시를 내리고 있었다. 헨리크는 무릎까지 내려오는 레인코트에 챙이 넓은 영국식 모자를 썼다.

그리고 사진 왼쪽 끝에 한 청년이 서 있었다. 약간 통통한 체격에 더부룩한 금발머리였고 어깨 부분에 붉은 색이 들어간 어두운 퀼트 재킷을 입고 있었다. 사진은 지극히 선명했으며 미카엘은 그를 즉시 알아보았다. 하지만 확실히 하기 위해 사진을 꺼내 아래층으로 내려가 안나에게 이 사람을 알아보겠느냐고 물었다.

"알다마다요! 마르틴 회장님 아니에요? 이때가 아마 열여덟 살쯤이겠죠."

리스베트는 방에르 그룹에 관한 다양한 신문기사들을 오려서 연도별로 정리해놓은 자료들을 차례로 훑어보았다. 1949년부터 시작해 점점 나아가는데, 문제는 그 어마어마한 양이었다. 문제의 기간 동안 방에르 그룹은 중앙지뿐 아니라 전국의 지방지들까지 매일 언론의 보도 대상이 되었다. 경제분석기사부터 노조 협상 및 파업, 공장 준공 및 폐쇄, 각종 연차보고, 임원 변경, 신제품 출시를 알리는 기사 등등 종류도 다양했다. 정보의 홍수라고나 할까. 클릭, 클릭, 클릭. 정밀하게 돌아가는 컴퓨터처럼 최고 한도로 가동된 리스베트의 두뇌는 수십 년 전 기사 내용들을 빠르게 파악하며 흡수해나갔다.

이렇게 작업을 시작한 지 한 시간쯤 되었을까, 퍼뜩 떠오르는 생각이 하나 있었다. 그녀는 문헌보관실 책임자 보딜을 찾아가 1950년대에서 60년대 사이 방에르 그룹의 지사 및 공장의 전국 분포 상황을 보여주는 표가 있느냐고 물었다.

보딜은 그녀에게 싸늘하고도 불신에 찬 기색을 노골적으로 내비쳤다. 아무런 관계도 없는 외부인사가 그룹의 신성한 문헌을 제멋대로 뒤질 수 있는 허가를 받아냈다는 사실이 영 마뜩찮았다. 그것도 완전히 정신 나간 십대 무정부주의자같이 생긴 계집애가 말이다! 하지만 디르크에게 분명한 지시를 받았으니 어쩔 수 없었다. 이 여자가 요구하는 거라면 무엇이든 보여주지 않을 수 없었다. 그것도 아주 급하다고 했다. 보딜은 그녀가 말한 기간에 해당하는 연례보고서를 찾으러 갔다. 각 보고서에는 스웨덴 전역에 거미줄처럼 뻗어 있는 그룹의 현황을 보여주는 지도도 포함되어 있었다.

지도를 본 리스베트는 방에르 그룹이 전국에 무수한 공장과 지사와 판매처를 두고 있었다는 사실을 알았다. 그리고 중요한 사실을 하나 더 발견했다. 살인 사건이 일어났던 장소에는 예외 없이 방에르 그룹의 존재를 표시하는 빨간 점이 하나 혹은 여러 개가 찍혀 있었다.

이어서 차례대로 그룹과 살인 사건 사이의 연관성을 찾아내기 시작했다. 첫번째는 1957년 사건이었다. 란스크로나의 라켈 룬데가 시체로 발견된 때는 'V&C 건설'이 그 도시에서 수백만 크로나에 달하는 복합상가 신축공사 계약을 따낸 바로 다음날이었다. V&C 건설은 '방에르 & 칼렌 건설'을 의미하며 방에르 그룹의 자회사 중 하나였다. 그리고 이 지역 신문은 계약서에 서명하기 위해 도시를 방문한 고트프리드와의 인터뷰 기사를 실었다.

리스베트의 머릿속에는 기억 하나가 떠올랐다. 바로 란스크로나 지역기록보관소에서 열람했던 누렇게 바랜 수사 기록이었다. 취미로 카드점을 치기도 했던 라켈 룬데는 파출부였다. 하지만 그전엔 V&C 건설에서 근무했었다.

저녁 7시, 미카엘은 리스베트에게 열두 번은 넘게 전화를 걸었다. 하지만 그녀의 휴대전화는 매번 꺼져 있었다. 자료를 검토하는 중에는 그 누구의 방해도 받고 싶지 않았기 때문이다.

그는 잠시 집안에서 서성거렸다. 그리고 하리에트가 실종된 날 마르틴의 행적을 적어놓은 헨리크의 노트를 꺼냈다.

1966년 마르틴은 웁살라 고등학교 졸업반 학생이었다. 웁살라, 레나 안데르손, 열일곱 살의 여고생, 기름에서 분리된 머리……

마르틴의 그날 행적에 대해선 이미 헨리크에게 들은 바 있었다. 그러나 확실히 확인해보기 위해 헨리크가 적어놓은 내용을 들여다봤다. 마르틴은 내성적인 소년이었고, 어른들은 그 때문에 걱정이 많았다. 부친이 익사했을 때 모친 이자벨라는 환경을 바꿔 기분을 전환시켜주겠다는 생각으로 그를 웁살라에 보내기로 결정했다. 그리하여 마르틴은 웁살라에 있는 하랄드의 집에 머무르게 되었다. 하랄드와 마르틴? 기묘한 조합이었다.

가족모임을 위해 헤데스타드에 온 가족이 모이던 날, 자동차에 자리가 부족해서 마르틴은 따로 와야 했다. 하지만 기차마저 놓쳐 가족모임에 참석할 수 없었다고 했다. 그래서 오후 늦게야 도착했고, 마침 다리 반대편에 발이 묶인 사람들 중 하나가 되었다. 섬에 들어온 건 저녁 6시경 배를 타고서였다. 그렇게 섬으로 들어온 그를 맞이한 사람 중에는 헨리크도 포함되어 있었다. 바로 이 때문에 헨리크는 하리에트의 실종과 관련된 혐의자 리스트에서 그를 맨 밑에 적어놓았던 것이다.

마르틴은 그날 하리에트를 보지 못했다고 주장했다. 하지만 거짓말이었다. 그의 주장과 달리 그는 이날 일찍 헤데스타드에 도착해 역 앞 거리에서 여동생과 정면으로 마주쳤다. 미카엘은 거의 사십 년 동안이나 묻혀 있던 사진들 속에서 그의 거짓을 반박할 증거를 찾아냈다.

하리에트는 자신의 오빠를 본 순간 충격을 받았다. 그녀는 섬으로 돌아와 헨리크와 얘기를 하려 했지만 면담이 이뤄지기 전에 실종돼버렸다. 하리에트 넌 대체 무얼 말하려고 했던 거지? 웁살라 이야기? 하지만 레나 안데르손은 네 목록에 없었잖아? 넌 모르고 있었잖아?

아직 미카엘에게는 이야기가 명확히 풀리지 않았다. 하리에트는 오후 3시경에 실종됐다. 그리고 마르틴에게는 확실한 알리바이가 있었다. 이 시간에 그는 다리 건너편에 있었으며 교회 앞뜰에 있는 그의 모습이 찍힌 사진들도 있었다. 섬에 있었던 하리에트에게 손을 댈 수 없는 상황이었다. 여전히 퍼즐 조각 하나가 부족했다. 그렇다면 공범이 있었다는 말인가? 아니타 방에르?

문헌을 통해 리스베트는 그룹 내에서 고트프리드의 위치가 해가 감에 따라 변화했다는 사실을 확인할 수 있었다. 그는 1927년생이었다. 스무 살 때 이자벨라를 만났고 그녀는 얼마 지나지 않아 임신했다. 1948년에 마르틴이 태어나자 두 젊은 남녀는 더이상 결혼을 망설일 이유가 없었다.

고트프리드가 스물두 살이 되자 헨리크는 그를 그룹 본사로 들어오게 했다. 당시만 해도 유능한 청년이었고 주위에선 그룹 후계자로 여기기까지 했다. 스물다섯 살에는 그룹 개발실 상무로 승진해 그룹 내 입지를 확고하게 다졌다. 그야말로 떠오르는 별이라 할 수 있었다.

그런데 어느 순간, 그러니까 1950년대 중반부터 잘나가던 그의 경력이 갑자기 멈춰 섰다. 술을 마셔댔고 이자벨라와의 결혼생활은 악화되었다. 두 아이, 하리에트와 마르틴도 고통을 겪어야 했다. 결국 헨리크가 결단을 내리지 않을 수 없었다. 고트프리드의 경력은 내리막길로 접어들었다. 1956년 그룹 개발실에는 상무 자리가 하나 더 생겼다. 같은 부서에 상무가 둘인 상황에서 한 명은 정상적으로 업무를 수행했고, 다른 한 명은 매일 술이나 마시면서 자리를 비웠다.

하지만 고트프리드의 몸속에도 방에르 가문의 피가 흐르고 있었다. 게다가 그는 언변이 좋은 매력적인 남자였다. 그래서 1957년부터는 다른 성격의 업무가 맡겨졌다. 전국을 돌아다니며 공장 준공식에 참석하고 각지의 분쟁을 해결함으로써 멀리 떨어져 있는 지사들에도 본사가 항상 깊은 관심을 갖고 있다는 사실을 보여주었다. 우리는 여러분의 애로사항을 경청하기 위해 우리 가족 중 한 명을 파견합니다. 여러분을 아주 중요하게 생각하고 있기 때문이죠.

오후 6시 30분경, 리스베트는 살인 사건과 방에르 그룹과의 두번째 연관성을 찾아냈다. 고트프리드가 칼스타드에서 현지의 어느 목재회사를 인수하기 위해 협상에 참석했었다. 그리고 다음날, 촌부 마그다 로비사 셰베리가 살해된 채 발견됐다.

세번째 연관성을 찾아낸 건 불과 십오 분 후였다. 1962년의 우데발라 사건이었다. 레아 페르손이 실종된 바로 그날, 그 지역의 한 신문이 항만 확장 공사와 관련해 고트프리드를 인터뷰했다.

그로부터 세 시간 후, 리스베트는 여덟 건의 살인 사건 중 최소 다섯 건의 경우에 사건 발생일 며칠 전후로 고트프리드가 현지에 있었다는 사실을 확인했다. 반면 1949년과 1954년 사건과는 아무런 연관성을 발견할 수 없었다. 리스베트는 어느 신문기사에 나온 그의 사진을 들여다보았다. 짙은 금발에 날씬한 체격의 미남이었다. 영화 〈바람과 함께 사라지다〉에 나오는 클라크 게이블과 닮은 듯도 했다.

1949년 고트프리드는 스물두 살이었다. 첫번째 살인 사건은 그가 사는 지역, 즉 헤데스타드에서 일어났다. 피해자는 레베카 야콥손, 방에르 그룹에서 근무하는 직원이었다. 그전에도 두 사람은 만난 일이 있었을까? 그는 그녀에게 무엇을 약속했을까?

저녁 7시가 되자 보딜은 문을 잠그고 퇴근하길 원했다. 하지만 리스베트는 일이 아직 끝나지 않았다고 차갑게 대꾸했다. 그러면서 열쇠를 맡겨놓고 퇴근하면 자신이 문을 잠그고 가겠다고까지 했다. 졸지에 낯모르는 어린 여자애한테 업무 지시를 받은 꼴이 된 보딜은 화가 치밀어 디르크에게 전화를 걸었다. 하지만 그는 리스베트가 원한다면 밤새라도 거기 머물게 하라는 지시를 다시 받고 말았다. 디르크는 수고스럽겠지만 건물관리인에게도 연락해 그녀가 원하는 시간에 건물을 나갈 수 있도록 조치해달라는 말도 덧붙였다.

리스베트는 아랫입술을 깨물었다. 문제는 1965년 어느 날 저녁 고트프리드가 술에 취해 익사했는데, 1966년 2월 웁살라에서 마지막 살인이 일어났다는 사실이었다. 그렇다면 열일곱 살 여고생이었던 레나 안데르손을 목록에 잘못 올린 걸까? 아니었다. 다른 사건들과 달리 정확하게 일치하는 성경 구절은 없지만 모종의 방식으로 성경을 패러디한 건 마찬가지였다. 이 사건도 분명히 연관되어 있었다.

밤 9시, 밤이 짙어지고 있었다. 공기는 서늘했고 보슬비가 내리기 시작했다. 미카엘은 식탁에 앉아 손가락으로 식탁을 툭툭 두드리며 생각에 잠겨 있었다. 그때 마르틴의 볼보가 다리를 건너 곶 쪽으로 사라져갔다. 이것이 바로 일이 극단까지 이르게 된 발단이었다.

마침 미카엘은 어찌할 바를 모르고 있을 때였다. 지금이라도 마르틴에게 달려가 대놓고 질문을 퍼붓고 싶은 마음이 굴뚝같았다. 하지만 그건 결코 이성적인 행동이라고 할 수 없었다. 특히 자신의 의심대로 그가 여동생과 웁살라의 소녀를 살해하고 며칠 전엔 미카엘까지 죽이려 했던 미치광이라면 더더욱 어리석은 짓이리라. 하지만 미카엘은 마치 강력한 자석처럼 마르틴에게 끌려가고 있었다. 만약 미카엘이 진실을 알고 있다는 것을 마르틴이 모른다면? 그럴듯한 구실을 대고 방문해볼 수도 있는 일이었다. 고트프리드의 방갈로 열쇠를 돌려준다는 핑계 같은 것 말이다. 결국 미카엘은 대문 빗장을 걸고 곶 쪽으로 걸음을 옮겼다.

하랄드의 집은 평소와 다름없이 시커먼 어둠에 잠겨 있었다. 헨리크의 저택 역시 뜰과 면한 방 하나만을 빼고는 불이 꺼져 있었다. 안나가 잘 준비를 하는 모양이었다. 이자벨라의 집도 컴컴했고 세실리아는 없는 듯했다. 알렉산데르의 이층에는 불이 켜져 있는 반면, 방에르 가문에 속하지 않는 이들이 사는 두 집에는 불이 꺼져 있었다. 한마디로 온 마을이 괴괴한 정적에 잠겨 있었다.

결국 마르틴의 빌라 앞까지 이르렀지만 미카엘은 어떻게 행동해야 좋을지 여전히 갈피를 잡을 수 없었다. 우선 걸음을 멈추고 휴대전화를 꺼내 리스베트의 번호를 눌렀다. 여전히 응답이 없었다. 어쩔 수 없이 벨소리를 나게 하지 않으려고 전원을 꺼버렸다.

지상층 방들은 불이 켜져 있었다. 미카엘은 잔디밭을 가로질러 가서는 주방 창문에서 몇 미터 떨어진 곳에 섰다. 안에는 아무런 기척이 없었다. 그렇게 집 주위를 빙 돌면서 방마다 들여다봤지만 마르틴의 모습은 어디에도 없었다. 그러다 문득 차고로 통하는 작은 곁문이 반쯤 열려 있는 걸 발견했다. 이봐! 더이상 바보 같은 짓 하지 말자고! 하지만 안을 들여다보고 싶은 유혹에 굴복하고 말았다.

눈에 처음 들어온 건 목공 작업대 위에 놓인 엽총용 탄약 상자였다. 그리고 작업대 아래로 내려간 시선에는 바닥에 놓인 휘발유통 두 개가 들어왔다. 마르틴, 또 어디로 밤마실을 다녀올 생각이신가?

"들어오게, 미카엘. 도로 위로 걸어오는 걸 봤네."

미카엘은 심장이 그대로 멎어버렸다. 고개를 천천히 돌려보니 집 안으로 통하는 어둑한 문틀 안에 마르틴이 서 있는 게 보였다.

"결국 유혹을 이겨내지 못한 모양이군. 그래, 그렇게도 여길 오고 싶었나?"

그의 목소리는 차분했다. 아니 거의 친밀하기까지 했다.

"안녕하시오, 마르틴." 미카엘이 대답했다.

"들어오게." 그가 다시 말했다. "이쪽으로 들어오게."

그는 약간 비켜서며 왼손으로 들어오라고 손짓했다. 그러고는 오른손을 들어올리자 흐릿한 금속 광택이 번득였다.

"참고로 알려주자면 이건 글로크 권총이지. 서툰 짓은 삼가는 게 좋을 거야. 난 이 정도 거리에서 실수하는 법이 결코 없으니까."

미카엘은 천천히 다가갔다. 그와 가까운 거리에 이르자 멈춰 서서 두 눈을 똑바로 노려보았다.

"그래. 난 와야만 했어. 당신에게 물어볼 게 너무도 많았으니까."

"이해해. 자, 이 문으로 들어와."

미카엘은 천천히 집안으로 들어갔다. 현관에서 주방까지 이어진 복도로 들어서려는데 도중에 마르틴이 그의 어깨 위에 살짝 손을 얹으며 멈춰 세웠다.

"아니야. 주방이 아니야. 오른쪽으로 가. 그 옆에 있는 문을 열어."

지하실이었다. 미카엘이 계단을 반쯤 내려갔을 때 그가 스위치를 올리자 전등 여러 개에 일제히 불이 들어왔다. 오른쪽에는 보일러실이 있었고 정면에선 세탁세제 냄새가 코를 찔렀다. 그는 미카엘을 왼쪽 방향, 즉 낡은 가구들이며 종이상자 따위가 쌓여 있는 조그만 공간으로 인도했다. 그 안쪽 구석에 문이 하나 더 있었다. 데드볼트가 달린 튼튼한 강철 문이었다.

"자!" 마르틴이 미카엘에게 열쇠꾸러미를 던졌다. "열어."

미카엘은 문을 열었다.

"왼쪽에 스위치가 있을 거야."

그렇게 미카엘은 지옥문을 열었다.

밤 9시 무렵, 리스베트는 문헌보관실 바깥 복도에 있는 자동판매기에 동전을 집어넣고 커피와 랩 샌드위치를 꺼냈다. 간단히 요기를 하고서 고트프리드가 1954년 칼마르를 거쳐간 흔적을 찾기 위해 낡은 신문들을 계속 뒤적거렸다. 하지만 아무것도 찾아낼 수 없었다.

미카엘에게 전화해볼까 생각했지만 마지막으로 사내 연보나 한번 훑어보고 가기로 마음먹었다.

지하방은 가로 5미터, 세로 10미터 정도 되는 공간이었다. 지리적으로는 건물 북쪽에 자리하고 있을 듯했다.

마르틴은 자신의 고문실을 아주 정성스레 꾸며놓았다. 방 왼쪽에는 천장과 바닥에 고정된 쇠고리와 쇠사슬 따위가 보였고, 희생자를 묶어놓는 가죽끈들이 널린 테이블도 하나 있었다. 그리고 비디오 촬영 장치까지. 이를테면 일종의 촬영 스튜디오라고나 할까. 방 안쪽에는 손님들을 오랜 기간 모실 수 있게끔 강철 우리도 마련되어 있었다. 출입문 오른쪽에는 침대와 TV가 있었고 서가에는 비디오테이프가 빽빽이 꽂혀 있었다.

방에 들어서자마자 그가 미카엘을 향해 총구를 겨누고서 바닥에 배를 깔고 엎드리라고 명했다. 미카엘은 거부했다.

"좋으실 대로. 대신 네 무릎에 총알을 한 발 박아주지."

그러고서 무릎을 향해 총을 겨누었다. 결국 미카엘은 굴복했다. 다른 방도가 없었다. 마르틴이 잠시라도 한눈을 판다면 달려들어 한판 해볼 수 있었다. 그와 맞붙는다면 충분히 이길 자신이 있었다. 지하실로 내려오기 전 그가 어깨 위에 손을 올려놓았을 때 기회가 한 번 있었지만 망설이다가 놓쳐버리고 말았다. 그후로 마르틴은 전혀 다가오지 않고 있었다. 게다가 무릎뼈에 총알이 박힌 채로 싸운다면 이길 가능성은 제로였다. 어쩔 수 없이 미카엘은 바닥에 납작 엎드렸다.

마르틴이 다가와 양손을 등뒤로 내밀라고 명령했다. 시키는 대로 하자 손목에 수갑을 채우더니 사타구니를 발로 차고 난폭한 주먹질을 퍼붓기 시작했다.

이어서 벌어진 일들은 말 그대로 악몽이었다. 마르틴은 이성과 광기 사이를 오락가락하고 있었다. 어떨 땐 차분해 보였지만 그다음 순간에 돌변해 우리 안에 갇힌 야수처럼 지하실 안을 이리저리 서성거리곤 했다. 그러다가 생각나면 달려들어 거센 발길질을 퍼부어댔다. 미카엘이 할 수 있는 유일한 일은 머리를 보호하고 몸에서 비교적 물렁한 부분을 들이대 타격을 견뎌내는 것이었다. 몇 분이 지나자 여기저기 부상을 입었는지 온몸이 심하게 아파오기 시작했다.

그렇게 처음 삼십 분간 마르틴은 한마디도 하지 않았고, 미카엘이 무슨 말을 해도 귀에 들리지 않는 듯했다. 그리고 나서는 약간 진정된 듯 보였다. 그후 쇠사슬을 가져다 미카엘의 목둘레에 감고는 한쪽 끝을 바닥 쇠고리에 걸어 자물쇠로 고정시켰다. 그렇게 해놓고 나가더니 십오 분쯤 있다 돌아왔을 땐 손에 생수 한 병이 들려 있었다. 그리고 의자에 앉아 물을 마시며 미카엘을 응시했다.

"한 모금 마실 수 있겠나?"

미카엘이 청하자 앉아 있던 마르틴은 몸을 구부려 물을 마시게 해주었다. 미카엘은 정신없이 들이켰다.

"고맙네."

"여전히 예의바르군. 칼레 블롬크비스트 선생."

"나에게 왜 이러는 거지?"

"나를 엄청나게 화나게 했으니까. 너는 벌을 받아 마땅해. 왜 돌아가라고 할 때 순순히 돌아가지 않았지? 〈밀레니엄〉엔 네가 필요하잖아. 진심으로 우린 아주 좋은 잡지를 만들 수 있었어! 아주 오래 함께 일할 수 있었는데 말이야."

미카엘은 얼굴을 찡그리며 좀더 편한 자세를 취해보려고 애썼다. 완전히 무방비 상태였고, 남은 건 목소리밖에 없었다.

"그런 기회는 이미 지나가버렸다고 말하는 것 같은데?" 미카엘이 물었다.

그러자 마르틴이 웃음을 터뜨렸다.

"미안해, 미카엘. 그래, 잘 이해했어. 넌 여기서 죽게 될 거야."

미카엘은 고개를 끄덕였다.

"그런데, 빌어먹을! 도대체 어떻게 내 정체를 알아냈지? 너하고 그 거식증 걸린 좀비 같은 년 말이야!"

"하리에트가 실종된 날, 당신은 자신의 행적에 대해 거짓말을 했지. 어린이날 퍼레이드 때 당신이 헤데스타드에 있었다는 사실을 증명할 수 있어. 거기서 하리에트를 쳐다보고 있는 당신 모습이 카메라에 찍혔거든."

"이제 보니 그것 때문에 노르셰에 갔었군?"

"그래. 사진을 찾으러 갔지. 그때 헤데스타드에 들렀던 어떤 커플이 아주 우연하게 찍어놓은 사진이 있었거든."

마르틴은 반신반의하며 고개를 저었다.

"흥, 잘도 꾸며대는군!"

미카엘은 어떻게 하면 죽음의 순간을 일 초라도 늦출 수 있을까 치열하게 생각했다.

"그래, 그 사진이 지금 어디 있다는 거야?"

"필름? 여기 헤데스타드에 있는 한델스방크 금고에. 그 은행에 내 개인 금고가 있다는 걸 몰랐나?" 미카엘은 천연덕스럽게 거짓말을 했다. "그리고 복사본은 여러 군데에 있지. 내 컴퓨터에도 있고, 리스베트의 노트북에도 있고, 〈밀레니엄〉 이미지 서버에도, 리스베트가 일하는 밀톤 시큐리티의 서버에도."

마르틴은 잠시 말이 없었다. 미카엘의 말이 진실인지 허풍인지 따져보고 있었다.

"그 리스베트란 계집애는 얼마나 알고 있지?"

미카엘은 망설였다. 지금 자신의 유일한 희망은 리스베트였다. 집으로 돌아와 자기가 없어진 걸 알게 되면 리스베트는 어떻게 할까? 집에서 나오기 전 미카엘은 재킷을 입은 마르틴의 모습이 담긴 옛날 사진을 식탁 위에 올려놨다. 그걸 보고 리스베트가 무언가를 알아챌 수 있을까? 경찰에 달려가 신고할까? 아니다. 그녀는 결코 경찰을 부르지 않을 것이다. 최악의 경우, 직접 마르틴의 집으로 찾아와 벨을 누르고 여기 미카엘이 왔느냐고 물을 수도 있었다.

"대답해!" 마르틴이 얼음같이 싸늘한 목소리로 다그쳤다.

"리스베트는 나만큼 알고 있을 거야. 아니, 더 많이 알고 있을지도 모르지. 아주 영리한 여자거든. 레나 안데르손 사건과 당신 사이에 연관성을 찾아낸 것도 그녀지."

"레나 안데르손?" 마르틴은 아연실색해 물었다.

"1966년 2월 웁살라에서 당신이 고문해 죽인 소녀. 설마 기억나지 않는다고 주장하진 않겠지?"

마르틴의 눈이 좀더 또렷해졌다. 처음으로 흔들리는 기색을 보였다. 레나 안데르손은 하리에트의 리스트에 나와 있지 않은 여자였고, 그래서 마르틴은 누가 이 사건까지 자신과 연관 지으리라고는 미처 생각하지 못했다.

"마르틴." 미카엘은 최대한 차분한 목소리로 말했다. "마르틴, 이젠 끝났어. 날 죽일 순 있을 거야. 하지만 끝났어. 너무도 많은 사람들이 알고 있으니 이번엔 꼼짝없이 걸려든 거야."

갑자기 마르틴이 벌떡 일어나 다시 방안을 뚜벅뚜벅 걷기 시작했다. 그러다가 주먹으로 벽을 쾅 하고 쳤다. 미카엘은 아차 싶었다. 그래, 이자가 비이성적인 인간이라는 사실을 기억했어야 했는데. 고양이 일도 그렇고. 고양이를 여기로 가지고 올 수도 있었는데 가족 납골당까지 갔었지. 이성적으로 행동하는 인간이 아니야. 마르틴이 걸음을 멈췄다.

"거짓말하지 마. 이 일을 알고 있는 건 너와 리스베트뿐이잖아. 너희 둘은 아무에게도 말하지 않았어. 말했다면 진즉에 경찰이 들이닥쳤겠지. 이제 난 네가 살고 있는 집에 불을 놓을 거야. 그럼 모든 증거가 연기로 사라지겠지."

"만일 당신이 잘못 생각하고 있다면?"

미카엘이 갑자기 미소를 지었다.

"만일 잘못 생각했다면 정말로 끝이지. 하지만 난 네 놈의 말을 안 믿어. 지금 넌 허세를 부리고 있잖아. 그렇다면 내가 뭘 해야 할까?" 그러고선 짧게 생각에 잠겼다. "그래, 이 망할 계집년이 날 골치 아프게 하고 있어. 이년을 당장 찾아내야겠어!"

"그녀는 오늘 오후 스톡홀름으로 떠났어."

마르틴이 웃음을 터뜨렸다.

"아, 그래? 그럼 왜 그룹 문헌보관실에 앉아 있을까?"

미카엘은 심장이 쿵쾅거렸다. 알고 있었군. 처음부터 알고 있었어.

"문헌들을 한번 훑어보고 스톡홀름으로 올라갈 예정이었지." 미카엘은 최대한 침착함을 유지하며 대답했다. "하지만 그리 오래 머물지는 않을 거야."

"그만하지 그래. 문헌보관실 책임자가 보고해서 다 알고 있으니까. 디르크가 리스베트에게 원하는 만큼 거기 머무르라고 했다더군. 다시 말해 그 계집애는 오늘밤 언젠간 돌아올 거야. 거기서 떠나는 즉시 관리인이 내게 연락할 거고."

1 Jan

2 Feb

3 Mar

4 Apr

5 May

6 Jun

7 Jul

8 Aug

9 Sep

10 Oct

11 Nov

12 Dec

IV 적대적 인수
7월 11일~12월 30일

스웨덴에서 성폭행을 당한 여성 중
92퍼센트는 고소하지 않았다.

24장

7월 11일 금요일~7월 12일 토요일

마르틴은 미카엘의 호주머니를 뒤져 열쇠꾸러미를 꺼냈다.

"흠, 약았군! 자물쇠를 바꿔 달았단 말이지? 좋아, 네 여자친구가 돌아오는 즉시 내가 손봐주지."

미카엘은 대답하지 않았다. 마르틴이 재계에서 잔뼈가 굵은 협상 전문가라는 사실을 떠올렸다. 웬만한 속임수쯤은 금방 눈치챌 터였다.

"왜지?"

"뭐가 왜야?"

"왜 이런 짓거리들을 하는 거야?" 미카엘은 지하실에 널린 물건들을 턱으로 가리키며 물었다.

마르틴은 몸을 구부려 한 손으로 미카엘의 턱을 받쳐들고서 두 눈을 들여다보았다.

"왜냐면 너무나도 쉽기 때문이야. 여자들은 끊임없이 실종되고 있지만 찾는 사람은 하나도 없거든. 예를 들어 이민자들 말이야. 러시아 출신 매춘부랄지. 매년 수많은 사람들이 스웨덴으로 들어오고 있 잖아."

그러고선 미카엘의 턱에서 손을 뗀 후 몸을 일으켰다. 마치 대단한 것이라도 보여주는 양 자랑스러운 표정까지 지으며.

하지만 그의 말 한마디 한마디가 거센 주먹질처럼 미카엘의 가슴 을 내리쳤다.

맙소사! 이건 더이상 역사 속 수수께끼가 아니야. 마르틴은 지금도 여 자들을 죽이고 있었어! 그런데 내가 이 호랑이굴에 제 발로 기어들어왔으 니……

"보다시피 지금은 손님이 없어. 하지만 재미있는 사실 하나 알려줄 까? 지난겨울과 봄에 말이야, 네놈하고 작은할아버지가 머리를 맞대 고 이러쿵저러쿵 토론이나 하고 있었을 때 여기에 여자애가 하나 있 었지. 이리나라고, 벨라루스 출신. 저 위에서 우리가 멋진 만찬을 즐 길 때 그애는 이 우리 안에 갇혀 있었어. 아주 유쾌한 저녁이었지."

마르틴은 테이블 위에 앉아 늘어뜨린 두 다리를 흔들거렸다. 미카 엘은 눈을 감았다. 뭔가 시큼한 것이 울컥 식도를 타고 올라와 여러 번에 나눠 다시 삼켜야 했다.

"시체들은 어떻게 했지?"

"바로 이 아래 부두다리에 내 요트가 있잖아. 시체들을 아주 먼 바 다로 싣고 가는 거야. 아버지와 달리 난 절대 흔적을 남기지 않거든. 하지만 아버지도 영리한 사람이었어. 스웨덴 여기저기에 희생자를 뿌려놨으니 누가 눈치챘겠어?"

비로소 미카엘의 머릿속에서 퍼즐 조각들이 제자리를 찾아가기 시작했다.

고트프리드 방에르. 1949년에서 1965년까지. 그리고 마르틴 방에르가 바통을 이어받는다. 그 첫번째 사건이 바로 1966년의 웁살라……

"아버지를 존경하는 모양이군."

"나한테 모든 걸 가르쳐준 사람이니까. 내가 열네 살 때 나를 이 일로 인도해줬지."

"우데발라의 레아 페르손 얘기로군."

"맞아. 그때 나도 있었어. 구경만 했지만 같이 있긴 했어."

"1964년, 론네뷔의 사라 비트."

"그땐 열여섯 살이었지. 맨 처음 내 몫으로 여자 하나가 주어졌어. 아버지가 가르쳐주는 대로 여자의 목을 졸랐어."

맙소사, 저자는 지금 자랑을 하고 있어! 정말 역겨운 집안이군!

"이 모든 게 병적인 행위라는 건 알고 있나?"

마르틴은 어깨를 약간 으쓱해 보였다.

"아마 넌 모를 거야. 인간의 생과 사에 전적인 통제권을 가진 기분이 얼마나 황홀한지."

"그래서 여자들을 고문하고 죽이면서 기쁨을 느끼는 건가?"

이 재계의 거물은 미카엘 뒤의 빈 벽에 시선을 고정하고서 잠시 생각에 잠겼다. 이윽고 그의 얼굴에 자못 매력적이기까지 한 미소가 환하게 피어올랐다.

"그렇다고 생각하지는 않아. 내 상태를 객관적으로 분석해보자면 연쇄살인범이라기보다 연쇄강간범에 가깝지. 더 정확히 말해 연쇄납치범이고. 살인은 자연스러운 귀결이랄까. 내 범죄를 감춰야 하잖아. 무슨 뜻인지 이해하겠나?"

미카엘은 할말을 잃은 채 그저 고개를 끄덕이기만 했다.

"물론 사회는 내 행위를 용납할 수 없겠지. 하지만 내가 저지른 죄는 지루한 사회적 관습에 대한 저항이라고 할 수 있어. 죽음은 내가 여기로 데려온 여자들에게 질리기 시작하면 그때 일어나는 거야. 그럴 때면 여자들이 얼마나 실망하는지 몰라. 그 모습을 지켜보는 재미 또한 기가 막히지."

"실망?" 미카엘이 어이가 없어 반문했다.

"맞아, 실망! 그녀들은 이렇게 상상하고 있던 거지. 자신들이 나를 만족시키면 설마 죽이지는 않을 거라고. 그러면서 내가 정한 규칙을 잘 따르려고 노력해. 심지어 나를 믿기 시작하고 친구처럼 되려고도 해. 이 모든 관계가 어떤 의미를 지닐 가능성에 대한 희망을 마지막 순간까지 붙잡고 있는 거야. 하지만 결국은 내가 자기들을 가지고 놀았다는 사실을 깨닫는 순간, 엄청난 실망을 느끼는 거고."

마르틴이 테이블을 끼고 돌아가서 강철 우리에 등을 기대고 섰다.

"머릿속이 소시민적 관념으로 가득찬 너 같은 인간은 결코 이해할 수 없겠지. 하지만 나를 흥분시키는 건 납치를 계획하는 일 그 자체야. 우선 절대 충동적으로 행동해선 안 돼. 그런 부류의 납치범은 항상 꼬리가 밟히는 법이거든. 이건 수많은 디테일을 치밀하게 고려해야 하는 일종의 과학이야. 먼저 사냥감이 될 만한 여자를 찾아내서 그 삶을 조사하지. 누구인가? 어디서 왔는가? 어디서 덮칠 수 있는가? 내 사냥감하고 단둘이만 있으려면 어떻게 해야 하는가? 그리고 어떻게 해야 나중에 수사가 진행될 때 내 이름이며 나와 관련된 그 어떤 것도 드러나지 않을 수 있는가?"

집어치워! 미카엘은 속으로 외쳤다. 지금 마르틴은 납치와 살인의 방법을 마치 대학에서 강의라도 하듯 말하고 있었다. 아니, 비교祕教를 다루는 신학 강의에서 반론을 제기하는 것처럼 들리기도 했다.

"미카엘, 물론 이런 일에 정말로 흥미가 있는 건 아니겠지?"

그렇게 말하고는 몸을 굽혀 미카엘의 볼을 쓰다듬었다. 그의 손길은 세심하면서 다정하기까지 했다.

"자, 이제 이런 종류의 일은 오직 한 가지 방식으로만 끝낼 수밖에 없다는 사실을 이해했을 거야. 우리 사이도 마찬가지고. 담배 한 대 태워도 괜찮겠지?"

미카엘은 고개를 저었다.

"나도 한 모금 빨게 해주겠나?"

마르틴은 미카엘의 청을 들어주었다. 담배 두 개비에 불을 붙여 하나를 미카엘의 입술 사이에 부드럽게 밀어넣었다. 그리고 연기를 빨아들일 수 있도록 담배를 잡아주었다.

"고맙네." 미카엘이 기계적으로 내뱉었다.

마르틴이 또다시 웃었다.

"자, 보라고! 넌 벌써 복종의 원리에 적응하기 시작했잖아? 미카엘, 네 목숨은 내 손안에 있어. 너 역시 내가 언제든지 널 죽일 수 있다는 사실을 잘 알고 있겠지. 그래서 너는 삶의 질을 향상시켜달라고 내게 애원한 거야. 합당한 논거와 약간의 아부를 섞어가면서 말이야. 그래서 보상을 얻게 된 거고."

미카엘은 고개를 끄덕였다. 심장이 당장이라도 터져버릴 것처럼 뛰었다.

밤 11시 15분, 리스베트는 계속 페이지를 넘기며 페트병에 담긴 물을 한 모금 마셨다. 이날 오후 커피를 잘못 삼켰던 미카엘과 달리 사레가 들어 콜록대지는 않았다. 대신 놀라운 사실을 하나 발견하면서 두 눈이 휘둥그레졌다.

클릭!

방에르 그룹에 속한 모든 기관들이 발행한 각종 사내 연보들을 벌써 두 시간 전부터 훑어보던 중이었다. 그중 가장 중요한 건 표지에 '방에르 그룹 정보'라는 간단한 제목과 함께 그룹 로고, 즉 화살형 깃대 위에서 펄럭이는 스웨덴 국기가 그려진 연보였다. 그룹 본사의 홍보부가 펴낸 이 자료는 그룹 전 직원에게 스스로 방에르 대가족의 일원임을 느끼게 하려는 선전 책자에 불과했다.

1967년 2월 겨울휴가 기간에 헨리크는 본사 직원 오십 명을 가족과 함께 초대해 헤리에달렌에서 일주일간 스키 여행을 즐기도록 했다. 직전 해에 그룹이 기록적인 실적을 달성했던 터라 이에 대한 보상 차원이었다. 이때 함께 초대된 홍보부는 그룹이 통째로 빌린 스키장의 정경을 찍어 이 연보에 사진기사로 실었다.

우선 스키장 슬로프에서 재미난 포즈를 취한 사람들을 담은 사진이 있었다. 어떤 사진에서는 사람들이 바에 모여 추위에 빨개진 얼굴로 저마다 맥주잔을 들어올리며 활짝 웃고 있었다. 그리고 오전에 열린 공식 행사를 찍은 사진이 두 장 있었다. 거기서 헨리크가 울라브리트 모그렌이라는 비서에게 '올해의 최고 사원상'을 수여하고 있었다. 그녀는 상금 500크로나와 부상으로 크리스털 그릇을 받았다.

시상식은 사람들이 슬로프로 몰려나가기 전, 호텔 테라스에서 열린 듯했다. 사진에는 스무 명쯤 되는 사람들이 보였다.

헨리크의 뒤편 오른쪽에는 긴 금발의 청년이 서 있었다. 양쪽 어깨에 붉은색이 선명한 퀼트재킷 차림으로. 연보가 흑백으로 인쇄돼 색깔을 확인할 수는 없었지만 리스베트는 그것이 붉은색이라는 사실에 자신의 목이라도 걸 수 있었다.

사진 아래에 설명이 달려 있었다. 우측의 청년은 웁살라에서 대학에 다니는 금년 19세의 마르틴 방에르이다. 그는 방에르 그룹의 미래를 이끌 전도유망한 청년이다.

잡았다. 리스베트가 나지막이 중얼거렸다.

그리고 곧장 불을 끄고서 책상 위에 마구 흩어져 있는 연보들을 그대로 놔둔 채 방을 나왔다. 보딜이라는 여편네가 내일 와서 치우겠지.

리스베트는 건물의 쪽문을 통해 옥외 주차장으로 나왔다. 오토바이를 세워둔 곳에 반쯤 다다랐을 때, 떠나면서 관리인에게 알리겠다고 약속한 사실이 생각났다. 잠시 멈춰 서서 주차장을 바라보았다. 관리인은 건물 반대편에 있었다. 다시 건물로 돌아가 한 바퀴 더 돌아야 한다는 말이었다. 빌어먹을, 난 모르겠어! 그녀는 관리인을 보지 않기로 결정했다.

오토바이 앞에 이르러 휴대전화를 켜고 미카엘에게 전화를 걸었다. 상대방이 전화를 받을 수 없다는 메시지가 나왔다. 하지만 곧 미카엘이 오후 3시 반에서 9시 사이에 무려 열세 번이나 전화했다는 걸 알았다. 그런데 두 시간 전부터 연락이 뚝 끊겼다.

자신들이 묵고 있는 손님 집에도 전화를 해봤지만 아무런 응답이 없었다. 리스베트는 눈썹을 살짝 찌푸리고서 노트북이 든 숄더백을 오토바이 뒷자리에 묶은 다음 시동을 걸었다. 헤데스타드 산업 구역에 있는 방에르 본사를 출발해 섬까지 오는 데는 딱 십 분이 걸렸다. 주방에 불이 켜져 있었지만 집안은 텅 비어 있었다.

리스베트는 집밖으로 나와 주변을 한 바퀴 둘러보았다. 처음엔 미카엘이 디르크의 집에 갔을 거라고 생각했다. 하지만 조금 전 다리를 건너오면서 바다 반대편에 있는 그의 집에 불이 꺼져 있는 걸 확인했었다. 손목시계를 들여다보니 벌써 밤 11시 40분이었다.

다시 집안으로 들어가 벽장을 열고 감시카메라에 찍힌 영상이 저장되는 노트북을 꺼냈다. 그리고 얼마 지나지 않아 그날 오후와 저녁 사이에 일어났던 일들을 대략 파악할 수 있었다.

3시 32분 미카엘이 집안으로 들어온다.

4시 03분 정원에 나가 커피를 마신다. 테이블 위에는 검토하려고 들고 나왔는지 문서철이 하나 놓여 있다. 정원에 있는 동안 세 차례 전화를 건다. 전화를 건 시각은 그녀의 휴대전화에 기록된 시각들과 일치한다.

5시 21분 미카엘이 집을 나간다. 그리고 십오 분도 안 돼 다시 돌아온다.

6시 20분 미카엘이 정원을 둘러싼 울타리까지 가서 다리 쪽을 쳐다본다.

9시 03분 다시 집을 나섰다가 이번에는 돌아오지 않는다.

리스베트는 두번째 노트북에 저장된 영상을 빠르게 돌려가며 봤다. 울타리 너머 도로 쪽 방향을 보여주는 영상이었다. 그리고 그날 어떤 사람들이 집 앞을 오갔는지 확인할 수 있었다.

7시 12분 군나르 닐손이 그의 집으로 들어간다.

7시 42분 외스테르고르덴 농장의 사브 승용차를 탄 누군가가 헤데스타드 방향으로 가고 있다.

8시 02분 그 차가 다시 돌아온다. 주유소 편의점에 다녀온 걸까?

그리고 아무 일도 없다가 9시 정각이 되자 마르틴의 차가 지나간다. 그러고서 삼 분 후, 미카엘이 집을 나간다.

그런데 한 시간쯤 지난 9시 50분에 불현듯 마르틴의 모습이 카메라에 크게 잡힌다. 일 분쯤 울타리 앞에 서서 집안을 살피기도 하고 주방 창문을 통해 안을 들여다보기도 한다. 급기야 현관 계단을 오른 후 문을 열려고 하다가 잠겨 있자 열쇠를 하나 꺼낸다. 이윽고 자물쇠가 바뀌었다는 사실을 깨닫고서 잠시 움직이지 않다가 결국 몸을 돌려 집을 떠난다.

리스베트는 등골이 오싹해졌다.

마르틴이 다시 지하실을 나갔고, 미카엘은 오랫동안 혼자 있었다. 자세가 몹시 불편했다. 등뒤로 두 손을 수갑에 묶인 채 온몸은 바닥에 길게 엎어져 있었고 목둘레를 감은 가느다란 쇠사슬은 바닥에 고정된 쇠고리에 단단히 매여 있었다. 결코 풀 수 없다는 사실을 잘 알면서도 손가락을 움직여 수갑을 만져보았다. 수갑이 손목을 너무 세게 고착해 손에 아무 감각이 없을 정도였다.

조금의 희망도 보이지 않았다. 미카엘은 그냥 눈을 감아버렸다.

얼마나 시간이 흘렀을까. 다시 마르틴의 발소리가 들려왔다. 대그룹 대표께서 다시 시야에 들어왔다. 약간 침울해 보였다.

"불편한가?"

"그래."

"스스로 자초한 일인데 누굴 원망할 필요 있어? 빨리 돌아갔다면 이런 일도 없었잖아."

"왜 사람을 죽이지?"

"그건 내 선택이야. 물론 우리 둘이서 내 행동이 윤리적으로 옳네 그르네 밤새 떠들어볼 순 있겠지. 하지만 그런다고 해서 사실이 변하는 건 아냐. 그럼 내가 생각하는 사실은 뭘까? 인간은 대단한 존재가 아니라는 거지. 세포와 피와 온갖 화학물질을 잠시 한데 담고 있는 피부 껍데기에 불과해. 그중 아주 드물게 몇몇 녀석들이 역사책에 이름을 남기지. 하지만 대부분은 죽어서 흔적도 없이 사라질 뿐이야."

"그런데 왜 하필 여자들을 죽이지?"

"우리는 이를테면 쾌락을 위해 사람을 죽이는 부류지. 여기서 '우리'라고 한 건 이런 도락을 즐기는 게 나만은 아니라는 거야. 여하튼 우리는 최대한 강렬한 삶을 살고 있어."

"하리에트는 왜 죽였나? 친동생을 말이야."

마르틴의 표정이 돌변했다. 그러고선 한걸음에 미카엘 옆으로 달려들더니 그의 머리채를 움켜쥐며 물었다.

"그애에게 무슨 일이 일어났지?"

"무슨 말 하는 거야?" 미카엘이 헐떡거리며 반문했다.

두피에 느껴지는 고통을 덜어보려고 고개를 옆으로 돌리려 했지만 즉시 쇠사슬이 목을 죄어왔다.

"너하고 리스베트가 알아낸 게 뭐냐고!"

"머리를 놔줘! 말을 할 수가 없잖아!"

마르틴은 미카엘의 머리를 내려놓고서 그 앞에 책상다리를 하고 앉았다. 그러더니 갑자기 단도를 뽑아들었다. 그리고 날카로운 칼끝을 미카엘의 눈 밑에 갖다댔다. 당장이라도 찔러버릴 듯이 험악한 표정이었다. 미카엘은 머리를 들어올려 그와 시선을 마주치려고 애썼다.

"이런 제기랄! 그애한테 무슨 일이 일어났느냐고 묻잖아!"

"무슨 말인지 모르겠어. 난 당신이 그녀를 죽였다고 생각했는데."

마르틴은 한동안 미카엘을 응시하다가 팽팽히 긴장한 얼굴을 조금 풀었다. 이윽고 일어나 무언가를 곰곰이 생각하면서 방안을 뚜벅뚜벅 걸어다녔다. 그러다가 갑자기 바닥에 칼을 떨어뜨리고는 미친 듯이 웃어댔다. 그리고 다시 미카엘 쪽으로 몸을 돌렸다.

"하리에트, 하리에트, 여전히 그 망할 년 하리에트 얘기군! 우린 그 애를…… 설득하려고 했어. 고트프리드가 교육시키려고 해봤지. 어차피 한핏줄이니 우리 편일 거고, 자신의 의무를 받아들일 거라고 생각했어. 하지만 그앤 단지…… 평범한 계집에 불과했을 뿐이야. 난 그애를 통제하고 있다고 믿고 있었는데. 알고 보니 헨리크에게 고자질하려 했더군. 그래서 더이상 신뢰할 수 없다는 걸 알았지. 조만간 나에 대해 다 까밝힐 테니까."

"그래서 죽였군!"

"죽이려고 했었지. 그날 그럴 작정이었지만 너무 늦게 도착해버렸어. 알다시피 섬에 들어갈 수 없었거든."

미카엘은 이 새로운 정보를 이해하려고 머리를 굴려봤지만 아무 생각도 할 수 없었다. 마치 컴퓨터 화면에 '메모리 용량 부족'이라는 메시지가 뜬 느낌이었다. 여동생에게 무슨 일이 일어났는지 마르틴도 모르고 있었다니!

이때 마르틴이 양복 주머니에서 휴대전화를 꺼내 시간을 확인하고 의자 위에 놓인 권총 옆에 내려놓았다.

"자, 이제는 끝낼 시간이 됐군. 오늘밤 안에 거식증 걸린 네 계집년까지 손보려면 시간이 없단 말이야."

그러고는 벽장을 열어 기다란 가죽끈 하나를 꺼내 올가미를 만들고서 미카엘의 목에 걸었다. 그리고 목에 감아뒀던 쇠사슬을 푼 뒤 미카엘을 일으켜세워 벽에다 밀어붙였다. 마지막으로 가죽끈을 미카엘의 머리 위에 붙은 고리에 끼워 힘껏 잡아당겼다. 미카엘은 바닥에 간신히 닿은 발가락 끝으로 몸을 지탱할 수밖에 없었다.

"너무 센가? 숨쉬기 힘들어?" 마르틴이 물으며 일이 센티미터 정도 끈을 풀어준 후 좀더 아래에 붙은 고리에 고정시켰다. "네가 금방 죽으면 재미없거든."

올가미가 너무도 목을 꽉 죄는 바람에 미카엘은 한마디도 내뱉을 수 없었다. 그런 그를 마르틴은 물끄러미 관찰했다.

그리고 갑자기 미카엘의 바지 단추를 풀더니 팬티와 함께 한꺼번에 잡아내렸다. 발밑으로 바지를 잡아채듯 벗겨내는 바람에 균형을 잃은 미카엘은 짧은 순간 올가미에 대롱대롱 매달렸다가 간신히 발끝으로 땅을 짚어 위기를 넘길 수 있었다. 마르틴이 다시 벽장 안에서 가위를 찾아와 미카엘의 티셔츠를 마구 잘라 벗겨냈다. 이윽고 미카엘에게서 몇 걸음 떨어져 선 채 벌거숭이가 된 희생양을 살폈다.

"이곳에 한 번도 남자를 들인 적이 없어." 그가 음침한 목소리로 말했다. "남자에겐 손댄 적이 없단 말이야. 아버지만 빼놓고…… 그건 내 의무였으니까 어쩔 수 없었지."

미카엘의 관자놀이가 세차게 고동쳤다. 목을 조인 상태에서 두 발끝으로만 온몸의 체중을 지탱하기란 너무나 힘든 일이었다. 혹시라도 뒤쪽 콘크리트 벽에 기댈 수 있을까 해서 손가락을 움직여봤지만 아무것도 닿지 않았다.

"자, 시간이 됐어."

마르틴이 팽팽하게 당겨진 가죽끈 위에 한 손을 올려놓고 아래로 지그시 눌렀다. 미카엘은 끈이 목둘레에 더욱 깊이 박히는 걸 느꼈다.

"항상 궁금했지. 남자는 맛이 어떨까 하고 말이야."

그는 끈을 누른 손에 무게를 실으면서 몸을 앞으로 구부려 미카엘의 입을 자기 입으로 덮었다. 그때였다. 얼음처럼 싸늘한 목소리가 방안을 울렸다.

"이 개자식아! 내 허락도 안 받고 어디다 주둥이를 들이대?"

눈 앞이 빨간 안개처럼 흐려져가던 때 미카엘의 귀에 리스베트의 목소리가 들렸다. 가까스로 눈의 초점을 모아 문 앞에 서 있는 그녀를 보았다. 리스베트가 우두커니 마르틴을 응시하고 있었다.

"안 돼…… 도망가!" 미카엘은 끅끅대며 간신히 말했다.

마르틴이 어떤 표정을 지었는지 미카엘은 볼 수 없었지만 그가 리스베트를 향해 돌아서는 순간 큰 충격에 휩싸였다는 것을 몸의 감각으로 알아차릴 수 있었다. 마르틴은 짧은 순간에 얼어붙은 듯 꼼짝도 못하다가 곧 의자 위에 놓인 권총을 집으려고 손을 뻗었다.

하지만 눈 깜짝할 사이에 리스베트가 성큼성큼 걸어와 그때까지 숨기고 있던 골프채를 힘껏 휘둘렀다. 강철 골프채 머리가 큰 원을 그리며 마르틴의 쇄골을 강타했다. 엄청나게 강한 일격에 미카엘은 뭔가가 부러지는 소리를 들었다. 곧이어 마르틴이 비명을 질렀다.

"어때? 고통의 맛이?" 리스베트가 물었다.

사포처럼 거친 목소리였다. 마르틴을 공격하던 리스베트의 표정을 미카엘은 영원히 잊지 못할 것이다. 야수처럼 이빨을 드러낸 그녀는 검게 이글거리는 두 눈을 빛내고 있었다. 이어 골프채로 마르틴의 갈비뼈를 후려치는 모습은 온 힘을 집중해 먹이를 덮치는 민첩한 거미 같았다.

마르틴은 비틀거리다가 의자에 발이 걸리면서 그대로 바닥에 엎어졌다. 그 바람에 권총이 리스베트의 발치로 굴러떨어졌다. 그녀는 그의 손이 닿지 못하도록 권총을 멀찌감치 차버렸다.

그리고 일어서려고 애쓰는 마르틴에게 세번째 타격을 가했다. 철썩하는 소리가 이번에는 두부를 맞은 게 분명했다. 그의 목구멍에서 끔찍한 비명이 솟아올랐다. 네번째 타격은 어깨뼈 위였다.

"리스…… 베트……" 미카엘이 끅끅거렸다.

관자놀이에 견딜 수 없는 아픔을 느끼며 의식을 잃어가고 있었다.

리스베트가 몸을 돌려 미카엘을 쳐다보았다. 얼굴은 토마토처럼 새빨개졌고 두 눈은 겁에 질려 커진데다 입 밖으로 혀가 빠져나온 몰골이었다.

그녀는 재빨리 지하실 안을 둘러보고서 바닥에 떨어진 칼을 발견했다. 마르틴은 한쪽 팔을 축 늘어뜨린 채 무릎으로 질질 기어 그녀에게서 멀어지려 안간힘을 쓰고 있었다. 그 꼴을 보아하니 적어도 몇 초 동안은 큰 문제를 일으키지 못할 듯했다. 일단 골프채를 내려놓고 칼을 집어들었다. 칼끝은 예리했지만 날이 무뎠다. 리스베트는 까치발을 하고서 가죽끈을 자르려고 미친듯이 칼을 놀렸다. 마침내 몇 초 지나지 않아 미카엘의 몸이 바닥으로 털썩 쓰러져내렸다. 하지만 아직 올가미가 그의 목을 꽉 조이고 있었다.

리스베트는 마르틴을 다시 한번 쳐다보았다. 간신히 몸을 일으켰지만 고통으로 여전히 몸을 구부리고 있었다. 그런 그를 잠시 놔둔 채 미카엘의 목과 끈 사이에 손가락을 집어넣었다. 처음엔 주저했지만 결국 칼끝을 댈 수밖에 없었다. 미카엘의 살갗에 생채기를 내가며 애쓴 끝에 결국 올가미가 끊어져나가면서 미카엘은 크게 헐떡이며 숨을 들이켰다.

그 짧은 순간, 미카엘은 몸과 정신이 다시 하나가 되는 놀라운 감각을 체험했다. 방안에 떠다니는 미세한 먼지 알갱이 하나까지 선명하게 보였다. 청각도 완벽했다. 사람들의 숨소리와 옷깃 스치는 소리까지 마치 헤드폰을 낀 것처럼 크게 들렸다. 리스베트의 땀냄새와 가죽재킷 냄새까지 맡을 수 있었다. 이윽고 머릿속에 피가 다시 돌고 혈색이 되돌아오면서 눈부신 빛이 번쩍했다.

리스베트가 고개를 돌렸을 때 마르틴은 문밖으로 도망가고 있었다. 그녀는 벌떡 일어나 권총을 집어들고서 실탄이 들었는지 확인한 후 안전장치를 풀었다. 미카엘이 보기에 제법 많이 다뤄본 솜씨 같았다. 그러고는 주위를 둘러보면서 테이블에 놓인 수갑 열쇠를 찾아냈다.

"놈을 처리하고 올게요."

리스베트는 문 쪽으로 달려나가며 도중에 수갑 열쇠를 집어들어 미카엘 쪽으로 던졌다.

미카엘은 잠깐만 기다리라고 말하려 했지만 다 쉬어가는 목소리만 흘러나왔고, 그녀는 이미 문밖으로 사라지고 없었다.

리스베트는 마르틴에게 엽총이 있다는 사실을 잊지 않았다. 조심해야 했다. 차고와 주방을 잇는 통로에 이르렀을 땐 한껏 앞을 향해 겨눈 권총을 언제라도 발사할 준비를 하고서 걸음을 멈췄다. 귀를 기울여봤지만 그녀의 사냥감이 숨어 있는 장소를 알려주는 소리는 들리지 않았다. 그녀는 우선 본능적으로 주방을 향해 나아갔다. 주방에 거의 다다랐을 때 어디선가 차에 시동을 거는 소리가 들려왔다.

그녀는 재빨리 몸을 돌려 차고 곁문으로 뛰어나갔다. 앞뜰 진입로에 멈춰 서자 헨리크의 저택 앞을 지나 다리 방향으로 꺾어지는 차의 미등이 보였다. 리스베트는 오토바이를 세워둔 곳으로 미친듯이 뛰어가 그 위에 올라탔다. 재킷 주머니에 권총을 쑤셔넣고 헬멧도 쓰지 않은 채 시동을 걸었다. 불과 몇 초 후 그녀가 탄 오토바이는 다리 위를 달리고 있었다.

리스베트는 도망가는 마르틴보다 구십 초쯤 늦게 E4 고속도로로 진입하는 로터리에 도착했다. 하지만 그의 차는 보이지 않았다. 그녀는 오토바이를 세우고 엔진을 껐다.

하늘에는 구름이 잔뜩 끼어 있었고 동쪽 지평선에서는 희미한 새벽빛이 올라오는 중이었다. 그녀의 귀에 다시 엔진 소리가 들리면서 마르틴의 차가 E4 고속도로를 타고 남쪽 방향으로 내달리는 모습이 보였다. 리스베트는 다시 페달을 밟아 시동을 걸고 고가도로 아래의 휘어진 진입로를 따라 시속 80킬로미터로 달렸다. 금세 직선 도로에 접어들었지만 차는 한 대도 보이지 않았다. 재빨리 액셀을 밟아 최고 속도를 내며 로켓처럼 날아갔다. 산등성이를 끼고 도는 커브를 달릴 때는 이미 시속 170킬로미터에 달했다. 그녀가 개조한 소형 오토바이가 내리막길을 미친듯이 달릴 때 낼 수 있는 최고 속도였다. 그리고 이 분 뒤 약 400미터 전방에서 마르틴의 자동차가 달리는 모습이 보였다.

상황을 분석하자. 이제 내가 해야 할 일은?

리스베트는 시속 120킬로미터로 속도를 줄이고 그와 비슷하게 달리기 시작했다. 굽잇길이 이어지면서 시야에서 몇 초쯤 마르틴의 차가 사라지는 일이 몇 차례 반복됐다. 그러다가 길게 뻗은 직선 도로에 접어들었다. 이제 둘의 거리는 200미터로 줄어들었다.

그제야 추격해오는 오토바이를 발견했는지 긴 커브길을 돌고 난 마르틴이 속도를 높이기 시작했다. 리스베트도 속도를 최대한 높여봤지만 커브길을 몇 차례 지나면서 간격이 벌어지기 시작했다.

그때였다. 리스베트의 눈에 저멀리 화물차의 불빛이 보였다. 마르틴도 마찬가지였다. 그때 갑자기 그가 속도를 높이더니 150미터쯤 앞에서 화물차가 달려오고 있는 반대 차선으로 꺾어 들어갔다. 리스베트는 화물차가 급정거를 시도하며 전조등을 깜박이는 걸 보았다. 하지만 몇 초간 계속 앞으로 미끄러지면서 충돌을 피할 수 없을 것 같았다. 마르틴의 차가 끔직한 소리를 내며 화물차에 정면으로 처박혀 들어갔다.

리스베트는 본능적으로 브레이크를 밟았다. 화물차의 트레일러가 넘어지면서 그녀가 있는 차선을 침범해 들어오고 있었다. 물론 브레이크를 밟았지만 이미 엄청난 속도로 달리고 있었기 때문에 불과 이삼 초 후면 사고 지점에 도달할 것 같았다. 자칫하면 그녀까지 충돌

할 수 있는 위기의 순간이었다. 그녀는 다시 속도를 높였다. 그러고는 어깨가 지면에 닿을 정도로 오토바이를 바짝 기울인 채 트레일러 뒷부분과 겨우 1미터쯤 떨어져 스치듯 지나갔다. 그 와중에 흘깃 돌아보니 트럭 앞쪽에서 불길이 치솟고 있었다.

그렇게 150여 미터를 더 나간 후에 비로소 멈춘 리스베트가 뒤를 돌아보았다. 화물차 운전사가 도로 곁길로 뛰어내리고 있었다. 그녀는 다시 출발했다. 남쪽으로 약 2킬로미터 떨어진 오셰르뷔에서 E4 고속도로와 나란히 뻗어 있는 낡은 국도로 갈아탄 후 다시 북쪽으로 올라갔다. 사고 현장이 내려다보이는 국도를 지나면서 바라보니 자동차 두 대가 현장 근처에 서 있었다. 화염에 싸인 마르틴의 차는 화물차 아래 처박혀 납작하게 찌그러졌고, 남자 하나가 조그만 소화기로 불을 끄려는 모습도 보였다.

리스베트는 다시 속도를 높여서 곧장 헤데뷔로 돌아왔다. 천천히 속도를 늦추며 다리를 건넌 후 손님 집 앞에 오토바이를 세웠다. 그리고 걸어서 마르틴의 집으로 돌아갔다.

여전히 미카엘은 수갑을 풀어보려 애를 쓰고 있었다. 하지만 양손이 다 마비돼 제대로 열쇠를 쥘 수조차 없었다. 대신 수갑을 풀어준 리스베트는 손에 다시 피가 돌기 시작할 때까지 그를 품안에 꼭 안아주었다.

"마르틴은?" 미카엘이 다 쉬어가는 목소리로 물었다.

"죽었어요. 시속 150킬로미터로 차를 몰다가 화물차에 정면충돌해버렸어요. 여기서 몇 킬로미터 떨어진 E4 고속도로 남쪽 방면에서요."

미카엘은 멍한 눈으로 리스베트를 쳐다보았다. 그녀가 뒤따라 나가고 불과 몇 분 사이에 그런 일이 일어났다니⋯⋯

"겨⋯⋯ 경찰에 신고해야지?" 간신히 말을 잇던 그가 심하게 콜록

거리기 시작했다.

"뭐하려요?" 리스베트가 말했다.

미카엘은 그러고 나서도 십여 분을 꼼짝할 수 없었다. 그렇게 벌거벗은 채로 벽에 등을 기대고 바닥에 앉아 있었다. 간간이 목을 주무르고 아직 굼뜬 손가락으로 생수병을 들어올렸다. 리스베트는 그가 몸의 감각을 되찾을 때까지 참을성 있게 기다렸다. 그러면서 뭔가를 골똘히 생각하고 있었다.

"옷 입어요."

그녀는 땅바닥에 흩어져 있던 미카엘의 티셔츠 조각으로 수갑, 칼, 골프채 따위에 묻은 지문을 닦아냈다. 생수병은 가져가려는지 집어들었다.

"뭐하는 거지?"

"옷 입어요. 날이 밝아오고 있어요. 서둘러야 해요."

미카엘은 후들거리는 다리로 몸을 일으켜 간신히 팬티와 바지를 주워 입고 농구화 속에 떨리는 발을 집어넣었다. 리스베트는 그의 양말을 자신의 재킷 주머니에 쑤셔넣고는 나가려는 그를 멈춰 세웠다.

"이 지하실 안에서 손댄 게 있으면 얘기해봐요."

미카엘은 주위를 둘러보며 기억을 더듬었다. 그리고 문과 열쇠를 빼고는 아무것도 만지지 않았다는 사실을 기억해냈다. 마르틴이 의자 등받이에 걸쳐놓았던 양복 주머니에서 열쇠를 찾을 수 있었다. 리스베트는 문고리와 스위치를 꼼꼼히 닦아 지문을 없앤 다음 불을 껐다. 지하실 계단 위로 미카엘을 데리고 나온 그녀는 골프채를 제자리에 두고 올 테니 잠시만 기다리라고 했다. 그리고 잠시 후 어디서 찾았는지 마르틴의 티셔츠를 손에 들고 돌아왔다.

"이거 걸쳐요. 이 시간에 웃통을 벗고 돌아다니다가 사람들 눈에라도 띄면 골치 아프니까요."

미카엘은 그제야 비로소 지금 자신이 충격을 받아 정신이 혼미한 상태라는 사실을 깨달았다. 리스베트가 모든 것을 지휘하고 있었고 그는 군말 없이 따랐다. 그녀가 그를 이끌어 마르틴의 집을 나섰다. 그리고 집으로 돌아오는 내내 그를 부축했다. 이윽고 집안으로 들어서자 이렇게 말했다.

"혹시 우리를 본 사람이 있어서 이 시간에 바깥에서 무얼 했느냐고 물을 수도 있어요. 그럼 저쪽 곳까지 함께 산책을 나갔다가 거기서 섹스를 하고 온 걸로 해둬요."

"리스베트, 난 이해할 수가……"

"자, 가서 샤워해요!"

리스베트는 옷 벗는 걸 도와준 다음 그를 욕실로 쫓아 들여보냈다. 그러고서 커피를 끓이고 버터를 바른 빵 위에 치즈, 간 페이스트, 피클 등을 두툼하게 얹어 아침을 준비했다. 미카엘이 다리를 절뚝거리며 욕실에서 나왔을 때 그녀는 식탁에 앉아 무언가를 골똘히 생각하고 있었다. 그리고 그에게 다가가 몸 여기저기에 난 상처며 긁힌 곳을 살펴보았다. 가죽끈에 묶였던 목에는 검붉은 자국이 선명했고 목 왼쪽에는 칼끝에 베인 상처도 살짝 벌어져 있었다.

"자, 이리 와서 침대에 누워요."

그녀가 압박붕대를 찾아와 상처를 싸맸다. 그리고 커피를 따라주고 음식을 권했다.

"배고프지 않아."

"먹어요." 리스베트는 치즈 바른 빵을 크게 한입 베어 물며 명령했다.

그는 몇 초간 눈을 감고 있다가 이윽고 몸을 일으켜 자리에 앉아 빵을 조금 베어 물었다. 하지만 목이 너무 아파 제대로 삼킬 수가 없었다.

"커피가 식을 때까지 배를 깔고 다시 엎드려봐요."

그녀는 오 분 동안 그의 등을 마사지하며 피부에 연고를 스며들게 했다. 그리고 돌아눕힌 다음 몸 앞쪽에도 똑같이 했다.

"한동안은 타박상으로 고생 좀 할 거예요."

"리스베트, 경찰에 신고해야 해."

"안 돼요." 대답이 너무도 단호해 미카엘은 눈이 휘둥그레졌다. "경찰을 부르면 난 빠질 거예요. 그들과는 절대 엮이고 싶지 않아요. 마르틴 방에르는 죽었어요. 교통사고로요. 그 빌어먹을 고문실은 경찰이나 다른 사람이 발견하게 놔둬요. 우리는 이 마을의 다른 사람들처럼 아무것도 모르는 거예요."

"왜 그래야만 하지?"

그녀는 질문을 무시한 채 그의 아픈 넓적다리를 계속 마사지했다.

"리스베트, 이건 정말 그럴 수 없는 일이잖아?"

"그렇게 계속 날 엿 먹이려 들면 다시 마르틴의 소굴로 끌고 가서 묶어놓을 거예요."

그녀가 채 말을 끝내기도 전에 미카엘은 마치 기절한 사람마냥 갑작스레 잠들어버렸다.

25장
7월 12일 토요일~7월 14일 월요일

새벽 5시경 소스라치듯 놀라며 잠에서 깬 미카엘은 가죽끈을 풀려고 목둘레를 더듬었다. 리스베트가 다가와 그의 손을 잡고 안심시켰다. 그제야 비로소 눈을 뜬 그가 멍하니 그녀를 쳐다보았다.

"네가 골프를 그렇게 잘하는 줄 몰랐어……" 미카엘이 다시 눈을 감으며 중얼거렸다. 리스베트는 그가 다시 잠들 때까지 몇 분간 곁을 지켰다. 그리고 그가 잠든 걸 확인한 뒤 그 죄악의 현장을 좀더 자세히 살펴보기 위해 마르틴의 지하실을 다시 찾아갔다. 거기 있는 건 각종 고문도구만이 아니었다. 지독한 수위의 포르노 잡지가 산처럼 쌓여 있었고, 적지 않은 앨범 안에는 폴라로이드 사진이 빼곡히 붙어 있었다.

일기는 없었다. 대신 여인들의 여권 사진과 신상 정보를 손으로 꼼꼼하게 기록해 모아둔 A4 문서철 두 개를 찾아낼 수 있었다. 이것들과 함께 이층의 작은 테이블에서 찾아낸 마르틴의 노트북을 나일론 가방에 담아 집으로 가져왔다. 미카엘은 계속 자고 있었다. 리스베트는 가져온 문서철과 노트북을 살펴보았다. 노트북을 덮은 건 새벽 6시가 지나서였다. 그리고 담배 한 개비를 피워 물고서 깊은 생각에 잠긴 눈빛으로 아랫입술을 잘근거렸다.

미카엘처럼 그녀 역시 자신들이 추적하는 대상이 과거의 연쇄살 인범일 뿐이라고 생각했었다. 하지만 드러난 진실은 정말 뜻밖이었 다. 예쁘게 정돈된 목가적인 마을 한가운데, 그것도 기업의 대표라는 사람의 지하실에서 얼마나 끔찍한 일들이 벌어지고 있었는가! 실로 모든 상상을 초월하는 일이었고 쉽사리 이해되지도 않았다.

리스베트는 이 모든 미스터리를 나름대로 정리해보려 애썼다.

마르틴은 1960년대 이후로 여인들을 살해해왔고, 최근 십오 년간 은 매년 두세 명 꼴로 희생자가 있었다. 너무도 은밀하고 치밀하게 계획된 학살이어서 이 연쇄살인마의 존재를 아는 사람은 아무도 없 었다. 도대체 어떻게 이런 일이 가능했을까?

가져온 문서철에서 부분적인 답을 찾을 수 있었다.

마르틴의 희생자들은 익명의 여자들이었다. 스웨덴에 들어온 지 얼마 안 돼 친구도 없고 사회적 접촉도 없는 이민자들이 대부분이었 다. 그리고 성매매를 비롯해 마약이나 알코올중독 등에 노출된, 이른 바 사회적으로 소외된 여성들도 있었다.

리스베트는 성적 사디스트의 심리에 대해 개인적으로 공부한 적 이 있었다. 그러면서 이런 부류의 살인마들이 희생자의 물건을 즐겨 수집한다는 사실을 알게 되었다. 일종의 기념품인 셈이었다. 나중에 들여다보면서 과거의 즐거움을 부분적으로나마 다시 느낄 수 있게 해주는 기념품 말이다. 사디스트들의 이러한 성향을 마르틴은 특별 한 형태로 발전시켰으니, 이른바 죽음의 문집을 꾸미는 일이었다. 그 는 희생자들을 꼼꼼히 분류했을 뿐만 아니라 개별적으로 평점까지 매겼다. 그들의 고통을 세밀하게 묘사하고 논평했으며, 범행 장면을 담은 영상과 사진을 촬영하는 데 열중하기도 했다.

궁극적인 목적은 폭력과 살인이었다. 하지만 리스베트가 도달한 결론은 희생자를 사냥하는 일 자체가 무엇보다 그를 흥분시켰다는 점이었다. 마르틴의 노트북 안에는 잠재적 희생자 수백 명에 관한 정보가 체계적인 데이터베이스로 정리되어 있었다. 그중에는 방에르 그룹 직원도 있었고, 그가 자주 다니는 레스토랑의 웨이트리스, 호텔 접수 담당자, 보험회사 직원, 친분 있는 사업가들의 비서, 그리고 그 밖에도 수많은 여인들이 있었다. 한마디로 일상에서 만나는 여자들을 모두 목록에 올려놓은 듯했다.

물론 마르틴이 살해한 이들은 이중 극히 일부에 불과했지만 실상 주위의 모든 여자들이 잠재적인 희생자인 셈이었으며, 그는 평소 이들에 대한 정보를 세밀하게 기록하고 검토해왔다. 이 목록은 그가 무수한 시간을 투자하는 열정적인 취미라고 할 수 있었다.

기혼인가, 미혼인가? 자녀와 가족은 있는가? 어디서 일하는가? 거주하는 곳은? 차종은? 경력은? 머리색은? 피부색은? 몸집은?

리스베트는 잠재적 희생자들의 신상 정보를 수집하는 일이야말로 마르틴의 성적 환상에서 중요한 부분을 차지했음을 깨달았다. 그는 살인자이기 이전에 사냥꾼이었다.

문서철에 담긴 내용을 거의 다 읽어가던 그녀는 거기서 작은 봉투 하나를 발견했다. 봉투에서 나온 건 가장자리가 너덜너덜하게 닳고 색이 바랜 폴라로이드 사진 두 장이었다. 테이블 옆에 앉아 있는 어두운 갈색 머리의 소녀가 보였다. 어두운 색 바지를 입고 알몸인 상체에는 뾰족하니 솟은 작은 가슴이 드러나 있었다. 카메라 반대쪽으로 얼굴을 돌리면서 방어하듯 한 팔을 들어올린 채였다. 마치 카메라를 들이대는 누군가에게 급습당하는 듯한 모습이었다. 다른 사진에서도 그녀는 상체를 드러내고 있었다. 이번엔 파란 담요가 깔린 침대에 배를 깔고 누운 모습이었다. 여전히 얼굴은 카메라를 외면하고 있었다.

리스베트는 사진을 다시 봉투에 넣고 재킷 주머니에 챙겼다. 다 읽은 문서철 두 개는 난로 속에 쑤셔넣고서 성냥으로 불을 붙였다. 완전히 연소될 때까지 기다렸다가 남은 재를 휘저었다. 그러고 나서 마르틴의 노트북을 가지고 밖으로 나오자 비가 억수같이 퍼붓고 있었다. 그녀는 다리 위까지 걸어가 바닷속에 노트북을 던졌다.

아침 7시 반, 리스베트가 식탁에 앉아 담배를 피우며 커피를 홀짝이고 있을 때, 디르크가 문을 덜컥 열고 들어왔다. 안색은 잿빛인데다 자다가 막 일어난 사람처럼 부스스했다.

"미카엘은 어디 있소?"

"자고 있어요."

그가 의자에 털썩 주저앉자 리스베트는 커피를 따라 그쪽으로 밀었다.

"마르틴…… 방금 전에 들었는데 간밤에 마르틴이 교통사고로 죽었다는군."

"안된 일이죠." 그녀는 이렇게 말하고는 커피를 한 모금 홀짝였다.

디르크가 시선을 들었다. 처음엔 의아해하는 표정으로 리스베트를 응시하던 그의 눈이 점점 커졌다.

"아니, 어떻게……?"

"사고였어요. 아주 멍청한 사고였죠."

"무슨 일이 있었는지 알고 있었단 말인가?"

"달려오는 화물차에 정면으로 뛰어들었어요. 자살한 거죠. 스트레스, 압박감, 휘청거리는 방에르 제국…… 뭐 이런 것들로 힘들었을 거예요. 어쨌든 신문기사는 그런 식으로 나오겠죠."

그는 당장이라도 뇌출혈을 일으킬 듯한 표정이었다. 그러더니 벌떡 일어나 침실 문을 열어젖혔다.

"그냥 자게 놔둬요!" 리스베트가 날카롭게 말했다.

방으로 들어간 디르크는 잠든 미카엘의 몸을 내려다보았다. 시퍼런 멍과 상처로 뒤덮여 있는 몸을. 그리고 가죽끈이 목둘레에 남긴 시뻘건 줄 모양 흔적도. 리스베트는 디르크의 팔을 살짝 건드려 밖으로 나오게 한 뒤 문을 닫았다. 뒷걸음치며 나온 그가 의자에 천천히 주저앉았다.

리스베트가 간밤에 일어난 일들을 그에게 간략히 들려주었다. 마르틴이 만들어놓은 공포의 밀실이 어떤 장소인지, 올가미에 목이 묶여 매달린 미카엘 앞에서 방에르 그룹의 대표가 어떤 모습으로 서 있었는지 자세히 묘사했다. 그리고 자신이 그룹 문헌보관실의 자료에서 발견한 사실이 무엇이며, 마르틴의 아버지와 일곱 여인의 살인 사건 사이에서 어떻게 연관성을 찾아냈는지도 설명했다.

디르크는 그녀의 말을 한 번도 끊지 않았다. 리스베트의 이야기가 끝난 뒤에도 한동안 아무 말을 하지 못했다. 이윽고 긴 한숨을 내쉬더니 고개를 설레설레 저었다.

"이제 어떻게 하지?"

"그건 내가 알 바 아니죠." 리스베트가 냉담하게 대답했다.

"하지만……"

"꼭 말해야 알겠어요? 난 여기 헤데스타드에 발을 들여놓은 적이 없는 걸로 해줘요."

"무슨 말인지 모르겠네."

"난 그 어떤 경찰 보고서에도 절대로 언급되고 싶지 않아요. 이 이야기 가운데 나는 존재하지 않는 거라고요. 만일 이 일과 관련해서 내 이름이 언급된다면 난 여기 온 사실을 부인하고 그 어떤 질문에도 대답하지 않을 거예요."

디르크가 그녀를 빤히 쳐다보았다.

"자네 말을 이해하지 못하겠네."

"이해할 필요 없어요."

"그럼 난 어떻게 해야 하지?"

"당신이 알아서 결정해요. 단, 나와 미카엘을 이 일에 끌어들이진 말아요."

디르크의 얼굴이 하얘졌다.

"그냥 이렇게 생각하면 쉬워요. 마르틴 방에르는 교통사고로 죽었어요. 그리고 당신은 그가 사이코 살인마였다는 사실을 전혀 몰랐으며 지하실 방에 대해서도 전혀 들은 적이 없고요. 됐어요?"

리스베트가 테이블 위에 열쇠를 내려놨다.

"누군가 마르틴의 지하실을 치우러 와서 그 방을 발견하기 전까지 당신에게도 시간이 있어요. 당장 오지는 않을 테니까요."

"우리, 경찰에 가는 게 좋지 않겠나?"

"'우리'가 아니죠. 원하면 당신 혼자 가요. 갈지 안 갈지는 알아서 결정하고요."

"이 사건을 완전히 덮어버릴 순 없는 노릇 아닌가?"

"덮으라고 말하지 않았어요. 단지 나와 미카엘을 끌어들이지 말라고 했죠. 당신도 한번 그 방 꼴을 구경할 필요가 있어요. 가서 보면 어떻게 해야 할지 답이 보일 거예요."

"자네가 한 얘기가 모두 사실이라면, 마르틴이 수많은 여자들을 납치해서 죽였다는 건데…… 그렇다면 딸들의 행방을 알 수 없어 절망에 빠진 가족들이 있을 거야. 그러니까……"

"맞는 말이지만 문제가 있어요. 시체들은 이미 깨끗이 사라져버렸어요. 어쩌면 서랍 속에서 여권 사진이나 신분증 쪼가리를 찾아낼 수 있겠죠. 잘하면 비디오테이프 같은 것도 나와서 신원 확인이 가능한 희생자도 있을 거고요. 하지만 이 모든 문제를 오늘 당장 결정해야 할 필요는 없어요. 여러 가지를 고려해서 잘 생각해보는 게 좋을 거예요."

디르크는 충격을 받은 듯했다.

"오, 맙소사! 마르틴의 비밀이 밝혀진다면 방에르 그룹에는 그야말로 치명타가 되겠지. 그러면 얼마나 많은 사람이 실업자가 될까……"

그는 윤리적 딜레마에 빠진 채 의자에 앉아 앞뒤로 몸을 흔들어 댔다.

"가능한 결과들 중 하나겠죠. 내가 알기론 이자벨라가 아들의 상속인일 거예요. 그녀가 다른 사람들보다 앞서 마르틴의 취미를 알게 된다면 더 골치 아픈 문제들이 발생하겠죠?"

"그럼 빨리 가봐야 할 것 같은데……"

"내 생각엔 오늘은 그 방에 접근하지 않는 게 좋아요." 리스베트의 목소리에 저항할 수 없는 위엄이 서려 있었다. "그것 말고도 할 일이 많지 않나요? 우선 헨리크에게 상황을 알리세요. 이사들을 소집해서 비상회의를 열고, 그룹 대표가 일반적인 상황에서 사망했을 경우 필요한 조치들을 취해야 하고요."

디르크는 지금 그녀가 무슨 말을 하고 있는지 생각해보았다. 심장은 계속 벌떡거렸다. 보통 이럴 때 문제를 해결하는 사람은 나이 많은 변호사인 자신이었다. 지금까지 온갖 장애물에 대처할 계획을 제시하는 사람은 언제나 자신이었는데 지금은 모든 기능이 마비돼버렸다. 그리고 어떤 젊은 여자가 내리는 지시를 가만히 듣고 있다는 사실을 불현듯 깨달았다. 현재 이 모든 상황을 통제하고 전체적인 행동 노선을 그려주는 이는 바로 리스베트였다.

"그럼 하리에트는?"

"미카엘과 나는 아직 사건을 완벽하게 해결하지 못했어요. 하지만 헨리크에게는 이 문제 역시 곧 해결할 수 있을 거라고 말해도 돼요."

미카엘이 깨어났을 때, 9시 라디오 아침뉴스에서는 마르틴의 충격적인 사망 소식을 톱기사로 내보내고 있었다. 하지만 전날 밤 지하실에서 일어난 일에 대한 언급은 전혀 없었다. 단지 이 사업가가 과속으로 차를 몰다가 알 수 없는 이유로 반대편 차선을 침범했다는 팩트만을 전했다.

차 안에는 그 혼자만 타고 있었다고도 덧붙였다. 이 지역 라디오 방송은 이 사건이 그룹 전체에 초래할 경제적 결과들과 방에르 그룹의 미래를 근심 어린 어조로 길게 분석하고 있었다.

정오에는 '충격 속의 도시'라는 제목의 TT 통신발 속보가 나와 이 사건이 방에르 그룹에 미치게 될 직접적인 파장들을 요약해주었다. 우선 헤데스타드 한 도시만 해도 2만 1천 명의 전체 인구 중 적어도 3천 명 이상이 방에르 그룹에서 직접 근무하거나 그룹과 경제적으로 의존관계에 있다는 사실을 지적했다. 하지만 그룹 대표가 사망하고 전임 회장은 심장마비 후유증으로 거동조차 힘든 상황에서 준비된 후계자는 없는 실정이라고 전했다. 게다가 지금 방에르 그룹은 안 그래도 역사상 가장 힘든 시기를 통과하고 있기 때문에 상황은 더욱 심각하다고 했다.

미카엘에겐 헤데스타드 경찰서를 찾아가 간밤에 일어난 일들을 설명할 기회가 있었다. 하지만 리스베트가 교묘하게 그를 막고 있었다. 사건 발생 즉시 경찰에 신고하지 않은 이상 시간이 지날수록 신고는 점점 하기 어려운 일이 되어가고 있었다. 미카엘은 오전 내내 우울한 침묵에 잠겨 있었다. 그저 주방 벤치에 앉아 먹구름으로 뒤덮인 하늘과 비에 젖는 바깥 경치를 내다볼 뿐이었다. 10시쯤 다시 한 번 폭우가 쏟아졌다가 정오 무렵이 되자 비가 그치고 바람도 잦아들었다. 그는 정원으로 나가 비에 젖은 가구들의 물기를 닦아낸 뒤 커피 한잔을 앞에 두고 테이블 앞에 앉았다. 상처를 감추려고 셔츠 깃을 바짝 세웠다.

마르틴의 죽음은 헤데뷔 마을의 일상에 어두운 그림자를 드리우고 있었다. 이자벨라의 집 앞에 주차된 차들은 지금 방에르 일가가 모여들고 있다는 사실을 알려주었다. 다른 조문객들도 보였다. 리스베트는 그 집에 드나드는 사람들을 아무런 감정 없는 냉담한 눈으로 지켜보았다. 미카엘도 아무 말이 없었다.

"몸은 좀 어때요?" 마침내 그녀가 물었다.

미카엘은 조금 생각하다가 대답했다.

"아직 쇼크 상태인가봐. 몇 시간을 무방비 상태로 있었으니. 난 그날 죽을 거라고 확신하고 있었어. 죽음의 공포로 온몸이 얼어붙어 손끝 하나 꼼짝할 수 없었거든."

그러면서 한 손을 내밀어 리스베트의 무릎 위에 올려놓았다.

"정말 고마워. 네가 오지 않았다면 난 죽었을 거야."

그녀는 어색함과 쑥스러움이 뒤섞인 묘한 미소를 지어 보였다. 미카엘이 말을 이었다.

"그런데 말이야…… 어떻게 혼자서 놈을 공격하겠다는 미친 생각을 다 했어? 지하실 바닥에 엎드려 있을 때 기도했었어. 제발 네가 사진을 보고 범인이 마르틴이라는 사실을 알아차려 경찰에 신고하게 해달라고…… 그런데 웬걸, 직접 달려오다니."

"경찰이 올 때까지 기다렸다면 당신은 살아날 수 없었겠죠. 그 개자식이 당신을 죽이는 걸 그냥 놔둘 수는 없잖아요?"

"왜 경찰을 보려 하지 않는 거지?"

"나는 관리들하고 얘기 안 해요."

"왜 그러는데?"

"그건 내 문제예요. 그리고 기자인 당신에게도 그렇게 좋지만은 않을 거예요. 생각해봐요. 악명 높은 연쇄살인마 마르틴 방에르가 당신을 발가벗겨 욕보였다는 사실이 세상에 알려진다면요? 그렇잖아도 칼레 블롬크비스트라는 별명 때문에 짜증내고 있잖아요. 그런데 또다른 별명을 얻고 싶어요?"

미카엘은 그녀를 뚫어지게 쳐다보다가 더이상 그 문제를 거론하지 않았다.

"그런데 문제가 하나 있어요."

미카엘이 고개를 끄덕였다. 리스베트가 무슨 말을 하려는지 짐작했기 때문이다.

"하리에트에 대해 뭔가 알아냈군?"

그녀는 폴라로이드 사진 두 장을 테이블 위에 올려놓았다. 그리고 어디서 그것들을 찾아냈는지 설명했다. 미카엘은 사진들을 세심히 살펴보다가 고개를 들었다.

"그녀일 수 있겠어. 단언할 순 없지만 몸매나 머리색으로 볼 때 지금까지 내가 본 다른 사진들과 일치해."

두 사람은 거의 한 시간 동안 정원에 머무르며 사건의 세부들을 함께 맞춰보았다. 그리고 빠져 있던 연결고리가 다름아닌 마르틴이었다는 사실을 각자 서로 다른 경로를 통해 발견했음을 알게 되었다.

리스베트는 미카엘이 식탁 위에 두고 간 사진을 보지 못했다. 대신 감시카메라에 녹화된 영상을 보고서 미카엘이 뭔가 멍청한 짓을 했다는 걸 직감했다. 곧바로 바닷가 산책로를 통해 마르틴의 빌라까지 걸어갔지만 창문마다 들여다봐도 개미 한 마리 없었다. 살그머니 일층에 난 문과 창문을 살펴보아도 죄다 잠겨 있었기에 결국 이층 발코니가 열려 있는 걸 발견하고 그리로 기어올랐다. 안으로 들어가 아주 조심스럽게 온 방을 샅샅이 뒤지다가 결국 지하실로 통하는 계단을 찾아냈다. 그건 마르틴의 실수였다. 그 공포의 밀실 문을 약간 열어놓은 바람에 리스베트가 그 틈새로 상황을 파악할 수 있었던 것이다.

"놈이 말하는 걸 오래 듣고 있었어?"

"그렇게 오래는 아니에요. 도착해보니 하리에트에 대해 묻고 있더군요. 그러고 나서 당신을 돼지 잡듯 벽에다 매달았죠. 난 무기 될 만한 걸 구해 오려고 일 분쯤 떠나 있었고 다행히 벽장에서 골프채를 찾아냈죠."

"마르틴은 하리에트에게 무슨 일이 일어났는지 전혀 아는 게 없더군."

"그 말을 믿어요?"

"믿어." 미카엘은 망설임 없이 대답했다. "마르틴은 '광견병 걸린 족제비'보다—내가 이 표현을 어디서 들었더라?—더 미친놈이었어. 하지만 적어도 자신의 범죄만은 모두 인정했지. 모든 걸 아주 거리낌 없이. 심지어는 자신이 얼마나 잔혹한 인간인지 과시하려고까지 하더군. 하지만 하리에트에 대해선 헨리크만큼이나 애타게 진실을 찾았어."

"자, 그럼…… 어떻게 되는 거죠?"

"우리가 아는 바는 이래. 우선 고트프리드는 1949년에서 1965년 사이에 일어난 연쇄살인 사건의 범인이야."

"그렇죠. 그러고 나서 마르틴을 훈련시켰고요."

"그래. 문제가 있는 가정이었어. 사실 마르틴은 불운했지."

이 말에 리스베트가 미카엘을 이상한 눈으로 쳐다보았다.

"단편적이긴 하지만 그가 대략 사실을 얘기해줬어. 사춘기 때 아버지에게 이끌려 그 일에 입문하게 됐더군. 1962년 우데발라에서 레아를 죽이는 모습을 지켜봤지. 당시 열네 살이었어. 1964년에는 사라의 살해 현장에 있었고. 이때는 적극적으로 참여했어. 열여섯 살이었지."

"그래서요?"

"그의 말에 따르면 자기는 동성애자가 아니고 남자를 건드린 적도 없다고 해. 그런데 유일한 예외가 자기 아버지였다고. 그러니까 여기서 끄집어낼 수 있는 결론은 아버지가 그를 강간했다는 거야. 성폭행은 꽤 오래 계속됐을 거고. 그렇게 그는 훈련되어간 거지."

"엿 같은 소리 마요."

그녀의 목소리가 갑자기 돌처럼 차가워졌다. 미카엘이 놀란 눈으로 그녀를 쳐다보았다. 그녀의 시선은 차갑기 짝이 없었다. 마르틴을 인간적으로 동정하는 기색이 털끝만큼도 보이지 않았다.

"마르틴은 다른 사람처럼 저항할 수 있었어요. 단지 선택했을 뿐이에요. 그가 사람들을 강간하고 죽인 건 자신이 그걸 좋아했기 때문이라고요."

"맞아. 네 말을 반박하진 않겠어. 하지만 마르틴은 아버지에게 학대당하면서 영향을 받은 소년이었어. 고트프리드가 나치였던 자신의 부친에게 학대받았듯이."

"오, 그래요? 당신은 이런 원칙을 고수하고 싶은 모양이군요. 마르틴 자신에겐 아무런 의지가 없었다. 그리고 인간은 전적으로 교육에 의해 만들어진다."

미카엘은 조심스럽게 미소를 지었다.

"혹시 네게 뭔가 민감한 일이야?"

리스베트의 눈은 억누른 분노로 이글이글 타올랐다. 미카엘이 서둘러 말을 이었다.

"난 사람들이 오직 교육에 의해서만 영향을 받는다고 주장하지는 않아. 하지만 교육이 큰 역할을 한다고 믿지. 고트프리드의 아버지는 여러 해에 걸쳐 아들을 심하게 폭행했어. 그리고 그 흔적은 남는 법이지."

"다 엿 같은 소리예요. 이 세상에 맞고 자란 사람이 고트프리드만 있는 건 아니거든요. 그렇다고 해서 여자들을 죽일 수 있는 권리를 얻게 되는 것도 아니고요. 모든 건 그의 선택이었을 뿐이에요. 이건 마르틴에게도 똑같이 해당해요."

미카엘은 그녀의 말을 중지시키려는 듯 한 손을 들어 보였다.

"우리 이런 문제 가지고 싸우지 말자고."

"싸우자는 게 아니에요. 항상 그런 개자식들에게 어떻게라도 정상을 참작해주려 애쓰는 꼴들이 한심할 따름이죠."

"물론이야. 그들에겐 분명히 개인적 책임이 있어. 이 문제는 나중에 얘기해보자고. 어쨌든 고트프리드가 죽었을 때 마르틴은 열일곱 살이었고 주위에는 이 소년을 바른길로 이끌어줄 사람이 아무도 없었지. 그렇게 해서 아무 생각 없이 아비의 전철을 밟게 된 거야. 그 첫번째 결과가 1966년 2월 웁살라에서 일어났고."

미카엘은 앞으로 몸을 굽혀 리스베트의 담배 한 개비를 집어들었다.

"여기서 난 고트프리드가 만족시키려 했던 충동의 성격이 무엇이었는지, 혹은 그가 자신의 행위를 어떤 식으로 해석했는지 따위를 깊이 생각해볼 의도는 추호도 없어. 그는 징벌과 정화에 관련된 알쏭달쏭한 성경 구절들을 자신이 나름대로 해석한 내용에 근거해서 행동했지. 이런 행동의 의미가 무엇인지는 정신과 의사들이라면 설명해줄 수 있을 거야. 하지만 나와는 아무 상관 없어. 그는 다만 연쇄살인범일 뿐이니까."

그러고서 잠시 생각한 뒤 다시 말을 이었다.

"고트프리드는 자신의 살인행위를 일종의 사이비 종교적 논리로 포장하려 들었지. 하지만 마르틴은 그 따위 핑계나 구실엔 아예 관심조차 없는 듯했어. 오히려 조직적이고 체계적인 방식으로 살인했지. 게다가 자신의 취미에 쏟아부을 돈도 많았어. 아버지보다도 훨씬 영리했고. 고트프리드는 시체를 남겼거든. 그건 경찰이 수사할 여지를 남긴 실수였어. 혹은 누군가가 서로 다른 사건들의 어떤 연관성을 발견해서 추적해올 수도 있는 일이었고."

"마르틴은 이미 1970년대에 그런 집을 지었죠." 리스베트가 고개를 끄덕이며 덧붙였다.

"헨리크에 의하면 1978년이었을 거야. 중요 문서를 보관할 장소가 필요하다는 핑계로 보안시설을 갖춘 지하실을 만들어달라고 했겠지. 그 결과, 완벽한 방음시설과 강철 문을 갖춘 밀실을 얻었고."

"놈은 그 방을 이십오 년간 관리해왔군요."

둘은 잠시 침묵에 잠겼다. 미카엘은 이 목가적인 헤데뷔섬 한가운데서 거의 사반세기에 걸쳐 자행되어왔을 그 잔혹한 일들을 떠올려보았다. 비디오를 직접 본 리스베트는 상상할 필요조차 없었다. 그녀는 미카엘이 무의식적으로 목둘레를 어루만지는 모습을 보았다.

"고트프리드는 여자를 증오했고 자기 아들에게도 증오하도록 가르쳤어. 그를 강간해가면서 말이야. 하지만 거기서 그치지 않았지. 사악하기 그지없는 자신의 세계관을 자기 자식들도 전부 공유해야 한다고 믿었을 거야. 마르틴에게 하리에트에 대해 물었더니 이렇게 대답하더군. 우린 그애를 설득하려고 했어. 하지만 그앤 단지 평범한 계집에 불과했을 뿐이야. 알고 보니 헨리크에게 고자질하려 했더군."

리스베트가 고개를 끄덕였다. "나도 들었어요. 막 지하실에 도착했을 때 그렇게 말하고 있더군요. 그렇다면 하리에트가 헨리크에게 알리려 했던 게 아비와 오빠의 그 엽기적인 세계관이었다는 말인가요?"

미카엘은 미간을 찌푸렸다.

"정확히 말하자면 그것만이 아니야." 그는 잠시 생각했다. "자, 일을 연대순으로 한번 살펴보자고. 고트프리드가 언제 아들을 처음 강간했는지는 알 수 없어. 하지만 1962년 우데발라에서 레아 페르손을 죽일 때 아들을 데려간 건 확실하지. 그리고 1965년에는 물에 빠져 죽었어. 그런데 그가 익사하기 전에 부자가 그녀를 설득하려고 했어. 여기서 어떤 결론을 이끌어낼 수 있을까?"

"고트프리드가 자기편으로 끌어들인 건 마르틴만이 아니다, 하리에트도 건드렸다?"

미카엘이 고개를 끄덕였다.

"그래. 고트프리드는 스승이었고 마르틴은 제자였던 셈이지. 그리고 하리에트는…… 그들의 장난감이었다고나 할까."

"맞아요. 고트프리드는 마르틴에게 여동생을 강간하도록 가르쳤어요." 리스베트가 폴라로이드 사진들을 가리켰다. "하리에트가 카메라를 피하려고 해서 얼굴이 잘 보이지 않아요. 이 짓에 대한 그녀의 태도가 어땠는지 정확히 알 수 없죠."

"성폭행이 시작된 건 그녀가 열네 살이던 1964년경이었어. 그리고 저항했지. 마르틴이 말했듯이 좀처럼 받아들이지 못했어. 하리에트는 바로 이 사실을 알리려고 했고, 아마 이런 상황에서 마르틴에게는 발언권이 없었을 거야. 그저 아버지가 시키는 대로 했겠지. 어쨌거나 아비와 아들은 일종의 계약을 맺었고, 그 안에 하리에트까지 끌어들이려 했어."

리스베트가 수긍하며 고개를 끄덕였다. "당신 노트를 보니까 1964년 겨울에 헨리크가 하리에트에게 자기집에 와서 살게 했다고 적혀 있더군요."

"노인은 그 집에서 뭔가 이상한 일들이 벌어지고 있다는 걸 어렴풋이 느꼈을 거야. 하지만 단순히 고트프리드와 이자벨라의 불화 때문이라고만 생각했지. 그래서 하리에트가 안정된 환경에서 학업에 집중할 수 있게끔 자기집으로 데려왔어."

"고트프리드와 마르틴으로서는 속 터질 일이었겠죠. 이제 그녀를 쉽사리 손댈 수도 제어할 수도 없게 됐으니까요. 하지만 가끔씩 불러내어…… 대체 어디서 그 짓을 했을까요?"

"아마 고트프리드의 방갈로였겠지. 쉽게 확인해볼 수 있겠지만 나는 이 사진들도 거기서 찍은 거라고 확신해. 마을과 외따로 떨어져서 완벽한 장소거든. 술에 취한 고트프리드가 혼자 먹 감으러 갔다가 우스꽝스러운 죽음을 맞긴 했지만."

리스베트는 생각에 잠긴 눈으로 고개를 끄덕였다.

"어쨌든 그런 식으로 그녀와 성관계를 했거나, 아니면 시도했겠지. 하지만 추측건대 자기가 살인마라는 사실을 딸에게는 밝히지 않았을 거야."

이 점이 확실하지 않다는 건 미카엘도 알고 있었다. 하리에트는 고트프리드에게 희생당한 이들의 이름을 적어놓고 성경 구절과도 연결시켰다. 하지만 그녀가 성경에 관심을 가진 건 고트프리드가 죽고 나서부터 자신이 사라지기 전까지 일 년 사이의 일이었다. 미카엘은 잠시 생각에 잠겨 논리적인 설명을 찾아보았다.

"그러던 어느 날 그녀는 아버지가 단지 근친상간을 즐길 뿐 아니라 미쳐 날뛰는 연쇄살인마이기도 하다는 사실을 알게 됐을 거야."

"그녀가 그 사실을 안 날이 정확히 언제인지는 확실하지 않죠. 어쩌면 고트프리드가 익사하기 바로 전이거나, 아니면 그후가 아닐까요? 그가 남긴 일기나 살인 사건에 관련된 신문기사를 오려놓은 걸 봤을지도 모르죠. 여하튼 그 무렵에 뭔가를 발견하고 아버지의 비밀을 추적하기 시작했고요."

"하지만 그녀가 헨리크에게 알리려 했던 사실은 그게 아니었겠지." 미카엘이 덧붙였다.

"맞아요. 마르틴이었죠. 아버지는 죽었지만 마르틴이 계속 괴롭혔으니까요."

"바로 그거야." 미카엘이 고개를 끄덕였다.

"하지만 헨리크에게 알리기로 결심하기 전에 왜 일 년이나 기다렸을까요?"

"생각해봐. 아버지가 오빠를 강간하는데다 연쇄살인범이기까지 하다는 사실을 어느 날 갑자기 알게 된다면 넌 어떻게 하겠어? 당장 경찰에 신고할 수 있을까?"

"나라면 그 쓰레기들을 없애버리겠죠." 리스베트의 목소리가 오싹할 정도로 싸늘해 미카엘은 그녀의 말이 결코 농담이 아님을 깨달았다. 갑자기 마르틴에게 달려들 때의 그녀 얼굴이 떠올랐다. 미카엘은 머쓱한 미소를 지어 보였다.

"알겠어. 하지만 하리에트는 너하고 다르잖아. 고트프리드는 1965년에 죽었어. 그녀가 비밀을 알아냈다 해도 곧바로 죽었으니까 별로 할 일이 없었겠지. 죽은 사람을 고발할 순 없는 노릇이잖아. 그가 죽자 이자벨라는 마르틴을 웁살라로 보냈어. 집에는 크리스마스나 방학 때 들렀겠지. 그 일 년 동안 하리에트를 자주 볼 수 없었을 테고. 그렇게 그녀는 잠시 한숨 돌릴 수 있었지."

"그러고서 성경을 공부하기 시작했죠."

"지금 우리가 알고 있는 사실들에 비추어볼 때, 그녀가 성경을 공부한 건 반드시 종교적인 이유만이 아니었어. 단지 자기 아버지가 무슨 생각에서 그런 짓들을 했는지 이해하고 싶어서였겠지. 그렇게 수많은 생각들을 하면서 1966년 어린이 축제날까지 지냈을 거야. 그런데 그날 흉악한 오라비 놈이 역 앞 광장에 불쑥 나타난 걸 봤고. 그때 무슨 생각이 들었겠어? 악몽이 또 시작되는구나 싶었겠지. 그날 마르틴이 그녀에게 뭔가를 말했을까? 우리로선 알 수 없는 일이지…… 어쨌든 하리에트는 위기를 느끼고 헨리크에게 알리기 위해 황급히 헤데뷔로 돌아왔어."

"그러고 나서 행방불명이 됐죠."

이렇게 일련의 사건들을 훑고 나니 혼란스럽기만 했던 퍼즐 찾기에 어느 정도 윤곽이 잡혔다. 미카엘과 리스베트는 짐을 꾸렸다. 떠나기 전 미카엘이 디르크에게 전화를 걸어 리스베트와 한동안 헤데뷔를 떠나 있겠다고 알렸다. 하지만 그전에 헨리크를 꼭 만나고 싶다고 덧붙였다.

그리고 마르틴의 일을 헨리크에게 어떻게 전했느냐고 물었다. 변호사의 목소리에 너무도 깊은 고뇌가 배어 있어서 오히려 미카엘이 미안할 정도였다. 디르크는 한참 뜸을 들인 후에 다만 마르틴이 교통사고로 죽었다고만 전했다고 대답했다.

미카엘이 병원 앞에 차를 세우고 나자 먹구름이 무겁게 드리운 하늘에서 다시 천둥이 우르릉거렸다. 이내 빗방울이 후드득 떨어졌고, 그는 잰걸음으로 주차장을 가로질렀다.

환자복 차림의 헨리크는 병실 창가에 놓인 테이블 앞에 앉아 있었다. 여전히 수척하게 야위었지만 혈색이 돌아왔고 회복의 기운도 완연했다. 둘은 악수를 나눴다. 미카엘은 담당 간호사에게 둘만 있게 해달라고 부탁했다.

"지금껏 날 보러 오지 않았더군."

미카엘이 고개를 끄덕였다.

"일부러 그랬습니다. 회장님 가족이 제가 오는 걸 싫어했지요. 하지만 오늘은 모두 이자벨라에게 가 있군요."

"불쌍한 마르틴……"

"회장님은 제게 부탁하셨죠. 하리에트에게 일어난 일의 진실을 밝혀달라고. 그런데 그 진실이 아무 고통 없는 것이리라 생각하십니까?"

노인이 그를 쳐다보았다. 그러고는 불현듯 눈을 크게 떴다.

"마르틴?"

"예. 관련되어 있습니다."

헨리크는 지그시 눈을 감았다.

"이제 제가 한 가지 질문을 드려야겠습니다."

"뭔가?"

"있었던 일을 알고 싶은 마음, 여전하십니까? 아주 고통스러워도요? 회장님이 상상하는 것보다 훨씬 더 고약한 진실일지라도요?"

헨리크는 그를 오래도록 응시했다. 그리고 천천히 고개를 끄덕였다.

"알고 싶네. 그게 자네한테 임무를 맡긴 목적이니까."

"좋습니다. 우선 하리에트에게 일어났던 일을 대충 알아냈습니다. 하지만 퍼즐을 완성할 마지막 조각이 부족합니다."

"이야기해보게."

"아닙니다. 오늘은 아닙니다. 우선 쉬세요. 의사 말로는 고비를 넘기고 지금 회복중이시라던데."

"제발 날 어린애 취급하지 말게나."

"아직 조사를 완전히 끝내지 못했습니다. 사실 아직까지는 대부분 추측에 불과합니다. 그래서 마지막 퍼즐 조각을 찾으러 떠나야 합니다. 다음에 찾아뵐 때 모두 이야기해드리겠습니다. 조금 시간이 걸리겠지요. 하지만 저는 돌아올 것이고, 회장님께선 모든 진실을 알게 되리라는 점, 이걸 알려드리려고 오늘 들렀습니다."

리스베트는 오토바이에 방수포를 씌워 으슥한 구석에 세워놓은 후 디르크에게 빌린 차에 미카엘과 함께 올랐다. 빗방울은 점점 더 굵어지고 있었다. 예블레 남쪽을 지날 때는 폭우가 거세게 쏟아져 몇 미터 앞을 분간할 수 없을 정도였다. 결국 어느 카페에 들어가 비가 잦아들기를 기다렸다가 저녁 7시쯤 마침내 스톡홀름에 도착할 수 있었다. 미카엘은 자신이 살고 있는 건물의 출입구 비밀번호를 알려주고 그녀를 지하철역에 내려주었다. 오랜만에 돌아온 아파트는 너무도 낯설게만 느껴졌다.

그는 청소기를 밀고 쌓인 먼지를 닦아냈다. 리스베트가 문을 두드린 건 자정이 다 되어서였다. 그사이 순드뷔베리에 있는 플레이그의 집에 다녀왔다고 했다. 그녀는 십 분쯤 집안 구석구석을 살폈다. 그리고 한참을 창가에 서서 슬루센 구역의 풍경을 내다보았다.

전체가 한 공간인 집안에서 침실은 이케아 책꽂이와 옷장 따위로 칸막이를 해놓은 곳이었다. 둘은 옷을 벗고 몇 시간쯤 잠을 잤다.

다음날 정오 무렵, 런던 개트윅 공항에 도착한 그들을 맞이한 건 추적추적 내리는 비였다. 미카엘은 하이드파크 근처 제임스 호텔에 방 하나를 예약해두었다. 그가 런던에 들를 때마다 묵었던 베이스워터 구역의 다 쓰러져가는 삼류 호텔들에 비하면 그야말로 왕궁이나 다름없는 고급 호텔이었다. 숙박비를 아낄 필요는 없었다. 모든 영수증이 디르크에게 날아가게 되어 있으니까.

오후 5시경, 삼십대 사내 하나가 호텔 바에 있는 그들을 찾아왔다. 머리숱이 거의 없고, 금발 턱수염을 기른 그는 우스꽝스러울 정도로 커다란 재킷과 청바지를 입고 보트 슈즈*를 신었다.

"와스프?" 사내가 물었다.

"트리니티Trinity?" 리스베트도 되물었다. 둘은 턱끝을 까딱하며 인사를 나눴다. 미카엘의 이름은 아예 묻지도 않았다.

트리니티의 파트너는 '밥 더 도그Bob the Dog'라는 사내로, 길 구석에 세워놓은 낡은 폭스바겐 승합차에서 기다리고 있었다. 셋은 슬라이딩 도어를 열고 차에 올라 접이식 좌석에 각자 자리를 잡았다. 밥이 운전하는 차가 런던 거리의 자동차들 사이를 요리조리 빠지며 달리는 동안 와스프와 트리니티는 이야기를 나눴다.

"플레이그 말로는 상당히 스릴 있는 일이라더군."

"전화 도청이랑 이메일을 체크하는 일이야. 아주 빨리 끝날 수도 있고 며칠 걸릴 수도 있어. 모든 건 저 사람이 얼마나 급한가에 달렸지." 리스베트가 엄지손가락으로 미카엘을 가리켰다. "어때, 할 수 있

---

* 선원들이 배에서 미끄러지지 않도록 밑창에 고무를 댄 신발에서 유래했다. 물에 강해 비가 많이 오는 여름철에 신는다.

겠어?"

"우리 개들에게 줄 뼈다귀는 충분히 가져왔겠지?" 트리니티의 대
답이었다.

아니타 방에르는 런던 북부에 있는 멋진 교외 지역 세인트올번스
의 아담한 연립주택에 살고 있었다. 폭스바겐 승합차로 한 시간쯤 운
전해 도착한 그들은 차 안에 앉아 그녀가 귀가하기만을 기다렸다. 마
침내 저녁 7시 무렵 그녀가 돌아와 현관문을 여는 모습이 보였다. 그
들은 그녀가 샤워를 마치고 간단히 저녁을 먹은 후에 TV 앞에 앉을
때까지 기다렸다. 그런 다음 미카엘이 초인종을 울렸다.

세실리아를 쏙 빼닮은 여인이 문을 열었다. 친절하게 미소를 지은
얼굴에는 조그만 의문부호가 떠올라 있었다.

"안녕하세요, 아니타 씨. 전 미카엘 블롬크비스트라고 합니다. 헨
리크 회장님의 부탁으로 이렇게 찾아왔습니다. 마르틴 소식은 이미
들으셨죠?"

그녀의 얼굴에는 놀란 표정이 떠올랐다가 이내 경계의 빛으로 바
뀌었다. 미카엘이 누군지 너무도 잘 알고 있는 표정이었다. 아마 그
녀가 자주 접촉하는 세실리아로부터 그에 대한 짜증 섞인 소리를 여
러 번 들었으리라. 하지만 헨리크가 보내서 왔다고 하니 그대로 쫓
아보낼 수는 없는 노릇이었다. 그녀는 문을 열어 들어오게 하고는 응
접실에 자리를 권했다. 미카엘은 집안을 한번 둘러보았다. 실내가 꽤
세련되게 꾸며져 있었다. 재력이 있는 확실한 전문직이면서 사람들
눈에 띄지 않고 조용히 살기를 원하는 사람의 취향이었다. 벽난로는
가스 난방기로 개조했고, 그 위에는 안데르스 소른의 석판화 한 점이
걸려 있었다.

"예고도 없이 불쑥 찾아와서 정말 죄송합니다. 저는 지금 런던에
머무르고 있고, 오늘 낮에 몇 번 전화를 드렸는데 안 받으시더군요."

"그랬군요. 그런데 무슨 일이죠?" 그녀는 잔뜩 경계하는 목소리로 물었다.

"장례식에는 안 가실 건가요?"

"안 가요. 마르틴과 별로 가깝지도 않았고, 일 때문에 시간도 없어요."

미카엘은 고개를 끄덕였다. 지난 삼십 년간 헤데스타드에서 떨어져 있으려고 최선을 다해온 그녀가 아니었던가. 부친이 헤데뷔로 돌아온 이후로는 한 번도 그곳에 발을 들인 일이 없었다.

"하리에트 방에르에게 무슨 일이 있었는지 알고 싶습니다. 이제는 진실을 밝힐 때가 되지 않았습니까?"

"하리에트요? 무슨 말을 하는 건지 모르겠군요."

미카엘은 자기가 그런 말을 쉽게 믿을 사람 같으냐는 듯이 입을 삐쭉 내밀었다.

"당신은 집안사람 중에서 하리에트와 가장 가까운 친구였어요. 그리고 그녀가 자신의 끔찍한 이야기를 털어놓은 사람도 바로 당신이었고요."

"완전히 미쳤군요!"

"미쳤다…… 어쩌면 그럴 수도 있겠죠." 미카엘은 가볍게 받아쳤다. "하지만 아니타. 그날 당신은 분명히 하리에트의 방에 있었습니다. 그걸 증명할 사진들이 내게 있어요. 며칠 안에 이 모든 사실을 헨리크 회장님께 보고할 겁니다. 그럼 그분이 알아서 처리하시겠죠. 한데 왜 사실을 말해주지 않는 거죠?"

아니타가 벌떡 일어났다.

"당장 내 집에서 나가줘요!"

미카엘 역시 일어났다.

"알겠습니다. 하지만 조만간에 말하게 될 겁니다."

"당신에게 말할 건 아무것도 없어요."

"이제 마르틴은 죽었어요." 미카엘이 단호하게 말했다. "그래요. 당신은 마르틴을 좋아하지 않았어요. 아니타 당신이 왜 여기 오게 됐는지, 그 까닭도 짐작하고 있습니다. 단지 아버지에게서 벗어나기 위함만은 아니었겠지요. 마르틴을 피하려는 목적도 있지 않았습니까? 다시 말해 당신도 진실을 알고 있었다는 얘기고요. 그렇다면 그 진실을 당신에게 말해준 사람이 누구죠? 그건 세상에서 오직 한 사람, 하리에트뿐입니다. 문제는 그 진실을 알고 나서 당신이 무엇을 했느냐 겠죠."

아니타는 미카엘의 얼굴 앞에서 세차게 문을 닫았다.

리스베트는 미카엘의 셔츠 속에 달아났던 소형 마이크를 떼어내며 그에게 만족한 미소를 지어 보였다.

"문을 닫고 나서 삼십 초도 안 돼 수화기를 집어들더군요." 그녀가 말했다.

"국가번호는 호주였고." 트리니티가 쓰고 있던 헤드폰을 벗어 승합차 안에 마련된 작은 테이블에 올려놓으며 덧붙였다. "이제는 지역번호만 알아내면 되는데……" 그의 손가락들이 노트북 자판 위에서 현란하게 움직였다.

"자, 나왔어요! 이 번호로 전화를 걸었군요. 노던준주 앨리스스프링스 북쪽의 테넌트크리크라는 지방인데…… 통화 내용을 먼저 들어보겠어요?"

미카엘이 그러겠다고 고갯짓을 했다.

"호주는 지금 몇시죠?"

"대략 새벽 5시." 트리니티가 디지털 플레이어를 작동시키고 스피커를 연결했다. 신호음이 여덟 차례 울리다가 저쪽에서 수화기를 들어올리는 소리가 났다. 대화는 영어로 이뤄졌다.

"안녕. 나야."

"음…… 나도 늦게 일어나는 사람은 아니지만 이건 좀 이른데?"

"어제 전화하려고 했었어…… 마르틴이 죽었어. 그저께 자동차 사고로 죽었대."

침묵이 흘렀다. 그리고 가벼운 기침 같은 소리가 들렸다. 어떻게 들으면 '잘됐네'라고 해석할 수도 있었다.

"그런데 문제가 생겼어. 헨리크 삼촌이 고용한 밉살스러운 기자가 하나 있는데, 오 분 전 우리집에 쳐들어왔어. 1966년에 있었던 일을 꼬치꼬치 캐묻는 거야. 뭔가를 알고 있는 모양이야."

다시 침묵이 흘렀다. 그리고 저쪽에서 단호한 목소리가 흘러나왔다.

"아니타, 당장 전화를 끊어줘. 그리고 당분간은 서로 모든 연락을 끊어야 해."

"하지만……"

"그냥 편지를 보내. 무슨 일이 벌어지는지 알려주고." 그러고는 대화가 뚝 끊겼다.

"이 여자, 상당히 영리한데!" 리스베트는 감탄했다.

그들이 호텔로 돌아온 건 밤 11시가 조금 못 돼서였다. 호주로 가는 첫번째 비행편은 프런트에서 대신 예약해주었다. 그렇게 해서 십오 분 후, 두 사람은 다음날 19시 05분 캔버라행 비행기표 두 장을 구할 수 있었다.

이렇게 모든 준비를 마치고 그들은 잠에 곯아떨어졌다.

리스베트는 런던이 처음이었기 때문에 두 사람은 토트넘 코트 로드에서 소호까지 한가롭게 산책을 즐겼다. 올드 콤프턴 스트리트에서는 잠시 걸음을 멈추고 카페라테를 마셨다. 그리고 오후 3시경, 짐을 가지러 호텔로 돌아왔다. 미카엘이 프런트에서 계산을 하고 있을 때, 휴대전화를 켜본 리스베트는 문자메시지가 하나 와 있는 걸 확인했다.

"드라간이 전화해달라는군요."

그녀는 프런트에서 전화기를 빌렸다. 조금 떨어져 있던 미카엘은 그녀가 갑자기 굳은 얼굴로 자신을 향해 몸을 돌리는 걸 보고 즉시 곁으로 달려갔다.

"무슨 일이지?"

"엄마가 돌아가셨어요. 가봐야겠어요."

리스베트의 표정이 너무도 절망적이어서 미카엘은 자신도 모르게 그녀를 안았다. 그리고 그녀는 그를 밀어냈다.

두 사람은 바에 가서 커피를 마셨다. 미카엘이 호주행 비행기표를 취소하고 스톡홀름까지 같이 가겠다고 제안했다. 하지만 그녀는 고개를 흔들었다.

"안 돼요!" 퉁명스러운 목소리였다. "지금 와서 일을 다 망칠 생각이에요? 당신은 호주로 떠나요."

호텔 앞에서 헤어진 그들은 버스에 올라타 각자 공항으로 향했다.

26장
7월 15일 화요일~7월 17일 목요일

　오후 늦게 캔버라에 도착한 미카엘이 앨리스스프링스까지 가는 방법은 단 한 가지였다. 국내선 비행기를 타야 했다. 앨리스스프링스에서 테넌트크리크까지는 두 가지 방법이 있었다. 경비행기를 전세 내거나 렌터카로 400여 킬로미터를 달리는 것. 미카엘은 후자를 선택했다.

　캔버라 공항 내 안내데스크에 미카엘 앞으로 봉투 하나가 맡겨져 있었다. 플레이그, 그리고 어쩌면 트리니티도 속해 있을 미스터리한 국제 인터넷 조직의 일원이자 '조슈아Joshua'라는 성서 등장인물의 이름을 가명으로 쓰는 미지의 인물이 맡긴 것이었다.

　봉투 안에는 귀중한 정보들이 있었다. 우선 아니타가 전화를 건 곳은 '코크런 팜'이라는 곳이었다. 그리고 '양을 사육하는 목장'이라는 짤막한 설명이 붙어 있었다.

　인터넷에서 뽑은 기사에는 호주의 목양 산업에 대해 보다 상세한 설명이 나와 있었다. 호주 인구 1천 8백만 명 중 5만 3천 명이 목양업자이며 이들은 모두 1억 2천만 마리의 양을 사육하고 있다. 양모 수출로 벌어들이는 외화만 해도 한 해 350억 달러에 달한다. 여기에 7억 톤의 양고기와 의류용 가죽도 수출한다. 요컨대 양고기와 양모 의 생산이 이 나라의 가장 중요한 산업 중 하나였다.

1891년 제러미 코크런이란 사람이 설립한 코크런 팜은 현재 최 고 품질의 양모를 생산하는 메리노 양 6만 마리를 사육하고 있으며, 호주에서 다섯번째로 큰 목축기업이라고 했다. 이 목장은 양 이외에 소, 돼지, 닭 등도 사육하고 있었다.

미카엘은 코크런 팜이 미국, 일본, 중국, 유럽 등지에 축산물을 수 출해 엄청난 연간 매출을 올리는 대기업이라는 사실을 확인할 수 있 었다.

기업의 주변인물들에 대한 정보는 한층 흥미로웠다.

1972년 레이먼드 코크런은 영국 옥스퍼드 대학에서 수학한 스펜 서 코크런이란 사람에게 코크런 팜을 상속해준다. 스펜서는 1994년 사망했고, 이후로는 그의 부인이 목장을 이끌어왔다. 그녀의 모습은 코크런 팜 홈페이지에서 내려받은 사진에 담겨 있었다. 화질이 흐릿 해 잘 보이지 않았지만 짧은 금발의 여인이었다. 얼굴을 반쯤 돌린 그녀가 새끼 양 한 마리를 쓰다듬고 있었다. 조슈아에 따르면 코크런 부부는 이탈리아에서 1971년에 결혼했다고 한다.

그녀의 이름은 아니타 코크런이었다.

미카엘은 '와나두'라는 마을에서 하룻밤을 보냈다. 뭔가 멋진 것들 이 기다리고 있을 듯한 이름과 달리 실제로는 모든 게 바짝 말라붙 어 먼지만 풀풀 날리는 후미진 동네였다. 마을에 도착한 미카엘은 우 선 조그만 술집에 들러 구운 양고기로 저녁을 먹은 다음, 맥주를 3파 인트쯤 마시며 괴상한 억양으로 그를 형씨라고 부르는 동네 사람들 과 어울렸다. 마치 영화 〈크로커다일 던디〉의 촬영 현장에 와 있는 듯한 착각마저 들게 하는 이국적인 분위기였다.

그 바람에 밤늦게야 호텔로 돌아온 미카엘은 자기 전에 뉴욕에 있는 에리카에게 전화를 걸었다.

"미안해, 리키! 요즘 너무 일이 많아서 전화할 틈이 없었어."

"이런 빌어먹을! 헤데스타드에서 대체 무슨 일이 있었던 거야?" 그녀는 폭발하듯 소리쳤다. "크리스테르가 전화해서 알았어. 마르틴 방에르가 자동차 사고로 죽었다며?"

"다 얘기하자면 길어."

"그런데 왜 전화는 안 받는 거야? 도대체 얼마나 전화를 계속했는지 모르겠다고!"

"여기선 받을 수 없어."

"지금 어딘데?"

"여기는 앨리스스프링스에서 북쪽으로 200킬로미터쯤 떨어진 곳이야. 즉 호주에 있다는 말씀이지."

에리카가 그렇게 놀라는 적은 없었다. 그녀는 거의 십 초간 말을 잇지 못했다.

"호주에서 뭐하고 있는 건지 말해줄 수 있겠어?"

"일을 매듭짓고 있는 중이지. 며칠 후면 스웨덴으로 돌아갈 거야. 네게 전화한 건 단지 헨리크가 내게 맡긴 일이 곧 끝날 거라는 사실을 알려주려고.."

"하리에트에게 어떤 일이 있었는지 찾아냈다는 뜻이야?"

"아마도."

미카엘이 코크런 팜에 도착한 건 다음날 정오 무렵이었다. 하지만 아니타 코크런을 볼 수 없었다. 그녀는 서쪽으로 120킬로미터 떨어진 마카와카란 곳의 방목장에 있다고 했다.

다시 출발해서 끝없이 이어지는 시골길을 달린 끝에 오후 4시가

다 돼서야 그곳에 도착했다. 차를 세운 곳은 한 무리의 목장 일꾼들이 지프차 보닛 주위에 둘러서서 뭔가를 먹고 있는 철책 문 앞이었다. 미카엘은 차에서 내려 자신을 소개한 뒤, 아니타 코크런을 찾고 있다고 말했다. 그러자 일꾼들이 그중에서 결정권을 가진 듯한 삼십대의 건장한 사내를 돌아보았다. 벌거벗은 상체는 티셔츠가 가렸던 부분을 빼고는 건강한 구릿빛이었고, 머리에는 카우보이모자를 쓰고 있었다.

"그렇소, 형씨? 우리 보스는 지금 저쪽으로 20킬로미터쯤 떨어진 곳에 있소." 그가 엄지손가락으로 가리키며 말했다.

그러면서 미카엘의 차를 한심하다는 듯 쳐다보더니 장난감 같은 이 일본제 차로 거기까지 가는 건 좋은 생각이 아니라고 덧붙였다. 이어서 구릿빛 근육질의 이 남자는 마침 자신도 거기 갈 일이 있으니 앞에 펼쳐진 험한 길에 훨씬 더 적합한 자신의 지프로 데려다주겠다고 했다. 미카엘은 고맙다고 말하고서 노트북이 든 숄더백을 꺼내러 다시 차로 걸어갔다.

사내는 자기 이름을 제프라고 소개하며 '스테이션의 스터즈 매니저'라고 했다. 미카엘은 도무지 무슨 뜻인지 알 수 없어 해석을 부탁했다. 제프는 이상하다는 듯 힐끔 쳐다봤지만 이내 그가 이 나라 사람이 아니라는 걸 알았다. 그가 설명하기를 '스터즈 매니저'는 은행으로 말하면 지점장으로, 양을 다룬다는 점만 다를 뿐이며 '스테이션'은 목장을 의미한다고 했다.

그렇게 둘이 한창 이야기를 나누는 사이, 제프가 느긋한 미소를 지으며 모는 지프가 협곡 아래로 이어지는 급경사를 시속 20킬로미터로 기어내려갔다. 미카엘은 이 위태로운 길을 렌터카로 가지 않게 된 일이 다행스러울 뿐이었다. 저 협곡 아래에 있는 게 뭐냐고 미카엘이 묻자 곧 양 700마리가 사는 목초지가 펼쳐졌다.

"코크런 팜은 상당히 큰 목장 같군요?"

"호주에서 대규모 목장에 들죠." 자부심이 뚝뚝 흐르는 목소리로 제프가 대답했다. "이곳 마카와카에 있는 양은 9천 마리쯤 되지만, 뉴 사우스웨일스와 웨스턴 오스트레일리아에도 우리 스테이션이 여러 곳 있어요. 모두 합해서 6만 3천 마리쯤 됩니다."

협곡을 빠져나오니 보다 완만한 구릉지대가 펼쳐졌다. 갑자기 어디선가 총성이 들렸다. 이어 곳곳에 뒹구는 양들의 시체와 커다란 화톳불들과 목장 일꾼으로 보이는 사내 여남은 명이 보였다. 모두 손에 엽총을 들고 있었다. 아마도 양들을 도축하는 모양이었다.

미카엘은 자신도 모르게 희생번제를 위해 도살당하는 성경 속 양들을 떠올렸다.

그리고 한 여인을 보았다. 청바지에 흰색과 빨간색이 들어간 체크 무늬 셔츠를 걸쳤고 머리는 짧은 금발이었다. 제프는 그녀에게서 몇 걸음 떨어진 곳에 지프를 세웠다.

"하이, 보스! 관광객이 한 명 찾아왔어요."

미카엘이 지프에서 내려 그녀에게 시선을 돌렸다. 그러자 그녀는 의혹에 찬 눈으로 미카엘을 쳐다보았다.

"안녕하세요, 하리에트! 정말 오랜만이군요." 미카엘이 스웨덴어로 인사했다.

아니타 코크런 밑에서 일하는 사람 중 미카엘의 말을 알아들은 이는 하나도 없었다. 하지만 그녀가 반응하는 모습은 볼 수 있었다. 그녀는 경악하면서 한 걸음 물러섰다. 일꾼들이 반사적으로 자신들의 보스를 보호하려 들었다. 그녀의 안색이 창백해지는 걸 본 그들은 잡담을 그치고 벌떡 일어섰다. 명백히 그녀에게 불쾌한 감정을 들게 한 수상한 이방인과 그녀 사이를 막아서려 했다. 제프도 그때까지의 상냥한 태도를 거두고 살기등등하게 미카엘에게 다가섰다.

미카엘은 지구 반대편 오지에서 땀으로 번들거리는 몸에 엽총까지 든 한 무리의 사내들에게 둘러싸인 이 상황이 얼마나 위급한지 깨달았다. 아니타 코크런의 말 한마디면 저들은 자신을 벌집으로 만들 수도 있었다.

숨막히는 순간이었다. 하지만 곧 하리에트 방에르가 한 손을 들어 보이며 사내들을 물러서게 했다. 그녀는 미카엘에게 다가서서 두 눈을 응시했다. 그녀의 몸은 땀에 젖어 있었고 얼굴은 지저분했다. 미카엘은 그녀의 금발이 뿌리 쪽으로는 더 짙은 색이라는 걸 발견했다. 나이들었고 얼굴이 더 홀쭉해지긴 했지만 소녀 시절 견신례 때 찍은 사진을 보고 상상할 수 있었던 아름다운 여인, 바로 그 모습이었다.

"우리가 언제 만난 적이 있나요?" 그녀가 물었다.

"물론이죠. 나는 미카엘 블롬크비스트입니다. 내가 세 살 때 당신이 날 돌봐줬죠. 당신은 열둘이나 열셋 정도였을 겁니다."

몇 초쯤 지나자 그녀의 시선이 갑자기 환해졌다. 기억이 떠오른 그녀는 너무 놀라 입까지 벌리고 말았다.

"그런데 여긴 왜 왔죠?"

"하리에트, 난 당신의 적이 아닙니다. 해를 끼치려 여기 온 게 아니에요. 하지만 먼저 얘기를 좀 할 수 있을까요?"

그녀는 제프에게 몸을 돌려 대신 일을 마치라고 지시했다. 그러고는 미카엘에게 따라오라고 손짓했다. 둘은 200미터쯤을 걸어 조그만 잡목 숲 안에 하얀 천막들이 세워진 곳으로 갔다. 그녀는 살짝 기우뚱한 테이블 앞에 놓인 접이식 의자를 가리키며 앉으라고 권했다. 그런 다음 자신은 대야에 물을 부어 세수를 하고서 셔츠를 갈아입겠다고 천막 안으로 들어갔다. 잠시 후 방금 냉장고에서 꺼낸 맥주 두 병을 손에 들고 나와 미카엘 앞에 앉았다.

"자, 이제 얘기해보세요."

"양은 왜 잡는 거죠?"

"지금 전염병이 돌고 있어요. 이 양들은 문제없을 수도 있지만 만약의 경우를 대비한 거죠. 이렇게 매주 600마리씩 도축하고 있답니다. 기분이 썩 좋지는 않아요."

미카엘은 고개를 끄덕였다.

"며칠 전 오빠가 자동차 사고로 죽었습니다."

"알고 있어요."

"아니타 방에르가 전화로 알려줬겠죠."

그녀는 한참 미카엘을 뚫어지게 쳐다보았다. 그러고는 고개를 끄덕였다. 이제 사실을 부인해봤자 아무 소용이 없음을 깨달은 것이다.

"그 사실을 어떻게 알아냈죠?"

"아니타의 통화를 도청했어요." 미카엘 역시 거짓말할 필요가 조금도 없다고 생각했다. "사실 그가 죽기 몇 분 전에 함께 있었습니다."

하리에트가 미간을 찌푸리며 그의 눈을 들여다보았다. 그 눈빛을 본 미카엘은 계절에 맞지 않게 목에 두르고 있던 스카프를 잡아 빼고서 목깃을 아래로 내렸다. 그렇게 드러난 목에는 올가미 자국이 선명하게 남아 있었다. 아마도 그 시뻘건 자국은 흉터로 남아 영원히 마르틴 방에르를 기억하게 할 것이었다.

"당신 오빠가 목에다 올가미를 걸어 나를 벽에 매달았어요. 내 파트너가 때맞춰 나타나 그 개자식을 한 방 후려갈기지 않았다면 난 지금 여기 있지 못했을 겁니다."

하리에트의 눈빛 속에서 무언가 번쩍 불타올랐다. 확 하고 당겨지는 성냥불 같은 빛.

"그것보다는 처음부터 얘기해줬으면 좋겠어요."

모든 걸 얘기하는 데 한 시간이 넘게 걸렸다. 기자였던 미카엘이 벤네르스트룀 사건으로 곤경에 처한 사연에서 시작해 헨리크 방에르가 자신에게 어떻게 이 일을 맡겼으며, 자신은 이 제안을 왜 받아들일 수밖에 없었는지 설명했다. 그녀가 실종된 후에 경찰수사가 한

계에 봉착했던 일, 그리고 헨리크가 가족 중 누군가가 그녀를 살해했다고 믿고서 개인적으로 조사를 계속해온 사실도 전했다. 그런 다음 노트북을 켰다. 역 앞에서 촬영된 사진들을 발견하고 리스베트와 함께 연쇄살인범을 추적하다가 결국 두 명의 살인마를 찾아내게 된 과정을 설명하기 위해서였다.

미카엘이 이야기하는 사이 주위가 어느새 어둑해졌다. 일꾼들이 캠프로 돌아왔고, 모닥불들이 피워진 후 그 위에 얹힌 냄비들이 보글보글 끓기 시작했다. 미카엘은 제프가 그의 보스 곁에 머물며 못마땅한 눈으로 자신을 흘깃대고 있다는 사실을 알았다. 요리사가 하리에트와 미카엘에게 음식을 가져다주었다. 그들은 맥주를 한 병씩 더 땄다. 미카엘이 이야기를 마치자 하리에트는 잠시 말이 없었다.

"이런……" 그녀가 나직이 신음했다.

"그런데 당신은 웁살라의 살인을 놓쳤더군요."

"그건 찾으려 하지도 않았어요. 아버지가 죽고 나서 이제 모든 게 끝났구나 하고 얼마나 안심했는지 몰라요. 마르틴이…… 그렇게 되리라고는 꿈에도……" 그녀는 제대로 말을 잇지 못했다. "여하튼 그가 죽었다니 만족해요."

"그 심정 충분히 이해합니다."

"하지만 내가 살아 있다는 사실은 어떻게 알아냈죠?"

"무슨 일이 있었는지 알게 되고 나서는 그다음 일을 추측하는 건 어렵지 않았죠. 당신이 사라져버리기 위해서는 반드시 누군가의 도움이 필요했을 테니까요. 아니타는 당신의 속내를 들어주고 도와줄 수 있는 유일한 사람이었어요. 그렇게 친구처럼 지내면서 여름방학엔 당신과 함께 시간을 보냈다고 하더군요. 그랬으니 누군가에게 도움을 청했다면 당연히 그녀였겠죠. 때마침 그녀가 운전면허시험에도 합격했으니 더할 나위 없었고요."

하리에트가 차가운 얼굴로 그를 쳐다보았다.

"자, 이제 내가 살아 있다는 걸 알아냈으니 어떡할 셈이죠?"

"회장님께 말씀드려야죠. 이 사실을 알 자격이 있는 분이십니다."

"그리고 나서는요? 당신은 기자잖아요."

"하리에트, 난 당신을 미디어에 드러내려는 의도는 없습니다. 벌써 이 일 때문에 기자로서 해서는 안 될 짓들을 수없이 범했어요. 기자 협회가 이 사실을 안다면 당장에 제명하려 들걸요?" 그는 농담을 해보려 애썼다. "그러니 잘못 한번 더 한다고 해서 크게 달라질 게 없다는 말입니다. 어린 시절 나를 돌봐준 사람에게 해가 되는 짓도 못하겠고요."

하지만 그녀는 농담이 별로 재미있지 않은 모양이었다.

"진실을 아는 사람이 몇이나 되죠?"

"당신이 살아 있다는 사실 말인가요? 당신, 나, 아니타, 그리고 내 파트너 리스베트. 디르크 프로데는 이 이야기를 얼추 알고 있지만 1966년에 당신이 죽은 걸로 믿고 있죠."

하리에트는 무언가를 곰곰이 생각하는 기색이었다. 그녀는 벌판 너머의 어둠을 응시했다. 지금 자신이 위험한 상황에 처해 있다는 기분 나쁜 느낌이 다시 한번 미카엘을 엄습했다. 천막에 기대어 서 있는 그녀의 엽총이 자꾸만 눈에 걸렸다. 미카엘은 불안한 생각들을 떨쳐버리려고 머리를 흔들고는 화제를 바꿨다.

"그런데 어떻게 해서 호주까지 와 목양업자가 될 수 있었죠? 물론 헤데뷔섬을 어떻게 빠져나갔을지는 충분히 짐작합니다. 유조차 사고가 난 다음날 다시 다리가 뚫렸을 때 아니타가 차 트렁크에 숨겨서 빼내줬겠죠."

"실은 차 뒷좌석 바닥에 누워 담요를 뒤집어쓰고 있었어요. 아무도 못 봤죠. 아니타에게 난 도망가야 한다고 말했어요. 그래요, 당신이 잘 맞혔어요. 난 그녀에게 모든 걸 털어놓았고, 그녀는 날 도와줬어요. 그후 오랜 세월 나의 변함없는 친구가 되었죠."

"호주에는 어떻게 오게 됐나요?"

"우선은 스톡홀름에 있던 아니타의 방에 머물렀어요. 그렇게 몇 주를 지내다가 스웨덴을 떠났죠. 아니타는 개인적으로 돈이 좀 있었는데 그걸 내게 아낌없이 빌려줬어요. 자신의 여권까지 내줬죠. 서로 생김새가 비슷해서 머리만 금발로 물들이면 됐어요. 그리고 사 년간 이탈리아의 수녀원에서 지냈어요. 물론 수녀는 아니었지만요. 그냥 조용히 살고 싶은 사람들에게 방을 빌려주는 수도원들이 있잖아요? 그러던 어느 날 우연히 스펜서 코크런을 만났답니다. 나보다 몇 살 위였고 영국에서 공부를 마치고 유럽 각지를 여행하던 청년이었어요. 난 사랑에 빠졌고, 그도 마찬가지였죠. 뭐 그렇게 복잡한 일은 아니니까요. 이렇게 해서 '아니타 방에르'는 1971년 그와 결혼하게 되었답니다. 난 이 결혼을 한 번도 후회한 일이 없어요. 더없이 훌륭한 남자였으니까요. 불행히도 그 사람은 팔 년 전에 작고했답니다. 그리고 난 졸지에 이 목장의 주인이 됐고요."

"하지만 그 여권 말인데요. 아니타 방에르가 두 사람이라는 사실을 누군가 발견하지 못했나요?"

"아니요. 그런데 왜죠? 스펜서 코크런과 결혼한 아니타 방에르라는 스웨덴 여인은 단 한 사람뿐인데요. 그녀가 런던에 사느냐, 호주에 사느냐는 전혀 중요하지 않아요. 런던에서 그녀는 스펜서 코크런과 별거중인 부인이고, 호주에선 아주 정상적인 부인이죠. 캔버라와 런던의 신원 데이터는 서로 통일되어 있지 않답니다. 게다가 난 코크런이라는 이름으로 호주 여권까지 취득했어요. 여러모로 편리하게 사용할 수 있었죠. 이 모든 일은 아니타가 결혼할 마음이 있었다면 문제가 생겼을 거예요. 스웨덴에 내 결혼 기록이 올라 있으니까요."

"하지만 그녀는 결혼하지 않았죠."

"지금껏 남자를 못 만났대요. 하지만 나를 위해 희생했다는 걸 알고 있어요. 말 그대로 진정한 친구예요."

"그때 그녀는 당신 방에서 대체 무얼 하고 있었나요?"

"그날 난 제정신이 아니었어요. 마르틴이 무서웠지만 그가 웁살라에 있는 동안은 한숨 돌릴 수 있었죠. 그런데 갑자기 헤데스타드 거리 한복판에 그가 나타난 거예요. 그 순간 깨달았어요. 난 평생 안전하게 살 수 없을 거라는 사실을요. 헨리크 할아버지한테 얘기할까, 아니면 그냥 멀리 도망가버릴까 고민했어요. 하지만 작은할아버지는 날 만나줄 시간이 없었고, 난 그대로 집을 나와 마을을 방황했죠. 당시 거의 모든 사람들이 다리 위 사고 때문에 정신이 없었지만 나는 달랐어요. 내 문제가 더 급했기 때문에 사고 따위는 생각하지도 않았어요. 주위에서 일어나는 모든 일들이 비현실적으로 보였죠. 그러다가 아니타와 마주치게 된 거예요. 당시 그녀는 예르다와 알렉산데르의 곁채에서 지내고 있었죠. 그녀를 본 순간 난 결정을 내리고 도와달라고 부탁했어요. 그리고 계속 그녀의 방에 숨어서 밖으로 나오지 않았어요. 그런데 내 방에서 꼭 가져와야 할 게 있었어요. 그동안 일어난 일들을 기록해 둔 일기장과 옷가지 몇 개였어요. 그래서 아니타가 그걸 가지러 갔었죠."

"방에 들어간 그녀가 호기심에 못 이겨 창문을 열고 다리 위 사고 현장을 바라봤겠군요." 미카엘은 잠시 생각했다. "그런데 이해 안 되는 점이 있어요. 왜 처음 생각했던 대로 헨리크 회장님을 보러 가지 않았습니까?"

"왜였다고 생각하나요?"

"글쎄요, 전혀 모르겠군요. 그러면 반드시 도와줬을 텐데요. 즉시 마르틴이 당신에게 접근하지 못하게 해주고 끝까지 당신을 배반하지 않았을 텐데요. 이를테면 마르틴을 어딘가로 보내 정신 치료 같은 걸 받도록 은밀하게 처리했을 거고."

"당신은 무슨 일이 있었는지 모르는군요."

지금까지 미카엘은 고트프리드가 마르틴을 성폭행한 사실만을 이야기했다. 하리에트와 관련된 일은 우선 모른 척하고 있었다.

"고트프리드는 마르틴을 건드렸죠." 마침내 미카엘이 신중하게 입을 열었다. "그런데 혹시 그가 당신에게도……"

하리에트는 한동안 꼼짝도 않고 있었다. 그리고 깊은 한숨을 내쉬며 두 손으로 얼굴을 가렸다. 그러자 삼 초도 안 돼 제프가 그녀 곁으로 다가와 괜찮은지 물었다. 하리에트는 그를 돌아보며 살짝 미소 지었다. 그러고는 놀랍게도 벌떡 일어나 자신의 스터즈 매니저를 꼭 껴안고 볼에 입을 맞췄다. 그리고 미카엘을 향해 몸을 돌렸다. 두 팔은 아직 제프의 허리를 감은 채였다.

"제프! 미카엘을 소개할게. 나의 옛…… 친구야. 골치 아픈 문제들과 나쁜 소식들을 가지고 왔어. 하지만 소식을 전하러 온 사람을 죽일 순 없는 법이지. 미카엘, 여기 제프 코크런이에요. 내 장남이죠. 이 애 말고도 아들과 딸이 한 명씩 더 있어요."

미카엘은 고개를 끄덕였다. 제프는 서른 살 정도로 보였다. 하리에트는 스펜서 코크런과 결혼하고 일찍 임신했음이 분명했다. 그는 일어나서 제프에게 손을 내밀며 어머니를 힘들게 해서 미안하다고 사과했다. 하지만 꼭 필요한 일이라고 덧붙였다. 하리에트는 아들과 몇마디 나눈 뒤에 그를 돌려보냈다. 그러고선 다시 미카엘과 마주앉았다. 이번에는 어떤 결심을 한 듯 보였다.

"더 이상 거짓은 없어요. 이젠 모든 게 끝난 듯하군요. 어쩌면 1966년 이후로 오늘을 기다려왔는지도 몰라요. 나를 오랫동안 괴롭혀온 불안이 뭔지 알아요? 누군가가 진짜 내 이름을 부르는 것. 그런데 불현듯 이제 어찌되든 아무 상관 없다는 생각이 들었어요. 내가 지은 죄는 공소시효가 지났죠. 이제 사람들이 어떻게 생각하든 개의치 않아요."

"무슨 죄 말입니까?"

그녀는 미카엘의 눈을 똑바로 응시했다. 하지만 미카엘은 그녀가 무슨 말을 하는지 여전히 이해하지 못했다.

"난 열여섯 살이었어요. 무서웠어요. 부끄러웠죠. 그리고 절망했어요. 혼자였으니까요. 진실을 알고 있는 사람은 아니타와 마르틴뿐이었어요. 나는 아니타에게 성폭행당하고 있다고 말했어요. 하지만 우리 아버지가 사이코 살인마라는 사실만큼은 차마 밝힐 수 없었죠. 그 친구는 지금까지도 모르고 있어요. 대신 내가 범한 죄는 고백했어요. 너무나도 끔찍해서 끝내 헨리크 할아버지에게 말할 수 없었던 그 죄를요. 나는 하나님께 용서를 빌었어요. 그리고 몇 년을 수녀원에 숨어 있었죠."

"하리에트, 당신 아버지는 강간범에다 살인마입니다. 거기에 당신 잘못은 조금도 없어요."

"알아요. 아버지는 나를 일 년 동안 유린했어요. 난 그 짓을…… 피해보려고 모든 걸 다해봤어요. 하지만 어쨌거나 내 아버지였고, 그가 항상 요구하는 걸 이유도 대지 않고 갑자기 거절할 수는 없는 노릇이었죠. 그래서 난 연극을 했어요. 그저 빙긋 웃으면서 마치 당연하다는 듯 모든 걸 받아들이는 척했어요. 하지만 그를 만날 때는 항상 다른 사람과 함께 있으려고 애썼어요. 엄마는 그가 무슨 짓을 하고 있었는지 알았지만 전혀 신경쓰지 않았죠."

"이자벨라가 알고 있었다고요?" 미카엘이 외쳤다.

하리에트의 목소리가 갑자기 굳어졌다.

"물론 알고 있었죠. 집안에 일어나는 일들은 죄다 알고 있었어요. 하지만 불쾌하거나 체면이 깎일 수 있는 일은 외면해버렸어요. 거실에서 그녀를 앞에 두고 아버지가 날 강간한다 해도 못 본 척했을 여자죠. 내 삶에서나 그녀의 삶에서나 무언가 잘못되고 있다는 사실을 절대로 받아들이지 못하는 사람이었어요."

"그녀를 만난 적 있어요. 독사 같은 여자더군요."

"평생 그랬어요. 난 그 두 사람의 관계를 종종 생각해봤어요. 내가 태어나고 난 후 잠자리를 같이한 적이 거의 없어요. 아버지는 여자를 밝혔지만 이상하게도 이자벨라만은 두려워했죠. 그렇게 항상 그녀를 피해 다니면서도 이혼하지도 못했어요."

"방에르 가문에서는 이혼하는 법이 없지 않습니까."

그녀가 처음으로 웃음을 터뜨렸다.

"맞아요, 그렇죠. 어쨌든 난 진실을 밝힐 용기가 없었어요. 이제 학교 친구들이 나에 대해 어떻게 말할까…… 친척들은 날 어떻게 볼까……"

미카엘이 그녀의 손을 감쌌다.

"정말 애석한 일입니다, 하리에트."

"아버지는 열네 살 때 처음으로 나를 범했어요. 그러고는 정기적으로 방갈로에 데리고 갔죠. 마르틴도 여러 차례 거기 있었어요. 우리 둘에게 이런저런 것들을 시켜놓고 자신은 그걸 구경했죠. 내 팔을 꽉 붙잡아 저항하지 못하게 만들고서 마르틴에게…… 욕심을 채우게도 했고요. 그리고 아버지가 죽고 난 후에는 마르틴이 역할을 대신했어요. 그는 내가 자기 정부가 되기를 기대했어요. 내가 자기에게 복종하는 게 당연하다고 생각한 거죠. 하지만 그 시점에 난 선택의 여지가 없었어요. 마르틴이 시키는 대로 할 수밖에 없었어요. 늑대의 손아귀를 벗어나서 호랑이의 발톱 안으로 들어간 형국이었죠. 내가 할 수 있는 건 고작 그와 단둘이 있게 되는 기회를 피하는 일뿐이었어요."

"하지만 헨리크에게 알렸더라면……"

"무슨 얘기인지 아직도 이해 못했나요?"

그녀가 참지 못하고 언성을 높였다. 다른 천막 앞에 앉아 있던 사내들이 일제히 고개를 돌렸다. 그녀는 다시 목소리를 죽이며 미카엘 쪽으로 몸을 기울였다.

"자, 모든 카드는 당신 손안에 있어요. 이제 해답을 찾아봐요."

그러고선 일어나 다시 맥주를 가지러 들어갔다. 그녀가 돌아왔을 때 미카엘이 한마디를 내뱉었다.

"고트프리드?"

그녀가 고개를 끄덕였다.

"1965년 8월 7일이었어요. 아버지는 자신이 있는 방갈로에 나를 강제로 오게 했죠. 헨리크 할아버지는 여행중이었어요. 잔뜩 취해서는 나를 강간하려고 했어요. 그런데 그게 제대로 서지도 않자 완전히 정신이 나가서 헛소리를 늘어놓기 시작했어요. 단둘이 있을 때면 언제나 난폭하고 거친 사람이긴 했지만…… 그날은 정도를 벗어났어요. 나한테 오줌을 갈기더군요. 그리고 나한테 무슨 짓을 하고 싶은지 말했어요. 게다가 그날 저녁엔 자신이 죽인 여자들에 대해 말했어요. 아주 자랑스러운 표정을 하고서. 심지어는 성경 구절까지 인용하면서. 몇 시간을 그러고 있었어요. 나는 도대체 무슨 말을 하는지 반도 이해할 수 없었지만, 그가 완전히 미쳤다는 사실만큼은 알 수 있었죠."

그녀는 맥주를 한 모금 삼켰다.

"그러다가 자정 무렵에 그가 발작을 했어요. 미쳐 날뛰는 짐승이 된 거죠. 우리는 중이층 방에 있었는데, 갑자기 내 목에 티셔츠를 감더니 있는 힘을 다해 조르는 거예요. 세상이 새카매졌죠. 나는 그때까지 그가 나를 정말로 죽이려 한다는 사실을 한순간도 의심한 적이 없었어요. 그리고 그날 밤 처음으로 날 강간하는 데 성공했죠."

하리에트는 미카엘을 바라보았다. 너무나도 무서운 진실을 듣고 있는 그의 눈에는 애원하는 빛마저 어른거렸다.

"하지만 그가 너무도 술에 취해 있어서 난 가까스로 몸을 빼낼 수 있었어요. 중이층 다락에서 아래로 뛰어내려 도망쳤죠. 공포에 질려 정신이 없었어요. 아무 생각 없이 알몸으로 무작정 뛰었어요. 그러다보니 어느 순간 부두다리 위에 내가 서 있더군요. 그는 비틀거리면서 쫓아오고 있었어요."

불현듯 미카엘은 그녀가 제발 이야기를 멈춰줬으면 하는 마음이 들었다.

"아무리 어린 소녀라도 형편없이 취한 주정뱅이를 물속으로 밀어버릴 힘은 있었죠. 그러고는 물속에서 더이상 움직이지 않을 때까지 꽉 누르고 있었어요. 몇 초면 충분한 일이었어요."

그녀는 잠시 입을 다물었다. 그 정적이 우뢰처럼 통렬했다.

"그리고 눈을 들어보니 마르틴이 거기 서 있었죠. 공포에 질린 것 같기도 했고 이죽거리는 것 같기도 한 표정이었어요. 그렇게 얼마를 방갈로 앞에 서서 내 행동을 훔쳐봤는지 모르겠더라고요. 그후로 그의 노예가 되어버린 거예요. 그가 내게 다가와 머리채를 잡고 방갈로 안으로 끌고 들어가 아버지의 침대 위에 집어던졌어요. 아버지의 시체가 여전히 저 앞 바닷물에 둥둥 떠 있는 와중에 내 몸을 묶어놓고 강간했죠. 난 저항조차 할 수 없었어요."

미카엘은 눈을 감아버렸다. 갑자기 자신이 부끄러워졌다. 차라리 그녀를 조용히 내버려뒀어야 옳았다. 하지만 그녀의 목소리는 다시금 새로운 힘을 얻은 듯 솟아오르고 있었다.

"그날부터 난 그의 권위 아래 놓였어요. 의지가 마비된 사람처럼 시키는 대로만 했죠. 그러던 어느 날 다행히 나를 미치지 않도록 구해준 일이 벌어졌고요. 아버지의 비극적인 죽음으로 침울해하는 마르틴에게 환경을 바꿔준다는 구실로 이자벨라가 그를 웁살라에 보낼 생각을 했죠. 물론 속셈은 따로 있었어요. 그가 나를 어떻게 하고 있었는지 그녀도 잘 알았으니까요. 그게 바로 그녀가 문제를 해결하는 방식이죠. 마르틴이 얼마나 실망했을지는 상상에 맡기겠어요."

미카엘은 고개를 끄덕였다.

"그후 일 년간 그가 집에 온 건 딱 한 번, 크리스마스 방학 때뿐이었어요. 그땐 나도 그를 피할 수 있었어요. 크리스마스와 연초 사이에 헨리크 할아버지를 따라 코펜하겐으로 여행을 갔거든요. 그리고 여름방학이 되면 아니타가 있었어요. 그녀는 내 모든 이야기를 들어줬고 언제나 나와 함께 있어줬죠. 그리고 마르틴이 내게 접근할 수 없도록 애써줬어요."

"그러다가 역 앞에서 그를 보게 됐군요."

그녀가 고개를 끄덕였다.

"나는 그가 가족모임에 오지 못하고 웁살라에 있을 거라는 소식을 들었어요. 그런데 생각을 바꿨던 모양이죠. 갑자기 길 건너편에서 나를 뚫어지게 바라보는 그를 봤어요. 미소 짓고 있었어요. 마치 악몽을 꾸는 것만 같았죠. 나는 이미 아버지를 죽였고 오빠에게서도 영원히 벗어날 수 없는 몸이었어요. 그때까지 여러 번 자살을 생각했었지만 그날은 우선 도망가기로 결심했죠."

어느새 미카엘을 바라보는 그녀의 눈에는 즐거운 웃음기마저 어려 있었다.

"이렇게 진실을 말해버리니 정말 좋네요! 자, 이제 당신은 다 알게 됐어요. 앞으로 이 진실을 어떻게 이용할 생각인가요?"

27장
7월 26일 토요일~7월 28일 월요일

오전 10시, 룬다가탄에 있는 리스베트의 아파트 앞에 도착한 미카
엘은 그녀를 데리고 북北공동묘지의 화장터로 갔다. 미카엘은 장례
식 내내 리스베트 곁에 있었다. 장례식에 모인 사람이라고 해봐야 이
들 두 사람과 목사가 전부였다. 그리고 식이 시작되자 드라간이 슬그
머니 교회당 문을 열고 들어왔다. 미카엘 쪽으로 간단히 목례를 보낸
다음, 리스베트의 뒤에 서서 그녀의 어깨 위에 부드럽게 한 손을 올
려놓았다. 그녀는 그를 쳐다보지 않은 채 고개만 살짝 한 번 숙였다.
누가 왔는지 잘 안다는 듯이. 그후로도 그녀는 미카엘과 드라간 모두
에게 눈길 한번 주지 않았다.

리스베트는 자신의 엄마에 대해 아무 말도 하지 않았다. 요양원 쪽
사람들과 얘기를 나누고 온 듯한 목사를 통해 미카엘은 그녀가 뇌출
혈로 사망했음을 알 수 있었다. 장례식이 진행되는 동안 리스베트는
한마디도 하지 않았다. 목사는 장례식 집전 도중 두 차례나 당황해
우물거렸다. 리스베트를 향해 말을 건네는데도 그녀가 대답 없이 두

눈만 뚫어지게 쳐다봤기 때문이다. 장례식이 끝나자 그녀는 아무런 감사의 말도 인사도 남기지 않고 그저 몸을 홱 돌려 그대로 떠나버렸다. 미카엘과 드라간은 그제야 살겠다는 듯 긴 한숨을 내쉬며 서로를 곁눈으로 쳐다보았다. 도대체 그녀의 머릿속에는 무슨 생각이 들었는지 두 남자로선 도무지 알 수 없었다.

"아주 안 좋아 보이는군요." 드라간이 말했다.

"그 심정 이해할 것 같아요. 어쨌든 이렇게 와주시길 정말 잘했습니다."

"글쎄, 내가 잘 온 건지 모르겠군요."

그러고서 드라간은 미카엘을 똑바로 쳐다보며 말했다.

"다시 북쪽으로 올라가죠? 그녀를 잘 돌봐줘요."

미카엘은 그러겠다고 약속했다. 그리고 두 남자는 교회당 문 앞에서 헤어졌다. 리스베트는 벌써 차 안에서 기다리고 있었다.

그녀는 오토바이와 밀턴 시큐리티에서 빌린 장비들을 가지러 헤데스타드에 가야 했다. 그녀가 마침내 입을 연 건 두 사람이 탄 차가 웁살라를 지나고서였다. 호주에서의 일은 어떻게 됐느냐고 미카엘에게 물었다. 미카엘은 전날 저녁 스톡홀름의 아를란다 국제공항에 도착한 뒤 몇 시간밖에 잠을 못 자 약간 몽롱한 상태였지만 운전을 하면서 하리에트의 이야기를 들려주었다. 그렇게 삼십 분을 아무 말 없이 다 듣고 난 리스베트가 불쑥 내뱉었다.

"나쁜 년!"

"누가?"

"하리에트 방에르는 나쁜 년이에요. 그녀가 1966년에 어떤 행동이라도 취했다면 마르틴이 37년간 다른 여자들을 죽이는 일은 없었을 거 아니에요?"

"하리에트는 아버지가 살인마라는 사실은 알고 있었지만 마르틴이 가담했다는 건 몰랐어. 다만 자기를 강간하려 드는 오빠를 피해달아났을 뿐이지. 게다가 마르틴이 자기 뜻에 따르지 않으면 아버지를 익사시킨 사실을 밝혀버리겠다고 계속 위협하고 있었으니 오죽했겠어?"

"엿 같네."

헤데스타드까지의 남은 여정은 침묵 속에서 지나갔다. 리스베트는 몹시 침울해 보였다. 약속 시간에 늦은 미카엘이 헤데뷔섬으로 들어가는 다리 앞 사거리에서 리스베트를 내려주었다. 그리고 차에서 내린 그녀에게 자기가 돌아올 때까지 기다리겠느냐고 물었다.

"내가 오늘밤 있어줬으면 좋겠어요?" 그녀가 되물었다.

"그런 것 같은데."

"당신이 돌아왔을 때 내가 거기 있기를 바라냐고요?"

그는 차에서 내렸다. 그리고 반대편으로 돌아가 그녀를 품에 안았다. 그녀는 그러는 그를 밀쳐냈다. 아주 격렬하게. 미카엘은 뒤로 물러섰다.

"리스베트, 넌 내 친구야."

그녀는 아무 표정 없이 그를 응시했다.

"오늘밤 같이 잘 사람이 필요해서 나를 원하는 거겠죠?"

미카엘은 그녀를 오랫동안 바라보았다. 그리고 몸을 돌려 차에 올라 시동을 걸었다. 그가 조수석 창유리를 내리고 바라보니 리스베트의 얼굴에 적의가 가득했다.

"난 너의 친구가 되고 싶어. 만일 그렇지 않다고 생각한다면 날 기다릴 필요가 없겠지."

미카엘이 디르크를 따라 회복실에 들어가자, 헨리크가 정장을 갖춰 입고 안락의자에 앉아 있었다. 미카엘은 우선 노인의 건강 상태부터 물었다.

"내일 있을 마르틴의 장례식에는 보내줄 수 있다는군."

"변호사님께 어디까지 들으셨습니까?"

헨리크는 시선을 아래로 떨구었다.

"마르틴과 고트프리드가 무슨 짓을 했는지 들었네. 내가 최악의 악몽 속에서 상상했던 걸 훨씬 뛰어넘더군."

"하리에트에게 일어난 일들도 알아냈습니다."

"그애는 어떻게 죽었는가?"

"하리에트는 죽지 않았습니다. 여전히 살아 있죠. 원하신다면 그녀는 회장님을 몹시 보고 싶어합니다."

그 순간, 헨리크와 디르크는 동시에 미카엘을 쳐다보았다. 세상이 전부 뒤집힌 듯한 표정들이었다.

"여기까지 데려오려고 설득하는 데는 시간이 좀 걸렸어요. 하지만 하리에트는 건강하게 살아 있고, 지금 바로 이곳 헤데스타드에 있습니다. 오늘 아침에 도착했어요. 그리고 아마 한 시간 후면 이곳에 올 겁니다. 물론 회장님께서 원하신다면 말이죠."

미카엘은 다시 한번 이야기를 처음부터 끝까지 들려줘야 했다. 헨리크는 마치 예수의 산상수훈을 듣는 제자의 눈빛으로 경청했다. 중간에 몇 번 간단히 질문하거나 다시 한번 말해달라고 요청한 일을 빼면 시종 듣는 데만 집중했다. 디르크는 입도 뻥끗하지 않았다.

이야기가 끝나자 노인은 한동안 아무 말이 없었다. 의사에게 노인이 거의 회복되었다는 말을 들었지만 미카엘은 진실을 말해야 하는 이 순간이 내심 걱정됐었다. 그에게 너무 심한 충격이 되지 않을까 염려스러웠다. 하지만 헨리크는 그 어떤 감정도 드러내지 않았다. 단지 침묵을 깨는 목소리가 약간 잠겼을 뿐이었다.

"불쌍한 하리에트. 왜 내게 와서 말하지 않았니……"

미카엘은 시계를 들여다보았다. 오후 3시 55분이었다.

"하리에트를 만나보기 원하십니까? 그녀는 여전히 두려워하고 있습니다. 자기가 한 일을 회장님께서 아시면 자신을 멀리할지도 모른다고 말이죠."

"그 꽃들은?" 헨리크가 물었다.

"비행기를 타고 오면서 그것도 물어봤습니다. 그녀가 가족 중에 사랑하는 사람이 있다면 그건 단 한 사람, 바로 회장님이죠. 꽃을 보낸 사람은 물론 그녀입니다. 그렇게 하면 직접 모습을 드러내지 않아도 회장님께서 자신이 살아 있다는 사실을 눈치챌 수 있으리라 생각했다는 겁니다. 하지만 그녀가 헤데스타드의 소식을 얻을 수 있는 통로는 아니타밖에 없었고, 아니타는 공부를 마치고 줄곧 외국에서 살았기 때문에 이곳 사정에 극히 어두웠죠. 그래서 하리에트도 이곳에서 무슨 일이 일어나는지 전혀 몰랐던 겁니다. 회장님께서 얼마나 힘들어하시는지도 몰랐고, 꽃을 보내는 걸 살인범의 장난질이라 여기고 계시리라는 건 생각조차 못했던 겁니다."

"직접 발송한 사람은 아니타였겠군."

"항공사에서 일하고 있으니 세계 이곳저곳에서 보내기가 쉬웠죠."

"그런데 아니타가 그애를 도왔다는 사실은 어떻게 알아냈나?"

"하리에트의 방에서 찍힌 사진 덕분이었죠."

"하지만 살인범이었을 수도 있는 일 아니었나? 어떻게 하리에트가 아직 살아 있다는 걸 알게 된 거지?"

미카엘은 한동안 그를 쳐다보았다. 그러고는 헤데스타드에 돌아오고 나서 처음으로 미소를 지었다.

"아니타가 하리에트의 실종에 연관된 건 분명했지만, 그녀를 죽일 수는 없었습니다."

"어떻게 그렇게 확신할 수 있었지?"

"왜냐면 이건 추리소설이 아니기 때문입니다. 아니타가 하리에트를 살해했다면 이미 오래전에 시체가 발견됐어야 옳아요. 따라서 가장 논리적인 설명은 하리에트가 멀리 떨어진 곳으로 도망갈 수 있도록 도왔다는 겁니다. 자, 하리에트를 만나보시겠습니까?"

"그걸 말이라고 하나! 어서 만나고 싶네."

미카엘은 일층 엘리베이터 앞에서 기다리고 있을 하리에트를 찾으러 갔다. 그런데 순간 그녀를 알아보지 못할 뻔했다. 전날 아를란다 공항에서 헤어지고 난 후 그녀가 머리색을 원래대로 되돌렸기 때문이다. 그리고 검은 바지에 하얀 블라우스, 우아한 회색 재킷을 입고 있었다. 눈부시게 아름다웠다. 미카엘은 몸을 굽혀 그녀의 볼에 격려의 키스를 남겼다.

미카엘이 그녀를 들여보내려고 병실 문을 열자 헨리크가 의자에서 몸을 일으켰다. 하리에트는 숨을 깊이 들이마셨다.

"안녕, 헨리크 할아버지!" 그녀가 들어가며 인사했다.

노인은 머리끝에서 발끝까지 그녀를 살폈다. 미카엘이 디르크에게 고갯짓으로 신호를 보내 두 사람만 남겨놓고 나와 문을 닫았다.

미카엘이 집에 돌아와보니 리스베트는 보이지 않았다. 감시카메라 장비와 오토바이도 사라졌다. 그녀의 옷가지가 든 가방과 욕실에 늘어놓았던 세면도구 역시 마찬가지였다. 그녀가 떠나간 집이 휑하게만 느껴졌다.

미카엘은 집안을 한 바퀴 둘러보았다. 전부 을씨년스럽기만 했다. 집안이 갑자기 낯설고도 비현실적으로 느껴졌다. 그는 작업실에 쌓인 문서 더미를 쳐다보았다. 이제 다시 상자에 담아 헨리크에게 돌려줘야 할 것들이었다. 하지만 이 모든 걸 정리할 엄두가 나지 않았다. 우선 콘숨 슈퍼마켓에 가서 빵과 우유와 치즈 등 저녁에 먹을 거리를 좀 샀다. 다시 집으로 돌아와서는 커피 물을 올린 다음 정원 테이블에 앉아 석간신문을 펼쳤다. 머릿속에는 아무 생각도 떠오르지 않았다.

오후 5시 반쯤 택시 한 대가 다리 위를 지나 섬으로 들어오는 게 보였다. 삼 분 후에 다시 나타난 택시 뒷좌석에 이자벨라가 보였다.

그리고 7시 무렵 정원 의자에 앉아 꾸벅꾸벅 조는 사이 디르크가 찾아와 그를 깨웠다.

"회장님과 하리에트는 어떻게 됐죠?" 미카엘이 물었다.

"이 슬픈 이야기에도 재미있는 구석이 없진 않더군!" 디르크가 짐짓 미소를 억누르며 대답했다. "이자벨라가 갑자기 회장님 병실에 들이닥쳤소. 선생이 돌아왔다는 소식을 듣고 찾아왔다며 펄펄 뛰더군. 고래고래 소리를 지르며, 하리에트를 찾는 그 미친 짓을 당장 집어치우라고 하더니 당신을 두고 자기 아들을 죽음으로 몰아넣은 더러운 염탐꾼이라더군."

"어떤 의미에선 맞는 말이군요."

"심지어는 회장님께 명령까지 했소. 당신을 해고해서 당장 사라져버리게 하고 유령을 찾는 일은 이제 집어치우라고."

"아이고……"

"그런데 회장님과 대화중이던 여인에겐 눈길을 돌릴 생각을 못하더군. 그룹 직원이라고 생각한 모양이오. 그때 내 평생 잊지 못할 기막힌 장면이 벌어졌지. 하리에트가 일어나 이자벨라를 향해 엄마, 잘 있었어? 하고 말했지."

"그래서 어떻게 됐습니까?"

"의사를 불러서 기절한 이자벨라를 깨웠소. 한데 그녀는 지금도 부인하고 있소. 진짜 하리에트가 아니라 당신이 방에르 가문의 재산을 노리고 데려온 가짜라고."

디르크는 하리에트가 죽음에서 부활한 사실을 알리려고 세실리아와 알렉산데르의 집으로 떠났다. 그렇게 미카엘은 다시 혼자가 되었다.

리스베트는 기름을 넣으려고 웁살라에서 약간 못 미친 어느 주유소에서 처음 멈췄다. 지금까지 입을 앙다문 채 앞만 뚫어지게 노려보며 달려왔다. 기름이 다 채워지자 곧바로 돈을 지불하고 다시 오토바이에 올랐다. 그런데 시동을 걸고 출발하는가싶더니 주유소 출구에 이르러 다시 멈춰 섰다. 얼굴에는 망설임이 가득했다.

기분은 여전히 좋지 않았다. 하지만 아까 불같이 화를 내며 헤데뷔를 떠나올 때에 비하면 분노는 한결 누그러졌다. 리스베트는 미카엘에 대해 왜 그토록 화가 나는지 이해할 수 없었다. 아니, 지금 자신이 누구를 향해 화를 내는지조차 알 수 없었다.

그녀는 마르틴 방에르, 빌어먹을 하리에트 방에르와 디르크 프로데, 그리고 망할 놈의 방에르 집안사람들을 떠올려보았다. 헤데스타드라는 경치 좋은 동네에 편안히 자리잡고서 자기들끼리 음모를 꾸미며 작은 제국을 굴리는 자들. 그들이 리스베트 자신을 부른 건 도움이 필요했기 때문이었다. 그렇지 않았다면 자신 같은 존재에겐 인사조차 건네지 않았을 사람들. 비밀을 털어놓는 일은 더더욱.

똥덩어리 같은 인간들!

그녀는 숨을 크게 들이마시며 바로 그날 아침에 장례식을 치른 엄마를 생각했다. 우울한 일이었다. 엄마의 죽음은 곧 그녀의 상처가 영원히 치료될 수 없음을 의미했다. 그녀가 품고 있는 의문들에 대답해줄 사람이 사라져버렸으므로.

장례식 때 자기 뒤에 서 있었던 드라간을 생각해보았다. 사실은 그에게 한마디라도 건네주었어야 옳았다. 그가 와준 걸 알고 있다는 사실만이라도 표시해줘야 했다. 하지만 그렇게 했다면 그는 또 이를 빌미로 자신의 삶 전체에 간섭하려 들 게 분명했다. 손가락 끝만 내밀어도 팔을 다 삼켜버릴 것이다. 그러고도 자기가 무슨 짓을 했는지조차 깨닫지 못할 것이다. 세상 사람들이 다 그렇지 않았던가?

소위 후견인이라는 닐스 비우르만 변호사도 생각해보았다. 지금은 꼼짝 못한 채 자신이 시키는 대로만 하고 있는 그 개 같은 작자.

리스베트는 갑자기 치밀어오르는 분노에 이를 악물었다.

그리고 만약 자신이 피후견인 신분으로 시궁창 같은 상황에 처해 있다는 사실을 미카엘이 알게 된다면 과연 어떤 반응을 보일까 생각해보았다.

결국 그녀는 자신이 미카엘을 미워하지 않는다는 사실을 깨달았다. 누군가를 죽이고 싶을 정도로 화가 난 상황에서 그녀에게 미카엘은 단지 그 분노를 쏟아낼 배출구였을 따름이다. 그에게 화를 낸 건 자신이 생각해도 무의미한 일이었다.

리스베트는 그에게 모호한 감정을 느끼고 있었다.

무슨 일이든 다 뒤져보려 하는데다 급기야는 자신의 사생활까지 알고 싶어하는 그가 짜증스러운 건 사실이었지만…… 함께 일한 시간은 나쁘다고 할 수 없었다. 누군가와 같이 일한다는 것, 예전엔 생각만 해도 소름이 끼치는 일이었다. 하지만 기이하게도 그와는 조금도 힘들지 않게 해나갈 수 있었다. 그는 잔소리를 늘어놓지도 않았으며 인생을 어떻게 살아야 한다고 가르치려 들지도 않았다.

그리고 둘 중 먼저 유혹한 쪽도 그가 아니라 자신이었다.

더욱이 결과는 아주 좋았다.

그런데 왜 이런 사람을 차버리려 하는가?

그녀는 한숨을 내쉬며 E4 고속도로 위를 질주해가는 대형 트럭을 우울하게 쳐다보았다.

저녁 8시경, 미카엘이 여전히 정원에 앉아 있는데 어디선가 오토바이 소리가 들려왔다. 눈을 들어보니 리스베트가 다리를 넘어오고 있었다. 그녀는 오토바이를 세우고 헬멧을 벗었다. 그러고는 테이블로 다가와 차갑게 식은 커피포트에 손끝을 댔다. 미카엘이 놀라며 쳐다보자 아무 말도 없이 커피포트를 들고 주방으로 들어갔다. 다시 나왔을 때는 가죽 콤비 대신 청바지와 티셔츠 차림이었다. 티셔츠에는 영어로 나, 괜찮은 여자일 수 있어. 한번 대시해봐!라고 쓰여 있었다.

"완전히 가버린 줄 알았어."

"웁살라에서 유턴했어요."

"멀리도 갔다 왔군."

"오래 탔더니 엉덩이가 다 아프네요."

"그런데 왜 돌아왔지?"

그녀는 대답하지 않았다. 미카엘은 재촉하지 않았고, 그녀가 입을 열기를 기다리며 잠자코 커피만 마셨다. 한 십 분 지났을까, 그녀가 마침내 침묵을 깼다.

"당신과 같이 있는 게 좋았어요." 어색한 고백이었다.

이제껏 그녀가 한 번도 입에 담아본 일이 없는 종류의 말이었다.

"나도 너랑 같이 일하는 게 좋았어."

"흠, 그래요?"

"지금까지 너처럼 유능한 조사원과 일해본 적이 없었어. 사실 넌 고약한 해커인데다 수상쩍은 무리들과 어울리지. 전화 한 통으로 24시간 내에 런던에다 도청팀을 뚝딱 만들어내기도 하고. 하지만 무얼 하든 결과만큼은 놀라울 정도였어."

그녀는 거기 앉은 이후 처음으로 눈을 들어 그를 쳐다보았다. 그는 자신의 비밀을 너무나도 많이 알고 있었다. 어떻게 일이 이렇게 돼버렸지?

"그냥 컴퓨터를 약간 다룰 줄 알 뿐이죠. 글을 읽는 데 어려움을 느껴본 적도 없어요. 보는 즉시 그대로 이해되니까요."

"네겐 사진기억력이 있어."

"아마도요. 그저 척 보면 어떻게 작동하는지 알 수 있어요. 컴퓨터나 전화 회선만이 아니라 내 오토바이 엔진, TV, 진공청소기, 화학작용, 그리고 천체물리학 공식까지. 보는 즉시 그냥 이해돼요. 결코 정상은 아니죠. 난 일종의 돌연변이일 거예요."

미카엘은 눈썹을 찌푸렸다. 그리고 한동안 아무 말 없이 생각에 잠 겼다.

아스퍼거 증후군일 가능성이 있겠군. 아니면 그와 유사한 무언가겠지. 보통 사람들이 혼란스럽게 느끼는 데서 도식을 보고 추상적 논리를 이해 할 수 있는 능력.

리스베트는 테이블만 쳐다보고 있었다.

"많은 사람들이 돈을 내고서라도 그런 재능을 얻고 싶어하지."

"거기에 대해선 그만 얘기하죠."

"좋아, 그만두자고. 그런데 왜 돌아왔지?"

"모르겠어요. 어쩌면 내가 실수했을 수도 있다는 생각에."

"리스베트, 넌 '우정'이란 말을 어떻게 생각해?"

"누군가를 좋아하는 걸 말하겠죠."

"누군가를 좋아한다는 건 뭘 의미할까?"

그녀는 어깨를 으쓱해 보였다.

"나는 이렇게 정의했어. 우정의 토대를 이루는 건 두 가지, 존경과 신뢰라고 생각해. 이 두 요소는 반드시 함께 있어야 해. 누군가를 존 경한다 해도 신뢰가 없다면 우정은 갈수록 약해질 뿐이야."

그녀는 여전히 침묵을 지켰다.

"내가 생각하기엔 넌 스스로에 대해 나와 얘기하고 싶은 마음이 없어. 하지만 언젠가는 결정해야 할 순간이 올 거야. 나를 신뢰해야 할지 말지. 나와 친구가 되고 싶어? 하지만 나 혼자서는 친구가 될 수 없는 노릇이야."

"당신과 같이 자는 게 좋을 뿐이에요."

"섹스는 우정과 아무 상관이 없어. 물론 친구 사이에도 잠은 잘 수 있지. 하지만 리스베트, 만일 너를 두고 우정과 섹스 중 하나를 선택 해야 한다면 난 뭘 선택해야 할지 잘 알고 있어."

"무슨 말인지 이해 못하겠어요. 나하고 자고 싶다는 거예요, 아니라는 거예요?"

미카엘은 입술을 잘근 깨물었다. 결국 한숨을 내쉬며 말했다.

"같이 일하는 사람끼리는 같이 자지 않는 게 좋아. 결국엔 일이 복잡해지거든."

"내가 잘못 아는 건진 모르겠지만 당신과 에리카는 틈만 나면 같이 자지 않나요? 게다가 그녀는 결혼한 몸인데."

"나와 에리카는…… 같이 일하기 전부터 알아온 사이야. 그리고 그녀가 결혼했든 안 했든 그건 너와 상관없는 일이야."

"이거야 원! 이젠 갑자기 자기 문제를 얘기하고 싶지 않다는 거군요. 조금 전에 우정이란 신뢰의 문제라고 하지 않았던가요? 날 신뢰한다면 당신은 왜 솔직하게 털어놓지 못하죠?"

"맞아, 신뢰의 문제야. 하지만 난 내 친구가 없는 곳에서 그녀에 대해 말하고 싶지 않아. 이건 그녀와의 신뢰를 깨는 짓이니까. 마찬가지로 네가 없는 곳에선 에리카와 함께 너에 대해 말하지 않을 거고."

리스베트에게 그의 말은 점점 복잡하게 느껴졌다. 그녀는 복잡한 대화를 별로 좋아하지 않았다.

"난 단지 당신하고 자는 게 좋을 뿐이에요." 그녀는 아까 했던 말을 반복했다.

"나도 그래…… 하지만 난 네 아버지뻘이잖아."

"나이는 아무 상관 없어요."

"나이차를 전혀 무시할 순 없어. 지속적인 관계를 위해서 좋은 출발점이라고는 할 수 없으니까."

"지금 지속적인 관계라고 말했나요? 우리가 방금 매듭지은 사건이 뭐죠? 추악한 성욕에 사로잡힌 사내들이 주인공으로 활약한 사건 아닌가요? 그 모든 걸 보고도 지속적인 관계를 꿈꾸겠어요? 내게 만일 힘이 있다면 그런 인간들을 모조리 박멸해버리고 싶을 뿐이에요."

"어쨌든 넌 타협은 안 하는군."

"안 해요." 그녀는 보일 듯 말 듯 미소를 지어 보이며 말했다. "하지만 적어도 당신은 그들과 다르죠."

그녀는 몸을 일으켰다.

"샤워하러 가겠어요. 그리고 옷 벗고서 당신 침대에 누워 있을 거예요. 만일 당신이 스스로 너무 늙었다고 생각한다면 그냥 야전침대에서 자면 돼요."

미카엘은 당황한 얼굴로 그녀를 쳐다보았다. 문제가 많은 여자인지는 모르겠지만 최소한 수줍음만큼은 전혀 없었다. 그리고 말싸움을 할 때마다 결국 지는 건 미카엘 자신이었다. 잠시 후 그는 빈 커피잔들을 치우고서 침실로 들어갔다.

그들이 잠에서 깬 건 다음날 아침 10시경이었다. 함께 샤워를 하고 정원에 앉아 아침을 먹었다. 11시경, 디르크가 전화를 걸어 오후 2시 마르틴의 장례식에 참석하겠느냐고 물었다.

"별로 생각이 없는데요." 미카엘이 대답했다.

그러자 디르크는 오후 6시쯤에 얘기를 좀 하러 들러도 되겠느냐고 물었고, 미카엘은 문제없다고 답했다.

그후 몇 시간에 걸쳐 온갖 문서들을 상자에 담아 헨리크의 서재로 보냈다. 남은 건 자신이 작성한 노트들과 벤네르스트룀 사건에 관련된 문서철 두 개뿐이었다. 그러고선 땅이 꺼질 듯 한숨을 쉬며 그것들을 숄더백 안에 집어넣었다.

디르크는 저녁 8시가 다 돼서 도착했다. 여전히 장례식 복장 차림에 초췌한 얼굴로 주방 벤치에 주저앉았다. 그는 리스베트가 만들어준 커피 한잔을 기꺼이 받아들었다. 그녀는 식탁 맞은편에 앉아 다시 컴퓨터 작업에 몰두했고, 미카엘은 가족들이 하리에트의 부활을 어떻게 받아들였느냐고 물었다.

"마르틴의 죽음이 묻힐 정도였소. 매체들도 냄새를 맡기 시작했고."

"그럼 이 상황을 어떻게 설명하셨죠?"

"하리에트가 〈헤데스타드 통신〉 기자에게 간단히 밝혔소. 가족과의 불화로 가출했던 것이며 지금은 나름대로 성공해서 전체 매출이 방에르 그룹 못지않은 대기업을 이끌고 있다고."

미카엘은 감탄의 표시로 휘익 하고 휘파람을 불었다.

"그 호주산 양들이 돈이 된다는 사실은 알고 있었지만, 회사 규모가 그 정도인지는 몰랐네요."

"목양 사업이 엄청나게 잘되는 건 사실이지만 그녀의 수입원은 그것만이 아니오. 코크런 그룹은 광산, 오팔 가공공장, 각종 제조회사, 운송회사, 전기회사 등 수많은 자회사를 거느리고 있소."

"대단하군요! 그다음엔 어떻게 됐나요?"

"사실 난 전혀 모르오. 종일 끊이지 않고 집안사람들이 몰려온데다 실로 오랜만에 방에르 가문이 함께 모인 자리였소. 프레드리크 방에르와 요한 방에르 쪽 사람들도 왔고, 이삼십 대 젊은 친구들도 많이 있었고. 오늘 저녁만 전부 해서 약 마흔 명이 헤데스타드에 모였을 거요. 그중 절반은 병원에서 헨리크를 괴롭히고 있고, 나머지는 그랜드 호텔에서 하리에트와 얘기중이고."

"하리에트가 엄청난 파장을 일으킨 모양이군요. 마르틴의 진실에 대해 알고 있는 사람은 얼마나 되죠?"

"현재로서는 나, 헨리크, 그리고 하리에트뿐이오. 셋이서 이 문제를 놓고 장시간 논의했다오. 마르틴의 죽음과 그가 저지른…… 성도착 행위들은 지금 우리들에게 큰 골칫거리요. 게다가 그의 죽음으로 그룹이 엄청난 위기를 맞게 됐고."

"이해합니다."

"지금 자연상속인은 없소. 하지만 하리에트는 당분간 헤데스타드에 남을 거요. 이제 마르틴의 지분이 얼마나 되며, 그 유산을 어떻게 나눌지 정확히 결정해야 하지. 하리에트가 계속 여기 머물렀다면 그녀의 몫이 상당할 텐데. 하여간 골치 아픈 문제요."

미카엘은 웃었지만 디르크는 여전히 심각한 얼굴이었다.

"이자벨라는 쓰러져버려서 지금 병원에 입원했소. 하리에트는 그녀를 만나길 거부하고 있고."

"그녀의 심정 이해합니다."

"그리고 아니타가 런던에서 도착할 거요. 다음주에 종친회를 소집했거든. 아니타가 종친회에 참석하는 건 이십오 년 만이라오."

"그룹 새 대표는 누가 되나요?"

"비리에르가 그 자리를 노리고 있소. 하지만 그건 말도 안 되지. 일단은 헨리크 회장님이 병석에서 임시로 대표직을 수행할 거요. 그리고 외부에서 인사를 영입하든지, 아니면 집안사람 중 누군가가……"

그는 말을 맺지 못했다. 갑자기 미카엘이 눈썹을 치켜세웠다.

"하리에트? 아니, 정말인가요?"

"안 될 이유가 어디 있겠소. 게다가 존경할 만한 유능한 사업가 아니겠소."

"하지만 이미 호주에서 기업을 이끌고 있지 않습니까?"

"그곳은 아들 제프 코크런이 대신 맡을 수도 있는 일이오."

"그는 목장의 스터즈 매니저입니다. 제가 아는 게 맞다면 그는 제때에 양들을 교미시키는 일이나 하고 있을 텐데요?"

"옥스퍼드대 경제학 학위와 멜버른대 법학 학위도 있는 사람이오."

미카엘은 자신을 계곡 아래까지 데려다준, 땀에 젖은 상체를 드러낸 근육질 사내의 모습을 떠올렸다. 그리고 그가 양복에 넥타이를 맨 모습을 상상했다. '뭐, 안 될 것도 없겠군……'

"물론 하루아침에 해결될 문제는 아니오." 디르크가 말을 이었다. "하지만 그녀가 대표 자리에 오른다면 완벽할 거요. 뒤에서 적절히 지원해주기만 한다면 방에르 그룹을 새로운 방향으로 이끌 수 있는 재목이오."

"하지만 전문 지식이 부족할 텐데요."

"그 말은 맞소. 수십 년간 숨어 지내다가 갑자기 나타난 사람에게 처음부터 모든 걸 세밀하게 관리하기를 바라는 건 무리요. 하지만 방에르 그룹은 국제적인 기업이오. 어느 날 스웨덴어를 한마디도 할 줄 모르는 미국인 CEO를 초빙해올 수도 있는 일 아니겠소? 그게 바로 비즈니스고."

"알겠습니다. 그런데 마르틴의 지하실 문제는 어떡할 겁니까? 조만간 해결하고 넘어가야 할 일 아닙니까?"

"알고 있소. 하지만 그 사실이 밝혀지면 하리에트에게도 타격이 없지 않을 거요…… 하여튼 이 문제만큼은 내게 결정권이 없다는 사실이 그렇게 고마울 수 없소."

"여보세요, 변호사님! 설마 마르틴이 연쇄살인마라는 사실을 땅속에 묻어버릴 생각은 아니겠죠?"

디르크는 말없이 몸만 움츠렸다. 미카엘은 갑자기 불길한 예감이 들었다.

"미카엘, 사실 나는…… 입장이 몹시 난처하오."

"솔직하게 얘기해보십시오."

"사실 회장님으로부터 전할 말을 하나 가지고 왔소. 당신이 지금까지 해준 일에 감사를 표하는 동시에, 이제 계약은 이행된 것으로 여기겠다고 말씀하셨소. 다시 말해서 당신은 이제 다른 모든 의무에서 해방됐고, 따라서 이곳 헤데스타드에 더이상 머무르지 않아도 된다는 말씀이오. 지금 당장 스톡홀름으로 내려가서 다른 일을 해도 좋다는 뜻이지."

"쉽게 말해서 무대에서 사라져달라는 말씀이시군요?"

"천만에요. 오히려 함께 앞일을 상의하도록 찾아와주면 좋겠다고 하셨소. 그리고 〈밀레니엄〉에 관해 약속하신 모든 걸 이행할 수 있기를 바란다고도 하셨소. 다만……"

디르크는 한층 더 거북한 표정이 되었다.

"방에르 가문의 연대기 편찬을 여기서 중지해주기를 바라시겠군요."

디르크가 고개를 끄덕였다. 그리고 수첩 하나를 꺼내 미카엘에게 내밀었다.

"회장님이 선생에게 편지를 전해달라셨소."

친애하는 미카엘!

자네의 성실함과 정직함에 대해서는 내 최대의 경의를 보내는 바이며, 내가 어쩔 수 없이 써야만 하는 글로 인해 자네 마음이 상하는 일 없기를 바라네. 자네는 원하는 것을 쓰고 발표할 권리가 있으며, 나는 여기에 영향력을 행사할 의도가 추호도 없네.

만일 자네가 원한다면 우리의 계약은 아직 유효한 상태이네. 그리고 자네가 방에르 연대기 집필을 위해 충분히 자료를 확보해놓은 것으로 알고 있네. 미카엘! 난 지금까지 살아오면서 한 번도 누구에게 애원해본 적이 없네. 모름지기 사람이란 자신의 윤리와 확신을 따라 행동해야 한다는 것, 그게 내 지론이었으니까. 하지만 지금 내게는 선택의 여지가 없게 되었다네.

미카엘, 〈밀레니엄〉의 공동 사주로서, 무엇보다도 한 친구로서 자네에게 부탁하네. 고트프리드와 마르틴에 대한 진실을 세상에 밝히지 말아주게나. 이게 올바른 일이 아님을 잘 알지만, 이 암흑 속에 다른 출구가 없는 까닭일세. 지금 나는 두 개의 악 중 하나를 선택해야만 하는 상황이며 그 어느 것을 선택하더라도 승자는 될 수 없지.

하리에트에게 상처를 줄 수 있는 사실을 더는 쓰지 말아달라고 부탁하고 싶네. 자네도 경험해봐서 알고 있지 않은가. 미디어의 표적이 되어 시달린다는 게 얼마나 힘든 일인지. 그래도 자네의 경우는 비교적 쉬운 편이었네. 진실이 밝혀질 경우 하리에트가 감당해야 할 고통이 얼마나 클지 가히 짐작할 수 있지 않은가? 그녀는 지난 사십 년간 가 시밭길을 걸어왔네. 자신의 아비와 오라비가 저지른 짓 때문에 또다 시 고통을 겪어야 한다면 진정 부당한 일 아니겠나? 그리고 이 이야 기가 그룹의 수만 사원들에게 어떤 결과를 미칠지도 생각해보게. 그 건 하리에트를 파괴할 것이고, 우리 모두를 멸망시킬 걸세.

헨리크

"당신이 이 이야기를 출판하지 못함으로써 입게 될 손실에 대해 금전적 보상을 요구한다면 협상의 문은 활짝 열려 있다고 말씀하셨 소. 얼마든지 요구 조건을 제시하라고……"

"회장님이 나를 매수하려 하는군요. 가서 말씀드리세요. 이런 제의 는 차라리 하지 않았으면 좋을 걸 그랬다고 말입니다."

"회장님에게나 나에게나 이런 상황이 괴롭기 그지없소. 그분이 당 신을 아주 좋아하시니 더욱 그렇소. 아시잖소? 당신을 친구처럼 생 각하신다는 거."

"정말 약삭빠른 양반이군요!" 미카엘은 분노가 울컥 치밀어 말했 다. "지금 사건을 덮어버리려고 하는 거잖아요. 그래서 내 감정을 이 용하고 있고. 나 역시 그를 좋아한다는 걸 잘 알고 있으니까. 게다가 내가 이 이야기를 발표하는 건 자유라고 하면서도 〈밀레니엄〉에 대 한 태도를 재고하겠다는 뜻을 은근히 내비치고 있어요."

"하리에트가 나타나면서 상황이 완전히 바뀌어버렸소."

"그리고 회장님은 나를 얼마에 살 수 있는지 물어보고 있군요…… 좋습니다! 차마 내 손으로 하이에나 같은 기자들에게 하리에트를 던 져주지 못한다고 칩시다. 하지만 반드시 누군가는 마르틴의 지하실 에서 희생된 여인들의 문제를 다뤄야만 해요. 변호사님. 거기서 학살 된 여인들이 몇 명이나 되는지 압니까? 그들의 억울함은 누가 풀어 주죠?"

리스베트가 갑자기 컴퓨터 화면에서 눈을 들었다. 그리고 디르크에게 말하는 그녀의 목소리는 낮고도 섬뜩했다.

"그렇다면 당신네 그룹에서 나를 매수해야겠다고 생각한 사람은 하나도 없었나요? 나 말이에요."

디르크는 놀란 얼굴이 되었다. 이번에도 그녀의 존재를 까맣게 잊고 있었다. 그녀는 말을 이었다.

"만일 지금 마르틴에게 숨이 붙어 있다면 난 그자를 하이에나들에게 던져줬을 거예요. 당신이 미카엘과는 어떻게 거래할지 모르겠지만, 난 당장 가까운 신문사로 달려가 모든 사실을 낱낱이 밝힐 거고요. 게다가 할 수만 있다면 그 고문실로 그놈을 끌고 가서 거기 있던 테이블 비슷한 데에다 묶어놓고 희생자 수만큼 불알에다 대바늘을 꽂아넣고 싶어요. 하지만 애석하게도 그자는 지금 죽었죠."

그러더니 이번엔 미카엘에게 고개를 돌리고 말했다.

"좋아요. 저 사람들이 가져온 이 썩어빠진 타협안을 받아들일 순 있어요. 어차피 지금 와서 우리가 무얼 한다 해도 희생자들이 되살아날 수는 없으니까요. 하지만 문제는 미카엘 당신이죠. 지금 당신은 죄 없는 여자들을 또다시 해칠 수 있는 위치에 있어요. 그중 가장 큰 희생자는 당신이 여기까지 오는 차 안에서 그토록 열렬하게 변호했던 하리에트가 되겠죠. 자, 문제는 바로 이거예요. 방갈로에서 그녀를 강간한 마르틴과 대문짝만한 신문기사로 그녀를 강간할 당신, 이중에서 과연 누가 더 나쁜 놈인가…… 이게 바로 당신의 그 멋진 딜레마죠. 어쩌면 기자윤리위원회가 그 답을 친절하게 가르쳐주겠네요."

그녀가 잠시 말을 멈췄다. 갑자기 미카엘은 그녀의 시선을 정면으로 마주할 수가 없어 식탁 위로 시선을 내리깔았다.

"하지만 다행스럽게도 난 기자가 아니죠." 그녀는 그렇게 말을 마쳤다.

"그래, 자네가 원하는 건 뭔가?" 디르크가 한숨을 내쉬며 물었다.

"마르틴은 희생자들의 모습을 비디오에 담아놓았어요. 여자들의 신원을 확인해서 가족들에게 적절한 보상금을 보내주도록 해요. 그리고 방에르 그룹이 매년 200만 크로나를 여성보호단체에 기부해주면 좋겠어요."

디르크는 들어갈 액수가 얼마나 될지 계산하느라 잠시 말이 없었다. 이윽고 동의의 표시로 고개를 끄덕였다.

"미카엘, 당신도 그렇게 할 수 있겠어요?" 리스베트가 물었다.

미카엘은 절망스러운 심정이었다. 기자생활 수십 년간 자신이 해온 일이 무엇이었던가. 다른 사람들이 감추려는 사실을 고발하는 일 아니었던가? 더구나 마르틴의 지하실에서 자행된 끔찍한 범죄를 은폐한다는 건 자신의 직업윤리가 도저히 허락하지 않았다. 그에게 이 직업의 기능은 바로 자신이 아는 사실을 있는 그대로 밝히는 것이었기 때문이다. 더욱이 지금까지 진실을 전부 밝히지 않는 동료 기자들을 비난해왔었다. 그런데 지금 자신이 전대미문의 음울한 은폐 사건 한가운데에 서게 된 것이다.

그는 오랫동안 아무 말이 없었다. 그리고 마침내 고개를 끄덕였다.

"고맙소." 디르크가 그에게 고개를 돌리며 말했다. "그리고 회장님께서 약속하신 금전적 보상에 대해서는……"

"그건 그분이나 쳐드시라고 하세요!" 미카엘이 이를 갈듯이 말했다. "디르크 씨, 당장 떠나주세요. 당신이 처한 입장을 이해하지만, 지금 난 당신과 헨리크와 하리에트에게 아주 화가 난 상태예요. 계속 거기서 꾸물거리면 정말로 화가 날 거예요!"

하지만 디르크는 일어날 기색을 보이지 않고 계속 앉아 있었다.

"아직 갈 수 없소. 그다지 유쾌하지 않은 내용을 하나 더 전해야 하오. 회장님께서 반드시 오늘 저녁에 전하라고 하셨으니까. 원한다면 내일 병원으로 찾아가 그분을 호되게 비난하든지 말든지 마음대로 하시오."

미카엘은 천천히 고개를 들어 디르크의 눈을 똑바로 쳐다보았다.

"이건 아마…… 내 평생 해온 말 중에 가장 하기 힘든 말일 거요. 하지만 이런 경우엔 그냥 솔직하게 털어놓는 게 최상의 방책이라는 생각도 든다오."

"무슨 얘기죠?"

"작년 크리스마스, 회장님께서 이 일을 맡아달라고 당신을 설득했던 때를 기억하오? 나도 그랬지만 그분 역시 이 일이 어떤 실제적인 결과에 이르리라고는 기대하지 않았소. 그분이 이렇게 말했잖소. 그저 죽기 전에 한번 해보는 마지막 시도라고. 단지 그런 의미였을 뿐이오. 그리고 리스베트의 보고서를 참고해서 당신에 대해 세밀하게 검토했소. 그후에 당신의 고립된 상황을 이용한 거요. 매력적인 보수를 제시했고, 먹음직스러운 미끼를 내밀었지."

"벤네르스트룀?" 미카엘이 물었다.

디르크가 고개를 끄덕였다.

"그럼 날 속였단 말이오?"

"아니오."

리스베트가 흥미롭다는 듯 눈썹을 치켜세웠다.

"회장님은 자신이 한 약속을 모두 이행할 거요. 기자 인터뷰를 요청해 공개적으로 벤네르스트룀을 공격할 예정이오. 자세한 내용은 나중에 알게 되겠지만 대충 얘기하자면 이렇소. 한스에리크 벤네르스트룀이 방에르 그룹의 재무부서에 근무할 때, 엄청난 액수의 회사 공금을 외환 선물*에 투자했소. 투자붐이 일기 훨씬 이전의 일이었지. 어쨌든 그럴 권리도 없는데다 경영진의 허락도 없이 그랬던 거

---

* 현시점에 합의된 가격대로 미래의 특정 시점(만기일)에 외환을 거래하는 투자방식.

요. 하지만 투자에 실패하고서 순식간에 700만 크로나의 적자 위에 올라앉았소. 그 사실을 감추려고 장부를 조작하면서 다른 한편으로는 투자액을 더욱 늘렸지. 결국엔 모든 게 들통나서 해고됐고."

"하지만 개인적으로는 한몫 챙겼겠군요?"

"그렇소. 약 50만 크로나를 빼돌렸소. 재미있는 사실은 그가 바로 이 돈으로 벤네르스트룀 그룹을 세웠다는 거요. 우리는 이 사건에 대한 증거물을 전부 가지고 있소. 이제 당신이 그 정보를 마음대로 사용해도 좋고. 그럼 회장님께서 당신의 주장을 공개적으로 확증해줄 것이오. 그렇지만……"

"그렇지만 이따위 정보는 한푼의 가치도 없잖습니까!" 미카엘은 손바닥으로 식탁 위를 치며 소리쳤다.

디르크는 고개를 끄덕였다.

"삼십 년 전에 일어난 일이라면 지금은 완전히 끝난 거 아닙니까?"

"최소한 벤네르스트룀이 사기꾼이라는 사실은 증명할 수 있지 않겠소."

"물론 이 사실이 공개되면 벤네르스트룀은 욕지거리를 해대겠지만 장난감 총으로 쏜 콩알만한 탄환만큼도 타격을 입지 않을 겁니다. 그저 어깨를 한 번 으쓱해 보이겠죠. 게다가 헨리크를 뜬금없이 시비나 거는 망령 든 노인네로 만들면서 자신이 과거에 벌인 짓도 실은 그의 명령을 따랐을 뿐이라고 언론 보도를 낸 판을 흐려버릴 게 뻔해요. 자신의 결백을 증명하진 못하더라도 최소한 이런저런 연막전술로 슬그머니 넘어가면 사람들은 그저 그런가보다 하고 지나가 버리겠죠."

디르크의 얼굴이 처량해졌다.

"당신들은 날 완전히 속였어요." 미카엘이 이를 갈듯이 말했다.

"미카엘…… 정말 그럴 의도는 없었소."

"하긴 내 잘못이죠. 급해서 잡은 게 한갓 지푸라기라는 사실을 깨달았어야 했는데." 그러더니 갑자기 미친듯이 웃음을 터뜨렸다. "헨리크는 늙은 여우예요. 손에 미끼 하나 들고서 내가 듣고 싶어하는 말을 달콤하게 들려줬죠."

미카엘은 벌떡 일어나 개수대 앞으로 걸어갔다. 그러고는 디르크 쪽으로 몸을 돌리며 말했다.

"가주세요."

"미카엘…… 정말로 유감……"

"디르크! 꺼지라고!"

리스베트는 어찌할 바를 모르고 있었다. 미카엘에게 다가가 뭐라고 한마디라도 해줘야 할지, 아니면 그냥 혼자 내버려둬야 할지. 그녀의 이런 고민을 곧 미카엘이 해결해주었다. 아무 말 없이 갑자기 재킷을 걸치더니 문을 쾅 닫고 나가버렸다.

그녀는 주방에서 한 시간을 서성거렸다. 하도 심란해 식탁을 치우고 항상 미카엘에게 떠맡기던 설거지까지 손수 했다. 여러 번 창가로 가서 밖을 내다보기도 했다. 결국 불안해진 그녀는 가죽재킷을 걸쳐 입고 그를 찾아 나섰다.

우선 아직 여러 집들이 불을 밝히고 있는 요트 선착장 쪽으로 갔다. 하지만 미카엘은 보이지 않았다. 그다음엔 바닷가에 나 있는 오솔길을 따라가보았다. 저녁이면 둘이서 자주 산책하던 길이었다. 마르틴의 빌라는 어두컴컴해 벌써부터 폐가 분위기가 느껴졌다. 그와 함께 앉아 바다를 바라보곤 했던 곳의 바위에까지 가봤다가 집으로 돌아왔다. 여전히 그는 집에 없었다.

리스베트는 교회 쪽으로도 가봤지만 미카엘은 보이지 않았다. 어떻게 할까 잠시 망설이다가 오토바이 안장 밑에 달린 가방에서 손전등을 꺼내 다시 바닷가 오솔길을 따라 올라갔다. 고트프리드의 방갈로까지는 생각보다 시간이 많이 걸렸다. 길을 거반 덮어버린 잡초 사이를 헤쳐가야 하는데다 그쪽으로 통하는 오솔길을 찾는 일이 쉽지 않았던 탓이다. 어둠에 잠긴 방갈로는 근처까지 다가가도 잘 보이지 않다가 나무들 뒤에서 불쑥 모습을 드러냈다. 베란다에도 미카엘의 모습은 보이지 않았고 문은 자물쇠로 굳게 잠겨 있었다.

다시 마을 쪽으로 내려가던 그녀는 문득 걸음을 멈추고 다시 곶 쪽으로 올라갔다. 하리에트가 아버지를 익사시킨 부두다리 위 어둠 속에 우두커니 앉아 있는 미카엘의 실루엣이 보였다. 리스베트는 안도의 한숨을 내쉬었다.

다리 널판 위를 걸어오는 그녀의 발소리를 듣고서 미카엘이 고개를 돌렸다. 그녀는 아무 말도 하지 않고 옆에 앉았다. 마침내 그가 침묵을 깼다.

"미안해. 잠시 혼자 있고 싶었어."

"알고 있어요."

그녀는 담배 두 개에 불을 붙여 하나를 내밀었다. 미카엘은 그녀를 쳐다보았다. 리스베트는 자신이 만난 사람 중 가장 비사회적인 인물이었다. 사적인 대화를 시도할 때마다 차갑게 무시해버렸고, 상대에게 아무런 감정도 드러내지 않는 여자였다. 그런 그녀가 목숨을 구해준데다 지금은 자신을 찾으러 이 밤중에 여기까지 와준 것이다. 미카엘은 그녀를 품에 안았다.

"이제야 내 주제를 분명히 알겠어. 우리는 그 여자들을 전부 버린 거야. 저들은 이 모든 이야기를 묻어버리겠지. 지하실 안 모든 것도 그대로 사라져버릴 거고."

리스베트는 대답이 없었다.

"에리카가 옳았어. 그냥 한 달간 스페인에서 그곳 여자들하고 희희 낙락 놀다가 돌아와서 벤네르스트룀 사건이나 처리하는 게 나았을 거야. 수개월의 시간을 헛되이 날려보냈군."

"만일 스페인에 갔었다면 마르틴의 지하실은 아직 성업중이겠죠."

침묵이 흘렀다. 그렇게 둘은 한참을 앉아 있었다. 마침내 미카엘이 일어나 들어가자고 했다.

미카엘은 리스베트보다 먼저 잠들었다. 그녀는 그의 숨소리를 들으며 깨어 있었다. 잠시 그렇게 있다가 일어나 주방으로 가서 커피를 끓였다. 그렇게 어둠 속에서 벤치에 앉아 줄담배를 피우며 한참을 곰곰이 생각했다. 사실 그녀는 헨리크와 디르크가 미카엘을 그런 식으로 기만하리라는 걸 충분히 예상하고 있었다. 그게 바로 그런 작자들의 본성이니까. 하지만 자신이 신경쓸 일은 아니었다. 이건 미카엘의 문제가 아닌가?

그녀는 마침내 결정을 내렸다. 담뱃불을 짓눌러 끄고 침실로 들어갔다. 스탠드를 켜고서 미카엘을 흔들어 깨웠다. 새벽 2시 반이었다.

"뭐야?"

"물어볼 게 있어요. 일어나 앉아요."

미카엘은 일어나서 잠이 덜 깬 눈으로 그녀를 쳐다보았다.

"명예훼손죄로 기소됐을 때 왜 자신을 변호하려 하지 않았죠?"

미카엘은 고개를 흔들고는 그녀를 보았다. 그리고 시계에도 흘깃 눈길을 던졌다.

"아주 긴 얘기야, 리스베트."

"말해봐요. 얼마든지 들어줄 테니까."

그는 한동안 침묵을 지키며 어떻게 말해야 좋을지 생각해보았다. 결국 사실대로 말하기로 마음먹었다.

"사실 변호할 거리가 없었거든. 내가 쓴 기사는 잘못됐었어."

"알다시피 난 당신의 컴퓨터와 당신이 에리카하고 주고받은 이메일을 다 읽었어요. 벤네르스트룀 사건에 관련된 내용이 상당히 많더군요. 그런데 재판을 둘러싼 지엽적인 사항들만 보일 뿐 실제로 어떤 일이 있었는지에 대한 언급은 전혀 없었어요. 말해봐요. 대체 뭐가 문제였는지."

"리스베트, 그 이야기는 해줄 수 없어. 물론 내가 어떤 놈에게 멋지게 속아넘어간 사정이 있었던 건 사실이야. 하지만 나하고 에리카는 의견 일치를 봤어. 그 사정을 밝히려 들수록 우리의 신뢰성을 더욱 해칠 뿐이라고 말이야."

"아니, 여봐요, 칼레 블롬크비스트 씨! 어제 오후만 해도 우정이니 신뢰니 설교를 늘어놓던 사람은 어디 갔나요? 당신 눈에는 내가 이런 이야기를 인터넷에 퍼뜨릴 그럴 사람으로 보여요?"

미카엘은 한두 차례 더 빠져나가려고 시도해보았다. 이 밤중에 그 끔찍한 추억을 다시 떠올리려니 엄두가 나지 않는다고 변명도 해보았다. 하지만 리스베트는 그가 굴복할 때까지 버텼다. 하는 수 없이 세면대에 가서 세수를 하고 커피를 끓였다. 이어 침대로 돌아와 이 년 전 어느 날 저녁에 있었던 일을 이야기했다. 아르홀마 부두에서 중학교 동창 로베르트 린드베리를 만나 그의 노란색 요트 멜라르-30의 선실에서 벤네르스트룀의 비리를 듣게 된 자초지종을.

"그럼 당신 친구가 거짓말을 했다는 건가요?"

"아니, 천만에. 그는 자신이 아는 바를 그대로 말했고, 난 특별수사부의 감사 자료까지 입수해서 그가 했던 말이 하나도 틀리지 않았다는 걸 확인할 수 있었어. 심지어는 폴란드까지 날아가 대기업 미노스가 입주했다던 그 허접한 양철때기 공장까지 살펴보고 사진도 찍어왔지. 현지 회사에 고용됐던 사람들과 인터뷰도 하고 말이야. 모든 게 로베르트의 말과 조금도 다르지 않았어."

"도무지 이해할 수 없군요."

미카엘은 한숨을 내쉬었다. 그리고 잠시 뜸을 들이다 다시 말을 이었다.

"엿 같은 일들이 벌어진 건 그다음부터야. 당시 벤네르스트룀을 잡혀들어가게 할 만한 증거는 없었지만 최소한 내가 확보한 내용만 발표해도 그에게 한 방 먹일 수 있었어. 다시 말해서 사기죄로 기소되게 할 수는 없을지라도—놈의 사기는 너무도 교묘해서 감사를 맡은 사람들도 어떻게 할 수 없을 정도였으니까—그의 명성을 박살내버릴 순 있었지."

"그런데 뭐가 잘못된 거예요?"

"그런데 도중에 내가 벤네르스트룀을 쑤시고 다닌다는 걸 누군가 알게 되면서 그가 내 존재를 의식하게 됐어. 그때부터 이상한 일들이 연이어 일어나기 시작하더군. 먼저 난 협박을 받았어. 공중전화에서 익명의 전화들이 걸려왔지. 에리카도 마찬가지였어. 왜, 이럴 때 항상 하는 엿 같은 소리들 있잖아. 이 일에서 손을 떼지 않으면 너를 헛간 문 위에 못으로 박아서 매달아버리겠다느니…… 물론 에리카는 엄청 열받았지."

그는 리스베트에게서 담배 한 개비를 받아들었다.

"그리고 상당히 불쾌한 일이 일어났어. 어느 날 밤늦게 편집부 건물을 나서다가 괴한 두 명에게 습격을 받았어. 다짜고짜 달려들어 주먹을 날리더군. 무방비 상태로 당한 나는 몇 대 맞고서 정신을 잃고 말았지. 놈들을 확인할 순 없었지만 그중 한 놈은 나이 좀 먹은 오토바이 폭주족처럼 생겼더군."

"그래서요?"

"이 따뜻하기 그지없는 관심 때문에 에리카는 불같이 화를 냈고 나 역시 꿈쩍도 않고 계속 밀고 나갔어. 오히려 우리는 〈밀레니엄〉 사무실의 경비와 보안시설을 한층 강화했지. 그런데 문제는 우리가 밝힐 내용에 비하면 이런 테러가 좀 지나친 감이 있었다는 거야. 어떻게 생각하면 그 정도 비리쯤은 대수롭지 않게 여길 수도 있는 일 아니겠어? 하여튼 우리로서는 이해할 수 없었지."

"그런데 당신이 실제로 발표한 내용은 그게 아니었잖아요? 상당히 심각한 내용이었죠."

"맞아. 갑자기 우리는 새로운 사실을 하나 발견했어. 벤네르스트룀 주변의 한 내부고발자를 접촉하게 됐지. 그가 잔뜩 겁에 질려 있어서 으슥한 호텔방 같은 곳에서만 만날 수 있었어. 그리고 그가 밝힌 내용은 충격적이었어. 미노스 건으로 빼돌린 돈을 유고슬라비아 내전에 공급할 무기를 구입하는 데 썼다는 거야. 벤네르스트룀이 크로아티아의 극우 단체 우스타샤와 거래했다고 했어. 그리고 자신의 말을 입증할 문서 사본까지 제공해줬어."

"그의 말을 믿었나요?"

"교묘한 자였지. 이 사실을 확인해줄 만한 다른 정보제공자에 대한 정보까지 우리에게 슬쩍 흘려준 거야. 그렇게 해서 우리는 사진을 한 장 입수했어. 벤네르스트룀의 최측근 하나가 무기 구입상과 악수를 하는 사진이었지. 그 뒤에는 '폭발물'이라는 표시가 붙은 상자들이며 이런저런 그럴 듯한 물건들이 쌓여 있었고. 우리는 그대로 발표해버렸어."

"그런데 알고 보니 가짜였군요."

"처음부터 끝까지 다 가짜였지." 미카엘이 고개를 끄덕였다. "그자가 준 문서는 아주 교묘하게 위조돼 있었어. 게다가 벤네르스트룀측 변호인은 벤네르스트룀의 똘마니와 우스타샤의 우두머리가 함께 나온 사진이 합성됐다는 사실을 증명하더군. 다른 사진 두 장을 포토샵으로 합성한 거였어."

"으흠, 상당히 재미있네요." 리스베트는 무언가를 생각하는 눈으로 고개를 끄덕였다.

"그렇지? 그제야 우리가 어떻게 농락당했는지 깨달았지. 원래 우리가 알고 있는 내용만으로도 벤네르스트룀에게 타격을 줄 수 있었어. 그런데 우리는 위조 사건으로 끌려들어간 거야. 기가 막힌 함정이었어. 우리가 발표한 기사 중에 잘못된 내용이 섞인 덕분에 벤네르스트룀은 자신의 혐의 전체를 도매금으로 묻어버릴 수 있었지. 그야 말로 그 방면의 거장다운 솜씨였어!"

"그 지경에 이르렀으니 뒤로 물러서서 진실을 밝힐 수도 없는 노릇이고, 이 모든 상황이 조작됐다는 사실을 증명할 방법도 없었겠네요."

"그뿐이 아니야. 만일 우리가 진실을 밝혀내고 벤네르스트룀이 뒤에서 이 모든 걸 조종했다고 주장한다고 쳐봐. 그런 멍청한 소리를 곧이들을 사람이 누가 있겠어? 죄 없는 그룹 총수에게 자기 잘못을 덮어씌우려는 절망적인 발악으로 보일 뿐이지. 그렇게 되면 우리는 강박적인 음모론자, 혹은 완전히 미친놈들이 되고 마는 거야."

"그렇겠죠."

"이로써 벤네르스트룀은 이중으로 보호받게 된 셈이야. 정보제공자에게 받은 증거가 조작됐다는 사실이 밝혀지더라도 자신의 적들 중 하나가 스캔들을 일으키려고 이런 짓을 벌였다고 주장하면 그만이었지. 〈밀레니엄〉 역시 신뢰성에 큰 타격을 입게 되고. 거짓 정보를 제대로 확인도 안 하고 덥석 발표한 셈이니까."

"그래서 변호를 포기하고 제 발로 감옥에 걸어들어갔군요?"

"나야 벌을 받아도 싸지." 이렇게 대답하는 미카엘의 목소리에서 쓰라린 심정이 묻어났다. "실제로 근거 없이 명예를 훼손한 게 사실이니까. 자, 다 얘기했어. 이제 자도 되겠어?"

미카엘은 스탠드를 끄고 눈을 감았다. 리스베트도 그의 곁에 누웠다. 그녀는 한동안 아무 말이 없었다.

"벤네르스트룀은 범죄자예요."

"알고 있어."

"아니, 내 말은요, 그가 진짜 범죄자임을 내가 구체적으로 알고 있다는 뜻이에요. 손대지 않은 곳이 없는 자죠. 러시아 마피아부터 콜롬비아 마약 조직까지."

"무슨 말이지?"

"내가 디르크에게 보고서를 제출했을 때 그가 임무를 하나 더 줬어요. 이 소송을 둘러싼 실제 사정을 밝혀달라는 거였죠. 그래서 막 일에 착수한 참이었는데 그가 드라간에게 전화해서 일을 취소해버렸죠."

"그런 일이 있었어?"

"아마 당신이 헨리크의 제안을 받아들이자 더이상 정보가 필요없게 됐겠죠."

"그래서?"

"그래서…… 난 일을 하다가 도중에 그만두는 성격이 아니에요. 그때 몇 주 정도 시간이 비었었죠. 이번 봄에는 드라간에게 받은 임무가 없었거든요. 그래서 재미 삼아 벤네르스트룀 사건을 캐봤어요."

미카엘이 벌떡 몸을 일으켰다. 그리고 스탠드를 켜고서 리스베트를 쳐다보았다. 그의 시선이 그녀의 커다란 눈을 향했다. 마치 잘못을 저지르다 들킨 눈빛이 어른댔다.

"그래서 뭔가를 찾아냈군?"

"내 컴퓨터에 모두 들어 있어요. 원한다면 그자가 진짜 범죄자임을 보여주는 모든 증거를 찾아볼 수 있어요."

28장
7월 29일 화요일~10월 24일 금요일

사흘 전부터 미카엘은 리스베트의 파일들을 인쇄해 눈이 빠지게 들여다보고 있었다. 문서철 수십 개를 꽉 채울 정도로 많은 분량이었다. 문제는 혐의점들이 사방팔방 분산됐다는 점이었다. 런던에서 수상쩍은 옵션거래* 한 건, 파리에서 중개인을 통한 외환거래 한 건, 우편 주소만 달랑 있는 지브롤터의 회사 하나, 느닷없이 잔고가 두 배로 늘어난 뉴욕 체이스맨해튼 은행의 한 계좌……

의심스러운 건 이뿐만이 아니었다. 칠레 산티아고에 설립한 무역회사의 법인계좌에는 20만 크로나가 들어 있었는데 오 년 동안 아무런 변동이 없었다. 이런 식의 회사가 12개국에 약 서른 개나 됐지만 무슨 활동을 하는지 알려주는 단서는 눈을 씻고 찾아봐도 없었다. 휴면중인 회사인가? 그렇다면 무엇을 기다리고 있단 말인가? 모종의 다른 활동을 은폐하는 유령회사일까? 컴퓨터는 아무런 대답이 없었다.

---

* 통화, 채권, 주식 등을 미리 정한 가격으로 일정 시점에 사고팔 권리를 매매하는 것.

벤네르스트룀의 머릿속에 든 꿍꿍이가 한 번도 전자문서로 드러난 적이 없었던 까닭이다.

리스베트는 이 질문들 대부분이 영원히 답을 찾지 못할 거라고 확신했다. 그들이 보고 있는 건 이를테면 하나의 메시지인 셈이었다. 어떠한 코드가 없으면 결코 의미를 알 수 없는 모호한 메시지. 벤네르스트룀 제국은 한 꺼풀을 벗기면 또다른 꺼풀이 나타나는 양파라고 할 수 있었다. 즉 서로가 서로의 지분을 소유하며 연결된 수많은 회사들의 조직망이었다. 얽히고설킨 회사들, 계좌들, 자본들, 유가증권들…… 이 그룹의 전모를 완전히 파악하는 일은 그 누구도 불가능했다. 심지어는 벤네르스트룀 자신조차도. 한마디로 벤네르스트룀 제국은 자체의 생명을 지니고 있는 거대한 생명체였다.

물론 특징적인 구조를 발견할 수 없는 건 아니었다. 무수한 회사들이 상호의존적 관계로 얽혀 있는 복잡다단한 미로, 이것이 바로 이 제국의 구조였다. 벤네르스트룀 제국의 연간 매출은 평가자와 평가 방식에 따라 다르겠지만 대략 1천 억에서 4천 억 크로나 사이의 어마어마한 액수였다. 이렇게 얽힌 구조라면 이 회사들의 실제 가치는 과연 얼마나 될까? 이 괴물의 수수께끼는 해명 가능한 것일까?

리스베트가 이러한 질문들을 제기하자 미카엘은 고통스러운 표정을 지었다.

"후…… 그래! 이건 정말 어려운 문제야!" 그는 푸념하며 다시 은행계좌들을 살펴보기 시작했다.

그들이 헤데뷔섬을 서둘러 떠난 건 지금 미카엘이 골머리를 앓고 있는 이 폭탄을 리스베트가 던져준 다음날 아침이었다. 두 사람은 곧장 리스베트의 집으로 갔고, 미카엘은 거기서 그녀의 안내에 따라 벤네르스트룀의 우주를 탐험하느라 꼬박 이틀을 컴퓨터 앞에 붙어 있었다. 미카엘은 그녀에게 수많은 질문을 던졌다. 그리고 그중 하나는 순전히 개인적인 호기심에서 비롯했다.

"리스베트, 어떻게 그의 컴퓨터를 통째로 가져올 수 있었어? 이건 순전히 기술적인 관점에서 묻는 거야."

"내 동료 플레이그가 만든 발명품 덕이에요. 벤네르스트룀은 집에서나 사무실에서나 개인 노트북 한 대만을 사용해요. 다시 말해 모든 정보가 노트북 하드디스크 안에 들어 있는 셈이죠. 그리고 그의 집에는 광대역 케이블이 연결되어 있어요. 플레이그가 발명한 건 이 케이블에 연결할 수 있는 원통형 접속단자이고, 내가 그걸 가져다가 벤네르스트룀에게 실험해본 거죠. 벤네르스트룀이 노트북 화면을 통해 보는 모든 데이터가 이 원통형 단자에 저장됐다가 다시 다른 서버로 전송돼요."

"아니, 그놈 컴퓨터에는 방화벽도 설치돼 있지 않나?"

"물론 설치돼 있죠. 하지만 접속단자가 일종의 방화벽 역할까지 해요. 해킹하는 데 시간이 좀 걸리는 방법이긴 하지만. 예를 들어 벤네르스트룀이 메일을 한 통 받는다고 합시다. 이것은 먼저 플레이그의 접속단자에 도착하게 돼요. 다시 말해 이 메일이 그의 방화벽을 통과하기 전에 우리가 먼저 읽을 수 있는 거죠. 여기서 기발한 점이 이 메일이 접속단자 안에서 다시 쓰인다는 사실이에요. 그리고 그 과정에서 소스 코드* 몇 바이트가 첨가되고요. 이렇게 외부에서 그의 노트북으로 데이터가 전송될 때마다 동일한 작업이 이뤄져요. 이미지를 전송받는다면 바이트를 더 많이 전송할 수 있죠. 게다가 그자는 인터넷 서핑을 엄청나게 즐기는 인간이니까 안성맞춤이고요. 그가 포르노 사진을 전송받거나 새로운 사이트를 열어볼 때마다 우리는 이 소스 코드를 몇 줄씩 첨가할 수 있어요. 이렇게 해서 얼마간 시간이 흐

---

* 컴퓨터 프로그램의 구조와 작동 원리 등 모든 정보가 포함된 텍스트 파일. 완성된 소스 코드를 컴퓨터가 이해할 수 있는 기계언어로 변환하면 실행 가능한 프로그램이 만들어진다.

르면─그가 컴퓨터를 얼마나 사용하느냐에 따라 몇 시간이 될 수도 있고 며칠이 될 수도 있겠죠─벤네르스트룀은 결국 3메가바이트에 달하는 프로그램 하나를 전송받게 될 거예요."

"그러고 나서?"

"이렇게 해서 마지막 바이트까지 들어가면 생성된 프로그램이 노트북의 인터넷 브라우저로 편입돼요. 그럼 그 순간 인터넷이 딱 멈추죠. 벤네르스트룀은 컴퓨터가 잠깐 섰나보나 생각하고 재부팅을 할 거예요. 그렇게 노트북이 다시 켜지면 완전히 새로운 프로그램이 시작돼요. 예컨대 그가 사용하고 있는 인터넷 브라우저가 익스플로러라고 해봐요. 하지만 그가 노트북을 다시 켤 때 실행되는 건 전혀 다른 프로그램이에요. 보이지도 않고 익스플로러와 거의 비슷하게 돌아가지만 전혀 다른 기능을 수행하는 프로그램이죠. 우선 이 녀석은 방화벽을 접수해서 모든 게 제대로 돌아가는 것처럼 보이게 만들어요. 그러고 나서 노트북 전체를 복사한 후 벤네르스트룀이 인터넷을 즐기느라 마우스를 클릭을 할 때마다 데이터를 조금씩 외부로 전송하죠. 이렇게 해서 어느 정도 시간이 지나면 우리는 하드디스크의 완전한 복사본인 미러mirror를 다른 서버 안에 만들 수 있어요. 그리고 여기서부터 HT가 활약하기 시작해요."

"HT?"

"미안. 플레이그가 늘 그렇게 말해서…… 이른바 적대적 인수Hostile Takeover의 약자죠."

"그렇군."

"그런데 정말 대단한 일은 지금부터 일어나요. 이렇게 뼈대가 만들어지고 나면 벤네르스트룀에게는 두 개의 하드디스크가 생기게 되죠. 하나는 자기 노트북에, 다른 하나는 우리 서버에. 그다음부터 그가 노트북을 켤 때마다 실은 미러 컴퓨터를 켜는 거예요. 이제 자기 노트북이 아닌 우리 서버에서 작업하는 셈이죠. 노트북 속도가 약간 느려지지만 거의 느끼지 못할 정도죠. 그리고 난 서버에 접속하기만 하면 그의 컴퓨터를 실시간으로 들여다볼 수 있어요. 벤네르스트룀이 자판을 두드릴 때마다 내 모니터에 다 나타날 테니까요."

"그러고 보니 네 동료란 사람도 해커인 모양이군?"

"런던에서 도청팀을 조직한 사람이 바로 그예요. 사회적으로 보면 폐인이나 다름없지만 인터넷상에선 전설적인 존재죠."

"그래, 알겠어, 알겠어." 미카엘이 씁쓸하게 웃으며 말했다. "자, 두 번째 질문. 벤네르스트룀에 대해선 왜 좀더 일찍 얘기해주지 않았지?"

"당신이 요청하지 않았으니까요."

"좋아. 내가 요청하지 않았다고 치자고. 내가 널 만나지 못했을 수도 있었으니까. 그렇다면 〈밀레니엄〉이 쓰러지는 걸 뻔히 알면서도 벤네르스트룀의 범죄행위를 혼자만 알고 있으려 했단 말이야?"

"아무도 내게 그를 조사해달라고 요청하지 않았으니까요." 리스베트가 젠체하며 말을 받았다.

"하지만 만일 그런 요청을 받았다면? 말해줄 생각이었나?"

"됐어요, 됐어! 다 밝혔잖아요!" 이렇게 대답하는 그녀 목소리가 약간 날카로워졌다. 미카엘은 더이상 계속하지 않았다.

미카엘은 벤네르스트룀의 노트북에서 새로운 비밀들을 찾아내느라 시간 가는 줄 몰랐다. 리스베트는 5기가바이트에 달하는 벤네르스트룀의 하드디스크 내용을 CD 열 장 정도에 전부 담아주었다. 이렇게 며칠을 함께 지내고 있으니 리스베트는 자신이 미카엘의 집으로 이사 온 듯한 기분마저 들었다. 그녀는 참을성 있게 기다리면서 그가 쉬지 않고 쏟아내는 질문에 일일이 답변했다.

"이 벤네르스트룀이란 자는 정말 이해 못하겠군. 어떻게 자신의 온갖 비리가 담긴 데이터를 통째로 하드디스크 하나에 보관할 정도로 멍청할 수 있을까? 경찰의 손에 넘어가기라도 하면……."

"인간이란 그리 합리적인 존재가 못 되죠. 경찰이 자신의 컴퓨터를 압류하는 일이 일어나리라고는 상상도 안 할걸요?"

"자기를 조사할 이유가 없다는 거겠지. 그자가 거만한 쓰레기에 불과하더라도 주위에 보안고문들이 있을 거 아냐? 컴퓨터 관리하는 요령도 안 가르쳐줬을까? 심지어는 1993년 자료까지 들어 있더군."

"노트북 자체는 최근 제품이죠. 일 년 전에 제조됐으니까요. 하지만 자신이 옛날에 주고받은 서신이며 모든 자료를 외장하드 대신 노트북에 저장해놨어요. 그래도 암호화 프로그램은 열심히 사용하더군요."

"쓸데없는 짓이지. 네가 노트북 안에 들어가 앉아서 그가 누르는 패스워드를 훤히 들여다보고 있는데 무슨 소용이냐고!"

그들이 스톡홀름에 돌아온 지도 벌써 나흘이 되었을 때 크리스테르가 미카엘의 휴대전화로 연락을 해왔다. 새벽 3시였다.

"헨리 코르테스가 어제 저녁에 여자친구하고 데이트를 했다나봐."

"음, 그런데?" 미카엘이 아직 덜 깬 눈을 비비며 대답했다.

"집에 들어가기 전에 중앙역 역사에 있는 바에 들렀다는군."

"여자 꼬시기에 썩 좋은 장소는 아닌데?"

"잘 들어봐. 지금 안네 달만이 휴가중이잖아? 그런데 헨리가 보니까 어떤 사내하고 테이블에 앉아 있더란 거야."

"그래서?"

"그런데 그게 바로 크리스테르 쇠데르였단 말씀이지."

"크리스테르 쇠데르? 글쎄, 알 것 같기도 한데……."

"〈피난스마가시네트 모노폴〉에서 일하는 자야. 벤네르스트룀 그룹이 소유하고 있는 잡지사 말이야."

침대에 누워 있던 미카엘이 벌떡 일어났다.

"여보세요? 아직 전화 받고 있어?"

"응, 나 여기 있어. 하지만 이게 반드시 뭘 의미한다고 볼 순 없잖아? 쇠데르는 평범한 기자일 뿐이고, 얀네가 전부터 알았던 친구일 수도 있으니까."

"아니, 난 그렇게 생각 안 해. 석 달 전에 우리 잡지가 한 프리랜서에게 르포기사를 샀던 일이 있었어. 그런데 그걸 발표하기 일주일 전에 쇠데르가 거의 동일한 내용의 폭로기사를 내버리더라고. 어느 휴대폰 제조사 얘기였지. 누전을 일으키는 엉터리 부품을 사용한다는 사실이 드러난 보고서를 중간에 없애버린 사건이었어."

"무슨 말인지 알겠어. 에리카에게는 말했어?"

"아니. 지금 여행중이잖아. 다음주에나 돌아올 거야."

"뭐, 괜찮아. 내가 다시 전화할게." 미카엘은 이렇게 말하고서 전화를 끊었다.

"문제 있어요?" 리스베트가 물었다.

"〈밀레니엄〉 문제야. 한번 들러봐야 되겠어. 어때, 같이 갈래?"

새벽 4시의 편집부 사무실은 썰렁하기 그지없었다. 리스베트가 이 분도 안 돼 얀네 달만의 컴퓨터 패스워드를 알아냈고, 다시 이 분 만에 거기에 담긴 내용 전체를 미카엘의 노트북으로 옮겼다.

한편 그가 주고받은 이메일은 대부분 개인 노트북에 들어 있어서 어쩔 수 없었다. 하지만 리스베트는 편집부 컴퓨터를 통해 millennium.se로 끝나는 회사용 주소 외에 그의 개인 이메일 주소까지 알아냈다. 주소뿐 아니라 패스워드까지 알아내 그가 지난 일 년간 주고받은 메일을 모두 전송받는 데는 불과 육 분밖에 걸리지 않았다. 그리고 오 분 후, 미카엘은 비로소 얀네 달만의 꼬리를 확실히 잡을 수 있었다. 그는 〈밀레니엄〉의 내부 상황에 관련된 정보들을 외부에 흘렸을 뿐 아니라, 에리카가 발표할 계획이었던 르포 기사들의 내용을 〈피난스마가시네트 모노폴〉 기자에게 계속 알려주고 있었다. 최소한 지난해 가을부터 이러한 스파이 행위가 계속된 듯했다.

　둘은 컴퓨터를 끄고 미카엘의 집으로 돌아와 몇 시간을 좀더 잤다. 크리스테르에게 전화한 건 오전 10시였다.

　"얀네가 벤네르스트룀을 위해 일한다는 증거를 얻어냈어."

　"내 분명히 그럴 줄 알았지. 좋아, 그 개자식을 오늘 당장 해고해버려야지!"

　"그러지 마. 아무것도 하지 말고 있어."

　"아무것도?"

　"크리스테르, 날 믿어줘. 얀네 휴가가 언제까지지?"

　"월요일 아침까지."

　"오늘 사무실에는 몇 명이나 출근해?"

　"음, 반쯤이나 나와 있을까?"

　"오후 2시에 모두 모이도록 연락 좀 해주겠어? 무슨 일인지는 절대로 말하지 말고. 자, 이따 봐."

　미카엘 앞 회의 테이블에는 모두 여섯 명이 앉아 있었다. 크리스테르는 피곤한 얼굴이었다. 헨리는 사랑에 빠진 스물네 살 청년이 다 그렇듯 뭐가 그리 좋은지 싱글벙글이었다. 모니카 닐손은 모종의 폭탄선언을 예상하면서 안절부절못하고 있었다. 크리스테르는 그녀에게 한마디도 안 했지만 워낙 이 사무실에서 잔뼈가 굵은 직원이라 분위기만으로도 뭔가 예외적인 일이 벌어질 것임을 눈치채고 있었다. 그런 만큼 자기만 정보를 모르고 있었다는 사실에 약간 화가 난 표정이었다. 그래도 가장 정상적으로 보이는 사람은 잉엘라 오스카르손이었다. 일주일에 두 번 나와서 이런저런 행정 업무며 구독자 관리 등을 맡아 하는 파트타임 직원으로, 이 년 전 아이를 출산한 후부터 항상 쫓기듯이 사는 여자였다. 또다른 파트타임 직원은 프리랜서 기자 로티 카림이었다. 헨리와 거의 비슷한 조건으로 계약한 그녀는 방금 휴가에서 돌아온 참이었다. 크리스테르는 한참 휴가를 즐기던 소니 망누손까지 불러내는 데 성공했다.

미카엘은 먼저 모든 사람에게 인사를 건넨 다음, 오랫동안 자리를 비웠던 일을 사과했다.

"오늘 우리를 모이게 한 문제를 에리카에겐 아직 알리지 못했어. 하지만 지금부터 내가 말하고자 하는 내용은 에리카를 대신해서 하는 거니까 안심해도 돼. 오늘 우리의 모임은 〈밀레니엄〉의 미래를 결정하게 될 거야."

미카엘은 잠시 침묵을 지켰다. 방금 한 말의 웅변적인 효과를 위해서였다. 테이블 주위에는 무거운 침묵이 감돌았다.

"올해 모두들 몹시 힘들었지? 그런데도 놀라운 건 여러분 중 그 누구도 다른 직장을 알아보려 하지 않았다는 사실이야. 그래서 난 이런 결론을 내렸어. 여러분은 완전히 미쳤다. 그게 아니라면 매우 의리 있는 사람들이며 이 잡지사에서 일하는 걸 상당히 좋아한다. 자, 그래서 난 여러분에게 한 가지 계획을 제시하고 회사를 위해 마지막으로 한 번만 더 협조해달라고 부탁하고 싶어."

"마지막 협조라니?" 모니카가 깜짝 놀라며 말했다. "아니, 〈밀레니엄〉을 해체해버릴 참이야?"

"정확히 맞혔어!" 미카엘이 대답했다. "이번 휴가가 끝나면 에리카가 우리를 모아놓고 너무나도 슬픈 소식을 발표하겠지. 올해 크리스마스 이후로 〈밀레니엄〉은 더이상 나오지 않을 거라고, 따라서 전원을 해고해야 한다고."

사람들의 얼굴에 불안의 그림자가 드리웠다. 심지어 크리스테르마저 미카엘의 말을 곧이들을 정도였다. 하지만 그의 입가에 어린 장난스러운 미소를 발견하고는 농담임을 깨달았다.

"이번 가을 동안 여러분은 연극을 하나 해야 돼. 여기서 썩 유쾌하지 못한 사실을 하나 밝혀야겠군. 우리의 친애하는 얀네 달만 선생께서 얼마 전부터 투잡을 뛰고 있었어. 한스에리크 벤네르스트룀에게 이곳의 정보를 넘겨왔더군. 다시 말해 우리의 적은 여기서 일어나는 모든 일들을 항시, 그리고 아주 정확하게 파악하고 있었다는 얘기야. 지난 일 년간 여러 일들이 그렇게 꼬였던 데도 다 이유가 있었어. 특히 소니가 고생이 많았지. 처음에 긍정적으로 나오던 광고주들이 갑자기 계약을 철회하는 바람에 얼마나 애를 먹었어?"

"제기랄! 그 인간이 그럴 줄 알았다니까!" 모니카가 분개하며 외쳤다.

워낙 동료들에게 인기가 없던 얀네인지라 이 소식에 충격을 받은 사람은 아무도 없는 듯했다. 미카엘은 좌중의 웅성거림을 중단시키고 말을 이었다.

"내가 이 사실을 밝히는 이유는 여러분을 전적으로 신뢰하기 때문이야. 함께 일해온 지도 벌써 여러 해 됐기 때문에 생각이 제대로 선 분들이란 것도 잘 알고 있어. 그래서 이번 가을 동안 어떤 일이 닥쳐도 여러분들이 잘해나가리라고 확신해. 자, 이제 본론으로 들어가지. 여러분이 할 일은 벤네르스트룀에게 〈밀레니엄〉이 무너져가고 있다고 믿게 만드는 거야. 간단하지만 엄청나게 중요한 일이지."

"우리의 실제 상황이 어떻습니까?" 헨리가 질문했다.

"좋아요, 한번 정리해보자고! 지난 한 해는 여러분 모두에게 매우 힘든 시기였다고 생각해. 그리고 그 긴 터널이 완전히 끝난 것도 아니지. 상식적으로 생각해보면 우리는 지금쯤 무덤 옆에 서 있어야 하지 않겠어? 어쨌든 이런 일이 다시는 일어나지 않을 거야. 지금 〈밀레니엄〉은 일 년 전보다 훨씬 형편이 나아졌거든. 그리고 이 모임이 끝나면 나는 다시 두 달간 사라질 예정이야. 그리고 10월 말에 다시 돌아오지. 그땐 벤네르스트룀의 날개를 완전히 잘라버릴 수 있을 거야."

"어떻게요?" 헨리가 물었다.

"미안해. 지금은 자세하게 밝힐 수 없어. 다만 내가 벤네르스트룀에 관한 새로운 기사를 쓰고 있다고만 대충 알아둬. 물론 이번에는 제대로 된 거야. 그리고 나서 우리는 여기 편집부에서 크리스마스이브 파티를 준비할 거야. 파티 메뉴로는 뭐가 좋을까? 메인 요리는 '벤네르스트룀 구이'로 하고 우리의 승리를 인정하는 논평들을 디저트로 하면 어떨까?"

갑자기 분위기가 한결 누그러졌다. 미카엘은 만일 자신이 이 회의 테이블 한쪽에 앉아 이 말을 들으면 기분이 어떨까 생각해보았다. 회의적인 기분일까? 아마 그럴 가능성이 높았다. 하지만 〈밀레니엄〉의 동료들은 아직도 그를 신뢰하고 있었다. 그는 다시 손을 들어올려 웅성거림을 중단시켰다.

"모든 일이 성공하려면 〈밀레니엄〉이 무너져가고 있다고 벤네르스트룀이 믿는 게 아주 중요해. 그가 방어 작전을 펴거나 마지막 순간에 증거를 없애버리기라도 하면 낭패니까. 그래서 이번 가을에 여러분들이 따라야 할 시나리오를 짜봤어. 첫째, 오늘 이 자리에서 오간 모든 얘기는 절대로 글로 쓰여도, 이메일로 논의되어도, 외부인사에게 알려져도 안 돼. 여러분들은 얀네가 우리 컴퓨터를 얼마나 뒤져대고 있는지 모를 거야. 내가 확인한 바로는 동료들의 사적인 메일까지 마구 읽어대고도 마음이 편할 정도로 단순한 자야. 따라서 우리는 모든 걸 말로 해야 해. 앞으로 몇 주일 동안은 할말이 있으면 크리스테르에게 직접 가서 얘기하라고. 그것도 아주 은밀하게."

미카엘은 화이트보드에 이메일 금지라고 썼다.

"둘째, 여러분끼리 서로 싸워야 해. 주위에 얀네가 어정거리고 있으면 내 욕을 하라고. 그렇다고 너무 과장은 하지 말고. 그냥 여러분 안의 못된 본성을 마음껏 표출하면 돼. 크리스테르, 넌 에리카와 심각한 불화에 빠진 듯 행동해줘. 하여튼 여러분들의 상상력을 발휘해서 우리가 산산조각 나는 것처럼 보이게 해줘. 물론 진정한 이유는 감춰야 하고."

그러고는 화이트보드에 나쁜 놈들이 될 것이라고 썼다.

"셋째, 에리카가 돌아오면 크리스테르 넌 지금 무슨 일이 일어나고 있는지 알려줘. 그리고 에리카는 우리를 아직까지 살아 있게 해준 방에르 그룹과의 계약이 물건너갔다는 걸 안네가 믿게 만들어야 해. 뭐, 그리 어렵지 않겠지. 마르틴 방에르가 교통사고로 사망했고 헨리크 방에르는 병환이 중하니까."

그는 마지막으로 허위 정보라고 썼다.

"그렇다면 그들과의 계약은 확실한 거야?" 모니카가 물었다.

"그건 날 믿어도 돼." 미카엘이 정색하며 말했다. "방에르 그룹은 〈밀레니엄〉의 생존을 위해 최선을 다하게 되어 있어. 몇 주 후, 정확히 8월 말에 에리카가 전 직원을 소집해서 사전 해고 통고를 할 거야. 하지만 걱정은 마. 단지 트릭일 따름이고, 여기서 사라질 사람은 단 하나, 안네 달만뿐이니까. 하지만 연극은 계속해야 돼. 다른 직장을 찾아봐야겠다고 걱정하고 이력서에 〈밀레니엄〉이 들어가 오히려 취업에 방해가 된다고 투덜거리는 연기를 해줘."

"이 코미디가 〈밀레니엄〉을 구할 수 있다고 생각하는 건가요?" 소니가 물었다.

"난 그렇게 확신해요, 소니. 당신도 할 일이 있어요. 가짜 월례보고서를 만들어야 해요. 지난 몇 달간 광고 수입이 뚝 떨어졌고 구독자들도 감소하는 추세라고 꾸며대주세요."

"야, 상당히 재미있겠는걸!" 모니카가 끼어들었다. "그런데 이 모든 일을 우리끼리만 알고 있어야 하는 거야, 아님 다른 매체에도 흘리는 거야?"

"물론 우리 편집부만의 비밀이지. 그런데 만일 이 이야기가 밖에서 튀어나온다, 그럼 장본인이 누구일지는 뻔하잖아? 나중에 누군가가

도대체 너희 회사에 무슨 일이 있느냐고 물을 수도 있겠지. 그럼 그
냥 이렇게 대답하면 돼. 아니, 무슨 말 하는 거야? 전혀 근거 없는 헛
소문이야. 천만에! 〈밀레니엄〉은 문 닫을 생각이 조금도 없어…… 최
상의 시나리오는 안네가 이 정보를 다른 매체에 직접 넘기는 경우야.
그러면 그를 완전히 바보로 만들 수 있지. 만일 그에게 그럴듯해 보
이지만 사실은 말도 안 되는 멍청한 이야기를 집어삼키게 한다면, 그
때는 게임 오버야."

그렇게 그들은 시나리오를 꾸미고 각자 역할을 분담하느라 두 시
간을 보냈다.

미팅이 끝난 후, 미카엘은 크리스테르와 함께 커피를 한잔 마시려
고 시내 중심가에 있는 자바 카페에 갔다.

"크리스테르, 이건 아주 중요한 얘기야. 에리카가 비행기에서 내리
는 즉시 잡아서 이 상황을 설명해줘. 에리카 역시 이 연극에 참여하
도록 설득해야 해. 성격상 당장 안네를 공격하려 들 게 분명해. 하지
만 절대로 그래서는 안 돼. 그럼 벤네르스트룀이 낌새를 채고 증거를
다 없애버릴 수 있거든."

"알았어."

"하나 더. 컴퓨터에 암호화 프로그램 PGP를 깔고 사용법을 숙지
하기 전까진 절대로 이메일을 사용하지 말라고 에리카에게 전해줘.
벤네르스트룀이 안네를 통해 우리의 내부 메일을 모조리 체크하고
있을지도 모르거든. 그리고 너를 포함해서 편집부 모든 컴퓨터에도
PGP를 깔아줘. 아주 자연스럽게 일을 처리해야 해. 내가 컴퓨터 전
문가 한 사람을 소개할 테니 그를 불러. 편집부에 방문하게 해서 내
부 네트워크며 컴퓨터들을 점검해달라고 해. 그러면서 아주 당연한
서비스인 양 그 프로그램을 깔아주는 거지."

"최선을 다할게. 하지만 미카엘, 이 모든 게 대체 무슨 꿍꿍이야?"

"벤네르스트룀이야. 그자를 헛간 문 위에 못 박아 매달기 위해서지."

"어떻게?"

"미안해. 현재로선 비밀이야. 한 가지만 말하자면 지금 내가 확보해놓은 정보에 비하면 지난번 폭로기사는 정말 아무것도 아니야."

크리스테르는 약간 거북한 표정을 지었다.

"미카엘, 난 널 항상 신뢰해왔어. 그런데 왜 내게 털어놓지 못하지? 날 신뢰하지 못한단 뜻이야?"

미카엘은 웃었다.

"그럴 리가 있겠어? 하지만 지금 난 징역 2년을 선고받을 수도 있는 심각한 범죄행위를 벌이고 있는 중이야. 몸을 사려야 하는 조사방식을 사용하고 있다는 뜻이지…… 다시 말해 벤네르스트룀 못지않게 은밀한 방법으로 게임을 하고 있어. 그래서 너나 에리카, 그리고 〈밀레니엄〉의 그 누구도 이 일에 끼어들게 하고 싶지 않아."

"넌 사람을 불안하게 하는 데 상당히 재능이 있단 말이야!"

"걱정 마. 그리고 에리카에게 말해줘. 이번 건은 정말로 엄청난 이야기라고. 정말로 엄청난."

"에리카는 무슨 일인지 꼭 알고 싶어할 텐데……"

미카엘은 잠시 생각한 다음 미소를 지었다.

"가서 말해. 지난봄에 에리카는 나 몰래 헨리크와 계약서에 서명했어. 에리카가 나를 일개 프리랜서 정도로 여기고 있음을 분명히 보여준 거지. 더이상 이사회 임원도 아니고 〈밀레니엄〉의 장기적 노선에 대해서도 아무 발언권 없는 하루살이 프리랜서. 따라서 나 역시 그녀에게 모든 걸 보고해야 할 필요는 없지. 하지만 이것도 전해. 앞으로 착하게 군다면 이야기를 공개할 때 처음으로 맛볼 수 있는 특권을 주겠다고 말이야."

크리스테르가 너털웃음을 터뜨리며 이렇게 말했다.

"에리카, 엄청 화내겠는걸!"

미카엘은 자신이 크리스테르 말름에게 솔직하지 못했음을 잘 알고 있었다. 그리고 그는 일부러 에리카를 피하고 있었다. 즉시 그녀에게 연락해 자신이 가진 정보를 알렸어야 옳았다. 하지만 그녀와 얘기하고 싶지 않았다. 여러 번 그녀의 전화번호를 눌렀지만 차마 통화 버튼을 누를 순 없었다.

무엇이 문제인지도 잘 알고 있었다. 그녀의 눈을 똑바로 쳐다볼 수 없었기 때문이다.

헤데스타드 사건을 은폐하는 데 참여한 건 기자로서 용납할 수 없는 일이었다. 이 모든 사실을 거짓말 없이 어떻게 설명할 수 있단 말인가. 그가 세상에서 절대로 하고 싶지 않은 한 가지 일이 에리카에게 거짓말하는 것이었다.

무엇보다도 벤네르스트룀을 공격할 준비를 하는 동안에는 이 문제를 건드리고 싶지 않았다. 그래서 그녀와의 만남을 포기하고 휴대전화 전원을 꺼버린 채 가급적 그녀를 피하기로 결심했다. 하지만 이런 시간이 오래갈 수 없으리라는 것 역시 잘 알고 있었다.

편집부 미팅을 마치자마자 미카엘이 달려간 곳은 거의 일 년간 한 번도 찾지 않았던 산드함의 방갈로였다. 짐 속에는 인쇄한 자료가 가득 든 문서철 두 개와 리스베트가 만들어준 CD들이 있었다. 먼저 근처 슈퍼마켓에 들러 먹을거리를 사서는 방갈로에 들어오자마자 문을 걸어 잠그고 노트북을 두드리기 시작했다. 바람을 좀 쐬고 신문을 사거나 장을 보기 위해 매일 잠깐씩 외출하기는 했다. 항구에는 아직도 요트들이 많이 남아 있었고, 바에는 부모 소유의 배를 빌려서 놀러와 코가 비뚤어지게 술을 마셔대고 있는 어린 것들 천지였다. 하지만 미카엘에겐 남의 자식 걱정할 여유가 없었다. 매일 눈만 뜨면 노트북 앞으로 달려가 녹초가 돼 잠들 때까지 계속 일해야 했다.

이메일이 한 통 와 있었다. 〈밀레니엄〉 편집장 erika.berger@ millennium.se가 휴가중인 발행인 mikael.blomkvist@millennium. se에게 보낸 암호화된 메일이었다.

대체 무슨 일이 벌어지고 있는 거야? 휴가에서 돌아와봤더니 난리도 아니야. 우선 얀네가 무슨 짓을 했는지 알게 됐고, 네가 꾸며낸 연극 얘기도 들었어. 그리고 마르틴 방에르는 죽었는데 하리에트 방에르는 멀쩡하게 살아 있다며? 헤데뷔에선 대체 무슨 일이 있었던 거야? 넌 지금 어디에 있고? 발표할 이야깃거리라도 있는 거야? 전화기는 왜 꺼놓은 거지? / E.
P.S. 크리스테르가 능글맞게 웃으며 전하는 말을 듣고 네가 나에 대해 무슨 생각을 하는지 알게 됐어. 그딴 말 하고도 몸이 성할 줄 알아? 그런데 정말 내게 화가 난 거야?

보낸 사람: mikael.blomkvist@millennium.se
받는 사람: erika.berger@millennium.se

안녕, 리키! 걱정 마, 나 화나지 않았으니까. 시간이 없어서 자세한 얘기를 미처 들려주지 못해 미안해. 하지만 지난 몇 달간 내 삶은 그야말로 롤러코스터였어. 다음에 만나면 다 얘기해줄게. 하지만 이메일로는 안돼. 지금 나는 산드함에 와 있어. 발표할 이야기가 하나 있거든. 하지만 하리에트 방에르에 관한 건 아니야. 당분간은 여기에 달라붙어 있어야 해. 그후엔 모든 게 끝날 거야. 날 믿으라고. 잘 있어! / M.

보낸 사람: erika.berger@millennium.se
받는 사람: mikael.blomkvist@millennium.se

산드함? 당장에 달려가봐야겠네.

보낸 사람: mikael.blomkvist@millennium.se
받는 사람: erika.berger@millennium.se

당장은 안 돼. 몇 주만 기다리라고. 최소한 지금 쓰고 있는 글에 어느 정
도 틀이 잡힐 때까진. 그리고 여기 방문할 여자가 한 사람 있거든.

보낸 사람: erika.berger@millennium.se
받는 사람: mikael.blomkvist@millennium.se

물론 떨어져 있어줄게. 하지만 무슨 일이 일어나고 있는지 알 권리는 있
잖아? 헨리크가 다시 그룹 대표가 되었다는데 전화해도 받지 않아. 방에
르 그룹과의 관계가 이제 끝나버린 건지 알고 싶어. 그쪽에 어떻게 손을
써야 할지 나로선 막막하거든. 우리 잡지가 살아남을 건지 아닌지 알고
싶다고. /리키.
P.S. 그런데 그 여자 이름이 뭐야?

보낸 사람: mikael.blomkvist@millennium.se
받는 사람: erika.berger@millennium.se

첫째. 걱정 마. 헨리크는 빠져나갈 수 없어. 하지만 최근에 심각한 심장
발작을 일으켜서 매일 조금씩밖에 업무를 보지 못해. 게다가 마르틴이
죽고 하리에트가 되살아나 정신이 없겠지.
둘째. 〈밀레니엄〉은 살아남을 거야. 난 지금 일생일대의 르포기사를 쓰
고 있어. 이게 발표되는 날이 바로 벤네르스트룀의 제삿날이야.

셋째. 지금 내 삶은 완전히 뒤죽박죽이야. 하지만 이것만은 분명해. 너와 나와 〈밀레니엄〉 사이에 변한 건 조금도 없어. 날 믿어줘. /미카엘.

P.S. 그녀는 기회가 되는 대로 소개해줄게. 보면 아마 놀랄걸.

산드함에 도착한 리스베트를 맞이한 사람은 면도도 안 한 얼굴에 눈이 퀭한 미카엘이었다. 그는 그녀를 가볍게 포옹한 후 쓰고 있던 한 단락을 마저 끝낼 때까지 커피를 좀 끓여달라고 부탁했다.

리스베트는 방갈로 내부를 훑어보았다. 첫눈에도 굉장히 편안하게 느껴지는 공간이었다. 이 조그만 나무 오두막은 곳 위에 서 있었고, 현관문 앞 2미터 전방에는 바닷물이 출렁이고 있었다. 가로 6미터 세로 5미터짜리 면적밖에 되지 않았지만 천장이 꽤 높아서 나선형 계단으로 올라가는 중이층 침실까지 붙어 있었다. 리스베트가 올라가서 서 보니 머리가 천장에 닿지 않을 정도였다. 미카엘은 고개를 약간 숙여야 하겠지만. 그리고 두 사람이 눕기에 침대가 충분히 크다고 확인할 수 있었다.

현관문 바로 옆에는 바다가 시원하게 내다보이는 커다란 창문이 있었다. 그 창문 앞에 미카엘은 식탁을 놓고 작업 테이블로도 쓰고 있었다. 테이블 옆쪽 벽에 붙어 있는 책꽂이에는 CD 플레이어, 엘비스 프레슬리 앨범 한 무더기, 하드록 앨범 따위가 보였다. 그녀가 아주 좋아한다고는 할 수 없는 장르들이었다.

방 한쪽 구석엔 화목난로가 놓여 있었다. 나머지 가구는 옷과 수건과 이불 따위를 넣어두는 커다란 붙박이장과 개수대가 있었고, 벽감 안에 설치된 개수대 앞에 비닐 커튼을 쳐서 간이 샤워장으로도 사용할 수 있게 해놓았다. 개수대 위로는 작은 창문 하나가 열려 있었다. 나선형의 계단 아래에는 퇴비 변기가 있는 화장실이 마련되어 있었다. 그다지 넓지는 않지만 오밀조밀 짜임새 있게 꾸며진 방갈로 내부는 배의 선실을 떠올리게 했다.

전에 미카엘을 조사하면서 그녀는 그가 이 방갈로를 손수 개조하고 꾸몄을 거라고 추측했었다. 미카엘의 친구 하나가 이곳을 방문한 후에 보낸 메일에서 그의 솜씨에 크게 감탄한 내용을 봤던 것이다. 모든 게 정결하고 검소하고 단순해서 수도승의 거처처럼 엄숙한 분위기마저 감돌았다. 그녀는 왜 그가 이곳을 그토록 좋아하는지 비로소 이해할 수 있었다.

두 시간 가까이 계속 옆에서 부스럭대는 리스베트 덕분에 미카엘은 결국 체념한 얼굴로 노트북을 끄고 일어섰다. 그리고 면도를 하고서 리스베트에게 산드함을 구경시켜주기 위해 함께 집을 나섰다. 하지만 비바람이 심해져 곧 산책을 중단하고 중간에 만난 호텔 레스토랑으로 들어갔다. 거기에 앉아 미카엘은 지금까지 쓴 내용을 얘기했고, 리스베트는 벤네르스트룀의 노트북에서 업그레이드된 자료를 담은 CD 한 장을 건넸다.

이어 그녀는 방갈로 중이층 침대로 그를 데려갔다. 그의 옷을 벗기고 한동안 그의 귀중한 시간을 빼앗을 수 있었다. 한밤중에 잠이 깬 그녀는 침대 위에 자기뿐이라는 걸 알았다. 아래를 내려다보니 미카엘이 열심히 자판을 두드리고 있었다. 그녀는 손으로 턱을 받치고 그를 한동안 쳐다보았다. 그는 행복해 보였다. 갑자기 그녀에게도 기이한 느낌이 찾아왔다. 산다는 것이 자못 만족스럽게 느껴졌다.

닷새 후, 리스베트는 다시 스톡홀름으로 돌아가야 했다. 드라간이 전화를 걸어 급한 일감이 있으니 빨리 좀 와달라고 사정했기 때문이다. 그녀는 열하루 사이에 그 일을 처리한 후 다시 산드함으로 돌아왔다. 그의 노트북 옆에 쌓인 인쇄물이 한층 높아져 있었다.

이번엔 사 주를 머물렀다. 그사이 그들의 일상에 하나의 일과가 생겼다. 우선 아침 8시에 일어나 같이 식사를 했다. 그러고 나서 미카엘은 오후 늦게까지 작업에 몰두했고, 그후엔 둘이서 산책을 하며 얘기를 나눴다. 리스베트는 대부분을 침대 위에서 뒹굴며 지냈다. 책을 읽거나 인터넷을 즐겼다. 낮 동안엔 그를 방해하지 않으려고 노력했다. 아주 늦은 시간에 저녁을 먹고 나면 비로소 미카엘을 중이층 침실로 기어들어오게 해 자기에게도 관심을 쏟도록 만들었다.

리스베트는 태어나서 처음으로 휴가를 즐기는 기분이었다.

erika.berger@millennium.se가 보내는 암호화된 메일
받는 사람: mikael.blomkvist@millennium.se

안녕, 미카엘. 자, 이젠 공식적인 사실이 됐어. 얀네가 사직서를 제출했고, 삼 주 후부터 〈피난스마가시네트 모노폴〉에서 일하게 될 거야. 난 네가 지시한 그대로 해왔고 그에겐 아무 말 안 했어. 여전히 모두가 열심히 코미디를 하는 중이지. /E.
P.S. 어쨌든 모두들 재미있어 해. 며칠 전엔 헨리와 로티가 서로 고함을 치다가 결국엔 얼굴을 향해 뭔가를 던지는 시늉까지 하더라니까. 이렇게 노골적으로 장난치는데도 얀네가 눈치채지 못하는 게 신기할 따름이야.

보낸 사람: mikael.blomkvist@millennium.se
받는 사람: erika.berger@millennium.se

그래, 거기 가서 잘 먹고 잘 살기를 빌어주자고! 그래도 귀중품은 금고에 잘 간수해놓는 게 좋겠지. /M.

보낸 사람: erika.berger@millennium.se
받는 사람: mikael.blomkvist@millennium.se

잡지가 인쇄에 들어갈 날이 이 주밖에 안 남았는데 편집부 차장도 없는

내 꼴이라니! 그리고 우리의 특별 리포터께선 산드함에서 유유자적하며 나한테는 아무 말도 안 하려고 하고. 미케! 제발 이렇게 무릎 꿇고 사정할게. 우리 좀 살려줄 수 없는 거야? /에리카.

보낸 사람: mikael.blomkvist@millennium.se
받는 사람: erika.berger@millennium.se

몇 주만 더 참으라고. 그럼 좋은 일이 있을 거야. 이번 12월호는 지금까지 나온 잡지들과는 차원이 다를 테니 미리 준비해두는 게 좋을 거야. 내 기사는 40페이지 정도 차지할 거야. /M.

보낸 사람: erika.berger@millennium.se
받는 사람: mikael.blomkvist@millennium.se

40페이지? 완전히 미쳤군!

보낸 사람: mikael.blomkvist@millennium.se
받는 사람: erika.berger@millennium.se

특집호가 될 거야. 기사를 완성하려면 아직 삼 주는 더 필요할 듯해. 다음 일들을 좀 부탁해도 될까? (1)'밀레니엄' 이름으로 출판사를 하나 만들 것. (2)책을 한 권 낼 수 있도록 ISBN*을 받아놓을 것. (3)크리스테르에게 새 출판사를 위한 예쁜 로고를 만들어달라고 부탁할 것. (4) 저렴한 포켓판을 찍어낼 수 있는 괜찮은 인쇄소를 물색해놓을 것. 그리고 우리의 첫 책을 내려면 자금이 좀 들어가지 않겠어? 마련해봐. 키스를

---

* 국제표준도서번호. 국가명·출판사·도서분류 등을 식별할 수 있는 13자리 숫자.

보내! /미카엘.

보낸 사람: erika.berger@millennium.se
받는 사람: mikael.blomkvist@millennium.se

특집호에, 출판사에, 거기다 출판 비용까지…… 사령관님, 명령대로 집
행하겠습니다! 또다른 명령은 없어? 슬루스플란 광장에서 발가벗고 춤
이라도 출까? /E.
P.S. 지금 자기가 하고 있는 일이 무엇인지 확실히 알고 있겠지? 기우
에서 하는 말이야. 그런데 난 이놈의 달만을 도대체 어떻게 해야 하지?

보낸 사람: mikael.blomkvist@millennium.se
받는 사람: erika.berger@millennium.se

달만에겐 아무것도 하지 마. 그냥 가게 놔둬. 〈모노폴〉은 그리 오래가지
못할 거야. 이번 호엔 프리랜서 기사를 많이 집어넣지 뭐. 그리고 새 편
집부 차장을 빨리 뽑아야 할 것 같은데, 뭐하고 있는 거야? /M.
P.S. 네가 슬루스플란 광장에서 발가벗고 춤추는 모습을 무척 보고 싶은
데?

보낸 사람: erika.berger@millennium.se
받는 사람: mikael.blomkvist@millennium.se

스트립쇼는 꿈속에서나 감상하시지. 지금까지 사람 뽑는 일은 항상 같이
해오지 않았나? /리키.

보낸 사람: mikael.blomkvist@millennium.se

받는 사람: erika.berger@millennium.se

사람 뽑는 일에서 의견이 달랐던 적도 없잖아. 이번에도 그럴 테니 알아서 처리해줘. 그리고 리키, 난 지금 혼자서 놀겠다고 여기에 처박혀 있는 게 아냐. 전부 벤네르스트룀을 잡기 위해서라고. 그러니 이 일 마칠 때까지 날 좀 가만히 내버려둬. /M.

10월 초, 리스베트가 〈헤데스타드 통신〉 홈페이지에서 단신기사를 하나 발견하고는 미카엘에게 알렸다. 이자벨라 방에르가 급환으로 사망했다는 소식이었다. 유가족으로는 최근 다시 돌아온 딸 하리에트 방에르가 있었다.

erika.berger@millennium.se가 보내는 암호화된 메일
받는 이 : mikael.blomkvist@millenium.se

안녕, 미카엘.
오늘 하리에트 방에르가 나를 보러 사무실에 들렀어. 도착하기 오 분 전에야 전화를 하더니 급습하듯 왔더군. 차가운 눈빛의 아주 우아한 여자였어.
그동안 헨리크를 대리해온 마르틴 대신 자기가 〈밀레니엄〉 이사직을 맡는다는 소식을 전하러 왔대. 상냥하고도 정중한 태도로 말하기를, 방에르 그룹은 우리가 맺은 협약을 철회할 의사가 전혀 없으며 오히려 헨리크가 잡지사와 한 약속을 이행하도록 가문 전체가 찬성한다고 했어. 편집부 사무실을 한번 둘러보게 해달라고 하더니 요즘 잡지사 상황이 어떤지도 알려달라고 하더군.
난 있는 그대로 얘기했어. 현재로선 위태한 느낌이 여전하고, 미카엘은 내가 산드함에 가는 걸 금지하고 있는데 도대체 무슨 일을 벌이고 있는

지조차 모른다고 말이야. 단지 이번엔 벤네르스트림을 확실히 잡을 수 있다고 믿는 듯하다고 했지. (그녀에게 이 사실을 알려줘도 무방하다고 판단했어. 어차피 같은 배를 탔으니까.) 그러니까 눈썹을 한 번 움찔하더니 미소를 짓더군. 그러고는 나더러 네 성공을 의심하느냐고 묻더군. 참 대답하기 난감했어. 그냥 네가 무슨 일을 꾸미는지만 알고 있으면 마음이 한결 편안할 거라고 대답했지. 물론 내가 자기를 못 믿는 건 아니야. 하지만 자기 정말 나를 미치게 만들어!

오히려 내가 그녀에게 물었지. 혹시 네가 무슨 일을 꾸미고 있는지 아느냐고. 그녀가 고개를 젓더니 자신은 널 '극히 냉철한 정신'과 '혁신적인 사고방식'의 소유자로 봤다고 하더군. (이건 그녀가 한 말 그대로야.)

내가 하나 더 말했지. 내가 알기로는 헤데스타드에서 뭔가 극적인 일이 일어났던 모양인데 좀 자세히 알고 싶다고 말이야. 그러니까 대답하더군. 너와 내가 특별한 관계인 걸로 알고 있으니 시간이 나면 네가 다 말해줄 거라고 믿는다고. 그러더니 자신이 나를 신뢰해도 되냐는 거야. 정말 어떻게 대답해야 좋을지 모르겠더라! 이제 그녀가 〈밀레니엄〉 이사회에 들어온 마당에 넌 아무 말도 하지 않고 있으니 내가 태도를 확실히 정할 수 있어야 말이지……

그런데 그녀가 좀 이상한 이야기를 하던데. 뭐, 자기들, 그러니까 그녀하고 너를 너무 나쁘게 생각하지 말아달라나? 그녀가 너에게는 마음의 빚을 지고 있고, 나하고는 좋은 친구가 되고 싶다는 거야. 그리고 만일 네가 있었던 일을 털어놓지 못한다면 자신이 직접 모든 걸 밝혀주겠다고 약속했어. 그래, 전반적으론 괜찮은 여자 같아. 하지만 정말로 신뢰해야 하는지 모르겠어. /에리카.

P.S. 보고 싶어. 헤데스타드에서 뭔가 끔찍한 일이 있었던 것만 같은 느낌이야. 크리스테르가 그러는데 자기 목에 이상한 자국이 나 있다고 하던데? 목 졸린 흔적 같은 거……

보낸 사람: mikael.blomkvist@millennium.se
받는 사람: erika.berger@millennium.se

안녕, 리키. 하리에트의 이야기는 너무도 슬프고 참담해서 듣는다고 해
도 믿으려 들지 않을 거야. 그녀 자신이 네게 얘기하는 게 낫겠지. 나는
머릿속 한쪽으로 치워버린 상태니까.
그리고 말인데, 하리에트를 믿어도 돼. 내게 마음의 빚이 있다고 말한 건
진심일 거야. 〈밀레니엄〉에 해가 되는 짓도 절대 하지 않을 거고. 만일
그녀가 마음에 들면 친구가 되어도 좋아. 마음에 들지 않으면 안 그래도
되고. 하지만 존경할 만한 여자야. 아주 무거운 짐을 지고 사는 사람이기
도 하지. 어쨌든 나는 그녀를 좋게 생각하고 있어. /M.

이튿날, 미카엘은 다시 메일을 한 통 받았다.

보낸 사람: harriet.vanger@vangerindustries.com
받는 사람: mikael.blomkvist@millennium.se

안녕하세요, 미카엘 씨. 벌써 몇 주 전부터 당신에게 소식을 전할 기회를
찾고 있었습니다만 시간이 너무도 빨리 흘러가는군요. 그리고 당신이 총
알같이 헤데뷔를 떠나버려서 작별인사를 할 틈조차 없었네요.
스웨덴에 돌아온 이후로 정신이 없었어요. 그 어색하고도 당황스러운 느
낌들, 그리고 산적한 일들…… 방에르 그룹 사정이 엉망진창이라서 헨리
크 할아버지와 함께 일들을 정리하느라 땀깨나 흘리고 있답니다. 어제는
〈밀레니엄〉을 방문했어요. 이제는 내가 이사회에서 헨리크 할아버지를
대리하게 됐죠. 할아버지께서 잡지사와 당신의 현재 상황을 자세히 설명
해주셨어요.
내가 이사회에 들어가는 걸 당신이 받아주면 좋겠어요. 만일 내가 (혹은

방에르 가문의 다른 사람이) 이사직을 맡는 게 탐탁지 않더라도 그 심정 충분히 이해합니다. 하지만 난 〈밀레니엄〉을 위해 최선을 다하겠다고 약속할 수 있어요. 내가 당신에게 엄청난 빚을 지고 있는 만큼 항상 최선의 의도로 당신을 대하고 싶군요. 당신의 친구 에리카 베리에르 씨도 만났습니다. 그녀가 저를 어떻게 생각하고 있는지 잘 모르겠더군요. 어쨌든 당신이 그녀에게 그간 있었던 일을 얘기하지 않았다고 해서 놀랐습니다. 나는 진심으로 미카엘 씨의 친구가 되고 싶습니다. 물론 당신에게 방에르 가문 사람들의 얼굴을 마주할 힘이 남아 있다면요. 그럼 안녕히. 하리에트.

P.S. 에리카 씨 말로는 당신이 또다시 벤네르스트룀을 잡아보려 한다고요? 그리고 디르크 프로데를 통해 헨리크 할아버지가 어떤 식으로 당신을 속였는지도 알게 되었습니다. 정말 무슨 말을 해야 할지 모르겠군요. 죄송할 뿐입니다. 내가 할 수 있는 일이 있다면 꼭 말씀해주세요.

보낸 사람: mikael.blomkvist@millennium.se
받는 사람: harriet.vanger@vangerindustries.com

안녕하세요, 하리에트 씨. 말씀하신 대로 난 총알같이 헤데뷔를 빠져나와서 지금은 올해에 진작 했어야 할 일을 비로소 하고 있습니다. 이 글이 발행될 때가 오면 좀더 자세히 말씀드리겠습니다만, 지난 한 해 동안 우리가 겪었던 문제들이 이 글로 인해 완전히 정리될 수 있으리라 자신합니다.

당신과 에리카가 좋은 친구가 되었으면 합니다. 당신이 〈밀레니엄〉 이사회에 들어오는 일에는 조금도 불만이 없어요. 에리카에게는 나중에 모든 걸 얘기하려 합니다. 하지만 지금으로선 힘도 없고 시간도 없어서 우선은 모든 일들로부터 약간 떨어져 있으려 합니다.

자주 연락하고 지냅시다. 안녕히! /미카엘.

리스베트는 미카엘이 쓰고 있는 글에 대해선 별다른 관심이 없는 듯했다. 그녀는 읽고 있던 책 위로 고개를 들었다. 미카엘이 뭐라고 말한 모양인데 잘 들리지 않았다. 그녀는 다시 한번 말해달라고 했다.

"아냐, 나 혼자 중얼거린 거였어. 이건 좀 너무한다 싶었지."

"뭐가 너무한데요?"

"벤네르스트룀은 스물두 살인 어느 웨이트리스하고 관계를 가져서 임신을 하게 했어. 이 문제와 관련해서 그가 변호사와 주고받은 메일을 읽어봤어?"

"여보세요, 미카엘 씨! 그 하드디스크에는 십 년간 쌓인 서신, 이메일, 합의문, 출장 보고서 따위가 산더미처럼 들어 있어요. 6기가바이트에 달하는 그 쓰레기들을 들여다보고 있을 만큼 벤네르스트룀은 내게 흥미로운 대상이 아니에요. 일부는 읽었죠. 주로 내 호기심을 자극하는 부분만. 그것만으로도 그자가 악당이라는 사실을 충분히 확인할 수 있었고요."

"알겠어. 하지만 이 얘기 좀 들어봐. 그녀는 1997년에 임신했고, 보상을 요구하자 벤네르스트룀의 변호인이 그녀를 설득하려고 누군가를 보냈지. 아마 얼마쯤 되는 돈을 제안하려 했던 모양이야. 하지만 그녀가 들으려 하지 않자 설득 작업이 이상한 방향으로 흐르기 시작했어. 파견된 고릴라 녀석이 그녀의 머리를 욕조 물에 처박고 벤네르스트룀을 조용히 놔두겠다는 약속을 받아낸 거야. 그리고 이 멍청한 변호사가 이 모든 사실을 이메일로 써서 보냈고. 물론 암호화되긴 했지만 이 친구 주위에 있는 애들은 그렇게 똑똑한 편이 아닌가봐."

"그 여자는 어떻게 됐죠?"

"낙태했어. 벤네르스트룀은 만족했고."

리스베트는 십 분쯤 아무 말이 없었다. 그러더니 갑자기 두 눈에 새카만 빛이 들어찼다.

"여자를 혐오하는 작자가 한 놈 더 있군." 이윽고 그녀가 내뱉었다. 하지만 소리가 작아서 미카엘은 듣지 못했다.

다음날 그녀는 미카엘에게 CD를 빌려 벤네르스트룀의 이메일과 다른 자료들을 면밀히 훑어보면서 시간을 보냈다. 미카엘이 작업에 열중하는 동안 그녀는 중이층에서 노트북을 무릎 위에 올려놓고 기이한 벤네르스트룀 제국에 대해 골똘히 생각했다.

불현듯 아주 재미있는 생각이 하나 떠올랐고, 그후 그녀의 뇌리를 떠나지 않았다. 왜 더 일찍 이런 생각을 하지 못했는지 스스로도 놀라울 따름이었다.

10월의 어느 날 아침, 마침내 마지막 페이지를 인쇄한 미카엘은 11시가 되기 직전에 컴퓨터를 껐다. 그리고 아무 말도 없이 중이층으로 기어올라가 리스베트에게 종이 한 묶음을 내밀었다. 그러고는 그대로 쓰러져 잠이 들었다. 그녀는 저녁때 그를 깨워 글을 읽고 난 의견을 얘기했다.

그가 최종적으로 수정을 마친 건 새벽 2시가 조금 지나서였다.

다음날, 미카엘은 방갈로 덧창을 모두 닫고 열쇠로 문을 잠갔다. 리스베트의 휴가가 끝난 것이다. 둘은 스톡홀름을 향해 출발했다.

미카엘은 스톡홀름에 도착하기 전에 리스베트와 매우 민감한 문제를 하나 얘기해야 했다. 그는 박스홀름 항구에 있는 그랜드 호텔 커피숍에서 페리를 기다리며 얘기를 꺼냈다.

"에리카에게 얘기할 내용을 미리 너하고 정해봐야 할 것 같아. 내가 이 자료들을 어떻게 얻었는지 밝히지 않는다면 에리카가 발표를 거부할 수 있거든."

에리카 베리에르! 오랜 세월 미카엘의 정부이자 상사이기도 한 여

자. 리스베트는 그녀를 한 번도 만난 적 없었지만 별로 만나보고 싶지도 않았다. 그녀에게 에리카는 막연히 거북하게만 느껴지는 존재였다.

"흠."

"몇 시간 후면 그녀가 이 원고를 보게 될 거야. 읽고 나서 이런저런 질문을 퍼붓겠지. 문제는 내가 그녀에게 어떻게 대답하느냐고."

"어떻게 하고 싶죠?"

"사실대로 말하고 싶어."

리스베트의 미간에 주름이 한 줄 잡혔다.

"리스베트, 내 말 들어봐. 사실 에리카와 나는 끊임없이 싸워. 그건 우리 사이의 소통방식이야. 동시에 서로에 대해 거의 무한한 신뢰를 품고 있어. 그녀는 전적으로 믿을 만한 사람이야. 넌 정보제공자인 셈인데, 그녀는 목숨을 내놓을지언정 정보제공자를 배신하는 일은 안 해."

"그녀 말고 또 누구에게 말해야 하나요?"

"아무도 없어. 이건 내가 무덤까지 가져갈 비밀로 간직하겠어. 만일 네가 반대한다면 에리카에게도 밝히지 않을게. 하지만 난 에리카에게 거짓말하고 싶지도 않고, 널 가공의 인물로 둘러대고 싶지도 않아."

리스베트는 페리가 그랜드 호텔 발치에 다가올 때까지 내내 생각했다. 결과들을 분석하라…… 결국 그녀는 들릴 듯 말 듯한 목소리로 에리카에게 말해도 좋다고 허락했다. 미카엘은 휴대전화 전원을 켜고 전화를 걸었다.

에리카가 미카엘의 전화를 받은 건 말린 에릭손과 업무상 미팅을 하고 있을 때였다. 그녀는 말린을 편집부 차장으로 고용할 생각이었다. 나이는 스물아홉이었고 오 년간 임시기자로 일한 경력이 있었다.

한 번도 정규직 자리를 얻지 못해 이제 그 가능성에 대해 슬슬 절망하기 시작하던 참이었다. 에리카는 구인광고를 내지 않고 다른 주간지에서 일하는 오래된 친구에게서 말린의 존재를 귀띔받았다. 그리고 말린의 임시직 계약이 끝나는 날 전화를 걸어 〈밀레니엄〉으로 올 의향이 있느냐고 물었다.

"우선 석 달간 임시직이에요. 일하다가 서로 만족하면 정규직으로 전환되고요." 직접 마주앉아 에리카가 설명했다.

"〈밀레니엄〉이 활동을 곧 중단한다는 소문을 들었습니다만……"

에리카의 얼굴에 미소가 떠올랐다.

"소문을 믿으면 안 되죠."

"제가 안네를 대체하는 걸로 알고 있는데요……" 말린이 약간 머뭇거리며 말을 이었다. "그런데 그 사람은 벤네르스트룀에 속한 잡지사로 간다고……"

에리카는 고개를 끄덕였다.

"우리가 벤네르스트룀하고 사이가 안 좋다는 사실은 이 바닥에서 더이상 비밀이 아니죠. 그는 〈밀레니엄〉에서 일하는 사람을 좋아하지 않아요."

"다시 말해 제가 〈밀레니엄〉의 자리를 수락하면 저 역시 그 범주 안에 들겠군요."

"그럴 가능성이 매우 높죠."

"그런데 안네가 〈피난스마가시네트 모노폴〉에 자리를 얻은 건 또 어떻게 된 일이죠?"

"벤네르스트룀은 그런 식으로 안네의 봉사에 보답하는 거죠. 자, 이 자리에 여전히 흥미가 있나요?"

말린은 잠시 생각에 잠겼다. 그리고 고개를 끄덕였다.

"일은 언제부터 시작하죠?"

바로 그때 미카엘에게서 전화가 걸려와 인터뷰가 중단됐다.

에리카는 자신이 가진 열쇠로 미카엘의 아파트 문을 열고 들어갔다. 그를 보게 된 건 지난 6월 말 그가 편집부 사무실에 잠깐 들른 이후 처음이었다. 거실에 들어간 그녀는 처음 보는 인물을 한 명 발견했다. 거식증 환자처럼 바짝 마른 몸에 닳아빠진 가죽재킷을 입은 젊은 여자가 소파에 몸을 묻고 두 발을 테이블 위에 올려놓고 있었다. 처음엔 열다섯 살 정도로 알았지만 눈빛을 보자 그렇지 않다는 생각이 들었다. 미카엘이 커피와 과자를 내올 때까지 에리카는 이 기이한 인물을 흘깃거리고 있었다.

미카엘과 에리카는 오랜만에 만난 서로의 모습을 살폈다.

"그동안 고약하게 굴어서 미안해." 미카엘이 먼저 입을 열었다.

에리카는 고개를 갸우뚱 젖히고 그를 살폈다. 무언가가 변했다. 전보다 야위었고 지친 얼굴이었다. 더 이상한 건 그의 눈이었다. 마치 뭔가 부끄러운 듯 자신의 시선을 피하려는 기색까지 언뜻 보였다. 그녀는 그의 목을 살폈다. 희미하지만 분명히 알아볼 수 있는 자국이 있었다.

"사실은 널 피해왔어. 말하자면 아주 길어. 난 그리 자랑스럽지 못한 역할을 수행해야 했었어. 하지만 그 얘긴 나중에 하자고…… 이제 이쪽을 소개할게. 에리카, 여기는 리스베트 살란데르야. 리스베트, 이 사람은 〈밀레니엄〉 편집장이자 내 가장 친한 친구인 에리카 베리에르."

리스베트는 여인이 걸치고 있는 우아한 옷들이며 자신만만한 표정을 살폈다. 그리고 십 초 만에 그녀는 결코 자신의 절친한 친구가 될 수 없음을 파악했다.

그들은 다섯 시간을 함께 있었다. 에리카는 다른 약속을 취소하기 위해 두 차례나 전화를 걸어야 했다. 그리고 미카엘이 건네준 원고에서 몇 군데를 한 시간 동안 훑어보았다. 너무나도 많은 의문점들이 떠올랐지만 대답을 들으려면 적어도 몇 주는 걸릴 듯했다. 중요한 건 마침내 그녀가 자기 옆에 내려놓은 이 원고 자체였다. 만일 여기서 주장하는 내용 중 단 한 가지만 사실이라고 하더라도 상황은 엄청난 반전을 맞게 될 터였다.

에리카는 미카엘을 쳐다보았다. 정직성이라면 지금껏 한 번도 의심해본 적 없는 사람이었다. 하지만 짧은 순간 그녀는 현기증을 느꼈다. 벤네르스트룀 사건 때문에 충격을 받은 그가 정신이 이상해져서 급기야 이 모든 걸 상상해낸 건 아닌가 하는 생각마저 들었다. 미카엘은 그런 그녀에게 인쇄한 자료가 가득 든 종이상자 두 개를 내밀었다. 에리카의 얼굴이 창백해졌다. 대체 이 자료들을 어디서 구해왔단 말인가?

결국 장시간에 걸쳐 미카엘이 설명한 끝에 지금껏 한마디도 않고 있는 기이한 아가씨가 벤네르스트룀의 컴퓨터에 무제한으로 접근할 수 있다는 사실을 납득했다. 비단 벤네르스트룀만이 아니었다. 그의 변호사들과 몇몇 측근의 컴퓨터까지 해킹했다고 했다.

에리카는 즉각적으로 반응했다. 이렇게 불법적인 경로로 얻은 자료를 이용한다는 건 말도 안 되는 일이었다.

하지만 그녀의 반발은 오래가지 못했다. 미카엘은 자료를 얻게 된 경로를 반드시 밝혀야 할 필요는 없다는 사실을 지적했다. 정보 제공자가 벤네르스트룀의 노트북에 접근해 하드디스크에 든 내용을 CD로 옮길 수도 있는 일 아닌가?

곧 에리카는 자신의 손에 들린 물건이 가공할 위력을 지닌 무기라는 사실을 의식했다. 그리고 순간적으로 맥이 탁 풀려버렸다. 아직도 묻고 싶은 게 많았지만 무엇부터 시작해야 할지 알 수 없었다. 결국 무너지듯 소파에 앉으며 고개를 흔들었다.

"미카엘, 헤데스타드에선 무슨 일이 있었지?"

리스베트가 고개를 휙 쳐들었다. 미카엘은 한동안 침묵을 지켰다. 그러면서 대답은 않고 그녀에게 되물었다.

"하리에트 방에르하고는 잘 맞아?"

"괜찮은 것 같아. 두 번 만났어. 지난주에 〈밀레니엄〉 이사회 미팅 때문에 크리스테르와 함께 헤데스타드에 갔었어. 셋이서 와인을 꽤 마셨지."

"미팅은 어땠고?"

"하리에트는 약속을 지켰어."

"리키, 내가 자꾸 요리조리 빠져나가면서 사실을 얘기해주지 않아서 맥이 빠질 거야. 지금까지 우리 사이엔 비밀이 전혀 없었으니까. 그런데 갑자기 내 삶에 지난 육 개월이라는 시간이 생겨버렸어…… 그리고 아직은 더이상 얘기할 수가 없어."

에리카는 미카엘과 눈을 마주쳤다. 눈 감아도 떠올릴 수 있었던 친숙한 눈빛이었다. 그런데 지금 그 눈에 새로운 뭔가가 들어 있었다. 뭔가 애원하는 듯한, 더이상 묻지 말아달라고 애원하는 눈이었다. 그녀는 문득 놀라 자신도 모르게 입을 벌리고 그를 보았다. 리스베트는 둘의 말없는 대화를 무표정한 시선으로 지켜보았다. 하지만 결코 끼어들지 않았다.

"그렇게나 엄청난 일이야?"

"그 이상이야. 너와 만나는 일이 두려웠어. 사실 벤네르스트룀에 미친듯 매달린 데는 이 모든 걸 잊어버리고 싶은 이유도 있었지. 그래, 언젠가는 꼭 얘기할게. 하지만 지금은 솔직히 준비가 안 됐어. 오히려 나 대신 하리에트가 얘기해주기를 바라는 심정이야."

"그런데 목에 난 그 자국은 뭐지?"

"리스베트가 내 목숨을 구해줬어. 그녀가 거기 없었다면 난 지금 죽었을 거야."

에리카의 눈이 동그래졌다. 그리고 가죽재킷 아가씨를 쳐다보았다.

"자, 이젠 우리의 정보제공자 리스베트와 협정을 맺어야 할 시간이야."

에리카는 한동안 움직이지 않고 뭔가를 곰곰이 생각했다. 그러고는 비단 미카엘과 리스베트뿐 아니라 자기 자신마저 놀랄 행동을 했다. 미카엘의 거실에 들어온 후로 그녀는 줄곧 리스베트의 시선을 느끼고 있었다. 이글거리는 적의를 품고 있는 말없는 아가씨였다.

에리카는 몸을 일으켜 테이블을 끼고 돌아갔다. 그리고 리스베트를 껴안았다. 리스베트는 마치 낚싯바늘에 꿰이기 직전의 지렁이처럼 꿈틀대며 방어하는 몸짓을 취했다.

29장
11월 1일 토요일~11월 25일 화요일

리스베트는 벤네르스트룀의 사이버 제국을 서핑하고 있었다. 벌써 열한 시간째 컴퓨터 앞에 꼼짝 않고 앉아 있었다. 산드함에서의 마지막 주에 그녀의 머리 한구석에서 어렴풋하게 떠올랐던 생각이 지금은 편집광적인 집착으로 발전했다. 이렇게 사 주간 아파트에 처박혀서 드라간의 전화도 받지 않았다. 매일 열두 시간에서 열다섯 시간을 컴퓨터 앞에서 보내며 눈을 뜨고 있는 시간은 오로지 그 문제만을 생각했다.

그 한 달간 미카엘과는 산발적인 접촉만을 했을 뿐이다. 리스베트 못지않게 미카엘도 〈밀레니엄〉 편집부 일로 정신이 없었다. 둘은 일주일에 두세 번 정도 전화로 대화를 나눴고, 그녀는 벤네르스트룀의 메일이나 다른 일들이 어떻게 돌아가고 있는지 끊임없이 정보를 전했다.

지금까지 수십 번도 더 한 일이지만 리스베트는 수집한 정보들을 다시 한번 하나씩 들여다보았다. 자료는 모을 만큼 모았다고 자신할 수 있었다. 하지만 복잡하게 얽히고설킨 그 거대 조직이 어떻게 돌아가는지는 아직도 의문투성이였다.

매일같이 신문에 오르내리는 벤네르스트룀 제국은 펄떡이는 심장이 달려 있고 끊임없이 그 모습을 바꾸는 무정형적 생명체라 할 수 있었다. 이 생명체는 옵션, 채권, 주식, 파트너십, 대부이자, 이자소득, 담보, 은행계좌, 급여이체, 그리고 다른 수천 개의 요소들로 이뤄져 있었다. 게다가 자산 대부분이 서로 고리처럼 얽힌 해외의 유령회사들에 분산돼 있었다.

경제 전문가들의 분석 중 가장 터무니없는 것을 따르면 벤네르스트룀 그룹의 총 자산 가치는 9천억 크로나 이상이었다. 물론 그 분석은 사기가 아니면 최소한 과장된 것이었다. 그렇다고 벤네르스트룀이 별 볼 일 없는 존재는 아니었다. 리스베트가 추산한 바에 의하면 그의 실제 자산은 약 9백억에서 1천억 크로나 정도였다. 그것만 해도 벌써 대단한 일이었다. 그룹의 전체 규모를 정확히 산정하려면 적어도 몇 년이 더 걸릴 터였다. 벤네르스트룀 그룹이 전 세계 곳곳에서 관리하고 있는 각종 계좌와 은행 잔고는 리스베트가 찾아낸 것만 해도 3천 개에 달했다. 벤네르스트룀의 사기행각은 너무도 광범위한 차원에서 이뤄져서 가끔은 그것이 어떤 범죄라기보다 오히려 하나의 체계적인 사업처럼 느껴질 정도였다.

물론 벤네르스트룀이라는 유기체에는 약간의 알맹이도 포함되어 있었다. 크게 봐서 세 가지였다. 스웨덴에 있는 고정자산은 제대로 된 회계와 감사를 통해 투명하게 관리되기 때문에 공격의 여지가 없었다. 미국에 있는 회사는 견고했고, 뉴욕의 한 은행은 모든 현금 흐름의 기지 역할을 하고 있었다. 문제가 되는 건 지브롤터, 키프로스, 마카오 등 세계 각지에 흩어져 있는 유령회사들의 활동이었다. 벤네르스트룀은 불법무기 거래, 수상쩍은 콜롬비아 기업들의 돈세탁, 러시아의 비정통적인 사업 따위를 위한 일종의 어음교환소라고 할 수 있었다.

케이맨제도에서 개설된 익명 계좌는 매우 독특한 점이 있었다. 벤네르스트룀이 직접 관리하는 계좌로, 그 어떤 회사에도 연결되어 있지 않았다. 하지만 벤네르스트룀이 체결하는 모든 거래에서 오가는 돈의 수천분의 일 정도가 유령회사들을 통해 이 계좌로 계속 흘러들어가고 있었다.

리스베트는 마치 최면에 걸린 사람처럼 이 일에 몰두했다. 은행계좌들, 클릭! 이메일들, 클릭! 대차대조표들, 클릭! 그녀는 최근에 이뤄진 계좌이체 내역을 체크했다. 어떻게 일본에서 이뤄진 작은 거래가 싱가포르로 갔다가 다시 룩셈부르크를 거쳐 케이맨제도로 들어가는지 추적했다. 그리고 마침내 이 일이 이뤄지는 방식을 이해했다. 이제 그녀는 마치 사이버 공간에서 명멸하는 충격 전류 같았다. 그녀는 모든 것을 체크한다. 지극히 조그만 변화들까지. 그리고 밤 10시, 마지막 이메일. 그녀 입장에선 별로 중요한 내용은 아니었다. 하지만 벤네르스트룀은 자신이 쓴 메일을 전송하기 전에 PGP로 암호화한다. 또르륵, 또르륵. 하지만 이미 그의 컴퓨터 안에 들어가 살고 있는 리스베트에겐 농담에 불과했다.

에리카 베리에르가 광고주를 구해오라고 더이상 난리를 치지 않는다는군. 이제 포기한 건가, 아니면 다른 꿍꿍이가 있는 건가? 자네가 편집부에 심어놓은 소식통은 그들이 자유낙하중이라고 주장하지만 내가 알기론 그자 대신 다른 직원을 채용했단 말이야. 무슨 일이 일어나고 있는지 확실히 알아보라고! 게다가 미카엘은 지난 몇 주간 산드함에 처박혀서 미친놈처럼 뭔가를 써대다가 최근 들어 다시 사무실에 나타났어. 다음호 교정쇄를 구해다줄 수 있겠어? / HEW.

극적인 것은 없어. 혼자 실컷 고민해봐! 이 늙다리, 이미 넌 끝났어.

그녀가 마침내 인터넷 접속을 끊은 건 아침 6시 40분, 컴퓨터를 끄고 다시 담배 한 갑을 가지러 갔다. 밤 사이 코카콜라 네 캔, 아니 다섯 캔을 마셨지만 다시 한 캔을 꺼내 와서 소파에 몸을 묻었다. 몸에 걸친 거라곤 팬티와 티셔츠뿐이었다. 〈솔저 오브 포춘* 매거진〉에서 받은 것으로 모조리 죽여버리고 뒷정리는 하느님께 맡겨라는 영어 문구가 찍힌 물 빠진 위장 무늬 티셔츠. 그녀는 갑자기 오슬오슬 한기를 느끼고서 조그만 담요로 몸을 감쌌다.

기분이 꽤나 좋았다. 수상쩍고도 불법적인 어떤 물질을 삼키고 난 기분이었다. 그녀는 그렇게 꼼짝 않고 앉아서 창밖의 가로등을 응시했다. 두뇌는 최고 속도로 움직이고 있었다. 엄마, 클릭! 여동생, 클릭! 밈미, 클릭! 홀게르 팔름그렌, 이블 핑거스, 그리고 드라간 아르만스키, 일, 하리에트 방에르, 클릭! 마르틴 방에르, 클릭! 골프채, 클릭! 닐스 비우르만, 클릭! 왜 이 빌어먹을 것들은 아무리 애를 써도 지워지지 않는 거야?

문득 한 가지가 궁금해졌다. 닐스가 다시 여자들 앞에서 옷을 벗고 설 수 있을까? 자신의 배에 새겨진 문신을 어떻게 설명할까? 의사를 보러 갈 일이 있을 때는 어떤 변명을 둘러대면서 옷 벗기를 피할까?

그리고…… 미카엘 블롬크비스트, 클릭!

그는 착한 사람이었다. 가끔 우등생 콤플렉스를 지나치게 드러내는 게 흠이긴 하지만. 그리고 불행히도 기본적인 윤리 문제들 앞에서는 견딜 수 없을 정도로 순진한 사람이었다. 워낙 관대한 성격 탓에 누가 아무리 못된 행동을 하더라도 애써 그걸 심리학적으로 설명해 합리화시켜주거나 나아가 용서하려는 경향이 있었다. 그는 오직 한 가지 언어밖에 모르는 이 세상 야수들의 본질을 결코 이해 못할 것

---

* 시뮬레이션 전투 게임.

이다. 그런 그를 생각할 때마다 리스베트는 보호 본능이 꿈틀대는 걸 느꼈다.

그녀는 자신이 몇시에 잠들었는지 기억하지 못했다. 깨어나보니 아침 9시였고, 소파 뒤 벽에 머리를 잘못 기대고 잔 탓에 목이 몹시도 결렸다. 비척거리며 침실로 들어가 다시 잠이 들었다.

의심할 바 없는 일생일대의 르포기사였다. 에리카는 실로 일 년 반 만에 찾아온 짜릿한 행복감을 만끽했다. 따끈한 특종을 손에 쥔 언론사 사장만이 느낄 수 있는 기분이었다. 그녀가 미카엘과 함께 마지막으로 기사를 다듬고 있을 때 리스베트가 미카엘에게 전화를 걸어왔다.

"한 가지 알려준다는 걸 잊었어요. 당신이 쓴 기사에 대해 벤네르스트룀이 불안해하고 있어요. 똘마니에게 다음 호 교정쇄를 구해오라고 시키더군요."

"그 사실을 어떻게 알아냈…… 이런, 나 아무 말도 안 했어! 그런데 교정쇄를 어떻게 얻어내겠다는 거지? 혹시 그 정보도 갖고 있어?"

"전혀요. 다만 논리적 추측이 가능할 뿐이죠."

미카엘은 잠시 생각해보더니 갑자기 외쳤다.

"맞아, 인쇄소!"

에리카가 눈을 들어 그를 쳐다보았다.

"편집부 사무실에 원고를 꽁꽁 숨겨둔다면 다른 수가 없겠죠. 그자가 자기 고릴라 한 놈을 당신에게 보내지 않는 한."

미카엘은 에리카에게 고개를 돌렸다.

"이번 호는 다른 인쇄소를 통해야 할 것 같아. 지금 즉시 알아봐줘. 그리고 드라간에게도 전화해주고. 다음주에 야간 경비원도 몇 사람 필요할 것 같아."

그는 다시 리스베트를 찾았다.

"고마워, 살리."

"얼마나 쳐줄 거죠?"

"무슨 말이야?"

"정보제공 대가로 얼마나 줄 거냐고요."

"얼마나 원하지?"

"커피 한잔 마시면서 얘기하죠. 지금요."

두 사람은 호른스가탄의 한 카페에서 만났다. 미카엘은 높직한 바 의자에 엉덩이를 올리며 조금 불안한 기분이 들었다. 흘깃 쳐다본 리스베트의 표정이 사뭇 심각해 보였기 때문이다. 늘 그렇듯 그녀는 대뜸 본론으로 들어갔다.

"돈을 좀 빌리고 싶어요."

미카엘은 가끔 지어 보이는 그 바보 같은 미소를 띠며 지갑이 든 안주머니로 손을 넣었다.

"얼마든지! 그래, 얼마나 원해?"

"12만 크로나."

"와우!" 그는 지갑을 다시 집어넣었다. "그 정도는 안 들고 나왔는데?"

"지금 농담하는 거 아니에요. 12만 크로나가 필요해요. 육 주쯤. 투자할 데가 좀 있는데 돈 빌릴 사람이 없어요. 그런데 지금 당신 통장에 14만 크로나 정도 들어 있잖아요. 돈은 꼭 갚겠어요."

미카엘은 그녀가 어떻게 자기 계좌에 든 액수를 알아냈는지에 대해선 아무런 논평도 하지 않았다. 인터넷 뱅킹을 쓰고 있으니 물으나 마나 아닌가.

"그 돈을 빌릴 필요는 없어. 우리 아직 네 몫에 대해 얘기해본 적 없지? 하지만 네가 빌리려는 액수 이상은 충분히 돼."

"무슨 몫?"

"살리. 난 헨리크 방에르에게서 말도 안 되게 많은 보수를 받을 거야. 이번 연말에 정산될 거고. 네가 아니었으면 난 죽었고 〈밀레니엄〉도 무너졌어. 그래서 보수를 너랑 나누고 싶어. 50대 50으로."

리스베트가 그의 눈을 빤히 들여다봤다. 그녀의 이마에 주름이 하나 잡혔다. 이제 미카엘은 그녀의 이런 침묵에 익숙했다. 그리고 그녀는 결국 고개를 저었다.

"당신 돈은 원하지 않아요."

"하지만……"

"단 1크로나도요." 그러고는 특유의 삐딱한 미소를 지었다. "그걸 내 생일선물 형식으로 준다면 또 모르겠지만."

"그러고 보니 네 생일이 언젠지도 모르고 있었네?"

"당신, 신문기자 아니에요? 알아내세요."

"이런! 리스베트, 농담하는 거 아냐. 너랑 돈을 나누고 싶다는 말, 정말 진심이라고."

"나도 진심이에요. 당신 돈 필요 없어요. 단지 12만 크로나를 빌리고 싶을 뿐이에요. 내일 당장 필요해요."

미카엘은 입을 다물었다. 자기 몫이 얼마나 되는지조차 물어보지 않는군. "알았어. 지금 같이 은행으로 가서 찾아줄게. 하지만 네 몫에 대해선 연말에 다시 얘기해보자고. 그런데, 잠깐! 정말 네 생일이 언제야?"

"4월 30일, 발푸르기스의 밤*이에요. 아주 어울리지 않아요? 그날 밤에는 나도 마녀들과 함께 빗자루를 타고 한바탕 날아다니거든요."

저녁 7시 30분, 취리히에 도착한 리스베트는 택시를 잡아타고 마터호른 관광호텔로 갔다. 이레네 네세르라는 이름으로 방을 예약해

---

* 유럽에서 4월 30일이나 5월 1일에 행하는 봄의 축제.

놓은 그녀는 같은 이름이 적힌 노르웨이 여권을 프런트에 내밀었다. 이레네 네세르는 어깨까지 내려오는 금발을 하고 있었다. 가발은 스톡홀름에서 샀고, 여권은 미카엘에게 빌린 돈에서 1만 크로나를 내고 플레이그가 속한 국제적 네트워크의 은밀한 경로를 통해 구입한 여권 두 개 중 하나였다.

그녀는 즉시 방으로 올라가 문을 잠그고 옷을 벗었다. 그리고 침대에 누워 하룻밤에 1600크로나짜리 호텔방 천장을 응시했다. 미카엘에게 빌린 돈은 벌써 반이나 날아갔고 자신이 저금해놓은 돈을 합쳐봐도 예산은 넉넉지 않았다. 하지만 우선은 골치 아픈 생각을 접고 곧바로 잠이 들었다.

그녀가 깬 건 새벽 5시가 조금 지나서였다. 일어나 샤워를 하고 목에 있는 문신을 제일 먼저 감췄다. 살구색 파운데이션을 두껍게 바른 후 가장자리 부분을 파우더로 마무리하면 충분했다. 그녀가 준비한 체크리스트에 적힌 두번째 사항은 마터호른 호텔보다 훨씬 비싼 다른 호텔의 로비에 있는 미용실에 들르는 일이었다. 예약한 대로 아침 6시 반에 도착한 그녀는 페이지보이 스타일*의 금발 가발을 하나 더 구입했다. 그런 다음 미용사에게 가서 손톱에 매니큐어를 칠하고 노상 물어뜯어 톱니같이 된 끝부분에 빨간 인조 손톱을 붙였다. 그리고 인조 속눈썹을 붙인 후 색조 화장을 하고 입술에 립스틱을 발라 마무리했다. 비용은 모두 해서 8천 크로나 조금 더 나왔다.

지불은 모니카 숄스의 명의로 된 신용카드로 했으며 본인 확인을 위해 같은 이름이 적힌 여권을 보여주었다.

다음에 들른 곳은 같은 거리에서 150미터 아래쪽에 있는 '카미유 패션점'이었다. 한 시간쯤 지나 매장에서 나온 그녀는 전혀 다른 모습이었다. 검정 부츠에 검정 스타킹, 베이지색 스커트와 거기에 맞춘

---

* 어깨까지 내려오는 머리를 안쪽으로 부드럽게 만 헤어스타일.

블라우스, 짤막한 재킷과 베레모…… 전부 고가의 브랜드 제품이었고, 매장 직원에게 선택을 맡긴 것들이었다. 그리고 가죽지갑과 작은 샘소나이트 트렁크도 샀다. 마지막으로 조그만 귀걸이와 단순한 사슬 모양 금 목걸이로 이 모든 변신을 완성했다. 신용카드에선 다시 4만 4천 크로나가 빠져나갔다.

사실 그녀의 외관에는 더 중요한 변화가 있었다. 리스베트는 태어나서 처음으로 도톰한 가슴을 갖게 되었다. 전신 거울에 비친 자신의 모습을 봤을 때 그녀는 숨이 멎을 지경이었다. 하지만 모니카 숄스라는 신분이 그렇듯 가슴 역시 가짜였다. 변태 성욕자들이 들락거리는 코펜하겐의 어느 상점에서 구입한 라텍스 제품이었다.

이제 리스베트는 전투 준비를 마쳤다.

오전 9시가 조금 지난 시간, 그녀는 두 블록 떨어진 곳에 모니카 숄스의 이름으로 예약된 방이 있는 호화로운 치머탈 호텔로 향했다. 리스베트의 여행가방이 든 샘소나이트 트렁크를 날라준 벨보이에겐 팁으로 100크로나를 주었다. 방은 비교적 작았지만 하룻밤 숙박비가 2만 2천 크로나에 달했다. 그나마 여기서 하룻밤만 잔다는 사실이 천만다행이었다. 혼자 남은 그녀는 주위를 둘러보았다. 창밖에는 취리히 호수의 기막힌 전경이 펼쳐져 있었지만 그녀는 전혀 관심 없는 일이었다. 정작 그녀의 눈을 휘둥그레지게 만든 건 따로 있었다. 그녀는 오 분을 거울 앞에 서서 자신의 모습에서 눈을 떼지 못했다. 완전히 딴사람이었다. 풍만한 가슴에 페이지보이 머리를 한 모니카 숄스의 얼굴에는 리스베트라면 한 달을 걸려 쓸 화장품이 발려 있었다. 너무나도 생소한 모습이었다.

9시 30분, 아침을 먹으러 호텔 바로 내려갔다. 커피 두 잔, 베이글 한 개, 그리고 잼 조금에…… 210크로나였다. 이런 걸 사 먹는 인간들이 있다니, 미친 게 아닐까?

10시가 조금 안 된 시각, 모니카 숄스는 커피잔을 내려놓고 휴대전화를 꺼냈다. 그리고 일련의 숫자를 두드려 하와이에 있는 어느 모뎀에 접속을 시도했다. 벨소리가 세 번 울린 후 신호음이 들려왔다. 모뎀에 접속된 것이다. 그녀는 비밀번호 여섯 자리를 누른 다음, 자신이 특별히 개발한 프로그램을 실행시킬 명령어를 문자로 전송했다.

이렇게 해서 프로그램이 시작된 곳은 공식적으로는 호놀룰루의 한 대학교에 서버를 둔 익명의 웹사이트였다. 프로그램은 간단했다. 다른 서버에 있는 또다른 프로그램을 시작시킬 명령어를 전송하는 기능이었다. 이 서버는 각종 인터넷 서비스를 제공하는 네덜란드의 평범한 상업 사이트에 속해 있었다. 네덜란드에서 돌아가는 이 프로그램의 임무 또한 단순했다. 벤네르스트룀의 하드디스크 복사본인 '미러'를 찾아내 전 세계에 흩어진 그의 은행계좌 3천 개의 내역을 보여주는 프로그램을 움직이는 일이었다.

그 수많은 계좌 중에서 리스베트의 흥미를 끄는 건 단 하나였다. 벤네르스트룀이 일주일에도 두세 번씩 들어가 확인하는 계좌였다. 하지만 네덜란드에 있는 프로그램이 실행될 때는 재미있는 일이 벌어지게 되어 있었다. 벤네르스트룀이 컴퓨터를 켜고서 계좌 내역을 들여다보면 모든 것이 정상적으로 돌아가는 듯 보일 터였다. 리스베트의 프로그램이 지난 육 개월간 그의 계좌에서 일어난 변동 양상을 토대로 꾸며낸 사소한 변동치들을 보여주기 때문이었다. 그런데 누군가가 앞으로 48시간 안에 이 계좌로 돈을 인출하거나 이체한다면 프로그램이 이 내역까지 분명히 보고하지만 이러한 변동은 하드디스크의 복사본에서만 확인할 수 있었다.

모니카 숄스는 프로그램이 시작되었음을 알리는 네 번의 짧은 신호음을 듣고는 휴대전화를 닫았다.

그녀는 치머탈 호텔을 나와 앞에 있는 하우저 게네랄 은행으로 갔다. 오전 10시에 지점 임원인 바그너 씨와 약속이 있었다. 삼 분쯤 일찍 도착한 그녀는 기다리는 동안 일부러 보안카메라 앞에서 어정거렸고 특별 고객 상담실로 향하는 그녀의 모습이 그 카메라에 찍혔다.

"은행 간 거래를 몇 건 하려는 데 도움이 좀 필요해요." 모니카 숄스는 정확한 옥스퍼드식 영어로 말했다. 그러면서 서류가방을 열다가 짐짓 볼펜을 한 자루 떨어뜨렸다. 자신이 지금 치머탈 호텔에 묵고 있다는 사실을 암시하는 그 물건을 바그너가 싱긋 웃으며 얼른 주워 정중히 돌려주었다. 그녀는 장난기 섞인 미소를 지어 보인 후 테이블에 놓인 메모지에 계좌번호를 적었다.

바그너는 그녀를 슬쩍 훑어보고서 즉시 '어느 거물의 철없는 딸내미'라는 범주에 분류해 넣었다.

"케이맨제도의 크로넨펠드 은행에 개설된 계좌 몇 개에서 예치금을 여기로 이체해주면 돼요. 클리어링 코드*를 넣으면 되는 걸로 알고 있어요."

"숄스 양, 클리어링 코드는 모두 갖고 계시겠죠?"

"나튀얼리히natürlich.***" 그녀가 지나칠 정도로 또박또박 발음한 까닭은 자신의 독일어가 학교에서 조금 배운 실력밖에 안 된다는 점을 보여주기 위해서였다.

그녀는 어떤 쪽지도 열어보지 않고서 열여섯 자리 코드를 막힘없이 불렀다. 바그너는 자신의 오전 업무가 갑자기 엄청나게 늘어나버렸음을 깨달았다. 하지만 이체 액수의 4퍼센트를 본인이 가져가는 일이니 점심을 건너뛴다 해도 그저 행복할 뿐이었다.

---

* 결제 은행 코드.
** "물론이죠."

일은 생각보다 오래 걸렸다. 정해둔 일정보다 약간 늦은 12시가 지나서야 하우저 게네랄 은행을 나온 모니카 숄스는 치머탈 호텔로 돌아왔다. 먼저 프런트에 모습을 보인 다음 방으로 올라가 오전에 사 입은 옷을 벗었다. 라텍스 가슴은 그대로 놔뒀지만 가발은 이레네 네세르의 긴 금발로 바꿨다. 옷도 보다 친숙한 것들로 갈아입었다. 뒷굽이 엄청 높은 부츠, 검은 바지, 평범한 스웨터와 스톡홀름의 말룽스보덴에서 산 비교적 단정한 스타일의 검정 가죽재킷…… 그러고는 거울에 비친 자신의 모습을 살폈다. 분명 껄렁대는 젊은이는 아니었지만 그렇다고 해서 부유한 상속녀도 아니었다. 방을 나가기 전에 이레네 네세르는 채권 한 다발을 세어본 후 얇은 서류가방 안에 넣었다.

오후 1시 5분, 그녀는 하우저 게네랄 은행에서 70미터쯤 떨어진 곳에 있는 도르프만 은행에 약속 시간보다 몇 분 늦게 도착했다. 이레네는 그곳의 지점 임원 하셀만과 만나기로 했다. 우선 약속에 늦은 걸 사과했다. 이제 그녀는 노르웨이 억양이 약간 섞인 흠잡을 데 없는 독일어를 구사했다.

"괜찮습니다, 아가씨." 하셀만이 대답했다. "무슨 일을 도와드릴까요?"

"계좌를 개설하려고요. 그리고 채권이 약간 있는데 현금으로 전환하고 싶어요."

이레네는 서류가방을 테이블 위에 올려놓았다.

하셀만은 그 안에 든 내용물을 살펴보았다. 처음엔 대충 보기 시작하다가 그 속도가 점차 느려졌다. 그는 한쪽 눈썹을 찡긋 올리더니 정중한 미소를 지어 보였다.

그녀는 인터넷 뱅킹으로 관리할 수 있는 계좌 다섯 개를 개설했다. 명의자는 지브롤터에 있는 유령회사로, 미카엘에게 빌린 돈에서 5만 크로나를 현지 브로커에게 주고서 만들었다. 마지막으로 채권 오십 장을 현금으로 바꾸고 각 계좌에 분산해서 넣었다. 채권은 장당 100만 크로나에 달했다.

도르프만 은행에서도 시간을 너무 많이 잡아먹는 바람에 그녀가 짜놓은 일정은 또다시 늦춰졌다. 결국 다른 은행에 들르는 걸 포기했다. 은행들이 문을 닫기 전에 계획한 일들을 마칠 수 없을 듯했기 때문이다. 마터호른 호텔로 돌아온 그녀는 한 시간쯤을 여기저기 어슬렁거리면서 호텔 직원들에게 자신의 존재를 비출 생각이었다. 하지만 갑자기 두통을 느껴 일찌감치 방으로 올라가야 했다. 프런트에서 아스피린을 사면서 다음날 아침 8시에 깨워달라고 요청한 후 방으로 올라갔다.

오후 5시가 되었다. 유럽의 모든 은행들이 문을 닫는 시간이었다. 반대로 아메리카 대륙에서는 은행 문이 열리는 시간이었다. 그녀는 노트북을 켜고서 휴대전화를 통해 인터넷을 연결했다. 그리고 한 시간에 걸쳐 그날 오후 도르프만 은행에 개설한 계좌들을 깨끗이 비워버렸다.

그녀는 돈을 조금씩 나누어 전 세계에 흩어져 있는 수많은 유령회사의 거래 대금을 지불하는 데 사용했다. 그런데 그녀가 작업을 마쳤을 때 신기한 일이 일어났다. 그 돈들이 전부 케이맨제도의 크로넨펠드 은행계좌로 다시 이체되어 있었다. 그렇지만 이번에 돈이 들어간 계좌는 그녀가 낮에 돈을 빼냈던 곳이 아닌 다른 계좌였다.

그녀의 입가에 비로소 미소가 떠올랐다. 첫번째 단계가 무사히 끝났고 이제 추적은 거의 불가능할 터였다. 그리고 이 계좌에서 100만 크로나를 자신의 지갑 안에 든 신용카드와 연결된 계좌로 이체했다. 이 계좌의 예금주는 지브롤터에 등록된 '와스프 엔터프라이즈'라는 이름의 유령회사였다.

그로부터 몇 분 후, 페이지보이 스타일의 금발머리 아가씨가 마터호른 호텔 바의 곁문을 통해 밖으로 빠져나왔다. 그렇게 곧장 치머탈 호텔로 돌아온 모니카 숄스는 프런트 직원에게 예의바른 목례를 보낸 후 엘리베이터를 타고 방으로 올라갔다.

그녀는 모니카 숄스의 '전투 복장'을 갖춰 입고 화장을 고치고서 목에는 파운데이션을 한 겹 더 발라 문신을 감추는 데 꽤 많은 시간을 들였다. 그런 다음 호텔 레스토랑으로 내려가 기막히게 맛있는 생선 요리를 먹었다. 생전 이름도 들어보지 못한 최고급 와인도 주문했다. 하지만 한 병에 1200크로나나 하는 걸 한 잔도 다 비우지 않은 채 호텔 바에 가려고 자리에서 일어섰다. 팁으로 500크로나를 올려놓자 종업원들의 시선이 일제히 그녀에게 쏠렸다.

바에서 있었던 세 시간 동안 그녀는 술 취한 이탈리아 청년의 유혹을 받았다. 그녀가 애써 기억하고 싶은 생각은 들지 않는 괴상한 이름의 귀족 자제라고 했다. 둘은 샴페인 두 병을 나눠 마셨지만 그녀의 입에 들어간 건 한 잔에 불과했다.

밤 11시경, 거나하게 취한 기사騎士가 몸을 굽혀 거리낌없이 그녀의 가슴을 더듬었다. 그녀는 과히 싫지 않은 표정으로 그의 손을 뿌리쳤다. 자신이 애무한 것이 보드라운 라텍스라는 사실을 전혀 모르는 모양이었다. 그렇게 그들이 몇 차례 소란을 떨자 다른 손님들의 짜증내는 시선이 쏟아졌다. 자정을 조금 남긴 시각, 모니카 숄스는 종업원이 자신들을 흘끔거리기 시작한 걸 확인하고 이탈리아 친구를 부축해 그의 방으로 올라갔다.

그가 화장실에 있는 동안 그녀는 마지막 와인잔을 준비했다. 조그만 약봉지를 펼쳐 그 안에 든 수면제 로히프놀 가루를 와인에 탔다. 다 마신 그가 일 분도 안 돼 볼품없이 침대 위로 고꾸라졌다. 그녀는 넥타이를 풀고 신발을 벗긴 다음 이불을 덮어주었다. 그리고 욕실에서 와인잔을 씻은 후 휴지로 물기까지 말끔히 닦아놓고 방을 떠났다.

다음날 아침, 모니카 숄스는 자신의 방에서 아침 6시에 아침을 먹었다. 그리고 팁을 두둑이 남기고서 방을 나와 프런트에서 계산을 마친 후 치머탈 호텔을 떠났다. 아침 7시밖에 안 된 이른 시각이었다. 방을 나오기 전에는 오 분쯤 걸려 문과 옷장의 손잡이, 변기, 전화기 등 자신의 지문이 남아 있을 만한 곳을 모조리 닦아냈다.

이레네 네세르는 알람이 울린 8시 30분에 체크아웃을 하러 마터 호른 호텔 프런트에 나타났다. 그다음엔 택시를 타고 기차역으로 가서 그곳 로커에 짐을 넣어두었다. 그리고 남은 시간에 아홉 군데의 은행을 돌아다니며 케이맨제도에서 나온 채권을 입금시켰다. 오후 3시, 그녀는 자신이 지닌 채권의 약 10퍼센트를 현금으로 바꿔 서른 개에 달하는 계좌들에 예치시켰다. 나머지 남은 채권 한 뭉치는 한 은행의 개인금고에 고이 모셔놓았다.

이레네 네세르는 언젠가 한번 더 취리히에 들러야 하겠지만 현재로선 급할 게 없었다.

4시 30분, 이레네 네세르는 택시를 잡아타고 공항으로 향했다. 곧장 화장실로 간 그녀는 모니카 숄스의 여권과 신용카드를 조각조각 잘라 변기에 넣은 다음 물을 내렸다. 가위는 휴지통에 버렸다. 2001년 9월 11일 이후로 짐 안에 뾰족한 물체를 가지고 다니는 건 적절한 행동이 아니었다.

이레네는 루프트한자 GD890편으로 오슬로에 도착해 공항버스를 타고 시내 중앙역으로 갔다. 거기서도 화장실부터 들른 그녀는 옷을 분류했다. 모니카 숄스에게 속한 물건을—페이지보이 가방에서 최고급 브랜드 옷까지—모두 꺼내 비닐봉지에 세 개에 나눠 담고 역내에 있는 서로 다른 휴지통들에 각각 집어넣었다. 빈 샘소나이트 트렁크는 열려 있던 로커에 쑤셔넣었다. 금 목걸이와 귀걸이는 추적 가능한 물건이므로 하수구 구멍에 던져넣었다.

라텍스 가슴을 두고는 잠시 고민했지만 이레네 네세르는 결국 그것을 보관하기로 마음먹었다.

시간이 많이 남지 않아서 저녁은 맥도날드에서 햄버거로 때웠다. 그 시간을 이용해 고급 가죽 제품인 서류가방 속 내용물을 평범한 여행가방에 옮겨 담았다. 맥도날드를 떠날 때 서류가방은 그녀가 앉았던 테이블 아래에 버려졌다. 그녀는 가판대에서 카페라테를 사들고 곧 열차 문이 닫힌다는 안내방송을 들으며 스톡홀름행 야간 열차를 향해 뛰었다. 침대차 객실 한 칸을 예약해놓은 터였다.

객실 문을 잠그고 나니 이틀 만에 처음으로 아드레날린이 정상 수준까지 내려오는 게 느껴졌다. 창문을 열고서 금연 경고문을 무시한 채 담배 한 대를 물었다. 그렇게 기차가 오슬로에서 멀어져갈 때 그녀는 담배를 피우고 커피를 홀짝거리면서 창가에 서 있었다.

그녀는 자신이 계획한 일 가운데 빠진 건 없었는지 꼼꼼히 따져보았다. 그러다 눈썹을 찌푸리며 재킷 주머니 안을 더듬었다. 그녀의 손에 들려나온 건 치머탈 호텔의 볼펜이었다. 그녀는 잠시 말없이 볼펜을 쳐다보다가 차창 밖으로 던져버렸다.

십오 분쯤 지나 침대 속으로 기어들어간 그녀는 눕자마자 잠이 들었다.

에필로그: 결산
11월 27일 목요일~12월 30일 화요일

총 46페이지에 걸쳐 한스에리크 벤네르스트룀을 다룬 〈밀레니엄〉특집호는 11월 마지막 주를 핵폭탄처럼 강타했다. 메인 기사의 공동 기자는 미카엘 블롬크비스트와 에리카 베리에르였다. 기사가 발표된 지 처음 몇 시간 동안 매체들은 이 특종을 어떻게 다뤄야 할지 몰라 당황했다. 일 년 전 비슷한 기사를 발표했다가 결국 미카엘이 명예훼손죄로 징역 1년을 선고받고 〈밀레니엄〉에서도 해고당했었다. 따라서 신뢰성이 극히 의심스러운 기자일 수밖에 없었다. 그런데 일 년 후 똑같은 기자가 똑같은 잡지에 이번엔 전보다 훨씬 엄청난 내용을 발표한 것이다. 그 내용이 때로는 너무도 터무니없이 느껴져서 두 기자의 정신 건강이 의심스러울 정도였다. 스웨덴 매체들은 불신의 눈으로 그들을 지켜보고 있었다.

하지만 그날 저녁, TV4의 시사프로그램 〈그녀〉는 십일 분에 걸쳐 미카엘이 고발한 내용의 하이라이트를 보도하며 발 빠르게 나섰다. 며칠 전 에리카는 이 프로그램 진행자와 점심식사를 같이 하면서 교정쇄를 넘겼었다.

어영부영하는 사이에 TV4에 선수를 뺏긴 다른 매체들은 밤 9시가 되어서야 부랴부랴 보도 경쟁에 동참했다. TT 통신은 유죄판결 받은 기자가 한 경제인의 심각한 범죄행위를 고발이라는 비교적 신중한 제목으로 첫번째 기사를 송고했다. TV 보도의 짤막한 요약에 불과했지만 TT 통신이 이 주제를 다뤘다는 사실만으로도 대단했기 때문에 보수 성향의 한 조간신문과 열두 곳의 주요 지역 신문 편집국에서는 난리가 났다. 그때까지만 해도 〈밀레니엄〉의 주장을 무시하겠다는 입장을 정했던 그들이었지만 이제 혼자만 바보가 되지 않기 위해서라도 이튿날 1면을 대폭 변경하지 않을 수 없었다.

진보 성향의 한 조간신문은 〈밀레니엄〉의 특종을 사설로 논평했다. 편집국장은 오후에 미리 사설을 써놓고 저녁을 먹으러 갔다가 TV4의 보도를 보게 되었다. 곧이어 부국장이 여러 차례 전화해 '여기에 뭔가가 있다'고 다급하게 건의했지만 그는 묵살해버렸다. '뭔가가 있었다면 우리 경제부 애들이 벌써 찾아냈을 것'이라는 고전적인 이유에서였다. 그 결과, 이 진보 매체의 편집국장은 스웨덴 언론 가운데 〈밀레니엄〉의 주장을 악평한 유일한 언론인이 되고 말았다. 그의 사설에는 개인적 복수, 더럽고 추악한 저널리즘, 범죄적 행위 같은 표현이 들어 있었고, 근거 없는 주장으로 선량한 시민을 해치는 자들에 대한 법적 제재를 요구했다. 하지만 이 사설은 이후 전개될 광범위한 논의 가운데 이 편집국장이 내놓은 유일한 의견이 되고 말았다.

〈밀레니엄〉 편집부 전원이 사무실에서 밤을 새웠다. 원래는 에리카와 새 편집차장 말린 에릭손 두 사람만 남아서 걸려오는 문의전화에 응답할 예정이었다. 하지만 밤 9시가 되어도 아무도 퇴근하려 하지 않았다. 그뿐 아니라 전직 임원 네 사람과 프리랜서 기자 대여섯 명이 축하를 해주러 몰려들었다. 자정 무렵, 크리스테르가 드디어 샴페인을 한 병 터뜨렸다. 한 석간신문에서 일하는 동료 기자가 금융계의 마피아라는 제목으로 벤네르스트뢰 사건을 다룬 16페이지 분량의 기사 초고를 보내왔기 때문이다. 그리고 다음날, 석간신문들이 열광적인 언론 몰이를 시작했다.

편집차장 말린 에릭손은 이 즐거운 〈밀레니엄〉에서 계속 일해야겠다는 결론을 내렸다.

다음 일주일 사이 스웨덴 증권시장은 두려움에 몸을 떨었다. 담당 검사들이 배치되는 동시에 경찰이 수사에 착수했고, 벤네르스트뢰 주식에 대한 매도 열풍이 시작됐다. 폭로된 지 이틀 만에 벤네르스트뢰 사건은 정부 차원의 문제로까지 번졌고 산업부 장관은 자신의 입장을 표명해야 했다.

광적인 보도 열풍이 일었다고 해서 매체들이 〈밀레니엄〉의 주장을 아무런 비판 없이 받아들였다는 뜻은 아니다. 그러기엔 밝혀진 내용이 너무도 엄청났다. 하지만 지난해의 벤네르스트뢰 사건과는 달리, 이번에 〈밀레니엄〉은 굉장히 설득력 있는 증거들을 제시하고 있었다. 벤네르스트뢰의 개인 이메일과 그의 노트북에 담긴 자료들의 복사본에는 케이맨제도를 비롯한 전 세계 20개국으로 비자금을 빼돌린 사실을 입증하는 은행 대차대조표, 각종 비밀 계약서, 그리고 좀 더 신중한 범죄자였더라면 결코 자신의 하드디스크에 남겨놓지 않았을 멍청한 내용들이 포함되어 있었다. 곧 한 가지 사실이 명백해졌다. 만일 〈밀레니엄〉의 주장들이 대법원에서까지 유효할 수 있다면—조만간 이 사건이 대법원으로 올라가리라는 게 모든 이들의 의견이었다—여지없이 1932년 '크뤼게르 파산' 이후 스웨덴 최대의 금융 버블 사건이 될 거라는 사실이었다. 벤네르스트뢰 사건에 비하면 그 시끄러웠던 고타방크 스캔들이나 트러스토르 기업 스캔들조차 빛을 잃을 정도였다. 하도 엄청난 규모로 벌어진 사기극이어서 위반된 법 조항이 몇 개나 되는지 그 누구도 따져볼 엄두조차 못 내고 있는 형편이었다.

이제 스웨덴 언론에서는 '조직적인 범행' '마피아' 혹은 '조폭 집단' 같은 표현들이 나오기 시작했다. 벤네르스트룀과 그의 하수인인 젊은 증권 브로커들, 기업 파트너들, 아르마니 양복을 빼입은 변호사들은 은행 강도나 마약 밀매자들과 다름없는 방식으로 묘사되고 있었다.

보도 광풍이 시작된 처음 며칠간 미카엘은 모습을 나타내지 않았다. 이메일에도 응답하지 않았고 전화로도 접촉할 수 없었다. 편집부 측 논평은 에리카가 도맡아 했다. 처음에는 스웨덴 주요 매체와 지방 유력지들이, 얼마 지나고 나서는 외국 매체들까지 인터뷰를 하러 몰려들었고 에리카는 마치 만족한 고양이처럼 질문에 대답했다. 역시 가장 많은 질문은 어떻게 〈밀레니엄〉이 극히 사적인 내부 문건을 확보할 수 있었느냐는 것이었다. 이런 질문을 받을 때마다 에리카의 얼굴에는 신비한 미소가 떠올랐다가 이내 짙은 안개의 장막으로 변했다. "정보제공자들을 밝힐 순 없는 노릇이잖아요?"

그럼 작년엔 왜 그렇게 참담하게 실패할 수밖에 없었느냐는 질문에 그녀는 한층 더 신비로운 태도를 취했다. 절대 거짓말을 하지 않되 모든 진실을 밝히진 않는 전략이었다. 오프 더 레코드일 때, 즉 코밑에 마이크가 없을 때면 애매하기 짝이 없지만 얼기설기 이어보면 성급한 결론들을 끌어낼 수도 있는 말들을 조각조각 흘렸다. 이렇게 해서 마치 전설과도 같은 소문들이 나돌기 시작했다. 지난해 미카엘이 변호를 포기하고 제 발로 감옥에 걸어들어간 건 증거 자료를 제시할 경우 정보제공자도 함께 노출될 수밖에 없는 상황이었기 때문이라는 사뭇 감동적인 이야기였다. 이제 사람들은 정보제공자를 밝히지 않고 감옥행을 택하는 미국의 언론인 모델에 그를 비교했으며, 나아가서는 낯간지러울 정도로 미사여구를 써서 그를 마치 영웅처

럼 묘사했다. 하지만 미카엘은 지금 이런 오해를 불식시키고 있을 계
제가 아니었다.

한 가지 사실에 대해서는 모든 이의 의견이 일치했다. 그들이 보기
에 자료를 넘겨준 사람은 분명히 벤네르스트룀이 가장 신임하는 측
근일 것이었다. 이렇게 해서 내부고발자가 누구인가에 대한 끝없는
토론이 시작되었다. 불만을 품은 동료? 변호사? 코카인에 중독됐다
는 벤네르스트룀의 딸? 혹은 가족 중 다른 사람? 여기에 대해서 미
카엘도, 에리카도 아무 말이 없었다. 이 문제에 대해서만큼은 아무런
논평도 내놓지 않았다.

보도 광풍이 시작된 지 사흘째, 한 석간신문은 〈밀레니엄〉의 복수라
는 제목을 내걸었다. 에리카의 얼굴에 만족스러운 미소가 떠올랐다.
이제 자신들이 승리했음을 알 수 있었다. 기사는 〈밀레니엄〉과 그곳
직원들을 찬양조로 묘사했으며, 특히 에리카의 사진을 큼지막하게
실었다. 덧붙여 그녀를 '추적 저널리즘의 여왕'이라고 불렀다. 즉 유
명인사인 그녀의 인기도는 급상승중이었고, 심지어는 '언론인 대상'
후보로까지 거론되었다.

〈밀레니엄〉이 포문을 연 지 닷새 후 미카엘의 저서 『마피아 금융
인』이 전국 서점에 배포됐다. 미카엘이 9월과 10월 두 달간 산드함에
처박혀 미친듯이 써내려간 이 책은 모론고바에 있는 할빅스 레클람
인쇄소에서 비밀리에 급히 인쇄되어 나왔다. 표지에는 새로 설립된
'밀레니엄 출판사'의 로고가 멋지게 찍혀 있었으며, 헌사에는 다음과
같은 알쏭달쏭한 문장이 적혀 있었다. 내게 골프의 유익함을 가르쳐준
살리에게 이 책을 바칩니다.

이 책은 포켓판으로 615페이지나 돼 벽돌처럼 두툼했다. 초판으로
찍은 2천 부가 다 팔린다 하더라도 남을 것이 없는 장사였다. 다행히
1쇄가 며칠 만에 매진되었고 에리카는 급히 1만 부를 추가로 인쇄해

야 했다.

서평가들은 이번엔 미카엘이 자료를 공개하는 일에 조금도 인색하지 않았다고 결론지었다. 그들의 평가는 전적으로 옳았다. 책의 3분의 2에 달하는 부록에는 벤네르스트룀의 노트북에서 가져온 증거 자료들의 복사본이 채워져 있었다. 〈밀레니엄〉은 책을 출간함과 동시에 잡지사 홈페이지에도 이 자료들을 올려 누구나 PDF로 다운로드할 수 있게 해놓았다. 이제 이 문제에 조금이라도 관심이 있다면 누구나 자료를 직접 검토할 수 있게 되었다.

미카엘의 기이한 부재는 그와 에리카가 치밀하게 세워놓은 언론 대응 전략의 일환이었다. 스웨덴의 모든 기자들이 그를 찾고 있었다. 그런 미카엘이 매체에 처음 모습을 드러낸 건 책을 홍보하기 위해 단독 인터뷰를 하기로 한 TV4의 〈그녀〉에서였다. 프로그램 진행자는 또다시 국영 방송들을 앞질러 특종을 따낸 기쁨에 웃음을 참고 있을 터였지만, 출연자에게 던져지는 질문들이 그렇게 녹록지만은 않았다.

방송을 녹화해둔 비디오를 보던 미카엘은 그중 특별히 기분좋은 부분을 발견했다. 생방송으로 인터뷰가 진행된 그날은 마침 스톡홀름 증시가 대폭락하고 금융계의 시건방진 애송이들이 창문에서 뛰어내리겠다고 난리를 치던 때였다. 진행자는 현재 스웨덴 경제가 파국으로 치닫고 있는 상황에 〈밀레니엄〉의 책임은 없느냐고 물었다.

"스웨덴 경제의 파국이라니, 그게 무슨 소리인지 모르겠군요?" 미카엘이 응수했다.

그러자 TV4의 '그녀'가 당황했다. 출연자의 대답이 그녀가 예상한 각본에서 빗나가는 바람에 즉흥적으로 다음 질문을 찾아야 했다. 그리고 그 질문은 바로 미카엘이 기다리고 있던 것이었다.

"지금 스웨덴 증시는 사상 최악의 폭락을 맞고 있어요. 그런데 이게 아무것도 아닌가요?"

"자, 들어보시죠! 우리는 두 가지를 구분해야 합니다. 하나는 스웨덴 경제이고, 다른 하나는 스웨덴 증시입니다. 스웨덴 경제가 뭐죠? 그건 매일 이 나라에서 산출되는 재화와 용역의 총합입니다. 예를 들어 에릭손의 휴대전화, 볼보의 자동차, 스칸의 닭, 그리고 키루나와 세브데를 연결하는 운송 서비스 같은 것들이죠. 이게 바로 스웨덴의 경제이고, 이 경제는 일주일 전이나 지금이나 조금도 변함이 없습니다."

그는 웅변의 효과를 위해 잠시 멈추고 물을 한 모금 마셨다.

"증시는 전혀 다른 겁니다. 거기엔 경제도 없고, 재화의 생산도 용역도 없어요. 거기에는 환상만이 존재할 따름이고, 그 환상 속에서 사람들은 이 정도 기업이라면 수십억 크로나 이상 혹은 이하가 되어야 한다고 매시간 결정하기 바쁠 따름이죠. 이건 스웨덴의 현실이나 경제와 아무런 관계가 없어요."

"그렇다면 증시가 이렇게 자유낙하를 한데도 전혀 중요하지 않다는 뜻인가요?"

"네. 조금도 중요치 않습니다."

대답하는 미카엘의 목소리가 너무도 비장하고 결연해서 마치 신탁을 전하는 사제처럼 느껴질 정도였다. 이 대답은 앞으로 한 해 동안 여기저기서 끊임없이 인용될 게 분명했다. 그는 말을 이었다.

"현재 상황을 설명해볼까요? 이건 일부 '큰손' 투기꾼들이 그들의 증권자산을 스웨덴 기업에서 독일 기업으로 옮기고 있는 상황에 불과합니다. 이들은 하이에나들이에요. 조금이라도 용기 있는 기자라면 이런 매국노들을 찾아내 만인에게 공지해야 할 겁니다. 이들은 오직 자기 고객들의 사욕을 채워주려고 스웨덴 경제의 기반을 체계적으로, 그리고 의식적으로 잠식하고 있는 자들입니다."

뒤이어 진행자는 미카엘이 정말로 고대하던 질문을 던지는 실수를 범했다.

"그럼 당신은 스웨덴의 매체들에겐 아무 책임이 없다고 생각하시나요?"

"천만에요! 특히 우리 매체들이야말로 엄청난 책임이 있죠. 최소한 이십여 년간 수많은 경제기자들이 벤네르스트룀을 살펴보는 일을 소홀히 해왔어요. 아니, 오히려 정반대였죠. 터무니없이 그를 우상시하며 그의 명성을 구축하는 데 일조해왔어요. 매체들이 지난 세월 동안 자신들의 의무를 제대로 수행했다면 작금의 이런 사태는 결코 일어나지 않았을 텐데요."

미카엘의 등장은 하나의 전환점이 되었다. 물론 〈밀레니엄〉이 온갖 매체의 헤드라인을 장식한 지도 벌써 일주일째였다. 하지만 이 이야기가 정확한 사실이며, 〈밀레니엄〉의 경악스러운 주장들이 엄연한 현실이라는 걸 매체들이 마침내 깨닫기 시작한 건 미카엘이 방송에 출연해 차분하게 자신의 주장을 변호하는 모습을 보면서부터였다.

미카엘의 인터뷰가 나간 뒤 벤네르스트룀 사건은 신문사 경제부에서 범죄 담당 기자들의 책상으로 넘어가기 시작했다. 보통 범죄 담당 기자들은 러시아 마피아나 유고슬라비아계 담배 밀수업자들을 제외하고는 경제사범에 관한 기사를 쓰는 경우가 거의 없었다. 범죄 담당 기자들이 증시 문제가 복잡하게 얽힌 사건을 다룬다는 건 상상하기 어려웠다. 그런데 한 석간신문이 미카엘의 인터뷰 내용을 액면 그대로 받아들여, 투자회사의 거물 딜러 하나가 독일 유가증권을 마구 사들이고 있다는 기사로 네 면을 가득 채웠다. 그리고 기사 제목은 '그들은 나라를 팔아먹고 있다'였다. 투자업계에 몸담고 있는 딜러들이라면 이 혐의에 대해 한번 해명해보라는 투였다. 물론 그들은 제의를 정중히 거절했다. 하지만 바로 그날로 그런 종류의 거래가 눈에 띄게 감소했을 뿐 아니라, 일반의 눈에 진보적인 애국자로 비치고 싶어하는 몇몇 딜러들은 반대 방향으로 움직이기 시작했다. 미카엘은 너무 웃다가 몸이 뒤집어질 정도였다.

상황이 주는 압력은 너무도 강한 것이어서 이제 검은 양복의 점잖은 양반들은 이마를 찌푸리며 걱정하지 않을 수 없었다. 이들은 급기야 스웨덴의 가장 폐쇄적인 금융인 클럽을 지탱하는 첫번째 규칙을 깨버리고 말았다. 즉 자신들의 동료에 대해서는 결코 논평하지 않는다는 불문율을 예외적으로 어기기 시작했다. 그리하여 은퇴한 볼보의 수장들, 기업체 회장님들, 그리고 은행장들이 갑자기 방송에 줄지어 출연해 자신들에게 미칠 피해를 최소화하고자 질문에 성실히 답변했다. 모두가 사안의 심각성을 인식하고 있었던 터라 재빨리 벤네르스트룀 그룹과 거리를 취하려 했고 관련 주식은 서둘러 처분했다. 그리고 죄다 이구동성으로 말하기를, 결국 벤네르스트룀은 진정한 경제인이 아니었으며 그들의 클럽에 받아들여진 적도 없었다고 주장했다. 누구는 노를란드의 노동자 집안 출신인 그가 성공에 도취해 이성을 잃은 모양이라고 평했다. 또다른 누구는 그의 행각을 두고 개인적 비극이라는 말로 표현했다. 심지어 벌써 오래전부터 벤네르스트룀을 의심해왔다고 털어놓는 이들도 있었다. 허풍이 심했고 버르장머리가 없었다면서.

그후 몇 주간 〈밀레니엄〉이 공개한 자료들이 세밀하게 검토되면서 사건의 퍼즐들이 맞춰져갔다. 그러면서 어둠의 회사들로 이뤄진 벤네르스트룀 제국과 국제적 마피아 사이의 밀접한 연관성도 밝혀지기 시작했다. 이 마피아는 정말이지 손대지 않은 분야가 없는 조직이었다. 무기 밀매, 남미 마약 조직의 돈세탁부터 뉴욕의 성매매 사업, 심지어는 간접적인 멕시코의 아동 성매매에 이르기까지…… 게다가 키프로스에 주소를 둔 한 회사는 시민들의 엄청난 분노를 불러일으켰다. 그들이 우크라이나 시장에서 농축 우라늄을 구입하려 했다는 사실이 밝혀졌기 때문이다. 이렇게 벤네르스트룀에 속한 회사들의 부정행각이 속속 드러나고 있었다.

에리카는 미카엘의 책이 지금까지 그가 발표한 저서 중 가장 훌륭하다는 것을 즉각 알아차렸다. 문체나 표현에 약간 문제가 있는 건 사실이었다. 글을 다듬을 시간이 충분치 않았기 때문에 당연했다. 하지만 책 전반에 흐르는 미카엘의 분노와 열정은 어떤 독자라도 충분히 느낄 수 있을 만큼 강렬했다.

어느 날 미카엘은 전직 경제기자이자 그의 숙적인 빌리암 보리와 우연히 마주쳤다. 에리카가 루시아 축일*을 기념해 거하게 한턱 낸다고 해서 크리스테르를 비롯한 〈밀레니엄〉 직원들과 함께 술집 풍차로 들어설 때였다. 빌리암은 리스베트 또래로 보이는 술에 취한 여자와 팔짱을 끼고 있었다.

그 순간 미카엘은 딱 멈춰 섰다. 이자만 보면 속에서 가장 고약한 본능이 치밀어올랐기 때문에 나중에 후회할 언행을 저지르지 않으려고 무던히 애써야 했다. 둘은 한마디도 하지 않은 채 서로 노려보기만 했다.

빌리암을 향한 미카엘의 증오가 겉으로까지 느껴질 정도였다. 다행히 이 모습을 발견한 에리카가 돌아와 그의 팔을 붙잡고 술집 안으로 끌고 가지 않았다면 한바탕 붙었을지도 모를 일촉즉발의 상황이었다.

미카엘의 머릿속에는 그답지 않은 엉뚱한 생각이 하나 떠올랐다. 언제 기회가 되면 리스베트에게 저 작자를 특별히 조사해달라고 의뢰해볼까? 물론 순전히 재미 삼아서……

이 열광적인 보도 광풍 속에서 정작 드라마의 주인공인 한스에리크 벤네르스트룀은 거의 모습을 드러내지 않았다. 기사가 발표된 날,

---

* 가톨릭교회에서 성인 루시아를 기리는 날로 12월 13일이다.

다른 일로 기자회견중이었던 이 금융계의 거물에게 마침 논평할 기회가 있었다. 여기서 그는 이 고발에 대해 전혀 근거가 없으며 제시된 자료는 모두 가짜라고 주장했다. 더군다나 자신에 대한 명예훼손죄로 판결을 받은 기자이지 않느냐고 반문했다.

그후로는 벤네르스트룀의 변호인들만이 매체들의 질문에 답변했다. 미카엘의 책이 출간된 지 이틀 후부터는 벤네르스트룀이 스웨덴을 떠났다는 소문이 끈질기게 떠돌았다. 석간신문들은 제목에서 '도주'라는 표현을 쓰기도 했다. 그리고 기사가 발표된 지 이 주일 후에 벤네르스트룀과 공식적인 접촉을 시도한 금융범죄 전문 경찰이 그가 더이상 이 나라에 없다는 사실을 확인했다. 12월 중순에 그는 수배 리스트에 올랐으며 연말에는 인터폴 지명수배가 공식으로 발동됐다. 같은 날 벤네르스트룀의 최측근인 고문 한 명은 런던행 비행기를 타기 직전에 체포됐다.

며칠 후, 한 스웨덴 관광객이 앤틸리스제도에 있는 바베이도스의 수도 브리지타운에서 자동차에 올라타는 벤네르스트룀을 목격했다고 증언했다. 그가 증거물로 제시한 사진에는 가슴을 풀어헤친 셔츠에 밝은색 바지, 그리고 선글라스를 걸친 백인 남자의 모습이 먼 거리에서 찍혀 있었다. 그가 정말 벤네르스트룀인지 확실하지 않았지만 어쨌든 급히 파견된 석간신문 기자들은 그를 찾아 앤틸리스의 섬들을 헤매고 다녀야 했다. 이렇게 도주중인 억만장자에 대한 추적이 시작되었다.

그리고 육 개월 후, 이 모든 사냥이 일시에 중단됐다. 스페인 마르베야의 한 아파트에서 벤네르스트룀의 시체가 발견됐다. 거기서 '빅터 플레밍'이라는 가명으로 살고 있던 그는 관자놀이에 총알 세 발을 맞고 절명했다. 스페인 경찰은 주거침입 강도의 소행이라는 가정을 견지했다.

벤네르스트룀의 죽음은 리스베트에게 그다지 놀라운 일이 아니었다. 그가 살해된 이유는 쉽게 짐작할 수 있었다. 콜롬비아의 누군가에게 진 빚을 갚기 위해 돈이 필요했지만 불행히도 케이맨제도의 은행계좌에 접근할 수 없는 신세가 됐기 때문이다.

만일 벤네르스트룀의 행방을 알아내기 위해 리스베트에게 도움을 요청했다면 그녀는 그자가 있는 장소를 매일 정확히 알려줄 수 있었다. 12개국을 떠돌아다니는 그를 인터넷을 통해 추적하고 있었고, 측근들과 주고받는 이메일을 통해 그의 공황 상태가 갈수록 심해져간다는 사실 역시 알 수 있었기 때문이다. 그가 노트북을 켜고 끌 때마다 말이다. 기가 막힌 건 이 억만장자께서 통째로 해킹당한 그 컴퓨터를 아직도 애지중지 들고 다닌다는 점이었다. 미카엘이 이 사실을 안다면 믿을까?

육 개월쯤 지나자 리스베트는 그를 쫓는 일이 시들해졌다. 언제까지 이 짓을 할지 결정할 때가 온 것이다. 물론 벤네르스트룀이 엄청난 쓰레기라는 사실에는 의심의 여지가 없었다. 하지만 그와 개인적인 원수를 지지도 않았고, 끝까지 물고 늘어진다고 해서 특별히 이득 볼 일도 없었다. 미카엘에게 정보를 줄 수 있었지만 그는 멋진 이야기를 써서 기사를 내고 책을 출간한 데서 만족하는 모양이었다. 경찰에게도 알릴 수 있었지만, 그가 경찰의 움직임을 눈치채고 사라질 수도 있는 일이었다. 게다가 그녀에게는 절대 경찰을 상대하지 않는다는 원칙도 있었으니 말이다.

하지만 몇 가지 빚을 꼭 청산해야 할 필요는 있었다. 그녀는 욕조물에 머리를 처박혔다는 스물두 살짜리 웨이트리스를 떠올렸다.

벤네르스트룀의 시체가 발견되기 며칠 전, 리스베트는 드디어 결심했다. 휴대전화를 켜고서 마이애미의 한 변호사에게 전화를 걸었다. 바로 벤네르스트룀이 가장 만나기 두려워하는 인물 중 하나였다. 변호사의 비서와 연결된 그녀는 알쏭달쏭한 메시지를 남겼다. 벤네르스트룀이라는 이름과 스페인 마르베야의 주소, 그게 다였다.

리스베트는 벤네르스트룀의 사망 소식을 전하는 방송을 중간쯤 보다가 TV를 껐다. 그리고 커피포트를 켠 다음 간 페이스트와 피클을 얹은 오픈 샌드위치를 하나 만들었다.

에리카와 크리스테르는 매년 하는 크리스마스 선물 준비로 분주했고, 미카엘은 소파에 앉아 따뜻하게 데운 와인을 홀짝이며 그들의 모습을 바라보고 있었다. 〈밀레니엄〉의 전 직원과 프리랜서 기자들에게 보낼 크리스마스 선물을 밀레니엄 로고가 찍힌 가방에 담아 포장하는 일이었다. 포장이 끝나면 이백 장에 달하는 카드를 써서 봉투에 넣고 우표를 붙이는 고역이 기다리고 있었다. 인쇄소 사람들, 사진기자들, 언론계 동료들에게 보낼 것들이었다.

미카엘은 아까부터 한 가지 유혹에 맞서 싸우고 있었다. 할까 말까 한참을 고민했지만 결국 까짓 것 하고 싶은 대로 하자고 마음먹었다. 마지막 남은 크리스마스 카드를 집어든 그는 속지에 메시지를 썼다. "즐거운 성탄과 신년이 되기를! 지난 한 해 자네의 인상적인 기여에 진심으로 감사해!"

그리고 그 밑에 서명을 하고서 봉투에 받을 사람의 주소를 적었다. "안네 달만, 〈피난스마가시네트 모노폴〉 편집국."

그날 저녁 미카엘이 집으로 돌아가보니 우편물 수령통지서가 와 있었다. 다음날 아침 우체국에서 소포를 받아 사무실에 가서 뜯어보았다. 안에는 모기를 쫓는 물약과 레이머스홀름 아쿠아비트 한 병이 들어 있었다. 미카엘은 카드를 열어 읽어내려갔다. "어이, 미카엘! 다른 할 일 없을까봐 하는 말인데, 난 이번 하지제에도 아르홀마에 정박하고 있을 테니까 그리 알라고!" 다름아닌 오랜 친구 로베르트 린드베리였다.

〈밀레니엄〉은 크리스마스부터 새해까지 일주일간 쉬는 전통이 있었다. 하지만 올해는 일이 그렇게 간단하지 않았다. 조그만 편집부에 할 일이 산더미였고, 세계 각지에서 기자들의 문의 전화가 끊이지 않았다. 크리스마스 이틀 전, 미카엘은 우연히 〈파이낸셜 타임스〉의 기사를 하나 읽게 되었다. 국제적으로 얽기설기 얽혀 있는 벤네르스트룀 제국의 실태를 밝히기 위해 급히 구성된 조사위원회가 작성한 진단 보고서를 요약해 전하는 기사였다. 기사에 따르면 현재 조사위원회는 벤네르스트룀이 마지막 순간에 폭로기사가 발표되리라는 정보를 입수했을 거라는 가정하에 조사를 진행하고 있었다.

〈밀레니엄〉이 기사를 발표하기 바로 하루 전에 2억 6천만 달러가 예치된 케이맨제도의 크로넨펠드 은행계좌들이 일시에 비워진 사실이 그 단서라고 했다.

이 돈은 벤네르스트룀이 직접 관리할 수 있는 계좌들에 들어 있었다. 예치금을 이체하려고 직접 은행에 나가야 할 필요가 없었다. 결제 은행 코드만 누르면 그가 원하는 전 세계의 어느 은행으로든 즉각 돈을 옮길 수 있었다. 그 돈이 이체된 곳은 스위스의 한 은행계좌였고, 거기서 그의 동료로 보이는 여인이 나타나 전액을 무기명채권으로 전환했다고 한다. 물론 그녀가 제시한 코드는 정확했다.

유로폴*은 이 미지의 여인에 대해 국제지명수배를 발동했다. 유로폴에 따르면 모니카 숄스라는 가명을 쓰는 이 여인은 훔친 영국 여권을 도용했으며 취리히의 최고급 호텔에서 호화롭게 체류했다고 한다. 그곳의 감시카메라에 잡힌 그녀의 모습은 비교적 선명했다. 조그만 체구, 페이지보이 스타일, 관능적인 입술, 풍만한 가슴, 그리고 고가 브랜드의 옷들과 금 목걸이……

미카엘은 사진을 다시 들여다보았다. 처음엔 흘깃 보고 지나쳤지

---

* 유럽연합 각국의 경찰기관이 정보를 공유해 국제범죄에 대처하는 기관.

만 점점 표정이 찌푸려졌다. 그러고는 책상 서랍을 열고 확대경을 꺼내 사진 속 얼굴을 자세히 관찰했다.

이윽고 신문을 내려놓은 그는 한동안 벌어진 입을 다물지 못했다. 급기야 미친듯이 웃어대는 그를 크리스테르가 어리둥절한 눈으로 돌아다보았다. 미카엘은 대답 대신 손만 흔들며 계속 웃어댈 뿐이었다.

크리스마스이브 아침, 미카엘은 전부인 모니카와 딸 페르닐라에게 선물을 전하러 오르스타에 갔다. 페르닐라는 평소 갖고 싶다고 노래를 부르던 컴퓨터를 받았다. 미카엘과 모니카가 함께 산 선물이었다. 미카엘은 모니카에게서 넥타이를, 딸아이에겐 오케 에드바르손[*]의 추리소설 한 권을 선물로 받았다. 작년과 달리 모두들 사뭇 흥분해 있었다. 물론 〈밀레니엄〉에 쏟아지는 미디어의 관심 때문이었다. 그들은 함께 점심을 먹었다. 미카엘은 페르닐라를 곁눈으로 흘깃 살폈다. 헤데스타드에 자신을 보러 찾아온 이후로 처음 보는 딸의 모습이었다. 그러다가 불현듯 떠오르는 생각이 있었다. 딸아이가 셸레프테오의 전통주의적 신흥 교파에 심취한 문제를 모니카와 상의해보지 못했던 것이다. 그리고 하리에트 방에르의 수수께끼를 푸는 데 그애가 암시해준 성경 내용이 큰 도움을 주었다는 사실도 미처 얘기하지 못했다. 그후로 한 번도 딸아이를 본 적이 없었다는 걸 생각하니 심한 죄책감이 들었다.

그는 좋은 아빠가 아니었다.

점심을 먹고 난 미카엘은 딸의 볼에 키스를 해주고 헤어져 슬루센에 있는 리스베트를 찾아갔다. 함께 산드함에 갈 생각이었다. 두 사람은 〈밀레니엄〉의 핵폭탄이 폭발한 이후 자주 만나지 못한 터였다. 그들은 저녁 늦게 산드함에 도착해 거기서 크리스마스를 보냈다.

---

[*] Åke Edwardson(1953~). 기자 겸 추리소설가.

리스베트는 항상 느끼는 바였지만 미카엘은 같이 있으면 즐거운 사람이다. 하지만 이번에 리스베트는 약간 개운치 않은 기분도 들었다. 빌린 돈 12만 크로나가 적힌 수표를 내밀자 그가 아주 묘한 시선으로 자신을 쳐다봤기 때문이다. 하지만 돈에 대해선 아무 얘기도 하지 않았다.

둘은 트로빌까지 산책을 하고 돌아왔다. 리스베트에겐 순전히 시간 낭비였지만 미카엘의 고상한 취미이니 어쩔 수 없었다. 호텔 레스토랑에서 크리스마스 만찬을 즐긴 후에 방갈로로 돌아왔다. 실내로 들어와 난로에 장작불을 피우고서 엘비스 프레슬리의 감미로운 음악을 틀어놓은 채 고전적인 방식으로 사랑을 나눴다. 가끔 숨을 돌릴 때마다 그녀는 자기감정의 실체가 대체 무엇인지 알아내려고 애썼다.

미카엘은 연인으로서 아무런 문제 없는 남자였다. 침대 위에서 함께 보내는 시간은 항상 즐거웠다. 둘의 육체적 관계는 괜찮았고, 무엇보다 그는 자기 취향대로 상대를 길들이려 하지 않았다.

하지만 미카엘에 대한 감정의 본질이 대체 무엇인지 알 수 없다는 게 리스베트의 문제였다. 사춘기 이후로 이런 일은 처음이었다. 이렇게 타인에 대한 경계심을 풀고 자기에게 가까이 다가오도록 허락한 경우가 미카엘 말고는 없었다. 정말이지 이 남자는 그녀만의 방어 메커니즘을 뚫고 들어와서 개인적인 일이나 감정을 털어놓도록 만드는 무서운 능력을 지니고 있었다. 물론 대부분 그의 질문들을 무시해버리지만, 가끔은 자신도 전혀 상상할 수 없는 상태가 돼서 속내를 이야기하고 있었다. 다른 사람이었다면 죽인다고 위협한다 해도 털어놓지 않을 이야기들을. 바로 이 부분이 미카엘로 인해 그녀가 불안해지는 지점이었다. 발가벗겨져 그의 앞에 선 느낌, 그리고 그의 의지대로 휘둘리게 되지 않을까 하는 두려움……

하지만 다른 감정도 있었다. 예를 들어 그가 코를 골면서 잠든 모습을 지켜보고 있으면 생전 처음 느껴보는 타인에 대한 무조건적인 신뢰가 꿈틀댔다. 이제 그녀는 확실하게 알고 있었다. 이 사람은 결코 자기 이익을 위해 그녀에 대해 아는 지식을 이용하지도, 그녀에게 상처 주는 일도 없을 거라는 사실을. 본성상 절대 그렇게 할 수 있는 사람이 아니었다.

두 사람이 서로 말하지 않은 한 가지가 있다면, 그건 바로 그들 자신의 관계였다. 리스베트에게는 엄두가 나지 않는 주제였고, 미카엘도 따로 얘기를 꺼내지 않았다.

다음날 아침, 이제 그녀에게는 모든 것이 너무도 명확했다. 하지만 이 일이 대체 어떻게 이뤄졌는지 그리고 앞으로 어떻게 해야 할지는 전혀 알 수 없었다. 스물다섯 해를 살아오면서 처음으로 사랑에 빠진 것이다.

미카엘의 나이가 그녀보다 거의 두 배나 많다는 점은 아무런 상관이 없었다. 현재 그가 스웨덴에서 가장 널리 회자되고 있으며 심지어 〈뉴스위크〉의 표지에까지 등장한 인물이라는 사실도 중요하지 않았다. 다른 사람들은 그를 대단하게 볼지 모르지만 그녀에겐 다 헛소리에 불과했다. 미카엘은 그녀가 성적으로 끌리는 이상형도 아니었고 마음을 뒤흔드는 남자도 아니었다. 결국 이 모든 건 언젠가는 끝날 테고 삐걱거리기 시작할 게 분명했다. 더욱이 그녀 자신은 미카엘에게 어떤 존재일까? 더러운 쥐구멍 출신이 아닌, 보다 괜찮은 상대가 나타날 때까지 적당히 시간을 때우기 좋은 그런 존재일까?

그러다 그녀는 불현듯 깨달았다. 심장이 터질 듯 뛰는 바로 이 순간이 사랑임을.

오전 늦게 미카엘이 잠에서 깼을 때, 리스베트는 커피와 아침을 차려놓고 기다리고 있었다. 함께 식탁에 앉은 미카엘은 즉시 그녀의 태도에 뭔가 변화가 생겼음을 느꼈다. 평소보다 더 말이 없었다. 혹시 무슨 문제라도 있느냐고 물었지만 그녀는 제대로 알아듣지 못한 양 딴전을 피웠다.

크리스마스 연휴와 새해 사이의 첫 날, 미카엘은 헤데스타드행 열차를 탔다. 따뜻한 겨울옷과 제대로 된 겨울신발로 무장하고 역사 앞에 서 있으니 디르크가 나타나 잡지의 성공을 축하했다. 8월 이후 헤데스타드에는 처음이었다. 이곳에 처음 왔을 때부터 따지면 거의 일 년의 세월이 흐른 셈이었다. 그들은 악수를 하고 정중하게 인사말을 나눴다. 하지만 피차 속에 담고 있는 수많은 얘기들이 있었으므로 미카엘은 속이 편치 않았다.

디르크가 모든 준비를 마쳐놓은 터라 사례금 정산은 그야말로 번개같이 끝났다. 관리하기 편한 해외 계좌에 돈을 넣어줄 수도 있다고 그가 제안했지만 미카엘은 모든 걸 정상적으로 처리해달라고 고집했다.

금전적인 이유만으로 이곳을 방문한 건 아니었다. 리스베트와 함께 헤데뷔를 급하게 떠난 통에 손님 집에 아직 옷가지며 책이며 이런저런 물건들이 남아 있었다.

헨리크는 예전에 일으킨 심장발작에서 완전히 회복하지 못한 상태였지만 그래도 퇴원해 저택으로 돌아와 있었다. 그의 곁에는 특별 간호사가 그림자처럼 따라다니며 오랜 산책, 계단 오르기, 스트레스를 줄 수 있는 내용의 대화 등을 금하고 있었다. 그리고 이날은 가벼운 감기 기운이 있어 즉각 침대에 누우라고 명령을 받은 터였다.

"게다가 보수는 또 얼마나 비싼지 아는가!" 노인이 투덜거렸다.

하지만 미카엘은 별로 맞장구칠 기분이 아니었다. 대신 회장님께선 평생 엄청난 액수를 탈세해오셨을 테니 그 정도 지불할 돈은 충분히 있지 않느냐고 반문했다. 헨리크는 잠시 뚱한 표정으로 그를 쳐다보다가 이윽고 너털웃음을 터뜨렸다.

"이런 빌어먹을! 그래. 최소한 자네는 그 돈을 받을 자격이 충분했지. 난 처음부터 그럴 줄 알고 있었어!"

"솔직히 말하자면, 전 수수께끼를 풀어낼 수 있으리라 생각하지 않았습니다."

"허나 자네에게 감사까지 표하고 싶은 마음은 없네!"

"기대하지도 않았습니다."

"자넨 돈도 두둑이 받았고 말이야."

"불평할 정도는 아닙니다."

"자네는 날 위해 일을 해줬고, 그 정도 액수면 사례금으로 충분하리라 생각하네."

"걱정 마십시오. 오늘은 제 임무가 끝났음을 알려드리려고 찾아온 겁니다."

헨리크가 짐짓 불만스러운 표정을 지어 보였다.

"하지만 아직 다 끝난 건 아니지."

"알고 있습니다."

"우리가 약속했던 방에르 가문 연대기를 아직 못 썼지 않은가?"

"알고 있습니다. 하지만 쓰지 않으려 합니다."

둘은 말없이 계약 불이행의 의미를 생각해보았다. 이윽고 미카엘이 다시 입을 열었다.

"저로선 그 이야기를 쓸 수 없습니다. 방에르 가문을 얘기하면서 최근 수십 년 사이에 있었던 가장 중요한 사건, 즉 하리에트, 그리고 그녀의 아비와 오라비 얘기를 빼놓을 순 없으니까요. 어떻게 마르틴의 지하실에서 있었던 일을 전혀 모른 척하고서 그가 그룹 총수로 지냈던 한 시기를 태연히 논할 수 있겠습니까? 그리고 그 이야기를 쓰게 되면 다시 한번 하리에트의 삶을 파괴해야만 할 테니까요."

"그 딜레마를 이해하네. 그리고 자네가 내린 선택에도 감사하는 바이고."

"그래서 이 이야기를 접겠다는 겁니다."

헨리크가 묵묵히 고개를 끄덕였다.

"자, 축하드립니다!" 다시 미카엘이 말했다. "이렇게 저를 타락시키는 데 성공하셨으니까요. 전 이제 회장님과의 대화를 기록한 노트며 녹음테이프 따위를 모조리 없애버리려 합니다."

"난 자네가 타락했다고는 생각지 않네."

"저 스스로가 그렇게 느낀다는 말입니다. 제 자신의 느낌이 그러하니 맞는 거겠죠."

"아냐. 자넨 기자로서의 역할과 인간으로서의 역할 중 하나를 선택했을 뿐이야. 하지만 만일 그 일에 하리에트도 책임이 있었다거나, 아니면 자네가 나를 쓰레기 같은 인간으로 여겼다면 문제는 달라졌을 걸세. 난 결코 자네의 침묵을 얻어낼 수도 없었을 거고, 자넨 우리의 비밀을 만천하에 공개해버렸을 테지."

미카엘은 아무 말도 하지 않았다. 헨리크가 말을 이었다.

"세실리아에게 모든 사실을 밝혔다네. 디르크와 나는 곧 사라질 사람들이고, 하리에트에겐 가족 가운데 지원군이 필요한 상황이니까. 이제 그애도 이사회 일원으로서 활발하게 움직일 걸세. 다시 말해 앞으로는 세실리아와 하리에트가 그룹을 이끌게 될 거야."

"세실리아는 사실을 어떻게 받아들이던가요?"

"물론 충격이 상당했지. 지금은 몇 주간 쉬고 오겠다고 외국에 나가 있어. 한동안은 저러다 어떻게 되는 건가 싶어 걱정이 컸다네."

"하지만 회복됐군요."

"사실 마르틴은 이 집안에서 그애와 마음이 맞았던 몇 안 되는 사람 중 하나였어. 그러니 진실을 아는 건 그애에게 상당히 힘든 일이었지. 세실리아는 자네가 우리 가문을 위해 어떤 희생을 했는지 잘 알고 있다네."

미카엘은 어깨를 으쓱해 보였다.

"고맙네, 미카엘!" 헨리크가 말했다.

미카엘은 다시 한번 어깨를 으쓱했다.

"솔직히 말해서 이 모든 이야기를 쓰고 싶은 마음도 없습니다. 방에르 가문 일이라면 이제 신물이 나니까요."

둘은 잠시 말이 없다가 이윽고 미카엘이 화제를 돌렸다.

"이십오 년 만에 다시 총수 자리에 오른 기분이 어떠십니까?"

"뭐, 임시로 있을 뿐인데…… 하지만 좀더 젊었으면 좋겠다는 생각은 드네. 요즘은 하루 세 시간밖에 일을 못하거든. 모든 미팅은 이 방에서 이뤄지고, 문제를 일으키는 사람이 있으면 왕년에 그랬듯 디르크가 해결사로 나서지."

"젊은 사람들이 벌벌 떨고 있겠군요. 저도 처음엔 그를 착실한 재정고문 정도로만 알았습니다. 한데 알고 보니 온갖 일을 도맡아 하는 해결사더군요."

"그렇다네. 하지만 모든 결정은 하리에트와 상의해서 내리지. 회사에선 그녀가 대장일세."

"그녀는 어떻게 지내죠?"

"자기 오라비와 어머니 지분을 상속받았지. 그래서 우리 쪽 지분을 모두 합하면 그룹의 33퍼센트 이상이 되네."

"그 정도로 충분한가요?"

"모르겠네. 비리에르는 골치를 썩이면서 틈만 나면 하리에트에게 딴죽을 걸지. 알렉산데르는 갑자기 자기도 뭔가 될 수 있다고 생각한 모양인지 비리에르 쪽에 붙었어. 형님 하랄드는 암에 걸려서 오래 살지는 못할 테지만 그래도 구세대에서 살아남은 유일한 사람이야. 보유한 지분 약 7퍼센트는 두 딸에게 상속될 거고. 그럼 세실리아와 아니타가 하리에트와 동맹하겠지."

"그러면 회장님 쪽 지분이 40퍼센트는 되는 셈이군요."

"방에르 가문에서 이렇게 큰 세력이 형성된 적은 일찍이 없었어.

1, 2퍼센트씩 보유한 소주주들 중에도 우리 편에 설 사람들이 많아. 하리에트는 오는 2월에 정식으로 대표 자리에 취임하네."

"썩 즐겁지만은 않겠어요."

"그렇지. 하지만 꼭 필요한 일일세. 우리 그룹에는 신선한 피가 필요해. 호주에 있는 코크런 그룹과도 함께할 가능성이 있고. 여러 길들이 열려 있다네."

"오늘 하리에트는 어디 있습니까?"

"자네 운이 없군. 지금 런던에 가 있지. 자넬 무척 보고 싶어하네."

"이번 1월 〈밀레니엄〉 이사회에서 보도록 하죠. 회장님 대신 그녀가 오지 않습니까?"

"그렇지."

"그녀에게 전해주세요. 1960년대에 일어난 일에 대해선 에리카 말고는 아무에게도 말하지 않았다고요."

"나도 하리에트도 알고 있네. 자네가 의리 있는 사람이라는 걸 잘 알지."

"이 말도 전해주세요. 그녀도 지금부터 조심하지 않으면 언제든지 잡지에 실릴 수 있다고요. 방에르 그룹이 감시의 눈길에서 면제된 건 아니란 뜻입니다."

"그렇게 전하도록 하겠네."

헨리크가 졸기 시작하자 미카엘은 방을 나왔다. 돌아와서는 모든 짐을 트렁크 두 개에 담았다. 손님 집의 문을 잠그고 난 그는 잠시 망설이다가 세실리아의 현관문을 두드렸다. 그녀는 집에 없었다. 그는 호주머니에서 수첩을 꺼내 한 장을 찢어서 그 위에 몇 자를 적었다. 미안해. 그리고 행복한 삶을 살기 바랄게. 그는 쪽지를 자신의 명함과 함께 우편함에 넣었다. 마르틴의 빌라는 비어 있었다. 누가 켜놓은 것일까? 주방 창가에 크리스마스 전기 촛대 하나가 밝혀져 있었다.

그는 저녁 기차로 스톡홀름에 돌아왔다.

크리스마스 연휴와 새해 사이, 리스베트는 외부 세계와 완전히 접촉을 끊었다. 전화도 받지 않았고 컴퓨터도 켜지 않았다. 밀린 빨래와 집안일을 하면서 그렇게 이틀을 보냈다. 피자 상자들과 일 년이 지난 헌 신문들은 한데 묶어 밖에 내놨다. 그렇게 내다버릴 쓰레기며 잡동사니를 다 모아보니 커다란 검정 비닐봉지가 여섯 개였고, 신문을 담은 종이봉투도 스무 개나 되었다. 마치 새로운 인생을 시작하는 듯한 기분이었다. 새 아파트를 사면 어떨까 하는 생각도 들었다. 적당한 곳을 발견한다면 얼마든지 가능한 일이었다. 하지만 이렇게 청소를 해놓고보니 지금 살고 있는 아파트도 눈이 부실 정도였다.

이윽고 그녀는 마치 마비된 듯 꼼짝도 않은 채 곰곰이 생각했다. 지금껏 살아오면서 이토록 강하게 생의 의욕을 느껴본 적이 없었다. 그리고 미카엘이 찾아와 초인종을 눌러주기를 바라고 있었다. 그러고 나서는…… 그가 나를 번쩍 안아 들어올린다? 그리고 침실로 들어가 정열적으로 옷을 벗긴다? 아니었다. 원하는 건 단지 그와 함께 있는 것이었다. 그냥 그가 나를 있는 모습 그대로 좋아한다고 말해주는 것. 나름의 세계와 나름의 삶을 가진 특별한 존재라고 말해주는 것. 이젠 그에게 단지 우정의 표현만이 아닌 사랑의 표현을 전하고 싶었다. 내가 지금 미쳐가나봐……

그녀는 스스로를 의심의 눈으로 되돌아봤다. 미카엘은 다른 세계에 사는 사람이었다. 점잖은 직업, 정돈된 삶, 그리고 성인으로서 필요한 자질들을 지닌 사람들로 가득한 세계…… 미카엘의 친구들은 멋진 일을 하고 TV에도 출연하고 신문에도 실리는 유명인사들이 아닌가. 하지만 난 그에게 뭘 해줄 수 있지? 어린 시절부터 리스베트의 내면에는 어떤 두려움이 웅크리고 있었다. 그 두려움은 너무나 크고도 암울해서 거의 병적인 상태까지 발전해버렸다. 바로 남들이 그녀의 감정들을 비웃지 않을까 하는 두려움이었다. 그래서 자신의 감정들을 가슴속 깊이 파묻고 꽁꽁 숨겨왔다. 그렇게 가냘픈 자존심을 간신히 지켜올 수 있었다. 그런데 이렇게 애써 쌓아온 자존심이 갑자기 무너져내리기 시작했다.

하지만 그녀는 결심했다. 좀처럼 용기가 나지 않지만 그를 만나야 했고 자신의 감정을 그에게 말해야 한다.

그러지 않으면 도저히 견뎌낼 수 없을 것 같았다.

그의 집에 찾아가려면 핑계가 필요했다. 아직 그에게 크리스마스 선물을 주지 않았지만 점찍어둔 물건이 있었다. 어느 골동품점에서 봐두었던, 인물이 볼록 튀어나온 1950년대 양철 광고판이었다. 골반 위에 기타를 걸친 엘비스 프레슬리가 그려져 있었고 말풍선에는 영어로 '하트브레이크 호텔'이라고 쓰여 있었다. 실내장식 감각이라곤 전혀 없는 그녀였지만, 적어도 이걸 산드함의 방갈로에 걸어놓으면 썩 어울릴 거라는 사실쯤은 알고 있었다. 가격은 780크로나였는데 에누리해서 700크로나에 샀다. 리스베트는 봉지에 넣은 그것을 옆구리에 끼고 벨만스가탄 거리에 있는 그의 아파트로 향했다.

호른스가탄에 접어들었을 때였다. 무심코 '커피 바' 매장으로 눈길을 돌렸는데 거기서 미카엘이 에리카와 함께 나오고 있었다. 그가 뭐라고 말하자 에리카가 웃더니 그의 허리에 팔을 두르고 뺨에 키스를 했다. 그렇게 브랜쉬르카가탄을 따라 벨만스가탄 쪽으로 향하는 둘의 뒷모습이 점점 멀어져갔다. 그들이 나누는 육체의 언어에는 다른 해석의 여지가 없었다. 그들이 지금 무슨 생각을 하는지는 묻지 않아도 알 수 있었다.

너무나도 갑작스럽고도 강렬한 고통에 리스베트는 마치 마비된 듯 그 자리에 멈춰 섰다. 마음 한구석에서는 그들을 뒤쫓아가고 싶은 충동이 일었다. 양철판의 날 선 가장자리로 에리카의 목을 잘라버리고 싶었다. 하지만 그렇게 하지 않았다. 어떤 생각이 그녀의 머릿속에 스며들고 있었다. 가능한 결과들을 분석하라! 마침내 그녀는 안정을 되찾았다.

리스베트, 정말 넌 형편없는 바보야! 그녀는 큰 소리로 내뱉었다.

그러고는 발길을 돌려 자신의 눈부신 아파트로 향했다. 싱켄스담 구역을 지날 때는 눈송이가 떨어지기 시작했다. 엘비스는 쓰레기통 속에 처박혔다.

밀레니엄 1권 끝.

옮긴이 **임호경**
서울대학교 불어교육과를 졸업하고 파리 제8대학에서 문학 박사학위를 취득했다. 현재 전
문 번역가로 활동하고 있다. 옮긴 책으로 엠마뉘엘 카레르의 『러시아 소설』, 요나스 요나손
의 『창문 넘어 도망친 100세 노인』 『셈을 할 줄 아는 까막눈이 여자』 『킬러 안데르스와 그
의 친구 둘』, 피에르 르메트르의 『오르부아르』, 기욤 뮈소의 『7년 후』, 아니 에르노의 『남자
의 자리』, 조르주 심농의 『갈레 씨, 홀로 죽다』 『누런 개』 『센 강의 춤집에서』 『리버티 바』,
베르나르 베르베르의 『카산드라의 거울』 『신』(공역), 앙투안 갈랑의 『천일야화』, 파울로 코
엘료의 『승자는 혼자다』 등이 있다.

문학동네 세계문학
밀레니엄 1권
여자를 증오한 남자들

1판 1쇄 2017년 9월 19일 | 1판 9쇄 2024년 5월 3일

지은이 스티그 라르손 | 옮긴이 임호경
책임편집 고선향 | 편집 신견식 박인숙 이현정
디자인 김이정 최미영 | 저작권 박지영 형소진 최은진 서연주 오서영
마케팅 정민호 서지화 한민아 이민경 안남영 왕지경 정경주 김수인 김혜원 김하연 김예진
브랜딩 함유지 함근아 고보미 박민재 김희숙 박다솔 조다현 정승민 배진성
제작 강신은 김동욱 이순호 | 제작처 영신사

펴낸곳 (주)문학동네 | 펴낸이 김소영
출판등록 1993년 10월 22일 제2003-000045호
주소 10881 경기도 파주시 회동길 210
전자우편 editor@munhak.com | 대표전화 031) 955-8888 | 팩스 031) 955-8855
문의전화 031) 955-1927(마케팅) 031) 955-1917(편집)
문학동네카페 http://cafe.naver.com/mhdn
인스타그램 @munhakdongne | 트위터 @munhakdongne
북클럽문학동네 http://bookclubmunhak.com

ISBN 978-89-546-4658-1 04850
      978-89-546-4657-4 (세트)

www.munhak.com

밀레니엄 시리즈

악마도 부러워할 실력자 해커
리스베트 살란데르

"쓰레기는 뭘 해도 쓰레기예요.
난 쓰레기들에게 마땅한 것들을 돌려줄 뿐이라고요."

예리하면서도 순진한 면모가 있는 탐사기자
미카엘 블롬크비스트

"오랜 경험을 통해 한 가지 배운 게 있다면
자신의 본능을 믿어야 한다는 사실이다."

Millennium Series

스웨덴의 사회고발 전문 기자 스티그 라르손은 범죄 미스터리 소설 시리즈 10부작을 기획한다. 그는 미스터리 소설의 흥행요소를 잘 알았지만 판에 박힌 틀에서는 벗어나고자 했다. '전에 없던 새로운 히로인'이라는 호평을 받은 '리스베트 살란데르'는 성인이 된 '말괄량이 삐삐'를 상상하여 창조한 캐릭터이고, 그녀와 함께 미스터리를 파헤치는 '미카엘 블롬크비스트'는 집요한 일 중독자였던 실제 작가의 모습을 닮았다. 두 주인공을 중심으로 친근하면서도 전형적이지 않은 캐릭터들과 함께 숨가쁘고 거대한 서사의 향연이 펼쳐진다. 3권까지 집필을 마친 그는 출간 6개월을 앞두고 돌연 심장마비로 사망한다.

스티그 라르손의 사후 출간된 '밀레니엄 시리즈'가 경이로운 판매 기록을 세우며 전 세계에 신드롬을 일으키자 작가의 죽음으로 3권에서 중단된 시리즈에 대한 독자들의 아쉬움은 커져갔다. 이후 유족과 노르스테츠Norstedts 출판사는 범죄 사건 전문 기자 출신 다비드 라게르크란츠를 공식 작가로 지정해 시리즈를 이어간다. 우려와 기대 속에 선보인 밀레니엄 4권 『거미줄에 걸린 소녀』는 시리즈의 계승작으로 그 자격이 충분함을 입증하며 전작 못지않은 흥행을 일으켰고, 돌아온 '리스베트와 미카엘'에 팬들은 열광했다. '밀레니엄 시리즈'는 총 6권으로 그 경이로운 세계를 완성한다.